조커

JOKER

© Seiryoin Ryusui 1997

All rights reserved
Original Japanese edition published by KODANSHA LTD.
Korean translation rights arranged with KODANSHA LTD.
through Tony International

이 책은 토니 인터내셔널을 통한 KODANSHA LTD.와의 독점계약으로,
한국어판 저작권은 VIGO에 있습니다.
저작권법에 의해 한국 내에서 보호를 받는 저작물이므로
무단전재나 무단복제를 금합니다.

조커
구약탐정신화

세이료인 류스이

이미나 옮김

비고

일러두기

1. 이 책은 清涼院流水, 『ジョーカー 旧約探偵神話』, 講談社 ノベルス, 1997의 완역이다.
2. 이 책의 각주는 독자의 이해를 돕기 위해 모두 역자나 편집자가 작성한 것이다.
3. 문장부호는 가급적 원문을 그대로 따랐다.

목차

조커 구약탐정신화 ································· 13

○ (해제) 노이즈와 유머 미스터리의 해부 2 ··· 1189
○ 옮긴이의 말 ·· 1214

Are you ready?
Welcome!
to ……

「조커(JOKER)」

Ⅰ ☆익살꾼.
Ⅱ ☆농담하는 사람. 장난꾸러기.
Ⅲ ☆자만하는 자. 미움받는 자.
Ⅳ ☆책략. 사기.
Ⅴ ☆ 트럼프 게임의 만능카드.
와일드카드가 되는 가장 흉악한 카드.
점술에서는…… 불행의 암시.

언어가 붕괴할 때, 사람은 어떻게 살아갈 길을 찾는가?

We will not stop reading fictional stories,
because it is in them that we seek a formula
to give meaning to our existence.
Throughout our lives, we look for a story of
our origins, to tell us why we were born and
why we have lived.

우리는 허구 이야기 체험을 멈추지 않을 것이다.
…… 왜냐하면, 우리의 존재에 의미를 부여하는 형식은 이야기에 귀를 기울여야 비로소 찾을 수 있기 때문이다.
삶의 길을 걷는 한, 우리는 우리의 기원에 관한 이야기를 찾아다닐 것이다.
왜 우리가 이 세계에서 태어나 여태까지 살아왔는지를 가르쳐주는 이야기에 귀를 기울일 것이다.

(1995년도 교토대학 입학시험 영어문제로부터 발췌)
역=세이료인 류스이

독자에게 보내는
도발장
- 미궁의 입구에서 -

예언한다.
『독자』인 당신은,
서두 첫줄부터 『작자』의 술수에
빠지게 될 것이다.
만약 당신이 주의 깊은
『독자』라면
마지막 1행을 다 읽기 전까지
『진상』을 알아챌 수
있을지도 모른다.
건투를 빈다.

from Ryusui Seiryuin

WANTED

환영성에 사는 사람들
- O 히라이 다로(환영성의 주인)
- ◎ 히라이 겐지(행방불명된 남자)
- △ 히라이 하나(쌍둥이 자매 중 언니)
- △ 히라이 레이(쌍둥이 자매 중 동생)
- O 고스기 간(집사)
- X 고스기 쇼리(집사의 아들)
- O 마미야 데루(객실 담당자)
- △ 나스키 다케히코(저택 주방장)
- X 직원C(???)
- X 직원D(???)

J O K E R

추리소설가 및 그 가족
- X 아오키 겐타로(주인공)
- O 니지카와 료(여행단장·대작가)
- X 니지카와 메구미(니지카와 료의 딸)
- △ 후몬지 고세이(추리소설가)
- ◎ 호시노 다에(후몬지의 여동생)
- O 미야마 가오루(중성적인 미인)
- △ 미즈노 가즈마(미움받는 자)
- △ 히이라기 쓰카사(음침한 남자)
- O 히류 쇼코(수습하는 자)
- ◎ 다쿠쇼인 류스이(서술자)

JDC의 명탐정 팀
- O 기리기리스 다로(노련한 명탐정)
- O 기리카 마이(소거추리의 귀부인)
- O 쓰쿠모 네무(퍼지 탐정)
- ◎ 류구 조노스케(검은 옷의 추리 귀공자)
- △ 아지로 소야(JDC의 유망주)
- X 쓰쿠모 주쿠(JDC의 와일드카드)
- △ 히키미야 유야(통계 마니아 소년)
- X 야바 소마히토(JDC를 대표하는 탐정)
- X 아지로 소지(JDC를 통솔하는 총재)

경찰 정예 수사진
- O 료쇼 다쿠지(수사반장)
- △ 구로야 다카시(료쇼의 부하)
- △ 아리마 미유키(료쇼의 부하)
- X 사카키 이치로(사토의 파트너)
- X 사토 이치로(사카키의 파트너)
- O 아유카와 데쓰코(수완가 경부)
- △ 사도 구토(아유카와의 오른팔)

◎=상당히 의심스럽다. 범인일지도?
O=조금 의심스럽다. 확인 필요.
△=범인이어도 딱히 의외는 아니다.
X=만약에 정답이면 의외인 범인.

이상이 주요 등장인물이다.
이 표 안의 한 사람이 환영성 살인사건의 범인이다.
물론 단독범이며, 공범을 고려할 필요는 없다.
독자 여러분은 진상을 간파할 수 있을까?

●최초의 시●

끝없이 변하는 세계를 방황하는 시간의 여행자
유랑하는 「당신」은 문득 멈춰 서서
언제까지고 잊히지 않는 「나」의 이야기를 듣는다
- 사람이란 덧없는 꿈 이야기-

……이봐, 「세계」를 보는 「나」는 누구지?
이야기만이 꿈의 흔적에 남겨져 끝없이 포개진다
전해지며 그득 쌓인 이야기의 산은 이윽고 「세계」가 된다
여기는 「당신」과 「나」만의 「세계」
자, 「당신」의 이야기를 들려줘
자, 「나」의 이야기를 들어줘

여기는 「세계」에서 유일하게 흐름이 머무르는 곳
「당신」은 아무것도 몰라도 된다
마음을 발가벗고 「세계」를 느껴……
자신을 무(無)로 만들고 페이지를 넘겨……

자, 이야기가 시작한다
귀를 기울여라-

RYUSUI SEIRYOIN PRESENTS

서장 번잡한 서막

===

…… 굽이진 산길을 걷는 초로의 남자가 있다.
그는 지금, 환영의 성을 향해 걷고 있다.
곧 이야기가 시작된다.

「나」는 「당신」에게 이야기를 시작한다……

~~~~~~

서장 번잡한 서막

깊고 너른 하늘은 허무하다!
땅 위의 형태도 모두 허무하다!
즐기자, 생멸의 쉼터에 있는 몸이다,
아아, 순간의 이 생명도 허무하다!

JOKER

1 화려한 환영성

 구불구불[1]한 언덕길은 오르려면 한참 걸릴 것 같았다. 초겨울. 10월 25일.
 잎사귀를 잃은 가지와 줄기만 남은 나무들은 찬바람을 맞고 서럽게 몸을 떨어댔다.
 - 택시 타고 올 걸 그랬나…….
 쌩쌩 부는 차가운 바람에 목을 움츠리며 기리기리스 다로는 회한의 감정에 사로잡혔다. 황량한 먼 길, 쑥대밭을 헤쳐 나가며 자신이 영원히 이어지는 뫼비우스의 길을 걷는 것은 아닌가 하는 착각이 들었다. …… 아마 그가 잃을 것이 아예 없기 때문이리라.
 그는 올해로 59세가 되었다. 오랫동안 근무한 JDC(일본탐정클럽)에서 정년퇴직할 때까지 앞으로 남은 시간은 고작 1년. 고령자 고용정책이 발전하면서 JDC에서도 정년 후 업무를 지속할 수 있는 제도를 마련했다. 하지만 기리기리스는 예순이 넘어서까지 탐정으로 살아갈 생각은 없었다.

---

[1] 九十九折り. 구절양장과 비슷한 의미지만, 마술로 말馬을 지그재그로 걷게 하는 것을 뜻하기도 한다.

서장 번잡한 서막

 인생은 길다. 그가 지금 걷는 길처럼 아득히 이어져 있으며 앞을 알 수 없다. 아무것도 생각하지 않고 걸을 때는 마냥 좋다. 앞에 목적지가 있음을 믿고 해맑게 걷는 사이에는······.
 하지만 한 번이라도 걷는 것에 의문이 생기면 마치 목에 칼을 쓴 것처럼 발걸음이 무뎌진다. 정말로 자신이 목적지를 향해 걷고 있는 걸까. 처음부터 목적지 같은 게 있었는가?
 기리기리스는 멈춰 서서 깊은 한숨을 쉬었다. 다리에 휴식을 주며 구름 한 점 없는 하늘을 올려다보았다.
 ─ 하늘은 저렇게 새파란데 나의 마음은 바싹 말랐구나. 차가운 바람이 분다.
 이마에는 주름이 깊게 파였다. 그가 여태까지 헤쳐왔을 인생의 장렬하고 거친 파도를 연상케 한다. 안광眼光은 여전히 날카로웠지만 머리카락은 이미 쓰쿠모가미九十九髪[2](백발)였다.
 패션 센스는 빈말로도 좋다고 할 수 없었다. 어깨에 걸친 여행 가방도 수수하고 한물간 것이다.
 촌스러운 차림이란 느낌은 지울 수 없다. 그러나 기리기리스 다로라는 초로의 남자에게는 뭔가 형용할 수

---

2) '늙은 여자의 백발'을 뜻하며 줄여서 '쓰쿠모九十九'로 쓰기도 한다.

JOKER

없는 『힘』이 있다. 몸 깊은 곳에서 생명력을 발산하는 듯한, 뭐라 할 수 없는 『다부짐』을 갖췄다.

- 나는 가노를 대신해줄 존재를 찾고 있는 건가?

살아가는 과정에서 인생의 목적은 다양한 형태로 변했다. 기리기리스에게는 자식이 없었다. 그래도 몇 년 전까지 함께 살아왔던 아내, 기리기리스 가노와의 부부생활은 아름다웠다. 서로 돕고 격려하며 여태까지 한 몸처럼 살아왔다.

부부로 살아가는 중에 인생의 목표는 가노를 지키는 것이었다. 가노만 있다면 괜찮았다. 그렇게 생각했기 때문에 기리기리스는 가노와 함께 끝까지 걷고 싶었다. 어디까지고, 목숨 다할 때까지 나아가고 싶었다. 하지만······.

능력을 과신한 탓에 가노가 흉악사건에 휘말렸다. 결국 무엇과도 바꿀 수 없는 반쪽, 가노를 광인의 흉기에 빼앗기고 말았다······.

그 후 기리기리스는 폐인이나 다름없이 살았다. 인간처럼 사는 목각인형, 그저 지루한 일상을 반복하는 로봇.

가노를 떠나보낸 때를 회상하면 자연스럽게 원통함이 끓어올랐다. 과거를 어찌할 수 없음에도 뭐라 할 수 없는 안타까움에 짓눌릴 것 같았다.

서장 번잡한 서막

가노가 죽으면 못 살 것이다. 그 사건이 일어나기 전에는 그렇게 생각했다. 자살까지는 못 가더라도 절로 초췌해지고 말라비틀어져 죽을 것이라고.

자연사가 아니다. 가노는 살해당했다. 심지어 기리기리스의 책임으로. 그런데도 그는 아직 살아있다. 기리기리스에게는 참을 수 없는 일이었다. 계속 흉악범죄와 싸운 탓인지 기리기리스의 내면에는 심지 굳은 생명력이 있었다. 생명력이라는 성가신 존재는 기리기리스의 의식이 피폐해져도 기리기리스 다로라는 육체를 살려냈다. 절대 쉽게 죽도록 내버려 두지 않았다.

술과 담배로 도피해봤자 미혹은 걷히지 않는다. 끝장을 볼 수 없다. 60대에 들어서기까지 앞으로 1년만 남은 지금, 기리기리스는 깊이 생각할 시간이 필요했다. 이 시기를 놓치면 평생 끝장을 보지 못하고 지리멸렬한 인생을 살 것이다. 그렇게 그는 휴가를 얻어 이곳에 찾아왔다. 환영이 서린 조용한 세계로…….

●

교토부 오시다시 몬조마치京都府押田市門城町에 있는 오네미산尾根箕山의 오솔길은 길 양옆에 가지런히 늘어선 나목 무리에 시야가 막혀 있고 인기척은 아예 없었다. 고요하고 쓸쓸하기만 한 산길이 끝없이, 끝없이 이어져

JOKER

있다.

 다시 걷기 시작한 기리기리스는 가방에서 안내 책자를 꺼내 마치 값을 재는 듯한 눈빛으로 응시했다.

 지도가 정확하다면 목적지에는 거의 다 왔어야 한다. 그런데 그의 앞에는 고목이 죽 늘어서 있을 뿐, 료칸 비슷한 건물은 그림자도 보이지 않았다.

 인생처럼 뒤로 물러날 수도 없는 노릇이기에 기리기리스는 힘없이 계속 걸었다. 걸을 때마다 그의 양어깨 뒤로 단조로운 풍경이 흘러갔다……. 신록의 계절이 오려면 한참 멀었으나 사람의 손길이 거의 닿지 않은 간소한 길에서는 대자연의 숨결이 그대로 느껴졌다.

 쾌청한 하늘이 초로의 남자가 가는 길을 지켜보았다.

●

 15분 정도 더 걷다 보니 갑작스럽게 기리기리스에게 변화가 찾아왔다. 언덕길을 내려가 고목림의 모퉁이를 돈 찰나, 시야가 훤히 트였다.

 그림을 뚝 잘라 온 듯, 한 폭의 장엄한 공간……. 기리기리스는 저도 모르게 경탄했다.

 남자의 시야 전체에 고목의 숲에 둘러싸인 거대한 호수가 펼쳐졌다. 맑은 물을 담은 청량한 호수, 미나호美奈湖였다.

서장 번잡한 서막

웅대한 자연 속에 펼쳐진 환영의 땅. 그 스케일에 압도되면서 기리기리스는 조심스레 발을 옮겼다.

미나호의 호숫가에서 호수 가운데의 작은 섬 쪽으로 다리가 죽 뻗어 있었다. 다릿목의 석판에는 『고제대교ㅌ泉大橋』라고 새겨져 있었다.

기리기리스의 시선은 석판에서 옆으로 비껴가더니 미끄러지듯 다리를 따라갔다. 다리가 끊기는 저편, 호수 가운데의 작은 섬에 우뚝 솟은 장엄한 건축물. 위엄 있는 박력은 고제대교 너머 기리기리스가 있는 곳까지 압도적인 무게감量感을 뿜어냈다.

쇼와 시대의 2대 거장 건축가가 아름다움의 정수를 담아 설계하고 건축한 대예술. 그것이 바로 이 환영성이다.

중세 유럽의 고성을 방불케 한다는 진부한 표현을 쓸 만큼 환영성은 너무나도 화려하고 웅장하고 예술적이었다.

외관은 루트비히 2세[3] 탄생을 기념하여 지어진 님펜부르크성을 연상케 했다. 유혈처럼 보이는 선명한 빨간색 기조의 전형적인 평지성이다. 길게 뻗은 양익의 성벽은 완벽한 미의 곡선을 이루었다.

─ 나는 『답』을 찾을 수 있을까? 아니, 찾아야만 한다.

---

[3] 실제로는 막시밀리안 2세 에마누엘이다.

JOKER

바로 이곳에서…….

기리기리스 다로는 환영성에 빨려들어가듯 고제대교를 걷기 시작했다. 마른 바람이 나이 먹은 탐정의 몸을 어루만졌다. 기리기리스는 순간적으로 온몸에 퍼진 오한에 몸을 떨었다.

- 이 감각은 뭐지…….

누군가가 보는 것 같은 착각. 남자는 막연하게 어떤 거대한 존재를 느꼈다. 뭔가가 자신을 통과해 지나가는 것을 확실하게 지각했다.

- 지금 그건 뭐지? 다리를 수호한다는 다마히메玉姬인가?

영문을 알 수 없었다. 하지만 그는 발을 들였다. 환영이 사는 비일상의 세계에.

…… 이렇게 이야기는 시작한다. 공전의 참극을 여는 막이 천천히 올라간다. 환영의 이야기가 조금씩 풀린다.

또한 이것은 아오이 겐타로葵健太郎와 호시노 다에星野多惠가 만난 이야기이기도 하다.

서장 번잡한 서막

2 다쿠쇼인 류스이濁曙院溜水와 아오이 겐타로

농밀한 정적이 방을 감싸는 가운데,
"자, 그럼 누구부터 죽일까."
아오이 겐타로는 무신경한 혼잣말을 듣고 읽고 있던 책에서 고개를 들었다. 머리는 짧게 깎고 생김새도 깔끔하다. 스포츠맨 같은 분위기를 띠는, 작가라는 이미지와 거리가 먼 용모다.
"말을 뭐 그렇게 조심성 없게 해. 남이 들으면 뭐라고 하겠어."
아오이는 한심하다는 눈빛으로 마주 앉은 파트너와 시선을 맞췄다.
"네가 상식적인 얘길 하다니 웬일이야."
"그런가. 독자를 위한 배려였는데……. 류스이, 다음 작품 구상이라도 하는 거야?"
"어. 벌써 쓰고 있어. 합숙 중에 완성하고 싶어서."
다쿠쇼인 류스이는 어깨 아래까지 기른 장발을 목덜미에 묶어둔 모습이다. 가느다란 검은 테 안경 너머로 보이는 눈동자는 깊은 어둠을 띤 이지적인 느낌이다.
대학생 시절부터 친구인 두 사람은 알고 지낸 지도

JOKER

벌써 5년이다. 똑같이 스물넷. 『간사이関西 본격 추리소설가 모임』이라는 추리소설가 단체에 소속된 작가다.

"그래서 류스이. 이야기 구성plot은 다 잡혔어?"

"99퍼센트는 완성했어. 이 환영성이 무대인 연쇄살인이 될 것 같아."

류스이는 즐겁게 웃었다. 여유의 미소일까?

"계속 추리소설mystery를 못 썼던 너도 드디어 슬럼프에서 탈출한 거야?"

다쿠쇼인 류스이의 작품군은 그가 이름 붙인 장르, 유수流水소설이라고 칭한다. 흐르는 물 같은 자연체 엔터테인먼트. 지극히 간결하게 정리하자면 대체로 그런 의미인데, 그 기본만을 지키며 장르 구분에 구애받지 않고 정력적으로 집필한다. 그의 창작은 미스터리는 물론이고 판타지, 액션, 호러, SF, 로맨스…… 등, 다방면에 걸쳐 있다. 그런데 최근 1년간 다른 장르의 작품을 연달아 집필했음에도 이른바 미스터리에 속하는 것은 한 작품도 발표하지 않았다. 그래서 다쿠쇼인은 극도의 미스터리 슬럼프가 아닌가 하는 추리소설계의 걱정을 사고 있었다.

류스이는 가운데에서 깔끔하게 나뉜 긴 앞머리를 쓸어올리고 책상 위 화과자를 입에 물었다.

서장 번잡한 서막

"무례한 소릴. 그렇다기보다는 플래토plateau지. 슬럼프만큼 심각하진 않아."

플래토란 『고원』이라는 뜻으로, 슬럼프 전 단계를 가리키는 말이다. 아오이는 류스이의 발언에 쓴웃음을 짓고는 둘밖에 없는 방을 둘러보며 본인도 화과자를 먹었다.

"『솔바람』이거 맛있다." 화과자를 입안 가득 물고 류스이.

"『솔바람』?" 화과자 봉지를 뜯으면서 아오이.

"이 화과자 이름 말이야……."

류스이는 탁상의 사기 주전자로 찻잔에 차를 붓고 입으로 가져갔다. 아오이는 단 것을 안 좋아하는 모양인지 한 입 베어 문 『솔바람』을 탁상 쟁반에 돌려놓았다.

●

1년 전, 다쿠쇼인 류스이 명의로 발표한 원고용지 1500매 대작 추리소설 『영원의 윤회』는 정밀한 구성이 돋보이는 의욕작이었다. 이야기 서두와 결말이 이어지며 다 읽고 나서는 반전으로 범인이 바뀌는 참신한 내용으로, 미스터리에 문외한인 독자도 읽고 나면 상당한 미스터리 전문가가 되는 미스터리 입문서이기도 했다. 평론가와 마니아, 추리 팬부터 일반 독자까지 폭넓은 지지를

JOKER

모아 「다쿠쇼인의 대표작」으로 입에 오르내린 것은 기억에 새롭다.

하지만 대성공을 거둔 후로 류스이의 고뇌하는 나날이 시작되었다.

문학뿐만 아니라 모든 창작가에게 가장 힘든 시기는 걸작을 낳은 이후다. 주위의 기대는 저절로 높아지고 본인에게도 가혹한 기준을 부여하기 때문이다. 최근 1년간, 미스터리라는 틀 안에서 류스이의 아이디어가 고갈된 것도 바로 그런 점에서 기인한다.

"『영원의 윤회』로부터 벌써 1년이네……. 세월 참 빨라."

아오이는 차를 마시며 감회에 젖은 채로 말했다.

"작년에 내가 『영원의 윤회』를 완성한 건 10월 31일이었어. 미신을 믿자는 건 아닌데, 내 업무에는 확실한 마감날을 설정한다는 의미에서 이번 작품도 10월 31일에 완성할 작정이야."

아오이와 류스이가 소속한 『간사이 본격 모임』의 환영성 추계합숙도 10월 31일까지다.

"내일은 10월 25일인데. 류스이, 오늘을 포함해서 앞으로 일주일밖에 안 남았어. 정말로 완성할 수 있겠어?"

"창작을 할 때 나는 항상 목숨을 건 도전을 하려고

서장 번잡한 서막

해. 그리고 할 수밖에 없잖아. 독자분들을 기다리게 하는 건 내 취미가 아니니까. 설령 쓸 수 없는 상태가 되어도 작품을 기다려주는 사람이 있는 한, 목숨을 깎아서라도 쓸 거야. 그게 안 되면 창작가라고 할 수 없지."

- 반드시, 해내야만 한다.

류스이는 몸 안에서 타오르는 불꽃 같은 열정을 느꼈다. 자신에게 어려운 과제를 부과하고 극복하는 것. …… 실현에는 어마어마한 어려움이 뒤따를 것이다. 하지만 성공하면 인간으로서도, 작가로서도 한 단계 성장할 수 있을 것이다.

●

『간사이 본격 모임』은 간사이 지방에 사는 추리소설가로 구성된 단체다. 하지만 말만 추리소설가일 뿐, 모두가 추리소설만 쓰는 것은 아니다. 류스이처럼 다른 장르의 글도 쓰는 사람이 대부분이다.

사실 모임도 그렇게 대규모는 아니다. 당장 쓰고 있는 작품 마감도 있고 하여 이번 합숙에 참여한 사람은 여덟 명. 소수 인원이다.

『간사이 본격 모임』에서는 매년 관례적으로 봄과 가을에 합숙을 진행한다. 봄 합숙장소는 매년 바뀌어도 가을 합숙은 3년 연속 환영성에서 열렸다. 가을 환영성 합숙은

JOKER

거의 연례행사가 되었다.

환영성은 추리소설가 에도가와 란포江戶川乱步의 본명과 동명이인인 대부호 히라이 다로平井太郎가 사재를 털어 반평생에 걸쳐 건축한 대형 료칸으로 교토부 오시다시 몬조마치 근교 미나호의 호수 한가운데의 작은 섬에 우뚝 서 있다.

에도가와 란포의 본명과 이름이 같아서인지 히라이 다로는 굉장한 미스터리 마니아다. 그 취미가 발전하여 환영성에 다양한 취향을 담은 방을 다수 마련하였고 투숙객에게 큰 호평을 받고 있다.

실제로 지금 아오이와 류스이가 쉬고 있는 방도 『정적의 방』이라는 그럴듯한 명칭이 붙어 있다.

난로, 대리석 테이블, 안락의자, 호화로운 융단……. 방을 구성하는 가구 하나하나에서 히라이 씨의 고집을 엿볼 수 있다. 어딜 둘러보아도 고상한 센스가 넘친다. 들은 바에 따르면, 이 방의 벽은 정적을 지키기 위해 다른 방의 벽보다 두께가 세 배는 된다고 한다. 실내에서 들리는 것이라고는 타닥타닥, 힘차게 타오르는 난롯불 튀는 소리 정도다.

머리 위 천장에는 호화로운 샹들리에가 달려 있다. 왕궁의 천장을 꾸밀 만큼 크지는 않아도 200킬로그램은

서장 번잡한 서막

거뜬히 될 것 같았다. 어쨌든 일반적인 『료칸』의 이미지와는 사뭇 다르며 『호텔』과도 또 다르다. 이곳은 진부한 말로는 표현할 수 없는 비경, 『환영성』이다. 『료칸』은 단순한 호칭에 불과하다.

잡음 없는 엄숙한 평온 속에 있으면 마음이 놓인다. 아오이와 류스이는 차분하게 잡담을 나눌 수 있는 『정숙의 방』을 이용할 기회가 많다. 2년 전 처음으로 합숙차 환영성을 방문한 이래로 이 방은 그들의 안식처가 되었다.

세상 돌아가는 이야기나 다양한 방면의 잡담을 끼워 넣으며 아오이는 능수능란한 화술로 류스이의 신작 쪽으로 대화를 유도했다. 다쿠쇼인 류스이, 이 희대의 천재는 다음에 어떤 곡예를 보여줄 것인가. 그것은 아오이의 관심사임과 동시에 추리소설계의 관심사이자 독자의 관심사이기도 했다.

"…… 알았어. 오늘 밤에라도 모두한테 발표할게."

한동안 계속된 설전은 류스이의 말을 끝으로 휴전이 되었다.

그와 동시에 아름다운 나이테 무늬의 문에서 노크 소리가 두 번 나면서 마치 추리소설 같은 타이밍으로 집사 고스기 간小杉寬이 모습을 드러냈다(『료칸』에 『집

JOKER

사』가 있는 것도 참 기묘한 일인데 이것도 『말』의 문제일 뿐이며 히라이 씨의 취향이다).

저녁 식사 시간이다.

서장 번잡한 서막

3 기리기리스와의 만남

『간사이 본격 모임』의 다른 멤버들은 식당에 모여 있었다. 모두와 가볍게 인사를 나누고 아오이와 류스이는 비어 있는 두 자리에 앉았다.

식탁에는 이미 음식이 놓여 있었다. 처음 보는 요리들로 가득했다. 환영성 주방장인 나스키 다케히코那須木武彦가 네덜란드에서 수학한 셰프이기 때문이리라. …… 이렇게 생소한 네덜란드 요리들도 환영성 합숙의 매력 중 하나다.

"그럼 식사들 맛있게 합시다."

여행단장인 니지카와 료虹川良의 호령으로 각자 나이프와 포크를 들고 식사에 임했다.

작은 쇳소리가 식탁에 조용히 울려 퍼지는 평온한 한때…….

니지카와 료는 며칠 전 43세 생일을 맞이했다. 본격 추리를 정면으로 다루는 창작 자세로 본격파의 기수로 일컬어지는 사람이다. 특유의 치밀한 구성과 뚜렷한 논리 전개로 정평이 나 있으며 작년에 『사오쉬안트의 살의』로 다쿠쇼인 류스이의 『영원의 윤회』를 꺾고 추리소

JOKER

설가협회상을 받았다(『사오쉬안트』란 조로아스터교 용어로 『구세주』라는 뜻이다).

니지카와는 2년 전, 병으로 아내를 잃고 현재는 딸 메구미와 둘이서 산다. 2년 전에는 합숙에 참여하지 않았으며 작년에는 메구미를 친척에게 맡기고 합숙에 참여했다. 따라서 딸을 환영성에 데려온 것은 이번이 처음이다.

니지카와 메구미는 초등학교 5학년이니 학교를 쉬고 참여한 셈인데, 메구미의 담임인 가네야金八 선생도 니지카와 집안의 사정을 안타깝게 여기므로 그 부분에서는 문제없다. 메구미에게 이번 합숙은 일상생활과 동떨어진 별천지의 작은 휴가vacance다.

니지카와는 테이블 매너를 무시하는 딸을 돌보는데 눈코 뜰 새 없이 바쁜 듯하다.

- 아버지 혼자 딸을 키우려면 힘들겠구나.

류스이는 니지카와 부녀를 관찰하면서 자신과 동생을 생각했다.

그의 쌍둥이 여동생도 작가다. 미나세 나기사水無瀨なぎさ라는 필명penname을 쓰며 추리물은 거의 쓰지 않는다. 순문학적 분위기를 지닌 독특한 엔터테인먼트를 창작하는 작가다. 곱게 갈고 닦아 예민해진 것이 아닌, 타고난 순수pure한 감성으로 승부를 보는 문체가 특징이며 서정

서장 번잡한 서막

적 lyrical인 문장이 세일즈 포인트인 니지카와 료도 한 수 접고 들어가는 수준이다. 나기사는 작년 합숙에 오빠와 함께 환영성에 왔으나 이번에는 최신작 『REBIRTH』를 마무리 짓기 위해 참여하지 않았다.

다쿠쇼인 류스이와 미나세 나기사. 이 쌍둥이 남매도 어머니 슬하에서 컸다. 어린 시절에 아버지는 이미 이 세상 사람이 아니었다. 두 사람은 고명한 예술가이기도 했던 어머니 손에서 자랐다.

모든 창작품이 그럭저럭 성공해서 형편이 딱히 어렵지는 않았었다고 기억해도, 류스이는 때때로 어머니에게 폐를 끼쳤다고 생각한다. 류스이와 나기사가 작가로 성공했을 때, 어머니는 이미 아버지 곁으로 떠난 상황이었다. 그녀는 두 자식의 미래를 걱정하며 예술이 무엇인지 전부 알려주지 못한 채 떠나고 말았다…….

결국 부모란 육아에 평생을 묶인다. 자식을 만든 시점에서 자신이 선택한 길이라고 하면 말은 쉽지만, 그럼에도 한 인간을 키운다는 것은 얼마나 힘든가. 미혼인 류스이는 니지카와를 보면 그런 생각이 들었다. RPG에서 캐릭터를 키우는 것과는 차원이 다르다. 게임보다 훨씬 즐겁지만 동시에 다시 시작 reset이 불가능하다는 리스크를 지는 것이다.

JOKER

●

식사는 순조롭게 진행되었다.

모두 적당히 대화를 나누며 차분하게 요리를 음미했다. 역시 주방장이 나스키이기 때문인지 가지를 적절하게 쓸 줄 알았다.[4] 셰프의 킥으로 가지를 사용하여 훌륭하게 감칠맛을 살린 부분이 가히 장인의 솜씨라고 할 만했다.

- 나중에 주방에 가서 레시피 좀 배우고 올까.

요리가 제일의 취미인 호시노 다에는 요리를 기품 있게 입으로 가져가며 진심으로 그렇게 생각했다. 다에는 작가가 아니지만 이번에 오빠를 따라 『간사이 본격 모임』과 여로를 함께 하고 있다.

후몬지 고세이風紋寺光世는 호시노 다에의 여섯 살 연상으로 올해 서른이다. 후몬지는 작가 경력 3년의 신인 작가로 사회 문제를 메인 테마로 삼은, 이른바 사회파 미스터리와 트릭 중심의 본격 미스터리를 이상적인 형태로 융합하는 것에 도전하고 있으며, 현재까지 그 시도는 대성공을 거뒀다는 평가를 받는다.

호시노 가문이 상당한 자산가인 덕에 남매는 여태까지 불편함 없이 순풍가도의 인생을 살아왔다. 하지만 남매

---

4) 가지는 일본어로 나스なす다.

서장 번잡한 서막

는 생활은 풍족했지만 진짜 사랑을 모른 채 성장했다. 일상생활을 돕는 가정부나 직원들의 친절함은 육친의 애정과는 거리가 먼 감정이었다. 부모는 재산을 불리는 데만 열중한 나머지 진짜 사랑을 키우는 것을 잊어버렸다.

…… 그 와중에도 후몬지는 어린 시절부터 다에를 잘 돌봐줬다. 다에는 다정하게 잘 챙겨주는 오빠의 사랑 받고 자랐으며 자신도 사랑을 돌려주었다. 다에에게 후몬지는 세상에 하나뿐인 자랑스럽고 소중한 존재다.

호시노 다에는 요즘 시대에 좀처럼 볼 수 없는 고풍스러운 분위기를 지닌 요조숙녀. 거창하게 꾸미지 않아도 길고 아름다운 흑발부터가 눈부시다. 상당한 용모라 할 수 있다. 다만 항상 온실 속에서 자란 탓인지 성격은 내성적이고 안색은 항상 왠지 모르게 겁을 먹은 듯 그늘져 있다.

문득 다에의 시선이 식탁 끝으로 향했다.

그곳에는 그들과 마찬가지로 한 남자가 식사를 하고 있었다. 머리가 하얗게 세고(쓰쿠모가미이고) 날카로운 눈빛이 인상적이지만, 얼굴에는 왠지 허탈감 같은 것이 느껴졌다. 기분 탓일까?

『간사이 본격 모임』 멤버는 아니다. 환영성 직원도

JOKER

아닌 모양이다. 그러면…… 손님?

비수기인 이 시기에 『간사이 본격 모임』 이외의 손님이 있는 것도 상당히 의외였다.

●

"야, 저기 앉은 할아버지 누구지?"

아오이 겐타로의 옆자리에 앉은 히류 쇼코氷龍翔子가 귓가에 속삭였다. 일본 굴지의 트릭 창작자maker인 그녀는 추리소설계의 젊은 여왕으로 불리는 여성으로, 단발에 컬을 넣은 헤어스타일이다. 그녀는 아오이와 류스이의 대학 동아리 『창작회』의 선배이기도 하다.

쇼코가 『저 할아버지』라고 가볍게 가리킨 사람은 다에도 주목하고 있던 남자다. 하지만 그런 걸 물어봤자 아오이가 대답할 수 있을 리가 없다.

"글쎄요? 저는 모르겠는데."

"이 시기에 희한하네. 어쩌면 위험한 사람일지도 몰라."

"위험한 사람?"

"살인마라든가……."

풉, 아오이는 입 안의 음식물을 내뱉을 뻔했다. 추리소설가라는 직업 탓인지 그의 선배는 상당히 상상력이 풍부한 듯하다. 아오이는 재채기를 필사적으로 참고,

서장 번잡한 서막

"쇼코 선배, 그건 아니죠."
가까스로 말을 꺼냈다.
"그런데 아까 저 사람, 히라이 씨가 『기리기리스』라고 부르던데. 역시 뭔가 수상해."
"기리기리스?"
이름만 보면 너무나도 미심쩍다. 별명인가? 아오이의 마음에 뭔가가 걸렸다.
그 후에도 쇼코는 줄곧 『기리기리스』라는 남자를 신경 쓰는 것 같았다. 그러다가 그가 식사를 마치고 자리에서 일어나자 추리를 단념하고 식사에 전념했다.
"기리기리스……."
아오이는 냅킨으로 입 주변을 닦으며 그 단어를 머릿속에서 몇 번이고 반추했다.
왜 가슴이 불안하게 떨리지…….

JOKER

4 울적한 두 작가

식후 디저트가 서빙되면서 주방장 나스키 다케히코가 등장했다. 그는 요리사 모자를 벗고 "어떠셨는지요"라면서 니지카와 료를 비롯한 다른 사람들과 담소를 나눴다. 그는 후몬지와 똑같이 아직 30세다. 나이 서른에 이 정도 실력이면 대단하다.

나스키는 깔끔한 외모에 시원시원한 태도의 청년이었다. 그와 알게 된 지도 3년이나 되어서인지 다들 친근하게 말을 붙였다.

디저트는 크고 투명한 컵 모양 그릇에 담겨 있었다. 다양한 과일에는 아직 물기가 묻어 있었다. 모두의 침샘을 자극하기에 충분한 매력이 있었다.

"아, 이건……."

호시노 다에가 과일을 먹으려고 그릇으로 손을 뻗다가 감탄했다. 나스키는 만족스럽게 미소 짓고는(예의를 잊지 않은 정도로) 득의양양하게 설명했다.

"마음에 드셨나요? 맞습니다. 이건 얼음 그릇이에요. 과일의 신선함을 유지하는 방법이죠."

웅성거리는 사람들. 다들 신기하게 그릇을 만져보고

서장 번잡한 서막

경탄했다. 즉각 자기 작품에 적용할까 생각하는 사람도 몇 명 있었을 것이다.

"그런데 이건 어떻게 만들었나요?"

류스이가 호기심에 못 이겨 무심결에 의문을 표했다.

"그릇을 만드는 전용 틀이 있어요. 물론 특별주문 제작 order-made인데……. 어떠세요? 마음에 드십니까?"

미식가를 즐겁게 하는 기법을 연구해온 요리인 나스키 다케히코의 진지한 태도가 엿보였다.

이래저래 얻는 것이 많은 만찬이었다.

●

"저기…… 다쿠쇼인 씨."

식당을 나서려던 참에 류스이는 누군가의 부름을 받았다. 들어본 적 있는 편안한 미성. 이 목소리는……

뒤를 돌아보니 미야마 가오루魅山薫가 그곳에 서 있었다.

짧은 머리에 가냘프고 수려한 외모. 미나세 나기사의 친한 친구이기도 한 가오루는 대단히 여성스럽고 읽기 쉬운 문체로 대중에게 어필하는 22세의 젊은 작가다.

"오늘 일정은 어떻게 되나요?"

"11시부터 제 방에서 다과회를 하기로 했습니다. 뭐, 술자리 비슷한 거죠. 그때까지는 자유시간이에요."

JOKER

 류스이의 평소 일인칭은 『나』지만 존대로 말할 때 『저』다.

 류스이는 총무로서 여행의 이벤트를 정하는 중요한 역할을 맡았다. 원래 스물넷 젊은이에게 맡기는 중책은 아니나 그만큼 『영원의 윤회』, 나아가서는 그가 높이 평가받는다는 뜻이다.

 미야마 가오루는 정중히 인사하고 조용히 떠났다. 다른 멤버들도 일단 자기 방으로 돌아갔다. 식당은 텅 비어 뭐라 할 수 없는 허무적인 분위기를 띠기 시작했다.

 다과회까지 남은 세 시간을 어떻게 보낼 것인가(원고를 쓸까?)……. 류스이는 나중에 생각하기로 하고 일단 식당을 나왔다.

●

 아오이 겐타로와 히류 쇼코는 환영성 안을 정처 없이 돌아다니고 있었다.

 식후 운동을 할 생각은 없었지만 기왕 바캉스까지 왔는데 방에 틀어박혀 책을 읽는 것도 바보 같고, 환영성 안에는 지루함을 물리쳐 줄 흥미로운 방들이 많다. 방을 돌아다니는 것이 이치에 맞는 행동이라고 할 수 있다.

 그렇게 걷다 보니 화제는 저절로 공통의 친구인 류스이의 신작 이야기로 흘러갔다.

서장 번잡한 서막

"오…… 다메이溜井도 슬슬 미스터리 신작에 시동을 걸었나 보네. 나도 열심히 해야겠다."

다메이는 다쿠쇼인의 본래 성이다. 데뷔 전부터 아오이, 류스이와 친분이 있던 쇼코는 아직도 두 사람을 본명으로 부른다. 다만 아오이는 쓰라라기 신지氷柱木真二라는 부끄러운 본명보다 필명인 아오이 겐타로로 불러주길 바랐다.

"그 녀석도 1년 동안 미스터리를 안 썼잖아요. 이번 작품에는 기합을 팍팍 넣을……."

아오이의 말이 중간에 끊겼다. 쇼코는 발을 멈추고 친애하는 후배를 의아한 눈빛으로 보았다. 아오이의 눈썹 각도가 그의 긴장감을 표현했다.

"왜 그래, 쓰라라기."

"쉿!"

검지를 입술에 대고 침묵을 촉구하는 아오이. 그는 통로 옆에 있는 문으로 살그머니 다가갔다. 쇼코도 그를 따라 귀를 기울이니 살짝 열린 문 틈새로 두 남자가 말다툼을 벌이는 소리가 들려왔다…….

"설마 네가 남의 소재를 도용하는 놈이었을 줄이야. 아무래도 내 눈이 삐었었나 봐. 사람 보는 눈에는 자신이 있었는데……."

JOKER

"아니, 대체 무슨 소리예요?"

"저번에 나온 네 신작. 그거 내가 전에 너한테 얘기한 소재잖아!"

"미즈노 씨, 아니에요. 그건 제가 스스로······."

아무래도 두 사람이 소재와 관련해서 다투는 모양이다. 추리소설은 소재가 생명이다. 특히 본격 미스터리는 그런 경향이 강하다. 소설적으로는 시시해도 트릭이 훌륭하면 칭송받는 풍조까지 있다. 소재로 승부를 보는 작가에게는 소재 소유권에 사활이 걸렸다고 할 수 있다.

히이라기 쓰카사柊木司와 미즈노 가즈마水野一馬가 다투고 있었다. 둘 다 『간사이 본격 모임』에 소속한 평범한 작가들이다. 조금 전 저녁 식사 때, 아오이는 마주 앉은 두 사람 사이에 기묘한 긴장감을 느꼈다. 거기에는 이런 사정이 있었나 보다.

방문에는 『지식의 방』이라고 쓰인 명패가 달려 있었다. 말하자면 도서실이다. 명칭에 연연하는 것은 환영성의 주인 히라이 씨의 성격이리라.

아오이는 문에서 귀를 떼고 다시 복도를 걸었다. 쇼코가 소리를 죽이고 불러세웠다.

"쓰라라기. 저 두 사람, 내버려 둬도 될까?"

"남의 일이잖아요."

서장 번잡한 서막

 이대로 두면 그들의 우정에 균열이 생길지도 모른다. 아니, 애초에 저 두 사람 사이에 우정이라는 따스한 것이 존재하긴 했던가?
 미스터리 외에 판타지나 호러가 특기 분야인 아오이는 소재보다도 어디까지나 재밌는 스토리로 승부를 보는 스타일이다. 그는 평소에 소재 건지기에 환장하다가 소설의 본질을 놓치는 사람들을 경멸했다. 그래서 두 사람의 말다툼을 보고도 그런 수준의 토론은 어지간히 좀 하라는 생각이 들었다.
 ─ 소재의 창조에 목숨을 거는 인간들한테는 중요한 문제겠지만 그래도 그렇지…….
 두 사람 모두 아오이보다 나이가 많은 어엿한 어른이다. 자기처럼 어린 사람이 주제넘게 그들에게 참견하는 것도 과한 짓이다.
 아오이는 신랄하게도 자기 자신을 그렇게 타이르고는 쇼코와 함께 그 자리에서 벗어났다.
 ─ 자기들 싸움은 자기들이 해결하면 되지. 현실이 추리소설처럼 돌아가는 것도 아니고. 설마 저 말다툼이 살인까지 발전하겠어?
 아오이의 그 생각은 지극히 자연스러웠다.
 하지만…….

JOKER

나중에 생각해보면 그 선택이 모든 비극의 발단이었는지도 모른다.

쇼코가 앞서 걷는 아오이의 뒤를 쫓다가 천천히 발을 멈췄다.

"…… 지금 무슨 소리였지? 고양이?"

어딘가 먼 곳에서 고양이 울음 비슷한 소리가 들려왔다.

…… 그것이 화려한 참극의 서곡이었는지도 모른다.

제1장 임무지는 환영성

이 환상이 무엇인지 밝혀봤자
진상은 그리 쉽게 밝혀지지 않는다.
수면에 나타난 물거품 같은 형상은
이윽고 다시 바닥으로 가라앉는다.

JOKER

5 녹스와 밴 다인

다쿠쇼인 류스이의 방, 『객실V』는 지금 연회장으로 바뀌었다.

방바닥에 과자와 안주가 널브러져 있으며 주스와 맥주 캔을 비롯해 각종 술병이 빽빽이 늘어서 있다. …… 다들 즐겁게 잡담을 즐기고 있었다.

이번 다과회 참석자는 아오이 겐타로, 히류 쇼코, 호시노 다에, 미야마 가오루, 다쿠쇼인 류스이. 이렇게 다섯 명이다.

미즈노와 히이라기는 조금 전 말다툼의 여파가 남았는지 모습을 보이지 않았다. 니지카와 료는 "메구미가 있으니 오늘 밤은 빠지겠다"고 했다. 후몬지 고세이도 오늘 밤은 이번 달 말에 나오는 류스이의 신작 『직소 퍼즐』의 교정쇄에 푹 빠진 모양인지 참석하지 않았다.

작가 여덟 명에 작가의 가족인 호시노 다에와 니지카와 메구미를 포함한 열 명이 이번 『간사이 본격 모임』 가을 합숙의 전체 참가자다.

"류스이! 이제 슬슬 시작하자."

적당한 타이밍에 아오이가 입을 열었다. 다과회라고

제1장 임무지는 환영성

하지만 쓸데없는 잡담만 나누는 것은 아니다. 담당자가 주제를 정하고 토론하는 스터디 모임 같은 면도 있다. 오늘 밤 담당자는 자기 방을 제공한 류스이다.

류스이는 탁상에서 A4 사이즈 종이를 꺼내 모두에게 나눠주고 이야기를 시작했다.

"다른 의견도 있을 수 있겠지만, 에드거 앨런 포의 『모르그가의 살인』으로 미스터리라는 장르가 개척된 이래 150년이 지났습니다……. 그 사이에 미스터리는 많은 위인을 통해 급속도로 진화하면서 오늘날에 이르러서는 몇 가지 장르로 세분되었습니다. 이미 원형을 유지하고 있지 않다고 해도 과언이 아니죠. 그래서 오늘은 미스터리의 원점으로 돌아가서 미스터리란 무엇인가, 무엇이었나 하는 점을 다 같이 생각해보고자 합니다. 여기서 말하는 미스터리란 장르가 출발한 시점의 순수한 추리소설을 가리키니 오해는 마시기 바랍니다."

독특하고도 표표한 말투였다. 다들 먹는 것을 잊고 잠시 그에게 귀를 기울였다.

"여느 때처럼 『10계』와 『20칙』을 인용해보았습니다. 잊어버리신 분도 계실 테니 먼저 그 종이를 살펴보세요."

1928년 미국에서 밴 다인S. S. Van Dine은 탐정소설이 준수해야 하는 스무 가지 규칙을 발표했다. 이른바 『밴 다인의 20칙』이다. 그리고 이에 호응하듯 영국에서 로널드 녹스Ronald Arbuthnott Knox가 탐정소설이 지켜야 하는 계율인 『녹스의 10계』를 제창했다. 이 두 가지는 『10계』, 『20칙』이라고 하여 미스터리에서 쌍벽을 이루는 기본원칙 같은 것이다. 다만 모든 미스터리가 원칙을 지키는가 하면 사실 그렇지도 않다. 오히려 『10계』와 『20칙』을 모두 만족하면서 재미있는 작품을 찾기가 더 어렵다.

스포츠는 세세한 규칙을 정하고 그 틀 안에서 진검승부를 벌이기 때문에 재미있다. 그것과 마찬가지로 미스터리도 어느 정도 약속이 없으면 한없이 불공정한 테크닉이 허용된다. 과하게 고식적인 『꼼수』를 용인하면 결국 재미도 줄어드는 법이다.

그중에 유명한 것이 애거사 크리스티Agatha Christie의 『애크로이드 살인사건』이다. 한번 읽어보면 알 테지만 그 작품에서 애거사 크리스티는 공정과 불공정 사이를 이리저리 옮겨 다니는 곡예를 완수한다. 특유의 아슬아슬함 탓에 『애크로이드 공정 불공정 논쟁』은 아직도 완전히 결론이 나지 않았으며 평가는 개인의 취향에 맡겨져 있다.

분명하게 말할 수 있는 것은 공정이든 불공정이든

제1장 임무지는 환영성

진정 훌륭한 작품은 반드시 화제가 되며 사람들의 기억 속에 오랫동안 남는다는 사실이다.

칭찬이든 비난이든 최대급의 언어로 대우받는다는 것은 그만큼 작품에 무시할 수 없는 파워가 있다는 뜻이다.

실제로 역사를 돌아보면 주위에서 과한 칭찬을 받는 작품보다 세상의 평판이 깔끔하게 나뉘는 작품이 후세에 남을 가능성이 크다.

●

『10계』, 『20칙』은 다음과 같다.

녹스의 10계

1 ◎ 범인은 이야기 서두, 초기 단계에 등장해야만 한다.

2 ◎ 초자연적 요소나 마술적 요소를 이야기에 들여서는 안 된다.

3 ◎ 존재를 추측하는 것이 가능하다면 비밀의 방, 비밀의 통로는 하나만 허용된다.

4 ◎ 과학적으로 확실하게 밝혀지지 않은 독극물이나 난해한 과학적 설명이 필요한 독약이나 소도구를 사용해서는 안 된다.

JOKER

    5 ◎ 중국인을 중요한 역할로 등장시켜서는 안 된다.

    6 ◎ 우연한 발견이나 탐정의 직감으로 사건을 해결해서는 안 된다.

    7 ◎ 탐정 자신이 범인이어서는 안 된다.

    8 ◎ 독자가 모르는 실마리로 해결해서는 안 된다.

    9 ◎ 왓슨 역할(사건의 서술자)은 자신의 판단을 전부 독자에게 알려야 한다. 그리고 지능은 평균적인 독자의 지능보다 약간 떨어져야 한다.

    10 ◎ 쌍둥이나 변장한 2인 1역은 자연스럽게 등장이 예측되는 경우를 제외하고 등장시켜서는 안 된다.

●

……항목 하나하나를 낭독하며 류스이는 필요에 따라 해설을 덧붙였다.

"이건 유명한 이야기이긴 한데, 일단은 설명해 드리겠습니다. 5번의 중국인을 중요한 역할로 등장시켜서는 안 된다. 이건 2번과도 통하는 이야기예요. 당시에 서양인 사이에서 중국인은 마술을 부리는 수상쩍은 존재였습니다. 지금 생각하면 우스운 이야기죠. …… 다른 항목은 특별히 문제없을 겁니다."

이어서 류스이는 『20칙』 낭독을 시작했다.

제1장 임무지는 환영성

밴 다인의 20칙

1 ◎ 모든 실마리는 조금도 숨기지 않고 독자에게 제시되어야 한다.

2 ◎ 작중 범인이 사용하는 트릭 이외에 작자가 독자에게 트릭을 사용해서는 안 된다.

3 ◎ 작중에 대대적인 로맨스 요소를 넣어서는 안 된다.

4 ◎ 탐정이 범인이었다는 결말을 지어서는 안 된다.

5 ◎ 우연한 발견이나 범인의 자백으로 사건을 해결해서는 안 된다.

6 ◎ 반드시 탐정 역할을 하는 인물이 등장해야 하며 그 사람의 추리로 사건이 해결되어야 한다.

7 ◎ 살인사건이 바람직하다. 그보다 가벼운 범죄는 장편으로 읽을 추진력이 떨어진다.

8 ◎ 심령술, 독심술, 수정구, 자동기술 등의 미신이나 예언 등으로 해결되어서는 안 된다.

9 ◎ 주인공 탐정은 한 명이 좋다. 그렇지 않으면 독자는 릴레이팀을 상대로(본인은 한 명) 경주해야 한다는 불공정함을 느낀다.

10 ◎ 범인은 처음부터 나오며 그럭저럭 중요한 등장

인물 중 한 명이어야 한다.

11 ◎ 종업원 등 독자가 처음부터 제외할 법한 인물이 범인이어서는 안 된다.

12 ◎ 살인사건이 여러 건이라 해도 범인은 한 명인 것이 바람직하다.

13 ◎ 비밀결사 등 여러 명이 범인인 사건은 피해야 한다.

14 ◎ 범죄 수단 및 수사방법은 합리적이고 과학적이어야 한다. 공상과학에 나올 법한 비현실적 무기를 사용해서는 안 된다.

15 ◎ 범인이 판명된 후에 독자가 소설 앞부분을 다시 읽어보고 여기에 명확한 단서가 있구나, 나도 작중의 탐정처럼 세심했더라면 범인을 발견했겠구나, 하는 생각이 들 수 있도록 써야 한다.

16 ◎ 분위기나 등장인물의 성격 묘사 등은 추리적 흥미를 방해하지 않는 정도에 머물러야 한다. 여담이 들어가서는 안 된다.

17 ◎ 뻔한 상습범을 범인 삼아서는 안 된다. 범죄를 저지를 것 같지 않은 의외의 인물이 범인인 것이 바람직하다.

18 ◎ 과실치사나 자살이라는 해법으로 독자를 실망

제1장 임무지는 환영성

하게 해서는 안 된다.

19 ◎ 동기는 개인적인 것이 바람직하다.

20 ◎ 다음과 같은 판에 박힌 수법은 피해야 한다.

A ● 담배꽁초 단서

B ● 최면술 자백

C ● 지문 위조

D ● 대역을 쓴 알리바이

E ● 개가 짖지 않았으므로 범인은 그 집안과 친숙한 인물이라는 추리

F ● 쌍둥이 또는 외모가 아주 비슷한 혈연자 대역 트릭

G ● 주사 사용. 음료에 마취제 투여.

H ● 밀실살인의 경우, 경찰 진입 후의 살해 트릭(발견자가 범인)

I ● 언어반응에 따른 심리테스트

J ● 암호 사용

JOKER

6 추리소설 구성요소 30항 돌려보기

"아니, 그런데 요즘 시대에 이런 규칙을 철저하게 지키는 사람은 없잖아."

류스이가 『20칙』을 다 낭독한 시점에 쇼코가 지당한 의견을 냈다.

그 지적대로 탐정 자신이 범인인 미스터리, 사실은 자살이었다는 결말의 미스터리, 범인에게 공범자가 아주 많았다는 미스터리 등, 이러한 규칙을 깬 미스터리는 유명한 것부터 일부 마니아밖에 모르는 것까지 세보면 끝이 없다.

하지만 어쩔 수 없는 일이다. 150년의 역사를 지닌 미스터리의 소재는 이미 고갈된 거나 마찬가지다. 거기에서 더 발전하고자 한다면 지금까지 있던 소재를 효과적으로 조합하거나 아슬아슬하게 공정(또는 불공정 그 자체)한 소재를 쓰는 것 말고는 방법이 없다.

"…… 쇼코 선배 말이 맞아요. 오히려 현재 시점에서 이런 규칙을 전부 지키는 미스터리를 쓰는 게 더 어렵지 않아요? 규칙을 따르면서 더 재밌는 내용을 써야 하니까."

제1장 임무지는 환영성

 아오이의 발언에는 새겨들을 점이 있었다. 류스이는 긍정의 의미로 고개를 끄덕이고 이어 말했다.
 "맞다. 사실은 지금 쓰고 있는 작품에서 저는 처음에 이런 걸 하려고 했어요. 정해진 틀 안에서 발버둥 치다 보면 뭔가 새로운 것을 탄생시킬 수 있지 않을까 했죠."
 모두가 다시 류스이에게 주목했다. 모두가 궁금해 하는 신작 정보. 흘려들을 수 없다.
 "…… 그런데 그건 어렵다는 걸 알았어요. 아니, 정확히 말하자면 기교적으로는 가능하지만 그런 법칙을 지키면 미스터리 본래의 재미를 죽일 거라는 생각이 들었죠."
 깊고 무거운 침묵. 모두가 류스이의 연설을 열심히 듣고 있다.
 "거기서 생각한 게, 온갖 미스터리의 구성요소를 가득 담은 대大미스터리입니다. 저는 지금까지 여러 미스터리를 읽어왔는데, 다 읽을 때마다 뭔가 부족한 것 같은, 만족할 수 없는 감각을 막연하게 느꼈어요. 훌륭한 작품인데 밀실 트릭이 빠져 있다거나 밀실 트릭 몇 가지를 조합했지만 알리바이나 우의법이 없다거나……. 그냥 사치스러운 고민일 수도 있지만 그런 대미스터리가 하나 정도는 있어도 괜찮지 않을까 생각해요."
 "그런데 『상자』나 『허무』가 있잖아."

JOKER

아오이가 곧장 지적했다. 류스이는 가볍게 고개를 저었다.

"물론 안티미스터리 작품군에 속하는 『상자』, 『허무』, 『도구마구』, 『흑사관』 등은 제가 이상적으로 여기는 대大미스터리에 아주 가깝기는 합니다……."

류스이가 열거한 네 권의 책 제목은 추리 마니아 사이에서 『4대 미스터리』로 알려진 작품의 약칭이다.

☆오구리 무시타로小栗虫太郎 『흑사관 살인사건』
☆유메노 규사쿠夢野久作 『도구라 마구라』
☆나카이 히데오中井英夫 『허무에의 제물』
☆다케모토 겐지竹本健治 『상자 속의 실락』

…… 이 네 작품이 『4대 미스터리』로 꼽히는 것은 어디까지나 일반론적인 이야기다. 사카구치 안고坂口安吾의 『불연속 살인사건』이나 가사이 기요시笠井潔의 야부키 가케루 시리즈, 거기에 다쿠쇼인 류스이의 『영원의 윤회』까지 한데 묶어 취급할 수 있는 안티미스터리 걸작은 여럿 있지만, 여기서 하나를 더하면 이것도 넣자느니 저것도 넣자느니 하는 바람에 일반적으로는 네 작품을 대표적인 예로 든다. 이러한 이유에서 어느 정도 수준

제1장 임무지는 환영성

이상이 아니면 앞으로도 『4대 미스터리』가 『5대 미스터리』나 『7대 미스터리』, 『10대 미스터리』가 될 일은 없을 것이다. 그렇게까지 된다면 특별한 느낌은 사라지리라.

류스이는 모두를 돌아보고는 아오이를 다시 보았다.

"…… 그런데 그런 걸작 중에서도 구성요소를 완전히 섭렵한 건 없어, 아오이."

"류스이, 네가 말하는 그 구성요소에는 대체 뭐가 있지? 알리바이, 밀실……. 세보면 끝이 없잖아."

"아주 뼈아픈 지적이야. 뭐, 일단 독단과 편견을 토대로 내 취향의 구성요소 30항을 써봤어. 아까 나눠준 종이 뒤를 보면……."

부스럭부스럭, 모두가 종이를 뒤집는 소리가 들렸.

정말로 앞면에 『10계』와 『20칙』이 인쇄된 종이 뒷면에는 『추리소설 구성요소 30항』이라는 제목이 붙은 30개의 항목이 나열되어 있다.

설마 양면 유인물인 줄은 몰랐던 걸까. 모두 의외라는 표정을 지었다. 역시 타고난 엔터테이너 다쿠쇼인 류스이. 빈틈없는 남자다.

"그러면 하나하나 설명해보죠. 아, 혹시나 해서 미리 말씀드리는데, 이건 어디까지나 제가 신작을 집필하기 위해 만든 독단적인 자료 같은 거니까 남에게 강제하거나

JOKER

이게 미스터리의 보편적인 테마라는 망상에 빠져 역사에 남길 생각은 추호도 없으니 마음 놓으세요. 저는 오히려 독자 한 분 한 분이 본인 취향의 구성요소를 만들면 좋지 않을까 하는 생각도 하는데……."

미리 장황한 변명을 늘어놓은 류스이는 구성요소에 대해 설명하기 시작했다.

『추리소설 구성요소 30항』

1 ◎ 불가사의한 수수께끼(기발한 생각)
2 ◎ 연쇄살인
3 ◎ 원격살인
4 ◎ 밀실
5 ◎ 암호
6 ◎ 수기(유서, 일기 등)
7 ◎ 우의법
8 ◎ 참수
9 ◎ 작중작
10 ◎ 부재증명(알리바이 공작)
11 ◎ 시체장식
12 ◎ 시체교환(얼굴 없는 시체, 바꿔치기)

제1장 임무지는 환영성

13 ◎ 애너그램(로마자·일본어 표기)
14 ◎ 살인예고장
15 ◎ 의외의 범인
16 ◎ 의외의 동기
17 ◎ 의외의 인간관계
18 ◎ 미싱 링크
19 ◎ 미스디렉션
20 ◎ 다잉 메시지
21 ◎ 특수 트릭(얼음, 거울 등)
22 ◎ 물리 트릭
23 ◎ 서술 트릭
24 ◎ 인물 트릭(성별, 다중)
25 ◎ 동물 트릭
26 ◎ 명탐정
27 ◎ 호칭 있는 범인
28 ◎ 쌍둥이
29 ◎ 색맹인물
30 ◎ 결말의 역전극(가짜 범인)

JOKER

 "부처님에게 설법하는 거나 마찬가지라는 걸 알지만 만일을 위해 설명하겠습니다. 먼저 미스터리에 걸맞게 1번은 불가사의한 수수께끼(기발한 생각)입니다. 꼭 서두에 등장해야 한다는 법은 없지만 있으면 최고죠. …… 2번의 연쇄살인은 다들 아시다시피 연속되는 살인사건입니다. 연속이라는 점에서 범인은 동일인물이거나 동일 그룹입니다. 3번의 원격살인은 범인이 어떤 트릭을 사용해서 범행현장이 아닌 곳에서 피해자를 살해하는 겁니다. 4, 5, 6번, 밀실, 암호, 수기는 말 그대로니까 따로 설명을 안 드려도 될 것 같습니다."
 류스이는 잠시 한숨 돌리고 맥주를 한 모금 마셨다. 지금까지 아무도 의문을 제기할 낌새는 없었다. 류스이의 설명이 끝날 때까지는 경청하려는 자세인 듯하다.
 "7번의 우의법은 어떤 목적이 있어서 시체의 상태에 손을 대는 겁니다. 동요나 하이쿠의 내용에 맞추는 등 테마가 따로 있는 것이 많아요. 보통 중요한 단서가 되는 시체의 상태를 숨기기 위해 사용됩니다. 예를 들어서 어떤 우의를 나타내려고 시체가 물속에 잠겨있다면, 그건 사실 시체의 온도변화를 착각하게 하기 위함이라거나 말이에요. 8번의 참수는 12번의 시체교환에서 자세히 설명할 건데, 대부분 시체의 얼굴을 숨기는 것이 목적입

제1장 임무지는 환영성

니다. 참수 자체가 목적인 경우도 몇 가지 있으니 이 항목은 따로 빼놨어요.

9번의 작중작은 이야기 속에 이야기가 있고 이야기 바깥에 이야기가 있고…… 그게 액자식 구성plot을 지닌 작품이죠. 2중, 3중의 작중작이 트릭과 직결된 작품도 있어요. 다케모토 겐지의 작품이 바로 대표적인 예죠."

그렇게 말하는 류스이도 작중작에 심취한 작가로 거론된다. 다쿠쇼인의 작품 중에는 『소설』이 바로 주인공으로 꼽히는 것도 적지 않다.

"10번의 알리바이는 굳이 말씀드릴 필요 없겠죠. TV에 나오는 미스터리 드라마나 트래블 미스터리 등에서 자주 나오는 단어예요. 11번의 시체장식은 7번의 우의법과도 통하는 바가 있는데, 특정한 이유가 있어서 시체에 장식을 하는 겁니다. 12번의 시체교환은 조금 전에 참수에서 언급했죠. 굽고, 짓이기고, 머리를 숨기는 등의 방법으로 피해자를 다른 누군가로 오인케 하는 패턴이에요. 피해자라고 생각했던 인물이 사실 범인이라는 내용은 요즘 시대엔 진부하죠."

쇼코는 류스이의 설명을 들으며 미스터리가 망가져 가는 듯한 느낌을 받았다. 류스이는 과거 미스터리의 총결산을 시도하여 현재의 지루하기 짝이 없는 범작

JOKER

미스터리를 일소하려 하는 건 아닐까 하는 생각까지 들었다.

류스이는 여태까지 한 작품으로 장르 자체를 파괴해버리는 듯한 대담한 구성을 지닌 작품을 많이 썼다. 만약 쇼코의 예상이 맞다면······.

그녀의 후배는 굉장히 도발적일 때가 있다. 그 저변에 있는 저돌적이고 위험한 파괴충동과 같은 분위기는 무엇에 기인하는 걸까. 타고난 걸까? 아니면 따로 이유가 있을까? 류스이는 삶을 너무 서두르는 건 아닐까······. 그런데 어째서일까? 뭐라 할 수 없는 불길한 예감과 함께 쇼코의 등에 서늘한 기운이 스쳤다.

류스이는 선배의 불안 따위는 안중에 없는 듯 담담히 설명을 이어갔다.

"13번은 애너그램이란 철자 바꾸기입니다. 예를 들어 『공갈자[1]』라는 말을 알파벳으로 바꾸고 철자 순서를 바꾸면 『류스이溜水』가 됩니다."

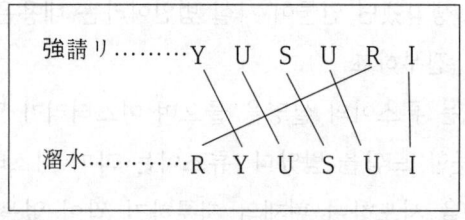

---

[1] 유스리ゆすり는 공갈 또는 공갈자라는 의미를 가지고 있다.

제1장 임무지는 환영성

청중에게서 어이없는 실소가 터졌다. 애너그램, 언어유희도 류스이가 심취한 것 중 하나다. 신문이나 광고, CF를 봐도 알 수 있듯 류스이뿐만 아니라 일본인 자체가 언어유희를 좋아하는 사람들이다. 그런데 그는 때때로 병적일 만큼 그와 같은 취향에 몰두했다.

"14번부터 17번까지는 딱히 설명할 게 없을 것 같습니다. 18번의 미싱 링크, 잃어버린 고리란 언뜻 아무런 상관이 없어 보이는 연쇄살인의 피해자에게 숨겨진 공통점이 있었다는 겁니다. 19번의 미스디렉션은 범인이 수사진을, 또는 작자가 독자를 엇나간 방향으로 이끌기 위해 만드는 가짜 단서입니다. 20번의 다잉 메시지, 죽을 때의 전언은 피해자가 죽을 때 남기는 메시지가 단서가 되는 겁니다. 후기 엘러리 퀸Ellery Queen은 다잉 메시지에 집중했죠."

엘러리 퀸의 『X의 비극』(버나비 로스 명의로 발표)이라는 작품에서 탐정 돌리 렌은 다음과 같이 말했다.

『그는 죽기 직전, 아주 잠시, 자신이 남길 수 있는 유일한 실마리를 남겼습니다. 이처럼 죽음 직전의 유일무이하고도 신성한 순간, 인간의 두뇌는 한없이 발달합니다.』(아유카와 노부오鮎川信夫 역)

또 가사이 기요시는 데뷔작 『바이바이 엔젤』에서 야부

JOKER

키 가케루의 입을 빌려 다음과 같이 말했다. 다잉 메시지는 범인을 지시하는 일종의 기호signe라고 생각할 수 있는데 그것은 독단에 불과하다. 메시지라는 사실 안에는 동등한 권리를 지닌 무수한 의미signification가 담겨 있다. 탐정은 무한한 가능성 중에서 직관으로 유일한 진실을 확신하는 것에 불과하다, 라고.

●

류스이의 설명은 계속되었다.

"21번 특수 트릭은 얼음흉기, 얼음을 사용한 밀실 제작, 거울을 사용한 트릭 등을 하나로 묶은 겁니다. 22번의 물리 트릭은 물리적인 장치. 23번의 서술 트릭은 작자가 독자를 오도하는 『꼼수』테크닉을 말하죠. 1987년에 아야쓰지 유키토綾辻行人가 『십각관의 살인』으로 충격적인 데뷔를 장식하기 전, 『아야쓰지 이전』에 서술 트릭은 미스터리의 마지막 성역, 터부였습니다. 하지만 『아야쓰지 이후』, 신본격 미스터리 붐이 일어난 후로 서술 트릭도 상당히 발전했습니다. 대표적인 선수로는 아야쓰지 유키토와 오리하라 이치折原一가 있죠. 서술 트릭을 사용한 것뿐만 아니라, 『역순구성』 등은 이야기의 서두에 범인을 밝히는 미스터리입니다. 프랜시스 아일즈(앤소니 버클리Anthony Berkeley의 다른 이름)의

제1장 임무지는 환영성

『살의』, 프리먼 W 크로프트Freeman Wills Crofts의 『크로이든발 12시 30분』, 리처드 헐Richard Hull의 『백모 살인사건』, TV에서는 『형사 콜롬보』 시리즈 등이 유명합니다. 최근에 일본에도 『후루하타 닌자부로古畑任三郎』라는 시리즈가 있죠."

길게 이어진 설명도 드디어 막바지에 이르렀다. 30항 구성요소도 이제 일곱 항 남았다.

"24번의 성별 트릭은 등장인물 중 누군가가 특정한 이유로 성별을 속이는 것. 또는 서술 트릭의 일부로, 작자가 독자에게 등장인물의 성별을 오인케 하는 장치를 심는 트릭입니다. 또 다중인물 트릭이란 등장인물의 2인 1역을 가리킵니다. 25번의 동물 트릭은 사실 동물이 범인이거나 중요한 역할을 맡는다는 내용입니다. 그리고 이것도 서술 트릭의 일부인데, 작자가 독자에게 동물을 등장인물로 착각하게 하는 겁니다. …… 26번의 명탐정은 설명해 드릴 필요가 없겠죠. 27번의 호칭 있는 범인은 순전히 제 취향입니다. 다만 범인이라는 막연한 명칭 말고 그럴듯한 호칭이 있어야 범인을 상상하기 쉬운 건 사실이라고 생각합니다."

류스이는 캔에 남아있던 맥주를 원샷했다. 계속 말을 했던 탓인지 입이 조금 피곤한 모양이다.

JOKER

 "28번의 쌍둥이는 쌍둥이를 사용한 바꿔치기 트릭, 또는 착각 트릭입니다. 29번은 색맹인물이 범인이거나 중요한 팩터가 되는 경우죠. 그리고 30번의 결말 역전극. 가짜 해답은 없어도 상관없는데 있으면 진상의 경악을 증폭시킬 수 있습니다."

 완독하고 나서 진짜 범인이 바뀌는 것.『영원의 윤회』에서 궁극의 반전 아크로바틱에 성공한 류스이는 마침내 오랜 시간에 걸친『30항』설명을 마쳤다…….

제1장 임무지는 환영성

7 감탄 · 반박 · 개언

"그러면 다쿠쇼인 씨는 이런 구성요소를 전부 넣은 미스터리를 쓰실 계획이신가요?"

다과회에 참석한 다섯 명 중에서 단 한 명, 류스이보다 어린 미야마 가오루의 말에는 솔직한 감탄이 담겨 있었다. 가오루는 선배작가를 동경의 눈빛으로 보았다.

정녕 류스이의 시도가 이뤄지면 엄청난 미스터리가 완성될 것이다. 어쩌면 4대와 비견될 작품이 나올 수 있다. 가오루뿐만 아니라 모두가 기대감으로 가슴이 부풀어 올랐다.

다만…… 어디까지나 이루어진다면 그렇다는 이야기다. 장대한 시도일수록 도전은 말처럼 쉽게 이뤄지지는 않는다.

"그런데 그건 어렵지 않나, 류스이. …… 게다가 너도 미리 양해를 구한 것처럼 이 리스트가 구성요소를 전부 다뤘다고 할 수도 없잖아. 나라면 『꽃말』이나 『오른손 · 왼손잡이 트릭』, 그리고 『교환살인』 같은 테마도 넣었을 거야."

"『교환살인』은 나도 생각했어, 아오이. 그런데 진범을

JOKER

한 명으로 제한한다면 『교환살인』을 넣을 순 없지. 같은 이유에서 『모방살인』 같은 것도 제외했어. 뭐, 아까도 말했듯이 이 리스트는 어디까지나 이번 작품을 집필하기 위한 자료 같은 거고 완전하지는 않아."

『교환살인』이란 두 사람(또는 그 이상)이 공모하여 범행을 저지르는 케이스다. 예를 들어 피해자 A를 죽이고 싶은 범인 A와 피해자 B를 죽이고 싶은 범인 B가 있으면, 범인 B가 피해자 A를 죽이고 범인 A가 피해자 B를 죽인다. 그리고 두 범인이 서로의 범행 시간에 알리바이를 만들어 두면 둘 다 의심받지 않는다는 내용이다.

『모방살인』이란 한창 연쇄살인이 벌어질 때 진범이 아닌 인물이 본 사건을 따라 범행을 저지르는 케이스를 가리킨다. 요컨대 타인의 범행을 모방하여 자신의 범행을 가리는 고의적인 행위다. 『교환살인』이나 『모방살인』을 효과적으로 연출하면 매우 대담하고 기발한 행동을 가능케 한다. 하지만 특유의 성질 탓에 이러한 트릭은 금기까지는 아니어도 매우 불공정한 소재로 간주하는 경우가 많다.

"그리고 『암시적인 무대』나 『함의 있는 이름』 같은 것도 생각해봤는데, 이번 작품에서는 우리 『간사이 본격 모임』 멤버가 등장인물이고 무대는 환영성으로 정했으

제1장 임무지는 환영성

니 이름이나 무대에 의미를 부여하기는 좀 그래서 포기했습니다."

미스터리에서는 내용과는 큰 상관이 없는 부가적인 장치로 등장인물의 이름에 숨겨진 의미가 존재할 때가 있다. 작가의 『놀이』일 경우도 있으며 그런 취향이 테마와 밀접하게 결합하여 효과적으로 작용하는 것도 있다.

"오……. 다메이 신작에 우리도 나오는구나. 실명소설이란 얘기네. 재밌을 거 같은데."

쇼코가 호기심 넘치는 목소리로 찬사를 보냈다. 한편 아오이는 의심을 보였다.

"내 생각엔 상당히 어렵지 않을까 하는데……. 정말로 그 시도가 성공하면 나는 그 소설 속 밀실에서 익사해도 좋아."

아오이의 너절한 농담에 모두가 웃었다. 그건 그렇고 『밀실에서 익사』라……. 어디서 본 것 같은 정경이다. 하지만 억지스러운 물리 트릭이라도 사용하지 않는 한 불가능할 것이다. 모두가 그렇게 생각했다.

"그런데……『호칭 있는 범인』이나 『살인예고장』은 왠지 란포의 세계 같네요."

조금 전까지 듣는 것에 전념하던 호시노 다에가 자리에 드리운 침묵을 깨뜨렸다. 조심스러운 발언이지만 상당히

JOKER

날카로운 지적이다. 대단한 책벌레인 후몬지 고세이의 여동생이어서 그런지 그녀도 독서가다. 미스터리만 읽는 독자는 아니지만 넓은 의미에서 미스터리로 분류되는 작품군도 많이 독파하는 모양이다.

여태까지 자리에 자연스럽게 스며들어 있던 다에에게 관심이 생겼는지, 아오이는 그녀를 곁눈질로 보면서 류스이에게 질문을 던졌다.

"맞아. 나도 그게 궁금했어. 『살인예고장』은 괴인이십면상[2]에서 쓰였던 그건가?"

"이십면상은 사람을 죽이지는 않았잖아. 그건 『범죄예고장』이지. 여기서는 『흑사관』에 나오는 종류라 할까. 사실 예고 『장』은 아니지만."

오구리 무시타로의 『흑사관 살인사건』. 4대 미스터리 최초의 거봉巨峰이다.

"흑사관의 살인예고가…… 뭐였죠?"

가오루가 의문을 표했다. 다른 사람들도 모두 옛날에 읽었던 작품이라 당장 기억이 잘 안 나는 모양이다. 과잉된 현학 취향pedantry으로 점철된 『흑사관 살인사건』은 통독이 힘들기로 손꼽히는 번잡한 내용의 책이다.

---

[2] 怪人二十面相. 에도가와 란포의 소설 〈소년 탐정단〉 시리즈에 나오는 괴도. 이후 '괴인사십면상怪人四十面相'으로 이름을 바꾼다.

제1장 임무지는 환영성

평론가조차 어지간한 연구가나 팬이 아니면 여러 번 읽지는 않을 것이다.

미리 인용할 작정이었는지 류스이는 타이밍 좋게 책상 위에 놓여 있던 『흑사관 살인사건』을 들고 책갈피를 꽂아두었던 곳을 펼쳐 낭독했다.

"어디…… 이거다, 이거. 피해자와 살해 방법을 예고한 두루마리가 있고, 내용대로 등장인물이 살해된다는 이야기야."

류스이는 가오루부터 순서대로 『흑사관 살인사건』을 보여주었다. 돌려 읽으면서 기억의 책장을 뒤져보는지, 반가운 듯한 목소리가 차례로 들려왔다.

그 두루마리는 다음과 같은 내용이다.

그레테는 영광으로 빛나게 죽을 것.
오토칼은 매달려서 죽을 것.
가리발다는 거꾸로 매달려 죽을 것.
올리거는 눈이 가려져 죽을 것.
하타타로는 허공에 떠 죽을 것.
에키스케는 틈새에 끼어 죽을 것.

●

JOKER

"맞아. 이런 느낌이었지……. 효과적으로 쓰면 정말 재밌겠다."

"그리고 15번에 『의외의 범인』을 들었는데, 사실 미스터리에서 의외의 범인은 왕창 나오잖아요. 그래서 지금 그 부분에서 고민 중이에요. 정말로 『의외의 범인』이 필요한가 해서……."

순간적으로 류스이의 얼굴에 고뇌의 빛이 서렸다. 류스이는 소재보다 스토리로 승부를 보는 스타일이기는 하다. 그래도 미스터리라는 이름을 달고 승부에 나서는 이상, 독자는 『의외의 진상』과 『의외의 범인』을 원하기 마련이다. …… 요구받으면 기대에 부응해야 한다. 이것이 류스이의 신조다.

"그렇죠. 범인은 의외로 설정하려 하면 한없이 의외로 만들 수 있으니까요."

다에가 동정하듯 난감한 투로 말하자, 쇼코도 즉각 입을 열었다.

"그러게. 그런데 너무 아슬아슬하다거나 의외성을 연출하기 위해 비겁한 테크닉을 쓰면 바로 불공정하다고 비난받잖아. 골치 아프지."

"그 경계를 파악하는 게 어렵죠. ……하지만 여러분, 그게 바로 어려움을 알면서도 뛰어넘고 싶은 허들 아닌가

제1장 임무지는 환영성

요? 미스터리란 진상을 알아차리면 재미가 없기 마련이고, 기왕 기대를 받으면 범인으로 독자를 놀라게 하고 싶죠."

다들 추리소설가답게 제각기 예전부터 생각했었을 『의외의 범인』론을 말하면서 분위기가 달아올랐다. 『의외의 범인』은 역시 미스터리의 영원한 테마인가?

사람은 모두 내면에 광기를 품고 살아간다. 평범하게 살아가던 사람이 사소한 부분에서 엇나가는 메커니즘. 광기의 깊은 어둠…….

어떤 것은 명확하게, 어떤 것은 암시적으로 일상에 숨은 광기의 시스템을 드러낸다. 거기에는 분명 세계의 진실이 있다. 단순한 독법도 좋지만 깊이 파고들어 읽으면 그런 식으로도 생각할 수 있다.

그래서 미스터리를 읽거나 만들어서 이 세계의 수수께끼(미스터리)에 도전하는 것은 아주 즐겁다. 그것이 모두가 다다른 결론이었다.

JOKER

8 까마귀의 밤 · 첫 번째 피해자

"그래도 다쿠쇼인 씨 신작, 재밌을 거 같아요. 정말 기대되네요."

류스이는 립서비스를 진심으로 받아들일 만큼 재능에 취한 사람은 아니다. 인사치레가 2할 내지 3할 정도 포함되어 있다는 것은 알지만……. 그래도 가오루의 찬사가 기쁘기는 했다.

언제부턴가 다과회는 류스이의 신작발표회 양상을 띠기 시작했다. 물론 류스이의 신작 정보는 모두의 관심사였던 터라 불만을 드러내는 사람은 없다.

"다메이, 그래서 제목은 뭐라고 할 거야?"

쇼코의 그 말에 자리의 긴장감이 순식간에 치솟았다.

문제는 제목이다. 제목은 독자가 마주하는 첫인상이자 작품내용에 대한 선입관으로 이어진다. 절대 무시해서는 안 되는 중요한 요소다. 극단적으로 말하면 제목의 센스에 따라 작품이 아무리 훌륭해도 평가가 폭락하기도 한다. 당연한 일이다. 제목은 작품의 간판이며 작품의 일부다.

류스이는 천천히 모두를 둘러보고 잠시 뜸을 들이다가

제1장 임무지는 환영성

엄숙하게 제목을 발표했다.

"작품 제목은…… 『화사한 꽃처럼, 몰락은 꿈처럼』이라 하려 합니다."

일순간 말의 의미를 깨닫고 방 안에 웅성거림이 퍼져나갔다.

"설마 그렇게 나올 줄이야……."

"『화몰』이라……."

모두 놀란 기색을 숨기려 하지도 않았다. 순순히 감탄하는 사람도 있거니와 한방 먹었다는 말은 안 해도 표정으로 선수를 빼앗긴 것에 대한 아쉬움을 드러낸 사람도 있다. 그건 그렇고 『화사한 꽃처럼, 몰락은 꿈처럼』이라…….

『화사한 꽃처럼, 몰락은 꿈처럼』은 현재 99호까지 발행된 『간사이 본격 모임』의 회보 이름이다. 제목이 긴 탓에 멤버들은 간결하게 『화몰華沒』이라고 부른다.

출처는 바넬이라는 시인이 남긴 『꽃의 꿈』이라는 시다.

●

아아 화사한 꽃처럼 자연스럽게 피어나고 싶다
모든 것을 느끼고 모든 것을 받아들이며……
단 하나의 소소한 소원

JOKER

　- 몰락은 꿈처럼……
　그리고는 환상처럼 사라지고 싶다
　어렴풋한 희망을 꿈에 그리며……
　나는 오늘도 피어난다
　자연스러운 모습으로…… 마치 화사한 꽃처럼
　●

　『화사한 꽃처럼, 몰락은 꿈처럼』. 줄여 말해서『화몰』은『간사이 본격 모임』선배 작가들의 노력과 성공의 궤적을 기록한 것이다. 위대한 선도자들의 땀과 눈물의 결정, 그리고 세대를 뛰어넘어 이어지는 영광의 전설……. 류스이는 대담하게도 그 회보의 문구를 제목 삼으려고 한 것이다.

　아니, 류스이는 만만한 사람이 아니다. 단순히 간판으로 쓰는 것이 아니라 자기에게 압력을 가하여 본인의 능력을 뛰어넘은 걸작을 쓰겠다는 심산일 수도 있다.

　어쨌든『화사한 꽃처럼, 몰락은 꿈처럼』이라는 제목이 발표되면서 류스이의 신작을 향한 모두의 기대감은 확실히 높아졌다…….
　●

　그 후 류스이는 이번 환영성 합숙을 작품의 핵심으로 삼겠다고 설명했다.

제1장 임무지는 환영성

"이번 합숙이라는 건…… 혹시 이 모임이 끝나고 살인이 일어나나요?"

가오루의 말은 모두의 상상력을 북돋웠다. 합숙 첫날 밤, 다과회 후에 일어나는 연쇄살인. 용의자는 이들 중에 있을까?

실명소설인 만큼 리얼하게 상상할 수 있었다. 당연히 그 부분도 류스이의 의도이리라.

"그럼 오늘 다과회 내용도 그 소설의 일부가 될 수 있겠네. 『10계』와 『20칙』을 복습하고 다메이가 『30항』을 발표한 거……. 내 대사도 소설 안에 들어가려나."

"환영성을 무대로 고른 건 아주 영리해. 여기는 살인을 연출하는 무대로 손색이 없지."

『화사한 꽃처럼, 몰락은 꿈처럼』의 가능성을 즐겁게 이야기하는 쇼코와 아오이를 보며 류스이는 만족스럽게 고개를 끄덕였다.

"그래서 지금 첫 피해자를 누구로 할지 고민이 됩니다. 어쨌든 실명소설이니까요. 제가 혼자 정해버리면 괜히 그 사람한테 억하심정이 있는 것 같고……. 쇼코 선배, 죄송한데 제비뽑기를 만들어봤거든요. 뽑아주실 수 있나요?"

"제비뽑기……? 해보지, 뭐."

JOKER

 류스이는 길게 자른 하얀 종이 여덟 장을 꺼냈다. 손에 쥔 부분에 작가들의 이름이 숨겨져 있을 것이다.

 아무리 소설이라지만 살인사건의 피해자를 제비뽑기로 정하다니 참 어이없는 녀석이다. 이것도 일종의 조크일까.

 너무 장난질이 심하지 않나? 그런 의문을 품으며 쇼코는 가냘픈 손을 뻗었다.

 여자의 손가락이…… 파멸의…… 실……을…… 당긴다……!

 뽑힌 제비에는 이렇게 쓰여 있었다.

미즈노 가즈마

"미즈노 씨네."

 희미한 웅성거림에 이어 차례로 안도의 한숨 소리가 들려왔다. 아무리 소설이라지만 자기가 갑자기 피해자가 된다면 기분이 그리 좋지 않을 것이다. 이 자리에 없는 미즈노 가즈마가 선택되어 다행이라 할 수 있다.

 문득 아오이의 뇌리(정확하게는 귓가)에 조금 전 우연히 들었던 말다툼이 선명하게 되살아났다.『지식의 방』에서 미즈노 가즈마와 히이라기 쓰카사는 말다툼을 했

제1장 임무지는 환영성

다. 일단 히이라기가 첫 번째 용의자가 된 건가…….

상상은 너무나도 리얼했다. 미즈노와 히이라기의 격렬한 설전에 『살인』이라는 이미지를 겹친 것만으로도 머릿속에 음산한 비주얼이 그려졌다.

- 소름 돋아 -

미즈노와 히이라기가 이 자리에 없어서 그럴 것이다. 어쩌면 미즈노 가즈마는 히이라기 쓰카사에게 살해당하지 않을까?

- 말도 안 돼. 내가 지금 무슨 생각을 하는 거야?

아오이는 머릿속의 망상을 뿌리쳤다. 어차피 류스이의 소설 속 이야기다. 실제로 살인이 일어난 게 아니다…….

살인이 일어날 리가 없다. 어째서 그렇게 단언할 수 있는가? 벌레도 못 죽일 것 같은 사람이 살인에 손을 대는 것. 상상도 할 수 없는 사건은 사실 주변을 둘러보면 여기저기 차고 넘친다. 절대로 사람을 죽이지 않으리라고 단언할 수 있는 사람은 이 세상에 존재하지 않는다.

그렇게 생각하니 미즈노와 히이라기의 다툼을 가만히 내버려 두었다는 사실이 부끄러워졌다. 쇼코의 말처럼 그때 두 사람을 말려야 하지 않았을까. 억지로라도 다과회에 두 사람을 끌고 와서 화해할 기회를 만들었어야 했나?

JOKER

 끝없이 반복되는 아오이의 자문자답은 갑자기 끼어든 후몬지의 목소리에 끊겼다.

●

 "…… 뭐야, 아직도 하고 있었어?"

 후몬지風紋寺의 목소리는 이름 그대로 바람처럼 시원한 느낌이다. 서른 같지 않게 산뜻하다.

 "다쿠쇼인의 『직소 퍼즐』을 다 읽어서 소감을 말해주러 왔는데……. 너희들, 내일도 있으니까 얼른 자."

 작가가 아닌 선생의 말투였다. 니지카와가 없어서 여기서는 후몬지가 최연장자다. 잘난 체가 아니라 연장자로서 무심코 훈계하는 것도 이해가 간다.

 "앗, 벌써 시간이 이렇게 됐네!"

 시곗바늘은 새벽 1시 29분을 가리켰다.

 쇼코와 가오루는 서둘러 자리를 떠났다. 수면 부족은 피부의 적이라는 철학을 충실히 따르는 모양이다. 미신에 휘둘리는 건 바보 같아 보여도 옛사람이 남긴 고사는 경청할 만한 것이 많다. 아무리 미신이어도 타인의 충고는 들어보고 볼 일이다.

 "다메이, 그러면 『화몰』 집필 힘내. 기대할게."

 그 말을 끝으로 그들은 얼른 객실로 돌아갔다. 후몬지도 동생 호시노 다에를 방에 데려다주기 위해 방을 나갔

제1장 임무지는 환영성

다. 마지막에는 아오이와 류스이만 남았다.

"류스이, 넌 앞으로 어쩔 거야."

"그러게……. 후몬지 씨한테 『직소 퍼즐』 소감을 듣고 바로 원고를 쓰려고. 아침까지 써야지. 저거도 가져왔으니까."

류스이는 엄지손가락으로 탁상의 『저거』, 무릎 위에 얹는 laptop 워드프로세서를 가리켰다. 아오이는 미소지었다.

"여전하다. 네 파워에는 매번 압도된다니까."

류스이는 평소에도 궤를 달리하는 발상과 파워에 힘입어 상상과 창조로 밤을 지새운다. 그의 상식을 벗어난 초인적인 능력은 때로 약을 하는 게 아닌가 싶을 만큼 상식인들의 입을 다물게 했다.

『창작의 괴물』, 『발상마왕』. 『세상에서 가장 이성적인 광인』 등 인상적인 별명을 여럿 류스이에게 하사한 것은 다름 아닌 아오이다.

"합숙 중에 완성하고 싶어서. 이 일주일이 관건이야. 기합을 팍팍 넣어야지."

"너무 무리하지 말래도 들을 녀석도 아니고. 그래도 몸조심해. 어차피 또 나기사한테 간병 받을 것 같지만."

아오이는 류스이의 쌍둥이 여동생인 나기사와도 오래

JOKER

알고 지냈다. 예전부터 셋이서 창작에 관해 이야기를 나누는 일도 많으며 모두 마음이 통하는 사이다.

류스이는 비쩍 말라서 감기에 걸리면 바로 몸져눕는다. 그럴 때 간병하는 것이 나기사의 역할이며 병문안을 와서 병상에 누운 친구의 기운을 북돋는 것이 아오이의 역할이다.

"뭐, 나도 『직소 퍼즐』 읽어볼게. 후몬지 씨도 읽었으니까 내일에라도 다 읽어버려야지."

"기왕 합숙까지 왔는데 책 읽기에 너무 시간 쓰지 마."

"네가 할 소리냐, 창작밖에 모르는 바보가."

아오이는 웃으면서 일어났다. 친구에게 가볍게 손을 흔들고 나오려다가, 발을 멈추고 몸을 빙글 돌렸다.

"『화몰』 말인데…… 나한테만 알려줘라. 이번에는 얼마나 죽일 거야?"

아오이의 상큼한 눈빛은 류스이를 똑바로 보았다. 류스이는 딱히 숨길 일도 아니라서 가르쳐주기로 했다.

"죽는 건 열네 명에 밀실은 일곱 개인데……."

"열네 명? 그럼, 너……."

작가를 모두 죽여도 여덟 명. 니지카와 메구미와 호시노 다에를 더해도 열 명이다. 이 남자는 무슨 생각을

제1장 임무지는 환영성

하는 걸까? 류스이는 허풍을 떨며 독자를 달아오르게 하는 습관이 있는데, 그래도 그렇지 이번 허풍은 아주 거창하다.

"농담이지?"

"안타깝게도 난 아주 진지하거든."

이 남자는 어지간한 궤변가거나 망상가임이 틀림없다. 아오이는 의논을 포기하고 얌전히 자기 방으로 돌아가기로 했다.

까마귀처럼 새까만 밤은 깊어져만 간다…….

『화사한 꽃처럼, 몰락은 꿈처럼』, 실명소설 집필 개시와 같은 시각, 참극의 막이 올라간 것을 그들은 아직 알 리가 없었다.

사람들은 잠든다. 수면의 못에 빠져든다.

그들이 끝없는 악몽을 헤매게 될 때까지 잠시 시간이 있었다.

류스이는 워드프로세서 자판을 계속 두드렸다.

엄청난 속도로 이야기를 만들어갔다.

●

…… 이때 첫 번째 피해자는 이미 세상을 등졌다. 첫 피해자의 이름은…….

운명을 관장하는 자가 심심풀이로 살인의 제비를 뽑았다.

JOKER

9 크고 작은 조각상

창밖에서 새들이 지저귀는 소리가 들려온다……. 상쾌하게 눈이 뜨였다. 어젯밤에 다과회에서 느낀 불길한 예감도 수면을 거쳐 망각의 바다에 매몰되었다. 수많은 가능성이 태어나는 이른 아침에는 기분이 맑아진다. 어젯밤의 불안감이 거짓말이었던 것처럼 몸과 마음이 모두 새로워진 듯 상쾌함이 온몸을 감쌌다.

오전 6시 20분. 아오이는 침상에서 나와 옷을 갖춰 입고 식당으로 향했다.

●

아직 비상등이 켜진 어둑한 복도.

중정 옆 유리창 복도를 그대로 나아가면서 시야가 확 트였다.

너른 원형 홀이다.

아름다운 원을 그리는 홀 벽에는 무수히 많은 아오이가 있다. 이곳에 있으면 수많은 사람이 주변을 둘러싼 듯한 착각에 사로잡힌다. 원형 홀의 벽에는 장방형 거울이 빼곡하게 붙어 있다. 거기에 비친 자기 모습이 기묘한 착각을 일으키는 것이다(이 홀이 완벽한 원형으로 보이

제1장 임무지는 환영성

는 것도 착각일 수 있다. 거울을 붙인 걸 생각하면 엄밀히 말해 완전한 원이 아니라 원에 가까운 다각형일 것이다).

성당처럼 천장이 높다. 지붕은 반구형으로 움푹 패고 시계방향을 따라 나선형 무늬가 새겨져 있다. 가만 보면 이발소 회전등 같아서 눈이 어지럽다. 천장과 홀 바닥의 석판은 심해를 연상케 하는 짙은 파란색으로 통일되어 있다.

환영성의 다른 공간과는 격리된 것처럼 독특한 분위기를 지닌 공간이다. 이곳에는 『신기루의 방』이라는 이름이 붙어 있다. 신기루mirage와 거울mirror을 엮었는지도 모른다. …… 그러고 보니 히라이 씨는 하이쿠 애호가이기도 하다. 환영성 직원 중에는 어째서인지 하이쿠를 좋아하는 사람이 많다는데, 본인이 읊는 것 외에도 옛 시인들의 명시를 연구하는 취미가 있는 것 같다. 특히 마쓰오 바쇼가 인기 있다고 한다. 사람 사는 동네와 멀리 떨어진 경치 좋은 땅에 살다 보면 예술에 관심이 생기는 걸까. 아오이는 그들의 심정을 언뜻 알 것도 같았다.

공간 자체는 어딘가 어머니의 뱃속을 연상케 하는 포근하고 마음 놓이는 곳이었다. 그런데 『신기루의 방』 한가운데에 고정된 세 개의 조각상이 공간의 분위기를

JOKER

요사스럽게 일그러뜨리는 것 같았다.

 아오이는 세 개의 조각상 쪽으로 걸어갔다. 가운데의 석상은 받침대 위에 묵직하게 앉아 있다. 언뜻 보면 쪼그려 앉은 인간 같다. 하지만 그것이 인간을 모델 삼지 않았다는 것은 등에 돋아난 날개와 머리카락 없는 머리에서 나온 두 개의 뿔이 증명한다. …… 굳이 말하자면 인간보다는 악마에 가깝다. 조각의 양손은 끝이 솟고 예리하고 거대한 자수정amethyst을 단단히 쥐고 있다. 이 특이한 물체의 명칭일, 홍매색을 띤 받침대에는 선명한 붓글씨로 『경덕귀慶德鬼』라고 새겨져 있다.

 북동쪽…… 귀문鬼門[3] 쪽을 노려보는 경덕귀의 돌로 된 눈동자는 마치 이 환영성이라는 소우주의 모든 사실과 현상을 꿰뚫어 보는 것 같았다.

 일의 자세한 사정을 아는 존재가 있다면 바로 이 조각상 같았다.

 두 개의 미인상이 경덕귀를 등진 채 양 옆자리를 차지하고 있다. 백자처럼 새하얗고 청량감 있는 석상이다. 똑같이 머리 위에 얹은 물병을 양손으로 받치고 있는 디자인이다. …… 그런데 조각상 하나는 물병 아래에 있어야 할 머리 부분이 없어서 마치 목 없는 시체가

---

3) 북동쪽. 귀신이 출입한다고 하여 꺼리는 방향.

제1장 임무지는 환영성

양손으로 물병을 들고 있는 것 같았다. 다른 조각상은 머리와 물병은 있는데 물병을 지탱해야 할 양팔이 없었다.

어디에서 가져온 걸까. 히라이 씨에 따르면 『선려상羨麗像』, 『선루상羨淚像』이 이 두 미인상의 이름이라고 하는데……. 아오이는 2년 전에 이 조각상들을 처음 본 후로 『신기루의 방』에 오면 항상 신선한 감동에 사로잡혔다. 밀로의 비너스와 사모트라케의 니케를 연상케 하는 두 개의 미인상과 그 사이의 경덕귀. 세 개의 조각은 절묘한 밸런스를 이루며 삼위일체의 아름다움을 완성하였다. 특유의 밸런스에 아오이는 감동하지 않고는 버틸 수 없었다.

경덕귀. 자세한 사정을 아는 조각상은 무엇을 바라보고 있는가?

아오이는 어느새 경덕귀 조각상을 빤히 바라보고 있었다. 경덕귀의 손에 들린 멋진 자수정과 영리한 눈동자를 번갈아 보았다. 시간의 흐름도 잊은 채 조각상을 관찰했다…….

●

"안녕하세요."

호시노 다에의 맑은 목소리에 아오이는 정신이 번쩍

JOKER

들었다. 뒤를 돌아보니 원형 홀 벽면에 붙은 모든 거울 속의 그도 똑같이 움직였다. 현기증을 자극하는 기묘한 광경이었다.

다에가 『간사이 본격 모임』의 합숙에 동행한 것은 이번이 처음이다. 아오이와 그녀는 어제 처음 만났다.

그녀의 태양이 구름 사이에 숨어버렸던 걸까. 다에는 집단 속의 한 사람으로 인식할 때는 그림자가 옅고 존재감 없는 여자였다. 그런데 개인으로, 일대일로 마주해보니…….

뭔가 사람을 압도하는 분위기가 있다.

청초한 외모와 내성적인 태도……. 그래도 사회인에게 필요한 최소한의 예절은 있다. 무뚝뚝해서 말수가 적은 것이 아니라 그저 쓸데없는 말을 하지 않는 것뿐임을 아오이는 깨달았다.

그녀에게서는 외면이 아닌 내면의 힘(고고함?)이 느껴졌다. 아오이는 그렇게 인식을 바꾸고 나서 그답지 않게 몸가짐을 추스르고 그녀를 정중히 대했다.

"다에 씨…… 안녕하세요."

"아오이 씨…… 맞죠?"

"네."

"이 조각상을 보고 계셨나요?"

제1장 임무지는 환영성

다에가 사교적인 것과는 다른, 순수한 미소를 지으며 말했다. 그녀도 세 조각상에 관심이 생긴 모양이다.

"뭐, 그렇죠."

본인이 생각하기에도 무뚝뚝한 대답만 줄줄 나왔다. 그녀의 존재감을 강렬히 느껴서 긴장했기 때문일까? 아니면…… 아오이가 그녀의 오빠에게 품은 열등감 complex이 그를 그렇게 만들었는지도 모른다.

후몬지 고세이는 아직 『미완의 대기大器』라는 칭호가 붙은 막 태어난 항성에 불과하다. 하지만 탁월한 문장력이 다듬어지면 항성은 분명히 광채를 발할 것이다. 후몬지는 엄청난 스피드로 쭉쭉 성장하고 있는 명백한 천재다.

아오이의 글은 후몬지가 쓰고자 하는 글과 노선이 같다. 데뷔는 아오이가 빨랐어도 후몬지는 순식간에 두각을 보이면서 아오이가 있는 곳을 금세 통과하고 말았다.

인생은 한참 멀었다. 후몬지처럼 계속 성장할 수 있다면 좋겠지만 만약 앞으로 나아갈 수 없다면……. 아니, 나아가고 있기는 한가? 데뷔 후로 정상을 향하기 이전에 본인에게 요구되는 수준을 유지하는 것이 고작인 것 같았다. 작가는 재능으로 승부를 보는 직업이다. 리스크

JOKER

가 클 수밖에 없다. 재능이 고갈되면 이 세계에 있을 수 없다.

 재능의 차이를 노력으로 보완할 수 있을까? 스피드도, 볼륨도, 퀄리티도, 아오이는 무엇 하나 후몬지에게 미치지 못한다. 같은 노선으로 승부를 보니 후몬지를 의식하지 않을 수도 없고 앞서가는 자를 이길 수도 없다. 그렇다면 노선 전환을 꾀하여 독자적인 노선, 오리지널리티를 추구하지 않는 한 승산은 없을 것이다.

 그런 고민이 후몬지의 재능에 느끼는 공포와 질투를 동시에 환기하면서 아오이의 가슴 속에 일종의 열등감 complex을 피워낸 건 사실이다.

 …… 그 후 두 사람은 무난한 대화를 나누며 함께 식당으로 갔다. 어제 겨우 알게 된 사이라 바로 친해지지는 않았지만 두 사람만의 대화를 나누는 사이에 아오이는 긴장이 풀리고 마음도 조금씩 열렸다.

제1장 임무지는 환영성

10 두 공석

 시계의 긴 바늘이 움직이면서 식당에 사람들이 하나둘 모였다. 어제 본 『기리기리스』라는 남자는 동행인이 없는지 테이블 구석에서 객실 담당자과 대화를 나누며 이미 식사를 하고 있었다.

 계속 대화를 나누던 아오이와 다에는(필연적으로?) 나란히 앉았다. 시간이 지나면 지날수록 처음에 그들 사이에 있던 어색함은 사라져갔다. 아오이는 풍부한 화젯거리를 대화에 넣으며 내성적인 다에의 마음을 조금씩 열었다.

 밤을 꼬박 새워 원고를 집필한 듯, 류스이는 멍한 표정으로 졸린 눈을 비비며 식당에 들어와 자리를 잡았다. 아오이가 그 모습을 지적하니 류스이는 피곤한 듯 말없이 어깨를 으쓱거릴 뿐이었다.

 분위기가 좋아 보이는 아오이와 다에를 위해서일까. 히류 쇼코는 니지카와 부녀, 미야마 가오루와 잡담을 나누고 있었다. 후몬지는 류스이가 자리에 앉자마자 기다렸다는 듯이 『직소 퍼즐』에 관해 이것저것 토론을 하는 듯했다.

JOKER

●

…… 그럭저럭 다들 모인 후로 20분이 지났는데도 여전히 두 자리가 비어 있었다. 미즈노 가즈마와 히이라기 쓰카사가 있어야 할 자리다.

두 사람은 일찍 일어나는 편이다. 여태까지 합숙 때 늦잠을 잔 적이 없다. 그런데 두 사람 모두 모습을 보이지 않았다. 우연이라 하기에는 너무 완벽했다.

"늦는군. 내가 잠깐 보고 와야겠어."

마침내 니지카와가 최연장자답게 자리에서 일어나려 했다. 그러나 아오이가 손을 들어 그를 막았다.

"아뇨, 니지카와 씨. 제가 갔다 올게요."

아오이는 다짜고짜 자리에서 일어나 니지카와를 가로막았다. 그리고는 다에에게 가볍게 고개를 숙이고 식당 출구로 향했다.

사실 아오이는 조금 전부터 미즈노와 히이라기가 없는 것을 가장 예민하게 의식했다. 다에와 나누는 대화에 집중하면서도 그들이 너무 걱정되었다. 어젯밤 말다툼도 그렇다. 그때 아오이는 그들의 말다툼을 보고도 그대로 지나쳤다. 두 작가 사이에 무슨 문제가 생겼다면 그에게도 일말의 책임이 없다고 하기도 힘들다.

"나, 나도 갈래. 쓰라라기, 기다려!"

제1장 임무지는 환영성

쇼코가 그 뒤를 따랐다. 그녀도 어젯밤 말다툼이 마음에 걸렸나 보다.

『지식의 방』에서 격한 설전을 벌이던 미즈노 가즈마와 히이라기 쓰카사. 설마, 혹시 그 후 말다툼에 불이 붙어서…….

말도 안 되는 일이라고 믿고 싶다. 군걱정으로 끝나면 그냥 우스운 해프닝일 뿐이다. 하지만 최악의 가능성을 깡그리 부정할 수는 없다. 불안감이 아오이와 쇼코의 발걸음을 자연스레 재촉했다.

●

미즈노 가즈마의 방도, 히이라기 쓰카사의 방도 문은 잠겨있지 않았다. 두 방은 깔끔하게 정돈되어 있었으며 어지럽혀지지도 않았다. 당연하게도(?) 두 사람은 그곳에 없었다.

"맞다. 쇼코 선배. 『지식의 방』에 가보죠. 어쩌면 거기 있을지도 몰라요."

"둘이서 화해하고 이른 아침에 느긋하게 책이라도 읽고 있으면 좋을 텐데."

"그러게요."

두 사람에게는 이미 여유가 없었다. 초조함 탓에 발걸음이 빨라졌다. 쇼코가 달려가고 아오이가 뒤를 따랐다.

JOKER

복도에서 스친 객실 담당 직원이 의아한 표정으로 두 사람을 돌아보았다.

서둘러…… 『지식의 방』으로. 어서, 어서!

마치 서두른다는 행위로 미즈노와 히이라기의 안전을 확보할 수 있는 것처럼 두 사람은 전속력으로 환영의 성을 달렸다.

숨을 헐떡이며 『지식의 방』으로 뛰어 들어갔다!

그곳에는 그들의 기대에 부응해 미즈노 가즈마와 히이라기 쓰카사가 책을 읽고…… 있지 않았다……. 실내에는 수많은 책이 오싹한 침묵을 지킬 뿐, 미즈노도 히이라기도 없었다.

돌이켜 보니 아오이와 쇼코는 어젯밤 이 방에서 말다툼이 벌어진 후에 미즈노와 히이라기가 어떻게 행동했는지 전혀 알고 있지 않았다. 그들은 다과회에도 얼굴을 비치지 않았다. 아무도 어젯밤에 그들과 대화조차 나누지 않았을 가능성이 크다.

사태가 이렇게 되자 어젯밤에 두 사람의 다툼을 말리지 않았다는 사실이 더 후회되었다. 그때 두 사람을 말렸더라면…… 그리고 다과회에 초대했더라면…….

"쓰라라기, 설마."

아오이는 『설마』의 뒤를 이을 쇼코의 말을 입에 담고

제1장 임무지는 환영성

싶지 않았다. 형용할 수 없는 불안과 공포가 몸 안에 조금씩 축적되었다…….

달리면서 생긴 피로와 정신적인 긴장 탓에 아오이는 어깨를 축 늘어뜨렸다. 쇼코는 그 어깨에 손을 얹어 후배를 격려하려 했다. 하지만 그녀도 증폭되는 최악의 예감을 떨쳐낼 수 없었다.

머릿속에 떠오르는 어젯밤의 정경.

쇼코가 뽑은 제비에 적힌 『첫 피해자』의 이름은 미즈노 가즈마. …… 하지만 그것은 류스이의 소설 『화사한 꽃처럼, 몰락은 꿈처럼』 속에 나오는 이야기일 뿐……일 테다.

머릿속에 떠오르는 무서운 생각을 어떻게든 털어내고 두 사람은 식당으로 돌아왔다.

●

"두 사람이 없다고? 어떻게 된 거야!"

후몬지는 벌떡 일어나서 여행 총무 류스이를 쳐다보았다. 류스이는 입을 다물고 고개를 저을 뿐이었다. 의아한 표정을 짓는 모두에게 아오이는 어젯밤에 두 사람이 다퉜다고 말했다. 어젯밤 다과회의 제비뽑기 일도 있어서 그런지 식당 전체가 술렁거렸다. 『기리기리스』라는 남자는 식사를 마치고 이미 식당을 나갔다. 실내에 있던

JOKER

『간사이 본격 모임』 멤버들은 모두 막연한 불안을 느꼈다.

다과회에 참석하지 않았던 니지카와 부녀와 후몬지도 류스이의 소설『화사한 꽃처럼, 몰락은 꿈처럼』의 내용과 피해자를 정하는 제비뽑기 이야기를 알게 되면서 다양한 논의가 오갔다.

"한심하기는! 그건 다쿠쇼인의 소설 이야기잖아. 너희 제정신이야? 현실세계에서 살인이 그렇게 쉽게 일어나겠어? …… 니지카와 씨도 정신 차리세요. 이러쿵저러쿵 얘기하기 전에 일단 환영성을 다 같이 뒤져봐야 하지 않나요? 정말로 두 사람을 못 찾으면 히라이 씨나 직원분들한테 말씀드리면 되죠."

후몬지가 모두가 꺼리던 단어,『살인』을 언급하면서 사람들은 차분함을 되찾았다.

후몬지의 말은 현실적인 데다 무엇보다도 설득력이 있었다. 사람은 극한상태에서 하는 행동으로 성격이 드러난다고 하는데, 후몬지는 글재주뿐만 아니라 그런 점에서도 진짜배기였다.

믿음직한 사람이네. 류스이는 자신의 실명소설에서 후몬지에게 탐정 역할을 맡기면 재밌겠다고 생각했다.

- 하지만 -

제1장 임무지는 환영성

 후몬지로 인해 어느 정도 회복하던 질서도 강력한 쇼크로 인해 곧바로 붕괴하고 말았다.

 벌컥!

 세차게 문이 열렸다. 집사 고스기 간이 창백한 표정으로 식당에 뛰쳐 들어왔다.

 그는 헉헉대고 있었다. 얼마나 급하게 온 걸까. 공간의 긴장감이 폭발했다. 모두의 불안한 시선이 집사에게 꽂혔다!

 "무슨 일이시죠? 고스기 씨. 괜찮으세요?"

 달려가는 니지카와 료. 이때, 공통의 상상이 모두의 뇌리를 스쳤다.

 ─ 마구 튀는 선혈! …… 해골로 변한 남자의 모습.

 미야마 가오루는 식당에 있는 아홉 사람을 둘러보았다. 니지카와 료, 후몬지 고세이, 호시노 다에, 히류 쇼코, 다쿠쇼인 류스이, 아오이 겐타로(니지카와 메구미는 화장실에 갔다). 시선은 고스기 간에 이르러 멈췄다.

 이 자리에 있어야 할, 이 자리에 없는 두 사람.

 틀림없이 미즈노 가즈마가 히이라기 쓰카사 중 누군가의 신변에(아니면 두 사람 모두?) 뭔가 좋지 않은 일이 일어났다. 질주 탓에 벌겋게 달아올랐어야 할 집사의 얼굴이 극도로 창백한 것을 보아도 쉽게 상상할 수 있었다.

뭔가 좋지 않은 일……. 그것은?

아오이가 내민 물컵을 벌컥 들이켜 한숨 돌리고 나서, 고스기는 충격적인 사실을 전했다.

"미즈노 가즈마 씨가…… 미즈노 씨가, 살해당했어요!"

공전절후의 기괴한 참극이 지금…… 완전히 막을 올렸다!

서곡overture은 모두의 경악과 비명.

제1장 임무지는 환영성

11 인외마경人外魔境·첫 번째 시체

시체가 발견된 곳은 『역전의 방』이었다.

고스기 집사 간은 환영성 아침 점검을 하면서 『역전의 방』에서 살해된 미즈노 가즈마를 발견했다. 어젯밤, 성의 소등시간 점검 때 시체는 분명히 없었다고 하니 아마 야간에 범행이 일어났으리라고 추측된다.

환영성에는 투숙객이 지내는 방을 제외하고 『심판의 방』과 『무구武具의 방』, 그리고 『주방』 이외에는 문을 잠가놓지 않는다. 따라서 누구든 출입할 수 있다.

피해자는 『간사이 본격 모임』 소속 추리소설가, 미즈노 가즈마. …… 아이러니하게도 어젯밤 다과회의 제비뽑기가 그대로 이루어진 셈인데, 그 이상으로 기묘한 것은 시체의 상태였다.

"이게, 뭐야?"

딸을 보살피기 위해 식당에 남은 니지카와 료를 제외한 남자 작가들과 히라이 다로가 집사의 안내를 받고 『역전의 방』에 발을 들였다. 맨 처음에 사람들은 괴이한 상황에 시선을 빼앗겼다. 리얼한 시체에 대한 놀라움보다도 이상한 광경에 대한 놀라움이 더 컸다.

JOKER

시체는 천장에 목을 매달고 있었다.

상황이 평범했더라면 단순히 목을 매단 것으로 보였으리라. 그런데 이 방은 『역전의 방』이다.

『역전의 방』의 테마는 음양(천지)의 역전이며 관람자를 놀라게 하는 것이 목적이다. 융단은 천장에 붙어 있고 옷장을 비롯한 가구는 천장에 고정되어 있다(안은 비어있을 것이다). 조명은 바닥에 고정되어 있다. ……아무것도 모르는 사람이 모든 것이 역전된 이 방에 갑자기 발을 들인다면 자신이 천장에 서 있는 것 같은 착각, 세계가 거꾸로 된 것 같은 착각에 사로잡혀 옴짝달싹 못 할 것이다.

실제로 『간사이 본격 모임』 작가들도 2년 전에 처음 환영성에 왔을 때 『역전의 방』을 보고 깜짝 놀랐다. 하지만 현재 느끼는 놀라움은 방의 기묘함이 아니라 시체의 기괴함에 있었다.

음양이 역전된 『역전의 방』. 여기서 천장은 바로 일반적인 바닥(땅)이다.

천장(땅)에 목을 맨 시체…….

이상한 점은 그뿐만이 아니다. 시체는 무릎이 접히고 쩍 벌어진 입에 껍질을 까지 않은 오렌지 하나가 통째로 들어가 있었으며 양팔이 몸에 묶여 있었다.

제1장 임무지는 환영성

 활짝 뜨인 시체의 눈을 보면서 아오이는 마음속에 밀려 올라오는 막연한 감정을 느꼈다.
 – 이게, 어제까지 평범하게 대화를 나누던 인간의 끝인가.
 어젯밤 『지식의 방』에서 말다툼하던 남자와 도무지 같은 사람으로 보이지 않았다. 지금 여기에 있는 것은 단순한 말 없는 살덩어리…….
 – 이토록 여린 존재인가. 인간이란 이토록 여린 존재인가.
 아오이는 죽음을 강렬하게 의식하면서 몸에 독이 차오르는 듯한 무거운 기분에 사로잡혔다. 조금 전부터 느껴진, 몸 깊은 곳에서 오는 막연한 감정의 분출도 멈추지 않았다.
 – 이건 비애가 아니야. 아니, 비애의 범주에 속할지도 모르겠지만 지금 비애의 대상은 숨진 지인이 아니라 나라는 존재의…… 사람 목숨의 덧없음이야.

●

 "대체 이게 어떻게 된 거야?"
 아무것도 하지 못한 채 멍하니 서 있는 사람들 사이에서 후몬지가 시체를 향해 다가갔다. 사건을 검증하는 탐정이 연상되는 발걸음이었다.

JOKER

 - 어째서 천장(땅)에 목이 매달려 있지?

 사과는 나무에서 떨어진다. 지구에는 인력이 존재하기 때문에 시체는 천장(땅)에 쓰러져 있어야 한다. 만유인력의 법칙에 어긋나게 천장(땅)에 목을 매다는 것은 도저히 불가능하다.

 성차별은 아니어도 여자 작가들과 같이 안 와서 다행이라고, 류스이를 비롯한 다른 이들은 생각했다. 진짜 변사체가 주는 박력은 실제로 본 사람밖에 모를 것이다. 현장을 촬영한 사진만 보아도 충격은 상당히 옅어진다. 변사체의 생생함이란……. 호러 영화 마니아인 류스이도 구역질이 났다. 아무리 정신력이 강한 쇼코라도 과연 실신하지 않을 수 있을까?

 시선을 돌리고 싶어도 무심코 시체로 눈이 갔다. 시체 근처에 꿇어앉은 후몬지는 꼼짝도 못 하고 있던 구경꾼들 쪽으로 시선을 돌렸다.

 "아하……. 범인도 참 교묘한 짓을 저질렀어."

 후몬지는 벌떡 일어나 혐오감이 훤히 드러난 투로 말을 뱉었다. 그의 눈동자에는 수수께끼에 맞서고자 하는 강력한 결의가 느껴졌다. 탐정 역할을 연기하는 기분이라도 든 것일까.

 "어떻게 된 건가요? 후몬지 씨."

제1장 임무지는 환영성

아오이가 그 자리에 있는 모두의 의문을 대변했다. 히라이 다로와 집사도 복잡한 표정으로 후몬지를 보고 있었다.

"화분이에요."

"화분?"

"아마 환영성의 온실에 있던 거겠죠. 안쪽에 아직 흙이 좀 묻어 있어요. 이걸로 시체를 고정한 겁니다."

사람들이 조심스럽게 후몬지가 가리킨 시체의 뒤쪽으로 돌아갔다. 추리소설을 쓰는 사람들이어서인지 현장 상황을 망가뜨리지 않게끔 신중하게 걸었다.

정말로 투명한 화분이 시체를 고정하고 있었다(별로 사용하지 않았는지 흠집도 별로 없었다). 시체의 무릎을 구부리고 화분에 걸리게끔 하여 지탱한 상태였다. 그리고 살해당한 후에 목에 밧줄이 걸린 모양이다. 꽉 조여진 것 같지는 않았다. 밧줄은 그대로 아래로 늘어져 천장(땅)에 박힌 못에 고정되어 있었다. 팔이 천장(땅)을 향해 축 늘어지는 것을 막기 위해 양팔이 몸에 묶인 듯했다. …… 거꾸로 보면 평범하게 목매단 시체로 보지 못할 것도 없다.

참으로 수수께끼가 많은 시체다.

가장 이상한 점은 시체가 입으로 껍질을 벗기지 않은

JOKER

오렌지 하나를 통째로 물고 있다는 점이었다. 도무지 피해자가 남길 법한 죽을 때의 전언dying message 같지 않았다. 오렌지는 껍질도 안 벗겨진 것을 보아 범인이 범행 후에 넣은 것이라고(반드시 그렇지는 않더라도 일단) 판단이 되었다. 그렇다면 무언가의 우의인가?

"다쿠쇼인 씨. 어쩌다 이렇게 된 거요?"

히라이 씨가 여행 총무인 류스이에게 험악한 표정으로 따져 물었다. 류스이는 그 질문에 난처한 듯 세차게 고개를 저었다.

"글쎄요. 저희도 뭐가 뭔지. 경찰한테 연락은 하셨나요?"

"물론 연락했소. 게다가……."

히라이 씨가 뭔가 말하려던 그때, 『역전의 방』 입구에 어떤 사람이 나타났다.

"살인입니까?"

하얗게 센 머리에 근엄한 표정이 인상적인, 그 『기리기리스』다.

제1장 임무지는 환영성

12 탐정클럽 제2반 탐정

"당신은……."

작가들은 일제히 의아한 시선으로 초로의 남자를 보았다. 한편으로,

"오오, 기리기리스 씨. 마침 잘 오셨소."

히라이 씨의 응대는 대단히 호의적이었다. 이 남자가 대체 누구길래?

"마미야間宮 씨께 이야기를 듣고 급하게 왔습니다."

마미야란 바로 객실 담당 직원인 마미야 데루間宮てる라는 여자다. 데루는 고스기 집사에게서 참사 소식을 들은 히라이 씨의 명령으로 기리기리스를 부르러 갔다.

기리기리스는 실내를 가로질러 변사체 앞에서 발을 멈췄다. 시체를 보고는 살짝 얼굴을 찡그리면서도 곧장 평소의 표정을 회복했다. 의지가 상당히 강한 걸까, 아니면 시체에 익숙한 걸까.

"소개가 늦었습니다. 저는 이런 사람입니다."

남자는 가슴 주머니에서 선명한 파란색 플라티나 카드를 꺼내 작가들에게 보여주었다.

"그건…… 범죄조사허가증(블루ID카드)이잖아요. 그

JOKER

렇다면 당신은 JDC 탐정입니까?"

"2반의 기리기리스입니다. 잘 부탁합니다."

남자는 가볍게 인사했다. 뜻밖에도 살인사건을 맞닥뜨린 JDC(일본탐정클럽) 제2반 탐정……. 탐정이라는 말을 듣고 기리기리스에게서 느꼈던 작가들의 위화감이 말끔히 쓸려나갔다. 그래서 눈빛이 날카로운 것이었다.

●

세상에 널린 추리소설, 미스터리 드라마의 영향으로 요즘 범죄자는 대단히 교활해졌다. 지문이나 알리바이 단서로 붙잡히는 범인은 점점 감소하고 있으며 과학적인 검사로도 어쩌지 못하는 교묘한 범죄는 반대로 증가하고 있다.

자살을 가장해서 또는 우연한 사고를 가장해서……. 진짜 완전범죄란 범죄 자체를 성공적으로 은폐하는 것이다. 아무리 경찰의 수사기술이 비약적으로 진화했다지만 결국 수사는 인간이 하기 때문에 개인의 주관, 선입견이라는 번거로운 문제가 개입된다.

엉뚱한 부분에서 사고나 자살의 그림자에 숨어 있던 완전(미수)범죄가 밝혀지면 사람은 수사의 한계를 느낄 수밖에 없다.

타인을 전혀 알 길이 없는 이 세상에서 인생의 연장선

제1장 임무지는 환영성

에 있는 죽음에 관한 수사에 한계가 있는 것은 당연한 이치다.

어린 시절부터 다양한 매체를 통해 범죄교본을 접하여 범죄 의무교육을 받고 자란 탓일까. 새 시대의 엘리트 범죄자의 교활함은 일반인의 상상을 뛰어넘는다.

인간의 능력에는 한계가 있으므로 어느 정도 희생은 감수할 수밖에 없다……기보다는 어쩔 수 없다. 그것이 전문가들의 일치된 견해이며 식견 있는 이들은 모두 그 사실에 수긍한다.

그런 범죄자 천국의 절망적 상황에서 필연적으로 등장한 것이 JDC(일본탐정클럽)다.

쇼와 49년(1974년) 8월 9일(사고팔고四苦八苦의 날). 아지로 소지鴉城蒼司가 창설한 JDC는 시대의 요구에 따라 급속도로 발전했다. 명민한 엘리트, 최고의 두뇌집단, 범죄수사의 전문가……. 그들을 칭하는 말은 일일이 셀 수가 없다.

20세기 최후의 사반세기last quarter, 역사의 그늘에서 기존의 상식을 뒤엎는 초월적 차원meta level의 신범죄와 사투를 거듭하여 계속 승리를 쟁취한 실적은 실로 극찬할 만하다. 법무성도 그 공적을 무시할 수 없었으므로 현재는 경찰과 JDC가 힘을 합쳐 수사를 원활히 진행하

JOKER

게끔 하기 위해 JDC 소속 탐정 전원에게 범죄수사허가증(통칭 블루ID카드)을 발급했다.

총재 아지로 소지의 인망과 JDC라는 조직의 뒷받침 때문에 명탐정으로 성공을 꿈꾸는 이들이 매년 JDC에 모여든다.

사법고시에 맞먹는 난이도를 자랑하는 JDC 입시나 미해결사건 추리제출 월반시스템에 합격하면 JDC에 들어올 수 있다. JDC에 들어오면 내부에서 새로운 경쟁이 기다리고 있다.

JDC에 속한 350명의 탐정은 일곱 개의 반으로 나뉘어 있다. 반 번호가 작으면 작을수록 뛰어난 탐정이라는 뜻이다. 그러나 제7반도 일단 JDC의 탐정이며 그럭저럭 빛나는 재능의 소유자라는 점에서는 쉬이 깔볼 수 없다.

상위반의 성적불량자와 하위반의 성적우수자는 순수한 성적평가로 가차 없이 정기적으로 교환된다. 그래서 설령 제1반 소속이더라도 교만한 마음에 수사를 게을리 하지 않는다. 탐정들이 날마다 열심히 일을 하기 때문에 JDC는 자극적이면서도 능률적으로 굴러간다.

제1반을 구성하는 탐정들, 반장 야이바 소마히토 刃仙人, 부반장 쓰쿠모 주쿠 九十九十九, 그리고 시라누이 젠조 不知火善蔵, 아마기 효마 天城漂馬, 기리카 마이 霧華舞衣, 류구 조노

제1장 임무지는 환영성

스케龍宮城之介……. 한 명 한 명이 강렬한 개성과 독자적인 추리법의 소유자다. 탐정계에서 알아주는 제1반의 강자들은 전 세계를 돌아다니며 종횡무진 활약하는 일본 최고의 대大탐정 집단이며 제2반도 그들과 버금가는 정예들이다. 제2반 반장 아마기리 후유카雨霧冬香, 기리기리스 다로蟊斯太郞, 히키미야 유야氷姬宮幽弥, 쓰쿠모 네무九十九音夢, 아지로 소야鴉城蒼也…… 이하 등등. 무서울 만큼 두터운 탐정층을 자랑하는 JDC이기에 제2반도 일본탐정계의 정점 가까이에 자리잡은 것이다. 제2반에는 모두가 명탐정이라고 해도 과언이 아닌 쟁쟁한 멤버들이 모여 있다.

…… 기리기리스 다로는 JDC 제2반의 부반장이다. 작품을 위한 취재 등을 통해 JDC에 관해 대강은 알고 있는 추리소설가들의 신뢰를 얻을 만한 직함이다.

●

기리기리스는 시체의 상황과 방의 모습을 관찰하고 나서 모두에게서 대략적인 사정 청취를 했다. 거기에서 내려진 결론은 일단 아오이와 다른 이들이 예측하던 추리와 같았다.

"그렇다면 현시점에서 최유력 용의자는 히이라기 쓰카사 씨가 되겠군요……."

JOKER

 그는 팔짱을 끼고 냉정하게 분석했다. 섣불리 추리로 돌입하지 않고 일단 관찰자인 자신을 사건으로부터 멀리 떨어뜨려 놓은 다음, 사건 전체의 피상surface을 조감하는 것이다. 높은 곳에서 사건 전체를 내려다보고 흘러가는 대로 생각을 내버려 두면서 해결법을 찾는 기리기리스 다로의 추리를 『부감유고俯瞰流考』라고 한다.

 역시 탐정 경력 35년의 베테랑이라 그런지 이러한 상황situation에도 익숙한 듯했다. 그는 조금도 당황한 기색이 없었다.

 "…… 용의자? 기리기리스 씨, 너무 빙 둘러 말씀하시는군. 이 상황에서는 아무리 생각해도 히이라기 씨가 범인 아니겠소. 얼른 찾아야 하오."

 히라이 씨가 기리기리스에게 따지고 들었다. 자신이 경영하는 료칸에서 이러한 참극이 일어난 당황스러움과 동시에 장사꾼의 본능이 발동된 탓인지 짜증이 난 모양이다. 하지만 그를 대하는 기리기리스는 명탐정이 으레 그러하듯이 한없이 냉정하고 침착했다.

 "히라이 씨, 그걸 성급한 결론이라고 하는 겁니다. 이 정도 증거로 범인을 특정하는 건 너무 위험해요. …… 게다가 히이라기 씨가 범인이라면 이미 환영성에 없을 겁니다. 그렇게 되면 수색은 무의미합니다."

제1장 임무지는 환영성

"기리기리스 씨. 그러면 당신은 히이라기가 이미 환영성에 없다고 생각하시는 겁니까?"

후몬지가 불쑥 끼어들었다. 진짜 탐정이 갑자기 등장하면서 그는 보기 좋게 골탕먹은 거나 다름없었다. 속으로 진짜 살인사건의 탐정 역할을 해보고 싶다는 열망을 품었을 그가 적잖이 실망감을 느끼는 것도 어찌 보면 당연하다.

"그렇게 말하지는 않았습니다. 어디까지나 이건 히이라기 씨가 범인이라고 가정했을 때의 이야기입니다. 그가 범인인지 아닌지는 별개로 두고, 물론 아직 이 환영성 안에 머무르고 있을 가능성도 있죠."

과연 범인은 히이라기 쓰카사인가?

아오이는 히이라기 쓰카사의 겁쟁이 기질을 잘 알기에 히이라기 범인설을 쉽게 받아들일 수 없었다. …… 하지만 인류의 길고 긴 범죄 역사에 겁쟁이 살인자는 셀 수 없이 많다. 현시점에서 편향된 사고는 도움이 안 된다.

"맞다, 기리기리스 씨. 저기, 실례합니다. 사실은 시체를 발견했을 때, 이 『역전의 방』 문에 이런 쪽지가 붙어 있었는데……."

고스기 집사가 마침 생각났다는 듯이 예복 주머니에서

JOKER

작은 쪽지를 꺼냈다. 시체를 발견하여 정신이 나간 바람에 여태까지 잊고 있던 모양이다.

"어디, 살펴보겠습니다."

앞으로 내민 기리기리스의 손으로 쪽지가 건너갔다. 고스기 집사는 맨손으로 건네고 기리기리스는 손수건으로 받았다. 초로의 명탐정이 내민 손을 들여다보는 사람들.

쪽지는 다음과 같은 내용이었다.

성스러운 잠에 들기 전, 나는 여덟 개의 제물을 원한다.
모든 것은 (화려한 몰락을 위해).

예술가artist

제1장 임무지는 환영성

13 연쇄살인의 예감

"호칭 있는 범인…… 살인예고장?"

속삭임에 가까운 혼잣말이었던 탓인지 아오이의 말은 누구의 귀에도 들어가지 않은 듯했다. 그보다 후몬지와 류스이는 쪽지의 한 구절을 보고 깜짝 놀랐다.

"『화려한 몰락을 위해』? 이건……."

후몬지가 류스이의 안색을 살폈다. 그제야 아오이도 깨달은 듯했다. 세 작가 사이에 긴장감이 흘렀다.

『화려한 몰락을 위해』. 현재 류스이가 집필하는 실명소설, 『화사한 꽃처럼, 몰락은 꿈처럼』과 대단히 유사하다. 『화사한 꽃처럼, 몰락은 꿈처럼』은 『화몰』이라고 요약된다. 『화려한 몰락을 위해』도 줄여 말하면 『화몰』이다. 어젯밤 제비뽑기까지 생각하면 도무지 우연의 일치로 보기 힘들었다.

『성스러운 잠』, 『여덟 개의 제물』, 『예술가artist』……. 실로 의미심장한 단어가 나열되어 있다. 아마도 미즈노 가즈마를 살해한 범인(히이라기 쓰카사?)이 쓴 것일 테지만 구체적으로 무엇을 나타내는 내용인지는 전혀 이해할 수 없었다.

JOKER

 중력을 거슬러 천장(땅)에 목을 매단 시체도 그렇고, 그 시체가 입에 오렌지를 문 것도 그렇고. 『역전의 방』에 갑작스럽게 나타난 수수께끼의 산. 수수께끼가 수수께끼를 부른다는 것은 바로 이것을 가리키는지도 모른다.
 "실례합니다만 뭔가 짚이는 바가 있으십니까?"
 기리기리스는 작가들의 이상한 반응을 예리하게 포착했다. 역시 JDC 제2반 부반장이다. 관찰력이 날카롭게 연마되어 있다.
 후몬지와 아오이는 시선을 이리저리 돌리며 침묵을 지켰다. 『화사한 꽃처럼, 몰락은 꿈처럼』과 『화려한 몰락을 위해』의 연관성이 명확하지는 않다. 하지만 이 자리에서 『화몰』을 언급하면 류스이가 용의선상에 이름이 올라가는 것은 불가피하다. 동료를 위한 일종의 배려였는데…….
 "꽤 있는 것 같네요."
 침묵의 보루에 균열을 내는 남자가 약 한 명 있었다. 하필이면 류스이 본인이다. 기분 탓인지 류스이의 말투는 분노에 찬 것 같았다.
 완전히 똑같지는 않지만 아마도 그의 대표작이 될 혼신의 작품, 『화사한 꽃처럼, 몰락은 꿈처럼』의 제목을 살인 현장의 장식품으로 탈취된 것이나 마찬가지다. 그

제1장 임무지는 환영성

가 화를 내는 것도 당연하다.

"류스이, 너······."

아오이는 무심코 류스이를 달래려고 움직였다. 이 자리에서 쓸데없는 발언을 하는 것은 결코 현명한 선택이 아니다.

"침묵을 행사해서 있지도 않은 혐의를 받을 바에야 차라리 수사를 도와서 예술가artist 따위로 자기를 부르는 어쭙잖은 범인을 잡는 편이 훨씬 나아. 아오이, 내 결백은 내가 아니까 괜찮아. 걱정하지 마."

류스이의 눈동자는 예술가artist라는 인물을 향한 적개심으로 환히 빛나는 것 같았다. 기리기리스는 만족스럽게 고개를 끄덕였다.

"그렇다면 들어봐도 되겠습니까?"

류스이는 미즈노 가즈마의 변사체를 흘긋 보고는 고개를 끄덕였다.

"말씀드리는 건 상관없는데······ 장소를 바꿔도 될까요? 지인의 시체 옆에서 이야기하는 것도 별로 기분이 좋지 않아서요."

"일리 있는 말씀이군요. 히라이 씨, 어디 비어 있는 방 있습니까?"

"이 옆에 『유혈의 방』을 쓰실 수 있소."

JOKER

후몬지가 쓴웃음을 지었다.

-『유혈의 방』이라. 히라이 씨가 미스터리 마니아인 걸 알긴 해도 이 환영성에는 암시적인 이름을 가진 방이 너무나도 많아. 완벽한 살인무대야.

설령 살인이 일어나지 않더라도 환영성은 세속과는 이질적인 공간이다.

"그러면 거기서 말씀을 나누죠."

기리기리스와 히라이 씨를 선두로 사람들은 차례차례 『역전의 방』을 나왔다. 류스이는 나란히 걷던 후몬지에게 작은 목소리로 물었다.

"후몬지 씨, 그 시체가 입에 물고 있던 오렌지 말인데요……."

"응?"

"잘 안 보였는데, 스티커가 붙어 있지 않았나요?"

"아. 그건 그냥 그 오렌지의 생산지 스티커야.『이사카』라고 쓰여 있던데. 사건과는 별 관계없을 거야."

류스이는『역전의 방』입구에 멈춰 서서 다시 한번 시체를 보았다.

이사카. 그것을 뒤집으면? 카사이.

언어유희가 특기인 류스이는 문득 그런 생각을 했다. 가사이 기요시라는 작가가 있는데 그는『간사이 본격

제1장 임무지는 환영성

모임』 멤버가 아니다. 이 사건과는 아마 관계가 없을 것이다. 역시 스티커에는 의미가 없는 것일까?

뒤에서 어깨를 두드리는 아오이의 재촉을 받고 류스이는 『역전의 방』을 나왔다. 방을 나온 순간, 아오이는 류스이의 중얼거림을 들었다.

"…… 나기사 ……."

●

마지막으로 방을 나온 아오이는 문을 닫으면서 『역전의 방』 벽에 걸린 한 장의 그림을 주시했다. 원형의 그림이었다. 완벽한 원 안에 모나리자를 연상케 하는 여자가 아이를 안은 모습이 그려져 있다. 그림 제목은 『의자에 앉은 성모』. 미즈노 가즈마의 시체와 그림 속 여인의 온화한 미소는 대조적이었다.

조금 전부터 아오이는 뭐라 표현할 수 없는 기묘한 위화감을 느끼고 있었다. 세계가 뒤집힌 『역전의 방』과 천장(땅)에 목을 매단 시체, 그리고 미인화.

- 이 기묘한 위화감의 정체는 뭘까. 그리고 지금 류스이가 중얼거린 말은 대체……?

류스이의 쌍둥이 여동생은 미나세 나기사라는 필명의 작가다. 하지만 이 상황에서 류스이가 동생의 이름을 부를 이유는 전혀 없다.

JOKER

- 정말 불가사의한 수수께끼 천지군.

아오이는 문득 끊임없이 움직이는 세계에서 내버려진 착각에 빠졌다. 전 세계 사람들이 미래로 떠나버리고 자신만이 과거라는 세계에 남겨진 것 같은 고독감. 예전에 원서paperbook로 읽은 스티븐 킹의 『THE LANGOLIERS』[4]라는 중편이 아마 그런 이야기였을 것이다.

"아오이 씨, 무슨 일 있으신가요?"

『역전의 방』 입구에서 생각에 잠겨있던 사이, 앞서가던 고스기 집사가 걱정스러운 표정으로 되돌아왔다.

- 나는 혼자가 아니었어. 적어도 지금은 혼자가 아니야.

아오이는 식당에서 기다리는 호시노 다에의 얼굴을 떠올렸다. 그리고 고스기 집사와 함께 방을 나왔다.

『역전의 방』 문은 조용히 닫혔다. …… 뒤에는 미즈노 가즈마의 시체만이 어두운 방에 슬픈 그림자를 드리울 뿐.

방을 나오면서 아오이와 고스기 집사는 심상치 않은 절규를 들었다.

바로 근처……. 후몬지의 목소리다!

『유혈의 방』에 무슨 일이 생긴 것인가?

---

[4] 한국에는 「멈춰버린 시간」이란 제목으로 번역되어 있다.

제1장 임무지는 환영성

●

『유혈의 방』. 문패에는 그렇게 쓰여 있다.

"여기군요……."

기리기리스는 연륜이 느껴지는 주름진 손을 손잡이에 얹고 천천히 문을 열었다. 문은 잠겨있지 않았다.

그 시점에서 문 너머의 광경을 예상한 이는 아무도 없었다. 거기에는 비현실적으로 처참한 모습이 펼쳐져 있었다.

"!"

그야말로 기습이었다. 실내에서 날아온 충격의 펀치가 모두를 강타하여 넉아웃시켰다.

"으악, 뭐야? 어떻게 된 거야!"

후몬지가 저도 모르게 절규했다.

목소리를 듣고 서둘러 달려온 아오이와 고스기도 실내의 참상을 목격하고 말없이 멈춰섰다.

홀린 듯이 『그것』을 응시하는 이.

차마 볼 수 없어 눈을 돌리는 이.

입을 막고 밀려 올라오는 구역질을 필사적으로 참는 이.

처음으로 시야에 들어온 것은 샹들리에였다. 빨간색으로 뒤덮인 『유혈의 방』 바닥에 떨어진 큰 샹들리에…….

JOKER

 - 그리고 -

 샹들리에에 깔려 무참한 모습을 드러낸 히이라기 쓰카사의 시체……. 고통으로 일그러진 얼굴…….

 시체는 하나가 아니었다.

 최유력 용의자로 여겨졌던 히이라기 쓰카사도 예술가artist에게(?) 이미 목숨을 빼앗긴 후였다. 유혈의 샘 중심에서 샹들리에에 짓눌려 죽은 히이라기 쓰카사. 창백한 얼굴에는 죽음의 순간에 묵시하기 어려운 장렬한 형상이 그대로 달라붙어 있었다.

 『여덟 개의 제물』, 그 말이 모두의 뇌리에 스쳤다. 이 두 번의 살인은 여덟 번 일어날 연쇄살인의 서막에 불과하다는 뜻인가?

 그 답을 아는 자는 현시점에서 예술가artist뿐이다.

제1장 임무지는 환영성

14 무대 위의 패자 · 예술가artist

"완전히 당했군요……."

기리기리스도 이 공격은 예상치 못했던 모양이다. 훌륭한 예술가의 기습! 당황하지 않은 이는 아무도 없었다.

히이라기 쓰카사도 살해당했다. 이것은 무엇을 의미하는가?

지금 용의자는 무無로 돌아갔다. 아니, 정확하게 말하자면 환영성에 있는 모두에게 균등히 혐의가 있다.

…… 끝 모를 불안감. 『여덟 개의 제물』이 여덟 번의 연쇄살인을 의미한다면 예술가artist는 앞으로 여섯 명의 목숨을 원한다는 뜻이다.

지금까지 그들에게 연쇄살인이란 지면상의 사건일 뿐이었다. 하지만 지금, 그들은 현실에 펼쳐진 연쇄살인 사건의 소용돌이 한가운데에 있다. 덜컥 받아들이기는 힘든 너무나도 충격적인 사실이다.

생명의 불이 꺼지고 단순한 살덩어리가 되어버린 미즈노와 히이라기. 그 비참한 표정은 망막에 새겨져 지워질 것 같지 않았다.

다음은 자신이 저렇게 될지도 모른다. 그리고 ……

JOKER

생각하고 싶지는 않지만 자기 옆에 선 이 남자들 사이에 호인의 가면을 쓴 예술가artist가 없다고도 단정할 수 없다.

후몬지도 아오이도 이마에 비지땀이 배어 나왔다.

이것이 바로 살인사건이다.

죽음의 무게. 자신이 살해당할지도 모른다는 공포. 그들은 그런 감정들을 피부로 느꼈다. 이 절망적인 감정은 펜으로도 워드프로세서로도 가볍게 표현할 수 있는 것이 아니었다.

그들이 여태까지 묘사했던 미스터리에서는 짐짓 점잖빼는 탐정이 등장해서 조금도 긴장감이 없는 태도로 추리를 전개한다.

전부 오류였다.

이런 극한상황에서는 설령 탐정이어도 그렇게 냉정할 수 있을 리가 없다. 실제로 명탐정 기리기리스 다로마저도 곧바로 대응하지 못한 상황이다. 논리와 추리 이전에, 이곳에는 슬픔과 절망이 부유한다. 죽음을 접한 상황, 또한 자기 죽음을 의식하는 상황에 놓였으면서도 평소의 상태를 유지한다면 그 인물은 자신이 살해당하지 않는다는 것을 아는 범인뿐이리라.

"기리기리스 씨……."

제1장 임무지는 환영성

 기리기리스에게 시선이 집중되었다. 이 난국을 타개할 수 있는 인물이 있다면 바로 그일 것이다.
 "아무래도 이 사건은 생각보다 사연이 복잡한 것 같군요. 히라이 씨, 일단 식당에라도 모든 사람을 모아주시면 감사하겠습니다. 현장에는 손을 대지 말고요. 저도 바로 가겠습니다."
 기리기리스의 목소리에도 조금 전과는 비교할 수 없을 만큼 큰 긴장감이 서려 있었다.
 환영성 살인사건의 파란만장한 서막이 겨우 끝나간다. …… 물론 참극은 이제 막 시작했다.

●

 전화의 호출음이 귀에 들어오자마자 상대방이 전화를 받았다.
 『예. JDC 제1반실입니다.』
 총재 비서 한토 마이무半斗舞夢의 목소리가 들려왔다. 매끄럽고 이지적이며 듣기 좋은 소리다.
 제1반실의 전화번호를 아는 사람은 JDC 소속 탐정들 외에는 극히 소수의 사람뿐이므로 누가 연락했는지 쉽게 알 수 있다. 기리기리스는 가라앉은 목소리를 수화기에 흘려 넣었다.
 "2반의 기리기리스입니다. 총재님 바꿔주세요."

JOKER

흉보가 전파를 타고 하늘을 달렸다.
그리고 JDC에 닿았다.

●

교토부 교토시 나카교구京都府京都市中京区. 교통의 대동맥인 가와라마치河原町 거리와 오이케御池 거리의 교차로 모퉁이에 8층짜리 JDC 본부 빌딩이 우뚝 서 있다.

일본을 대표하는 제1반의 대탐정들이 모인 제1반실은 JDC 본부 빌딩의 최상층인 8층에 있다. 반 구성원들의 책상이 가지런히 늘어선 엘레강트한 사무실. 현재 제1반실에 있는 사람은 총재 비서 한토 마이무 단 한 명뿐이다. 머리카락은 댕기로 땋아 어깨에서 가슴께로 드리운 모습이다. 화장기는 별로 없고 옅은 입술 색이 건강한 혈색과 훌륭한 조화를 이루었다. 콘택트렌즈를 낀 탓에 마이무는 눈을 계속 깜빡거리는 습관이 있다. 속독과 서류정리가 특기인 마이무는 총재 아지로 소지의 한쪽 팔로서 유감없이 재능을 발휘했다.

기리기리스에게서 온 전화를 내선으로 바꾸고, 마이무는 옆방인 JDC 총재실로 향했다.

마이무는 리드미컬하게 두 번 노크하고 "실례합니다"라고 말하며 조심스럽게 입실했다. 방의 주인인 아지로 소지의 압도적인 존재감 탓인지 총재 비서 일을 오래

제1장 임무지는 환영성

한 마이무도 총재실에 들어갈 때는 조금 긴장한다. 자신이 일본의 범죄수사 중심에 있다는 생각에 정신이 바짝 차려진다.

"…… 그렇군, 알았다. 사람을 바로 그쪽으로 보내도록 하지. 기리기리스, 지원이 도착할 때까지 잘 부탁해. 그래, 그럼."

아지로는 엄숙한 표정으로 그렇게 대답했다. 그리고는 마침 수화기를 내려놓은 참에 입실한 마이무에게 빈손을 흔들어 인사했다.

멋들어진 페르시아 융단. 내빈용 대리석 테이블과 푹신한 소파. 관엽식물. 달력……. 호화로운 책상 위에는 세 대의 컴퓨터와 두 대의 전화기가 갖춰져 있다.

세계 탐정계의 국제연합 같은 존재인 DOLL(국제입법탐정기구)에는 전 세계 탐정조직의 상세 데이터가 보관되어있다. 세계 각국에서 일어나는 흉악범죄의 사건기록, 각국의 탐정조직에 속한 탐정 데이터는 세계 최고 수준이다.

특정 국가에서 난해한 범죄가 일어났을 때, 인근 국가에서 유능한 인재를 원군으로 발 빠르게 파견할 수 있도록 DOLL은 정기적으로 전 세계 탐정들을 능력에 따라 클래스를 나눈다. A탐정을 필두로, B탐정, C탐정, D탐

JOKER

정…… 그리고 K탐정까지 랭크가 존재한다. A탐정이 되면 해결 불가능한 사건은 한없이 무無에 가까운데, 그래서 A탐정이 세계 최고의 탐정이냐 하면 그렇지도 않다. A탐정의 상위이자 으뜸가는 추리력을 지닌 최고의 탐정, S탐정이라고 하는 부류가 존재한다.

JDC에서도 공인 A탐정은 야이바 소마히토, 쓰쿠모 주쿠, 시라누이 젠조뿐이다. JDC 총재 아지로 소지는 세계에 여섯 명밖에 존재하지 않는 S탐정 중 한 명이다. 국내는 물론이고 세계적으로도 아지로의 능력은 귀하게 여겨진다. 때문에 아지로는 일본 탐정계의 정점에 자리 잡은 존재라고 할 수 있다.

아지로에게는 매일 밤낮을 가리지 않고 일본 전국 각지에서(때에 따라서는 해외에서도) 흉악범죄 정보가 모여든다. 그것을 즉각 책상 위의 컴퓨터에 입력input하고 분류하여 복수의 창multi-window에 띄워 순식간에 사건을 추리하고 상대에게 해결법을 전하는 것이 아지로의 직무다. 한번 입력한 데이터는 사건을 해결할 때까지는 항상 버튼 하나로 꺼낼 수 있다. 캐치폰으로 여러 전화를 동시에 받으면서 마우스를 조작click하여 컴퓨터 화면의 데이터를 자유자재로 다뤄 여러 사건을 동시에 해결하는 것도 아지로에게는 드문 일이 아니다. 구시대

제1장 임무지는 환영성

의 안락의자탐정armchair detective(=타인의 전언, 외부 정보에만 의지하여 사건을 추리, 해결하는 탐정의 호칭)을 아득히 능가하는 전화탐정telephone detective. 정보화 사회에 걸맞은 초월적 추리는 아지로의 강인한 정신력, 남다른 집중력, 탁월한 추리력이 있어야 비로소 가능한 위업이다.

아지로 소지의 추리 방법은 집중고의集中考疑라고 한다. 이리저리 꼬인 사건에 추리의 메스를 대고 그곳을 기점으로 사건의 배경을 전개, 봉합하는 것이다. 절묘한 메스 놀림으로 수수께끼를 해체하는 훌륭한 추리 전개는 때로 명 외과의의 수술operation에 비유된다.

탐정으로서 아지로를 능가하는 자는 현재 일본에 존재하지 않는다……. 그 사실이 오히려 아지로의 행동을 속박한다는 점은 아이러니하다.

아지로가 하루라도 총재실을 떠나면 미해결 사건이 산더미처럼 쌓인다. 그래서 아지로는 어쩔 수 없이 항상 총재실에서만 일본의 수수께끼와 격투할 수밖에 없다. 그 결과 출장(해외+국내) 수사는 필연적으로 부하들에게 맡겨야만 했다.

사건의 미세한 데이터를 구두로 충분히 전해들은 사건이라면 문제없다. 아지로는 전화상으로 쉽게 그 사건을

JOKER

해결할 수 있다. 하지만 거대한 스케일과 복잡한 배경의 사건은 현장에서 단서를 모아야 한다. 단서 수집도 탐정의 필수 재능이다. 평범한 방식의 수사에서 놓치기 쉬운 단서도 있을 것이다. 천하의 아지로도 중대한 실마리 보고가 빠져 있으면 사건을 해결할 수 없다. 그래서 아지로는 전화 집중고의만으로는 답이 안 나온다고 판단한 사건은 신뢰하는 부하들에게 수사를 맡긴다.

●

"총재님. 기리기리스 씨 전화…… 또 사건인가요?"

데스크 옆에서 한토 마이무가 걱정스럽게 질문을 꺼냈다. 사신의 사랑이라도 받는 모양인지 기리기리스는 비참한 사건에 휘말리는 경우가 많다. JDC 탐정 중에는 "그 아저씨는 JDC의 역신이야"라고 뒷말을 하는 사람까지 있다.

아지로는 그 질문에는 대답하지 않고 애용하는 시가 케이스에서 콜롬비아산 시가를 꺼냈다. 지포 라이터로 불을 붙이고는 후 하고 한숨의 연기를 내뿜은 후, 그는 별안간 입을 열었다.

"연쇄살인일 가능성이 있어."

"네?"

무시당했다고 생각한 마이무는 말문이 막혀버렸다.

제1장 임무지는 환영성

시차공격은 아닐 테지만 45세의 아지로와 25세 마이무는 관록 차이가 역력하다.

"마이무, 기리카와 류구에게 바로 연락해. 출장지는 오시다시 몬조마치에 있는 환영성이야."

"두 사람이나 파견할 만큼 어려운 사건인가요?"

절세의 재능을 지닌 JDC 제1반 탐정이 두 명이나 동원되는 일은 매우 드물다.

"범인은 여덟 명을 죽이겠다고 한 모양이야. 자기 범행에 상당히 자신이 있는 거겠지. 아무래도 나는 안 좋은 예감이 들어. 이 사건을 내버려 두면 터무니없는 일이 일어날 것 같은 예감이……. 범행을 멈추기 위해 온갖 수단을 동원해야 해."

"총재님의 예감은 잘 맞잖아요. 알겠습니다. 알아볼게요. 그런데 류구 씨는 현재 홋카이도에 출장을 가셨는데……."

홋카이도에서 연쇄눈사람 밀실살인사건을 수사 중인 류구 조노스케뿐만 아니라 기리카 마이를 제외한 제1반의 탐정 전원이 먼 곳으로 출장을 갔다. 야이바 소마히토는 북극권에서 이뉴잇 연쇄동사살인사건을. 쓰쿠모 주쿠는 로스앤젤레스에서 연쇄흡혈살인사건을. 시라누이 젠조는 오키나와에서 스쿠버 다이버 연쇄나선베기螺旋斬り

JOKER

사건을 제각기 열심히 수사 중이다. 시간이 나는 탐정이 한 명밖에 없는 것은 눈코 뜰 새 없이 바쁜 제1반에서는 자주 있는 일이다.

"류구라면 홋카이도 사건은 바로 처리할 수 있을 거야. 일단 연락만 해두면 돼. 뭐, 류구는 말하자면 와일드카드인 조커지. 일단 기리카한테만이라도 얼른 연락해줘."

"알겠습니다."

인사하고 나가려던 마이무를, 아지로가 뭔가 생각난 듯이 불러세웠다.

"그리고 만일을 위해서 아마기 녀석도 연락이 되면 좋겠는데."

"…… 노력은 해보겠습니다만 그 아마기 씨가 과연 잡힐까요?"

"이럴 때 녀석이 있으면 좋을 텐데. 항상 중요할 때 안 잡힌다니까. 실력은 있는데 답이 없는 녀석이야."

아마기 효마는 제1반 구성원 사이에서 붕 떠 있는 불량탐정이다. 추리 재능은 아지로도 한 수 접고 들어가지만 평소에는 마음 가는 대로 방랑하기 때문에 좀처럼 연락이 닿지 않는 것이 단점이다. JDC 내에서도 그를 태만탐정이라며 경멸하는 이가 적지 않다.

환영성 살인사건의 보고를 받은 순간 아지로는 곧바로

제1장 임무지는 환영성

아마기 효마를 떠올렸으나 어차피 연락이 닿지 않으리라고 보고 일단 단념했다.

아마기 효마를 누구보다도 높이 평가하는 만큼 아지로는 효마의 무책임한 성격이 너무나도 안타까웠다. 아무리 좋은 소질이 있다 해도 본인이 그것을 펼칠 노력을 하지 않으면 재능의 빛은 흐려지기 마련이다.

그리고…… 처음에 떠오른 탐정을 파견할 수 없는 상황이라는 점에서 아지로는 불길한 『예감』을 느꼈다. 한번 나쁜 일이 일어나면 모든 일이 틀어지는 법이다.

●

한토 마이무는 4층의 오퍼레이션 플로어로 떠났다. 그녀가 사라진 문을 지그시 바라보면서 아지로는 시가를 피웠다.

이 사건에서 예술가artist의 유일한 오산은 환영성에 휴가 중인 기리기리스가 있다는 것이다. JDC가 관여한 만큼 8연속 연쇄살인 사건이 일어나게 두지는 않을 것이다.

허공에서 일렁이는 연기 속에서 아지로 소지는 세상을 떠난 아내의 얼굴을 본 것 같은 기분이 들었다. 흉악사건에 빼앗긴 아내, 미즈키水紀는 동정하는 듯한 표정으로 그를 보고 있었다.

JOKER

- 이 안 좋은 예감은 뭘까……?

아내가 범죄자에게 살해당하기 직전에도 이 느낌이었다. 아지로는 알 수 없는 어둠의 존재를 절절히 느꼈다.

- 내 부하를 믿자! 기리카와 기리기리스 둘이서 달려들면 사건은 바로 해결될 거야.

평소에 JDC 총재는 절대로 비관적이지 않다. 하지만 이번에는 도무지 낙관적인 기분이 들지 않았다. 그런 자신에게 그 자신이 당황했다.

아지로 소지는 일본 최고의 탐정이기는 하지만 초인까지는 아니다. 자신에게 닥쳐올 비극을 그는 아직 모른다…….

창밖. 상공에 우중충한 구름이 펼쳐져 있다. 10월 26일 날씨는 흐림이었다.

제1장 임무지는 환영성

15 수사반장·료쇼 경부

경찰 수사진이 환영성에 도착한 것은 오전 10시가 조금 지났을 때였다. 도착 직후, 기리기리스에게서 사정을 전해들은 료쇼 다쿠지料所拓治 경부는 "살해당한 사람은 한 명이 아니었나"하고 놀라기는 했지만, 당황하지 않으면서 임기응변으로 순조롭게 현장검증을 진행하고 있었다. 료쇼는 평균적인 체구의 소유자다. 키도 몸집도 후몬지와 상당히 비슷했다. 귀염성 있는 외모지만 빈틈없어 보이는 눈빛의 소유자. 만만치 않아 보이는 남자다.

「제1번째 시체」　　　　　　　　　10월 26일 - ㅣ

●미즈노 가즈마(본명=레이시 가즈야礼石和也)
쓰는 손=오른손 직업=추리소설가 성별=남자 나이=32
시체 발견 현장 ◎「역전의 방」

현장 상황
1 ◎ 시체의 목에는 끈이 매달려 있었으며 그 끈은 천장(땅)에 고정되어 있었다.

JOKER

2 ◎ 시체의 양팔은 몸에 묶여 있었다.
3 ◎ 시체는 입에 껍질을 벗기지 않은 오렌지를 하나 통째로 물고 있었다. 오렌지에는 생산지를 나타내는 「이사카」라는 스티커가 그대로 붙어 있었다.
4 ◎ 시체는 투명한 화분을 이용하여 천장(땅)에 목을 매단 듯한 상태를 유지하고 있었다.

●

「제2번째 시체」　　　　　10월 26일- Ⅱ

●히이라기 쓰카사(본명=가지 요스케梶洋介)
쓰는 손=오른손 직업=추리소설가 성별=남 나이=27
시체 발견 현장 ◎ 「유혈의 방」

현장 상황
1 ◎ 시체는 샹들리에에 깔려있었다. 사인은 압사다.
2 ◎ 살인에 사용된 샹들리에는 「정적의 방」 조명으로 사용된 것이었다.
3 ◎ 시체 발견 당시, 「유혈의 방」 천장에는 석유등이 달려 있었다.

●

제1장 임무지는 환영성

　기리기리스의 수수한 겉모습과 료쇼의 화려한 오렌지색 코트는 나란히 있으면 실로 대조적이었다. 세대 차이 때문인지 료쇼가 기리기리스보다 머리 하나는 더 컸다. 두 사람은 나란히 환영성 복도를 걷고 있었다.
　"그런데 JDC 탐정님이 우연히 여기 계실 줄이야. 기리기리스 씨가 현장을 보존해주신 덕분에 현장검증도 순조롭게 진행되고 있습니다."
　교토부경에서 『수사의 귀신』으로 통하는 료쇼는 꽤 붙임성 있는 남자였다. 대화의 리듬을 아는 사근사근한 사람이었다.
　"사건과 조우하는 것도 탐정의 특기 중 하나라서 말이죠……. 뭐, 농담입니다. 사망 추정 시각은 판명되었습니까? 료쇼 씨."
　료쇼는 걸으면서 고개를 저었다. 그는 이야기할 때 계속 기리기리스의 눈을 보고 있었다.
　"정확한 건 아직……. 사법 해부로 돌리고 검시 결과를 기다리는 중입니다."
　"표면적인 반응은 없던 것 같은데, 약물이 사용된 흔적은 어떻습니까?"
　"히이라기는 시체가 많이 훼손된 상태여서 자세히 조사해봐야 알 수 있을 겁니다. 시신을 유족에게 인도하

JOKER

기까지 시간이 더 걸리겠죠."

"그렇습니까……."

기리기리스의 뇌리에 아내의 시체 이미지가 섬광처럼 스쳤다.

(시신을 유족에게…….)

- 번쩍 -

난도질당한 시체. 그리고 해부된 시체……

- 번쩍 -

화장으로 덮어도 생기가 느껴지지 않는 얼굴…….

……관을 들여다본 전후의 기억은 없다. 다만 아내 가노의 시체 이미지만이 뚜렷하게 플래시백으로 되살아났다. 최근 몇 년간 자주 생긴 일이다. 무슨 일만 있으면 가노가 떠오른다.

악몽 속에서 아내가 비난하는 일도 있었다.

『왜 나를 안 지켜줬어?』

『아니야, 난 내가 할 수 있는 일은 전부…….』

『당신을 믿었는데. 의지했는데.』

『…… 어떻게 할 수가 없었어.』

가노의 죽은 얼굴이 기리기리스에게 책임을 추궁했다. 기리기리스는 항상 변명만 할 뿐. 꿈속에서마저 그는 아내의 기대에 부응할 수 없었다.

제1장 임무지는 환영성

 어째서 내가 너 때문에 희생되어야 했지? 악몽 속에서 아내는 마지막에 항상 그렇게 나무랐다. 그 후에는 오로지 반복. 어째서어째서어째서어째서어째서어째서어째서어째서…… 어째서야, 여보?

 "……리스 씨, 기리기리스 씨!"

 료쇼의 목소리를 듣고 나이 먹은 탐정은 정신을 차렸다.

 "죄송합니다, 잠깐 생각 좀 하느라."

 "벌써 추리하신 게 있습니까?"

 "아니, 그건 아니고. 사적인 일입니다. 아주 개인적인."

 기리기리스는 현재 직면한 문제와 마주하고는 무겁고 깊은 한숨을 쉬었다. 자신이 묵고 있던 환영성의 같은 지붕 아래에서 두 사람의 생명이 끊어진 것이다. 그의 심정은 복잡했다.

 - 남들 말처럼 나는 진짜로 사신의 사랑을 받는 걸까. 그렇다면 어째서 사신 녀석은 나를 직접 노리지 않는 것일까? 나를 괴롭힐 거면 차라리 나를 죽여버리지. 그러면 얼마나 편할까…….

 아내를 잃었을 때도 이런 느낌이었다. 기리기리스는 항상 가까운 사람에게 불행을 뿌리고 다닌다. 이성적인 사람이라면 그런 건 우연이라고 할 것이다. 하지만 살아

JOKER

가면서 이렇게까지 주위 사람을 불행하게 만든 사람이라면 그런 가벼운 발언은 할 수 없을 것이다.

추리소설 등을 읽으면 기리기리스는 범인보다 탐정 역에 분노를 느끼곤 했다. 이 인간들은 가는 곳마다 사건을 끌어당긴다. 모든 악의 근원은 탐정 아닌가!

JDC는 일반적으로 사건이 일어난 후 수사 의뢰를 받고서야 비로소 사건을 마주한다. 하지만 기리기리스는 의뢰를 받기 전에 우연히 흉악범죄와 마주치는 케이스가 이상하게 많았다. 그만큼 그는 자신과 유사한 허구의 탐정들이 괘씸했다. 허구인 만큼 그들에게는 분노를 금할 수 없었다. 허구의 존재마저 독자를 바보로 만드는 우연이 너무 많다고 비난받는데, 리얼하게 존재하는 나는 대체 뭔가? 나도 허구라면 얼마나 좋을까. …… 그렇게 생각한 적도 있었다.

"워드프로세서로 쓰인 그 쪽지는……?"

가라앉은 정신을 분연히 다잡고 가까스로 입을 열었다. 언제까지고 우중충하게 있을 수는 없다. 괜히 남에게 동정받고 싶어지는 나이는 지났다. 게다가 이것이 회피할 수 없는 자신의 숙명이라면 적어도 모든 능력을 쏟아 사건 해결에 공헌해야 한다. 사신이 불행을 준다면 나는 사소하게라도 추리로 저항해주마…….

제1장 임무지는 환영성

"물론 조사해보았습니다. 환영성에 투숙한 작가 중에서 워드프로세서를 가지고 온 사람은 다쿠쇼인 단 한 명입니다. 환영성에도 워드프로세서가 몇 개 있기는 한데 모두 그 쪽지와는 서체가 달랐습니다."

서체는 워드프로세서의 지문 같은 것이라고 할 수 있다. 최근에는 한 기종에 여러 가지 서체를 쓸 수 있는 경우가 많다. 료쇼는 이미 환영성 안에서 발견된 모든 워드프로세서의 서체를 체크했다. 사람 위에 선 자는 부하를 부리는 방법을 알아야 한다. 료쇼 다쿠지는 그것을 잘 체득한 듯했다. 수사진 중에 한가한 사람이 없도록 척척 지시를 내리고 능률적으로 수사를 진행하는 『명지휘』는 옆에서 보고 있던 기리기리스가 감탄할 정도였다.

"역시 워드프로세서로 꼬리가 잡힐 만큼 하수는 아니지 싶군요. 예술가artist라고 자칭할 만한 범인이네요. 그 부분은 당연히 계산해두었겠죠."

료쇼의 의견에 기리기리스도 동의했다.

"맞는 말씀입니다. 그렇다면 계획적인 범행이라는 뜻이군요. 범인 예술가artist는 그 쪽지를 환영성 밖에서 작성해서 성에 들고 온 다음 살해 후에 현장에 붙였다는 뜻이고."

"음…… 글쎄요. 그 쪽지에 큰 의미가 있을지는 잘

JOKER

모르겠습니다. 기리기리스 씨는 연쇄살인의 가능성을 고려하시는 것 같은데, 저는 그 의견에 의문이 가네요. 사람이 둘이나 죽었잖습니까. 현실적으로 세 명, 네 명으로 이어질 일이 별로 없어요. 추리소설도 아니고 말이죠."

료쇼의 생각도 이해하지 못할 것은 아니지만 어디까지나 정론의 영역일 뿐이다. 살인예고장. 예술가artist라는 서명. 기리기리스는 그것이 예술가artist에게서 온 도전장이 아닐까 생각했다. 행간에서 느껴지는 예술가artist의 자신감……. 그 이면에 치밀하게 설계된 『살인사건』구상이 숨겨져 있다는 생각이 드는 건 너무 앞서나간 걸까?

이 예감이 기우로 끝나면 좋은 것이다. 료쇼의 예상대로 사건이 여기서 막을 내리면 더할 나위 없이 좋다.

하지만 기리기리스는 이 환영성 살인사건이 이제 막 시작한 것 같은 기분을 떨칠 수 없었다.

도무지…… 안 좋은 예감이 사라지지 않았다.

●

복도 너머에서 안면 있는 남자가 잰걸음으로 다가왔다. 한눈에 알 수 있는 요리사 특유의 모습……. 환영성의 주방장 나스키 다케히코다. 나스키는 요리사 모자를 벗고 난처한 표정을 지으며 말했다.

제1장 임무지는 환영성

"경부님…… 예정 시간에서 30분이나 지났는데요. 슬슬 점심 준비를 해도 괜찮겠습니까?"

요리사들도 참고인 자격으로 한 명씩 사정 청취를 받고 있으며 주방도 수색을 위해 일시적으로 봉쇄된 상태였다.

료쇼가 손목시계로 시선을 떨어뜨리니 긴 바늘이 이미 정오 30분 즈음까지 와 있었다. 수사에 과하게 몰입하다 보니 시간 가는 것을 잊었나 보다.

"벌써 시간이 이렇게……. 실례를 범했군요. 시작해주세요. 아, 그리고……."

료쇼가 서둘러 주방으로 돌아가는 나스키를 불러세웠다. 나스키는 미소 짓고는 선수 쳐서 대답했다.

"물론 수사관계자 여러분들의 식사도 준비해드리겠습니다. 정성을 들여서요."

"대단히 감사합니다."

역전의 용사라고 할까. 아니면 이것도 업무로 보고 심기일전한 걸까. 료쇼는 사건에 감정을 이입하지 않았다. 긴박감과는 연이 없는 것 같았다.

●

예정보다 한 시간 반 늦게, 점심시간이 오후 1시 30분이 지나서야 시작되었다. 식사 시간이 늦어졌는데도, 게다

JOKER

가 아침식사를 제대로 먹지도 않았는데도, 평소에는 식욕을 자극하는 네덜란드 요리에 다들 손을 뻗으려 하지 않았다. 시체를 실제로 본 사람들은 물론, 현장 상황을 막연히 들었던 여자들도 손이 완전히 멈춰 있었다.

니지카와 메구미에게는 충격이 너무 클 것 같아서 사건 이야기는 완곡한 표현으로 여러 번 에둘러서 전했을 뿐이다(고스기 집사가 미즈노 가즈마의 죽음을 알렸을 때, 우연히도 소녀가 식당에 없었던 것이 천만다행이었다). 그래서 소녀는 충실히 식욕에 따라 요리를 입으로 옮기고 있었다.

기리기리스는 작가들과 히라이 씨, 료쇼와 함께 큰 테이블에 둘러앉아 식사를 했다. 그 와중에도 날카롭게 눈을 굴려 모두의 모습을 관찰했다.

얼핏 둘러보니 다들 긴장한 것 같았다. 그러나 이 중에 자칭 예술가artist가 있을 가능성은 대단히 크다.

환영성은 이른바 거대한 닫힌 공간이다. 외부범이 있을 가능성도 아예 없지는 않다. 하지만 추리소설가가 연속으로 두 명이나 살해당했으니 작가부터 의심하는 것이 수사의 정석일 것이다.

니지카와 료, 니지카와 메구미, 미야마 가오루, 후몬지 고세이, 호시노 다에, 아오이 겐타로, 다쿠쇼인 류스이,

제1장 임무지는 환영성

히류 쇼코. 사건의 충격으로 메구미를 제외한 모두가 침울해 하는 것이 느껴진다. 이 여덟 명 중에 정말로 동료를 죽인 예술가artist가 있을까?

단 한 사람, 료쇼 다쿠지 경부만이 힘차게 나이프와 포크를 움직였다. "배가 고프면 전쟁에 나설 수 없지 않겠습니까"라는 시대착오적인 의견을 내세우며 맹랑하게 밥까지 추가했다.

나스키조차 료쇼의 식욕에 놀란 모양이지만 한편으로 식욕이 없는 모두의 몫까지 먹어줬으면 좋겠다고 생각했다.

료쇼는 식사와 수사는 별개라고 생각하는 듯 오로지 식사에 몰두했다. 그가 연주하는 나이프와 포크의 희미한 충돌음만이 식당에서 괜스레 더 시끄럽게 들렸다.

제행무상의 소리였다.

JOKER

16 유현幽玄의 수수께끼

점심시간이 끝나면서 오전보다 더 본격적으로 수사가 진행되었다.

작가들에게는 환영성을 나가지 않는 범위에서 자유행동을 허용했고 수사진은 환영성 안을 철저하게 조사했다.

그리고 다시 두 곳의 현장을 검증하는 것이 기리기리스와 료쇼 경부의 업무였다.

시체는 이미 이송되었으나 현재 샹들리에는 방구석에 방치된 채 그대로 있다. 지문, 장문掌紋을 검출하는 작업만 끝났을 뿐이다.

『유혈의 방』에 들어가자 기리기리스는 충격적인 시체 발견의 순간이 다시 떠오를 수밖에 없었다.

최악의 가능성을 충분히 염두에 두어야 했다. 그때는 노련한 명탐정도 허를 찔려 당황하고 말았다. 별생각 없이 발을 들인 살인 현장의 바로 옆방에서 설마 가장 유력한 살인 용의자가 살해당했을 줄은……. 수사진의 의표를 찔렀다는 점에서 예술가artist의 선제공격은 훌륭하게 성공했다. 문제는 이 상황에서 어떻게 역습할

제1장 임무지는 환영성

것인가, 다.

『유혈의 방』은 이름 그대로 유혈을 연상케 하는 빨간색 기조의 방이다. 성벽이나 건물 벽 등, 환영성의 기본색은 선명한 빨간색이다. 히라이 씨는 어지간히도 이 색을 좋아하는 모양이다. 검은색과 노란색은 천재와 광인의 색, 사람을 이상하게 만드는 색이라고 하는데, 빨간색도 이렇게까지 덕지덕지 칠해져 있으니 상당히 으스스하다. 환영성 안을 돌아다닐 때 독기 비슷한 것이 느껴지는 이유는 어쩌면 빨간색에 둘러싸인 탓인지도 모른다.

살인 현장의 실내 벽에는 빨간 페인트가 칠해져 있다. 융단과 천장도 빨간색이다. 융단에는 히이라기 쓰카사가 흘린 피의 흔적이 끈적끈적하게 남아있었다. 응고된 진짜 피의 색은 역시 융단의 색보다도 짙었다.

천장에 붙은 우산 손잡이 같은 돌기에 석유등이 달려 있다. 쇠창살만이 설치된 유리 없는 창에서 불어오는 미풍에 석유등이 때때로 진자처럼 흔들렸다. 이리저리 흔들리는 석유등 속 불꽃은 『유혈의 방』분위기를 더욱 음습하게 만들었다. 지금은 창에서 햇빛이 들어오고 있어서 실내도 충분히 밝다. 하지만 밤에는 이 석유등만이 유일한 광원이다. 빨간색 장식까지 있어서 상당히 이상 야릇한 분위기일 것이다. 살인이 일어나도 이상하지 않을 법한…….

가구도 지극히 간소하다. 구석에는 작은 책상과 의자가 있다. 책상 위에는 재떨이와 환영성의 성냥, 메모지, 전기스탠드 등이 놓여있다. 다른 쪽에는 창 높이 정도에 얇고 긴 나무 선반sideboard이 달려 있다.

앞서 설명한 것처럼 창에 유리는 없고 쇠창살 네 개가 있을 뿐이다. 그래도 창밖에 큰 차양이 달려 있기 때문에 폭풍만 불어오지 않는다면 비나 눈이 들이칠 걱정은 없어 보였다.

"그런데 참 기괴한 사건이군요. 어째서 범인은 일부러 『정적의 방』에 있던 샹들리에로 살인을 저질러야만 했을까요?"

료쇼는 쇠창살이 있는 창에 얼굴을 가까이 가져가 중정의 아름다운 풍경을 보다가 입을 열었다. 기리기리스는 웅크려 앉아 융단의 피 얼룩을 자세히 관찰하고 있었다. 그는 시선을 방구석의 샹들리에에 이어 료쇼에게로 옮겼다. 료쇼는 창밖을 보고 있던 탓에 표정이 보이지 않았다.

"그렇습니다. 그게 이 살인의 포인트입니다. 범인의 엉뚱한 행동에는 중요한 의미가 숨어 있는 경우가 많으니까요. 평범한 사람이라면 이해할 수 없는 것에서도 범인

제1장 임무지는 환영성

은 필연성을 느낄 겁니다."

기리기리스는 벌떡 일어나 료쇼가 있는 방향으로 몸을 완전히 돌렸다.

"어째서 범인은 샹들리에를 사용했는가? 나아가, 어째서 범인은 샹들리에를『정적의 방』에서『유혈의 방』으로 가져와 사용했는가? 경부님은 알아채셨습니까?"

기리기리스의 안광이 더 날카로워졌다. 그때 료쇼가 뒤를 돌아보았다. 두 사람의 눈이 마주쳤다.

"아⋯⋯ 뭘 말씀하시는 거죠?"

"이『유혈의 방』입구의 폭 말인데, 샹들리에의 가로세로 폭보다 조금 좁습니다."

"뭐라고요?"

료쇼는 서둘러 샹들리에와 입구의 폭을 비교했다. 수사원이 아직 샹들리에를 꺼내지 않은 탓에 그는 지금까지 그 사실을 알아채지 못했다. 어림짐작으로는 만족하지 못했는지, 료쇼는 샹들리에로 다가가서는 손을 뻗어 입구의 폭과 비교했다.

기리기리스의 지적대로『유혈의 방』입구 폭은 샹들리에의 가로세로 폭보다 좁았다. 그렇다는 건⋯⋯.

"그럼⋯⋯ 대체 범인은 어떻게 이 안으로 샹들리에를 들고 온 거죠?"

JOKER

턱에 손을 대고 눈썹을 찌푸리는 료쇼.
"그건 간단하지 않나요?"

답은 예상치 못한 방향에서 들려왔다. 기리기리스의 대답이 아니었다. 젊은 여자의 목소리다. 기리기리스와 료쇼는 거의 동시에 고개를 확 돌려 『유혈의 방』 입구를 보았다.

목소리의 근원……. 입구에는 어느샌가 두 여자가 서 있었다. 방금 왔을 것이다. 조금 전까지는 분명히 거기에 사람이 없었다.

한 명은 여자 중에서는 키가 큰 편이다. 윤기 있는 직모 장발의 소유자이며 날카롭고 단정한 외모에 우울함을 내포한 모습이 상당히 매력적이다. 다른 한 사람은 아직 어리고 몸집이 작은 소녀다. 포니테일이 잘 어울린다.

환영성의 직원도 투숙객도 아니다. 그리고 현재 환영성은 수사관계자 외에는 출입금지다. 어디에서 침입한 걸까. 두 여자는 태연한 표정으로 거기에 서 있었다.

쏘아보는 눈동자로 당장에라도 질문을 쏟아낼 것 같은 료쇼 경부를 위해 그들은 범죄수사허가증(블루ID카드)을 제시해야만 했다.

"그러면 여러분도 탐정클럽의……."

제1장 임무지는 환영성

 료쇼는 놀라움을 감추지 못한 표정으로 기리기리스와 그들을 번갈아 바라보았다. 기리기리스의 고풍스러운 분위기와 그들의 젊음. 경부는 머릿속으로 『탐정』이라는 기준과 두 개념을 엮는 것이 불가능했던 듯하다.
 기리기리스는 방에 들어온 두 탐정에게 인사했다.
 "마이랑 네무군. 잘 왔어."
 "JDC 제1반 기리카 마이입니다. 기리기리스 씨, 휴가 중이신데 고생 많으시네요."
 긴 머리 여자는 고개를 숙이고 옆에 선 포니테일 파트너를 소개했다.
 "이 친구는 조수인 제2반 쓰쿠모 네무입니다. 기리기리스 씨와 같은 반이니 소개할 필요는 없을 것 같네요."
 "안녕하세요, 쓰쿠모 네무입니다."
 꾸벅. 네무가 정중하게 고개를 숙이면서 조랑말pony의 꼬리tail가 살랑살랑 흔들렸다.
 JDC에서는 쌍방의 합의가 있으면 같은 반 또는 하위 반 탐정을 파트너(상대가 하위 반이면 자동으로 조수로 인정된다)로 붙일 수 있다. 기리카 마이는 제1반, 쓰쿠모 네무는 제2반이니 이때는 네무가 마이의 조수가 된다.
 파트너(or 조수)를 두는 것은 딱히 강제된 사항이 아니다. 다만 둘이 있으면 어쨌든 편리한 일이 많으니 콤비를

JOKER

짜는 탐정이 많다. 그들도 그 일례다.

"교토부경의 료쇼입니다. 잘 부탁드립니다."

침입자에 당황하면서도 료쇼는 두 여자 탐정의 등장에 마음을 놓았다. 기리카 마이와 쓰쿠모 네무. 그들의 눈동자에서는 수수께끼와 격투할 때 나오는 고양감과 투쟁의 승리자 특유의 자신감 비슷한 강력함이 여실히 느껴졌기 때문이다.

후세까지 전해질 예술가artist와 JDC의 사투가 본격적으로 시작된다……

기리카 마이도, 쓰쿠모 네무도, 기리기리스 다로도, 료쇼 다쿠지도, 가까운 미래에 자신들을 기다리는 어둠의 존재를 아직 모른다.

이때는 아직 낙관적인 예측이 가능한 사건 초기 단계였다.

●

사실은 아직, 거의 아무것도 움직이지 않았다…….

그것을 아는 사람은 여전히 예술가artist뿐이다.

제1장 임무지는 환영성

17 조건반사적 제비꽃

"대단하다♡"

"그치, 멋있지?"

소년과 소녀가 환영성 복도에 걸린 커다란 그림을 보고 있다. 니지카와 메구미와 고스기 집사의 아들 쇼리다. 쇼리는 열세 살, 메구미는 열한 살. 둘 다 아직 현실에서 꿈을 꿀 수 있는 나이다.

메구미가 환영성에 온 것은 올해 합숙이 처음이니 쇼리와 만난 것도 당연히 어제가 처음이다. 역시 아이들끼리는 빠르게 친해진다. 또래가 자신들뿐이라 그런지 두 사람은 곧장 의기투합했다.

그들은 암담한 사건이 자신들과 조금도 관계없다는 식으로 천진하게 환영성 안을 돌아다녔다. 환영성에 사는 쇼리의 안내를 받으며 메구미는 기쁘게 웃었다.

소년이 소녀에게 소개한 섬세한 터치의 그림은 뮌헨 왕궁의 신축을 기념하여 빌헬름 4세가 알트도르퍼에게 제작을 의뢰한 역사화 『알렉산더 대왕의 전투』(의 복제)다. 이소스 전투의 한 장면이 장대한 경관과 구석구석에 미친 극명한 군대 묘사를 통해 극적으로 재현되었다.

JOKER

감성 풍부한 아이의 마음을 자극하는 압도적인 작품이다.

"그런데 있잖아, 메구미. 사건 얘기 들었어?"

쇼리는 그림에서 눈을 떼고 메구미에게 소곤소곤 물었다. 메구미는 눈을 동그랗게 뜨고 고개를 갸웃거렸다.

"사건? 무슨 얘기야?"

"쉿! 조용히 해. 그, 지금 이 료칸에 경찰들이 많잖아. 작가가 살해당했대. 두 명이나……."

"어…… 그거 혹시 미즈노 씨랑 히이라기 씨 얘기인가? 아빠가 두 사람은 일이 있어서 집에 갔다고 했는데. 죽은 거였어? 그 TV에 맨날 나오는 살인사건 같은 거야?"

"때로는 거짓말도 필요하다면서 어른들은 애들한테 뭐든 숨기려고 하잖아. 나도 아빠가 경찰이랑 얘기하는 걸 몰래 들었어."

약은 미소를 짓고 작은 목소리로 의기양양하게 말하는 쇼리. 메구미는 호기심에 눈동자를 빛내며 몸을 쭉 내밀고 물었다.

"정확히 어떤 사건이야? 가르쳐……."

메구미의 말이 갑자기 끊겼다. 앞쪽 복도에서 익숙한 사람이 이쪽으로 걸어오는 것을 발견했기 때문이다.

"아, 스미레 오빠다. …… 스미레 오빠!"

제1장 임무지는 환영성

메구미는 천진한 목소리를 내며 손을 흔들었다.
"어? 아, 미야마 씨."
메구미의 반응에 잠깐 놀랐다가 쇼리도 곧바로 알아채고 입을 닫았다.
바로 미야마 가오루다.
가오루는 옛날부터 니지카와 집안과 친분이 있으며 메구미와도 오래 알고 지낸 사이다. 그런데 메구미는 아직 『가오루薫』라는 이름을 『스미레菫』로 착각하고 있다. 꽃을 좋아해서 어렸을 때부터 식물도감 독서가 최고의 취미였던 메구미가 『가오루』와 유사한 한자의 식물인 제비꽃, 『스미레』와 혼동하는 것도 어쩔 수 없는 일이다.
최근 몇 년동안 가오루도 이래저래 고쳐주는 것이 귀찮아져서 『스미레』라는 호칭을 받아들였다. 게다가…… 가오루도 어느샌가 『스미레 오빠』라는 예쁜 호칭이 좋아졌다.
"메구미. 그리고 쇼리. 안녕하세요?"
참극의 소용돌이에 휘말려 조금 전까지 침울했던 가오루의 안색도 그들의 순수한 분위기에 감화되어 조금 부드러워졌다.
음산한 분위기에도 절대불변의 순수함이 있다. 암운이 자욱이 낀 환영성에서 그들의 존재는 신성 불가침적인,

귀중한 성역 같은 것이었다. 접하기만 해도 마음이 씻겨지는 존재였다.

앞으로 어떤 비극이 기다리고 있는지 알 수 없다. 하지만 적어도 이 순간만큼은 가오루도 행복한 시간을 보낼 수 있었다. 가오루는 소년과 소녀에게 그 점을 감사히 여겼다.

●

기리카 마이는 『유혈의 방』 실내를 세세하게 살펴보고 있었다. 샹들리에와 융단의 피 얼룩, 책상 위 전기스탠드, 선반, 쇠창살 창문을 세심히 조사하고 때때로 쓰쿠모네무에게 뭔가를 귓속말로 말했다.

"그렇구나. 아하……."

한차례 조사를 마쳤는지, 마이는 입가에 고혹적인 미소를 띠며 경부와 나이 먹은 탐정에게 시선을 던졌다. 사건을 해결해버린 듯 의미심장한 시선이었다.

"뭔가 알아냈나요?"

이 정도 실마리로 뭘 알 수 있을까. 그렇게 의심하며 료쇼가 물었다.

"조금 전에도 말씀드렸다시피 샹들리에를 실내에 들이는 방법에는 별문제가 없어요. 이 방과 바깥과 통하는 곳은 하나의 문과 하나의 창뿐인데, 쇠창살 창문을 통해

제1장 임무지는 환영성

샹들리에를 반입하는 건 불가능하니까 단순한 소거법으로 생각하면 문을 통해 들여온 거죠."

기리카 마이라는 탐정은 JDC에서 『소거추리의 귀부인』이라는 별명으로 통한다. 모든 가능성을 하나하나 조심스레 소거하면서 마지막에 사건으로부터 진상을 드러내는 소거추리의 달인이다.

"그런데 마이. 샹들리에의 폭이……."

반박을 시도하려는 기리기리스. 만약 문을 통해 샹들리에를 들여왔다면 이건 수수께끼도 뭣도 아니다. 하지만 입구는 단단하다. 샹들리에를 억지로 밀어 넣는 것은 불가능해 보인다(설령 대각선으로도).

마이는 오른쪽 눈으로 윙크를 날렸다.

"분해하면 되잖아요."

"분해……?"

료쇼와 기리기리스의 목소리가 훌륭하게 화음을 이뤘다.

"위스키병 같은 것 안에 작은 배 모형bottle ship을 만드는 거 아시죠? 원리는 그것과 같아요. 일단 부품을 분해하고 안에 넣어서 다시 조립하는 거죠. 이건 수수께끼mystery라고 할 것도 못 돼요."

마이가 파트너를 보자 네무는 말없이 고개를 끄덕였

JOKER

다.

"아니, 그런데 그렇게 쉽게……."

"확인해봤는데, 이 샹들리에는 드라이버로 바로 분해할 수 있는 물건이에요. 다시 말해서 드라이버만 갖고 있으면 누구라도 샹들리에를 실내에 들일 수 있다는 거죠."

"그건 알겠어. 그런데 왜 예술가artist는 그렇게까지 고생해서 샹들리에를 이 『유혈의 방』에 옮겨와야만 했던 거지? 게다가 이 샹들리에는……."

쇠창살 창문을 가만히 바라보던 마이는 기리기리스의 말을 가로막고 말했다.

"그보다…… 해결해야 할 문제는 다른 것도 많잖아요. 예를 들어 『왜 샹들리에를 사용해서 죽였는가?』, 『왜 「유혈의 방」에서 죽였는가?』. 아직 직접 보지는 않았는데 『역전의 방』 사건은…… 『왜 시체는 지면에서 목을 매단 상태로 되어있는가?』, 『왜 피해자의 입에 껍질을 벗기지 않은 오렌지 하나가 통째로 들어가 있는가?』, 『왜 예술가artist는 그런 쪽지를 현장에 남겼는가?』. 대충 세어보기만 해도 『?』는 다섯 개나 있어요."

마이가 두 살인사건의 의문점을 다 제시하고 나서 네무가 료쇼에게 곧장 질문을 던졌다.

제1장 임무지는 환영성

"경부님, 동기 부분은 어떤가요?"

상냥한 눈빛에서 수사에 임하는 격렬한 의욕이 느껴졌다. 기리카 마이와 쓰쿠모 네무의 스피디한 수사에 료쇼는 압도되는 것 같았다. 역시 JDC가 자랑하는 명탐정들이다. 기리기리스보다 젊은 만큼 정력적이다.

"히이라기 쓰카사는 내성적이고 별로 사교적인 성격은 아닌 것 같습니다. 그를 증오할 만큼 그를 잘 알던 사람은 현재로선 알 수 없습니다. 그리고 미즈노 가즈마는 까다로운 성격이라 이래저래 문제를 일으킨 모양이더군요. 그런데 죽일 만큼 그를 미워한 사람은 알 수 없습니다. 작가들 증언에 따르면 대충 이렇습니다."

"동기는 없다……는 거군요."

"그건 그렇고, 기리카 씨, 기리기리스 씨. 여러분은 정말로 앞으로도 살인이 계속되리라고 봅니까? 저는 도저히 믿을 수 없군요. 사람이 둘이나 죽은 것만으로도 놀라운데."

세상에 널린 것이 살인이라지만 연쇄살인은 그렇게 빈번히 일어나지 않는다. 세 사람, 네 사람…… 피해자가 연속으로 생길 때마다 살인이 또 일어날 가능성은 점점 0에 가까워진다. 료쇼의 말도 지당하기는 하다.

"적어도 JDC 총재께서는 그렇게 생각하시지 않는 모양이에요. 사실 전 히이라기가 미즈노를 죽이고 자살했다는 설도 생각하기는 하는데."

"히이라기 쓰카사가 자살? 그런데 그는 샹들리에에 짓눌려서……."

경부의 의문을 해소하기 위해 네무는 마이의 설명을 보충했다.

"경부님, 마이 씨가 말씀하신 건 사실이 아니라 어디까지나 가설 중 하나예요. 게다가 샹들리에 문제는 트릭을 사용하면 어떻게든 되잖아요."

"바로 그렇죠! 자, 그러면 『역전의 방』도 조사해볼까요?"

기리기리스도 료쇼도 마이의 페이스에 완전히 말려들었다. 이 탐정은 해결을 향해 이 페이스로 돌진하는 것인가? 예술가artist가 준비한 여러 개의 허들을 넘어 수사진을 도착점으로 이끌어주는 것인가?

어쨌든 전망은 꽤 밝아진 것 같다고 기리기리스는 생각했다.

…… 그것은 화려한 사건 해결의 예감이었는지도 모른다.

제2장 야상곡nocturne의 멜로디

법관mufti이여, 사제magi의 술에 이렇게 취해도
나의 마음은 더욱 확실해졌다네, 당신보다도.
당신은 사람의 피, 나는 포도의 피를 마시네,
흡혈의 죄는 누구에게 있나, 심판하여라.

JOKER

18 막연한 예감

환영성에는 동서남북 방향으로 각각 원기둥 탑이 있다. 벽돌을 쌓아 올려세운 탑으로 1층 문으로 들어가 벽에 촛대가 달린 나선계단을 올라가서 옥상으로 나갈 수 있다.

탑 옥상은 통상적인 건물의 7층 정도 높이에 있다. 성벽으로 연결된 네 개의 탑은 성벽 위의 공중복도로 왕래할 수 있다.

각각의 탑 옥상에는 각 방위를 수호하는 사방신(주작, 현무, 청룡, 백호) 조각상이 있다. 현재 아오이와 류스이가 서 있는 서쪽 탑 옥상에는 서쪽을 수호하는 백호가 있다. 지름 7미터 정도의 원을 그리는 탑 옥상 중심부에 고정된, 『백호』라고 새겨진 대리석 받침대 위에는 당장에라도 살아 움직일 법한 백호상이 묵직하게 자리 잡고 서쪽 하늘을 노려보고 있다. 은색으로 빛나는 조각상은 구름 사이로 새어드는 태양광선을 눈부시게 반사했다.

"풍경 좋다······."

2미터 크기 백호상의 발을 어루만지며 아오이는 침묵의 균형을 무너뜨렸다. 류스이는 옥상 가장자리에 기대

제2장 야상곡nocturne의 멜로디

성 바깥 풍경을 바라보고 있었다.

"그러게. 나쁘지 않아."

그들의 눈앞에 펼쳐진 장대한 자연의 예술. 시야 가득히 펼쳐진 오네미산의 벌거벗은 나무숲에 둘러싸인 청량한 미나호가 그곳에 있었다.

자신이라는 존재가 보잘것없게 느껴지는 거대한 저택, 환영성. 그 환영성마저도 작게 보이는, 성을 둘러싼 자연의 스케일. 성에 들어올 때 지나게 되는 고제대교도 하나의 가느다란 선처럼 보인다. 그 너머에는 아흔아홉 번 굽이진 언덕길 입구…….

조용했다. 희미한 바람 소리 외에는 아무것도 들리지 않았다. 성의 복작복작한 상황과는 격리된 성역이다. 시원한 바람도 기분 좋았다. 자연이 자아낸 아름다움에 몸을 맡기고 그들은 잠깐의 정적을 즐기고 있었다.

"너무 눈부시다. 이 조각상은 뭐로 만들어진 거지?"

뒤를 돌아본 류스이가 조각상에서 반사되는 햇빛을 무심코 손으로 가렸다. 아오이는 슬며시 웃으며 다른 세 개의 탑을 순서대로 보았다. 다른 탑 옥상에도 주작, 현무, 청룡상이 번쩍번쩍 빛나고 있었다. 조각상에서 반사된 빛은 확산하여 각각 다른 곳을 비추고 있었다.

"글쎄. 우리가 아무리 창작가라지만 조각상은 우리

JOKER

분야가 아니지. 자세한 건 나도 몰라. 그런데 류스이, 환영성 합숙도 벌써 세 번째인데, 너 아직도 『빛의 무대』 본 적 없지?"

"『빛의 무대』…… 그게 뭔데?"

그럴 줄 알았다는 표정을 지으며 아오이는 어깨를 으쓱거리고 옥상 가장자리로 향했다.

그는 류스이에게 손짓하고는 옥상 아래쪽, 눈 아래에 펼쳐진 북서쪽 중정을 가리켰다. 북서쪽 중정 중심에는 네 개의 돌기둥 위에 원뿔형 지붕을 얹은 정자가 있다. 아오이의 손가락은 정자를 곧장 가리키고 있었다.

"저 정자 말하는 거야. 일출 직후와 일몰 직전, 이렇게 하루에 딱 두 번 그 순간이 찾아와. 사방신 조각상이 반사한 햇빛이 한곳에 모여서 정자의 원형 돌바닥을 비추는데, 그게 『빛의 무대』야. 계절과 상관없이 매일 그런 현상이 일어나도록 설계되었대. 거짓말 같지만 실제로 일어나니까 놀라울 따름이지. …… 히라이 씨한테 안 물어봤어?"

류스이는 휘익, 휘파람을 불고 백호 조각상에 다가갔다. 힘을 줘서 조각상을 흔들려고 했지만, 백호는 꼼짝도 하지 않았다.

"아하. 이 조각상에 그런 의미가 있었구나……. 그래서

제2장 야상곡nocturne의 멜로디

단단하게 고정된 거군."

 그럭저럭 관심이 생긴 듯, 류스이는 연신 고개를 끄덕였다. 아오이는 환영성의 전경을 둘러보고는 가벼운 투로 말했다.

 "이런 얘기는 좀 촌스러운데 이만한 성을 짓는데 얼마나 많은 재산이 들어갔을까? 좀 궁금하지 않아? 환영성이 혹시 불법건축물은 아닌가 하는 생각도 들어. 남의 일이긴 해도 괜히 걱정된단 말이지."

 "진짜 촌스럽다, 아오이. 실제로 여기 이렇게 있으니까 불법건축물은 아니겠지. 우리가 사는 세계는 이 환영의 성이 존재한다는 걸 긍정하잖아. …… 아무리 허구적이더라도 말이야."

 "그러게. 쓸데없는 소릴 해서 미안."

 "…… 그래서, 일부러 이런 데까지 불러온 이유가 뭐야?"

 방금 생각난 듯이 류스이가 친구에게 물었다. 아오이는 굳은 표정으로 옥상 가장자리에서 떨어져 말없이 바지 주머니에서 네 번 접은 쪽지를 꺼냈다.

 그것을 건네받은 류스이는 의아한 표정을 지으면서도 쪽지를 부스럭부스럭 펼쳤다.

 "이건……."

JOKER

 어젯밤 다과회에서 류스이가 나눠준 『추리소설 구성 요소 30항』이었다. 추리소설의 근간을 이루는 중요한 테마(라고 류스이가 개인적으로 생각한다) 30항이 정갈하게 쓰여 있었다.

 "류스이, 이 쪽지를 도난당했을 가능성이 있을까?"

 힘겹게 그 말을 꺼낸 듯했다. 아오이의 눈빛이 점점 더 차가워졌다. 그의 눈동자는 류스이의 모습을 정확하게 포착하고 있었다.

 "왜 그런 걸 물어봐?"

 우물거리는 류스이. 하지만 아오이의 안광에는 류스이의 묵비권을 용납하지 않는 날카로움과 진지함이 있었다.

 류스이는 난처한 듯 머리를 긁다가 이내 단념하고 인정했다.

 "사실 어제, 어느샌가 종이 한 장이 없어졌더라고……."

 "역시 그랬군."

 "아오이, 왜 그런 걸 신경 쓰는 건데?"

 "언제 그랬어?"

 아오이는 류스이의 의문을 무시하고 다그치듯 물었다. 그가 의심하던 것이 서서히 구체화하고 있었다. 아침에

제2장 야상곡nocturne의 멜로디

는 막연한 예감뿐이었으나 지금은 확신으로 변하고 있다.

저항이 무의미하다고 판단했는지 류스이는 솔직하게 고백했다.

"정확히는 몰라. 일단 나는 누가 훔쳤다고 생각하지도 않았어. 그냥 다과회 하기 전 저녁에 세어봤을 때 이미 한 장이 부족하더라고. 내가 아는 건 그것뿐이야."

아오이는 말없이 눈썹을 찌푸렸다. 그렇군, 이라고 작게 중얼거릴 뿐.

"이번에는 내가 물어볼 차례야. 아오이, 너는 뭘 아는 거지? 어떻게 종이 한 장이 없어진 걸 아는 거야?"

류스이의 눈동자에 저절로 의혹의 빛이 서렸다. 그의 기억이 확실하다면 그의 친구는 예언자가 아니다.

그러면 어떻게 아오이는 그걸 예언해냈는가?

"아침부터 걱정했던 건데, 류스이…… 너는 그 두 범행 현장을 보고 아무것도 못 느꼈어?"

"쓸데없이 빙빙 돌려 말하기는. 너답지 않게 왜 이래. 무슨 말이 하고 싶은 건데?"

"연쇄적으로 일어난 살인. 현장에 남겨진 여러 불가사의한 수수께끼. 게다가 우의법으로도 시체장식으로도 볼 수 있는 오렌지와 샹들리에……. 게다가 의미심장한

JOKER

살인예고장과 『예술가』라는 호칭 있는 범인. 기리기리스 씨를 비롯해 오후에는 기리카라는 명탐정까지 등장했잖아."

"설마! 지금 네가 하려는 말이……."

류스이의 머릿속에 무서운 생각이 번뜩였다.

  1 ◎ 불가사의한 수수께끼(기발한 생각)
  2 ◎ 연쇄살인
  7 ◎ 우의법
 11 ◎ 시체장식
 14 ◎ 살인예고장
 26 ◎ 명탐정
 27 ◎ 호칭 있는 범인

"그래. 네가 지금 생각한 바로 그거야, 류스이. 범인은 『추리소설 구성요소 30항』을 섭렵하기 위해 범행을 저지르는 거지……. 앞으로도 사건이 계속되지 않을까 하는 게 내 생각이야."

"이해가 안 돼! 뭐 때문에 그런 짓을……. 게다가 잘 생각해봐, 아오이. 아무리 범인이 그럴 작정이어도 현실 사건에서 성립할 수 없는 구성요소도 있잖아."

제2장 야상곡 nocturne의 멜로디

류스이는 종이를 가리켰다.

 9 ◎ 작중작
23 ◎ 서술 트릭

"서술 트릭은 밴 다인이 『20칙』에서 금지했잖아. 작자가 독자에게 사용하는 트릭. 의도적으로 오해를 일으킬 법한 문장 표현을 사용하는 것. 이게 성립하려면 일단 사건을 서술하는 추리소설이 있어야 해. 작중작도 마찬가지야. 작중작이란 이야기 속의 이야기니까 이야기가 없으면 말이 안 돼."

류스이의 반박을 예상했는지 아오이는 미리 답을 준비한 모양이다.

"범인이 어째서 그런 도전을 하려는지, 그 동기까지는 나도 몰라. 하나의 예술작품을 완성하려는 예술가적 기질인지도 모르고, 아무도 쓰지 못할 추리소설을 추구하는 추리소설가적 기질인지도 모르지. 그런데 내가 추리해보니까 또 한 가지가 생각나더라고."

아오이와 류스이의 시선이 마주쳤다. 류스이는 아오이의 눈동자 속 어둠을 마주치고 몸이 굳어버려 침을 겨우 삼켰다.

"뭔데?"

"예술가artist가 널 왓슨 역할로 지명했을 수 있다는 거야."

왓슨 역할이란 사건의 서술자를 통칭하는 말이다. 셜록 홈스 시리즈의 등장인물 왓슨 박사의 역할에서 유래했다.

"내가…… 왓슨 역할?"

"예술가artist는 왜 예고장에 『화려한 몰락을 위해』라는 말을 원괄호로 감싸서 강조했을까? 『화려한 몰락을 위해』는 『화몰』이라고 줄여 말할 수 있어. 그건 명백하게 너한테 건 도발이야. 원래 구성요소 30항을 섭렵하는 미스터리를 쓰겠다는 건 네가 『화사한 꽃처럼, 몰락은 꿈처럼』이라는 작품을 구상하면서 생각했던 거고, 이번 합숙에 참여한 작가 중에서 가장 글을 빨리 쓰는 사람은…… 류스이, 너지."

"『화려한 몰락을 위해』……. 그래, 『화몰』이라고 못 할 것도 없지."

류스이는 모기 같은 목소리로 중얼거렸다.

"게다가 구성요소 30항을 고른 것도 너잖아. 이런 표현도 쓸 수 있지 않겠어? 너는 예술가에게 합작을 제의받은 거야. 예술가artist는 네게 이 사건을 쓰게 하고

제2장 야상곡nocturne의 멜로디

그 작품 속에서 서술 트릭이나 작중작을 사용하게 하려는 거 아니야?"

류스이의 표정은 당혹의 빛으로 물들어 있다.

- 살인범과 추리소설가의 합작 -

- 구성요소를 섭렵한다는 도전 -

미스터리 팬이라면 군침을 흘릴 이야기다. 만약 그런 예술작품이 완성된다면 미스터리 역사에 길이길이 남을 것이다. 추리소설을 쓰는 이로서 흥미가 돋지 않을 수가 없다.

류스이는 잠시 눈꺼풀을 닫고 생각에 잠겼지만,

"좋아, 해볼까……."

이내 주먹을 꽉 쥐고 결의를 표했다.

사건의 서술자가 되어 예술가artist에게 목숨을 보장받을지도 모른다는 안도감 비슷한 것도 결심을 도왔을 것이다.

추리소설가가 두 명이나 살해당했다. 예술가artist가 여섯 명의 제물을 원한다면, 류스이도 피해자가 될 가능성이 있다. …… 하지만 예술가artist가 사건을 기록하길 바라고 류스이가 기록자가 된다면, 목숨은 (단언할 수는 없으나 아마도) 안전할 것이다.

"실제 살인사건이 일어났으니 일단 『화몰』 집필을

멈출 생각이었어. 그 대신이라고 하기는 뭐해도 이 사건의 체험담 같은 걸 쓸까 생각했는데 마침 잘됐네. 사건의 개요를 엮고 정리하면 진상을 추리하는 단서로 삼을 수 있을지도 몰라."

"오. 그거 재밌겠다. 그럼 나도 그 원고를 보고 추리를 해볼게. 『의외의 범인』 항목을 만족하기 위해서라도 범인을 꼭 잡아야지."

"그건 기리카 씨와 기리기리스 씨의 업무잖아."

"추리소설가가 『명탐정』이 되어서는 안 된다는 법도 없잖아. 만약 사건이 정말로 계속된다면 한동안 범인의 솜씨를 보게 되겠지만."

류스이는 고개를 끄덕이면서 다시 『30항』으로 시선을 돌렸다.

"그런데 아오이. 『쌍둥이』나 『색맹인물』은 어떻게 생각해? 이 조건에 해당하는 사람이 있어? 색맹은 모르겠는데 쌍둥이는……. 나를 빼면 작가나 환영성 관계자 중에 있는지 없는지 모르겠네."

류스이에게는 미나세 나기사라는 쌍둥이 여동생이 있다.

"글쎄. 언젠가는 알게 되겠지. 누가 남의 일을 알 수 있겠어. 그건 이 자리에서 얘기할 문제가 아니야. 어쨌든

제2장 야상곡nocturne의 멜로디

잘 써봐, 류스이. 아, 기왕이면 제목도 생각해두는 게 어때? 예술가artist도 좋아할 거야."

"제목? 예를 들면?"

"그거 말고 더 있겠냐.『화려한 몰락을 위해』."

"…… 좋다. 그걸로 갈까."

두 사람은 웃으면서 잠시 잡담을 나누다가 탑을 내려왔다. 차가워진 바람이 옥상에서 계단을 내려가는 류스이의 등을 어루만졌다. 예술가artist의 손이 등을 쓰다듬은 것처럼 류스이는 몸을 움찔 떨었다.

"그런데 왜『화사한 꽃처럼, 몰락은 꿈처럼』이 아니라『화려한 몰락을 위해』지?"

류스이는 줄곧 그 점이 궁금했다.

- 특별한 의미가 따로 있나?

뒤를 돌아보았다. 태양은 아직도 구름 속에 숨어 있다. 햇빛을 받지 않은 백호상은 조금 낡아 보였다. 무한히 펼쳐진 하늘을 보며 이리저리 생각했다.

바람은 아무 대답도 할 생각이 없는 듯했다.

JOKER

19 프로이라인Fräulein 메구미

히류 쇼코는 환영성을 방황하고 있었다.
― 쓰라라기랑 다메이는 어딜 간 거야?
살인사건 한복판. 이런 극한상황에서는 마음을 터놓은 친구들을 봐야 비로소 마음이 놓인다. 쇼코에게는 바로 대학 후배인 아오이와 류스이가 그렇다. 『간사이 본격 모임』 작가들이나 니시카와 메구미, 호시노 다에와도 친분이 있기는 하지만 사회인 사이의 피상적인 관계에 속할 뿐, 사적인 관계는 아니다.

나이를 먹어가면서 사회인의 상식으로 화장을 하고 사람을 대해야 했다. 사회에 법칙이 있고 정해진 틀 안에서 살아가야 하는 이상 누구나 그런다는 걸 알면서도 여전히 받아들이기 힘들었다. 본질을 드러내면 위험하다는 것은 잘 안다. 그러나 가면무도회 같은 사회를 이해하고 받아들이기에는 아무래도 아직 저항감이 있다.

나이를 더 먹으면 답답함도 점점 사라질 것이다. 하지만 그래도 될까. 빛나는 젊은 시절의 자신을 잃어가는 나날……. 어른이 되는 과정이라며 자신을 위로할 뿐. 정말로 괜찮은 걸까?

제2장 야상곡nocturne의 멜로디

　두 사람을 찾아다니는 사이에 자연스럽게 인생이란 무엇인가 하는 상념에 빠졌다. 때때로 복도에서 스치는 수사관계자와 인사를 나눌 때는 너무나도 거짓 같은 현실이 당황스러웠다.

　살인사건이란 여태까지 허구에 불과했다. 지면상으로만 묘사되는 상상의 산물이라고 생각했다. 실제로 일본 어딘가에서 매일 살인사건이 일어난다는 걸 알면서도 머릿속에는 『살인=허구』라는 묘한 도식이 만들어져 있었다. 막상 현실 사건을 맞닥뜨려도 너무나도 현실적인 거짓에는 고개를 갸웃거리지 않을 수 없었다.

　미즈노 가즈마와 히이라기 쓰카사. 두 사람이 허망하게 목숨을 빼앗겼다. 인간이 묘사되지 않은 추리소설에 항상 따라다니는 거짓 같은 느낌이 여기에 존재했다.

　슬픔이나 엄숙한 긴장감 같은 분위기는 분명히 있다. 하지만 무드 자체가 인위적이라는 느낌을 지울 수 없었다. 현실세계에 있다가 허구세계로 발을 헛디딘 것 같은 기분에 사로잡혔다. 자신의 주위를 떠도는 이 리얼리티가 부재한 감각은 대체 무엇인가?

　…… 문득 이런 생각이 들었다.

　이건 류스이가 쓰고 있는 『화사한 꽃처럼, 몰락은 꿈처럼』의 세계 아닐까. 나는 류스이가 쓰고 있는 실명

JOKER

등장인물 아닐까. 현실의 시간은 아직 한밤중이고, 두 건의 살인은 류스이가 『화몰』에서 창조한 것 아닐까. 사실 사건 따위는 일어나지도 않은 것 아닐까?

너무나도 허구적인 분위기 탓에 쇼코는 그런 생각이 들었다. 아무리 나아가도 끝이 없는 미궁을 강제로 걷고 있는 듯한 착각. 아오이와 류스이는 어디에서도 찾을 수 없었다. 이때 두 사람은 마침 탑 옥상에서 이야기를 나누고 있었다. 성 내부를 뒤져봤자 찾을 수 있을 리가 없었다. 하지만 이 시점에 쇼코는 탑에 가야겠다는 생각 자체를 못 했다.

아오이와 류스이가 거기에 있으면 그걸로 다행이다. 하지만 탑은 너무나도 무기질적인 장소다. 탑 옥상과 성벽 복도를 홀로 걸으면 현실과 동떨어진 공간 속에서 더 깊은 우울에 잠길 것이다. 게다가 탑(높은 건조물)은 과거의 비극적인 사건을 떠오르게 한다. 떠올리고 싶지도 않은 대학 시절의 비참한 사건이다.

- 떨어진다……. 검고 커다란 그림자가.

탑을 생각하다가 연상작용으로 그 사건이 뇌리에 스쳤다.

- 떨어지는 그림자를…… 천천히 올려다본다.

작은 인형처럼 보이는 그림자가 점점 커지면서, 이윽

제2장 야상곡nocturne의 멜로디

고 인간임을 알아볼 만큼 가까이 다가온다.

- 떨어진다……. 인간이, 떨어진다?

너무나도 허구적인 현장에 자리했던 쇼코. 게다가 떨어지는 사람은…….

"안 돼!"

쇼코는 아무도 없는 복도에서 무심코 비명을 지르고 머리를 감쌌다. 비극의 기억을 떨쳐내려 애썼다.

휘청휘청 불안한 발걸음으로 바로 근처에 있던 문을 열고 방으로 들어갔다. 심호흡을 하고 숨을 골랐다.

그러다가, 조금씩, 냉정함을 되찾았다……. 아이처럼 자제력을 잃은 자신이 갑자기 부끄러워졌다.

주위를 둘러보았다.

그곳은 『지식의 방』이었다.

●

어젯밤 이곳에서 말다툼을 벌이던 추리소설가가 지금은 불귀의 객이 되었음을 생각하면 복잡한 심경이었지만 쇼코는 여전히 『지식의 방』이 편했다.

바닥에서 천장까지 닿는 서가에 대량의 책이 꽉꽉 들어차 있다. 어린 시절부터 책을 좋아했던 그녀는 많은 책을 본 것만으로도 신기하게 마음이 차분해졌다. 압도적인 무게감을 발산하는 책의 산, 책의 벽을 앞에 둔

JOKER

 그녀는 괴로운 기억을 잊고 책장 사이의 통로를 가벼운 발걸음으로 나아갔다.

 구로이와 루이코黒岩涙香를 비롯해 고사카이 후보쿠小酒井不木, 고가 사부로甲賀三郎. 에도가와 란포江戸川乱歩와 요코미조 세이시横溝正史는 물론이고 유메노 규사쿠夢野久作, 오구리 무시타로小栗虫太郎. 기기 다카타로木々高太郎, 히사오 주란久生十蘭, 오사카 게이키치大阪圭吉, 사카구치 안고坂口安吾, 다카기 아키미쓰高木彬光, 아유카와 데쓰야鮎川哲也, 쓰치야 다카오土屋隆夫, 마쓰모토 세이초松本清張. 나카이 히데오中井英夫, 쓰즈키 미치오都筑道夫, 사사자와 사호笹沢左保, 아와사카 쓰마오泡坂妻夫. 렌조 미키히코連城三紀彦, 니지카와 료, 다케모토 겐지竹本健治, 시마다 소지島田荘司, 가사이 기요시笠井潔, 오바나 유메히코緒華夢彦5), 오카지마 후타리岡嶋二人…….

 아야쓰지 유키토綾辻行人의 『관』시리즈 뒤에는 아리스가와 아리스有栖川有栖, 니카이도 레이토二階堂黎人, 다쿠쇼인 류스이, 오리하라 이치折原一, 히류 쇼코, 아오이 겐타로, 기타무라 가오루北村薫, 야마구치 마사야山口雅也, 후몬지 고세이…… 마야 유타카麻耶雄嵩의 『여름과 겨울의 소나타』까지. 히라이 씨의 취향인지 일본 본격파 위주의

---

5) 전작 『코즈믹』의 등장인물.

제2장 야상곡nocturne의 멜로디

추리소설 여러 권이 서가의 명당(『지식의 방』 입구 근처)을 차지하고 있었다. 외서(번역+원서) 미스터리와 미스터리가 아닌 책도 상당히 많았다. 일본 미스터리의 역사가 환영성 『지식의 방』이라는 공간에 응축된 것 같았다. 전국의 추리소설가들이 취재를 위해 이곳에 오는 것도 수긍이 갈 만큼 양과 질이 굉장했다.

하지만 실내에서 책을 바라보며 가만히 서 있으려니 생각의 흐름이 자연스럽게 어젯밤에 있던 일로 가버렸다. 그때 두 사람을 말렸더라면…… 그리고 두 사람이 다과회에 있었더라면…… 그들은 살해당하지 않았을지도 모른다.

아무리 발버둥 쳐도 과거의 사건을 막을 수는 없다. 그걸 알면서도 어젯밤 우연히 두 사람의 말다툼을 엿듣게 된 쇼코는 그렇게 생각하지 않을 수 없었다. 자기비판은 꼬리에 꼬리를 물고 이어졌다.

그때 아오이의 제안에 따르지 않았더라면……. 조금 전에 떠오른 기억 탓에 아오이의 산뜻한 미소와 나쁜 생각이 섞였다.

아오이의 얼굴과 떨어지는 사람의 얼굴이 겹쳤다.

그 사건을 생각하면 반드시 떠오르는 사람이 아오이 겐타로, 바로 쓰라라기 신지다. 아오이가 쓰라라기였던

JOKER

시절, 그녀가 맞닥뜨린 그 사건은······.

발작이 다시 일어나려 했다. 그 순간 익숙한 목소리가 쇼코를 구원했다.

"아, 손님이 계셨네요. 히류 씨군요♪"

갑자기 문이 열리면서 니지카와 료가 들어왔다. 타인을 안심케 하는 그의 얼굴에도 오늘은 심적 피로가 보였다. 그래도 고독에서 해방된 덕에 쇼코는 마음을 놓을 수 있었다.

가볍게 인사를 나누는 두 사람.

하지만 둘은 평소에 대화를 자주 나누는 사이가 아니다. 남들과 같이 있을 때면 몰라도 두 사람에게는 공통의 화제가 별로 없어서 깊은 이야기를 나누는 일은 거의 없었다.

잠시 후 대화가 끊기면서 불편한 침묵이 자리를 차지하기 시작했다.

"맞다. 좀 궁금한 게 있었는데, 메구미는 독일어를 할 줄 아는 거죠?"

쇼코가 어떻게든 국면을 타개하려 했다. ······ 사실 어제부터 그녀가 품고 있던 의문이었다.

"어떻게 그걸 아셨죠?"

"어제 점심에 『지식의 방』에서 메구미가 독일어책을

제2장 야상곡nocturne의 멜로디

읽고 있더라고요. 책을 열심히 읽고 있어서 직접 물어보는 걸 깜빡했어요."

"아, 그렇군요. 그런 거였습니까. 옛날에 제가 독일에서 산 적이 있어서요."

"저자 약력에서 본 적 있어요. 메구미도 같이 있었나요?"

"메구미도 초등학교 입학 전까지는 쭉 거기서 살았어요. 그래서 메구미는 영어는 전혀 모르는데 일단 독일어는 할 줄 알죠."

"프로이라인fräulein 메구미네요(웃음)."

프로이라인이란 『아가씨』를 뜻하는 독일어다. 시시한 농담이지만 두 사람 사이의 불편한 침묵을 깨뜨리는 데는 충분했다.

잠시 후 나타난 후몬지도 가세하면서 세 추리소설가는 미스터리로 이야기꽃을 피웠다.

JOKER

20 새로운 수수께끼

오후 7시.

수사가 순조롭게 진행되면서 저녁 식사도 제시간에 시작되었다. 점심을 별로 못 먹어서 그런지 기리카 마이와 쓰쿠모 네무의 간단한 자기소개가 끝나자마자 다들 열심히 식사에 임했다. 별 탈 없이 식사가 마무리되고 얼음 그릇에 담긴 디저트가 온 시점에 료쇼 경부가 자연스럽게 입을 열었다.

"…… 검시 결과가 나와서 일단 여러분께 보고드리겠습니다. 미즈노 가즈마의 사망 추정 시각은 오전 3시에서 4시. 히이라기 쓰카사는 오전 0시에서 1시 경입니다. 또한 히이라기 쓰카사의 위장에서 수면제가 검출되었습니다."

료소의 말 때문에 식탁에 다시 침통한 분위기가 감돌았다. 좋든 싫든 아침에 일어난 참극의 기억이 깨어날 수밖에 없었다.

"잠깐만요, 경부님! 말씀하신 바로 미즈노 씨와 히이라기 씨는……."

경부의 발언에 담긴 의미를 깨달은 사람은 JDC의 세

제2장 야상곡nocturne의 멜로디

명탐정 외에는 후몬지가 유일했다. 질문자인 후몬지에게, 이어서 료쇼에게 시선이 집중되었다.

"예. 반대였습니다."

"반대?"

몇 사람의 목소리가 겹쳤다. 모두 의아한 표정이었다.

"우리는 착각했던 겁니다. 미즈노 씨에 이어 히이라기 씨가 살해당한 게 아니라 히이라기 씨가 살해당한 후에 미즈노 씨가 돌아가신 겁니다."

식당이 웅성거렸다……. 사건의 저변에서 부상한 새로운 수수께끼. 료쇼는 수사 상황을 보고하면서 디저트를 입으로 가져가는 작가들의 모습을 관찰했다. 누군가 수상한 태도를 취하는 사람은 없는지 살펴보려는 듯했다. 작가들의 대화는 별로 활발하지 않았으나 식욕은 회복되었는지 디저트 그릇이 모두 비워졌다.

이렇게 합숙 이튿날 저녁 식사가 끝났다.

●

가장 신뢰하는 두 부하, 구로야 다카시玄矢孝志 형사와 아리마 미유키有馬みゆき 형사를 데리고 료쇼 경부는 『안식의 방』에 들어왔다. 그리고는 안에서 대기하던 세 탐정, 기리카 마이, 쓰쿠모 네무, 기리기리스 다로에게 고개를 숙이고 세 사람과 마주 보는 소파에 앉았다.

JOKER

『안식의 방』이라는 이름이 붙어있으나 사실 방을 구성하는 요소interior는 『정적의 방』과 별 차이가 없다. 굳이 꼽자면 벽의 두께 정도. 『안식의 방』 벽 두께는 다른 방과 똑같아서 바깥을 걷는 수사원의 목소리가 희미하게 들려왔다.

"아리마."

료쇼가 눈짓으로 신호를 보냈다. 아리마 형사는 들고 있던 복사본 자료를 기리카 마이에게 넘겼다.

아리마 미유키는 형사 드라마에 나올 법한 홍일점 형사다. 약간 개성적인 외모에 날카로운 눈동자의 소유자이며 미인까지는 아니지만 인상적이고 존재감 있는 용모임은 분명하다.

구로야 다카시는 평균 신장에 우락부락한 근육질의 소유자다. 짧게 깎은 머리에 유도복이 어울릴 법한 분위기다. 아리마 미유키의 키가 상당히 큰 편이라 료쇼 뒤에 두 형사가 나란히 서면 키가 거의 비슷하다.

"그럼 JDC 여러분. 추리는 뭐 좀 나오셨는지?"

시험 문제를 살펴보는 학생을 대하는 교관의 말투였다. 료쇼의 눈빛은 마술을 보여주기 직전의 마술사를 지켜보는 관객과 같았다. JDC의 세 명탐정이 모자 안에서 기발한 추리를 꺼내리라 기대하는 걸까. 온화한 쓰쿠모

제2장 야상곡nocturne의 멜로디

네무까지도 과하게 의존적인 수사 담당자의 자세에 약간의 경멸감을 느꼈다.

료쇼 다쿠지라는 남자는 사람 다루는 데에 일가견이 있다. 각자의 특징에 맞는 수사 방법을 부하에게 지시하는 재능은 JDC 총재 아지로 소지와도 통하는 점이 있다.

…… 다만 료쇼는 어디까지나 지휘자이지 실전에서 승부를 보는 스타일이 아니다. 그 점에서 료쇼와 아지로는 결정적으로 다르다.

자신에게 재능이 없어도 능력 있는 부하를 잘 다루면 공을 세울 수 있다. 어느 회사에서든 통하는 방법인데 료쇼는 그 전형적인 예라고 할 수 있다.

하지만 JDC는 경찰 소속이 아니다. 탐정들은 료쇼의 『장기짝』이 될 이유가 없다.

"뭐, 이것저것 전개는 해봤습니다."

조금 기분이 상한 마이와 네무 옆에서 기리기리스는 지극히 냉정하게 대처했다. 역시 JDC의 한 시대를 이룬 노련한 명탐정이다. 지금은 제1반의 중진이자 JDC의 보배, 동세대를 대표하는 명탐정 시라누이 젠조에게 많이 밀렸으나 한때는 시라누이와 어깨를 나란히 하고 심지어 능가할 뻔한 적도 있다.

무례한 사람과의 거래에 능숙하다는 점은 역시 나이

JOKER

덕분이리라. 추리력은 마이나 네무보다 떨어질지 몰라도 세상살이는 기리기리스가 훨씬 잘 안다. 일단 그는 어디까지나 차분했다.

기리기리스가 대화의 주도권을 잡으면서 마이와 네무도 냉정함을 되찾을 수 있었다. 공을 빼앗겠다는 흑심이 훤히 보이는(의도적인 걸까?) 이 남자도 별 신경이 쓰이지 않았다. 미운 사람한테 쓸 약은 없다. 애초에 타인에게 불쾌감을 준다는 것을 민감하게 알아채는 사람이라면 미운 사람이 되지는 않았을 테니까. 자각이 없는 것은 신통치 않은 사람에게 많이 보이는 특징이다.

"사망 추정 시각이 확실해서 큰 도움이 되었어요. 이걸로 히이라기 범인설은 완전히 부정되었고, 두 사람 모두 타살이라고 치고 추리를 전개할 수 있었으니까요."

마이의 발언에 료쇼가 날카롭게 반응했다.

"호오…… 그러면 미즈노가 히이라기를 죽이고 그 후에 자살했다는 생각은 안 하는 거죠?"

네무는 신나게 말꼬리를 잡는 료쇼를 보며 그의 됨됨이를 분석했다. 료쇼는 수직적인 관계를 중시하는 스타일인 듯했다. 상사나 연장자에게는 경의를 바치고 부하나 연하에게는 엄하게 대하는 것이다. 실제로 그는 기리기리스에게 신사적으로 굴면서 마이와 네무에게 건네는

제2장 야상곡nocturne의 멜로디

말 곳곳에 애송이로 얕잡아 보는 느낌이 있었다. ……어쩌면 료쇼는 교활하게 미운 캐릭터를 『연기』하는 것일 수도 있다. 탐정을 도발한다는 노림수가 있는지도 모른다. 인격자가 반드시 유능한 것은 아니다. 하지만 말꼬리를 잡든 말든 료쇼의 추리는 상당히 안이했다. 없는 지혜를 과하게 쥐어짠 걸까. 단편적인 사고 탓에 그는 오히려 창피를 당하게 되었다.

"그 가능성은 소거해도 될 거예요. 화분에 발을 넣은 다음에 어떤 방법으로 자신의 몸을 묶고 바닥에 목을 매달고 오렌지를 입에 넣고 자살하는 사람이 있다면 취향 한번 고약하다고 봐야죠."

세 탐정이 슬그머니 웃었다. 마이의 목소리는 독설의 가시가 되어 료쇼의 귀를 찔렀다.

- 이러면 마치 그런 것도 모르냐고 핀잔하는 것 같잖아.

마이에게 그만큼의 악의는 없었을 것이다. 하지만 료쇼는 자기보다 어리고 재능 있고 많은 사람에게 인정받으며 필연적으로 수입도 많을 그녀에게 열등감complex을 느낀 탓에 그런 생각이 들 수밖에 없었다.

●

제각기 추리를 몇 가지 제출한 후, 마이의 제안으로 사람들의 알리바이가 정리되었다.

JOKER

『히이라기, 미즈노 사건 알리바이 정리표』	
오후 11시	다과회 시작. 참석자…… 아오이, 호시노, 히류, 미야마, 다쿠쇼인
오후 11시 30분 오전 0시 오전 1시 오전 1시 29분	니지카와 부녀 취침. 히이라기 쓰카사, 살해됨. 후몬지가 다쿠쇼인 방으로. 다과회 해산.
오전 3시 오전 4시	다쿠쇼인 외 취침. 미즈노 가즈마, 살해됨.

 (비고) …… 히라이 다로를 비롯해 환영성 직원 중 확실한 알리바이를 가진 사람은 없다.

제2장 야상곡nocturne의 멜로디

●

 "미즈노 살인사건에는 다들 알리바이가 있네요. 오전 1시 30분부터 소설을 쓰셨다는 다쿠쇼인 씨를 제외한 다른 분은 다들 주무셨다고 하니까요."

 쓰쿠모 네무가 수첩의 메모를 보고는 내용을 정리해 명료한 목소리로 말했다. 기리카 마이, 기리기리스 다로, 료쇼 다쿠지, 구로야 다카시, 아리마 미유키, 이렇게 다섯 사람은 그 말을 들으며 각자 머릿속에서 생각을 정리하는 듯했다. 네무는 수첩 페이지를 넘기며 계속 말했다.

 "아오이 씨, 호시노 씨, 히류 씨, 미야마 씨, 다쿠쇼인 씨는 오후 11시부터 오전 1시 30분까지 다과회에 함께 있었다고 증언하셨습니다. 니지카와 씨는 오후 11시 30분에 따님과 이미 취침하셨다고 말씀하셨고요. 후몬지 씨는 오전 1시 20분경까지 객실에서 계속 책을 읽고 계시다가 다과회에 잠깐 얼굴을 비쳤죠. 후몬지 씨는 다쿠쇼인 씨와 작품에 관해 이야기를 나눌 예정이었다고 하셨는데 시간이 늦어서 바로 취침하셨다고 합니다. …… 히라이 씨와 환영성 직원분들은 소등시간(밤 11시) 즈음에 다들 취침하셨어요."

 네무가 막힘없이 명료하게 알리바이를 정리하자 마이는 신뢰가 담긴 시선으로 조수를 보았다. JDC 제1반

JOKER

부반장 쓰쿠모 주쿠는 JDC를 대표하는 초월탐정이지만 의붓동생 네무도 오빠에 버금가는 유능한 탐정이다.

마이는 사립탐정 시절 흉악범죄로 목숨을 잃을 뻔한 적이 있었다. 자신의 소거추리를 과신한 나머지 범인의 교활한 함정에 빠진 것이다.

…… 그때 그녀를 구해준 사람이 다름 아닌 쓰쿠모 주쿠다. 주쿠는 그 후 마이를 JDC로 이끌었다. 총재 아지로 소지에게 높이 평가받은 마이는 이례적인 스피드로 승진의 계단을 밟았다. JDC와의 만남이 그녀의 인생을 바꿨다. 그때까지는 사립탐정으로서 고고하게 범죄와 싸우는 나날을 보내왔으나 JDC에 들어와 선의의 경쟁상대, 존경스러운 동료들, 자신을 이해해주는 친구를 만날 수 있었다. 전부 생명의 은인이자 인생을 바꿔준 주쿠 덕분이었다.

고마운 마음은 점점 연모의 마음으로 바뀌었다. 장발에 선글라스를 쓴 절세 미모의 탐정. 주쿠는 여러 의미로 세속을 초탈한 사람이었다. 손에 닿을 것 같으면서도 절대 닿지 않았다. 마이는 주쿠의 그런 점을 좋아했다.

하지만 쓰쿠모 네무를 조수로 들인 이유는 그녀가 주쿠의 의붓동생이기 때문은 아니다. 우연히 어떤 범죄를 함께 수사하면서 콤비로 잘 맞는다는 것을 깨달았기

제2장 야상곡nocturne의 멜로디

때문이다. 어디까지나 네무가 탐정으로서 훌륭한 소질이 있기 때문에 파트너로 선택했다.

네무는 퍼지탐정이다. 사건의 전체상을 막연하게 포괄하는 모호fuzzy한 추리를 전개해서 사건의 핵심에 있는 진실을 포착하는 방식이다. 여자의 감을 극대화한, 다른 이들이 감히 따라 할 수 없는 재능이다.

마이는 소거추리가 막히면 네무에게 도움을 청한다. 자신과 완전히 다른 관점에서 퍼지한 추리를 전개하게 한다. 여자의 감으로 진상을 언뜻 느끼고 진실을 스치는 네무의 퍼지추리는 마이의 소거추리에 돌파구를 뚫어주는 경우가 많았다.

한편 네무는 퍼지추리라는 훌륭한 강점이 있으면서도 아직 열여덟이라는 어린 나이 탓에 아무래도 경험이 부족하다. 일선에서 경험을 쌓아 활약해온 마이가 정석적인 추리를 구축하는 기술은 네무에게도 보고 배울 점이 많았다.

소거추리와 퍼지추리를 구사하는 두 여성 탐정 콤비는 개인적으로도 친하고 직업적으로도 승승장구했다.

●

"첫 번째 히이라기 살인사건에서 작가 중에 알리바이가 없는 사람은 후몬지 뿐이군요. 또 의심한다 치면

JOKER

아무래도 환영성 관계자가 되겠습니다."

료쇼가 곤혹스러운 표정을 지으며 그렇게 입을 열었다. 탐정처럼 추리하는 일에 그리 익숙하지 않은 모양이다. 조금 전에 찍소리도 못하게 입을 다물린 료쇼는 마이와 네무에게 품은 열등감 비슷한 복잡한 감정을 일단 마음 한구석에 밀어두고 수사에 주력할 작정인 듯했다.

기리기리스가 맞잡은 양손 위에 턱을 얹고 고개를 끄덕였다.

"흠, 그렇게 되겠군요. 그런데 니지카와 부녀의 알리바이도 불확실합니다. 친족의 증언은 신빙성이 없는 데다가 취침은 알리바이로 쓰기엔 허술하지요. 한 사람이 자고 나서 행동하면 되는 일이니까요."

"그렇게 되면 알리바이가 없는 사람은 후몬지와 니지카와 부녀……. 딸은 상관없을 테니 두 명으로 좁혀지는 건가요."

"경부님. 환영성 관계자는 의심하시지 않는 건가요?"

네무가 그렇게 묻자 료쇼가 고개를 저었다.

"현장 상황이나 살인예고장을 생각하면 계획적인 범행으로 보입니다. 살해된 사람은 둘 다 추리소설가이니 당연히 동료부터 의심해볼 일이죠. 그건 그렇고 도통

제2장 야상곡nocturne의 멜로디

동기를 알 수가 없어요. 히이라기와 미즈노의 신변을 조사했는데 살해당할 동기가 전혀 없었습니다."

"그런데 지금 중요한 건 동기가 아니잖아요. 그 밖에도 추리할 거리는 많지 않나요? 예를 들어서······."

오른손 검지를 세운 마이와 료쇼의 눈이 마주쳤다. 료쇼가 서둘러 눈을 피하자 마이는 풋 웃으면서 계속 말했다.

"왜 범인은 살인 순서를 반대로 착각하게 했는가 하는 점이나."

"아니, 잠깐만요. 그건 저희가 착각······했다기보다는 시체를 발견한 순서 때문에 지레짐작한 것뿐이지 않습니까?"

"아뇨, 료쇼 씨. 그건 범인의 명확한 의도예요. 예술가artist는 『역전의 방』문 앞에 살인예고장을 붙여서 우리가 미즈노 가즈마를 첫 번째 피해자라고 오해하게 했죠."

료쇼는 마이의 말에 일리가 있음을 받아들였다. 『역전의 방』과 『유혈의 방』은 서로 이웃한다. 성 내부를 점검하던 고스기 집사는 『역전의 방』문에 붙어있던 예고장을 보고 그쪽의 시체를 먼저 발견했다. 인간의 선입견을 이용한 트릭이라고 할 수 있다. 만약 히이라기 쓰카사의 시체부터 발견했다고 해도 미즈노 가즈마가 먼저 살해되었으리라고 추리했을 가능성은 충분하다. 료쇼는 자신의 잘못된 인식을 고쳤다. 그는 자기 생각을 고집하는 스타일이 아니다. 타인에게서 지적받은 자신의 실수를 받아들이지 못하는 수준의 인간이었다면 지금 여기서 수사진을 지휘하지 못했을 것이다. 성격에 결점은 있을지라도 료쇼는 그런 점에서 똑 부러진 생각을 할 수 있는 인간이다.

기리기리스는 팔짱을 끼고 낮게 신음했다.

"나도 마이의 지적을 생각해봤는데 모범답안을 끌어낼 수는 없었어. 어찌 되었든 검시 결과가 나오는 대로 살인 순서를 알 수 있겠지. 그건 예술가artist도 알고 있겠지만……. 왜 범인은 그런 번거로운 잔꾀를 부렸을까."

한정된 시간 동안 수사진을 오해하게 하는 것에 대체 어떤 효과가 있을까. 미즈노가 히이라기보다 먼저 살해당했다고 오해하게 하는 것에 어떤 이점이 있는 걸까……?

수수께끼는 깊어질 뿐이었다.

제2장 야상곡nocturne의 멜로디

21 참극의 여명기

목소리는 갑자기 들려왔다.

"별 보는 거야?"

호시노 다에는 목소리가 난 곳을 돌아보았다. 히류 쇼코가 중정과 성을 연결하는 계단에 서 있었다.

"히류 씨……."

다에는 공손하게 고개 숙여 인사했다. 쇼코는 계단을 내려와 중정의 자갈길을 성큼성큼 걸어 다에에게 다가갔다. 쇼코는 다에의 바로 옆까지 오고 나서 문득 발걸음을 멈췄다. 그리고는 하늘을 올려다보며 아쉽다는 듯 중얼거렸다.

"뭐야. 날이 흐려서 별 같은 건 하나도 안 보이잖아."

"하늘을 보고 있었어요. 밤하늘을 보면 왠지 빨려 들어갈 것 같은 느낌이 들어서…… 이상하게 기분이 진정되더라고요."

"아. 다에 씨는 로맨티스트구나 ♪"

쇼코가 놀리듯이 말하자 다에는 고개를 화화 저었다.

"아니, 그런 게 아니에요."

어두워서 뚜렷하게 보이지는 않아도 다에는 수줍어하

JOKER

는 것 같았다.

호시노 다에는 '양갓집 규수深窓の令嬢'라는 말이 딱 어울리는 여성이다. 본인은 자기가 그렇게 거창하지 않다고 할 수도 있으나 그녀의 내성적이고 소극적인 면은 타인에게 좋은 인상을 준다. 돌샘의 맑은 물을 연상케 하는 순진무구한 됨됨이. 쇼코가 옛날옛적에 버린 것을 그녀는 아직도 단단히 지키고 있는 듯했다. 경제적으로 유복한 호시노 가문의 보호를 받기 때문에(삶이 전쟁임을 모르고 컸기 때문에) 비로소 가능한 일이었을 것이다. 그래도 쇼코는 다에가 부러웠다.

잃어버린 것이 커 보이는 법이다…….

그런 생각을 하니 괜한 슬픔이 밀려왔다. 어쩌다가 이런 곳까지 와버린 걸까. 사람은 성장하며 소중한 것을 계속 잃어가나 보다.

"히류 씨, 저기……."

깊이 생각하다 결심한 듯 말을 거는 다에에게 쇼코는 손을 들어 말을 멈췄다.

"그냥 쇼코라고 해도 돼. 나도 이름으로 불렀잖아. 그치? 다에 씨."

"그럼 쇼코 씨……. 어, 쇼코 씨는 안 무섭나요?"

조심스러운 말투다. 어둠 탓에 얼굴이 보이지는 않아

제2장 야상곡nocturne의 멜로디

도 쇼코를 똑바로 보고 있다.

"무섭다니, 뭐가?"

"저희 옆에서 실제로 살인이 벌어졌잖아요. 저희가 잘 아는 사람들이 죽었고……. 사건이 계속될지도 모르잖아요?"

"안 무섭다고 하면 거짓말이지. 그런데 연쇄살인이라고 확정된 것도 아니잖아. 계속 겁에 질려봤자 무슨 소용 있겠어."

쇼코는 거짓말을 했다. 사실은 무서워 견딜 수가 없었다. 하지만 남 앞에서 약하게 보이기 싫은 탓에 입에서 그런 말이 나왔다.

그녀는 설령 본심을 저버리더라도 남 앞에서는 항상 단단하게 있고 싶었다. 대학 시절 그 사고를 경험한 이후로 마음의 방어벽이 무너져 훤히 드러났다. 작은 공포로도 자아가 무너질 만큼 궁지에 내몰렸던 그때, 그녀는 살아가기 위해 허세 있게 행동하는 법을 배웠다. 겉으로만이라도 굳센 인간처럼 행동하면 정말로 굳센 인간이 되었다고 착각할 수 있다. 그렇게 그녀는 세상의 온갖 곳에 돌아다니는 공포와 싸우면서 살아왔다.

- 떨어진다…… 익숙한 사람이.

그 기억을 잊기 위해 그녀는 강해져야만 했다.

JOKER

- 떨어진다…… 「그」가, 떨어진다.

그렇게 그녀는 강해졌다.

"괜찮을 거야, 다에 씨. 괜찮아~!"

괜찮아. 그렇게 다에를 달래며 쇼코는 자신에게 내재한, 공포를 극복하려는 굳센 마음을 달랬다. 괜찮아. 나는 꿋꿋하게 살아있어. 앞으로도 계속, 계속 살아갈 거야…….

뭐가 괜찮은지는 몰라도 일단 두 사람은 마음을 놓고 쿡쿡 웃었다. 쇼코는 기분을 더 달래고자 사건 이야기를 그만두기로 했다.

"맞다. 쓰라라기 있잖아. 아오이 말인데……."

"아오이 씨요?"

어둠에 싸인 다에의 실루엣이 민감하게 반응하는 것이 보였다.

"걔, 분명히 다에 씨한테 관심 있을걸."

"지금 절 놀리시는 거죠? 설마……."

"이래 봬도 걔랑 오래 알고 지내서 다 보인다니까. 나쁜 놈은 아니니까 잘 해봐."

"…………."

다에는 말문이 막힌 모양이다. 쇼코가 자신을 놀리는 것인지 아닌지 판단이 안 서는 모양이다.

제2장 야상곡nocturne의 멜로디

 화제를 잘못 바꿨나 생각하면서도 쇼코는 만족했다. 어리숙한 후배의 지원사격까지는 아니지만 아오이와 다에는 누가 봐도 잘 어울리는 한 쌍이다. 어디까지 갈지는 본인들이 정하면 될 일이고 일단 자기들이 잘 어울리는지 시험해보는 것도 좋을 것이다.

 대학 시절의 그 사건과 관련된 아오이와의 기억도 버릴 수 있을지도 모른다……. 쇼코는 그렇게 생각했다.

 아오이는 친한 후배다. 지금도 변함없는 사실이다. 하지만 그 사건의 기억 때문에 언제 어디서든 그녀는 아오이를 의식했다. 두 사람은 원래 애정으로 얽힌 관계가 되어서는 안 되었다.

 아오이와 다에가 친해지면 무엇보다도 두 사람에게 좋을 것 같고, 그녀도 친구의 행복을 지켜보며 간지러운 행복을 느낄 수 있다. 무엇보다도 안 좋은 기억을 잊을 수 있다. 쇼코는 두 사람이 잘되기를 진심으로 바랐다.

 ― 이 두 사람은 나와「그 사람」처럼은 안 될 거야. 분명히…….

 "어, 벌써 10시네. 얼른 식당으로 가자."

 중정의 큰 시계는 이미 10시 3분을 가리켰다. 다에가 당황한 탓에 별말이 없어서 불편했던 쇼코는 마침 잘됐다는 듯 자갈길을 걸었다. 다에가 그 뒤를 따랐다.

JOKER

중정에서 성으로 들어가면서 다에의 얼굴에 미소가 돌아와 있었다.

"서둘러요, 쇼코 씨."

축축한 바람이 두 사람을 성으로 내몰았다. 밤하늘은 침침했다. 당장에라도 비가 내릴 것처럼 흐렸다.

●

수사반장 료쇼 경부가 할 말이 있다고 하여 『간사이 본격 모임』 멤버들은 오후 10시에 식당에 소집되었다.

식당에는 쇼코와 다에를 제외한 모두가 모여 있었다. 두 사람은 지각을 사과하고 고개를 숙여가며 빈자리에 앉았다. 그때 료쇼가 일어나서 말을 시작했다.

"이 환영성에서, 게다가 동료가 두 분이나 돌아가셔서 여러분이 얼마나 큰 충격을 받으셨을지 잘 압니다. 다만 여기서 저희의 견해를 명확하게 밝히고자 합니다. 경찰은 이 사건이 연쇄살인으로 발전될 것이라고 보지 않습니다……."

잠깐의 틈…… 무거운 침묵……

"그러면 경부님. 그 예고장은 뭐죠?"

류스이가 모두의 의문을 대변했다.

"그 예고장은 아직 조사 중입니다. 다만 현시점에서는 범인의 치기나 제삼자의 장난 정도로 봅니다. 히이라기

제2장 야상곡nocturne의 멜로디

사건, 미즈노 사건 모두 확실한 동기는 알아내지 못했으며 범인은 외부인…… 성격이상자일 가능성도 있습니다. 어쨌든 그 예고장만으로 이 사건이 연쇄살인으로 발전할 것으로 판단할 수는 없습니다. 그러니 오늘 밤에 저희는 일단 물러나겠습니다."

장내를 뒤덮기 시작하는 소음. 매사에 성과를 내야만 신뢰를 얻을 수 있다는 이 세계의 법칙이 그들을 조소하는 듯했다. 살인범도 성과를 내지 못하면 경찰이 연쇄살인이라고 믿어주지 않는다.

료쇼는 반박을 묵살하고 계속 말했다.

"하지만 이 사건이 연쇄살인으로 발전할 가능성이 아예 없지는 않습니다. 저희는 내일 아침에 또 오겠습니다만 오늘 밤은 문단속을 철저히 해주시기 바랍니다. 아무리 지인이어도 의심스러운 사람을 혼자 있을 때 방안에 들이지 않도록 주의해주시기를 바랍니다."

이 인간은 멍청이인가? 모두의 눈이 그렇게 말했다.

이 상황에서 수상한 사람을 방에 들일 사람이 있을까. 문단속도 그렇다. 그런 뻔한 경고를 할 바에야 차라리 한 명이든 두 명이든 경비 인원을 남겨주는 게 훨씬 고마운 일이다.

"…… 그럼 경찰분들은 오늘 밤에 아무도 환영성에

JOKER

계시지 않는다, 그런 말씀이신 거죠?"

후몬지의 입에서 한숨 섞인, 신랄한 질문이 흘러나왔다. 은연중에 '경찰은 우리를 버렸군요'라고 말한 셈이다. 하지만 료쇼에게 함의를 알아챌 만한 IQ와 배려심이 있을까?

"여러분께서 걱정하시는 것도 이해합니다. 하지만 이러는 사이에도 같은 하늘 아래에서 수많은 살인이 벌어지고 있습니다. 경찰 입장에서는 연쇄살인이라는 확신이 부족한 사건을 위해 인원을 배분할 수는 없습니다. …… 대단히 죄송합니다."

료쇼는 미안한 듯 고개를 숙였다. 그의 뜻이 아니라 경찰조직 상층부의 의향일 테지만 그래도 그렇지…….

이 추리소설처럼 인위적인 느낌은 뭐란 말인가!

이 사건이 연쇄살인으로 발전하지 않고 걱정이 기우로 끝나면 아무 문제 없다. 하지만 만약 현실에서 줄줄이 살인이 발발했다면 그들은 어떻게 책임을 질 생각인가?

어쨌든 명名경부의 연설은 끝났다.

수사진은 물러났다.

제2장 야상곡nocturne의 멜로디

22 화려한 쌍둥이 자매

 JDC의 세 탐정이 환영성에 머무른다고는 하지만 그들은 수사의 전문가지 경비 전문가는 못 된다. 예술가를 자처하는 살인귀의 마수로부터 몸을 지키기 위해서는 스스로 정신을 바짝 차려야 한다.

 긴장한 표정으로 모두 뿔뿔이 흩어져 식당을 나왔다. 오늘 일단 밤 11시부터 아오이의 방에서 다과회를 열기로 했지만 이런 상황에서 참가자가 많이 오지는 않을 것이다. 자기 방에 숨어서 문을 잠그고 아침까지 자고 있으면 틀림없이 안전할 테니까……

 틀림없이 안전……. 정말로, 그럴까?

●

 저녁 식사 자리에서 자기소개를 한 탐정이 후몬지 앞으로 걸어 나왔다. 조수는 옆에 없었다. 혼자다. 그대로 지나치는 것도 실례이므로 후몬지는 약간 주저하다가 그녀에게 말을 걸기로 했다.

 복도를 가로질러 자연스럽게 말을 걸어보았다.

 "실례지만 기리카 씨……였죠?"

 그녀도 걸음을 멈췄다. 두 사람의 시선이 하나가 되면

JOKER

서 가벼운 인사가 돌아왔다.

"후몬지 씨군요. 무슨 일이시죠?"

수려한 미소와 사근사근한 인사였다. 식당에서 봤을 때는 별 느낌이 없었는데 상당히 괜찮은 용모다. 밸런스가 무너지면 차갑게 느껴질 수 있는 날카로운 얼굴에는 막연한 우울함이 숨어 있었다. 그 우울함이 차가운 표정에 제동을 걸고 중화하여 절묘한 밸런스가 유지된 듯했다. 후몬지보다 머리 하나만큼 작지만 여자 중에서는 그럭저럭 키가 큰 편이다. 적당한 곡선을 그리는 몸매도 대단히 균형 있고 매력적이다.

그건 그렇고……. 후몬지는 위화감을 느꼈다.

"어떻게 제 이름을 아셨죠?"

이 탐정은 어떻게 후몬지라는 이름을 도출해냈을까. 식당에서 자기소개를 한 사람은 그녀와 조수뿐이다. 작가들은 아직 그들에게 이름을 가르쳐주지 않았다.

후몬지는 공연히 오싹함을 느꼈다.

이것이 JDC 제1반 명탐정의 추리력인가……. 그들이 상상으로 창조하는 명탐정도 이렇게까지 자연스럽게 탁월한 추리를 하지는 않는다. 천하의 셜록 홈즈도 이렇게까지 대담한 추리를 한 적은 없는 걸로 안다. 그야말로 추리를 초월한 초超추리다.

제2장 야상곡nocturne의 멜로디

"간단하죠."

여유로운 윙크를 보내는 마이. 그녀의 입을 통해 밝혀진 진상은 로망이라고는 눈곱만큼도 없었다.

"수사 파일을 봤습니다. 거기에 사건 관계자들의 사진이 올라와 있었어요."

"아, 그런 거였군요……."

명탐정의 초추리도 비결은 간단했다. 마술이나 미스터리 트릭도 마찬가지다. 평범한 사람들은 효과적인 연출만 있으면 착각에 빠진다. 기본만 알고 있으면 트릭 해명은 그리 어렵지 않다.

후몬지는 정신을 가다듬고 사건에 관해 물었다.

"탐정님은 이 사건을 어떻게 생각하십니까? 연쇄살인으로 발전할 것 같나요?"

"연쇄살인은 일어나지 않는다……고 대답하면, 여러분께선 안심하실 건가요?"

"예?"

"현시점에서 그걸 판단하기에는 정보가 너무 부족합니다. 유일한 해답을 아는 사람은 예술가artist뿐이죠. 저희는 어떤 보장도 할 수 없습니다."

허투루 볼 수 없는 탐정이다.

확실히 그녀의 말도 일리가 있다. 어차피 연쇄살인이

JOKER

일어나지 않는다는 말을 들어봤자 불안감은 남을 테고, 연쇄살인이 일어난다는 말을 들으면 불안감이 쌓일 테니까.

마이는 인사를 하고 그 자리를 벗어났다.

●

아오이는 복도 모퉁이를 돈 시점에 말소리를 듣고는 저도 모르게 걸음을 멈췄다.

"C씨, 하나華랑 레이麗가 어딨지……?"

히라이 다로 씨의 목소리였다. 환영성에서 고스기 집사와 객실 담당자인 마미야 데루를 제외한 직원들은 모두 알파벳 명찰(『C』)을 착용하며 해당 알파벳으로 지칭된다.

"하나랑 레이는 식사를 마친 후에 곧바로 취침한 모양입니다."

화자인 C는 여성의 목소리였다. 아오이가 들어본 적 있는 목소리이기는 했지만 얼굴과 목소리가 일치하지 않았다.

"그렇군. 그럼 됐네."

히라이 씨가 떠나는 기척이 느껴졌다.

- 하나? 레이?

아오이는 훔쳐 들은 이야기가 마음에 조금 걸렸다.

제2장 야상곡nocturne의 멜로디

아무래도 여자 이름인 듯하다. 존대하지 않는 것을 보면 아마 어릴 것이다.

히라이 씨에게 딸이 있다는 이야기는 들은 적이 없었다. 3년 연속으로 환영성에 왔는데도 그런 아이를 본 적이 없다. 류스이가 올해까지 『빛의 무대』가 있다는 것을 몰랐던 것처럼 아오이도 아직 모르는 사실이 많은가 보다.

어쩌면 이 사건과 어떤 관련이 있지 않을까. 대체 두 소녀는 누구인가. 아오이의 심장이 거세게 뛰었다. 반드시 이 자리에서 확인해야 한다는 충동에 휩싸여 아오이는 복도 모퉁이를 돌았다.

널찍한 복도가 나왔다. 히라이 씨는 이미 가고 없었다. 직원으로 보이는 여자 한 명이 반대편으로 걸어가고 있다.

"잠시만요, C씨."

아오이는 그에게 달려갔다.

갑자기 뒤에서 들려온 목소리에 놀랐는지 그녀는 뒤를 돌아보았다. 인상적인 흑백 디자인의 객실 직원 제복에는 『C』라는 명찰이 달려 있다. 통통하고 애교 있는 외모다. 30대 중반 정도일까. 얼굴을 보고 나서야 아오이의 머릿속에서 목소리의 기억과 직원 C의 기억이 합쳐졌다.

"아, 아오이 씨. 무슨 용건이시죠?"

3년째 합숙을 해서 그런지 직원들도 아오이를 기억하는 모양이다. 지명도 있는 작가라는 점도 한몫했을 수 있다.

"그게 사실…… 지금 히라이 씨랑 말씀 나누신 걸로 여쭤보고 싶은 게 있는데요."

막상 『C』라는 명찰을 보니 느낌이 이상했다. 이름이란 어차피 개인을 라벨링하는 기호다. 그런데도 기호 그 자체는 당황스러웠다.

직원 C는 오른손에 들고 있던 빗자루(청소라도 했던 걸까?)를 양손으로 쥐고 태평한 미소를 지었다.

"어머, 그걸 들으셨어요?"

"아니, 일부러 그런 건 아니고…… 지나가다 우연히 들어서요……."

"에이, 변명 안 하셔도 돼요. 농담이에요."

아오이는 수줍은 듯 머리를 긁으며 쓴웃음을 지었다.

"저기, 그래서 여쭐 게 있는데, 히라이 씨께 따님이 있으셨던가요?"

"하나랑 레이 말인가요?"

"네, 맞아요."

C는 눈을 동그랗게 뜨고는 재미있다는 듯 웃었다.

제2장 야상곡nocturne의 멜로디

"딸이라. 뭐, 딸 같은 존재겠네요 그 아이들은 귀여운 쌍둥이 자매예요. 히라이 님도 친딸처럼 아끼시죠."

아오이는 탑 옥상에서 류스이와 나눈 대화를 떠올렸다.

28 ◎ 쌍둥이

쌍둥이는 류스이뿐만이 아니었다. 게다가 류스이의 쌍둥이 여동생인 미나세 나기사는 지금 이곳에 없지만 하나와 레이라는 쌍둥이 자매는 아무래도 이 성에 사는 모양이다.

아오이는 별 맥락도 없이 어두운 감옥에 갇힌 쌍둥이 자매를 떠올렸다. 쌍둥이는 어디에 있는가?

그리고 이 사건과 그 쌍둥이 자매와의 관계는?

하나와 레이에 관해 자세히 물으려던 순간, 갑자기 근처에서 거문고 소리가 들려왔다.

"앗, 이 소리는……."

"거문고네요. 누가 거문고를 연주하시나요?"

복도 너머에서 남자 직원이 달려왔다. 아직 젊다. 어딘가 류스이와 분위기가 비슷한 장발 청년이다. 그의 가슴에는 『D』라는 명찰이 달려 있다.

JOKER

"연주할 줄 아는 사람은 몇 있는데 이 실력은 마미야 씨죠."

"아, 객실 담당 마미야 데루 씨 말씀인가요?"

달려오는 직원 D를 보면서 아오이는 마미야 데루의 외모를 떠올렸다. 여성스럽고 좁고 날카롭게 솟은 코가 왠지 모르게 미야마 가오루의 코와 비슷하다고 생각했다.

"마미야 씨는 거문고 실력이 탁월하셔요. 『악주의 방』이 바로 요 근처인데 살짝 보시는 건 어떠세요?"

직원 D가 C에게 용건을 전했다. 직원 D는 "이만 가보겠습니다"라는 말을 남기고 떠났다. C는 그 뒤를 쫓아가려고 아오이에게 등을 돌렸다.

떠나면서 그녀는 아오이에게만 들릴 목소리로 말했다.

"아오이 씨, 다음에 사인받을 수 있을까요?"

기습이었다. 아오이는 순간적으로 머뭇거렸다.

"그건 괜찮은데, 제 책을 읽으신 적이 있나요?"

"너무하시네. 매년 와주시잖아요. 그래서 1년 동안 여러분의 책을 몇 권 읽었죠. 아오이 씨 책, 재밌었어요."

"감사합니다. 그럼 미스터리에 관심이 있으신 건 아니고…… 의리로 읽어주신 건가요."

"음…… 의리로 읽은 건 아니에요. 그런데 사실 전

제2장 야상곡nocturne의 멜로디

판타지 애독자랍니다."

"오, 예를 들어 어떤 작가 책을 읽으시나요?"

"히카와 레이코ひかわ玲子나 다케카와 세이竹河聖 같이…… 여자의 감성이 좋더라고요. 아, 이런. 용건을 깜빡했네요. 그럼 아오이 씨, 저는 이만 가볼게요……. 다음에 꼭 사인해 주세요."

빗자루를 가볍게 흔들며 떠나는 직원 C의 뒷모습을, 아오이는 잠시 가만히 서서 바라보았다.

『악주의 방』에 들를까 하는 생각도 들었지만 곧 다과회가 시작하므로 아오이는 객실로 돌아가기로 했다.

오늘은 아오이의 방에서 다과회가 열린다. 담당자가 지각할 수는 없는 노릇이다.

●

마미야 데루가 연주를 마치자 기리기리스 다로는 손뼉을 치며 찬사를 보냈다.

『악주의 방』에는 거문고를 비롯해 피리 등의 전통 악기부터 그랜드피아노, 기타 등의 서양 악기까지 다양한 종류가 갖춰져 있다. 직원 중에도 각각의 악기를 잘 다루는 사람이 있다고 한다. 또한 투숙객에게도 개방된 공간이다. 실제로 어제는 류스이가 『간사이 본격 모임』 멤버를 위해 그랜드피아노로 쇼팽의 명곡(『화려한 대왈츠』 외)을 연주하는 이벤트도 있었다. 그 자리에 동석한 데루는 류스이가 "피아노 건반은 역시 무겁네요"라고 한 말을 기억한다. 류스이는 옛날에 엘렉톤[6]과 기타로 작곡활동을 한 적도 있다고 한다.

20명은 너끈히 수용할 수 있는 방이었다. 그러나 『악주의 방』에는 지금 데루와 기리기리스 둘뿐이다. 악기로 둘러싸인 이 공간은 둘이 차지하기에는 과하게 넓었다.

"이야, 훌륭하십니다. 지금 연주하신 곡이……?"

"『매화나무 가지梅ヶ枝』입니다. 아시는 곡인지요."

"아주 옛날에 어디선가 들어본 적이 있던 것 같습니다. 왠지 그립게 느껴지는군요. 어쩌면……."

기리기리스는 거기서 말을 멈췄다. 마미야 데루가 흥미로운 듯 반응했다.

"어쩌면……? 자세히 말씀해주세요, 기리기리스 씨."

데루가 상냥한 눈동자로 빤히 바라보는 바람에 기리기리스는 당황하고 말았다. 마미야 데루라는 여성은 세상을 떠난 그의 아내 가노와 너무나도 닮았다. 왠지 모르게 닮았다고 표현할 수 있는 정도가 아니다. 과하게 닮았다. 감쪽같다고 해도 될 만큼 닮았다.

그런 만큼 데루에게 날카로운 지적을 받고 입도 저절로

---

[6] 야마하가 1958년에 개발한 세계 최초의 전자오르간.

제2장 야상곡nocturne의 멜로디

가벼워졌다. 과거 이야기를 거의 하지 않는 기리기리스도 기억의 봉인을 풀 마음이 들었다.

"사실 저는 한 번 죽었던 사람입니다."

데루가 숨을 삼키는 소리가 들렸다.

"제가 무례한 질문을 했나요?"

"아뇨, 옛날얘깁니다. 다 지나간 일이에요. 부디 괘념치 마시죠. 어떠신가요. 관심이 있으신지? 관심이 있으시다면 물어보셔도 됩니다만……."

"음…… 없다고는 못하겠네요. 부탁드려도 될까요?"

기리기리스는 고개를 끄덕이고 이야기를 시작했다. 봉인된 그의 과거에 얽힌 이야기를.

●

세토 내해에는 옥문도獄門島라는 외딴섬이 있다. 요코미조 세이시가 소설화한 것으로 유명한 옥문도 살인사건이 일어난 불길한 섬이다.

옥문도 살인사건으로부터 수십 년 후. 1973년에 신 옥문도 살인사건이 발발했다. 첫 사건을 해결한 긴다이치 고스케金田一耕助를 대신해 이 사건을 해결한 사람은 JDC를 창설하기 전의 사립탐정 아지로 소지였다. 그는 할아버지인 소진蒼神과 협력하여 복잡하게 얽힌 인연의 실을 풀어내고 신 옥문도 살인사건의 범인이 될 뻔했던

JOKER

불쌍한 남자의 목숨을 구했다. …… 그때 도움받은 사람이 바로 기리기리스 다로다.

　기리기리스는 층암절벽 아래의 해변에서 머리에 강한 충격을 받은 상태로 발견되었다. 범인이 자신의 범행을 인정하고 절벽으로부터 몸을 던졌다고 해석할 수 있는 상황이었다. 실제로 경찰은 기리기리스를 범인으로 단정하고 그를 구속했다. 그러나 아지로 소진, 소지 콤비가 그의 무죄를 증명하고 진범을 잡아 기리기리스는 석방되었다. 기리기리스는 자유의 몸이 되었으나 문제는 남아 있었다.

　머리를 세게 맞은 탓인지 기리기리스는 해변에서 발견되기 전의 기억을 전부 잃었다.

　언어나 생활습관, 나이는 기억났다. 하지만 자신이 어디에서 온 누구인지, 옥문도에서 뭘 했는지를 전혀 떠올릴 수 없었다.

　그가 묵은 숙소의 방명록에는 기리기리스 다로라는 이름과 사립탐정이라는 직업, 주소가 적혀 있었는데…… 사건이 한창 진행될 때 경찰이 조사한 바에 따르면 『기리기리스 다로』는 가명이며 그가 기재한 주소는 실재하지 않고 사립탐정이라는 직업도 불명확하다는 사실이 판명되었다. 그런 연유로 기리기리스가 의심받게 된 셈인데,

제2장 야상곡nocturne의 멜로디

의혹이 풀린 후에도 그는 기억을 잃은 탓에 자신의 아이덴티티가 될 것은 아무것도 가지고 있지 않았다.

이름도, 주소도, 직업도 가짜…….

세계에 갑작스럽게 내던져진 허무감에 휩싸인 그를 두 명의 아지로가 구원했다. 소진과 소지는 진위와 관계없이 기리기리스에게서 사립탐정을 자처할 만한 탐정의 재능을 간파하고 인품을 신뢰하여 그에게 일을 돕게 했다.

아무리 애써도 기억은 돌아오지 않았다. 기억 중추의 일부가 망가진 것이다. 해변에서 발견되기 전의 기억을, 그는 정말로 잃어버렸다.

어디의 누구인지도 모르는 남자는 한 번 죽었다.

세월이 흐르면서 그는 살아가기 위한 타협을 배웠다. 잃어버린 기억을 헤집는 것을 관두고 기리기리스 다로라는 가명을 그대로 쓰기로 했다. 그리고 탐정 기리기리스 다로로서 제2의 인생을 살아가기로 했다.

20년 가까운 세월 동안 많은 일이 있었다. 아지로 소진은 흉악범죄에 희생되고, 아지로 소지는 JDC를 창설하여 크게 키워냈다.

기리기리스 다로는 JDC 창설 멤버로서 탐정 일에 일생을 바쳤다. 어쩌면 기억을 잃기 전에 정말로 사립탐정이었는지도 모른다. 그것은 일말의 희망이었다. 과거와 현재를 연결하는 한없이 가느다란 한 가닥 실이었다.

그렇게 기리기리스 다로는 탐정의 삶을 살아왔다. 가노를 만나 가노에게 사랑에 빠지고 가노와 결혼하여 .... 그즈음 마침내 인생의 목표가 바뀌었다. 가노를 지키고 그녀를 위해 살아가는 것이 인생의 목표가 되었다.

...... 하지만 그때 가노를 잃고 말았다. 기리기리스는 또다시 삶의 지표를 잃어버렸다.

그 자신도 기리기리스 다로는 기리기리스 다로이며 기리기리스 다로 이외의 그 누구도 아니라고 생각한다. 어차피 과거의 자신이란 죽어가는 존재다. 누구나 마찬가지다. 가노와 함께 살아가던 시절의 기리기리스는 『기리기리스 다로』로서 빛났다. 가노를 만난 사람도, 좋아한 사람도, 사랑한 사람도 바로 기리기리스 다로다. 어디의 누군지도 모르는, 이름 없는 남자가 아니라 기리기리스 다로다.

하지만 자신의 아이덴티티 그 자체가 된 가노의 죽음으로 기리기리스는 다시 자기 자신을 잃어버릴 위기에 놓였다.

살아갈 목표를 찾기 위해 어떤 팸플릿에서 보았던

제2장 야상곡nocturne의 멜로디

이 환영성에 찾아왔다. 팸플릿을 봤을 때부터 왠지 모르게 심금이 울렸다. 외딴곳에 지어진 이 료칸이 자신에게 삶의 지표를 줄지도 모른다는 예감을 믿고 기리기리스는 환영성을 찾아왔다. 이곳에서 가노와 쏙 빼닮은 마미야 데루를 만났다. 자신의 선택이 적어도 틀리지는 않았음을 그는 깨달았다.

●

"…… 그렇게 된 겁니다. 그래서 제가 『매화나무 가지』를 들어본 적이 있는 것도 어쩌면 그 잃어버린 과거의 기억과 관련이 있을 수 있다고 생각했습니다."

"그렇군요……. 그렇게 엄청난 경험을 하셨군요."

데루는 울적한 듯했다. 그만큼 어두운 이야기를 들었으니 어찌 보면 당연하다. 기리기리스는 책임감 탓에 화제를 돌려야겠다고 생각했다.

"특이한 거문고가 있네요."

그는 벽 쪽에 있는 거문고를 가리켰다. 거문고에는 현이 한 줄뿐이었다. 데루는 그 거문고로 다가가 기리기리스의 곁에 그것을 가져다주었다.

"일현금이라고 해요. …… 들려드릴게요. 당신의 과거에 바치는 곡입니다."

데루는 곧바로 일현금을 퉁기기 시작했다. 애달픈 음

JOKER

악이 기리기리스의 눈시울을 뜨겁게 달궜다. 슬며시 보니 데루가 울고 있었다. 일현금을 켜면서 울고 있었다. 음악은 데루의 통곡처럼 나이 먹은 탐정의 가슴을 쳤다.

"마미야 씨, 괜찮으신가요?"

눈물을 닦으며 데루는 연주를 이어갔다.

"신경 쓰지 마셔요. 잠깐 옛날 일이 생각나서 그래요."

기리기리스가 보기에 데루도 슬픈 과거를 짊어지고 살아가는 것 같았다. 그 이야기를 들을 만큼 친한 사이가 되려면 아직 멀었다. 그래도 기리기리스는 다기차게 살아가는 데루가 사랑스러웠다.

― 나는 가노를 닮았다는 이유로 마미야 씨에게 호감을 느낀 건가.

가노를 사랑하던 때, 한 여자를 이만큼 사랑하는 일은 살면서 두 번 다시 없을 것 같았다. 하지만 지금, 기리기리스는 마미야 데루라는 여자에게 마음이 끌렸다.

― 인간은 어차피 혼자서 살 수 없다는 건가. 참 제멋대로인 생물이구나.

어쨌든 기리기리스는 이 여행에서 답을 찾을 수 있을 것 같다는 희망적인 예감을 품었다.

제2장 야상곡nocturne의 멜로디

23 8명의 피해자

예상대로 오늘 다과회 참석자는 별로 없었다. 아오이, 쇼코, 니지카와. 이렇게 셋뿐이었다.

"벌써 11시네. 오늘은 셋뿐인가……."

쇼코가 손목시계를 보며 아쉬운 듯 중얼거렸다. 이 시간에 혼자 잠자리에 들기도 불안해서 찾아오긴 했는데 이러면 온 의미가 별로 없다.

- 뭐, 이런 상황에서는 다과회에 안 오는 것도 당연하지. 『간사이 본격 모임』 멤버는 믿고 싶지만 그 사이에 피에 굶주린 살인귀가 없다고도 할 수 없으니까.

"쇼코 선배. 곧 류스이 녀석도 올 것 같은데요, 뭘. 기운 내요. 그러면 저랑 니지카와 씨는 뭐가 돼요."

아오이의 타이름을 받으며 쇼코는 니지카와를 보았다.

"그러고 보니 니지카와 씨. 메구미는요……?"

"재우고 왔어. 문은 잠겨있으니까 괜찮을 거야. 난 어젯밤에 다과회에 못 왔잖아. 오늘은 나오고 싶었어."

니지카와의 온화한 미소를 보고 아오이와 쇼코는 마음을 놓았다. 역시 니지카와는 최연장자답다. 그는 살인사건이 아예 없었던 것처럼 차분했다.

JOKER

 두서없는 잡담을 나누다가 마침 대화가 끊겼을 즈음, 타이밍 좋게 문이 열리면서 류스이가 A4 사이즈 원고를 품에 안고 방에 들어왔다. 밤을 꼬박 새우고 오후까지 글을 쓴 탓인지 터프한 류스이에게도 초췌한 빛이 역력했다.
 "다메이, 그게 뭐야?"
 쇼코는 설마 하는 표정으로 후배와 원고를 번갈아 보았다.
 "『화몰』 원고예요."
 류스이는 융단 위에 눕고는 옆에 원고를 털썩 놓았다. 원고용지 80매 분량은 되어 보였다. 표지에는 붓글씨체로 『화려한 몰락을 위해』라고 프린트되어 있었다.
 "와, 다메이. 아직도 원고 쓰고 있었어?"
 황당해 하는 쇼코의 목소리였다. 그녀와 마찬가지로 황당해 하던 니지카와는 원고를 펄럭펄럭 넘기고는 감탄했다.
 "아니, 히류 씨. 이건 『화몰』이잖아!"
 "맞아요, 쇼코 선배. 잘 보세요. 일단 『화몰』이기는 한데, 이건 『화사한 꽃처럼, 몰락은 꿈처럼』이 아니라 『화려한 몰락을 위해』…… 현실의 사건을 기록한 거예요. 자세한 건…… 아오이, 설명 좀 해줘."

제2장 야상곡nocturne의 멜로디

 류스이는 어지간히도 피로한지 바닥을 양손으로 짚고서야 융단에 앉을 수 있었다. 그런 친구를 위해 아오이는 낮에 나눈 두 사람의 토론을 다시 설명해야 했다.

 『추리소설 구성요소 30항』을 섭렵하려는 예술가artist의 시도. 류스이에게 사건을 서술케 하려는 도발. 그리고 류스이가 『화려한 몰락을 위해』라는 제목으로 사건기록물nonfiction novel을 쓰기로 마음을 먹은 것.

 니지카와와 쇼코의 표정이 점점 경악으로 일그러졌다.

 "그렇구나. 예술가artist가 그런 걸……."

 니지카와는 원고를 들고 페이지를 넘기면서 감탄의 한숨을 내쉬었다.

 "그럼 다메이. 이 『화몰』은……."

 "다큐멘터리 같은 거죠. 그보다는 르포르타주? 어쨌든 주어진 정보를 정확하게 쓰고 거짓은 쓰지 않으려고 노력하는 중이에요."

 류스이는 졸린 듯 다시 누웠다. 쇼코는 반신반의의 시선으로 피로에 찌든 후배를 빤히 보았다.

 "그런데 정말이야? 예술가artist가 『추리소설 구성요소 30항』을 섭렵하는 살인을 계획했다는 게."

 "음. 그런데 그건 좀 이상하지 않나. 살인예고장의 서체는 환영성에 있는 모든 워드프로세서의 서체와는

JOKER

달랐어. 말하자면 예술가artist는 성 밖에서 그걸 들여왔다는 거지. 계획적인 살인이란 뜻인데 『구성요소 30항』이 공개된 건 어젯밤이잖아."

니지카와의 날카로운 지적에 쇼코와 류스이는 고개를 끄덕였다. 한편 아오이는 팔짱을 끼고 있다가 매서운 표정으로 항변을 시도했다.

"물론 『30항』 섭렵은 어디까지나 제 가설이긴 한데, 니지카와 씨의 의견은 정공법에 너무 얽매여 있는 것 아닌가요? 지금 이 상황이 추리소설인 것도 아니잖아요. 전부 논리적으로 설명할 수 있는 건 아니라고 봐요. 범인이 임기응변으로 살인계획에 『30항』을 적용하려고 하는 걸 수도 있고, 예고장의 워드프로세서 서체도 어떤 트릭을 써서 성에서 쓰인 걸지도 모르죠."

"그런데 쓰라라기. 만약에 정말 범인이 『30항』을 섭렵하려 한다면 예술가artist는 당연히 『30항』을 알고 있다는 뜻이잖아? 그 얘기는 ……."

어젯밤 다과회 참석자 다섯(아오이 겐타로, 히류 쇼코, 호시노 다에, 미야마 가오루, 다쿠쇼인 류스이) 중에 예술가가 있다는 뜻인가? 그러나 쇼코의 의구심은 류스이의 증언으로 일축되었다.

"쇼코 선배. 아오이가 깜빡하고 말을 안 했는데, 사실

제2장 야상곡nocturne의 멜로디

어제 다과회 전에 『30항』을 쓴 종이 한 장이 없어졌어요. 저녁에 깜빡하고 문단속을 안 했지 뭐예요."

"그 말은 즉……."

쇼코의 중얼거림을 듣고 니지카와가 정리했다.

"살인사건 전에 누구든 『30항』의 내용을 알 수 있었다는 얘기군. 적어도 이 환영성에 있던 사람이라면 누구든."

●

"제 생각에는 아오이의 추리가 핵심을 찌르지 않았나 해요. 그리고 사건을 실시간으로 문서로 정리해두면 자료의 가치는 있을 테고요. 그런 점에서 일단 『화몰』, 『화려한 몰락을 위해』라고 제목을 붙여서 글을 쓰기 시작했습니다. 사건이 무사히 해결되면 변형해서 발표해도 되겠죠. 어때요? 니지카와 씨."

니지카와는 원고를 넘겨보던 손을 멈춰 류스이를 보고는 고개를 끄덕였다.

"음. 괜찮을 것 같아. 실제로 문서로 정리해두면 사건 수사에도 도움이 되겠지. 시간이 지나면 잊히는 경우도 꽤 있잖아. 사실 나도 내 생각을 수첩에 메모하는 습관이 있거든. …… 그런데 『화려한 몰락을 위해』도 『화몰』이라고 줄여 부를 수 있군. 범인은 어디에서 이 말을 가져왔을까."

JOKER

"저도 그게 궁금했어요. 어디서 본 것 같은데. 나중에 『지식의 방』에서 알아볼까요."

"그건 그렇고 다쿠쇼인도 고생이 많았겠어. 나는 워드프로세서를 안 쓰니까 손으로 쓰는 것과 얼마나 차이가 나는지는 잘 모르는데, 이 정도 분량을 오늘 오후부터 썼을 거 아니야."

류스이는 속필로 유명하다지만 그래도 그렇지 이 분량은 정상이 아니다. 그도 실제 살인사건을 경험하고 나서 기합이 팍 들어간 모양이다.

"제게 워드프로세서를 두드리는 행위는 피아노를 치는 것과 아주 비슷해요. 제 육체는 이야기를 자아내는 도구의 일부고, 머릿속에서 화면으로 이야기가 술술 흘러나오는 감각이거든요. 말하자면 자판을 두드리는 저 자신을 인식하고 있지는 않아요. 제가 완전히 『무無』가 되는 거죠. 정신이 들고 보면 몇 시간이나 지나 있는 경우가 많아요."

"무서운 녀석이네……. 류스이가 글을 쓸 때 집중력은 정말 대단하긴 해. 워드프로세서 앞에 24시간 정도는 거뜬히 앉아있잖아."

"맞아, 맞아. 그, 예전에 다메이가 말했잖아. 나흘 동안 밤을 새워 원고를 썼다는 얘기. 나도 글 쓰는 걸 좋아하는

제2장 야상곡 nocturne의 멜로디

데 아무래도 그렇게까지는 좀."

"그런 무모한 짓도 젊으니까 가능한 거야. 잘 하고 있어. 다쿠쇼인, 그래도 너무 무리하지는 마."

니지카와의 말에 모두가 웃음에 휩싸였다. 류스이는 분개한 듯 항의했다.

"아오이, 그리고 쇼코 선배. 사람을 괴물 취급하지 마세요. 저는 그냥 창작자 나부랭이라고요. …… 뭐, 그래도 솔직히 『화몰』 쓰는 건 피곤하긴 하네요. 어떻게든 다과회에 맞춰서 오늘 아침 일까지 쓰려고 하다 보니까 겨우 20장까지 썼어요."

류스이의 원고 서식은 한 페이지에 세로 26자 x 가로 31행, 위아래 2단으로 이루어졌다. 대략적으로 계산해도 이미 3만 자는 넘었다. 경이로운 분량이다.

참가자가 네 명인 상황에서 주제를 정하고 토론해봤자 별 의미가 없을 것이다. 그래서 오늘은 류스이의 원고인 『화려한 몰락을 위해』 독서회를 진행하기로 했다.

원고를 안 읽은 사람은 편히 앉아, 쇼코부터 한 명씩 원고를 읽기 시작했다.

●

JOKER

서장 번잡한 서막

깊고 너른 하늘은 허무하다!
땅 위의 형태도 모두 허무하다!
즐기자, 생멸의 쉼터에 있는 몸이다,
아아, 순간의 이 생명도 허무하다!

1 화려한 환영성

구불구불한 언덕길은 오르려면 한참 걸릴 것 같았다.
초겨울. 10월 25일.

잎사귀를 잃은 가지와 줄기만 남은 나무들은 찬바람을 맞고 서럽게 몸을 떨어댔다.

- 역시 택시 타고 오는 게 나았나······.

쌩쌩 부는 차가운 바람에 목을 움츠리며 기리기리스다로는 회한의 감정에 사로잡히고 있음을 느꼈다. 황량한 먼 길, 쑥대밭을 헤쳐 나가며 자신이 영원히 이어지는 뫼비우스의 길을 걷는 것은 아닌가 하는 착각이 들었다. 아마 그가 잃어버릴 것이 아예 없기 때문이리라.

그는 올해로, ··
··
··

제2장 야상곡nocturne의 멜로디

●

"『서장 번잡한 서막』,이라……."

첫 장의 제목을 본 순간, 쇼코는 뇌리에 기묘한 생각이 오고 가는 것을 느꼈다.

이야기 세계가 급속도로 확대되어 현실 세계를 삼키려 한다. 현실 세계에서 만들어지는 이야기 세계가 현실 세계와 함께 창조되면서 세계의 장벽을 파괴한다. 창조, 파괴, 창조, 파괴, 창조, 파괴, 창조, 창조, 창조, 파괴, 창조, 창조, 창조, 창조…….

낮에 느꼈던 착각이 되살아났다. 지금은 현실도,『화려한 몰락을 위해』라는 사건 기록도 아닌, 어쩌면 류스이의 소설『화사한 꽃처럼, 몰락은 꿈처럼』의 한 장면 아닌가. 등장인물인 자신은 류스이의 손바닥 위에서 놀아나고 있지 않은가. 속절없이 그런 생각에 사로잡혔다.

…… 여기에는 서장이라고 쓰였다. 이것은 소설이 아니라 현실이라고, 쇼코는 자신을 굳게 타일렀다.

하지만 지금이 현실인지, 이 원고가 몇 장까지 계속될지, 지금 시점에서는 아무도 알 수 없다. 예술가artist의 목에 밧줄이 걸려『종장』이 완성되는 건 언제일까?

제2장인가, 제3장인가……. 아니면 한참 뒤? 어쩌면 이야기의 미궁에 빠져 끝이 나지 않는 원고가 될지도

JOKER

모른다.

- 그때까지 나는 살아있을까? 살아서 다메이의 완성된 원고를 읽고 있을까?

복잡한 마음을 가슴에 묻고 쇼코는 원고를 계속 읽어나갔다.

장 제목 옆에는 의미심장한 4행시가 인용되고, 그 옆에 『1 화려한 환영성』이라는 소제목이 달려 있다. 『구불구불한 언덕길은 오르려면 한참 걸릴 것 같았다』라는 서문으로 이야기가 시작된다.

쇼코는 자신들이 환영성에 도착한 부분부터 시작하지 않을까 생각했다, 그런데 이야기는 기리기리스의 시점에서 시작되었다. 무슨 의도가 있는지는 몰라도 서두부터 의외다.

초고속으로 글을 쓴 탓인지 류스이답지 않게 오탈자가 눈에 띄었다. 하지만 이야기의 유려한 흐름 속에 사건과 관계가 있어 보이는 일은 전부 언급된 것 같았다. 류스이 본인과 관련된 일은 물론이고, 류스이가 없는 곳에서 일어난 일도 주워들은 정보를 토대로 치밀하게 쓰여 있었다. 아무래도 급하게 쓴 탓일까. 평소의 맑은 시냇물 같은 문장이 아니었다. 굳이 말하자면 빠르게 흐르는 탁류 느낌이었다. 작품으로는 45점 정도의 완성도지만

제2장 야상곡nocturne의 멜로디

사건의 자료로는 충분히 합격점이다.

원고는 『14 무대 위의 패자·예술가artist』라고 쓰인 소제목(마침 히이라기 쓰카사의 시체가 발견된 이야기)에서 끝났다.

한 사람이 원고를 읽는 사이에 다른 사람들은 최대한 사건 언급을 피하면서 무난한 잡담을 나눴다. 아오이는 새삼 오늘 밤에 다과회를 열길 잘했다고 생각했다.

혼자 잠자리에 들었다면 끝없는 불안에 시달려 정신적인 타격을 입었을 것이다. 어차피 잠들지 못할 걸 알면서도 고독한 밤을 공포로 지새우며…….

잠깐이라도 동료와 이야기를 나누고 사건을 잊어버릴 수 있었던 것은 그에게 귀중한 수확이었다.

●

"어떠셨나요?"

마지막으로 니지카와가 다 읽은 시점에 류스이가 조심스럽게 말을 꺼냈다. 사건기록물nonfiction novel이어도 작품은 작품이다. 독서의 달인들이 무슨 비평을 할지 궁금했다.

"잘 썼는데? 중요해 보이는 건 빼먹지 않고 쓰여 있어. 다메이, 그렇게 짧은 시간에 이만큼이나 쓰다니 감탄만 나온다."

JOKER

쇼코의 평론에는 립서비스가 2할 정도 포함되었다. 작가가 지인인 이상 항상 따라다니는 문제이니 어쩔 수 없다. 그래도 대부분 진심으로 나온 찬사임은 확실하다. 실제로 이 정도 시도와 분량, 질이 훌륭한 것은 사실이다.

"그러게, 자료로는 최고야. 소설로 사건을 재확인할 수 있었어. 게다가 바로 『성별 트릭』을 사용한 것도 굉장해."

"어? 성별 트릭이 있었나요?"

아오이가 니지카와의 지적에 놀랐다.

— 이 28페이지 원고 안에 벌써 성별 트릭이 쓰였을 줄이야…….

아오이는 알아채지 못했다. 가볍게 훑어보고 별문제는 없다고 생각했다.

"뭐야, 아오이. 그걸 몰랐어?"

"쓰라라기. 딱 보면 알잖아."

경멸까지는 아닌 냉소적인 모두의 시선이 아오이를 찔렀다. 쇼코도 자연스레 알아챈 모양이다.

"그런 게 있었어? 대체 어디에……?"

아오이는 니지카와에게서 『화몰』 원고를 받아 다시 확인해보았다. 류스이는 난처해하는 친구를 위해 길을

제2장 야상곡nocturne의 멜로디

명시해야 했다. 아오이 옆에서 원고를 넘기며 해당 부분을 가리켰다.

"어…… 여기다. 여기에 억지스러운 서술이 있을 거야. 이건 5페이지네. 『4 울적한 작가』 아래쪽에."

아오이의 시선이 그곳에 쏟아졌다. 이윽고 경악의 한숨이 흘러나왔다. 쇼코와 니지카와는 미소 지으며 아오이를 보았다.

"아하! …… 그랬던 거구나, 당했다. 어떻게 모를 수가 있었지?"

"『짧은 머리에 가냘프고 수려한 외모. 미나세 나기사의 친한 친구이기도 한 가오루는 대단히 여성스럽고 읽기 쉬운 문체로 대중에게 어필하는 22세의 젊은 작가다』. 노림수가 뻔하잖아. 여성적인 면을 강조해서 미야마를 여자라고 생각하게 하려는 수작이지."

미야마 가오루는 남자다.

"다메이. 이건 그렇게 어려운 성별 트릭은 아니잖아. 쓰라라기는 선입견이 심해서 트릭을 알아채지 못한 것 아닐까?"

쇼코의 지적처럼 『가오루는 남자』라는 아오이의 선입견은 트릭의 존재를 숨겼다. 독자의 선입견을 이용하는 『속임수』는 추리소설가의 기본 테크닉 중 하나다.

JOKER

"응. 뭐, 이건 독자를 놀라게 하려고 쓴 트릭이 아니라 그냥 가벼운 거야. 굳이 유심히 보지 않아도 미야마를 여자로 오해하지 않는 독자도 많겠지."

"아니, 그래도 20페이지 사이에 어떻게든 가오루를 여자라고 착각하게 하려는 노력이 여기저기 보이던데. 읽으면서 웃음이 다 나오더라."

"그랬나요? 그렇게 읽어주시니 저도 고생해서 쓴 보람이 있네요."

존경하는 니지카와의 칭찬이 기쁘지 않을 리 없었다. 류스이는 수줍어서 무심코 머리를 긁었다.

"어디였더라……."

니지카와는 아오이에게서 받은 『화몰』을 팔랑팔랑 넘겼다.

"여기다. 13페이지 위쪽에 『쇼코와 가오루는 서둘러 자리를 떠났다. 수면 부족은 피부의 적이라는 철학을 충실히 따르는 모양이다』, 그리고 뒤쪽에 『그 말을 끝으로 그들은 얼른 객실로 돌아갔다』 부분. 히류 씨는 여자니까 가오루와 합쳐서 『그들』이라고 쓰여도 아무 문제 없기는 한데 여기서 가오루를 여자라고 생각하는 독자도 있지 않을까. 게다가 물론 가오루를 『그녀』나 『그』라고 확실하게 쓴 건 아니니까 딱히 불공정한 짓을 한 것도

제2장 야상곡nocturne의 멜로디

아니지."

『성별 트릭』의 조촐한 해설이 끝났다. 이렇게 사소한 이야깃거리는 범인 맞추기 단편 추리소설에서도 쓸 수 없을 것이다. 예술가artist가 준비했을지 모르는 장대한 트릭들을 상상하면 이것은 빙산의 일각 정도의 소규모 소재에 불과하다.

그래도 그들에게는 마침 딱 좋은 기분전환이 된 모양이다. 네 사람은 그 후로 해산할 때까지 소설론에 관해 열띤 토론을 벌이며 이야기꽃을 피웠다.

의심암귀疑心暗鬼를 접어두고 즐기는 사람 사이의 교류. 하나가 되어 커뮤니케이션에 열중하는 사이, 오늘 아침에 일어난 살인사건이 거짓말인 것처럼 행복한 기분이 들었다. 인간은 어차피 죽을 수밖에 없다는 사실, 자신들이 예술가artist의 표적이 될 수도 있다는 사실을 잊게 해주는 유쾌한 모임이었다.

예술가artist가 말하는 『여덟 개의 제물』이란 여덟 명의 피해자를 가리키는가? 여덟 명의 추리소설가를 가리키는가?

적어도 지금은…… 행복한 분위기에 잠긴 그 순간만큼은, 그들은 그렇게 생각하지 않았다.

환영의 성에 다시 밤이 찾아왔다.

JOKER

마침내 15페이지에 걸친 다과회가 끝났다.

제2장 야상곡nocturne의 멜로디

24 뇌우의 밤

 조금 전부터 세찬 비가 내리기 시작했다. 언제부터 내린 비인지, 『화몰』에 관한 논의에 몰두했던 네 사람은 아예 알아채지도 못했다. 점점 빗발이 거세졌다. 때때로 창밖의 어둠을 찢는 벼락의 칼날과 뒤따르는 천둥이 실내의 네 작가를 위협했다. 천둥이 우르릉 포효했다.

 『화몰』을 셋이서 돌려 읽다 보니 벌써 오전 0시 37분이었다. 사건을 생각하면 불안과 공포로 잠들지 못할 것 같았던 네 사람은 현재 뜨겁게 이야기를 나눈 덕에 잠기운이 감정을 누르고 있었다. 한시라도 빨리 이부자리에 들어가고 싶다는 생각까지 드는 것은 마음의 피로가 축적되었기 때문일까.

 "류스이는 오늘도 밤샐 거야?"

 아오이의 목소리는 질문이라기보다는 확인에 가까운 투였다. 류스이는 누운 자세 그대로 고개를 저었다.

 "아니, 나중 일도 있잖아. 이틀 연속 철야는 아무래도 몸에 무리가 오더라고. 오늘은 적당히 마무리하고 잘래."

 이제까지 아무도 류스이가 자는 모습을 본 적이 없다. 그는 정말로 잠을 안 자는 것 아닐까? 동료 사이에서

JOKER

이런 농담이 오고 갈 만큼 그에게는 수면을 아까워하는 이미지가 있다. 그만큼 아오이나 쇼코에게 그의 약한 모습(이성적?)은 의외였다. 니지카와는 그래야 한다는 듯 연신 고개를 끄덕였다.

천하의 류스이도 살인사건에 휘말리고 글까지 맹렬히 쓰는 바람에 피로의 극에 달한 듯하다.

힘없는 목소리로 인사를 나눈 후 니지카와와 류스이는 빠르게 아오이의 방을 나갔다.

"쇼코 선배!"

아오이는 마지막으로 방을 나가려는 쇼코를 불러 세웠다. 반쯤 닫힌 문틈으로 쇼코는 고개만 돌렸다.

"왜?"

"그…… 문단속, 잊지 마세요."

아오이의 눈동자는 쇼코를 정면으로 응시했다. 쇼코의 안위를 진지하게 걱정한다는 것을 알 수 있는 눈빛이었다.

"응, 알아. 고마워, 쓰라라기."

두 사람은 몇 초간 서로를 말없이 바라보았다.

"저기……."

그 사건 때 있었던 일 기억해? 그렇게 물어볼 뻔했다. 쇼코는 자제력을 발휘해 질문을 꾹 참았다. 그 체험을

제2장 야상곡nocturne의 멜로디

잊을 수 있을 리가 없지 않은가. 게다가 지금 그 기억을 되살리는 것은 멍청한 짓이다. 쓰라린 과거는 망각의 쓰레기통에 넣어버리면 될 일이다…….

"……?"

의아하게 쳐다보는 아오이의 모습이 문득 사랑스럽게 느껴졌다. 쇼코와 아오이는 어디까지나 친구다. 너무나도 오랜 인연은 두 사람을 가족 같은 정으로 묶었다. 류스이까지 넣어서 세 사람은 최고의 창작 동료이며 가장 좋은 인생 친구다. 그런데 비밀스러운 기억을 공유하는 쇼코와 아오이는 더욱 특별한 사이다.

- 이 감정은 우정이 강해진 애정일까? 아니면 극한상황의 본능?

동물은 극한상황에 직면하면 종족유지본능 탓에 성적 충동이 생긴다. 인간만의 특징이 아니다. 대지진이 일어난 후에 동물들이 미친 듯이 교미에 몰두한다는 이야기는 유명하다.

죽음을 접하고 죽음을 의식하고서야 생명의 존엄함을 깨닫는 법이다. 꽃은 언젠가 지기에 아름답다. 하지만 쇼코는 자신의 고조된 감정을 『본능』이라는 간단한 단어로 뭉뚱그리고 싶지 않았다. 생명의 신비는 언어의 잣대로 잴 수 없다……. 그녀는 그렇게 믿고 싶었다.

JOKER

 "미안, 아무것도 아니야. 내일 보자. …… 잘 자, 쓰라라기."

 쇼코는 문을 닫았다. 닫히는 문 너머에서 다정하게 그녀를 보는 아오이의 미소가 쇼코의 뇌리에 새겨졌다.

 이 시점에서 그녀가 알 리도 없었을 것이다. 쇼코가 살아있는 아오이를 본 마지막 순간임을…….

●

 아무도 없는 복도를 외로이 걷다가 객실에 들어가 문을 잠갔다. 침대에 앉아 한숨 돌리니 자연스럽게 그 사건이 생각났다.

 - 떨어지는…… 검고 커다란 그림자.

 그날 쇼코는 서점 아르바이트를 마치고 평소처럼 「그」가 사는 아파트로 가고 있었다. 당시 사귀던 예술가인 「그」. 영화감독을 꿈꾸며 연극에 몰두하는 나날을 보내던 「그」. 누구에게나 있는 사소한 갈등을 제외하면 「그」와는 아주 잘 지내고 있었다……. 적어도 쇼코는 그렇게 생각했다.

 그래서 그녀는 그 순간까지 그런 비극이 일어나리라고는 꿈에도 생각지 못했다. 「그」의 아파트 앞에 도착한 그 순간…….

 - 떨어지는 그림자를…… 천천히 올려다보았다.

제2장 야상곡 nocturne의 멜로디

작은 인형처럼 보이는 그림자가 점점 커졌다. 이윽고 그것이 인간임을 알 수 있을 만큼 가까워졌다.

- 떨어진다……. 인간이, 떨어진다.

처음에는 누군가의 악질적인 장난이라고 생각했다. 인형에 옷을 입히고 아파트 베란다에서 던지는 그런 장난. 그것도 비상식적이지만 인간이 떨어진다는 사실을 받아들이는 것보다는 나았다.

하지만 인간이었다. 공중에서 허우적대고 있었다. 물속에서 헤엄치는 것처럼 보이기도 했다. 떨어지는 속도는 빨랐다.

- 투신자살 -

그 단어가 뇌리에 스친 순간, 쇼코는 깨달았다.

떨어지는 것이 「그」임을.

……쇼·코……

「그」의 입이 그렇게 움직인 것 같았다. 착각일 수도 있지만 쇼코에게는 그렇게 보였다. 「그」는 이상하게도 후련한 표정이었다. 지금도 생생히 기억난다.

쇼코의 눈앞에서 사랑하는 「그」가 부서졌다!

수박 깨지듯 맑은소리와 함께 다량의 피가 비가 되어 그녀에게 쏟아졌다. 그 사이, 그녀는 한 발짝도 움직일 수 없었다.

JOKER

 창작가가 아무리 기발한 이야기를 상상하든 운명을 관장하는 자가 창조하는 이야기에는 못 미친다. 그녀가 작가라면 이런 어이없는 스토리는 거들떠보지도 않을 것이다. 하지만 현실은 소설보다 기이하다. 「그」의 방에서 발견된 유서에는 이렇게 쓰여 있었다.

 『너희는 아무것도 몰라』

 이 짧은 한 문장이 세상을 향한 「그」의 마지막 메시지였다.

●

 류스이는 호우가 창을 때리는 소리에 눈을 떴다.

 눈꺼풀을 열었다. 뿌연 시야의 초점이 맞춰졌다. 눈앞에 워드프로세서 화면이 있었다. 자기도 모르게 잠든 모양이다……. 생각보다 피로가 더 누적된 것 같다.

 비는 조금 전보다 더 거세졌다. 거대한 기관총처럼 물 탄환으로 세계를 쏘았다. 하늘에서 울부짖는 벼락이라는 황금빛 용. 드래곤 브레스…… 천둥에 유리창이 우드드 떨렸다. 강고한 초석 위 환영성 전체가 희미하게 진동한 것을 알 수 있었다. 대자연의 거대한 힘 앞에서는 인간 따위 어차피 왜소한 존재다. 맞서려 하면 흔적도 없이 부서질 것이다.

 시계를 보니 오전 2시 26분이었다. 그 숫자의 나열에서

제2장 야상곡nocturne의 멜로디

『2·26 사건[7]』을 떠올리고 류스이는 혼자 기묘한 기분에 사로잡혔다.

― 오늘은 이제 자자. 지금 쉬어야 글 쓰는데도 지장이 안 갈 거야.

워드프로세서의 전원을 끄고 재빠르게 잠옷으로 갈아입었다. 류스이는 침대에 쓰러지다시피 풀썩 잠겼다. 의식이 곧바로 몽롱해졌다. 세계가 녹아내렸다…….

그때였다. 그 울음소리가 들린 것은.

문자로 표기한다면 '흐냐―'일까. 끊임없이 내리는 호우 소리에 섞여 꼬리가 밟힌 듯한 고양이의 비명이 뚜렷하게 들렸다.

― 무슨 일이 있었나?

깊은 밤, 환영의 성에 울려 퍼진 검은 고양이의 비명. 불길한 이미지를 환기하는 소리였다. 하지만 류스이는 잠기운의 파도에 삼켜져 이내 아무 생각도 할 수 없었.

번쩍!

창밖에서 유달리 눈부신 번개가 쳤다. 사신의 낫은 무엇을 베었는가? 고양이의 격렬한 울음소리는 그 후로 몇 번인가 들리다가 끊겼다.

---

[7] 1936년 2월 26일 일본 육군의 황도파 청년 장교들이 1,483명의 병력을 이끌고 일으킨 반란으로, 실패로 끝났다.

JOKER

나중에는 비와 벼락의 굉음만이 남았다.
- 벼락은 신의 울음. 그렇다면 사신은 무엇을 울리나?
어느샌가 류스이는 잠의 늪에 빠졌다.
●
…… 잠이 안 온다.
아오이는 기분이 점점 고양되는 것을 느꼈다. 벌써 오전 3시가 지났는데도 잠이 오기는커녕 눈만 말똥말똥했다.

자야지 자야지 하면서 잔다는 행위를 너무 의식했나 보다. 잠을 통해 이 음산한 현실로부터 도피하고 싶었지만……. 이렇게나 의식이 명료하면 한참 후에나 잠이 올 것 같았다.

천장 쳐다보기를 단념하고 눈을 감으니 호시노 다에의 미소가 떠올랐다. 이어서 쇼코가 조금 전 떠날 때 보여준 우수에 젖은 표정이 되살아났다.
- 그 의미심장한 표정은 대체 뭐였을까? 쇼코 선배는 무슨 말을 하려고 했을까?
『저기…….』
그 사건 때 있었던 일 기억하냐는 그런 말?
잊으려 해도 잊을 수 없다. 창밖의 빗소리가 실내의 어둠 속에 누운 아오이의 고립감을 증폭했다. 생각은

제2장 야상곡nocturne의 멜로디

자연스럽게 그날 밤의 기억으로 향했다…….

『「그」가 죽었어. 내 눈앞에서.』

그때 쇼코는 아오이의 하숙집에 들어오자마자 그렇게 말했다. 지금도 생생히 기억한다. 분명하게, 기억한다.

●

『「그」가 죽었어. 내 눈앞에서.』

쇼코의「그」가 사는 아파트와 아오이의 하숙집은 걸어서 15분 거리였다. 쇼코는「그」가 부서진 현장에 머무르지 못하고 아오이의 집에 찾아왔다. 머리카락에, 얼굴에, 옷에, 가방에 붉은 것을 묻힌 채로 그녀는 아오이의 하숙집 현관에 주저앉고는 가까스로 그 말을 입에 담았다.

그때 어째서 쇼코 선배는 류스이가 아니라 자신에게 찾아왔을까?

그 일이 있던 후로 아오이는 수없이 생각했다. 하지만 본인에게 이유를 물어볼 기회는 없었다(물어볼 수 없었다?). 끝내 이해할 수 있는 답을 내지 못했다.

우연히「그」의 아파트와 아오이의 하숙집이 가까워서? 아닌 것 같았다. 쇼코가 아오이에게 약간 마음이 있었다는 착각에 가까운 생각도 해봤지만 바로 부정했다. 그들은 단순한 친구다.

JOKER

 가장 설득력 있는 추리는 류스이의 분위기가 속세에서 멀찌감치 떠나 있었기 때문이라는 것이었다. 류스이는 평소에도 일반적인 청년이 관심을 가질 법한 『세속적인』 것(연애, 섹스, 패션, 차, 돈…… 수면이나 식사 등도 그렇다)에 전혀 관심을 보이지 않았다. 아오이의 친구는 세상으로부터 멀리 떨어져 사는 것 같은 면이 있었다. 류스이는 시간time, 장소place, 상황occasion, TPO에 따라서는 냉혹하게 보이는 초월적인 자세를 관철했다.

 - 그래서 류스이가 아니라 나였나……?

 쇼코를 일으켜 세우고 실내로 들여 방석에 앉혔다. 그녀의 눈은 초점이 맞지 않았다. 영문을 알 수 없는 주문 같은 말을 중얼거리고 있었다.

 아오이는 상황에 안 어울린다고 생각하면서도 일단 피를 닦을 수건을 내밀었다. 하지만 쇼코는 무시했다. 굉장히 병적인 모습이었다. 마치 방금 살인을 저지르고 온 것 같은 위험한 분위기가 풍겼다.

 쇼코는 아오이가 내민 우롱차 컵을 툭 치워버렸다. 정확히는 손으로 컵을 받을 수가 없었다. 컵에서 쏟아진 우롱차는 하늘색 융단에 갈색 얼룩을 만들었다.

 It is no use crying spilt milk. 흘러넘친 우유를 보고 한탄해봤자 소용없다. 태공망의 말을 빌리자면 「엎어진

제2장 야상곡 nocturne의 멜로디

물은 주워 담을 수 없다」.

쇼코는 무언가를 외치며 웅크리고 앉아 머리를 마구 헤집었다. 아오이는 수건으로 융단의 얼룩을 닦으려던 손을 멈추고 쇼코를 세차게 흔들었다.

쇼코는 울부짖었다. 아오이가 아무리 달래도 그녀의 울음은 멈추지 않았다. 지금도 후회하는 일인데, 저도 모르게 발끈한 아오이는 그때……

찰싹

그녀의 뺨을 때렸다. 여자에게 손찌검한 것은 살면서 처음이었다. 게다가 하필이면 그는 그 후에 이런 말을 뱉었다.

『정신 좀 차려!』

그렇게 디 엔드. 그녀는 울음을 뚝 그쳤다. 아오이를 빤히 노려보는 그녀의 눈동자는 길고양이처럼 굶주린 빛을 발산했다.

그 이후로는 전개가 너무 빨랐던 탓에 아오이는 뭐가 뭔지 확실하게 기억하지 못한다. 옅은 베일 너머로 본 것처럼 어렴풋이(하지만 뚜렷하게) 기억날 뿐이다.

쇼코는 아오이를 축축한 융단 위에 밀쳤다. 그리고 이성을 잃은 듯 그의 입술에 자기 입술을 포갰다.

영문을 알 수 없었다.

JOKER

아오이는 당황한 탓에 힘을 쓰지 못하고 쇼코에게 그대로 깔렸다. 쇼코는 미친 듯이 막무가내로 아오이를 갈망했다. 본능에 휘둘려 옷을 벗기고 옷을 벗고 알몸을 드러내어 무의식적인 욕망의 파도에 몸을 맡겼다.

쇼코는 짐승이 되어 암흑의 기억을 지워버리려는 듯했다. 그녀의 몸은 뜨거웠다. 살갗을 타고 심장 고동이, 생명의 원천이 맥박치는 것이 느껴졌다.

처음에 아오이에게는 어쩔 수 없는 저항감이 있었다.

조건반사conditioned reflex로 그의 물건은 제 역할을 못 했다. 쇼코와 그는 너무나도 친밀했다. 그래서 아오이는 친누나와 근친상간하는 듯한 불편함을 느꼈다. 참을 수 없는 죄악감에 휩싸였다.

하지만 그녀의 목소리, 혼의 통곡이 귀에 들어오면서 그의 내면에 힘찬 생명의 파도가 일기 시작했다. 뜨거운 마음이 치밀어 올랐다. 아오이는 몸뿐만 아니라 마음까지, 자신의 모든 것을 발가벗고 일개 생명체가 되었다. 인간의 프라이드에 묶인 자신을 버리고, 아무것도 생각하지 않고, 태곳적부터 내려온 성스러운 행위에 그저 몰두했다. 쇼코의 리듬과 아오이의 리듬이 점점 동조하고 생명의 파장이 조금씩 겹치면서 하나의 크고 단단한 선이 되고 채찍처럼 휘었다.

제2장 야상곡nocturne의 멜로디

 너른 바다에서 알몸으로 수영하는 듯했다. 끝없는 바다, 끝없는 세계, 그리고 끝없는 생명의 맥동. 소리를 내고, 땀을 흘리고, 두 인격이 폭발했다. 원자 레벨까지 해체된 정신nous.

 아오이는 우주의 저편에 자신을 던졌다.

 세계를 삼키는 커다란 파도big wave가 두 사람을 통과했다. 이윽고 파도가 빠지면서 붕괴했던 자아가 천천히 재구성되었다…….

 의식이 끝났을 때, 두 사람은 숨을 헐떡이고 있었다.

 『우롱차…… 남았어?』

 그것이 그녀의 첫 마디였다. 눈동자에는 생기가 돌아와 있었다. 수건으로 가랑이를 숨기고 냉장고로 가는 아오이의 뒤에 대고, 쇼코는 딱 한 마디, 이렇게 말했다.

 『미안해.』

 …… 다음 날 아침 쇼코를 배웅한 후, 아파트 이웃이 문간에서 고개를 내밀고 아오이를 놀렸다.

 『이야, 쓰라라기. 어제는 장난 아니던데. 다음에 나도 좀 끼자.』

 그 남자는 같은 대학의 응원단장이었다. 이웃이라 몇 번인가 같이 술 마시며 논 적도 있었다. 다만 아오이는 남자의 천박한 면을 도저히 좋아할 수 없었다.

JOKER

 남자의 말을 듣고 아오이의 내면에서 무언가가 툭 소리를 내며 끊어졌다. 아오이는 주먹을 꽉 쥐고 남자의 배에 갈겼다. 근육질인 남자의 배는 마치 판자처럼 단단했다. 하지만 주먹의 고통은 신경도 안 쓰였다. 남자의 가랑이를 발로 걷어차려 했다. 그런데 남자의 팔꿈치가 먼저 아오이의 얼굴에 들어왔다. 남자는 아오이의 배를 차고 얼굴을 때렸다. 쓰러진 아오이는 너덜너덜해질 때까지 축구공처럼 차였다. 마지막으로 침을 맞은 것까지 기억한다. …… 아오이는 뻗어버렸다.

 일주일 후 하숙집을 바꿨다. 「그」의 소식을 듣고 쇼코를 걱정해서 전화를 건 류스이에게, 아오이는 그날 밤에 있던 일을 이야기하지 않았다. 그것 때문에 세 사람의 관계가 뒤틀리는 것이 싫었다. 그 이후로도 류스이에게는 이 이야기를 전혀 하지 않았다.

 그러다가 창작회 동아리방에서 쇼코와 마주쳤다. 거북함이 스친 것은 처음 눈과 눈이 마주친 찰나뿐이었다. 그 후에 쇼코는 평소의 태도를 완전히 회복했다. 두 사람은 사건 전의 관계로 돌아가 계속 이 관계를 유지하고 있다.

 쇼코는 계속 쇼코이며 쇼코 그 자체다. 인상적이었던 첫 만남 때와 완벽하게 똑같은 『쇼코 선배』다.

제2장 야상곡nocturne의 멜로디

첫 만남도 벌써 5년 전이다.

『야, 신입생. 이름이 뭐야?』

그녀는 창작회 동아리방에서 갑자기 말을 걸었다. 쇼코 특유의 눈부신 미소가 당시의 아오이에게는 신선한 충격으로 다가왔다.

『쓰라라기…… 신지입니다.』

무심코 몸을 슬쩍 뒤로 뺐다. 자기가 듣기에도 긴장한 목소리였다. 쇼코는 타인을 압도하는 박력을 날 적부터 가지고 있는 것 같았다.

『쓰라라기? 성이 특이하다. 바로 외우겠는데? 나는 나루세 쇼코야. 쇼코라고 불러.』

쇼코가 내민 손에 악수로 답했다. 그녀의 감촉은 지금도 잊을 수 없다. 찌릿찌릿 전류가 흐르듯이 손바닥을 통해 그녀의 강인함이 아오이에게 흘러들어왔다.

그렇게 두 사람은 친구가 되었다.

그녀와의 추억을 돌이켜보니 그 사건 날에 있었던 일만 쏙 빠져버린 듯한 착각이 들었다. 빛에 둘러싸인 길에서 한 곳만이 어둠에 싸인 듯했다. 그날 밤의 기억이 거짓말이었던 것처럼, 꿈이었던 것처럼, 희미했다.

- 성이 특이하다.

-「그」가 죽었어. 내 눈앞에서.

JOKER

 - 이름이 뭐야?

머릿속에서 기억이 빙글빙글 돌아갔다. 온갖 순간의 온갖 쇼코가 추억이 되어 되살아났다. 쇼코 옆에는 류스이도 있었다. 그날 밤을 제외하고 세 사람은 항상 함께였다. 즐거울 때도, 괴로울 때도, 항상 같은 시간을 공유해왔다.

생각해보면 5년 동안 셋이서 앞만 보고 달리기만 했던 것 같다. 5년 사이에 쓰라라기 신지는 아오이 겐타로, 나루세 쇼코는 히류 쇼코, 다메이 히데타카는 다쿠쇼인 류스이가 되어…… 각각 크게 성장했다.

그리고 앞으로도 그들은 계속, 계속…… 계속 함께 달릴 것이다…….

시간은 계속 흘러간다.

밤이 지나고 다시 아침이 왔다.

제2장 야상곡nocturne의 멜로디

25 광채육리光彩陸離의 미

빛의 검이 어두운 하늘을 찢는다…….

세계가 하얗게 물들기 시작했다. 비는 그쳤다. 물방울이 잎을 타고 땅으로 떨어져 어머니 대지에 입 맞추고 빨려 들어갔다. 땅에 스민 물방울을 보면서 후몬지는 북서쪽 중정을 걷고 있었다.

― 자연의 포옹을 받는 기분이란 어떤 것일까?

어제 온 비가 거짓말인 양 상쾌한 공기가 흘렀다. 기분 좋은 물 냄새. 피부를 부드럽게 어루만지는 이른 아침의 선선한 미풍. 하늘을 올려다보니 남색 하늘이 점점 밝아지고 있었다. 얇고 길게 드리운 구름이 선명하게 나타났다. 지저귀는 새 소리가 귀를 간질였다. 하늘은 남색에서 물색, 이윽고 선명한 하얀색으로 덮였.

세계가 빛에 물드는 이른 아침은 온갖 가능성이 눈을 뜨는 신성한 순간이다. 그래서 후몬지는 이 시간대를 좋아한다.

자갈길을 걸으며 크게 기지개를 켰다. 크게 숨을 쉬어 신선한 공기로 몸을 정화했다.

우주는 원래 너른 암흑이다. 별빛들이 그 암흑에 희망

을 가져다준다. 태양은 희망의 상징인가? 하늘은 완전히 밝아졌다.

조용하다. 마음을 씻겨주는 엄숙한 정적이다.

지붕과 기둥만 있는 정자가 점점 가까워졌다. 후몬지는 자갈길을 걸었다. 자글자글, 젖은 자갈을 밟으며 정자로 갔다. 태양광선이 환영의 성을 부드럽게 감쌌다. 자갈을 적신 물이 햇빛을 반사하여 반짝반짝 눈부시게 빛났다. 성에서 정자로 이어진 정갈한 자갈길이 빛을 발했다. 태양이 떠오르면서 길을 감싼 빛도 강해졌다.

정자로 이어지는 한 줄기······

황금의 길golden road.

후몬지는 정자 디딤돌에 섰다. 머나먼 상공, 탑 정상의 사방신 조각상을 보았다.

마침 좋은 때였다.

햇빛을 난반사하는 조각상에서 중정으로 한 줄기 빛이 뻗었다. 빛의 선이 천천히 중정에 이르더니 정자로 향했다. 주위를 둘러보니 동서남북에서 빛줄기가 통과한 공간에 무지개 몇 개가 걸려 있었다. 네 줄기의 광선이 뻗어오는 모습이 보였다.

네 방위를 지키는 네 개의 조각상이 반사하는 빛의 검 네 자루가 지금 후몬지가 선 정자에서 한 점에 다가왔

제2장 야상곡nocturne의 멜로디

다.

 네 줄기의 빛이 한 점에 모였다.

 『빛의 무대』에서 후몬지는 빛을 느꼈다. 사방에서 자신을 비추는 빛을, 용기를 주는 태양의 선물을 온몸으로 체험했다.

 후몬지는 『빛의 무대』에서 환영성으로 이어진 황금빛 길을 걷기 시작했다. 어떤 예술이든 궁극의 미를 표현할 수는 없을 것이다. 궁극의 미는 체험해야 아는 법이다. 후몬지는 진심으로 그렇게 생각했다.

 여기에서는 어제의 음산한 분위기가 조금도 느껴지지 않았다. 이곳에 존재하는 것은…… 희망이다.

●

 넓은 원형 홀 벽면이 전부 거울로 덮여 있다. 『신기루의 방』이다. 홀 중앙의 세 조각상은 오늘도 여전히 그곳에 서 있다. 유사 이래로 계속 그 장소를 점유해온 것처럼 자리의 분위기와 어우러졌다.

 악마 같은 가운데 조각상은 경덕귀라고 한다. 사악한 표정을 지은 채 쪼그려 앉은 포즈다. 머리카락은 없고 이마에는 뿔이 솟아 있으며 등에는 커다란 날개가 달려 있다. 양손에 예리한 자수정amethyst을 꽉 쥐고 있다.

 양옆에는 사모트라케의 니케를 연상케 하는 머리 없는

JOKER

선려상과 밀로의 비너스를 연상케 하는 양팔 없는 선루상. …… 모두 머리 위에 얹은 물병을 양팔로 지지하는 포즈를 취하고 있다. 두 미인상은 경덕귀를 사이에 두고 등을 돌리고 있으며 간격은 2미터가 조금 안 되는 정도다.

세 조각상은 모두 바닥에 단단히 고정되어 있다. 도무지 움직일 수 없을 것 같았다. 『신기루의 방』 주인들은 절묘한 균형감각으로 거울에 둘러싸인 홀을 요사스럽고도 매력적으로 연출했다.

소년과 소녀가 홀 내부를 뛰어다니고 있다. 고스기 집사의 아들 쇼리와 니지카와 료의 딸 메구미다. 두 사람은 거울에 비친 자신들의 모습을 보며 천진난만하게 놀고 있다.

거울 안에 있는 한 명의 자신과 눈싸움하는 메구미를 곁눈질로 보면서 쇼리는 바지 안에서 염주 같은 것을 꺼냈다.

"받아, 메구미. 이거 줄게."

"이게 뭐야?"

메구미의 작은 손 위에 매끈한 작은 구슬 여러 개를 실 하나로 엮은 고리가 올라왔다.

"머리 장식 같은데. 예쁘지 않아?"

"고마워. 그런데 어디서 가져왔어? 남자 물건은 아니

제2장 야상곡 nocturne의 멜로디

잖아."

"C씨한테 받았어."

"C씨? 직원분?"

"응. 시이노키…… 시이노키 하지메 씨."

메구미는 손으로 머리 장식을 만지작대면서도 눈을 치뜨고 의심스러운 눈빛으로 두 살 많은 친구를 보았다.

"정말로 받은 거야? 훔친 거 아니지?"

"아니야. 정말로 받은 거야. 메구미한테 이걸 주면 분명히 좋아할 거라면서."

"뭐야. 선물도 시이노키 씨 생각이었구나……."

쇼리는 자기 입으로 말했으면서 난처한 듯 머리를 싸맸다.

"쳇, 청개구리처럼 굴기는. 그냥 받아. 어차피 내 것도 아니니까."

"쇼리, 메구미. 뭐 해?"

『신기루의 방』에 후몬지가 등장했다. 메구미는 허겁지겁 치마 주머니에 머리 장식을 쑤셔서 넣고 쇼리와 함께 머리를 숙였다.

"안녕하세요!"

두 사람의 목소리는 정확하게 겹쳤다. 후몬지는 환히 웃었다.

JOKER

"아침부터 기운차네. 아이다워서 좋다."

후몬지는 별생각 없이 세 조각상을 쳐다보았다. 그의 시야에서 벗어난 아이들은 얼굴을 마주 보았다. 메구미가 손을 똑바로 세우고 옆에서 입을 가리면서 속삭였다.

"이거 고마워."

소녀의 솔직한 감사의 말에 소년은 수줍어하며 그녀에게서 얼굴을 돌렸다.

아무도 모르는 둘만의 작은 드라마.

제2장 야상곡nocturne의 멜로디

26 후몬지의 우울

식당으로 이어지는 길을 통해 니지카와 료가 『신기루의 방』에 나타났다. 니지카와는 딸과 소년을 발견하고 두 사람에게 다가가 온화하게 말했다.

"메구미, 곧 아침 식사 시간이다. 얼른 식당에 가자. 쇼리도 같이."

"네에~."

메구미와 쇼리는 통로 끝을 향해 경주라도 하듯 달려갔다. 그들의 뒷모습을 보면서 후몬지는 생각했다. 아이란 얼마나 순수한 존재인가…… 하고.

"오, 후몬지. 좋은 아침."

니지카와는 경덕귀 조각상 쪽에 서 있는 후몬지를 보고 가볍게 손을 들어 인사했다. 후몬지는 머리를 숙여 인사에 답했다.

"안녕하세요……."

언뜻 보니 니지카와에게 침울한 기색은 없었다. 평소처럼 침착했다.

- 그렇다면 어젯밤에 살인이 일어나지 않았다는 건가? 살인사건이 있으면 다들 소란을 피우는 게 당연한데.

JOKER

료쇼 경부의 추측대로 살인은 두 건으로 완결된 걸까?

일단 마음은 놓였다. 그런데 한편으로 그는 추리소설가로서 속으로 살인이 계속되리라고 생각했다. 기대에 가까운 감정이었다. 암시적인 두 건의 살인과 의미심장한 살인예고장……. 추리소설가의 본능은 이렇게 사건이 끝날 리 없다고 소리쳤다. 그의 내면에는 일말의 갈증이 있었다.

살인이 계속되면 후몬지 자신도 피해자가 될 수 있다. 그것이 무섭기는 하지만 사실 웬만해서 현실 살인사건에 맞닥뜨릴 일은 없다. 아마도 평생에 한 번 있을까 말까 할 것이다. 수수께끼가 많은 장대한 사건이라면 앞으로 일어날 일을 지켜보고 싶었다.

– 우리 작가들도 사건을 수사할 기회가 있을지도 몰라. 추리소설가가 명탐정이 되면 대단한 일이겠지.

그런 생각을 하면서 후몬지는 니지카와와 함께 식당으로 향했다.

"어제는 아무 일도 안 일어났죠?"

후몬지가 마음속 한구석에서 부정당하기를 바라며 물었다. 그러나 니지카와는 기대에 반해 웃으며 고개를 끄덕였다.

"그런 것 같아. 살인은 역시 그렇게 자주 일어나는

제2장 야상곡nocturne의 멜로디

건 아닌가 봐. 하룻밤이 지나니까 어제 사건도 없었던 일 같아. 벌써 식당에 거의 다 모였더라. 후몬지만 오면 이제 히류랑 다쿠쇼인만 남았어."

전부 기우로 끝난 것인가. 자기 옆을 걷는 니지카와에게 눈길을 주면서 후몬지는 이리저리 생각했다.

- 이 사람은 어떻게 이렇게 당당할까. 그에 비해서 나는······.

니지카와처럼 위대한 인물을 보고 있으니 자신의 미숙함이 너무나도 부끄러웠다. 현실에서 살인사건을 접하고 너무 들뜨지 않았던가. 주제도 모르고 명탐정을 자처해서 수사에 끼어들려 했다. 현실은 허구와 다른데도.

히이라기나 미즈노와는 별로 안 친했다. 후몬지뿐만이 아니다. 히이라기와 미즈노는 『간사이 본격 모임』에서 붕 뜬 존재였다. 다른 사람들과 깊이 사귀는 것을 피하고 고립되어 있었다. 그러다가 고립된 사람들끼리 가까워졌다. 그런 탓에 두 사람이 죽어도 다들 육친을 잃은 듯 슬퍼하지 않았다.

- 작가적인 재능을 봐도 그래. 나는 모범생처럼 높으신 분들에게 맞추는 데만 도가 텄지.

후몬지는 데뷔 이래로 『미완의 대기大器』이니, 『어린 천재』이니 온갖 칭찬을 받아왔다. 하지만 그에게는 과분

JOKER

한 말 같았다. 니지카와처럼 진짜배기 재능을 가진 사람을 가까이에서 보고 새삼 통감했다. 자신이라는 존재가 얼마나 보잘것없는지…….

호시노 가문이 금전적으로 유복한 덕에 후몬지는 곱게 자란 편이다. 지금 생각해보면 그것이 그가 품은 열등감의 원인이 되었으니 정말이지 육아란 어려운 일이다.

그는 부모의 영향을 받아 어린 시절부터 긍지를 가지고 살아왔다. 맨얼굴을 감추는 『프라이드』라는 가면을 쓰고 여기까지 왔다. 너는 선택받은 인간이다. 부모는 그렇게 말했다. 소년은 말의 의미를 깊이 생각하지 않고 착각했다. 어느새 타인에게 무시당하는 것을 못 견디는 삶의 방식이 몸에 배었다.

본인 작품은 본인이 제일 잘 안다. 후몬지의 작품도 훌륭한 점이 없지는 않다. 기존의 틀 안에서 기존의 무기로 기존의 감동을 극한까지 끌어올리는 것에는 도가 텄다. 하지만 거기서 끝이다.

어리석은 프라이드를 평생 소중히 끌어안은 탓에 모험이 두려웠다. 니지카와처럼 벌거벗은 마음으로 창작을 마주할 수 없었다. 유복한 삶이었기 때문에 추락을 모르고 자랐다. 류스이처럼 간절한 마음가짐으로 창작을 마주할 수 없었다.

제2장 야상곡nocturne의 멜로디

 그에게 가장 혐오스러운 것은 후몬지 고세이의 작품이 그럭저럭 잘 팔린다는 사실이다. 작품의 내용을 깊이 생각하지 않고 표면적인 읽기밖에 못 하는 독자들에게 환영받아봤자 마음은 메말라갈 뿐이었다.

 계속 무난한 글을 써내도 독자는 그걸로 됐다고 말해준다. 그게 네 장점이다. 위험을 피해라. 모험할 필요 없다. 그렇게 말해준다.

 하지만…… 후몬지는 이러면 안 된다고 생각했다. 그의 일은 어찌 보면 단순작업이라고 할 수 있다. 한 가지 패턴의 무난한 이야기를 솜씨 좋게 완성해내는 것이다. 아오이 같은 사람은 그런 테크닉을 높이 평가해준다. 하지만 후몬지가 하는 일은 아무나 못 하는 일이 아니다. 기술이란 시간의 차이는 있어도 계속 갈고 닦으면 저절로 익혀진다. 설령 지금 시대에 똑같은 것을 만드는 사람이 없을지라도 언젠가는 후몬지 고세이『2세』가 반드시 나타난다.

 - 그게 싫은 거지.

 인류의 역사에서 과거, 현재, 미래를 통틀어 자신만이 할 수 있는 일을…… 후몬지는 하고 싶었다. 그도 어쨌든 예술가다. 창작의 야망을 완전히 내던지지는 않았다.

 - 단순작업만 해대는 로봇작가가 되고 싶진 않아.

JOKER

하지만 어쩌지? 어떻게 하면 되는 거야? 어떻게 해야 이 상황에서 벗어날 수 있지?

그도 또 뫼비우스의 띠에서 길을 잃은 사람이다. 길은 한없이 비틀리고 이어진다. 앞으로, 앞으로…… 끝은 없다.

요즘 들어 느껴왔던 이 우울함을 타파하고 싶었다. 후몬지는 『계기』가 필요했다. 어쩌면 그는 연쇄살인사건의 명탐정이 되는 것을 그 『계기』를 느꼈는지도 모른다.

●

식당에는 벌써 료쇼 경부를 비롯한 경찰 관계자도 와 있었다. 그들도 이 사건의 향후 전개를 어느 정도 걱정하던 모양이다. 그 이외에 JDC의 세 탐정, 히라이다로, …… 미야마 가오루, 아오이 겐타로, 호시노 다에, 니지카와 메구미, 고스기 쇼리가 있었다.

후몬지는 모두와 인사를 나누고 니지카와와 함께 자리에 앉았다. 이리하여 빈자리는 앞으로 두 자리, 류스이와 쇼코의 자리다.

식당을 둘러보니 어제 아침의 상황이 떠올랐다. 다만 어제는 경찰 수사진, 기리카 마이, 쓰쿠모 네무도 없었다. 그리고 빈자리의 주인은 히이라기 쓰카사와 미즈노 가즈마였으며 류스이와 쇼코는 이곳에 있었다. 그런데 고작

제2장 야상곡nocturne의 멜로디

하루만에 상황이 얼마나 격변했나, 그리고 어제라는 격동의 하루가 얼마나 길었는가……. 다에와 담소를 나누며 아오이는 그런 생각을 했다.

어제 빈자리에 앉아있었어야 할 두 사람은 심야에 불귀의 객이 되었다. 하지만 류스이와 쇼코만큼은 그 상황을 재현할 리 없을 것이다.

아오이는 두 사람을 잘 안다. 둘 다 똑똑한 사람이다. 그리고 빈틈이 없다. 예술가artist의 함정에 빠질 수준들이 아니다.

후몬지는 초조하게 무릎을 움직였다. 무릎을 달달 떠는 것은 그의 담담한 이미지에 어울리지 않았다. 다에는 무릎의 진동으로 공기가 흔들리면서 후몬지의 불안이 파동처럼 모두에게 퍼져나가는 듯한 착각을 느꼈다.

아무도, 아무 말도 하지 않았다.

두 사람을 찾으러 가자는 말을 꺼내면 어제 상황을 재현하는 것 같았다.

이대로 잠시 시간이 흘렀다.

복도에서, 발소리가 들려왔다.

류스이? 쇼코?

모두의 시선이 식당 문으로 모였다. 마른 침을 삼키고 문이 열리는 것을 지켜보는 사람들…….

JOKER

"안녕하세요."
류스이가 들어왔다.
이렇게 빈자리는 하나가 되었다.

제2장 야상곡 nocturne의 멜로디

27 빈자리는 하나

안도의 한숨이 흘러나온 후, 다시 침묵이 식당을 감쌌다. 자리에 앉은 류스이는 모두의 긴장한 모습으로부터 상황을 파악하고 다른 사람들처럼 식당 문으로 시선을 보냈다. 이윽고 쇼코가 모습을 드러낼 문에 많은 시선이 집중했다.

무겁고 깊은 정적…….

째깍- 째깍- 째깍- 째깍-

규칙적인 괘종시계 소리가 시간의 흐름을 알렸다. 누군가가 어떤 계기를 만들면 긴장이 붕괴하여 혼돈으로 변할 것이다. 그것을 알고 있는 모두가 불편한 무드에 잠긴 채 행동에 나서지 않았다.

그런 와중에 히라이 다로는 비교적 냉정하고 담담하게 있었다. 만약에 료칸에서 제3의 참극이 일어난다면……. 그렇게 생각하기 시작하면 제정신으로 있을 수 없다. 늙은 환영의 성주는 낙관적으로 상황을 해석하고자 애쓰고 있었다. 고스기 간 집사가 현재 환영성의 각 방을 점검 중이다. 성에서 일이 생겼다면 벌써 알았어야 한다. 그러나 『투숙객』의 프라이버시 때문에 시급한 상황이

JOKER

아닌 한 객실 점검은 하지 않는 편이다. 다시 말해 쇼코가 방에서 숙면하고 있다면 고스기 집사가 확인할 수단은 없다.

- 그래. 분명히 그렇겠지. 걱정할 일이 뭐가 있나. 히류 씨는 늦잠을 자다가 지각했을 뿐이야. 어제 그런 일이 있어서 다들 너무 민감해졌을 뿐이지.

히라이 다로는 식탁 정면에 앉은 수사반장의 모습을 살폈다. 료쇼 경부는 벌레 씹은 듯한 표정을 지으면서도 애써 담담한 체하는 듯했다. 짜증 탓인지 몸을 미세하게 떨며 수시로 문에 눈길을 주고 있었다.

쇼코가 온다면 발소리만 듣고도 알 수 있다. 모두가 그걸 알면서도 쇼코의 모습을 보고 싶어서 문을 쳐다볼 수밖에 없었다.

가만히 있으려니 머릿속에서 생각이 맴돌았다. 그리고 예외 없이 어제 사건 생각이 났다. 금단의 상상이 머릿속에 떠올랐다.

어쩌면 쇼코가 예술가artist에 의해 『세 번째 제물』이?

"내가 좀 보고 올게. 늦어도 너무 늦잖아."

참을성의 한계에 달했는지, 후몬지가 과감히 자리에서 일어났다.

무한한 시간이 흐른 것 같아도 실제로는 아직 집합

제2장 야상곡nocturne의 멜로디

시간인 7시에서 20분 정도가 지났을 뿐이다. 하지만 쇼코는 시간을 잘 지키는 성격이다. 그녀가 20분이나 늦었다는 것은 상상할 수 없는 일이다.

료쇼 경부는 옆자리의 기리카 마이와 얼굴을 마주 보았다. 마이는 망설임 없이 료쇼를 보고 고개를 끄덕였다. 더는 기다릴 수 없다.

어젯밤 환영성을 떠나기 전에 료쇼는 사건이 계속되지 않을 것이라고 말했다. 하찮은 체면 탓에 자발적으로 쇼코 수색에 나서지 않았다. 눈을 벌겋게 뜨고 그녀를 찾았는데 만약 아무 일도 없다면……. 뭐야, 저 인간도 연쇄살인을 걱정한 거 아니냐? 작가 한 명이 늦잠 좀 잔 걸로 당황하다니 꼴사납다! 턱짓으로 부하를 부리는 유능한 상사인 체하더니 그냥 멍청했구나. 그런 손가락질을 받는 건 아닐까 하는 어리석은 걱정을 했다. 결과적으로 그 불안이 그를 의자에 묶어둔 셈이다.

그래서 료쇼에게는 후몬지의 제안이 그렇게 고마울 수 없었다.

료쇼는 일어나서 식당 문을 향하는 후몬지를 불러세우고 상대를 배려하는 듯한 투로 말했다.

"후몬지 씨, 당신은 여기 계십쇼!"

"아니, 그래도 경부님. 어제 일도 있잖아요……."

JOKER

"당신도 용의자입니다. 히류 씨는 아리마에게 보고 오라고 하겠습니다."

료쇼의 신호를 받고 아리마 미유키 형사가 일어나 후몬지의 옆을 지나쳐 성큼성큼 식당을 나갔다. 료쇼는 반박할 틈을 주지 않고 후몬지에게서 시선을 돌리고 자리에 앉았다.

일방적으로 행동을 제지당한 후몬지는 기분이 상한 것을 노골적으로 드러내며 자리에 앉았다. 『용의자』라는 호칭은 너무 적나라하지 않은가. 작가들은 동료를 걱정하는 시선을 보내며 그를 위로했다. 그 와중에 동생 호시노 다에의 시선을 발견한 후몬지는 고양된 감정이 조금씩 가라앉았다.

후몬지의 부모는 그를 엘리트로 키우고자 교육에 온 열정을 쏟았다. 살아 움직이는 아이가 아니라 게임 캐릭터를 대하듯 목적이 우선인 무감동한 태도였다. 어린 마음에 부모의 그런 모습을 보고 의아하게 여긴 적도 여러 번이었다.

애정보다는 체면을 중시하면서 엘리트의 길에 레일을 깔아주기만 하면 아이에게 행복을 줄 수 있다. 그런 착각을 하는 부모 아래에서 성장하면 어떻게 되는가? 후몬지는 자신이 그 결과를 나타내는 실험동물marmot

제2장 야상곡nocturne의 멜로디

이라고 생각한 적이 있었다. 본인뿐만이 아니다. 모두가 마찬가지다. 한 명 한 명의 인생은 한 번뿐이다. 그러니 형제자매가 있더라도 육아에 『연습』은 없다. 부딪혀봐야 아는 것이니 어떻게 자랄지 모른다. 아이들은 『교육』이라는 냉혹한 실험의 희생자다…….

사람들은 후몬지가 성공했다고 말한다. 하지만 본인은 그렇지 않다고 생각한다. 나아가면 나아갈수록 엘리트의 길은 좁고 험준해진다. 엘리트는 좌절을 모르고 실패를 두려워하는 족속이다. 언젠가는 발걸음이 무거워지다가 멈추고 말 것이다. 전진도 후퇴도 불가능하다.

그렇게 그는 막다른 골목에서 미아가 되었다.

자매를 사랑하는 것sister complex까지는 아니지만 후몬지는 다에를 항상 애틋하게 여겼다. 물론 연애의 의미가 아니라 형제애의 범주에 머무른다. …… 하지만 함께 역경을 극복한 사람 사이의 정이 깊은 것과 마찬가지로 그의 감정은 한없이 깊었다.

언제부턴가 그는 자신이 실험동물marmot일 뿐이라는 사실을 어린 마음에도 나름 깨달았다. 그러나 각인된 도덕 탓에 도무지 부모에게 반항할 수 없었다. 하지만 여동생을 지켜주는 것은 보호자에 대한 반역만큼 어려운 일이 아니었다.

JOKER

두 사람만의 시간에 후몬지는 항상 동생에게 다정한 말을 건넸다. 그리고 가능한 한 본인 스스로 살아갈 길을 선택할 수 있도록 도와주고 고민도 잘 들어주었다.

다에에게만큼은 자신의 노력도 무의미하지는 않았다며 후몬지는 만족했다. 프라이드에 지배당한 채 하찮은 삶만 살 줄 아는 인간과 다에는 다르다. 물론 전부 자신의 공적은 아니다. 다에가 오빠보다 강하게 컸다. 후몬지는 동생이 자랑스러웠다.

본인이 변하고 싶다는 소망의 이면에는 항상 다에를 이대로 지켜보고 싶다는 마음이 존재했다. 무엇이 표면이고 무엇이 이면인지 지금 와서는 그도 모른다. 어쩌면 후몬지는 자기보다 여동생의 행복을 제일로 여겼는지도 모른다……. 가슴 속에는 그만큼 격렬한 마음이 있었다.

조금 전부터 다에는 명백하게 겁을 먹은 상태다. 그런 여동생을 보고 후몬지는 가만히 있을 수가 없어 일어났다.

추리소설가로서 사건의 흐름을 살펴보고 싶다는 희망은 이미 소멸하고 말았다. 다에가 이렇게 불안해할 바에야 쇼코가 부디 무사히 있길 바랐다.

쇼코는 사교적이고 머리도 좋다. 후몬지도 그녀의 성격이 전혀 불쾌하지 않았다. 그녀가 이 세계에서 완전히

제2장 야상곡nocturne의 멜로디

사라진다는 생각은 하고 싶지 않았다.

죽음 앞에서는 온갖 감정이 날아간다. 사람은 태어났을 때부터 죽음이 약속된 존재임에도 항상 죽음에는 어두운 이미지가 따라다닌다. 종교에서 희망을 찾으려는 사람들마저 어지간한 광신도가 아닌 한 죽음에 절망을 느낀다. 세상을 등지고 스스로 목숨을 끊는 길을 선택한 사람들도 마찬가지다. 자살자는 자살하는 순간 죽음을 후회한다.

그래서 (상식을 초월한 개념인 죽음을 가지고 놀기 때문에) 살인사건은 정말이지 기묘한 분위기를 띤다. 아무리 의지가 강한 인간이라도 감정의 리듬이 어그러진다.

결국 인간이란 섬세하고 취약한 생물이다.

●

인적 없는 환영성 복도를 달리고 달렸다.

사람들이 식당에서 기다리고 있어서가 아니다. 불안감이 형사의 발을 재촉했다.

아리마 미유키는 예술가artist라는 이름의 거인이 뒤를 쫓아오는 듯한 착각에 빠졌다. 공포로부터 도망치기 위해 전속력으로 달렸다.

뒤에서 거인의 발소리가 들렸다. 거인의 커다란 손이

JOKER

작디작은 인간을 잡고자 길게 뻗쳐왔다. 거인의 손가락이 등을 건드렸다. 오한에 몸이 떨렸다. 거인의 커다란 얼굴이 바로 뒤에 있었다. 귓가에 콧숨이 들려왔다.

뒤를 돌아보기만 하면 환각은 사라질 것이다. 하지만 광기를 품은 붉은 빛의 복도 탓에 두려움이 증폭되었다. 그녀는 감히 그런 행동을 할 수 없었다.

아리마 미유키는 쇼코의 방에 도착하고 나서 힘차고 재빠르게 문을 두 번 두드렸다. 대답이 없어서 세 번, 네 번, 다섯 번, 노크를 반복했으나 응답은 없었다.

손잡이를 잡았다. 문이 잠기지 않은 것 같았다. 그녀는 과감하게 문을 열었다.

"저기요, 히류 씨. 계세요?"

열린 문 너머로 펼쳐진 한산한 공간. 너무나도 낯선 풍경이었다. 깔끔하지만 생활감이 느껴지지 않았다. 실내를 파멸적으로 연출한 것은 죽음의 냄새? 아니면 그녀의 선입견?

만일을 위해 분리형 화장실과 욕조도 살펴봤지만 고양이 새끼 한 마리도 보이지 않았다.

역시.

그녀의 머리에서 가장 먼저 떠오른 말은 「역시」였다. 불길한 예감은 적중하는 법이다.

제2장 야상곡nocturne의 멜로디

역시 실내에는 아무도 없었다.

●

"없었다고? 잘 찾아본 거 맞아? 아리마, 화장실은? 혹시 샤워하고 있었다거나……."

보고를 받은 료쇼는 완전히 이성을 잃었다. 료쇼뿐만이 아니었다. 쇼코의 부재는 모두에게 최악의 가능성, 세 번째 살인을 연상케 했다. 사람들은 의혹과 혼란의 바닥으로 내동댕이쳐졌다.

"아뇨, 히류 씨는 방에 안 계셨어요."

아리마 형사는 면목 없다는 듯 사실을 말했다. 아오이, 류스이, 후몬지가 순서대로 일어나 료쇼에게 다가갔다.

"경부님! 얼른 흩어져서 찾아봐야 합니다."

"아니, 잠시만. 여러분, 자리에 앉으세요."

식당에 고스기 집사가 들어온 덕에 혼란이 일시적으로 가라앉았다. 집사가 당황한 기색이 아니었기 때문에 모두의 마음속에 일말의 희망이 싹텄다.

히라이 씨가 사정을 설명하자 고스기 집사는 놀란 기색으로 고개를 저었다.

"히류 씨는 어디에도 안 계셨습니다……. 객실에 계신 것 아닙니까?"

"객실은 이미 살펴봤습니다."

JOKER

아리마 형사가 보고하자 고스기 집사는 난처한 듯 눈썹을 찡그렸다.

"그러면 히류 님을 제외한 투숙객분들의 방은 다 조사하셨습니까? 사용하지 않는 객실도 세 개 정도 있는데……."

"바로 그거야! 아리마, 구로야. 흩어져서 각 객실을 살펴보고 와."

아리마 미유키와 그 옆에 대기하고 있던 근육질 형사 구로야 다카시는 고개를 끄덕이고 곧장 식당을 뛰쳐나갔다.

"경부님, 저희도 도와드릴게요. 이 성은 너무 넓잖아요. 경부님 부하들만으로는 시간이 오래 걸릴 거예요."

료쇼는 아오이의 제안을 거절했다.

"아뇨, 여긴 저희에게 맡기십쇼. 혼란을 막기 위해서라도 여러분은 한곳에 모여계셔야 합니다."

후몬지는 웬일로 반발하여 경부를 몰아세웠다.

"당신, 아직도 그런 말이 나와? 지금 상황 파악이 안 되냐고!"

나란히 선 료쇼와 후몬지를 보면서 류스이는 엉뚱한 생각을 했다. 이 두 사람, 체형이 너무 비슷하지 않은가?

삼류 추리소설도 아니고 료쇼와 후몬지가 사실 쌍둥이

제2장 야상곡nocturne의 멜로디

였다는 결말이 나올 리는 없을 것이다. 그건 그래도 두 사람은 체격이 거의 똑같았다. …… 긴박한 상황에서 류스이가 정체를 알 수 없는 위기감을 품을 만큼 두 사람은 실루엣이 비슷했다. 예술가artist는 언젠가 이 두 사람을 노리지 않을까?

류스이는 친애하는 선배를 걱정하지 않았다. 정확히 말하자면 걱정할 수 없었다. 그가 잘 아는 쇼코는 신중한 사람이다. 그녀가 예술가artist의 함정에 빠진다는 것은 류스이의 상식에서 크게 벗어나는 일이라 생각을 제대로 할 수 없었다. …… 아니, 어쩌면 그는 무의식적으로 최악의 가능성을 생각하지 않으려는 것뿐인지도 모른다.

객실 어디에도 쇼코가 없다면…….

- 히류 쇼코는 어디로 사라졌는가 -

●

"…… 일이 커졌네."

옆에 앉아있던 쓰쿠모 네무에게만 들리는 작은 목소리로 기리카 마이가 중얼거렸다. 투명감 있는 갈색 눈동자가 약간 흐려 보였다.

마이는 소거추리를 구사하는 탐정이다. 소거추리란 항상 모든 가능성을 고려해야 비로소 성립한다. 그래서 마이는 당연히 사건이 연쇄살인으로 발전할 가능성을

JOKER

검토했다. 하지만 표적으로 보이는 사람들이 추리소설가이기 때문에 내심 마음을 놓았다는 것을 부정하지 않을 수 없었다. 추리소설가라는 직업은 탐정과는 다른 의미로 범죄의 전문가이기 때문이다.

범죄에 통달한 사람들이니 자신에게 위험이 미칠지도 모르는 상황에서는 만전을 기할 것이다. 다들 그렇게 생각했고, 실제로 쇼코도 조심성 있게 행동했을 것이다.

아직 쇼코가 세 번째 피해자가 되었다고 판명된 건 아니다. 그러나 마이는 아마 살아있는 그녀를 더는 만날 수 없을 것이라는 체념을 느꼈다.

그건 그렇고 예술가artist는 어떻게 쇼코를 방에서 끌어냈을까? 그녀가 방문을 잠그지 않았던 걸까? …… 아니, 그럴 리가 없다. 그렇다면 예술가artist는 어떻게 쇼코가 문을 열게 했을까?

히라이 다로, 고스기 집사에게 시선이 모였다. 환영성 직원이라면 마스터키를 가지고 있을 것이다. 그렇다고 해서 예술가artist가 환영성 관계자라고 단정하는 것은 과한 지레짐작일까. 일단 쇼코를 노린 동기는……?

●

"일단 잠시만 더 기다려주십쇼. 아직 히류 씨가 살해당했다고 결론 난 건……."

제2장 야상곡nocturne의 멜로디

 자신을 찌르는 비난의 시선에 료쇼는 말실수를 깨닫고 재빨리 입을 막았다. 행방불명이 되었다고 해서 『살해당했다』는 표현을 쓰는 것은 수사반장으로서 과하게 경솔한 발언이다. 료쇼도 상당히 혼란스러운 모양이다. 낯빛에 초조함이 서려 있었다.

 경부를 무시하고 문으로 향하는 아오이, 후몬지, 류스이. 그들을 저지하듯 니지카와가 앞을 가로막았다.

 "다들 경부님 말씀대로 지금은 움직이지 않는 게 좋겠어. 괜한 의심을 사는 짓은 최대한 피해야지. 안 그래도 사태가 혼란스러운데."

 인망이 두터운 니지카와의 말은 경부의 말보다 영향력이 컸다. 일단 세 작가는 수긍하고 자기 자리에 돌아가기로 했으므로 폭발 직전이었던 긴장감은 조금 누그러졌다.

 셔츠 안으로 식은땀을 흘리던 료쇼는 말없이 니지카와에게 고마워했다. 그리고는 자리에서 말없이 가만히 있는 기리기리스에게 접근했다.

 "기리기리스 씨, 의견 따로 없으십니까?"

 예상 밖의 사태에 료쇼는 당황했다. 엉뚱한 곳에서 기습을 당한 것처럼 난처했다. 수사반장으로서 적절한 판단을 내려야 한다는 압박감과 자신이 할 수 있는 일의

JOKER

한계에서 느껴지는 분노 사이에서 갈등하고 있었다. 부하들의 보고를 기다리는 시간이 답답했다. 자연스럽게 자신에게 집중되는 모두의 시선이 진절머리 났다.

여태까지 자리의 분위기에 녹아들어 팔짱을 끼고 심사숙고에 빠져 있던 기리기리스는 냉엄한 표정을 그대로 유지하며 차분하게 말했다.

"일단 객실 조사 결과가 나오지 않는 한 아무것도……. 지금 단계에서 말씀드릴 건 아무것도 없습니다. 안타깝게도."

- 발소리다! -

복도 쪽에서 거센 발소리가 들려왔다.

식당 전체의 시선이 기리기리스에게서 문 쪽으로 옮겨졌다.

누군가가 복도를 달려왔다. 누구지? 료쇼의 부하? 아니면 히류 쇼코?

식당 문이 힘차게 열렸다!

창백한 안색으로 뛰어 들어온 사람은 료쇼의 부하도 쇼쿄도 아닌, 뜻밖에도 객실 담당자 마미야 데루였다.

그곳에 있던 모두의 시선이 그녀에게 모이는 와중에 히라이 씨가 데루에게 다가갔다. 데루의 얼굴은 한없이 창백하게 물들었다. 진심으로 겁을 먹은 모습이었다.

제2장 야상곡 nocturne의 멜로디

무심코 자리에서 일어난 기리기리스와 데루의 시선이 잠시 엇갈렸다. 숨을 헐떡이는 데루를 어떻게든 진정시키려고 히라이 씨가 그녀의 어깨를 가볍게 토닥였다.

"히라이 님······. 저, 저기, 저쪽에서."

완전히 혀가 꼬여 있었다. 어지간히 충격이 큰 모양이었다. 쇼코를 발견했나?

"왜 그래, 진정하고 천천히 말해봐."

아오이와 류스이는 동시에 주먹을 꽉 쥐었다. 그 순간, 그들은 친애하는 동지의 비보를 들을 각오를 굳혔다. 믿고 싶지는 않지만 모든 상황이 쇼코의 신변에 엄습한 재해를 가리켰다.

죽음이라는 녀석은 예의를 모른다. 언제나 뜬금없이 산 자의 문을 거칠게 두드린다. 시선이 겹친 아오이와 류스이. 두 사람의 눈동자 안에서 우주가 터졌다. 비애의 전류가 세계를 질주하면서 절로 몸이 떨렸다.

하지만 마미야 데루가 전한 소식은 그 자리에 있는 모두가 예상하지 못했던 것이었다.

"하나와 레이가······ 살해당했어요!"

아오이와 류스이의 어깨 힘이 탁 풀렸다.

살인을 창조하는 예술가 artist는 사람들의 의표를 찌르는 것을 어지간히도 좋아하는 모양이다. 녀석의 발상

JOKER

은 항상 평범한 이를 뛰어넘는다.

데루의 말을 듣고 히라이 씨는 식탁에 쓰러졌다.

제2장 야상곡nocturne의 멜로디

28 쌍둥이 자매의 시체

고스기 집사와 마미야 데루가 양쪽에서 식탁에 손을 얹고 푹 고꾸라진 히라이 다로를 붙잡았다.

"히라이 님, 정신 차리세요."

"말도 안 돼. 대체 왜, 하나와 레이가…… 어디야?"

"히라이 님, 그게."

"어디야, 데루!"

다들 히라이 씨가 이성을 잃는 모습을 처음 보았다. 하지만 바짝 긴장하지는 않았다. 갑자기 나타난 하나와 레이라는 이름에 당황한 나머지 상황을 파악할 수 없었다. 수사진도, 세 탐정도, 작가들도 다들 어찌해야 좋을지 알지 못한 채 그저 히라이 씨를 바라보았다. 그런 와중에 한 명, 아오이만큼은 어젯밤 직원 C와의 대화를 떠올리고 상상력을 발휘했다.

― 하나와 레이라는 쌍둥이 자매를 깜빡했네. 대체 하나와 레이는 누구지? C씨는 히라이 씨의 친딸 같은 존재라고 했는데. 친딸이 아니라면 정체가 뭐야? 게다가, 그래……. 도대체 어디에 사는 건지 알 수가 없어.

아무리 넓다지만 올해로 환영성 합숙도 세 번째이니

JOKER

료칸이 어떤 구조인지는 대강 안다. 아오이의 기억이 옳다면 쌍둥이 자매가 살 만한 장소는 어디에도 존재하지 않는다.

쇼코가 사라졌나 싶었을 때 존재할 리 없는 쌍둥이가 나타났다. 등장하기도 전에 목숨을 잃은 쌍둥이의 정체는 대체……?

히라이 씨의 추궁을 받고 마미야 데루는 떨면서 북동쪽을 가리켰다.

"저쪽에, 『심판의 방』쪽 중정에서."

그 말을 듣자마자 히라이 씨는 노구를 이끌고 식당 밖으로 달려 나갔다.

"자, 자, 자, 잠깐만요, 히라이 씨! 이봐요, 기다리십쇼! 히라이 씨, 잠깐만요!"

료쇼 경부가 허둥대며 뒤를 쫓았다. 기리카 마이, 쓰쿠모 네무, 기리기리스 다로, 아오이 겐타로, 다쿠쇼인 류스이, 후몬지 고세이가 그 뒤를 따랐다. 호시노 다에와 아이들을 고스기 집사에게 맡기고 니지카와 료도 사람들을 따라갔다.

쇼코가 살해당한 것이 아니었다는 안도감 탓인지 하나와 레이가 살해당했다는 소식에는 별로 충격을 받지 않았다. 하나와 레이라는 이름은 이 시점에야 처음으로

제2장 야상곡nocturne의 멜로디

사건의 표면에 떠올랐다. 아무도 존재를 몰랐으니 슬픔보다 먼저 놀라움이 온 것도 당연하다.

하지만 예삿일이 아니라는 예감이 모두의 발걸음을 재촉했다. 중정에 도착할 즈음에는 다들 히라이 씨를 따라잡았다. 역시 나이가 나이라 그런지 기리기리스만 혼자 뒤처진 채 달리고 있었다.

십자가에 가까운 형태의 환영성 본관을 기준으로 북동, 북서, 남동, 남서쪽에 있는 중정 중, 북동쪽 중정은 꾸밈새가 대단히 간소했다. 요사스러운 노란색으로 칠해진 『심판의 방』이라는 이름이 붙은 오두막 외에는 아무것도 없었다. 중정 입구에서 『심판의 방』 쪽으로 하얀 모래를 깐 길이 이어져 있다.

사람들은 성에서 빠져나와 중정으로 뛰어들었다.

자박, 자박, 자갈에서 소리가 났다. 중간에 합류한 형사들도 보였다.

"아아……. 으으윽…… 어떻게 이런 일이……."

중정을 달리던 히라이 씨는 어젯밤에 내린 비의 물기가 남은 자갈길 중간에서 갑자기 무릎을 꿇고 주저앉았다.

하얀 모래 자갈길, 『심판의 방』에 이르는 길 중간 부근에 새까만 덩어리가 나뒹굴고 있었다. 빨갛게 보이는 건…… 피인가?

JOKER

 히라이 씨는 71세지만 항상 위엄 있고 엄격한 분위기를 풍겼다. 하지만 지금 고개를 숙인 히라이 씨의 뒷모습에서는 생기가 전혀 느껴지지 않았다. 유약한 노인의 등이었다.

 히라이 씨를 쫓아온 사람들은 노인의 눈앞에 방치된 이형의 물체를 보고 저마다 놀라워하는 소리를 냈다.

 "이건…… 너무 끔찍해."

 몇 번 시체를 보았으니 이런 충격에는 면역이 생겼을 쓰쿠모 네무마저도 소리 없는 비명을 지르고 눈을 돌렸다.

 "대체 뭐 때문에 이런 짓을. 이것도 예술가artist의 짓인가. 아니면……."

 기리기리스가 겨우 사람들을 따라잡고 호흡을 고르며 모두의 의문을 종합했다. 갑자기 나타난 예기치 못한 참극에 료쇼 경부마저도 말을 잃었다. 그곳에 있는 것은 어떤 필연성도 없는, 이해의 범위를 초월한 오브제였다.

 자갈길 위에 포개진 두 구의 목 없는 사체. 생명을 다한 주검이 아마 하나와 레이일 것이다. 두 구의 사체는 접히고 포개져 있으며 그 위에 완전히 똑같은 두 개의 목이 얹어져 있었다. 움직이지 않는 눈동자로 모두를 보는 두 개의 목. 하나의 목은 입에 노란 꽃華을 물고

제2장 야상곡nocturne의 멜로디

있었다. 그 꽃이 사체를 더욱 징그럽게 만들었다.

8 ◎ 참수

예술가artist는 『구성요소 30항』을 하나씩 섭렵하고 있다……. 바로 하나와 레이…… 쌍둥이 검은 고양이의 사체였다.

마이는 사체 앞에 쪼그려 앉아 한쪽의 검은 고양이가 물고 있던 꽃을 관찰했다. 네무와 기리기리스도 양옆에서 사체를 들여다보았다. 비가 내린 탓인지 그리 강렬한 냄새는 풍기지 않았다. 희한하게도 계속 거기에 있는 사체를 보고 있으려니 사물로서 그리 위화감이 느껴지지 않았다. 죽음이란 그야말로 남의 일이었다.

동물의 죽음이라서 그럴 수도 있다. 어제 일어난 두 건의 살인에는 위험한 무드가 있었다. 하지만 오늘 일어난 두 건의 살묘는 강 건너 불구경에 가까운 골계가 있었다. 자신과 상관없는 영역에서 일어난 타자의 비극이기 때문에 우스꽝스럽게 보였던 걸까.

솔직히 말해 히라이 씨를 제외한 사람들은 이 살묘 사건에 대단한 충격을 받은 것 같지 않았다. 오히려 갑자기 사건의 스케일이 작아진 듯한 안도감 비슷한

JOKER

것마저 감돌았다. 두 고양이에게는 미안하지만 행방불명된 히류 쇼코의 안부가 더 걱정되는 것이 사람 마음이었다.

"마이 씨, 그 꽃은 뭐죠……?"

마이가 일어남과 동시에 사체를 보던 네무가 고개를 들면서 물어보았다. 포니테일이 살랑살랑 흔들렸다.

고양이가 물고 있던 노란 꽃은 언뜻 국화로 보이는데…….

"달리아야. 드라이플라워."

달리아는 국화과 다년초 식물이다. 원래 여름부터 가을에 걸쳐 피는 꽃이기 때문에 이 시기에 있다는 것은 당연히 드라이플라워라는 뜻이다. 단단해진 꽃잎만 보아도 알 수 있다.

마이는 추궁하듯 기리기리스를 보았다. 기리기리스는 고개를 끄덕이고 그녀가 하고 싶은 말을 대변했다.

"달리아의 꽃말은 『화려華麗』. 하나華와 레이麗 살해 사건과 관련이 있는 건가……. 그보다, 마이. 자네는 당연히 알아챘겠지. 저 꽃잎 상태를."

그 말을 듣고 네무는 서둘러 사체를 다시 보았다.

"둥근 구멍이 뚫려 있어. 송곳으로 뚫은 것 같은데 무슨 의미가 있을까."

제2장 야상곡nocturne의 멜로디

달리아 꽃잎 하나에는 둥근 구멍이 깔끔하게 뚫려 있었다. 아무리 보아도 우연히 생긴 것이 아니다. 분명히 작위적인 흔적이다.

그건 그렇고 쌍둥이 고양이는 어째서 살해되었는가?

『추리소설 구성요소 30항』에 『꽃말』은 없었다. 달리아의 의미는 무엇인가. 어제의 살인범과 동일 인물인지 아닌지는 아직 알 수 없지만 이 살묘범은 무슨 생각을 한 걸까?

검은 고양이의 사체를 둘러싸듯 인간 띠가 형성되었다. 고작 고양이라고 가볍게 여기는 걸까. 료쇼는 딱히 주의도 주지 않았다. 객실을 조사하던 형사들의 보고를 받는 중이라 그럴 상황도 아니었다. 모든 객실에 쇼코는 없었다고 한다.

그렇다면 히류 쇼코는 어디로 사라졌는가?

살인을 다루는 부서 입장에서는 살묘사건보다 어제 사건의 용의자이기도 한 쇼코의 행방을 찾는 것이 급선무다.

"겨, 경부님! 이런 게 있습니다!"

구로야 다카시 형사가 『심판의 방』 문 앞에 서서 외쳤다. 그의 절박한 목소리에 긴장감이 돌아왔다. 구로야는 『심판의 방』 문을 가리켰다. 잘 보니 문에 어떤 쪽지가

JOKER

붙어 있었다. 시력이 좋은 구로야는 그것을 가장 먼저 알아채고 인간 띠에서 빠져나와 살펴보러 간 것이다.

료쇼에 이어 사람들이 자갈길을 달려 『심판의 방』 앞에 모였다.

문에는 한 장의 작은 쪽지가 붙어 있었다.

…… 다음과 같은 내용이었다.

> 심판은 내려졌다.
>
> 예술가artist

제2장 야상곡nocturne의 멜로디

29 닫힌 문

하나와 레이를 인간인 것처럼 묘사하면 동물 트릭이 쉽게 성립될 것이다. 미야마 가오루의 성별 트릭과 마찬가지로 이때의 동물 트릭은 독자가 오해하게끔 설계된 트릭. 서술 트릭이다.

23 ◎ 서술 트릭
25 ◎ 동물 트릭

이리 하여 『추리소설 구성요소 30항』 중 12가지 항목이 일찌감치 이뤄졌다.
- 역시 예술가artist는 『구성요소』를 섭렵할 작정인가 보군.

아오이가 품고 있던 예감은 이미 확신으로 바뀌었다. 이번 쌍둥이 고양이 살해도 류스이가 『화몰』에서 동물 트릭을 사용하게끔 하려는 의도로 일으켰을 가능성이 있다.

다만 신경 쓰이는 점은 『밀실』이나 『알리바이 공작』, 『다잉 메시지』 등, 보편적이고 메이저한 구성요소가 아

JOKER

직 사용되지 않았다는 점이다.

예술가artist의 살인계획은 어디까지 짜여 있는가?

어쩌면 이 사건은 진짜 의미로 이제 시작했는지도 모른다……. 고양이 사체를 보면서 아오이가 그런 생각을 하던 사이, 구로야의 목소리가 들려왔다.

『심판의 방』을 향하면서 아오이는 불길한 예감에 몸이 굳어버렸다.

●

"경부님, 대체 이게 뭐죠?"

노란색 일색의 목조 오두막인 『심판의 방』을 조사하던 료쇼 옆에서 구로야가 당황한 투로 물었다. 료쇼 주위에서 모두가 불안하게 상황을 살폈다.

"제길! 잠겨있잖아."

『심판의 방』은 잠겨있었다. 아무리 밀고 당겨도 꿈쩍하지 않았다.

"히라이 씨!"

료쇼의 목소리에도 히라이 다로는 살짝 고개만 들었을 뿐이다. 그는 아직 자갈길 위에서 멍하니 있었다. 한동안은 저 상태로 있을지도 모른다. 그에게는 고양이의 죽음이 상당한 충격일 것이다.

"제가 열쇠를 가지고 오겠습니다."

제2장 야상곡nocturne의 멜로디

 고스기 집사가 성으로 달려갔다. 그의 뒷모습을 보는 사람들의 표정은 복잡하게 일그러져 있었다.
 "출입이 가능한 건 문밖에 없나 보네."
 『심판의 방』을 빙 둘러본 마이가 냉정하게 말했다. 대체 이 오두막 안에서 무슨 일이 있었던 걸까……? 가능하면 상상하고 싶지 않은 부분이다.
 "니지카와 씨, 설마……."
 후몬지가 절박한 시선으로 니지카와를 보았다. 니지카와는 시선을 오두막에 고정한 채 침묵을 지키고 있었다. 대화를 나누는 행위로 인해 불안이 구현되는 것이 두려웠는지도 모른다.

●

 어디선가 음울한 새소리가 들려왔다. 붉은 성과 성벽에 둘러싸인 곳. 눈앞에는 노란색 일색의 기분 나쁜 오두막. 하얀 모래 자갈길 위, 목 잘린 쌍둥이 검은 고양이 사체……. 이 조합이 이루 말할 수 없는 불안감을 증폭시켰다.
 1초가 1년처럼 느껴질 만큼 길고 긴 무음의 시간이 흘렀다. 아무도 입을 열지 않았다. 각자 속으로 다양한 생각을 했다.
 "……오래 기다리셨습니다."

JOKER

드디어 고스기 집사가 열쇠 다발을 가지고 돌아온 순간, 누군가가 휴, 한숨을 쉬었다. 팽팽했던 분위기가 풀리면서 아주 잠시 세계에 질서가 회복되었다.

하지만 료쇼 경부가 열쇠 하나를 받으면서 다시 무겁고 가라앉은 분위기가 자리를 지배하기 시작했다.

료쇼의 손에 시선이 집중되었다. 열쇠가, 신중하게 열쇠 구멍에 삽입되었다.

찰칵……

명료한 감각이 느껴졌다. 무사히, 문의 잠김이, 풀린 것 같았다.

"어떻게 된 거야, 안 열리잖아."

료쇼의 목소리에서 짜증이 배어났다. 여러 번 반복해도 결과는 같았다. 문은 닫힌 채 그대로였다.

"제가 한번 해보겠습니다."

고스기 집사가 나섰다. 집사는 열쇠를 오른쪽으로, 왼쪽으로 돌리고 문을 당기고 미는 등 이리저리 시도해도 결과는 마찬가지였다. 『심판의 방』은 침묵을 지켰다.

"어떻게 된 거죠? 고스기 씨."

안경을 추어올리면서 류스이가 물었다. 잠금이 풀렸는데도 문이 열리지 않았다. 부조리한 현상에 명확한 해답을 요구하는 시선이 한데 모여 고스기 집사에게 꽂혔다.

제2장 야상곡nocturne의 멜로디

집사는 문을 보고 의미심장한 표현을 썼다.

"『심판의 방』에는 내부에서만 쓸 수 있는 열쇠가 있습니다. 이 문은 안에서 문이 잠겨있어요. 아무래도 안에 사람이 있는 모양입니다……."

문이 잠긴 방, 밀실.

밀실 안에서 예술가artist는 어떤 심판을 내린 것인가?

히류 쇼코는 과연 『심판의 방』 안에 있는가?

JOKER

30 첫 번째 밀실

"이 『심판의 방』 밖에서 특정한 트릭으로 문을 잠글 수는 없는 겁니까?"

"안쪽에 있는 건 어떤 잠금쇠죠?"

동시에 질문을 꺼낸 마이와 료쇼의 시선이 잠시 교차했다. 집사는 복잡한 표정으로 쌍방의 의문에 답했다.

"히라이 씨의 취향에 맞춰 제작된 세자릿수 숫자 자물쇠입니다. 비밀번호는 5·6·4,『살해[8]』입니다. 숫자 자물쇠는 아시는 바와 같이 각 숫자를 조합하여 해제하는 겁니다. 바깥에서 그렇게 복잡한 조작은 불가능합니다."

『심판의 방』문은 단단히 잠겨있었다. 문과 벽 사이에는 틈이 없다. 바늘이나 실을 사용하는 진부한 트릭은 구사할 수 없을 것이다.

"잠깐 그 열쇠 빌려주실 수 있나요?"

마이가 집사에게 손을 내밀었다. 정말로 문이 잠겼는지 아닌지 조사할 요량인 듯하다. 문이 잠긴(것 같아 보이던) 밀실이 사실은 증언자의 거짓말이었다는 시시한

---

[8] 일본어로 5는 '고', 6은 '로쿠', 4는 '시'로 읽을 수 있는데, '고로시殺し'는 살인을 뜻한다.

제2장 야상곡nocturne의 멜로디

트릭도 과거에 사례가 있다. 그렇게 되면 수사를 담당하는 경찰과 마찬가지로 탐정도 책임을 추궁당한다. 작자의 도구가 되어 추리소설 속에서 우스꽝스러운 짓을 하는 어리석은 탐정들의 전철을 밟지 않기 위해서라도 마이가 직접 확인하는 것은 현명한 판단이다.

 - 하지만 -

아무리 용을 써도 역시나 문은 열리지 않았다. 틀림없이 안에서 문이 잠겨있다.『심판의 방』입구는 이 문 하나뿐이니 자동으로 안에 사람이 있다는 뜻이다.

사건관계자는 모두 모여 있으므로 예상되는 사람은 한 명밖에 없다. 물론 히류 쇼코다.

안에 숨어있는 사람이 쇼코가 아니라면 그 인물(예술가?)은 완전한 외부자가 되는데, 그럴 가능성은 별로 없다.

아오이와 류스이를 비롯해 몇 명이 문을 두들기고 쇼코의 이름을 부르며 내부의 반응을 유도했지만…… 답은 없었다.

드라마라면 이런 상황에 누가 딱 맞춰서 몸통 박치기로 문을 부쉈을 테지만 현실은 그리 녹록지 않았다. 단단하고 두꺼운 문은 몸통 박치기 정도로는 도저히 부서지지 않을 것 같았다. 사람들은 어찌할 바 모른 채 공포에

JOKER

가까운 불쾌한 감정을 느끼기 시작했다.

안에서 잠겼다는 것은 쇼코는 살아있을 가능성이 크다는 뜻이다. 그렇다면 어째서 그녀는 문을 열지 않는 것인가. …… 아니, 애초에 그녀는 왜 『심판의 방』에 콕 박혀 있는가?

- 쇼코는 혼자가 아닌 건가?

쇼코가 예술가artist에게 사로잡혀 범인과 함께 『심판의 방』에 감금된 것은 아닐까?

특정한 이유로 쇼코가 혼자서 숨어있든, 예술가artist가 쇼코를 감금하고 안에 숨어있든, 이 침묵은 불편했다.

안에 있는 사람은 지금 어떤 심경일까?

망연자실한 사람들 뒤에서 히라이 씨의 목소리가 들려왔다.

"『무구武具의 방』에 있는 쇠도끼를 쓰시오."

히라이 씨는 제정신을 되찾았는지 힘없이 일어났다. 그러나 조금 전의 초췌함이 믿기지 않을 만큼 바른 걸음걸이로 『심판의 방』을 향해 자갈길을 걸어왔다. 그의 안색은 상당히 좋아졌다. 하지만 그 이면에, 그의 눈동자에는 증오와 귀기 서린 분노의 감정이 있었다.

"그런데 괜찮으십니까, 히라이 씨. 문을 망가뜨려도……."

제2장 야상곡nocturne의 멜로디

 늙은 남자의 박력에 위축된 료쇼는 저도 모르게 저자세를 취했다. 다른 사람들도 마찬가지였다. 히라이 씨를 건드리기만 해도 화상을 입을 것처럼 모두가 노인에게 길을 터주며 뒤로 물러났다.

 "미친 예술가를 잡을 수만 있다면……."

 그는 강한 어조로 분명하게 말했다. 뜨거운 빛을 뿜어내는 눈동자 안에는 타오르는 증오의 화염이 보일 것만 같았다.

 쌍둥이 고양이가 살해당한 것만이 원인은 아닐 것이다. 자신이 사랑하는 이 환영의 성에서 거리낌 없이 연거푸 범행을 저지르는 예술가artist의 광기 전부를 증오하는 것이 틀림없다.

 료쇼의 신호를 받고 고스기 집사에게서 『무구의 방』 열쇠를 받은 구로야 형사는 근육질 몸을 성으로 옮겼다.

●

 히라이 다로는 인간혐오자다.

 어린 시절부터 자아ego의 결정체나 다름없는 인간이라는 동물을 혐오했다. 그리고 자신이 그 일원이라는 사실에 몸서리치는 죄악감을 느꼈다.

 자연의 힘, 세계의 섭리 앞에서는 보잘것없는 존재임에도 신의 선택을 받은 백성이라고 착각한 나머지 자기들이 신 그 자체라고 착각하는 모자란 생물.

인간이 할 수 있는 일은 한계가 있음에도 인류에 불가능한 것은 무엇 하나 없다는 망상을 품은 원숭이들. 종교 단체의 세뇌를 비난하면서 자기들이 사회에 세뇌되었다는 걸 알아채지 못하는 가련한 어린 양들……. 정보화 사회란 말하자면 세뇌화 사회다. 세계에 차고 넘치는 정보에 희롱당할 뿐, 스스로 생각하는 법을 모르는 인간들은 아무런 근거도 없는 소문을 진짜라고 받아들인다. 울트라맨의 존재를 굳게 믿는 아이와 전혀 다른 바가 없다.

– 거만 떨지 마라! 착각하지 마라! 주제를 알아라!

젊은 시절에는 인류를 향해 그렇게 외치고 싶었다. …… 물론 기본적인 자세는 지금도 굳건하다. 그러나 나이를 먹으면서 투쟁심은 마모되고 철학은 형태가 바뀌었다.

세계의 온갖 곳에는 수수께끼가 넘친다. 그리고 인간은 수수께끼를 풀기 위해 살아간다. 하지만 수수께끼에 포위되었다는 사실을 깨달으면 깜짝 놀라 자기 자신을 잃는다. 무언가를 믿어야만 살 수 있는 세계에서 아이덴티티를 잃는 것이다.

히라이 다로의 친구들도 옛날에는 그와 마찬가지로

제2장 야상곡nocturne의 멜로디

자기 생각을 믿고 꿋꿋하게 살았다. 기존의 종교와 철학을 부정하고 자기들만의 철학(이라는 환상)을 믿으며 인생의 어둠 속을 행진했다.

하지만 대부분은 세월과의 싸움에 패배하여 세계의 시스템에 편입되는 것을 감수했다.

동세대 지인이 한 명, 또 한 명 죽어갔다. 다음은 어쩌면 자기 차례인지도 모른다는 불안이 강해지면서 친구들은 결국 맹신을 용인하고 종교로 흘러갔다. 그리하여 어느샌가 무종교를 유지하고 부평초처럼 사는 사람은 히라이 다로 단 한 명뿐이었다.

히라이 다로는 온갖 『차별』을 뿌리치고 온갖 이름표를 『없다』고 생각하면서 세계의 모든 것을 사랑하게 되었다.

직원들에게 알파벳 명찰을 달아준 이유도 이름에 따른 개인차를 없애기 위해서다. 이와 반대로 그는 친구(그는 절대 애완동물이라고 하지 않는다)인 쌍둥이 검은 고양이에게 『히라이 하나』, 『히라이 레이』라는 인간적인 이름을 붙였다.

어떤 의미에서 그는 세상의 속박에서 벗어나는 것에 과하게 집착했다. 속박되지 않아야 한다는 철학에 속박되었다.

하지만 지금은 상관없는 일이다.

JOKER

『히라이 다로』라는 이름에도 저항감이 있었다. 성도 이름도 전부 평범하다. 전국에 동명이인이 얼마나 있을까. 실제로 유명 추리소설가 에도가와 란포의 본명도 『히라이 다로』 아닌가. 이름이란 개인을 나타내는 기호다. 하지만 웬만한 사람들은 부모가 마음대로 붙인 이름을 평생 간판으로 여기고 살아간다……. 그런 세계의 법칙에 부조리를 느낀 것도 옛날 일이다. 현재 그는 생각을 명쾌하게 정리했다.

타인이 그를 『히라이 다로』라고 부르는 것은 별 상관없다. 커뮤니케이션에는 호칭이 필수다. 그러니 다른 이들이 자기를 『히라이 다로』로 인식하는 것을 말릴 생각은 없다. 어차피 이름을 바꿔도 호칭은 필요할 테니까. 『당신』이나 『그』도 호칭의 일종이다. 타인과 함께 살아간다면 호칭의 속박에서 벗어날 수 없다. 다만 그는 자기 자신을 『히라이 다로』라고 생각하지 않았다.

- 나는 단순한 노인인가? …… 사람? …… 아니야. 나는 단순한 생물이야. 이름 따위 필요 없어.

세상으로부터 격리된 육지의 고도孤島에 환영성을 세워 현세의 울타리를 버리고 꿈 같은 세계에서 그는 살아간다. 사람은 혼자 살 수 없다. 그리고 요즘 시대는 돈 없이 살 수 없다. 그래서 그는 최소한의 인간관계를 감수한다.

제2장 야상곡nocturne의 멜로디

『환영성』이라는 그의 이상향을 함께 지켜주는 직원들, 미스터리라는 밤꿈을 사랑하는 이(투숙객)들과의 커뮤니케이션은 (한정되었기 때문에) 불쾌하지 않았다.

…… 하나와 레이는 그의 둘도 없는 친구들이었다. 말이 안 통한다는 것이 오히려 장점으로 작용하여 노인의 고양이 사랑은 더 깊어졌다. 인간이 동물의 길을 잘못 들어선 이유도 『말』이라는 도구 탓이다. 말이 없는 곳에서 그는 단순한 동물로 돌아가 고양이들과 즐겁게 지낼 수 있었다.

히라이 다로는 자기 자신처럼 하나와 레이를 사랑했다. 그래서 쌍둥이 고양이가 살해당했을 때 슬픔에 빠졌다. 하지만 역시나. 다른 사람들은 고양이가 죽어도 크게 관심을 가지지 않았다. 뭐야, 그냥 동물이 죽은 거잖아. 그런 느낌이었다.

그는 오랜만에 젊음을 되찾고 분개했다. 하나도 레이도 그에게는 인간 따위보다 훨씬 소중한 존재였다……. 인간은 자신이 동물(단순한 생물)임을 잊은 채 때때로 우쭐거리며 다른 생물을 얕본다. 그가 이만큼 화가 난 것은 동물을 즐겨 먹는 주제에 동물애호협회 등에서 생명의 정의를 부르짖는 인간들을 본 이후로 오랜만이었다.

- 거만 떨지 마라! 착각하지 마라! 주제를 알아라!

JOKER

 영혼의 밑바닥부터 쥐어짜 낸 증오의 외침. 이번에는 인류를 향한 외침이 아니다. 그가 모든 악의 근원으로 여기고 증오하는 것은 오만한 인간의 상징적인 존재, 예술가artist다.
 예술가artist를 붙잡기 위해 『히라이 다로』는 그 한 몸 다 바쳐 경찰과 탐정에게 협력하기로 했다.

●

 "그러면 여러분, 다들 뒤로 물러나세요."
 구로야 다카시 형사가 『무구의 방』에서 가져온 쇠도끼를 쳐들었다. 사람들은 멀찍이 서서 형사를 지켜보았다. 근육질인 그에게 적격인 임무다.
 료쇼가 고개를 끄덕임과 동시에 쇠도끼가 맹렬하게 휘둘렸다. 퍼억! …… 『심판의 방』 문의 파편이 튀었다.
 한 번, 두 번……. 문은 상당히 두꺼웠다. 세 번, 네 번, 다섯 번…….
 나무꾼처럼 문을 부수는 데 전념하는 구로야. 그의 이마에 땀방울이 맺히기 시작했을 즈음에서야 문에 구멍이 났다.
 모두가 『심판의 방』 문을 주목했다. 당연하게도 문에 구멍을 내는 사이에 아무도 실내에서 나오지 않았다.
 료쇼 경부가 부서진 판자를 뜯어내고는 안으로 사라졌

제2장 야상곡nocturne의 멜로디

다. 마이와 기리기리스도 곧장 뒤를 따랐다.

"…… 이게 어떻게 된 거야?"

료쇼 경부는 내부의 광경을 목격하고 그렇게 말할 수밖에 없었다. 천장에 달린 전등이 내부의 참상을 비추고 있었다. 원형 전등의 빛은 조금 약한 편이었다. 실내 한가운데에 뿌연 스포트라이트가 비치는 것 같았다.

그녀는 검고 가느다란 천으로 눈이 가려진 채 죽음의 의자에 앉아있었다. 스포트라이트의 중심, 『심판의 방』 가운데에 자리 잡은 전기의자. 그곳에 감전사한 히류 쇼코가 앉아있었다.

실내를 둘러보았다. 벽에는 미켈란젤로의 『최후의 심판』 복제화가 걸려 있었다. 그 외에는 소파나 책장 등, 간소한 가구가 놓여있을 뿐이다. 넓이가 4평 정도라 실내가 한눈에 들어왔다.

실내에는 그들 외에 아무도 없었다.

출입구는 단 하나, 구로야가 쇠도끼로 부순 문뿐이었다. 그리고 그 문은 안쪽에서 숫자 자물쇠로 잠겨있었다. …… 그러나 아무도 없었다.

숨을 곳도…… 비밀의 문도…… 도망치기 위한 작은 틈도…… 기계 장치가 설치되었을 가능성도…… 여기에는 존재하지 않았다.

JOKER

 우리가 예술가artist의 능력을 과소평가한 것 아닐까? 어쩌면 우리는 굉장한 적과 맞서고 있는 것은 아닐까?

 모두가 그렇게 생각했다.

 히류 쇼코의 죽음은 물론이고, 그보다 훨씬 놀라운 점은 『심판의 방』 안에 살아있는 사람이 아무도 없다는 엄연한 사실이었다.

 마이는 난감해하는 조수 네무를 보면서 경애하는 그녀의 의붓오빠 쓰쿠모 주쿠를 생각했다. 초월적인 밀실의 수수께끼와 주쿠의 속세를 초월한 분위기가 신기하게도 깔끔하게 겹치는 것 같았다. 상식의 이해를 초월한 탐정이라면 이 밀실 트릭을 어떻게 풀까?

 …… 하지만 쓰쿠모 주쿠는 여기에 없다. 불가사의한 수수께끼를 풀 책임은 마이를 비롯한 수사진에 있다.

 아지로 소지의 예언이 맞았다. 환영성 살인사건은 두 건의 살인으로 끝나지 않았다. 앞으로 계속될지도 모른다. 진심으로 수사에 임하지 않으면 예술가artist에게 승리할 수 없을 것이다

 기리카 마이처럼 그 시점에 '나'도 그렇게 생각했다는 것을 '당신'에게 고백하겠다. 사건이 끝나고 나서 돌이켜 보아도 한 사람이 계획하고 실행한 범죄 중에서 이 환영성 살인사건만큼 의외의 진상에 다다른 사건은 전무후무

제2장 야상곡nocturne의 멜로디

하지 않을까 한다. 지금도 '나'는 그렇게 생각한다.

환영성 살인사건의 범인인 예술가artist는 한 명이며 '나'의 이야기에 등장한 인물이다. 하지만…… 아마 '당신'은 진상을 간파할 수 없을 것이다. 그 이유를 지금은 말하지 않겠다. 앞으로 계속될 이야기 속에서 조금씩 밝혀질 테니까.

어쨌든 환영성 살인사건은 마지막의 마지막의 마지막까지 방심할 수 없는 사건이다. 막이 완전히 내려갈 때까지 추리하면서 이야기를 들어주길 바란다.

'나'의 이야기에 귀를 기울이면서 '당신'은 진상을 간파할 수 있을까?

명탐정인 '당신'에게 기대를 걸어본다.

●

『심판의 방』에서 발견된 히류 쇼코의 시체.

4 ◎ 밀실

지금 이곳에 나타난 완벽한 밀실.

…… 그것은 화려한 살인예술의 첫 작품에 불과한지도 모른다.

JOKER

제3장 수수께끼 탐정

내일 일은 아무도 모른다.
내일을 생각하면 우울할 뿐.
제정신이라면 이 순간을 헛되이 하지 마라,
두 번은 없는 목숨, 얼마 남지 않았다.

제3장 수수께끼 탐정

31 삼성송三聖誦sanctus

　살인이 세 번 연속 일어났다.
　『심판의 방』에 놓인 전기의자는 과거에 미국에서 실제로 사용되었다. 위험하지 않도록 내장전지battery를 떼어내고 자물쇠가 달린 안전장치를 붙여 관상용으로 놓은 것이다.
　그런데 예술가artist는 안전장치를 제거하고 새로운 내장전지battery를 달아 실제 흉기로, 죽음의 의자로 사용했다.
　과거에 얼마나 많은 목숨을 앗아갔을까? 지금까지 합숙에서 전기의자를 몇 번 본 적이 있는 사람도 쇼코가 이 물건으로 살해당할 줄은 몰랐으리라. 사람들은 진실을 앞에 두고도 좀처럼 받아들일 수가 없었다. 그들이 아는 전기의자는 이미 죽음의 의자가 아니었기 때문이다. 사람을 해치는 힘을 상실해버린, 단순히 역사적인 의자이기 때문이다.
　예술가artist는 살인의자murder chair에 생명을 불어넣어 자신의 살인예술을 위한 도구로 삼았다. 그건 그렇고…… 예술가artist는 어떻게 『심판의 방』에 침입해서

JOKER

어떻게 탈출했는가?

이른 아침 성을 순찰하는 고스기 집사는 통상적으로 중정에 있는 『심판의 방』은 확인하지 않는다. 『심판의 방』은 기능이 정지된 전기의자가 도난당하지 않도록 항상 잠겨있다.

투숙객의 요청이 있을 때만 직원을 동반하여 『심판의 방』 견학이 허용된다. 『심판의 방』이 열리고 닫히는 것은 그때뿐이며 평소에는 사용되지 않는다. 그런 이유로 쇼코의 시체 발견이 늦어졌는데…….

다시 말해 예술가artist는 엄중히 관리되던 『심판의 방』 열쇠를 가져올 수 있는 인물, 또는 여태까지 복제 열쇠를 만들 기회가 있던 인물이다.

히류 쇼코는 전기의자에 사지가 고정되어 있었다. 그리고 전기의자는 의자 뒤쪽에 달린 레버를 OFF에서 ON으로 움직여야 전기가 흐르는 식이다. 몸을 움직일 수 없던 쇼코가 스스로 레버를 당길 수는 없으므로 예술가artist는 범행 시에 실내에 있어야 한다.

하지만 수사진이 『심판의 방』에 들어온 시점에 예술가artist는 분명히 실내에 없었다.

『심판의 방』에는 전등이 있으므로 일단 전기는 통한다. 하지만 전기의자는 내장전지battery로 돌아간다. 그

제3장 수수께끼 탐정

래서 미리 차단기를 내려 정전상태로 만든 다음에 레버를 ON으로 하여 차단기를 올리는 트릭도 쓸 수 없다.

 죽음의 방은 완벽한 밀실 상황이었다.

「제3번째 시체」　10월 27일-Ⅰ

● 히라이 하나
쓰는 손=? 직업=고양이 성별=여자 나이=4

「제4번째 시체」　10월 27일-Ⅱ

● 히라이 레이
쓰는 손=? 직업=고양이 성별=여자 나이=4
시체 발견 현장 ◎ 중정(북동쪽) 자갈길

현장 상황
1 ◎ 두 마리 모두 목이 절단된 상태였다.
2 ◎ 두 구의 사체는 포개어진 상태였으며 목 두 개가 얹어져 있었다.
3 ◎ 머리 하나는 입에 달리아 드라이플라워를 물고 있었다.

●

JOKER

「제5번째 시체」
10월 27일 - ⅠⅠⅠ

●히류 쇼코(본명=나루세 쇼코)
쓰는 손=왼손 직업=추리소설가 성별=여자 나이=26
시체 발견 현장 ◎「심판의 방」

현장 상황
1 ◎ 피해자는 전기의자로 살해당했다. 사인은 감전사다.
2 ◎ 시체는 사형수처럼 눈이 검은 천으로 가려진 상태였다.
3 ◎ 현장은 안쪽에서 잠겨있었으나 실내에는 아무도 없었다.

●

기리기리스는 객실 창을 통해 중정을 보면서 담배 hope를 피우고 있었다. 창가의 탁상에 놓인 재떨이에는 반쯤 피운 꽁초가 네 개 있었다.

기리기리스의 추리는 사건으로부터 거리를 두고 전체상을 부감하여 흐르는 대로 추리를 전개하는 부감유고다.

부감유고로는 사건에 깊이 파고들면 절대 알 수 없는 것이 보인다. 사실과 사실의 복잡한 연결도 전체적으로

제3장 수수께끼 탐정

파악할 수 있다……. 적어도 항상 그래왔다.

…… 하지만 이번 사건은……

저 멀리 높은 곳으로 날아가 사건을 볼 수가 없었다. 자신을 환영성에서 떼어내어 사건을 조감하는 그것이 도무지 불가능했다.

원인은 명백하다. 바로 마미야 데루다.

마미야 데루는 기리기리스의 죽은 아내인 가노와 몹시도 닮았다. 그냥 닮은 것이 아니라 가노가 만약 살아있었다면 이런 느낌이지 않을까 하는 용모다.

『데루=가노』일 가능성은 없는가? 그런 바보 같은 생각도 해봤다. 그러나 기리기리스는 그런 추리를 믿을 만큼 미치지는 않았다. 가노의 시체는 기리기리스가 눈으로 똑똑히 확인했다. 그녀는 이미 이 세상 사람이 아니다. 데루와 가노의 유사함도 타인의 유사함에 불과한 걸까……. 그렇지만…….

사건으로부터 자신을 멀리 떨어뜨려 부감유고를 발동하려 해도 마미야 데루의 그림자가 그의 발목을 꽉 쥐어 높은 곳으로 날아갈 수 없었다. 과거를 정리하기 위해 온 곳에서 과거와 재회한 셈이다. 기리기리스는 아이러니를 느낄 수밖에 없었다.

- 그래. 운명이란 항상 아이러니하지. 나는 운명의

JOKER

거대한 힘 앞에서 항상 무력했어.

4년 전의 사건이 떠올랐다…….

그때도 그는 음산한 사건의 소용돌이에 휘말려 아무것도 할 수 없었다. 굴욕적이게도 아무런 저항도 못 하고 아내와 파트너를 잃었다. 범인보다는 오히려 자신의 무능함이 견딜 수 없이 분했다.

그 사건 이후로 기리기리스는 자진하여 JDC 총재 아지로 소지에게 제2반으로 강등시킬 것을 요청했다. JDC 창설 멤버이자 과거에 『아지로의 팔』이라는 별명까지 있던 기리기리스에게도 세월은 잔혹했다. 그즈음 통찰력의 저하와 영감의 고갈이 현저히 느껴졌다.

기리기리스는 현재의 자신과 비교하면 차라리 JDC 제7반 젊은이들이 보다 도움이 되리라고, 자신이 제1반…… 아니, JDC의 간판에 먹칠하고 있다고 생각했다. 탐정이란 사람의 생사를 좌우하기도 하는 직업이다. 슬슬 제일선에서 물러날 시기다.

흉악범죄와의 격투를 그만두고 노후에 뿌리 찾기에 전념할 것인가. 『기리기리스 다로』라는 가명을 사용한 기억을 잃기 전 자신의 정체를 알아내는 여행에 나설 것인가.

멍하니 중정을 시야에 담아두면서 우울하게 허공을

제3장 수수께끼 탐정

바라보던 기리기리스는 노크 소리를 듣지 못했다.

"실례합니다. 기리기리스 씨, 여기 계세요?"

마이가 조심스럽게 입구에서 고개만 내밀어 기리기리스를 발견하고는 웃으며 방으로 들어왔다. 뒤에는 네무도 있었다. 세 사람은 인사를 나눴다.

기리기리스는 기리카 마이를 좋아한다. 기리카 마이라는 여자를 연애 상대로 좋아하는 게 아니라 한 인간으로서 기리카 마이라는 개인이 좋았다.

무엇이 계기였는지는 기억이 안 나는데 언젠가 기리기리스는 마이의 성장배경 이야기를 들을 수 있었다. 자신과 비슷한 상황에 놀라워하며 그날 밤은 둘이서 날이 새도록 술잔을 기울였다.

기리카 마이도 자기 존재의 뿌리를 알지 못한다. 여태까지 살아오면서 힘든 일을 많이 겪어온 모양이다. 그녀는 세계를 상실할 뻔한 적도 있었다고 말해주었다.

하지만 마이는 어두운 감정을 『소거』하여 표면적으로 항상 밝게 행동했다. 그것이 기리기리스에게 좋은 인상을 주었다. 용모도 성격도 전혀 비슷하지 않지만 정신적 외상trauma을 사랑하며 강하게 살아간다는 점은 기리기리스와 옛 파트너 아리토 가가미有戶香々美와 빼닮았다.

마이의 얼굴에는 항상 날카로움의 그늘에 우울함이

담겨 있었다. 그것이 정체 모를 분위기를 자아내어 그녀를 매력적으로 연출했다.

포니테일로 머리를 묶은 쓰쿠모 네무는 발랄함과 상냥함의 결정체다. 하지만 누구에게나 공평한 상냥함 속에 범죄를 증오하는 매서움이 있다는 것을 기리기리스는 잘 안다. …… 딱히 이들만 그렇지는 않다. JDC 제1반에 속한 탐정 중 모종의 격렬함을 가지지 않은 이는 없다. 열정이라고 바꿔 말해도 좋다. 어느 사회에서나 경쟁의 계단을 올라가는 이에게는 열정의 동력로가 있다.

기리기리스는 마이와 네무의 눈동자에 숨겨진 강건함을 시선을 통해 고맙게 받았다. 그렇게 감정을 정리하고는 피고 있던 담배hope(아마 재가 길어졌을 것이다)를 재떨이에 비벼 끄고 자세를 고쳤다.

"새로운 사실이라도 나왔나……?"

"아뇨. 아까 JDC 본부에 연락했더니 류구 씨가 이리로 온다네요. 홋카이도 사건을 해결했나 봐요."

"류구가…… 이 환영성에?"

기리기리스의 얼굴에 갑자기 생기가 돌았다. 마이가 쓰쿠모 주쿠라는 탐정을 경애하는 것과 마찬가지로 기리기리스는 류구 조노스케를 숭배한다.

조금(?) 특이한 남자지만 탐정으로서 역량은 확실하

제3장 수수께끼 탐정

다. 어린 나이에 JDC 제1반의 중요한 탐정이 되었다는 점에서도 그렇다. 기리기리스에게 류구 조노스케는 특별한 탐정이다. 개인적인 감정을 품는 것도 당연한 배경이 있다. 바로 4년 전의 그 사건에서 발단한다.

●

4년 전, 기리기리스는 파트너인 아리토 가가미와 어느 사건을 수사하고 있었다. 다섯 명이 살해당했는데 대단히 난해하여 제3반의 손을 떠나 제1반으로 온 사건이다.

당시 초로의 남자와 젊은 여성 콤비는 많은 사람에게 주목받았다. 물론 두 탐정은 기발함뿐만 아니라 실력도 겸비했다. 아리토 가가미와 기리기리스 다로는 둘 다 JDC 제1반 소속이며 탐정과 조수 관계가 아니라 어디까지나 파트너 사이였다. 제1반에 소속할 만큼 뛰어난 실력자는 같은 반 사람과 콤비를 짜는 일이 거의 없다. 보통은 혼자 수사를 맡거나 하위 반에서 조수를 선택한다. 그런 연유에서 『아리토·기리기리스』[9] 태그는 당시 JDC의 최강팀으로 여겨지기도 했다.

『아리토·기리기리스』 콤비는 현장인 뵤코 신사에 들어가 똑똑하고 똑 부러지게 수사에 임했다. …… 하지만 상대를 잘못 만났다.

---

9) '개미와 배짱이アリとキリギリス'의 언어유희다.

JOKER

『살인 피에로』의 우의적 살인은 전형적인 신범죄였다. 기존의 상식을 뿌리부터 뒤엎는 참신한 발상이었다. 기발하고 엉뚱한 살인 피에로의 공격은 노련한 기리기리스도, 날카로운 수사 감성을 지닌 아리토 가가미도 전혀 예상할 수 없었다.

아무리 유능했다지만 『아리토·기리기리스』는 상식적인 사고에 얽매이는 면이 있었다. 당시에는 아직 신범죄가 적었기 때문에 그 정도로 충분했다. 하지만 운 나쁘게도 그들은 우연히 최악의 카드를 뽑고 말았다.

잔인하고도 명민한 살인 피에로의 마수는 수사 중이던 두 사람을 덮쳤다. 아리토 가가미는 일곱 번째 피해자가 되고 기리기리스는 집안 침실에서 가노의 시체를 발견했다. 가노는 어쩌다 보니 귀가가 늦어진 남편 대신 살해당한 것으로 보이는 상황이었다. 살인 피에로의 가노 살인 사건은 넌지시 기리기리스를 가리켰다.

아리토 가가미는 나이와 성별이 달라도 최고의 파트너였다. 기리기리스가 친한 친구로 대할 수 있는 유일한 여자였다. 기리기리스의 과거 이야기를 들은 가가미는 그를 동정하지 않고 이해했다. 그래서 기리기리스도 그녀의 정신외상trauma을 똑같이 사랑했다.

자기 자신이라고도 할 수 있을 만큼 진정으로 서로를

제3장 수수께끼 탐정

이해한 존재를 한꺼번에 잃고 그의 자신감은 요란하게 무너졌다.

하지만 그는 탐정이었다. 두 사람의 죽음을 애도하기 위해서라도 수사에 임할 수밖에 없었다. 기리기리스는 복수로 불타 그날부터 수사에 인생의 전부를 걸었다. 하지만 사사로운 정에 조종당하여 냉정함을 잃은 기리기리스는 살인 피에로의 윤곽은커녕 꼬리조차 잡을 수 없었다······.

그 헤이세이平成10) 최초의 난해범죄를 해결한 사람이 바로 류구 조노스케다. 조노스케는 『추리주머니』, 『재치 있는 류구』라는 별명이 붙은 탐정이다. 그의 상식을 벗어난 추리는 살인 피에로의 발상에 밀리지 않았다. 아니, 능가했다.

살인 피에로는 조노스케의 손바닥 안에서 놀아나는 광대였다. 범인의 행동을 완벽하게 간파한 조노스케는 살인 피에로의 포위망을 완성하여 체포에 성공했다.

당시 21세였던 조노스케는 나이 먹은 탐정의 눈에 찬란히 빛났다. 세대교체란 천천히 이루어지지만 때로는 갑작스럽게 초신성super nova이 등장한다. 기리기리스에게 조노스케는 바로 그 초신성이었다. 류구 조노스케

---

10) 일본의 연호로 1989년에서 2019년까지를 가리킨다.

JOKER

라는 탐정은 신新탐정시대의 효시였다.

명탐정의 가치는 얼마나 많은 난해사건을 해결했는가로 결정된다. 양도 양이지만 질이 훨씬 더 중요시된다. 역사에 이름을 남긴 명탐정은 모두 대사건을 해결했다. …… 그런 의미에서 조노스케는 운이 좋았는지도 모른다. 젊은 나이에 자신에게 딱 맞는 사건을 만나 훌륭하게 해결해버렸으니.

그 사건으로 기리기리스는 모든 것을 잃고 처음으로 제2반으로 강등되었다. 동시에 류구 조노스케는 제2반에서 제1반으로 승격하여 새 시대의 문을 열었다.

그런 조노스케를 보면서 기리기리스는 후배를 부럽게도, 또 믿음직스럽게도 생각했다. 앞으로 제일선에서 활약한다는 것이 부럽기는 했지만 어떤 의미로는 비참한 일이었다. 점점 수준 높아지는 신범죄와 격투해 나가야 하지 않는가……. 하지만 기리기리스는 조노스케를 전혀 걱정하지 않았다. 조노스케는 수수께끼를 푸는 행위를 사랑한다. 조노스케는 수수께끼를 풀기 위해 태어난 것 같은 남자였다. 설령 나중에 길을 헤맬지라도 걸음을 멈추는 일은 없을 것이다. 그렇게 자신 있게 단언할 수 있는 매력을 갖췄기 때문에 기리기리스는 조노스케를 호의적으로 여기며 존경했다.

제3장 수수께끼 탐정

●

 과잉된 장식이 가미된 환영성 살인사건. 이번 사건은 조노스케 취향의 난해한 사건이라고 할 수 있다. 수수께끼가 거대하면 거대할수록 불타오르는 스타일이다.
 - 류구가 오면 사건도 반드시 해결될 거야. 나도 그의 발을 붙잡지 않도록 노력해야겠어.
 그렇게 생각하니 기대감에 가슴이 떨렸다. 기리기리스가 분석하기로 예술가artist는 살인 피에로에게 필적한다. 혹은 그 이상의 범죄자다. 이번 사건에서 조노스케는 어떻게 적에게 승리할 것인가?
 조노스케의 승리를 확신하기 때문에 그런 예측을 즐길 수 있었다. 완전히 기운을 차린 기리기리스는 마이, 네무와 사건에 관해 토론하면서 점심이 기다리는 식당으로 향했다.

JOKER

32 자이나의 가르침

식탁에 얼음처럼 차가운 공기가 부유하고 있었다. 고양이를 포함해 세 개의(어제를 포함해 다섯) 생명이 예술가artist로 인해 끊어졌다. 분위기가 가라앉은 것도 당연하다.

그중에서도 특히 료쇼를 비롯한 수사관계자는 책임감 탓에 말수가 적어졌다. 그들은 그릇에 담긴 네덜란드식 카레를 조용히 입으로 가져갔다. 어제 경비 인원을 조금이라도 배치했더라면……. 규칙이니 뭐니 하는 아무 명분이나 붙여서 조금만 더 융통성을 발휘했더라면……. 최악의 사태는 피할 수 있었는지도 모른다.

시간이 흐르며 반성의 마음이 축적되었다. 평소에는 의연한 료쇼마저도 충격과 심적 피로로 밥이 넘어가지 않는 듯했다.

그건 그렇고…….

천진하게 카레를 음미하는 딸을 곁눈질로 보면서 니지카와는 생각했다. 예술가artist의 잔학무도함은 어디까지 왔는가. 생명의 존엄함이라는 개념을 비웃는 듯한 다섯 번의 냉철한 살해……. 환영성 살인사건은 앞으로

제3장 수수께끼 탐정

어디까지 계속될 것인가.

 인도에 자이나교라는 종교가 있다. 마하비라라는 사람이 창시한 가르침으로 무신론이 기반이며 모든 생물을 존중해야 한다는 것을 설파한다.

 자이나의 가르침은 세계와 생사에 관해 철학적으로 생각하다 보면 모두가 한 번쯤은 지나가는 길이다. 사람은 모두 자기를 사랑한다. 그래서 살아있다. 그리고 생명의 훌륭함, 덧없음을 생각하면 인간뿐만 아니라 모든 동물, 식물, 세계 전부를 사랑하고 싶어진다. 이 모순으로 가득 찬 우주에서 함께 살아가는 동지로서 생명의 존엄함을 나누고 싶어진다.

 한편으로 어느 시대든 파멸적인 사고를 지닌 자는 반드시 존재한다. 애증은 표리일체이며 모든 인간은 마음 한구석에서 자신을 미워한다. 그것도 당연한 감정이다. 세계의 부조리와 자신이라는 존재의 무의미함을 깨달은 자는 때로 세계의 모든 것을 없애버리고 싶은 충동에 사로잡힌다.

 니지카와는 어느 쪽으로도 생각하지 않는다. 그의 기본 이념은 중용이다. 하나의 대상에 대립하는 두 가지 생각을 준비하고 중간을 둥실둥실 떠다니며 대상을 깊이 검토하는 자세를 관철한다. 세상에 정의라는 멋들어진

JOKER

것은 없다. 살다 보면 정의란 보신주의적인 『피해자의 논리』임을 깨닫게 된다.

그건 그렇고…… 이건 대체 무엇인가?

악이라고는 단언할 수 없다. 하지만 예술가artist의 범행에서 느껴지는 이 『어둠』은 대체 무엇인가? 이것이 예술가artist가 살인예술을 통해 표현하려는 주제theme 인가?

●

기리기리스는 요리를 가져오는 마미야 데루와 시선의 담소를 즐기며 고양감을 애서 억눌러야 했다.

기리기리스를 비롯한 탐정들이 정신만 바짝 차렸다면 히류 쇼코가 죽지 않을 수도 있었다. 그렇게 생각하니 류구의 수사를 4년 만에 볼 수 있다는 사실을 마냥 기뻐할 수 없었다.

샐러드에 작은 도기주전자에 든 드레싱을 뿌렸다. 홍화유 드레싱이 샐러드의 맛을 풍부하게 만들었다. 카레와 잘 어울리는 고급스러운 샐러드였다. 카레를 씹으면서 기리기리스는 식당을 둘러보았다.

히라이 다로, 마미야 데루, 고스기 간……. 요리를 가져오는 직원들을 주의 깊게 관찰했다.

아무리 부감유고가 봉인된 상태라지만 기리기리스도

제3장 수수께끼 탐정

엄연한 명탐정이다. 스탠더드한 추리를 전개할 능력은 된다.

『심판의 방』열쇠를 사용할 수 있었던 인물, 또는 복제 열쇠를 만들 수 있었던 인물, 그리고 전기의자의 구조를 파악하고 내장전지를 준비할 수 있었던 인물.

…… 여태까지는 추리소설가만 살해당했기 때문에 용의자를『간사이 본격 모임』에서 찾고 있었다. 하지만 『심판의 방』히류 살인사건 탓에 환영성 관계자가 의심스러워졌다. 어제 일어난 두 사건도 그렇다. 예술가artist는 환영성이라는 땅의 이점을 살릴 수 있는 인물 아닌가?

동기는 뭐든 가능하다.『간사이 본격 모임』은 3년간 환영성에서 합숙을 했다. 그사이에 살인의 원인이 될 트러블은 얼마든지 일어날 수 있다.

그런데 예술가artist는 어떻게 그 밀실을 완성했는가? 왜 쌍둥이 고양이를 살해했는가?

— 살묘범은 예술가artist와 별개의 인물인가?

사건이 진행되면 진행될수록 의문만 점점 늘어났다.

예술가artist가 수수께끼의 산을 더 높이 쌓기 전에 기리기리스는 하나씩 의문을 해결하고 싶었다.

●

『심판의 방』안에는 아주 간소한 가구(소파, 작은 선반,

JOKER

그림)뿐이었다. 예술가artist가 밀실에서 탈출할 때 이용할 수 있을 법한 도구는 전혀 없었다.

노란 융단 아래, 그림 뒤, 선반 아래, 벽, 천장, 바닥까지 빈틈없이 조사를 거듭했지만 구멍 같은 것은 전혀 존재하지 않았다.

사지가 전기의자에 고정된 쇼코가 설령 숫자 자물쇠를 잠글 수 있었다고 해도 스스로 의자 뒤의 레버를 당겨 자살하는 것은 불가능하다.

쇼코가 살해당한 순간에 예술가는 실내에 없었어야 한다. 그것은 진리다. 그렇다면 어떻게 탈출했는가? 거기서 추리가 막힌다.

『어떻게 밀실을 만들어냈는가?』

이 문장은 4대 미스터리 중 하나인 『상자 속의 실락』의 작중작 제목임과 동시에 중요한 테마 중 하나이기도 하다.

환영성이라는 거대한 상자 속 『심판의 방』이라는 작은 상자. 안에도, 밖에도, 상자, 상자, 상자…… 무한한 중첩 구조가 이어진다.

- 료쇼 경부를 비롯한 수사진이 실내에 진입했을 때

제3장 수수께끼 탐정

예술가artist가 바깥으로 도망쳤을 가능성은 없어. 그때 『심판의 방』 바깥에도 사람이 많았잖아. 그 상황에서 모두의 눈을 피해 도망치는 건 천하의 루팡 3세도 불가능해.

예술가artist는 어떤 마술magic을 부렸는가?

당면한 과제는 이것이다.

환영의 상자 속을 방황하는 이들……. 이곳은 현세의 실낙원paradise lost이다.

JOKER

33 그 식물의 이름은……

 점심을 다 먹고 다들 각자의 장소로 흩어졌다. 경관들은 수사를 진행하면서 성을 계속 경비하는 중이다. 이런 상황에서는 예술가artist가 범행을 저지르지는 않을 것이다. 덕분에 작가들의 행동이 제한되는 일은 없었다.

●

 호시노 다에는 방에 같이 있자며 마음 써준 오빠 후몬지의 제안을 정중히 거절하고 복도를 정처 없이 걷고 있었다.

 쇼코가 살해당하면서 아오이도 가늠할 수 없는 충격을 받은 듯했다. 다에는 옆자리에 앉았으면서도 식사 중에 그에게 말을 걸 수 없었다. 아오이가 먼저 말을 걸면 기꺼이 응답할 준비를 했지만 그런 일도 없었다.

 아오이는 식사를 재빠르게 끝내고 류스이와 함께 다른 사람들보다 먼저 식당을 나갔다. 속절없는 상실감이 배어 나오는 뒷모습이 걱정된 다에는 아오이를 찾으러 환영성을 돌아다녔다.

 쇼코는 생전에 아오이가 다에에게 마음이 있다고 말했다. 그 말을 진실로 받아들일 만큼 다에는 자신감이

제3장 수수께끼 탐정

있지는 않았다. 그래도 아오이와 죽이 잘 맞는다는 것은 느꼈다. 그래서인지 그가 침울한 모습이 걱정되었다. 너무 나서는 것 아닐까 싶어도 한두 마디든 격려의 말을 건네줘야겠다는 생각이 들었다.

사랑하는 사람이 먼저 떠나면 어떤 느낌일까? 다에는 사랑 비슷한 감정을 오빠에게만 품어봤으니 알 수가 없었다. 오빠를 생각하는 마음은 이른바 형제애다. 연애 감정과는 별개다…….

- 아오이 씨는 쇼코 씨를 사랑했던 걸까?

다에는 식사 때 곁눈질로 흘긋 본 아오이의 새파랗게 질린 옆얼굴을 잊을 수 없었다. 여태까지 쇼코와 아오이는 선배와 후배의 이상적인 우정을 주고받는 사이라고 생각했다. 그들은 더 깊은 사이였는지도 모른다. 그 증거로 류스이도 침울하긴 했지만 아오이처럼 반신을 뜯긴 느낌은 아니었다.

…… 몇몇 방을 살펴보았지만 아오이는 없었다. 다에는 별생각 없이 남서쪽 중정으로 이어지는 길을 가고 있었다. 그 끝에는 온실이 있다.

- 지금은 꽃이라도 보면서 혼자 있고 싶다…….

다에는 다섯 건의 범행 현장을 직접 보지 않고 건너듣기만 했다. 그런 탓인지 세 명과 두 마리가 살해당한

JOKER

 지금까지도 현실 살인사건 속에 있다는 실감이 들지 않았다.
 그저께 밤에 류스이가 구상했다는 실명소설 『화사한 꽃처럼, 몰락은 꿈처럼』 속에 있는 듯 현기증마저 느껴졌다. 다에는 현실과 허구를 능히 구분할 수 있는 어른이다. 그러나 이렇게 괴이한 상황은 그녀의 이성을 휘저었다.
 - 살인사건 -
 여태까지는 오빠나 다른 추리소설가의 머릿속에서 나온 상상의 산물에 불과했다. 실제로 일본 어딘가에서 매일 사람이 살해당한다는 사실을 알면서도 살인사건이라는 괴상한 극한상태를 상상하기 힘들었다.
 그런데 이렇게 실제 사건의 소용돌이 속에 놓이니 어떻게 대처하면 좋을지 전혀 알 수 없었다.
 어쩌면 누군가 의지할 사람이(어째서 오빠는 아닐까) 필요해서 아오이를 찾는지도 모른다. 자신을 안심케 할 누군가를 찾아다니는 건지도 모른다.
 그러나 의심암귀가 쒼 것까지는 아니더라도 누가 가면을 쓰고 있는지 알 수 없는 상황이다. 섣불리 누군가에게 자신의 유약함을 드러내기보다는 일단 혼자가 되어보아도 나쁘지 않을 것이다.
 다에는 복도를 걷다가 배에 손을 얹었다. 살인사건이

제3장 수수께끼 탐정

일어나든 말든 그것은 기다려주지 않는다. 다에는 한 달에 한 번 찾아오는 생리의 예감을 느꼈다.

남자 중에는 생리를 가볍게 여기는 사람도 있다. 친구들한테 물어봤더니 사람에 따라서는 전혀 힘들지 않다고도 하는데……. 다에는 항상 심한 생리통에 시달렸다.

아이를 낳는 고통 이면에는 한 생명을 만들어낸다는 쾌감이 있다지만 한 달에 한 번 주기로 찾아오는 블루웨이브에는 부조리함을 느끼곤 했다. 어째서 여자만 이렇게 괴로워야 하는가.

생명의 시스템에 생각이 이르면 구질구질한 구조에서 자신을 떼어놓고 싶어진다. 우연히 TV에서 출산 장면을 봤을 때는 그로테스크함을 견디지 못하고 토악질했다.

자기 안에서 세포가 성장하여 유아가 되는 것이다. 아무리 생각해도 자신이 출산한다는 상상을 할 수가 없었다. 자기 몸에서 한 생명이 탄생하는 것. 다에에게 그것은 행복이 아니라…….

- 무서워 -

공포다.

자신이 다른 생명체의 그릇에 불과한 것 같아서, 또 자신을 빼앗긴 것 같아서, 다에는 무서웠다.

임신→ 출산이 두려웠다. 그것을 연상케 하는 생리가

JOKER

혐오스러웠다. 연애라는 것도 안 좋게만 느껴졌다.

그래서 다에는 아오이에게 마음이 끌리면서도 그를 연애적인 시선으로 바라볼 수가 없었다.

방에 가면 아스피린 먹고 낮잠이라도 좀 자야지. ······ 약에 의존할 수만은 없지만 이런 폐쇄 상황에 생리의 격통은 반가운 존재가 아니다. 어쩔 수 없다.

혹시 몰라 아스피린을 챙겨와서 다행이라고 안도하며 다에는 꽃들이 기다리는 온실로 향했다.

●

어젯밤 호우의 영향인지 아침에는 맑았는데 하늘은 아주 흐렸다. 오후에도 바깥은 저녁처럼 어두웠다.

남서쪽 중정을 차지한 온실은 큰 유리판을 여러 개 조립하여 만들어진 거대한 테라리움이다. 안으로 한 발짝 들어가면 식물의 향기가 물씬 풍겨오면서 기분 좋게 코를 자극한다. 시야 전체에 꽃이 흐드러지게 피어있다. 알록달록한 꽃의 연회······.

머리 위로는 유리천장 너머로 하늘을 향해 우뚝 솟은 핏빛 성벽과 울음을 터트리기 직전인 하늘을 훤히 볼 수 있었다.

여기는 그야말로 화려한 낙원이다. 마경으로 변한 환영성과는 어울리지 않게 따뜻하고 비밀스러운 화원이다.

제3장 수수께끼 탐정

　범인이 자신을 예술가artist라고 자처할 만큼, 각각의 살인은 예술과는 거리가 멀어도 공들인 장치가 있다. 죽은 인간을 사용한 시라고 생각해보면 그야말로 화려함이 없는 죽음의 시다.

　기왕 시를 읊을 바에야 화려한 시가 좋은데 말이다. 눈앞에 펼쳐진 꽃의 융단을 보고 있자니 죽은 이들에게 꽃을 바치고 싶다는 생각이 들었다.

　언제까지 계속될지 알 수 없는 살인사건에 생각이 닿으니 아랫배의 압박감까지 더해 불쾌한 기분만이 들었다. 다에는 고개를 홰홰 젓고 생각을 멈췄다.

　- 지금은 그냥 꽃들을 보고 싶어.

　다에는 이번 합숙으로 처음 환영성에 왔다. 어제와 그저께 이런저런 일이 생긴 바람에 오늘에서야 온실에 왔다. 혼자서라도 와서 다행이라고 생각했다. 혼자라서 괜찮았던 걸까?

　꽃들의 아름다움을 마음 가는 대로 만끽할 수 있다. …… 아무도 신경 쓸 필요 없다.

　문득 시든 꽃 한 송이를 발견했다. 이름도 모르는 작고 하얀 꽃이다. 고개를 숙이고 완전히 오므라들었다.

　시든 꽃을 보니 자연스럽게 목숨의 덧없음에 생각이 닿았다. 그리고 쇼코를 생각했다. 생각하지 않으려 해도

JOKER

한번 생각이 가닿으니 돌이킬 수 없었다.

어젯밤 중정에서 이야기를 나눈 쇼코가 지금 이 세상 사람이 아니라는 사실이 믿어지지 않았다. 실제로 시체를 직접 보지도 않았고, 설령 보았다고 해도 실감이 났을지는…….

그녀는 돌아오지 않는다. 영원히.

영원이라는 시간을 생각하면 저절로 한숨이 입에 붙는다. 이것이 『죽음』이다.

이 마음에 있는 것은 절망감이 아닌 허무감.

막연히 그런 마음이 들었다.

●

삘릴릴리, 경쾌한 소리가 들렸다. 그것을 시작으로 피리의 멜로디가 들려왔다. 이어서 꺄하하 웃음소리……. 익숙한 목소리다. 니지카와 메구미다.

- 온실에 메구미가 있나?

꽃이 층층이 놓인 선반과 기둥이 많아 온실 전체가 한눈에 보이지 않았다. 인기척이 없어서 혼자인 줄 알았는데 아무래도 먼저 온 손님이 있던 모양이다.

꽃에 둘러싸인 통로를 거쳐 모퉁이를 돌면서 풍경이 흐르고 시야가 변했다.

소년이 대금을 불고 있었다. 그 옆에서 소녀가 천진난

제3장 수수께끼 탐정

만하게 웃고 있었다.

다에는 화원에 자연스럽게 녹아든 아이들에게서 과거에 두고 온 자신의 옛 모습을 발견하여 잠시 그곳에서 있었다. 이윽고 다에의 기척을 느낀 소년이 대금 연주를 그만두자 소녀도 다에를 알아챘다.

"어? 다에 언니!"

다에가 살짝 웃자 두 사람이 다가왔다. 신기하게도 아랫배의 아픔이 감쪽같이 사라졌다.

"메구미, 그리고 고스기구나. 혹시 연주를 방해했니?"

"아니에요. 그냥 연습만 한 거예요."

"잘하던데. 동아리에서 하는 거야?"

"아뇨, 악기는 취미예요. 저는 야구부고요."

고스기 쇼리는 수줍은 듯 니지카와 메구미와 얼굴을 마주하고 웃었다. 두 사람 다 퍽 즐거워 보였다. 사건이 확대된 바람에 아이들에게도 사정을 설명하긴 했다. 다만 그들은 아직 살인이나 죽음이라는 암흑의 개념을 이해할 나이는 아닐 것이다.

고스기 쇼리는 유토有凍중학교(통칭 아루중11)) 1학년

---

11) 아루중ァル中은 유토중학有凍中学의 줄임말인데(허구의 학교다), 일본어로 유有는 음독시 유ゅぅ로 읽지만 훈독시 아루ぁる로 읽는다. 참고로 '아루중ァル中'이라는 표현은 일본에서 보통 '알콜중독'의 줄임말로 사용된다. 일종의 언어유희다.

JOKER

인데, 사건 때문에 오늘부터 결석 처리되었다. 죽음의 공포를 느끼지 않을 소년에게 이유가 어찌 되었든 '합법적으로' 학교를 쉬는 것이 안 좋을 리가 없다.

"밥 다 먹고 둘이 여기서 논 거야?"

"응. 꽃이 많아서 메구미는 여기가 좋아."

메구미는 자신을 『메구미惠』라고 부른다. 이름에 같은 한자가 있어서인지 다에多惠는 소녀에게 호감을 느꼈다. 메구미에게서 보이는 자신의 어린 시절 모습이 반가웠다. 소년뿐만 아니라 소녀도 날개 달린 천사라는 생각이 들었다.

다에를 바라보는 메구미의 사랑스러운 눈동자와 쇼리의 총명한 눈동자. 투명한 눈동자 안에 있는 것은 앞으로 쑥쑥 자라날 힘의 원천, 생명력?

…… 아이들에게는 다에의 마음을 누그러뜨리는 매력이 있었다.

●

다에는 잡담을 즐기면서 아이들과 널따란 온실을 둘러보았다. 다에가 모르는 꽃에는 식물 박사 메구미가 자세한 해설을 곁들였다. 즐거운 한때였다.

"이건 뭐야?"

온실 구석에서 다에는 발을 멈췄다. 거기에 있는 식물

제3장 수수께끼 탐정

에 그녀의 시선이 꽂혔다.

곧게 뻗은 옅은 갈색 줄기 끝부분이 나선형으로 꼬여 있었다. 꼬인 줄기 위에만 파란 잎이 무성했다. 꽃은 피지 않았다. 아마 관엽식물이지 않을까. 다에가 모르는 것이었다.

다른 식물이 팔팔하게 자기주장을 하는 가운데, 그 식물만이 유독 기이하고 불길한 느낌을 발산했다. 다에는 어쩐지 그 식물이 신경 쓰였다. 아무리 봐도 예술가artist가 좋아할 법한 식물 같았다.

"메구미 이거 알아. 이건 벤저민이야."

메구미는 화분으로 다가가 신나게 말했다. 식물도감과 함께 자라서인지 식물을 잘 아는 아이다. 뇌의 데이터 보관소를 별로 사용하지 않은 탓일까, 아이들은 다들 기억력이 좋다. 때때로 자녀가 신동이 아닐까 착각하는 부모가 많은 것도 그 때문이다. 마음만 먹으면 아이는 상당한 양의 정보를 축적할 수 있다.

"메구미는 이런 거 잘 아는구나."

쇼리가 친구의 머리에 손을 툭 올리고 감탄했다.

한편 다에의 표정은 어두웠다.

"아, 벤저민이라고 하는구나……."

이 사악한(표현이 너무 과했나?) 식물은 어딘가 불길

JOKER

한 예감을 주었다.
 - 이 떨림은 뭘까. 나쁜 일이 일어나지 않으면 좋겠는데.

 부정적인 생각 탓에 아랫배의 압박감이 돌아왔다. 기분이 안 좋아진 다에는 잠시 아이들과 어울린 후에 혼자 온실을 나왔다.

제3장 수수께끼 탐정

34 암실의 어둠

■■■…… 어둠이 그곳에 있었다. 두 남자는 어둠에 싸인 채 그곳에 있었다.

"너무 어두운데."

"그래. 이게 진짜 어둠이지."

끝없는 어둠 속에서 아오이와 류스이의 목소리가 들렸다.

히라이 씨가 무슨 목적으로 이 방을 만들었는지는 모른다. 물어본 적도 없다. 진짜 어둠을 체험하고 싶어서일 수도 있고 어쩌면 단순히 방이 남아서 만들었는지도 모른다. 확실하게 아는 것은 단 하나, 이 『암실』이 외부의 빛을 차단한다는 사실뿐이다.

창은 물론 가구도 전혀 없다. 이곳에는 압도적인 어둠만이 존재한다. 문틈이 희미한 빛의 선이 되었을 뿐, 사실상 없는 거나 마찬가지다. 두 사람은 이곳이 차분하지 않을까 해서 찾아왔는데 시야가 막혀서인지 오히려 불안했다.

길고 무거운 침묵.

뭐부터 얘기를 꺼내면 좋을지 알 수 없었다. 무엇을

JOKER

어떻게 이야기하면 좋을지 전혀 알 수 없었다. 내면의 응어리를 어떻게 토해내야 할까……. 처음으로 술을 들이붓다시피 마신 젊은이처럼 토해내는 법을 몰랐다.

두 사람에게 쇼코의 죽음은 쌍둥이 검은 고양이는 물론이고 히이라기와 미즈노의 죽음과도 완전히 달랐다. 세 사람은 5년간 작가를 목표로 같은 레일 위를 달려온 동지였다. 기쁠 때나 슬플 때나 같은 시간을 공유했다. 셋은 친구이자 동료였다. 그녀는 그들에게 가족이나 마찬가지인, 어쩌면 그 이상인 존재였다. 자신의 일부나 다름없었다. 그녀가 없는 것은 상상도 할 수 없을 만큼 소중한 존재였다.

그들은 실제 살인사건에 직면해도 자기들이 죽지 않으리라고 생각했다. 예술가artist의 끔찍한 짓을 목도하고 나서도 자기들만큼은 불사신인 것처럼 안전을 맹신했다.

동기를 생각해도 그렇다. 미즈노와 히이라기는 꿍꿍이가 있을 법한 기분 나쁜 사람들이었다. 구체적인 예는 떠오르지 않아도 어딘가에서 누군가에게 미움을 받는 것도 이상하지 않았다. 그런 성격이었다. 하지만 쇼코는…….

아오이와 류스이의 선배는 타인에게 원한을 살만한 성격이 아니었다. 오히려 타인에게 용기를 주고 감사를

제3장 수수께끼 탐정

받을 성격이었다.

 동기가 없는 살인은 없다. 그런 추리소설의 불문율 비슷한 상식에 묶여 그들은 방심했는지도 모른다. 하물며 쇼코는 셋 중에서도 가장 조심스러운 성격이었다. 문을 잠그면 안전한데도 어째서 쇼코는 예술가artist에게 붙잡혀 살해당한 걸까? 두 사람은 도무지 이해할 수 없었다.

 쇼코의 죽음은 너무나도 현실적이었기 때문에 그들에게는 오히려 비현실적인 것처럼 느껴졌다.

 전기의자에 앉아 있던 그녀에게서 느껴진 시체 특유의 낯섦. 인형 같은, 생명의 허구성. …… 눈가리개를 하고 있어서 차라리 다행이었다. 덕분에 그들은 눈을 부릅뜬 쇼코의 장렬한 표정을 보지 않을 수 있었다.

 이곳은 눈을 감을 필요도 없는 어둠에 싸여 있다. 어둠 속에서는 모든 것이 거짓말 같다. 세계도, 자신도, 시간도, 쇼코의 죽음도, 환영성도, 모든 것이 허구인 것 같다. 그런 『암실』이기 때문일까. 지금도 쇼코의 목소리가 귓속에서 들려오는 듯했다.

 - 쓰라라기! 다메이! -

 "쇼코 선배가………… 살해당할 줄이야."

 류스이는 내장을 입에서 쥐어 짜내듯 그 말만을 겨우

뱉었다. 뒤이어 무거운 한숨이 이어졌다.

두 사람은 살며시 서로의 존재를 확인하기 시작했다. 어둠에 눈이 익숙해졌다.

"............."

아오이는 말없이 류스이에게서 눈을 피하고 어둠을 보았다. 그런 친구를 류스이는 빤히 바라보았다. 무언가 답을 끌어내려는 듯이 응시했다.

"아오이, 무슨 생각 해?"

아오이에게는 분명히 어떤 응어리가 있다. 살인사건과는 별개의 무언가. 류스이는 그 점이 신경 쓰였다.

"류스이, 가르쳐 줘. 이건 『화사한 꽃처럼, 몰락은 꿈처럼』이야? 아니면 『화려한 몰락을 위해』야?"

울먹이는 목소리였다. 류스이는 잠시 침묵하고는 단호하게 말했다.

"이건 소설도 사실을 기록한 것도 아니야. 틀림없는 현실이야, 아오이. 내 눈 똑바로 봐."

아오이는 슬픈 듯 한숨을 후 뱉고 중얼거렸다.

"그래…… 그렇지."

어둠 속이라 확실하게 알 수는 없었지만 류스이는 친구가 이성을 잃었다고 생각했다.

"날 때려줘."

제3장 수수께끼 탐정

 아오이가 천천히 입을 열었다. 뜬금없는 기습에 류스이도 주춤할 수밖에 없었다.
 "내가 지금 잘못 들었나? 미안한데 다시 한번 말해줄래?"
 "날 때려줘. 아니, 때려! 이유는 나중에 말할게."
 류스이는 말없이 친구의 얼굴을 쳐다보았다. 어둠으로 물든 눈동자는 맑고 진지했다……. 그런 것처럼 보였다.
 류스이는 눈꺼풀을 닫았다. 아오이는 기다렸다.
 침묵이 흘렀다.
 살며시 고개를 끄덕이고 류스이가 움직였다.
 날아오는 느낌이었다. 왔다! 아오이가 그렇게 생각한 순간 그는 맞고 있었다.
 류스이는 아오이의 뺨에 체중을 실은 혼신의 펀치를 꽂아 넣었다. 쿵 하고 묵직한 감각이 왔다. 아오이의 치아에 주먹이 살짝 찢어져도 거슬리지 않았다. 오히려 후련했다.
 "이유를 말해……."
 류스이가 주먹을 휘두르며 재촉했다. 아오이는 찢어진 입의 피를 핥으며 이야기를 시작했다.
 그 사건 후에 일어난 일을. 쇼코와의 행위를. 지금까지 친구에게 계속 숨겨왔다는 것을.

JOKER

 이야기는 길어졌다. 하지만 말을 끝마치고 보니 찰나로 느껴졌다.

 "숨길 생각은 없었어. 그런데 어쩐지 말을 못 하겠더라고. 아무것도 모르는 너와 셋이서 같이 놀면서도 쇼코 선배도 씁쓸하게 생각했던 것 같아. 하지만…… 서로 얘기한 적은 없는데, 나도 쇼코 선배도 그 사건 날 밤에 있던 일은 꿈처럼, 거짓말처럼 생각해. 그래서 너한테 말할 수 없었어."

 "이 세상은 전부 허구야. 과거는 물론이고 지금도 앞으로도 현실이란 사실은 어디에도 없어."

 "나는 쇼코 선배에게 어떤 감정이 있었는지 모르겠어. 우정이었는지 애정이었는지, 답을 내기도 전에 그 사람은 떠나버렸어."

 "호시노 씨를 좋아한 거 아니었어?"

 류스이가 말하는 『호시노 씨』는 물론 호시노 다에를 가리킨다. 후몬지는 『후몬지 씨』라고 필명으로 부른다.

 "모르겠어! 그래서…… 나는 혼란스러운 거야."

 "천천히 나름의 답을 내놔봐. 초조해할 필요 없어. 어차피 정답은 어디에도 없잖아. 네 본심에 충실하면 된 거야."

 류스이는 뒤끝이 없었다. 평소처럼 담담했다. 아오이

제3장 수수께끼 탐정

에게는 너무나도 의외인 모습이었다.

"류스이. 넌 화 안 나?"

"화? 내가 왜? 나는 아오이 겐타로와 히류 쇼코를 좋아해. 두 사람은 사랑하는 내 친구야. 그건 어디까지나 인격 얘기야. 두 사람의 하반신과 친구인 게 아니라고. 너와 쇼코 선배가 결혼해도 난 질투 안 했을 거야. 그런 문제에는 관심 없어."

"그렇구나……. 너답다. 하나 물어봐도 될까? 넌 정말로 인간이야?"

"글쎄. 어쩌면 2차원 세계에 사는 등장인물이라는 사람(지면상의 인간)인지도 모르지."

두 사람은 그제야 웃으며 서로의 어깨를 도닥였다. 조금, 아주 조금, 가라앉은 기분이 가벼워졌다.

한바탕 웃은 후, 류스이는 진지한 표정으로 돌아와 아오이를 쳐다보았다.

"아오이. 서두를 필욘 없는데 결론은 제대로 내. 그게 쇼코 선배를 위한 일이고 호시노 씨를 위한 일이고…… 사라시나 씨를 위한 일이기도 해."

"호타루가 무슨 상관이야. 그건 옛날얘기잖아. 아니, 그렇지도 않네. 미안."

아오이는 고등학생 시절부터 대학 시절까지 사라시나

JOKER

게이코更級螢子라는 동갑내기와 사귀고 있었다. 『호타루螢』란 아오이가 그녀에게 붙인 별명이다.

"아오이. 때리고 싶으면 날 때려. 이러면 빚을 진 것 같아서 기분이 안 좋아."

"아니, 됐어. 말하기 전에 때리라고 한 건 나잖아. 그리고 난 싸움을 싫어하진 않아도 인간이 아닌 녀석과 싸울 생각은 없어."

"주먹이 아직 부족했나 보지?"

류스이는 슬쩍 웃으며 주먹을 쥐었다. 물론 농담이다.

"됐다 그래."

침묵은 쇼코의 죽음을 생각나게 했다. 마치 그 상황을 피하는 듯한 대화였다. 두 사람의 마음에는 텅 빈 구멍이 생겼다. 이것은 바로 상실감······.

쇼코를 살해한 예술가artist를 향한 증오보다 쇼코를 두 번 다시 만날 수 없다는 허탈감이 더 컸다.

"나갈까."

아오이가 제안하고 류스이가 끄덕였다. 류스이는 문득 머릿속에 떠오른 생각을 친구에게 말할까 하다가 관두기로 했다. 굳이 말할 것도 없고 사건 해결과는 관계없는 이야기니까.

— 압살, 교살, 참살, 감전사······. 추리에 도움은 안

제3장 수수께끼 탐정

되겠지만 혹시 예술가artist는…….

이미 어둠에는 익숙해졌다. 시간이 지나면 어둠은 빛보다 몸에 더 잘 깃든다. 우주는 원래 어둡기 때문일까?

아오이는 문을 열었다.

어둠을 찢으며 펼쳐지는 빛줄기.

눈부신 빛에 두 사람의 눈이 흐려졌다. 빛이 두 사람의 몸을 격렬하게 애무하고 포옹했다. 나쁜 일을 잊게 해주었다. 두 사람은 『암실』을 나왔다.

JOKER

35 두 사람의 약속

류스이는 『암실』을 나와서 사건기록물nonfiction novel『화몰』을 계속 쓰고자 객실로 돌아갔다. 아오이는 복도 너머로 작아지는 친구의 뒷모습을 바라보면서 넓은 복도에 홀로 남아 오랜만에 사라시나 게이코를 생각했다.

●

…… 고등학교 시절, 아오이는 연애를 자신과 분리해서 생각했다. 기를 쓰고 커플이 되려 하는 또래들을 깔보면서 어차피 요즘 인간관계란 영원하지 않다고 생각했다.

환경이 바뀌면 사람도 바뀐다. 초등학교 시절에 친했던 친구도 다른 중학교로 들어가고 나니 소원해졌다. 중학교 시절 친구들은 고등학교에 들어가니 교류가 줄어들었다(또는 아예 없어졌다).

사람은 혼자 살 수 없다. 항상 영향을 받으며 살아가는 존재다. 아무도 환경 변화에 저항할 수 없다.

만남의 이면에는 이별이 있다. 각자에게 고유한 목숨이 있으니 죽음도 다들 제각각이다. 다시 말해 사람을

제3장 수수께끼 탐정

만나면 헤어지는 것이 숙명이다.

고등학교 시절의 관계도 마찬가지라고 아오이는 생각했다. 대학교에 들어가면 다들 다른 진로를 걷게 된다. 아무리 같은 대학교에 들어가더라도 크게 다르지 않다.

중학교 시절의 아오이는 미숙했다. 이성 몇몇과 순수하게 교제를 즐길 수 있었다. 하지만…… 당시의 친구와도 연인과도 결국 소원해졌다.

아오이는 헤어지기 위해 만남을 거듭하는 것이 견딜 수 없이 싫었다. 친구에게 그런 고민을 말하면 반드시 이런 대답이 돌아왔다.

『뭘 그런 걸로 고민해? 그건 그거대로 뭐 어때. 나중에 힘들어질 인간관계를 잘 헤쳐 나가기 위해서도 경험을 더 많이 쌓아두면 좋잖아.』

내가 원하는 건 그런 정론이 아니야. 너희는 정말 그러면 끝이야? …… 말로 하지는 않았지만 아오이는 속으로 그렇게 투덜거렸다.

남자든 여자든 상대가 단순한 친구라면 단호하게 선을 긋고 생각할 수 있다. 하지만 연인은…….

근미래에 있을 불가피한 이별. 서로 상처 주고 헤어질 것을 알고도 굳이 사귄다는 것이 너무나도 어리석게만 보였다.

JOKER

 고등학교 2학년 시절, 알고 지내던 이성친구에게 그런 연애관을 드러냈다. 그런데 그녀도 자신과 같은 생각임을 알게 되었다. 그 후로 아오이와 그녀는 무엇이든 터놓고 얘기하는 이상적인 관계가 되었다. …… 그녀가 바로 사라시나 게이코다.

 두 사람은 줄곧 친구로 지냈다. 남들이 보면 연인이 아닐 수가 없는 관계여도 그들은 어디까지나 친구 사이였다.

 이윽고 두 사람은 어린 나이에 결혼을 생각하게 되었다. 두 사람은 궁합이 더없이 잘 맞았다. 이렇게 마음이 통하는 사람은 살면서 더는 나타나지 않을 것 같았다. …… 그 시절에는 정의가 어떻든 남자와 여자는 항상 연인 관계가 되었다. 두 사람은 헤어지기 위해 사귀는 것이 무의미하다고 생각했지만 헤어짐이 없는 관계라면 이야기가 달라진다. 이윽고 그들은 지금까지 자기들이 경멸했던 이들과 같은 처지……『연애』라는 미로에 빠졌다. 손에 손을 잡고 인생의 길을 헤맸다. 연애의 포로가 된 근시안적인 젊은이들은 자기들이 무슨 짓을 하는지 나중이 아니면 모른다.

 왜냐하면 러브 이즈 블라인드→사랑은 맹목.

 모두가 그랬듯 하얀 거짓말로 부모를 속이고 크리스마

제3장 수수께끼 탐정

스 밤을 함께 보냈다.

둘 다 첫 경험은 아니었다. 두 사람은 그 점에 가볍게 놀란 한편, 그런 것은 심장을 기분 좋게 간질이는 정도의 사소한 문제라고 생각했다. 둘만의 밤을 공유함으로써 소년과 소녀는 자기들이 어른이 되었다고 잘도 착각했다.

대학을 졸업하면 결혼하기로 했다. 사회를 모르는 고등학생은 분수도 모르고 치밀하게 인생을 설계했다. 그들의 인생 항로에는 순풍이 불고 아무 문제도 없을…… 것 같았다.

쓰라라기 신지와 사라시나 게이코는 함께 공부하며 같은 대학을 목표로 했다. 장래에 기다릴 장밋빛 목적지를 향해 두 사람은 쏜살같이 달려갔다.

즐거운 고등학교 시절은 순식간에 끝을 고했다.

사라시나 게이코는 대학에 합격했다. 하지만 그녀의 미래 남편은 불합격이었다.

2지망으로 같이 지원한 대학은 합격했다. 내가 1지망을 포기할 테니 둘이서 같은 대학에 다니자. 게이코의 이 제안을 아오이는 한사코 거절했다.

만약 그때 그녀의 제안을 받아들였다면……. 나중에 아오이는 그렇게 생각했다. 그녀와 같은 시기에 대학에

JOKER

입학했다면 인생은 지금과 완전히 달라졌을 수도 있다. 어쩌면 그대로 무사히 결혼했을지도 모른다.

물론 그렇게 되면 대학 동아리『창작회』에서 류스이와 쇼코를 만날 일도 없고 아오이 겐타로라는 작가가 되지 못했을 수도 있다. 적어도 환영성에서 살인사건에 휘말릴 일은 없었을 것이다.

하지만 아오이는 게이코의 제안을 거절했다. 돌이킬 수 없는 과거의 사실이다.

1년 후에 나도 반드시 너와 같은 대학에 들어갈게. 아오이는 게이코에게 그렇게 맹세했다. 1년간 게이코와는 거의 만나지 않고 공부에 매진했다. 그렇게 아오이는 그녀와 같은 대학에 합격하는 염원을 이뤘다.

1학년 차이에도 불구하고 두 사람의 관계는 부활했다. 하지만 그 관계의 바닥에는 항상 응어리가 도사렸다. 고등학교 시절처럼 두 사람은 뭐든지 서로 이해하는 관계가 아니었다. 1년 사이에 생긴 간극은 예상보다 더 컸다.

이윽고 게이코가 임신했다. 아오이는 그제야 그녀가 다른 남자와도 사귀고 있다는 걸 깨달았다. 아오이의 아이가 아니었다. 대학에 들어온 후로 어색함을 느끼던 아오이는 게이코와 관계를 맺지 않았다.

제3장 수수께끼 탐정

왜 양다리를 걸친 사실을 자기에게 말하지 않았나. 아오이는 그렇게 물었다. 그의 아내가 되어야 할 여자는 서글픈 듯 고개를 저으며 이렇게 말했다.

『인간은 변하잖아. 나는 1년 전의 내가 아니야.』

아오이는 1년의 재수 시절이 인생의 텅 빈 구멍이나 다름없다고 생각했다. 1년 차이는 가볍게 뛰어넘어 자신과 게이코도 다시 예전 관계로 돌아갈 수 있을 것이다. 아오이는 그렇게 믿었다……

게이코의 인생관은 변했다. 그녀는 고등학생 시절의 철학이 심화하면서 특정한 연인과만 함께한다는 상식적인 속박을 쓰레기통에 버렸다. 인생은 한 번뿐이다. 그런데 언제 헤어질지도 모르는 사람 한 명에게 묶이는 것은 어리석음의 극치다. 사귀고 싶을 때 사귀고 싶은 사람과 같이 시간을 보내야 한다. 떠나는 사람은 붙잡지 않고 함께 있는 사람과 같은 시간을 보내야 한다. 순간의 본능적인 감정에 몸을 맡기고 흐르는 대로 살아가야 한다. 그것이 사라시나 게이코의 새로운 철학이었다.

양다리가 끝이 아니었다. 게이코와 사귀는 남자의 수는 양 손가락으로 셀 수 없을 만큼 많았다.

누가 아빠인지 알아? 뗄 거야? …… 아오이는 그런 우문을 꺼낼 만큼 바보가 아니었다. 그가 아는 사라시나

JOKER

게이코는 이미 어디에도 없었다. 그렇게 두 사람은 헤어졌다. 게이코는 자신의 곁을 떠나는 아오이를 붙잡지 않았다.

타임머신을 타고 간 미래에 홀로 남겨진 듯한 기분이었다.

자기가 모르는 1년 사이에 사라시나 게이코에게 무슨 일이 일어났고 무엇이 그녀를 바꿨을까? 영원히 풀리지 않을 수수께끼로 남았다. 아오이는 어차피 남의 일은 알 수 있는 게 하나도 없다는 사실을 통감했다.

타임머신을 타고 1년 전으로 돌아가고 싶었다. 그녀와 같은 대학에 들어가서 다시 시작하고 싶었다……. 현역 시절에 다시 입시에 도전하고 싶었다.

시간의 흐름은 무정하게도 아오이를 휩쓸었다. 미래로, 미래로, 미래로, 미래로…… 흐름은 결코 멈추는 법을 모른다. 과거로 돌아갈 수 없다.

헤어지기 위해 사귀는 것을 혐오하는 소년이 있었다. 그는 절대 헤어지지 않을 것 같던 완벽한 사람과 만나 운명의 사랑에 빠졌다. 하지만 그녀와도 헤어지고 말았다…….

그로부터 아오이는 마음에 쌓인 안개를 날려버리듯 창작에 몰두했다. 류스이, 쇼코와 함께 창작에 매진하여

제3장 수수께끼 탐정

창작가라는 직업을 얻었다.

하지만 작가가 되고 어느 정도 성공을 거두어도 여전히 뒤틀린 『인간관계』를 이해할 수 없었다.

몸 안에 항상 공허한 마음이 가라앉아 있었다.

절망도 실망도 아니다. 세계와 인간이라는 수수께끼에 대한 당혹감 같은 것이었다.

●

호시노 다에는 남서쪽 중정의 온실을 나와 환영성으로 이어지는 길을 걸었다. 아랫배에 쌓이는 납처럼 무거운 고통에 얼굴을 찌푸리며 아오이를 생각했다.

쇼코에게서 아오이가 자신에게 관심 있다는 말을 듣고 나서 특별한 존재로 의식하게 된 걸까. 아니면 친애하는 선배를 잃고 슬픔에 잠긴 남자의 뒷모습을 보고 누구나 느낄 법한, 상처받은 사람을 위로하고 싶은 본능인 나이팅게일 증후군 탓에 그를 생각하는 걸까.

다에는 환영성 살인사건이라는 어둠에서 아오이라는 존재에게 무심코 빛을 바라게 되는 자신이 당혹스러웠다.

여태까지는 오빠인 후몬지 고세이에게 보호받으며 어떻게든 상처받는 일 없이 행복한 인생을 살아왔다. 사회에는 『가혹한 현실』이라는 세찬 비가 내린다. 그녀

JOKER

는 후몬지의 우산에서 나와 아오이의 우산으로 들어갈 마음이 생긴 자신에게 놀랐다.

　최근에는 자립하여 남자와 대등하게, 혼자서 굳세게 살아가는 여자도 많다. 하지만 어린 시절부터 오빠가 지켜주는 상태에서 살았던 탓인지 다에에게는 왠지 모르게 누군가 지켜주기를 바라는 마음이 있다. 자신만의 우산을 찾아 『현실』의 비를 막는 것이 최고임을 알아도 그렇게 성장하기까지 상당한 시간이 걸릴 듯했다. 일단 그녀에게는 경험이 너무 없다.

　어쩌면 그녀는 아오이에게 도움을 구하려 하는지도 모른다. 후몬지는 상냥하다. 그리고 다에를 사랑한다. 하지만 너무 아낀 나머지 동생을 절대 위험에 노출시키지 않는다. 어느 정도의 위험을 극복하지 않으면 성장할 수 없는데도……

　다에는 아오이의 우산에 들어가고 싶은 것이 아니라 자기만의 우산을 찾는 것에 도움을 받고 싶은 건지도 모른다.

　고통을 잊기 위해 무언가를 생각하려 했다. 하지만 생각은 어쩔 수 없이 아오이에게 쏠렸다. 아오이 생각만 하고 있자니 그의 상쾌한 미소가 머릿속을 떠나지 않았다. 마음속에서 정체불명의 뜨거운 마음이 점점 고조되

제3장 수수께끼 탐정

었다.

 다에는 아오이를 그만 생각하려고 노력했다. …… 그러자 지금까지 잊고 있던 한 남자가 기억의 심연에서 떠올랐다.

 검은색 상하의에 검은색 펠트 모자, 검은색 망토, 검은색 부츠, 검은색 장갑, 긴 앞머리 아래에는 천진난만한 동안……. 다에는 그 인상적인 남자가 오랜만에 생각났다.

 과거에 한번 맞선을 봤던 남자. 아주 개성적인 인물인데도 다에는 어째서 그를 잊고 있었을까. 살인사건의 소용돌이 속에서 근처에 JDC 탐정까지 있는데.

 딱 한 번 만났다는 사실이 믿기지 않을 만큼 그가 선명하게 기억났다. 검은색투성이 남자는 JDC의 명탐정 중 한 명이며 이름은…….

 - 이름이 특이해서 기억나. 그 사람은 류구, 류구 조노스케 씨였어.

 지금 그는 어디서 무얼 하고 있을까? 일본 어딘가에서 흉악범죄와 격투하고 있을까? 환영성 살인사건을 알까?
 …… 다에는 아직 JDC 제1반의 명탐정 류구 조노스케가 환영성에 오고 있다는 것을 몰랐다.

 과거의 정경 속에서 우두커니 선 자신과 그 사람이

JOKER

보였다. 다에는 기발한 추리 재능을 지닌 검은 옷의 탐정을 생각했다.

맞선 자리에서 단 한 번의 만남과 이별. 생각해보면 조노스케는 신경이 쓰이는 존재였다. 오빠인 후몬지와 아오이에 대한 것과는 또 다른 감정이 생겨났다.

환영성 살인사건의 한 가운데서 탐정에게 의지하고 있기 때문일까?

- 그건 아닌 것 같아. 그렇다면 이 간지러운 마음은 뭐지?

기묘한 것을 좋아하는 마음…… 호기심일까. 조금 다른 느낌 같지만 그것이 가장 가까운 듯했다. 조노스케에게는 미안하지만 그는 아무리 생각해도 이상한 사람 축에 속했다. 사람들이 진귀한 짐승에 관심을 보이듯 다에도 류구 조노스케라는 수수께끼의 탐정에게 마음이 끌렸는지도 모른다.

후몬지 고세이, 아오이 겐타로, 그리고 류구 조노스케.

다에는 각각 다른 마음을 품은 세 남자를 생각했다. 후몬지를 향한 사랑, 아오이를 향한 호감, 조노스케를 향한 흥미……. 모두 살인사건의 음산한 무드와 몸의 고통을 잊게 해주는 매력적인 활력제였다.

아랫배에 손을 대고 바닥 융단으로 시선을 미끄러뜨리

제3장 수수께끼 탐정

며 길을 나아갔다. 다에는 입가에 살며시 미소마저 짓고 있었다.

세상에는 싫은 것만 있지는 않다. 즐거움을 생각하면 세상 전체가 빛나는 것 같다. 이루 말할 수 없는 행복에 감싸여 몸에 활력이 끓어올랐다. …… 일시적 착각으로 활기가 생겼다.

"다에 씨!"

이미 익숙해진 그 목소리에 다에는 퍼뜩 고개를 들었다. 아래를 보면서 걸은 탓에 전혀 몰랐다.

아오이가 서 있었다.

●

『암실』을 나와 류스이와 헤어진 후 아무도 없는 복도에서 사라시나 게이코를 회상했다. 과거를 생각하니 불편한 기분이 들었다. 어쩌다 보니 아오이는 복도를 어슬렁어슬렁 걷고 있었다.

온실에 가서 마음을 가라앉힐까? 그렇게 생각하고 온실로 발을 옮기려던 순간, 거짓말 같은 타이밍으로 건너편에서 걸어오는 호시노 다에를 발견했다.

다에는 아래를 보면서 걷던 탓에 아오이를 못 본 상태였다. 아오이가 말을 걸자 퍼뜩 고개를 들어 놀란 표정을 보이고는 곧바로 온화한 표정을 지었다.

JOKER

 두 사람은 고개를 숙여 가볍게 인사하고 다가갔다. 오랜 친구를 다시 만난 듯한 편안함을 서로에게서 느꼈다.
 "온실에 가셨어요?"
 다에가 걷던 길 끝에는 온실만 있다. 그녀가 온실에 갔던 것은 확실하다. 아오이는 일단 기본적인basic 질문으로 대화를 시작했다.
 "…… 네. 괜찮더라고요. 아오이 씨는 여기서 뭘 하고 계셨나요?"
 다에의 맑은 눈동자를 보니 저도 모르게 시선을 피할 수밖에 없었다. 추녀는 사흘 만에 익숙해지고 미녀는 사흘만에 질린다고 하는데 다에는 둘 다 아니었다. 아름다움과 추함이라는 개념 이전에 아주 인상적인 용모다. 그늘이 옅은 것 같으면서도 머리에 또렷하게 남는……. 아오이가 그녀에게 호감이 있어서인지도 모른다.
 "아, 잠깐 『암실』에 좀."
 일단 거슬리지 않게 대답했다. 복도에서 선 채로 대화를 나누는 것도 불편해서 아오이는 자연스럽게 걸음을 유도했다. 두 사람은 복도를 걸으며 대화를 나눴다.
 실제로 언어의 캐치볼을 즐기는 사이 둘 사이에 상대방을 의식하는 특별한 감정은 저 멀리 떠나갔다.

제3장 수수께끼 탐정

 사라시나 게이코, 히류 쇼코와의 추억이 호시노 다에를 향한 아오이의 마음에 제동을 걸었다. 질척한 남녀 사이의 연애 문제를 혐오하는 감정이 아오이 겐타로를 대하는 다에의 마음에 제동을 걸었……어야 했다. 하지만 둘이 대화할 때는 정말 순수하게 커뮤니케이션을 즐길 수 있었다.

 성적인 의식의 개입이 없는 순진무구한 소년과 소녀처럼 두 사람은 대화의 훌륭함을 제대로 만끽했다. 생각하고 말하는 것이 아니라 자연스럽게 말이 입에서 흘러나오듯 부드럽고 템포 있게 대화가 흘러갔다.

 내성적인 성격인 다에는 항상 겁먹은 듯한 그늘이 표정에 나타나 있었는데, 오빠인 후몬지나 아오이와 이야기할 때는 진심으로 즐거운 듯 순수한 미소를 보였다. 아오이는 그 점이 기뻤다.

 "다에 씨는 요리를 좋아하시나요?"

 별생각 없이 아오이가 묻자 다에는 홈즈의 추리를 들은 왓슨의 표정을 지었다.

 "네? 어떻게 그걸……."

 "『화몰』에 쓰여 있더라고요."

 "『화몰』…… 류스이 씨 소설 말인가요?"

 아오이는 이번 합숙에서 처음 다에를 만났다. 그런데

JOKER

다에는 2년 전부터 류스이를 알고 지냈다. 그를 『류스이 씨』라고 이름으로 부르는 것만 보아도 그렇다. 류스이는 후몬지와도 친해서 호시노 가를 몇 번 찾아왔다. 다에의 취미가 요리임을 아는 것도 그런 연유다.

『화몰』의 『3 기리기리스와의 만남』에는 『요리가 제일의 취미인 호시노 다에』라는 서술이 있다.

"소설은 아니에요. 에세이도 아니고, 기록문학이라고 하면 조금 거창할까요. 지금 류스이가 쓰는 『화몰』은 현실 사건을 그대로 기록한 거예요."

다에는 어젯밤 다과회에 나오지 않은 탓에 류스이가 『화사한 꽃처럼, 몰락은 꿈처럼』을 포기하고 『화려한 몰락을 위해』라는 환영성 살인사건 이야기를 쓴다는 사실을 모르고 있었다. 아오이는 어제 류스이가 결심에 이른 경과를 짧게 들려주었다.

"같은 『화몰』이어도 의미가 달랐군요. 그건 그렇고…… 류스이 씨도 고생이겠네요."

다에의 말투에는 걱정이 담겨 있었다. 창작을 위해서 다른 모든 것을 희생하는 류스이의 지독한 성격을 그녀도 잘 아는 듯했다.

아오이는 쓴웃음을 지으며 어깨를 으쓱거렸다.

"자신을 몰아세우는 걸 좋아하는 녀석이라서요. 그래

제3장 수수께끼 탐정

도 글에 몰입하면 그 녀석은 대단해져요. 귀기가 서렸다고 할까. 이야기 속에 풍덩 빠지죠."

거기에서 예기치 못하게 두 사람은 똑같은 생각을 했다.

— 자기들도 이야기 속에 풍덩 빠진……. 빠뜨려진 것 아닌가? 이 세계는 『화사한 꽃처럼, 몰락은 꿈처럼』, 또는 『화려한 몰락을 위해』가 아닌가?

자기들이 2차원 세계에 사는 『등장인물』이 아닌가 하는 의심이 터무니없다는 것은 잘 안다. 하지만 환영성 살인사건이라는 비현실적인 극한상황의 감옥에 있으면 아예 공상은 아닐지도 모른다는 생각이 든다.

기묘한 망상을 머릿속에서 뿌리치듯 두 사람은 대화에 집중했다. 무언가에 몰입할 때는 순식간에 시간이 흘러가는 법이다.

어느새 두 사람은 다에의 객실 앞에 와 있었다.

"그럼 저는 이만……."

다에가 정중하게 인사하고는 객실 열쇠를 꺼내어 열쇠 구멍에 넣었다.

"아…… 다에 씨!"

아오이의 입이 저절로 움직여 문을 열기 직전이던 다에를 불렀다.

JOKER

 그녀가 뒤돌아보자 머리가 화려하게 흔들렸다. 표정은 프러포즈 받기 직전처럼 굳어있었다. 뺨은 살며시 달아올랐다.
 "다음에 저한테도 맛있는 것 좀 만들어주세요."
 왜 그런 말이 입에서 흘러나왔는지 알 수 없었다. 히류 쇼코의 죽음을 겪고 사라시나 게이코를 회상하며 무거운 기분에 잠겨 있던 탓일까. 아오이는 본능적으로 다에에게 『치유』를 받고자 했다.
 아오이는 머리를 긁으며 수줍게 웃었다.
 ─ 내가 갑자기 뭔 소리를 한 거지?
 "입맛에 맞게 만들 수 있을지 모르겠네요. 그래도 기꺼이 그러죠."
 수줍은 다에의 미소는 아오이에게 천사의 미소美笑보다 더 깨끗하게 마음을 씻겨주었다.
 두 사람은 서로 점점 마음이 통하고 끌리는 것을 분명하게 느꼈다. 보이지 않는 흡인력에 이끌려 점점 더 가까워졌다. 그 힘에 저항할 수 없다고 판단한 아오이는 연애의 미로를 다시 한번 헤매는 것도 나쁘지 않겠다는 생각이 들었다.
 ─ 어차피 인간이란 살아있는 한 실수를 반복하는 존재야. 그렇다면 즐겁게 살아봐야지.

제3장 수수께끼 탐정

다에의 미소가 용기를 주었다.

아오이는 당분간 그 미소를 잊지 못할 것 같았다.

JOKER

36 바서만의 그림

니지카와 료는 살인사건에 관한 메모를 빼곡히 채운 수첩을 보면서 탁상에 펜을 놓았다.

메구미는 쇼리와 놀러 가서 방에 없었다. 니지카와는 2시간 동안 객실에서 사건 정보를 정리하고 있었다.

탐정 흉내를 내면서까지 사건을 해결할 생각은 없었다. 그래도 많은 사람이 신경을 쓰면 새로운 발견이 많아질 것이다. 니지카와는 나름대로 수사에 협력할 생각이었다.

따로 사정청취를 하지는 않았으나 동료 작가나 직원들과 자연스럽게 대화를 나누면서 얻은 정보가 상당히 많았다. 타인에게서 얻은 정보를 모조리 믿지도 않으면서 다짜고짜 의심부터 하지도 않는, 자신의 철학인 중용의 자세를 관철하며 니지카와는 추리를 계속했다.

환영성의 북매치(뿌리 부분이 하나로 이어진 종이성냥)를 하나 뜯어 담배marlboro에 불을 붙였다. 연기를 불어내니 기분이 진정되었다. 담배를 피우며 오른손으로 수첩을 넘겼다.

환영성에 오래 근무한 직원 중에는 이번 살인사건에서

제3장 수수께끼 탐정

히라이 다로의 남동생이 떠오른다는 사람들이 많았다. 히라이 다로의 동생은 이름이 겐지라고 한다. 형과 나이 차이가 많은 그는 이십여 년 전, 환영성이 지어진 지 얼마 안 됐을 때 한 직원과 사랑의 도피를 한 이후로 행방이 묘연하다고 한다.

당시 히라이 씨와 동생 겐지 사이에 이런저런 불화가 있던 모양이다. 그 후의 소식을 아예 모르니 직원들이 이런저런 억측을 하는 것도 어찌 보면 당연하다. 그의 존재가 수수께끼인 이상 무한한 가능성이 성립한다.

– 20년이나 지났는데 정말로 형에게 복수하려고 할까? 게다가 『예술가artist』라고 자처하면서까지 계속 장식적인 살인을 (게다가 외부자를) 저지를까?

히라이 겐지인지 아닌지는 둘째치고, 예술가artist가 외부범일 가능성도 없지는 않다. 하지만 엄중히 단속된 성문을 통해 침입하는 것은 거의 불가능하다. 높디높은 성벽을 넘는 건…… 난센스 아닌가?

상식에 얽매이지 않고 생각해도 환영성은 견고한 요새다. 이틀 밤에 걸쳐 성 바깥에서 힘들게 침입해서 살인을 저지를 것 같지는 않다.

…… 그렇다고 해서 현실적으로 성에 있는 사람 중 범인이 있다고 추리하기도 어렵다. 환영성 직원, 『간사이

JOKER

본격 모임』 멤버들…… 니지카와는 일단 성에 있는 사람 모두를 파악해두었다. 그러나 살인범으로 보이는 사람은 한 명도 없었다.

인간이 묘사되지 않았다는 평가를 받는 추리소설이라면 캐릭터가 투명하기 때문에 독자는 누구든 의심할 수 있다. 하지만 지금은 인물이 묘사되고 아니고의 문제가 아니다. 여기는 현실이고 사람들은 당연히 피가 흐르는 인간이다.

니지카와는 성의 사람들을 2차원의 등장인물이 아니라 3차원의 살아있는 인간이라는 시점에서 관찰했다. 그래서인지 추리가 어려웠다. 인간이 과도하게 묘사된 추리소설도 이렇게까지 추리가 어렵지는 않을 것이다. 입체적인 인물의 개성은 생생하고 강렬하다. 그래서 누가 가면을 썼는지 간파하기가 대단히 어렵다.

재떨이에 담배를 비벼 불을 껐다. 책상 위에 올려둔 손목시계를 보니 오후 6시 25분이었다. 수첩에 시선을 집중했던 탓에 창밖에 땅거미가 드리웠는지도 몰랐다. 저녁 식사는 7시에 시작이니 잠깐 여유가 있다.

- 기분 전환으로 『명화의 방』에 들러볼까.

니지카와는 수첩과 펜을 가슴 주머니에 넣고 자리에서 일어났다. 그리고 방 전등을 끄고 문을 잠갔다.

제3장 수수께끼 탐정

●

아름다운 붉은 장미가 금색 회중시계의 숫자판을 꿰뚫은 그림이다. 로버트 설리번 히무로ロバート・サリヴァン・氷室의 『장미의 봉인된 시간薔薇の封時』이다. 시간을 봉인하는 장미가 사실적인 터치로 묘사되어 있다. 순간의 아름다움을 표현한, 저절로 숨이 삼켜지는 박력을 갖춘 그림이다.

문 정면에 있는 『장미의 봉인된 시간』을 비롯해 『명화의 방』을 구성하는 몇몇 그림은 실로 호화찬란했다. 루벤스의 『비너스 축제』, 마네의 『아틀리에에서의 식사』, 크노프의 『내 마음의 문을 잠그다』, 안드레아 델 사르토의 『피에타』, 얀 브뤼헐의 『지옥의 오르페우스』, 무리요의 『성모자』, 바르톨로메오의 『십자가에서 내려지는 그리스도』, 미켈 하인츠의 『빛의 변주곡』[12], 테오의 『해바라기』, 그리고 바서만의 『샤텐부르크』……. 미술애호가가 아니더라도 흠뻑 빠질 법한 명화들이다.

히라이 다로는 진품을 모으는 데 관심이 없어 그림은 전부 복제화다. 그래도 이만한 양이 한데 모이니 압도적이었다.

복제화임을 알고 보면 어쩐지 어깨에 힘을 빼고 감상할

---

12) 호조 쓰카사의 만화 『캣츠아이』에 나오는 가공의 작품.

JOKER

수 있을 것 같은 기분이 든다. 진품이 지닌 생생한 분위기(감상자의 긴장감?)가 없어서 보는 사람도 마음을 놓는 걸까.

모사는 진품과 크기만 다르면 위법도 아니다. 위작이란 진품과 같은 크기의(모사라는 사실을 숨긴) 복제화를 가리킨다. 그래서 초보 화가는 명화를 모방하는 것에서 출발한다. 사람에 따라서는 진품보다 복제 쪽에 매력을 느끼기도 한다. 사실 복제도 대단한 것은 진품에 가까운(능가하는) 박력을 발산한다.

고집만 없으면 진품 구매에 거금을 들이붓기보다 같은 금액으로 복제화 여러 개를 사는 편이 현명한 처사일 수 있다.

만약 『명화의 방』 복제화를 구매한 돈으로 진품 하나를 샀다고 해도 지금만큼 압도적인 예술 공간을 만들지는 못했을 것이다.

질보다 양이라고 할 수는 없으나 결국 질 x 양의 절대치가 크면 클수록 좋은 법이다. 질이 10이어도 양이 1뿐이라면 질이 7인 물건이 10개 모인 감동을 뛰어넘을 수 없다.

●

아오이는 류스이의 최신작 『직소 퍼즐』을 8할 정도 읽은 시점에 방을 나왔다. 식당으로 바로 갈까 했지만

제3장 수수께끼 탐정

저녁식사까지는 아직 시간이 남았다. 독서에 지친 눈에 휴식을 주기 위해 환영성 안을 산책하며 『지식의 방』을 들러 『명화의 방』에 왔다.

거기서 혼자 그림을 보고 있던 미야마 가오루와 만났다. 두 사람은 그림을 감상하면서 담소를 나눴다. 나이 어린 친구를 곁눈질로 보면서 아오이는 문득 미야마 가오루에 관해 생각했다.

…… 여성적인 가오루는 온몸에 투명한 이미지를 걸치고 있었다. 인간이 묘사되지 않은 추리소설의 등장인물 같은 분위기라고 해야 할까. 손을 뻗으면 그대로 관통할 것 같은…… 가오루에게는 그런 종잡을 수 없는 느낌이 있었다.

류스이처럼 속세를 초월한 분위기와도 다르다. 류스이는 특유의 개성을 발산하는데 가오루에게는 개성이 느껴지지 않는다. 무슨 생각을 하는지 알 수 없으면서도 절대 무뚝뚝하지는 않다. 가오루는 공기처럼 신기한 존재감을 지닌 청년이었다.

그림 한 점 앞에 서서 시선을 쏟았다.

"미야마. 이 그림, 환영성이랑 비슷한 것 같지 않아?"

아오이의 말을 듣고 앞을 걷던 가오루도 발을 멈춰 뒤를 돌아보고 아오이와 어깨를 나란히 했다. 벽에 걸린

JOKER

그림에 두 사람의 시선이 꽂혔다.

"말씀 듣고 보니……. 정말 그러네요."

나무가 우거진 울창한 숲속에 나타난 빨간 성 비스름한 것. 유화 추상화라서 성의 형태는 흐릿하다. 하지만 아오이의 눈에는 그 성이 환영성과 똑 닮은 것 같았다.

그림은 바서만의 『샤텐부르크』였다. 샤텐부르크, 그림자의 성.

제목까지도 환영성을 연상케 한다. 어쩌면 환영성은 이 그림의 성이 모델인지도 모른다.

그런데 아오이가 이 그림에 주목한 이유는 따로 있었다. 그림의 성이 환영성과 비슷하다는 생각이 든 것도 『샤텐부르크』의 작가에 주목했기 때문이다.

작년, 재작년 합숙 때도 『샤텐부르크』를 보았었다. 여태까지는 환상적인 그림이라는 평범한 소감을 품었을 뿐이었다. 하지만 지금은 다르다.

예전에 히라이 씨에게 들은 설명을 떠올린 아오이는 얼핏 머릿속 한구석에 그림자를 드리웠던 기억의 진위를 명확히 밝히기 위해 조금 전 『지식의 방』에 가서 확인하고 온 참이다.

이런 사건이 일어나지 않았다면 신경 쓸 일이 없었겠지만…… 바서만은 색맹화가였다.

제3장 수수께끼 탐정

 어린 시절부터 천재 구도가로 찬사를 받던 희대의 걸물, 바서만은 스무 살에 사고로 색채감각에 이상이 생겼다.

 화가로서 치명적인 신체장애를 얻게 되면서 한때 붓을 꺾을 결심까지 했던 바서만은 나중에 그의 아내가 되는 마리카와 만나면서 다시 그림의 길을 걷게 되었다.

 바서만은 연필 스케치에 전념하고 색채감각이 뛰어난 부인이 색을 입혔다. 완벽한 콤비였던 그들은 이인삼각으로 수많은 명화를 남겼다. 미술계에서 바서만이라 하면 바서만 부부를 가리킨다. 그들은 둘이서 한 명인 화가였다.

29 ◎ 색맹인물

 『추리소설 구성요소 30항』에는 『색맹인물』 항목도 있다. 색맹인 사람이 그렇게 많을 것 같지는 않다. 이번 사건에도 아마 없을 것이다. 적어도 아오이가 아는 한 그렇다.

 …… 그렇다면 이 바서만의 그림이 사건의 중요한 아이템으로 사용될 가능성이 크다.

 - 예술가artist라면 이 그림을 어떻게 사용할까? 우의

JOKER

적으로? 아니면 흉기로? 아니면······.

아오이가 『샤텐부르크』에 푹 빠져 입을 다문 사이, 가오루는 혼자 『명화의 방』을 돌았다.

훌륭한 작품은 몇 번을 보아도 선명한 감동을 준다. 가오루는 『장미의 봉인된 시간』을 보고 감탄의 한숨을 쉬다가 옆에 걸린 테오의 『해바라기』를 주시했다.

발광 직전의 형 고흐에게 보냈다고 전해지는 환상의 명작을 모사한 그림이다. 흐드러지게 핀 해바라기와 그것을 비추는 태양. 복제는 기본적으로 진품을 최대한 재현한 것이기 때문에 원래 그림이 지닌 분위기도 보는 이에게 충분히 전해진다. 테오는 전업화가가 아니므로 기술적으로는 미숙할 수밖에 없었지만 마음이 담긴 힘 있는 작품이다. 가오루는 『명화의 방』에서 이 『해바라기』와 『장미의 봉인된 시간』이 가장 마음에 들었다.

두 남자는 각자 흥미가 당기는 그림에 주목하고 있었다. 정적이 아지랑이처럼 실내에 흐르다가 이윽고 문이 열리는 소리가 났다.

"······ 오, 가오루와 아오이 ♪"

두 사람은 뒤를 돌아보고 고개를 숙였다. 니지카와 료가 들어왔다.

니지카와와 함께 아오이와 가오루는 담소를 나누었다.

제3장 수수께끼 탐정

두 사람만 있으면 대화가 잘 이어지지 않지만 한 사람만 더 있어도 커뮤니케이션의 바리에이션은 비약적으로 늘어난다.

그림 화제를 중심으로 세 사람은 소설과는 거리가 먼 예술로 이야기꽃을 피웠다. 예술은 왜 사람의 마음을 흔드는가, 라는 주제로 즐거운 논의가 이어졌다.

예술로부터 모두가 예술가artist를 연상했지만 아무도 굳이 입으로 꺼내지 않았다. 일부러 괴로운 생각을 하려는 사람은 없는 법이다.

니지카와가 열띠게 이야기를 나누다가 거의 잊고 있던 배고픔을 자각했을 즈음에는 마침 대화도 정체되기 시작했다. 니지카와는 오른쪽 손목에 시선을 떨어뜨렸지만 손목시계를 두고 왔음을 깨닫고 아오이에게 시간을 물어보았다.

"이제 6시 55분이네요. 슬슬 식당으로 가볼까요."

아오이의 제안에 니지카와와 가오루는 고개를 끄덕이며 동의했다.

그렇게 세 사람은 저녁 식사가 기다리는 식당으로 발을 옮겼다.

JOKER

37 해결에 이르는 길

온 벽면이 거울로 덮인 원형 홀은 광량이 적은 상야등 빛을 받아 어슴푸레한 세계가 되었다. 흐릿한 빛이 가운데 세 조각상(경덕귀, 선려상, 선루상)을 요사스럽게 비추고 있었다.

기리카 마이와 료쇼 다쿠지 경부는 『신기루의 방』을 지나 나란히 식당으로 향했다. 그들 뒤에는 쓰쿠모 네무, 구로야 다카시, 아리마 미유키가 따라오고 있었다.

료쇼가 뻣뻣한 목을 돌리며 추궁하듯 말했다.

"어떤가요, 기리카 씨. 범인의 목표는 알아내셨습니까?"

"글쎄요, 어떨는지……."

마이는 어깨를 으쓱이면서 실례가 되지 않을 정도의 얄미운 말투로 의미심장한 답을 건넸다. 그녀의 소거추리는 착실하게 발전하고 있었지만, 지금 시점에서는 경찰이 과도한 기대를 갖게 해서는 안 될 것 같았다. JDC에게는 JDC의, 경찰에게는 경찰의 역할이 있다. 한쪽이 다른 쪽에 과하게 의존해서 좋을 일은 없다.

네무, 구로야, 미유키는 조금 전까지 사건과 관계없는

제3장 수수께끼 탐정

화제로 대화를 나누고 있었다. 그러다가 경부와 탐정의 문답이 시작되면서 조용히 두 사람을 지켜보았다.

료쇼는 막다른 길에서 발을 멈추고 식당 문손잡이에 손을 댔다. 그러면서 얼굴은 계속 마이 쪽으로 돌리고 있었다.

"당신도 그 대단하신 JDC를 대표하는 제1반 탐정 아닙니까. 해결을 약속해줬으면 하는군요."

평소에는 냉정한 마이도 그 말에는 조금 발끈했다. 그러나 료쇼의 도발적인 태도는 어제오늘 일이 아니므로 자제심을 발휘해 분노를 가라앉혔다.

경찰과 JDC가 함께 사건을 해결하면 사건 담당자인 경찰&JDC는 쌍방으로 공적을 인정받는다. 예를 들어 마이가 거의 혼자서 환영성 살인사건을 해결해도 경찰기구에서는 료쇼 경부의 업적이 된다.

료쇼는 얼핏 보면 미운 성격의 소유자다. 하지만 부하들의 장점을 살리는 것이 특기다. 현장 지휘관으로는 손색이 없다. 말하자면 그는 사람을 부리는 카리스마(료쇼는 교활함?)를 갖춘 부류다.

처음에 마이는 료쇼의 도발에 걸려들었다. 그러나 경부의 노림수를 조금씩 알게 되면서 신중하게 발언하고 행동하기로 했다. 료쇼에게는 마이의 자존심을 독설의

JOKER

가시로 콕콕 찔러서 그녀를 분발케 하려는 의도가 있다. 사건 추리 자체는 탐정의 의무여도 료쇼에게 조종당하는 수사의 『장기짝』이 되고 싶지 않았다.

설령 그것이 전략적인 사교 방식이라 해도 여자에게 의존하는 남자는 마이가 질색하는 부류다. 료쇼 경부는 가만히 기다리면 여자가 커피를 내놓으리라고 착각할 법한 인간이었다. 마이는 존경하는 쓰쿠모 주쿠의 손톱 때라도 우려서 료쇼에게 먹이고 싶었다.[13]

남자와 여자의 역할 분담이 필요한지는 몰라도 옛 시대착오적 성차별 사상은 그야말로 죽은 말이 아닌 죽은 생각이 되어야 한다. 과거부터 이어진 사회시스템의 흐름은 아무 상관없다. 우리는 『지금』이라는 시간을 살아간다.

"약속만으로 사건이 해결된다면야 얼마든지 약속해드리죠."

신랄한 대사를 듣고 료쇼는 머쓱해졌다. 경부는 크리티컬(비평적+치명적)한 역습을 예상하지 못한 모양이다. 저도 모르게 멈칫한 그를 무시하고 마이는 식당 문을 열었다.

---

13) 일본어에는 '손톱의 때를 달여서 마시다'라는 표현이 있는데, 이는 '훌륭한 사람에게 감화되도록 그의 언행을 본뜨다'는 뜻이다.

제3장 수수께끼 탐정

시야가 단숨에 펼쳐졌다!

…… 눈에 확 들어오는 텅 빈 식당 풍경. 아직 자리에 앉은 사람은 두 명뿐이다. 그런데 그 두 명이 문제다.

"이봐, 당신들 누구야!"

료쇼 경부는 마이를 앞질러 식당에 들어오고는 적의가 가득 찬 목소리로 수수께끼의 2인조에게 말했다.

처음 보는 남자 둘이 식당에 앉아 있었다.

한 명은 아오이처럼 머리를 짧게 깎은 스포츠맨 스타일의 몸집이 작은 남자다. 소년까지는 아니어도 상당히 젊은데, 당당하고 불손한 표정을 지으며 입가에는 담배 caster를 물고 있었다. 검은 옷의 갱이 인쇄된 셔츠 위에 파란 점퍼를 걸치고 선글라스를 쓴 모습이다. 하의는 후줄근한 청바지다.

사람들에게 등을 돌린 다른 한 명은 너무나 수상하게도 온몸이 온통 검은색인 남자였다. 검은색 상하의를 입고 검은 장갑을 꼈으며 짙은 검은색 망토는 의자 등받이 아래까지 드리워져 있었다. 발에는 검은색 부츠를 신고 챙이 넓은 검은색 펠트 모자까지 쓰고 있었다.

료쇼 경부의 목소리를 듣고 검은색투성이 남자가 벌떡

JOKER

일어나 몸을 확 돌렸다. 그 뒤를 쫓듯이 스포츠맨 스타일의 몸집 작은 남자도 일어났다. 검은색 차림의 남자는 옷 때문인지 날렵한 장신으로 보였다. 너무 마르지도 않고 키도 너무 크지 않다. 아주 균형 잡힌 체구다.

검은 펠트 모자를 깊이 눌러 쓴 탓에 긴 앞머리가 눈을 가려 표정을 읽을 수 없었다. 윤기 있는 살갗에서 추측건대 검은색 차림의 남자도 상당히 어린 듯했다.

검은색투성이 남자가 성큼성큼 다가왔다. 료쇼는 저도 모르게 긴장하여 몸이 굳었다.

- 혹시 이 녀석이 예술가artist?

료쇼의 경계를 푼 것은 뒤에서 들려온 마이의 밝은 목소리였다.

"류구 씨. 방금 여기 도착한 거야?"

"류구……?! 그럼 이 녀석, 아니, 이 사람이 JDC 지원군이라는 류구?"

료쇼는 그때까지 대담한 옷을 입은 탐정은 추리소설에서나 나오는 이야기인 줄 알았다. 실제로 그가 여태까지 같이 수사한 적이 있는 탐정들이나 기리카 마이, 쓰쿠모 네무, 기리기리스 다로도 모두 옷차림이 상식적인 범주에 속했다. 하지만 이 류구라는 탐정은 모든 것이 거짓말 같았다. 소설보다 더 억지스럽고 연극적이고……. 이

제3장 수수께끼 탐정

이미지는 마치…… 그렇다. 광대pierrot다.

난감해하는 료쇼가 우스웠는지 마이와 네무는 소리 죽여 웃었다.

료쇼 경부 앞에서 류구는 우뚝 발을 멈췄다.

그는 펠트 모자의 챙을 올려서 우아한 손짓으로 앞머리를 좌우로 나눴다. 긴 머리카락의 커튼 아래에 나타난 것은 뜻밖에도 동안이었다. 순진함이 남아있는 상냥하고 맑은 눈동자가 경부를 보았다.

검은 가죽 장갑을 벗은 왼손이(왼손잡이?) 앞으로 나왔다.

"JDC 제1반의 류구 조노스케입니다. 잘 부탁합니다."

막힘이 없고 명료한 목소리다. 말이 리드미컬하게 통통 튀면서 굴러가는 듯한 느낌이었다.

"아, 어…… 잘 부탁합니다. 수사반장 료쇼입니다."

오른손으로 받으려다가 서둘러 왼손을 내밀었다. 기묘한 탐정의 등장에 료쇼는 상당히 당황한 듯했다. 조노스케는 장갑 낀 오른손으로 스포츠맨 스타일의 작은 청년을 가리켰다.

"이 분은 제 조수인 제2반의 아지로 소야鴉城蒼也 씨입니다."

"잘 부탁합니다"라고 말하며 아지로 소야는 고개를

JOKER

숙였다. 입에는 담배caster를 그대로 물고 있었다. 료쇼를 꿰뚫는 듯한 날카로운 시선 너머로 지적인 빛이 느껴졌다. 잘 갈린 날붙이 같은 인상이었다. 뾰족하고 날카로우면서도 어딘가 위태로운 느낌이 있었다. 목소리는 차분하고도 귀에 맴도는 여운이 있었다.

"조노스케 씨, 오랜만이에요♡"

료쇼 경부 옆에서 네무가 걸어나왔다. 조노스케는 그녀에게 윙크를 날리고 장갑을 다시 낀 왼손 엄지를 세웠다.

조노스케는 의붓남매인 쓰쿠모 주쿠&네무와 개인적으로도 친하다. 그래서 네무는 그를 이름first name으로 부른다.

"아, 요즘 출장을 너무 자주 가서 오랜만에 보네, 쓰쿠모 양. 또 쓰쿠모 씨랑 같이 놀러 와. 누님도 두 사람을 보고 싶어 하더라."

조노스케는 습관적으로 남자를 부를 때는 이름 끝에 『씨』를 붙이고, 여자를 부를 때는 이름 끝에 『양』을 붙인다.

네무의 포니테일에 부드럽게 손을 얹으면서 조노스케는 날카로운 시선으로 마이를 보았다.

"기리카 양, 또 한 명이 살해당했다면서."

제3장 수수께끼 탐정

 마이는 잠깐 료쇼와 얼굴을 마주하고 차분히 고개를 끄덕였다.

 "응······. 히라이 씨가 키우는 고양이도 두 마리나 살해당했어. 살해 현장은 밀실이기까지 해."

 마이는 조금 짜증 난 듯했다. 시험에서 어려운 문제를 본 학생 같은 표정이었다.

 조노스케는 "훗♡" 하고 순진무구한 미소를 지었다.

 "소거추리의 귀부인도 애를 먹는 사건이라. 천하의 기리카 양도 이번에는 고전을 면치 못했나 보군. 총재님 생각대로 희귀한 대사건으로 발전한 모양인데. 이 류구가 오길 잘했어."

 『나』도 『저』도 아니다. 조노스케는 자기를 『류구』라고 부른다.

 마이는 왼손을 허리에 얹고 오른손으로 손사래를 쳤다.

 "놀리지 마, 류구 씨. 정말로 수수께끼가 많은 사건이라니까······. 뭐, 당신 취향의 사건일 수는 있겠지."

 "그래 보이긴 해. 뭐, 홋카이도 사건은 너무 단순했어. 이 사건 정도면 둔해진 머리도 재활이 될 거 같아."

 "예술가artist를 쉽게 보면 바로 보복당할걸."

 "······ 그럴 수도."

JOKER

 조노스케는 어깨를 으쓱거리며 도발적인 미소를 지었다. 『JDC의 추리 주머니』, 『재치 있는 류구』로 알려진 검은 옷의 추리 귀공자 류구 조노스케는 기발한 추리 전개로 정평이 나 있다. 그 누구도 따라 할 수 없는 추리를 하는 조노스케는 JDC 제1반에서도 특별한 탐정이다.

 아지로 소야와 쓰쿠모 네무는 아무렇지도 않게 두 탐정을 지켜보고 있었다. 하지만 료쇼를 비롯한 경찰 측 사람들은 그들의 대화를 멍하니 지켜볼 수밖에 없었다.

 마치 범인과의 지적인 격투를 즐기는 듯한 이 여유는 뭘까. 최종적으로 승리할 것을 확신하는 걸까?

 …… 때마침 식당에 기리기리스 다로가 나타났다. 류구 조노스케가 환영성에 온다는 사실을 알기는 했어도 나이 먹은 탐정에게는 갑작스러운 재회였다. 기리기리스는 4년 전 그의 목숨을 구해준 은인을 뜻밖의 장소에서 갑자기 만나고 경악 반 환희 반의 표정을 지었다.

 "오오, 류구!"

 기리기리스는 흥분한 표정으로 검은 옷의 추리 귀공자에게 다가갔다. 발걸음은 전에 없이 가벼웠다.

 목소리가 난 쪽을 보는 조노스케.

제3장 수수께끼 탐정

조노스케와 기리기리스의 시선이 세월을 거쳐, 지금, 마주쳤다.

"당신은……!"

조노스케의 밝은 목소리. 감동의 재회다. 주위 탐정들도 두 사람 사이에 무슨 일이 있었는지 아는 만큼 자연스럽게 표정이 풀어졌다.

- 하지만 -

"누구셨더라?"

그 반응에 모두가 허를 찔렸다. 너무나도 얼빠진 대답이었다. 마이도 기가 막힌 듯 조노스케를 노려보았다.

"에이, 류구 씨, 장난하는 거지?"

"하하, 장난이지요. 기리기리스 씨, 오랜만에 뵙네요."

조노스케는 다시 진지한 표정을 짓고 따스한 눈동자로 나이 먹은 탐정을 보았다. 과거에 기리기리스를 구했을 때와 변함없는 맑은 눈동자였다. 어느 때는 수수께끼를 비추는 거울이 되는 그 눈동자 속에 지금은 기리기리스다로라는 남자가 있다. 기리기리스는 기쁜 표정을 지었다.

"요즘 활약이 대단하더군, 류구. 최근 1년 동안 계속 출장을 나갔지? 힘들겠어."

"JDC 경비로 여행한다고 생각하면 팔자 좋은 거죠.

JOKER

수수께끼 풀이는 일종의 취미 같은 거니까요."

"취미를 직업으로 삼은 고통을 아직 모르는 모양이군."

"부디 평생 알고 싶지 않네요. 류구에게서 수수께끼 풀이를 빼면 시체니까요."

"그 시절과 똑같아. 자네는 눈빛이 아주 좋아."

"자주 듣는 말이군요. 일단은 매력 포인트거든요."

악수하는 두 탐정. 지금이야말로 감동의 재회 장면이다. 기리기리스는 조노스케의 손에서 느껴지는 온기를 통해 뜨거운 마음이 올라오는 것을 느꼈다.

기리기리스 다로, 기리카 마이, 쓰쿠모 네무, 아지로 소야……. 거기에 구로야 다카시와 아리마 미유키까지. 모두 검은 옷의 탐정에게 홀딱 빠졌다. 류구 조노스케에게는 타인을 안심케 하는 힘이 있다.

단순한 장난이 아니다. 이 남자는 모든 것을 계산한다. 료쇼는 기묘한 탐정을 관찰하며 냉정하게 분석했다.

음울한 분위기를 타파하기 위한 (웃음). 조노스케에게는 (웃음)도 테크닉의 일부다. (웃음)을 날려서 괴로운 생각을 억지로라도 지우는 것이다. 물론 쉬운 일이 아니다. 불행의 파도를 맞고도 꿈쩍하지 않는 강인한 정신력이 필요하다. 료쇼는 조노스케에 대한 인식을 바꾸고

제3장 수수께끼 탐정

그가 믿음직스럽다고 생각했다.

조노스케를 어떻게 수사의 『장기짝』으로 이용할까? 그 문제는 일단 제쳐두고 잠시간 광대가 만드는 (웃음)의 소용돌이 속에 있어 보자……. 그렇게 또 한 사람, 료쇼 다쿠지도 조노스케를 둘러싼 원에 들어갔다.

식당에 작가들이 한두 명씩 모였다. 회포를 푸는 것은 나중으로 미루고 사람들은 일단 자리에 앉기로 했다.

●

JDC 지원군으로 환영성에 등장한 수수께끼의 탐정 류구 조노스케는 사실 예전에 호시노 다에와 맞선을 본 적이 있었다. 그 사실이 밝혀지자 다들 놀라면서 조노스케를 친근한 존재로 느꼈다. (웃음)의 마력까지 더해 조노스케는 순식간에 자리의 분위기에 녹아들었다. 무서운 적응력을 지닌 남자다.

류구 조노스케와 아지로 소야의 인사가 끝나자 료쇼 경부가 어젯밤의 실수를 사과하고 수사진의 향후 방침을 설명했다.

"오늘 밤부터 환영성 주변과 중정에 경비 인원을 배치하고 성 내부도 밤새 순사에게 순찰을 맡기겠습니다. 더 이상 살인이 일어나게 하지 않겠습니다."

아주 적절한 조치라고 할 수 있다. 단지 하룻밤 늦었을

JOKER

뿐. 어제부터 조심했더라면 히류 쇼코는 쉽게 살해당하지 않았을 텐데…….

어쨌든 조노스케나 마이에게는 시간을 벌 수 있어 고마운 일이었다. 그들은 예술가artist가 행동을 제한당한 사이에 단숨에 수수께끼를 해결해버릴 작정이었다.

적은 예술가artist를 자처하는 족속이다. 예술적인지 아닌지는 제쳐두고 각각의 살인에 기발한 취향이 들어갔다는 것은 누구나 인정하는 사실이다.

첫 번째 살인…… 샹들리에로 압살
두 번째 살인…… 거꾸로 목 매단 것으로 꾸며 교살
두 건의 살묘…… 참수, 꽃으로 시체 장식
세 번째 살인…… 밀실 내 감전사

경관이 성을 순찰하는 상황에서는 예술가artist도 섣불리 행동에 나설 수 없을 것이다. 예술가artist는 평범하지 않게 취향을 녹여내서 살인을 저질러야 하기 때문이다.

엄중한 경비망을 빠져나와 수사진의 의표를 찌르는 범행을 저지를 가능성도 아예 없다고는 할 수 없지만, 그것은 우둔한 인간이나 할 짓이다. 범인이 오늘 밤에

제3장 수수께끼 탐정

일을 저지른다면 체포해서 해결을 보면 된다.

 그러므로 당분간 사람이 죽을 걱정은 없다. 하지만 그 당분간이 문제다.

 중요한 것은 그 후다.

 며칠 동안 경비 인원을 배치해두면 예술가artist의 움직임을 봉인해둘 수는 있다. 하지만 추리에 진전이 없으면 경찰은 결국 경비 인원을 뺄 것이 틀림없다. 어젯밤과 똑같이.

 그때까지가 관건이다. 반드시 예술가artist의 가면 아래 맨얼굴을 밝혀내야 한다.

 그래도 일단 안전을 확보했다는 점에서 작가들은 모두 가슴을 쓸어내렸다. 그들은 정신적으로도 차분함을 회복하고 순조롭게 저녁 식사를 식도 안으로 흘려 넣었다. 오늘 아침까지 축적된 마음의 피로가 풀어져 표정도 편안해진 것 같았다.

 조노스케를 중심으로 사건과 관계없는 화제로 이야기꽃이 피었다. 몇 개의 삼각관계가 완성되면서 환영성 살인사건은 새로운 국면으로 접어들었다.

 잠깐의 안식이었다.

JOKER

38 시차 트릭

조노스케는 저녁 식사를 마치고 곧바로 수사를 개시했다. 세 끼 식사보다 수수께끼 풀이를 좋아하는 그는 난공불락의 수수께끼를 공략하고 싶어 좀이 쑤시던 참이었다.

겨울은 일몰이 빠르다.

저녁 8시가 지나서 『유혈의 방』에 가보니 석유등 조명이 실내를 어스름히 비추고 있을 뿐이었다. 쇠창살만 있는 창문 밖에는 깊은 어둠이 드리워져 있었다. 바깥에서 불어온 마른 바람이 석유등을 진자처럼 흔들었다. 화염이 흔들리면서 벽에 비친 그림자도 요사스럽게 흔들렸다.

융단에는 피 얼룩이 남아있지만 히이라기 쓰카사를 살해한 흉기인 샹들리에는 이미 분해되어 반출된 상태다. 실내의 가구는 벽 구석의 책상과 작은 선반뿐이다. 책상 위에는 전기스탠드, 메모지, 재떨이 등이 있다.

창을 통해 『유혈의 방』에 침입하는 찬바람에 조노스케의 망토가 펄럭였다. 어둑한 『유혈의 방』에서 새까만 탐정은 수상한 분위기를 풍기고 있었다.

제3장 수수께끼 탐정

조노스케 외에 아지로 소야, 기리카 마이, 쓰쿠모 네무, 기리기리스 다로. JDC 탐정이 모두 모여 있었다. 마이, 네무, 기리기리스는 이미 여러 번 조사한 방이기 때문에 실내를 돌아다니는 조노스케의 모습을 가만히 지켜보고만 있었다. 소야는 의자에 앉아 탁상의 재떨이를 끌어오고는 담배caster를 피우고 있었다. 이름을 보면 바로 알 수 있듯 JDC 제2반 소속의 아지로 소야는 아지로 소지 총재의 외아들이다.

소야는 DOLL(국제입법탐정기구)에서 S탐정으로 인정받은 일본 최고의 탐정을 아버지로 둔 덕에 주변의 기대를 많이 받았다. 하지만 외부에서 오는 무언의 압력을 의식하지 않으려 애썼다. 아버지에게는 아버지의, 자신에게는 자신의 방법이 있다. 소야는 항상 꿋꿋했다.

전기스탠드, 전원 콘센트. 창문과 비슷한 높이에 있는 작은 선반을 살핀 후, 조노스케는 쇠창살 창문 앞에서 발걸음을 뚝 멈췄다.

"여기서 살해된 사람이 히이라기 쓰카사 씨였지?"

홋카이도 사건을 수사할 때부터 FAX로 받은 자료를 토대로 사건의 대략적인 요지를 머릿속에 우겨넣었던 조노스케의 발언은 질문이라기보다는 확인이었다. ……혼잣말에 가까운 투다.

JOKER

"사망 추정 시각은 오전 0시에서 1시 사이. 완벽한 알리바이가 있는 사람은 그 시간에 다과회에 참석한 다섯 명뿐이죠."

네무가 확인의 의미를 담아 설명했다. 조노스케는 창밖의 어둠에 시선을 둔 채로 검은 장갑을 낀 왼손을 턱에 대고 장난스럽게 미소 지었다.

"완전한 알리바이……. 쓰쿠모 양, 가장 먼저 의심해야 할 다섯 명의 이름은……?"

"아오이 씨, 호시노 씨, 히류 씨, 미야마 씨, 다쿠쇼인 씨예요."

"히류 쇼코는 밀실에서 살해당했어. 그녀는 용의선상에서 소거할 수 있지. 류구 씨, 역시 그 네 명부터 의심해보는 거야?"

마이는 마치 시험하는 듯한 말투로 말했다. 마이와 조노스케는 함께 제1반에 속한 호적수rival다. 그녀는 지적으로 대등한 사람 사이에서 벌어지는 고도의 추리 게임을 즐기는 편이다. 추리 전쟁은 호각의 추리력을 지닌 상대와 해야 재미있는 법이다.

마이가 조노스케보다 먼저 수사를 시작했다. 조노스케는 마이가 놓친 실마리를 발견하여 추리를 발전시킬 수 있을까.

제3장 수수께끼 탐정

조노스케는 쇠창살을 세심히 관찰했다.

"글쎄, 어떨까. 너무 완벽한 알리바이가 있는 사람들부터 의심하는 게 수사의 정석이지. 적은 예술가artist를 자처하는 인물이잖아. 뒤통수의 뒤통수를 칠 가능성도 없지는 않아. 그러니 급하게 결론을 내릴 순 없어."

조노스케는 장갑을 낀 채 쇠창살 위를 손가락으로 훑었다. 그리고는 고개만 돌려서 마이를 보았다.

"그런데 우리가 그렇게 생각할 걸 예상하고 뒤통수의 뒤통수의 뒤통수를 칠지도 몰라. 자신을 최유력 용의자 자리에 앉혀서 혐의를 벗으려 하는 건 지능범이 자주 쓰는 수법이지."

"뫼비우스의 띠 같네. 거기까지 의심하면 답은 영원히 안 나와. 뭐, 이 정도 정보만 가지고 추리를 서두를 순 없지."

네무와 기리기리스는 말 없이 조노스케와 마이를 번갈아 보았다. 소야는 반쯤 피운 담배caster를 재떨이에 비비고 손으로 턱을 괴며 조노스케를 보았다.

"류 씨. 원격살인 트릭은 간파했어?"

소야는 류구 조노스케를 줄여서 『류 씨』라고 부른다. 처음에는 『조 씨』였는데, 『코끼리[14] 씨』로 들리는 게

---

14) 코끼리象는 일본어로 '조ぞう'라고 읽는다.

JOKER

이상해서 조노스케의 희망에 따라 닉네임이 바뀌었다. 사실 조노스케는『류 씨』도『유산硫酸』15) 같아서 싫어한다. 그것까지 말하면 끝이 없으니 타협하기로 했다.

소야가 말하는 원격살인 트릭은 완벽한 알리바이를 지닌 네 사람 중 범인이 있을 가능성을 가정한 발언이다. 알리바이가 있는 인물이어도 원격살인 트릭을 사용했다면 살해 현장과 떨어진 곳에 있어도 간접적으로 사람을 죽일 수 있다.

조노스케는 우향우해서 소야 쪽으로 몸을 돌리고는 탐정 조수에게 미소를 지었다.

"그건 간단하지, 아지로 씨."

남자를 부를 땐 이름 뒤에『씨』를 붙이는 것이 조노스케의 버릇인데, 아지로 소야와 아지로 소지 부자를 혼동할 일은 없다. 소야는『아지로 씨』, 아버지 쪽은『총재님』이라는 호칭이 마련되어 있다.

조노스케는 쇠창살을 흘긋 보고는 마이에게 시선을 되돌렸다. 이번에는 조노스케의 눈동자에도 도발적인 빛이 보였다.

"기리카 양은 물론 알고 있었겠지? 이 예술가artist가 잔머리를 썼다는 사실을."

---

15) 류 씨와 유산硫酸 모두 일어로 '류상りゅうさん'이라 읽는다.

제3장 수수께끼 탐정

    소야, 네무, 기리기리스의 시선이 조노스케→마이에게로 미끄러지듯 움직였다. 시선 끝에서 마이는 미소 짓고 있었다.

    "뭐, 이거 얘기 아닌가."

    마이는 고개를 들어 천장의 석유등을 가리켰다. 조노스케는 만족스럽게 고개를 끄덕이고는 방 가운데로 성큼성큼 걸어가 마이와 마찬가지로 천장을 쳐다보았다. 다른 세 사람도 그들을 따라 석유등에 시선을 모았다.

    천장에 고정된 우산 손잡이 같은 돌기에 석유등이 걸려 있었다.

    "환영성에 도착한 지 얼마 안 됐고 직접 조사하지 않았으니 『아드님』은 눈치채지 못했겠지만, 네무도, 기리기리스 씨도 이 트릭은 간파했죠?"

    『아드님』이란 따로 설명할 것도 없이 소야의 별명이다. 소야는 아버지와 대놓고 비교당하는 것 같아서 싫어하지만 의외로 이 호칭을 즐겨 쓰는 사람이 많다.

    마이는 탐정 조수와 나이 먹은 탐정을 보았다. 네무는 곧바로 고개를 끄덕였으나 기리기리스는 팔짱을 끼고 신음하고 있었다.

    "나도 분명 가설로는 받아들이긴 했는데…… 글쎄, 좀 문제가 있지 않나?"

JOKER

 조노스케는 엄지손가락을 세워 창에 끼워진 쇠창살을 가리켰다.

 "기리기리스 씨. 쇠창살에는 트릭의 흔적이 분명하게 남아있잖아요. 왜인지 경찰은 놓친 모양인데, 그 쇠창살에는 뭔가로 문지른 듯한 흔적이 살짝 남아있어요. 아마 천장 돌기에도 비슷한 흠집이 남아있을 거라고 봅니다."

 "낮에 저랑 마이 씨가 살펴봤어요. 확실히 천장에도 문지른 듯한 흔적이 남아있었어요."

 네무가 조노스케의 추리를 뒷받침하는 증언을 했다. 소야는 손가락을 딱 튕기면서 "그랬군"이라고 중얼거렸다. 역시 소야도 JDC 제2반에 속한 탐정이다. 조노스케의 말을 듣고 모든 것을 깨친 모양이다.

 "아드님도 알아챘군. 기리기리스 씨, 이건 단순한 트릭이잖아요? 전기스토브와 로프를 쓴 거죠♡"

 "나도 그렇게 생각해. 하지만 너무 간단하지 않은가 해서. 그 부분이 도무지 이해가 안 가."

 기리기리스는 아무래도 석연치 않은 모양이다. 조노스케는 나이 먹은 탐정의 의심을 일단 보류하고 해설을 계속했다.

 "샹들리에 위쪽에 로프를 묶고 천장 돌기에 거는 거죠. 로프 끝부분은 쇠창살에 묶어두고……. 이 작은 선반은

제3장 수수께끼 탐정

딱 창문 높이에 있고 전기스탠드 콘센트도 있으니 주방에 있는 전기스토브를 쓰면……."

"…… 전기스토브 바로 위를 지나는 로프를 태우면 얼마 안 있어 끊어질 거야. 천장 돌기가 도르래 역할을 해서 샹들리에가 바닥에 떨어지는 거지. 샹들리에 무게 때문에 쇠창살에는 문지른 듯한 흔적이 남고, 천장 돌기에도 당연히 문지른 흔적이 남지. 난이도 C 수준의 문제야."

뒷부분은 마이가 해설했다. 기리기리스는 여전히 납득하지 못한 표정이었다. 소야도 나이 먹은 탐정과 같은 의문을 품은 듯 눈썹을 찌푸리고 진지한 표정을 지었다.

"요즘 추리소설에도 안 쓸법한 너무 유치한 트릭인데……. 기리기리스 씨 말씀처럼 따로 노림수가 있는 것 같아요."

기리기리스는 탁상에 있던 환영성 북매치로 새 담배에 불을 붙인 소야를 곁눈질로 보다가 제1반의 두 탐정을 다시 보았다.

"트릭의 단순함을 논하는 건 일단 접어두자고. 그 전에 일단 세세한 문제점을 확인하고 싶은데……."

"그럼 말씀해주시죠."

조노스케는 여유로운 자세였다. 기리기리스는 헛기침

을 하고 검은 옷의 추리 귀공자와 대치했다.

"200킬로그램이나 되는 샹들리에를 어떻게 들어 올렸지? 히이라기를 압사시키기 위해서는 적어도 어느 정도 높이로 올려야 해. 이 환영성에 샹들리에를 들어 올릴 수 있는 사람이 있나? 답은 없다는 거야."

그 의문에 마이가 답했다.

"그건 샹들리에를 실내로 들인 것과 같은 원리겠죠. 샹들리에를 분해하고 나서 뿌리 부분만 일단 끌어올리는 거예요. 로프 끝을 쇠창살에 단단히 묶은 다음에 천장에 매달린 뿌리 부분에 다른 부품을 조립하는 거죠. 그렇게 하면 한 번에 들어올려야 할 무게는 고작 5에서 10킬로그램 정도예요."

조노스케가 고개를 끄덕이며 마이 옆에서 덧붙여 말했다.

"석유등은 쓸 수 없으니까 전기스탠드를 조명 삼았겠지. 샹들리에를 세팅하고 나서 전기스탠드를 끄고 전기스토브를 세팅한 거야. 원격살인에 성공한 후에는 로프와 스토브를 처리하고 석유등을 제자리에 두면 돼."

소야와 네무는 연신 고개를 끄덕였다. 잠깐의 침묵 후 기리기리스는 다시 의문을 제기했다.

"음, 좋아. 그러면 더 근본적인 문제를 말하지. 예술가는 어떻게 히이라기를 샹들리에 밑에 눕힌 거지? 자진해

제3장 수수께끼 탐정

서 기요틴에 목을 내미는 사형수는 없을 텐데."

"당연한 의문이군요. 그런데 답은 간단합니다. 히이라기 씨의 위장에서 수면제가 검출되었다고, 류구가 받은 자료에 나와 있었습니다(『20 새로운 수수께끼』 참조). 강력한 수면제를 사용하면 뒤척이는 일 없이 재워둘 수 있었겠죠."

네무는 그 정경을 상상하고 몸서리를 쳤다.

- 어둠에 둘러싸인 『유혈의 방』. 전기스토브의 불꽃이 아른거리는 모습. 타닥타닥 소리를 내며 그을리는 로프. 쇠창살에서 시작해 천장 돌기를 지나 샹들리에를 매단 로프. 거대한 샹들리에 아래에는 수면제를 먹고 잠든 히이라기 쓰카사. 타닥타닥…… 타닥타닥…… 마침내 로프가 불타고…… 샹들리에가 낙하하여 짓이겨지는 히이라기 쓰카사!

"그런데 기리기리스 씨. 지금 말씀하신 문제점은 이미 스스로 해결하신 문제 아닌가요?"

마이의 말에 네무는 정신을 차리고 기리기리스를 보았다. 나이 먹은 탐정의 표정에 쓸쓸한 빛이 드리워져 있었다.

"그건 그렇네만. 마이, 내게는 아무래도 이 살인사건이 영 거짓말 같단 말이지. 이 트릭의 유치함도 그래. 모든

JOKER

게 현실적이지 않고 허구적이야."

"기리기리스 씨 말씀도 이해해요. 하지만 요즘 사건이란 게 다 연극 같잖아요. 어떤 의미에서는 추리소설보다 더 거짓말 같은 사건이 많아요. 그러니까 너무 신경 쓰실 건 없다는 거죠. 이 원격살인도 전기스토브와 로프를 사용한 트릭이 반드시 옳다고 할 수는 없어요. 억지로 갖다 붙이면 고양이를 이용한 동물 트릭도 생각할 수 있죠. 논리에 『반드시』는 없으니 여기서 원격살인이 벌어졌다는 사실만 기억하면 돼요. 가짜 트릭 논의는 시간 낭비예요. 다른 할 일도 많잖아요. 지금으로선."

조노스케에게 위로받아도 기리기리스의 응어리는 풀리지 않았다. 이 사건에서 느껴지는 위화감이 도무지 지워지지 않았다.

잘 흘러갈 리 없는 시나리오가 매끄럽게 전개되는 현실. 논리적으로 작동하는 탁상공론. 기리기리스의 느낌은 말하자면 이런 것이었다.

현기증이 팽창하면서 기리기리스 다로의 모든 것을 집어삼켰다.

"좀 피곤하군. 미안하지만 먼저 들어가지."

걱정스러운 눈빛의 네 탐정을 뒤로하고 기리기리스는 객실로 돌아가기로 했다.

제3장 수수께끼 탐정

39 우의에 주목하기

어느 사회나 세대교체는 존재한다. 인간이 나이를 먹는 것과 마찬가지로 시간의 흐름에 따라 사회의 시스템도 조금씩 변한다. 만물유전. 그것이 이 세계의 법칙이다. 『유혈의 방』을 나와 복도 너머로 사라지는 네 명의 젊은 탐정들을 배웅하며 기리기리스는 자신이 여태까지 걸어온 여정을 떠올렸다.

사람은 자신이 빛날 때 그 빛을 보지 못한다. 전성기의 고개를 넘어 인생의 내리막길로 접어든 후 뒤를 돌아보고 나서야 비로소 자신의 몰락을 깨닫는다.

화사한 꽃처럼, 몰락은 꿈처럼.

어차피 몰락할 바에야 적어도 떠날 때만큼은 확실하게 정하고 싶었다. JDC 제3반 이상의 탐정 중 50세를 넘긴 사람은 기리기리스를 제외하면 제1반의 중진 시라누이 젠조뿐이다. 다른 또래 탐정들은 강등되고 JDC를 떠나고……. 그들의 시대는 확실하게 종언의 때가 가까워졌다.

그래도 상관없다고, 기리기리스는 후련한 기분으로 생각했다. 끝까지 과거의 영광에 매달려 후배에게 길을

JOKER

양보할 줄 모르는 자의 모습은 추할 테니까.

몰락은 꿈처럼. 현실이 허구에 녹아드는 것처럼 빠져들고 싶었다.

장자는 꿈을 꾸었다. 자신이 나비가 되는 꿈을 꾸었다. 아주 현실 같은 꿈이었다. 눈을 뜨고 장자는 이렇게 생각했다. 자신이 『나비』의 꿈을 꾼 것이 아니라 나비가 『장자』라는 꿈을 꾼 것 아닐까?

유명한 『호접지몽』 고사처럼 현실과 허구의 경계는 어차피 흐리멍덩하다. 뭐가 현실이고 뭐가 허구인가, 정의 그 자체에는 의미가 없다. 설령 바뀌더라도 우리가 보는 세계는 아무것도 변하지 않는다.

기리기리스는 기왕이면 꿈처럼 스러지기를 간절히 바랐다. 화사한 꽃은 곧 시들 것이다.

– 화려한 몰락을 위해 무엇을 바치면 좋을까? 예술가 artist는 『여덟 개의 제물』을 바친다는데. 그렇다면 나는 『기리기리스 다로』라는 환상의 인격인가?

그렇게 막연한 생각을 하며 복도를 걷고 있었다. 객실 문손잡이에 손을 댄 순간, 남자는 누군가가 부르는 소리를 듣고 발을 멈췄다.

마침 그녀를 생각하던 순간이었다. 마미야 데루가 고뇌에 찬 표정을 지은 채 서 있었다.

제3장 수수께끼 탐정

― 현실은 소설보다 기이하다. 그런데 이 이야기는 너무 작위적으로 매끄럽지 않은가. 온통 허구적인 이 이야기는…….

"마미야 씨, 무슨 일이시죠? 얼굴이 창백하십니다."

기리기리스의 사별한 아내 가노를 빼닮은 환영성 객실 담당자는 불안한 발걸음으로 나이 먹은 탐정에게 다가왔다. 그녀는 잠시 머뭇거리다가 무겁게 닫힌 입을 열었다.

"이번에는 제 과거 이야기를 들어주실 수 있으신가요? 기리기리스 씨, 제가 저지른 죄를……."

기리기리스는 신부가 아니다. 하지만 길을 잃은 자의 참회를 들어주는 것에 인색하지는 않다. 화사한 꽃처럼, 자기 이름도 모른 채 시들어가는 꽃은 주위 세계의 모든 것을 받아들일 준비가 되었다. 그리고 끝내 몰락은 화려하게, 꿈처럼…….

●

아지로 소야는 머리 뒤로 깍지를 끼고 불을 붙이지 않은 담배를 입에 문 채로 멍하니 조노스케의 뒷모습을 바라보며 걷고 있었다. 몸집이 작은 소야의 그런 자세는 불퉁한 소년을 연상시켜 왠지 모르게 귀여웠다.

네 사람에게 등을 돌리고 복도 너머로 걸어간 기리기리스를 흘긋 보면서 쓰쿠모 네무는 잰걸음으로 소야를

JOKER

쫓아갔다. 머리카락이 조랑말의 꼬리ponytail처럼 좌우로 흔들렸다.
 "저기, 도련님. 왜 그래?"
 같은 반 소속 또래인 소야와 네무는 비교적 자주 대화를 나누는 사이다. 성격이 무뚝뚝한 소야에게는 친한 지인이라고 할 수 있다. 다만 소야는 어쩐지 네무가 불편했다. 이유에 대한 분석을 시도한 적은 없지만 『아드님』이 아니라 『도련님』이라고 부르는 것도 원인일 수 있다.
 나는 상전이 아니라고.
 그렇게 속으로 중얼거리면서 귀찮은 듯 대답했다.
 "그냥 생각 좀 할 게 있어서."
 "추리라도 생각났어?"
 "아니…… 아직 거기까지는. 그런데 나는 기리기리스 씨가 마음에 걸린다는 게 신경 쓰여."
 "그 유치한 물리 트릭 말이지?"
 "응. 뭐, 유치하긴 해도 아이가 범인은 아니겠지만 아무래도 이해가 안 가."
 소야는 피우지 않은 담배를 점퍼 안주머니에 넣었다. 그 후로 그가 입을 다물었기 때문에 네무는 어쩔 수 없이 추궁을 단념했다.

제3장 수수께끼 탐정

조노스케, 마이에 이어 네무와 소야도 『역전의 방』에 들어갔다.

실내로 한 걸음 발을 들인 순간, 조노스케가 펠트 모자를 벗고 휘익, 휘파람을 불었다.

"아하…… 이건 당황할 만하네."

마이가 맞장구를 쳤다.

마치 천장에 서 있는 듯한 착각…….

『역전의 방』은 천지가 뒤집혀 있다.

마이는 벽에 걸린 한 폭의 그림 『의자에 앉은 성모』를 보고 저번에 이 방을 살폈을 때도 느꼈던 막연한 위화감을 다시 느꼈으나 일단 조용히 있기로 했다. 지금은 주도권을 조노스케에게 맡길 작정이었다.

"해결되지 않은 수수께끼가 산더미처럼 쌓여있어……."

조노스케가 실내를 둘러보고 말을 꺼냈다.

"일단 샹들리에를 사용해서 히이라기 씨를 죽인 이유. 그리고 살인예고장. 『화려한 몰락을 위해』를 원 괄호 안에 넣은 이유, 그리고 『여덟 개의 제물』이 가리키는 것. 그리고 이 방에서 일어난 미즈노 살인사건은 바닥에 목을 매단 듯한 상태로 만든 이유. 그리고 미즈노 씨가 입에 오렌지 하나를 통째로 물고 있던 이유. 이게 다

뭘까?"

소야는 마지막으로 『역전의 방』에 들어와 문을 닫고 질렸다는 듯 말을 꺼냈다.

"이 사건에는 수수께끼가 너무 많은데."

"아지로 씨, 좀 재밌어졌어? 애태워봤자 아무 소용 없다고. 하나씩 살펴보자. 일단 두 마리 고양이를 죽인 건 아마 『심판의 방』을 쓰기 전에 방해가 될 것 같아서겠지."

"히라이 씨 말씀에 따르면 고양이들은 기본적으로 방목해서 키웠던 것 같아요. 『심판의 방』 근처에 고양이 집이 있었대요."

설명을 붙이는 네무에게 조노스케는 가볍게 손을 흔들어 고마움을 표했다. 그리고는 펠트 모자를 다시 쓰고 『의자에 앉은 성모』에 시선을 보냈다.

"고양이 살해를 주요 살해가 아니라고 보면 피해자는 히이라기 씨, 미즈노 씨, 히류 양. 전부 추리소설가야."

"예술가artist가 말한 『여덟 개의 제물』은 역시 여덟 명의 추리소설가겠지. 가능성을 소거하면 그게 가장 논리적인 해답으로 남아."

마이는 동의를 구하는 눈빛으로 조노스케를 쳐다보았다.

제3장 수수께끼 탐정

"뭐, 사건이 중간까지 왔다고 치면 지금 단계에서 그렇게 판단하는 게 한계일지도. 단정은 할 수 없겠지만 이 경우에 범인은 추리소설가일까?"

"류 씨답지 않게 진부한 추리네. 여덟 명 모두가 당한다고 믿게 해서 자신을 피해자로 카모플라주하는 거잖아. 정말 추리소설적인 추리야."

"에이, 그렇게까지 말하지 마. 이건 어디까지나 가설이야."

조노스케는 쓰게 웃으며 소야에게 변명했다. 네무가 뭔가 떠오른 듯 입을 열었다.

"기리기리스 씨 말씀에 따르면 『화려한 몰락을 위해』라는 말에 작가분들께 뭔가 짚이는 바가 있을 것 같다는데요."

"재밌는데. 좋아, 오늘 밤이나 내일 아침에라도 작가들에게 이야기를 들어봐야겠어. 기리카 양은 뭐 따로 생각한 거 있어?"

"문제는 역시 미즈노 살인사건이지. 어째서 미즈노 가즈마는 지면에 목이 매달렸을까. 그리고 왜 입에 오렌지를 물고 있었을까. 범인이 추리소설가라면 역시 우의법을 사용한 걸까?"

우의법은 통상적으로 시체의 어떤 특징을 감추기 위해

범인이 적용하는 것이다. 하지만 단순히 시체 장식을 위한 우의법도 존재한다. 현재 시점에서 미즈노 사건은 어떤 케이스인지 확실하지 않다.

조노스케는 『의자에 앉은 성모』로 다가가 얼굴을 가까이 댔다. 그리고는 그림 앞에서 뒤를 돌아보고 다른 세 탐정을 순서대로 살펴보았다.

"그거 말인데……. 사실 FAX로 받은 수사 자료를 봤을 때부터 류구한테는 생각이 있었어."

조노스케는 다시 모자를 벗고 왼손 손가락으로 빙글빙글 돌렸다. 추리를 정리할 때의 버릇이다.

세 사람은 조노스케를 주목했다. 검은 옷의 추리 귀공자(추리 광대?)는 드디어 제 실력을 발휘하는가?

"맨 처음에…… 류구는 이 방의 상황을 범인의 사인이라고 생각했어."

"사인?"

소야가 무심코 되물었다. 마이와 네무는 침묵을 유지한 채 조노스케의 말에 귀를 기울였다.

"서명 같은 거? 좀 바보 같은 생각일지는 몰라도 범인은 예술가artist를 자처하는 녀석이잖아. 현장에 자기 이름을 남겨두지 않을까? 뭐, 이 생각은 실제로 환영성 현장을 조사하고 새로운 정보를 얻고 나서 조금 변하긴

제3장 수수께끼 탐정

했는데. 류구는 현장을 구성하는 다양한 오브제가 모두 미스디렉션이라고 생각해."

미스디렉션, 오도. 범인이 자신의 혐의를 벗기 위해 고의로 남기는 가짜 실마리다.

마이는 팔짱을 끼고 진지한 표정을 지었다. 진지함은 그녀 특유의 음울함을 날려버린다. 진지하게 추리를 할 때 마이는 틀림없는 탐정의 표정을 짓는다.

"나도 미스디렉션 아닐까 생각하긴 해봤어. 죽을 때의 전언dying message과는 명백하게 다르니까 살인자의 전언murdering message이라고 바꿔 말해야 할 것 같은데. 그래도 결국 목매달기, 오렌지, 샹들리에에서 의미 있는 추리는 나오지 않았어……. 히류 쇼코는 2년 전에 『일곱 톨의 오렌지 씨앗』이라는 추리소설을 발표했다는데, 그건 너무 나간 거겠지. 류구 씨 추리는 어때?"

"음, 류구는 예술가artist의 의도를 거의 정확하게 파악한 것 같아. 핵심은 간단해. 역전 같은 거에 구애받을 필요 없어. 『역전의 방』 오브제는 단순히 밀감으로 후몬지 씨에게 혐의를 씌우는 미스디렉션이야."

"후몬지 씨에게?"

소야의 눈썹이 꿈틀거렸다. 아직 아무도 조노스케의 말을 이해하지 못했다. 오렌지와 후몬지의 연결고리

JOKER

란…….

"생각해봐. 후몬지 씨가 미스터리계에서 별명이 뭔지."

- 몇 초의 침묵 -

"아, 그렇구나!"

마이를 필두로 네무와 소야도 경악의 탄성을 질렀다.

하지만 세 사람은 조노스케의 추리를 곧장 받아들일 수는 없었다. 너무나도 비상식적인, 장난질이라고밖에 할 수 없는 메시지. 이건 미스디렉션이라기보다는…… 언어유희다.

"그런데 조노스케 씨. 정말로 그게 미스디렉션인가요?"

네무가 반신반의하며 물었다. 그녀도 이런 미스디렉션은 과거에 본 적이 없다.

"류구의 추리도 처음에는 가설의 영역을 벗어나진 않았어. 그런데 비슷한 종류의 미스디렉션을 다른 데서도 볼 수 있었지. 류구는 이 현실에서 도무지 눈을 돌릴 수 없더라고. 설령 『말言』이 『헤매면서迷』 새로운 『수수께끼謎』가 생긴다고 해도 말이야."

"정말로 그런가……. 오렌지가 아니라 밀감이라고 생각해야 하나……."

제3장 수수께끼 탐정

　소야가 힘없이 내뱉었다. 그들은 오늘만큼 오렌지와 귤의 차이를 깊이 인식한 적이 없었다. 두 개의 『말』이 가진 미묘한 뉘앙스의 차이.

　이것이 『말』의 마력이다.

　붕괴한다……. 『말』의 질서가 분해된다.

　"귤은 『미완의 대기』라는 별명을 가진 후몬지 씨를 가리키는 미스디렉션이야."

　밀감→미완[16]!

　『말』은 살아있다. 『말』은 사용하는 사람에 의해 바뀐다. 그리고 사람들을 헷갈리게 하는 미로^{謎路}를 만든다. 만물유전. 『말』도 변한다. 그래서 탐정들이 걷는 미로^{謎路} 또한 계속 바뀐다.

　"류구 씨. 그런데 후몬지 씨가 범인이고 밀감이 서명일 가능성은 없어? 이건 어디까지나 밀감이 정말로 미스디렉션이라고 가정했을 때의 얘기이긴 한데."

　"예술가artist의 사인치고는 너무 예술적이지 못해. 물론 기리카 양이 지적하는 가능성도 없지는 않아. 어쩌면 그게 바로 예술가artist의 진짜 노림수일지도 모르지. 미스디렉션을 뿌려둬서 그 안에 숨겨둔 진짜 사인을 들키지 않으려는……."

---

16) 일본어로 밀감과 미완은 둘 다 '미캉'으로 발음한다.

"그러고 보니 조노스케 씨는 같은 종류의 미스디렉션이 또 있다고 말씀하셨는데, 그건 뭐죠?"

조노스케는 마이와 네무에게 의미심장한 시선을 번갈아 보냈다.

"쌍둥이 고양이의 사체가 발견된 현장에는 달리아 드라이플라워가 있었어. 그랬지?"

"한 마리의 입에만 물려 있었어."

마이는 그렇게 말하다가 사건의 정경이 『역전의 방』에 있던 미즈노 가즈마 살인 현장과 대단히 유사하다는 것을 깨달았다. 미스디렉션을 입에 물고 있는 시체……. 만약 그렇다면 고양이 사건에서 달리아 드라이플라워는 무엇을 가리키는가?

"드라이플라워 꽃잎에 구멍이 뚫려있었다던데."

"동그란 구멍이었어요. 작고 둥근 구멍이 깔끔하게 뚫려있었죠. 분명히 의도적이었어요."

"예술가artist는 뭘로 구멍을 뚫었을까?"

"송곳 아니야? 류구 씨, 그 달리아 드라이플라워가 대체 무슨 미스디렉션이 된다는 거야?"

조노스케가 뜸을 들인 탓에 마이는 조금 짜증 난 말투로 말했다. 조노스케는 모자를 고쳐 쓰고 고개를 끄덕이고는 마이를 가리켰다.

제3장 수수께끼 탐정

"미스디렉션만 있는 게 아니야. 수사진을 놀리는 장난기까지 느껴져. 이건 악의적인 메시지임과 동시에 기리카 양을 가리키고 있어."

"나……? 아니, 이게 무슨 소리야?"

조노스케는 장갑을 낀 왼손 검지를 세우고 좌우로 흔들면서 말했다.

"달리아는 『화려』라는 꽃말과 관련이 있을 뿐, 딱히 의미는 없을 거야. 중요한 건 드라이플라워, 꽃에 송곳으로 구멍이 뚫려있다고 했잖아. 구멍을 뚫는다는 행위는 대상을 관통한다는 거야. 『기리카 마이』라는 이름의 꽃을 송곳으로 관통해봐."

기리카 마이→기리키리 마이! 霧華舞衣→霧錐舞衣

"기리키리마이[17]……. 아니, 류 씨. 그건 좀 너무하지 않아? 아무리 그래도 그건 단순한 말장난이잖아!"

깜짝 놀라 멍해진 마이를 감싸듯 소야가 말을 쏟아냈다. 조노스케는 눈을 감고 고개를 좌우로 두 번 흔들었다.

"류구도 이 추리가 진실이라고 주장할 생각은 없어. 상식적으로는 생각할 수 없는 미스디렉션이니까. 그런데 여러 개나 중첩되면 신빙성도 높아지잖아."

"미스디렉션이 또 있나요?"

---

17) 당황하여 허둥대는 것을 말한다.

JOKER

네무도 『말』이 멋대로 움직이기 시작했음을 감지했다. 어쩌면 환영성 살인사건의 진짜 적은 예술가artist가 아니라 『말』이라는 성가신 마물인지도 모른다.

"류구가 현시점에서 발견한 또 하나의 미스디렉션은…… 이 『역전의 방』에 있는 오브제야."

마이, 네무, 소야는 조노스케의 말을 듣고 실내를 둘러보았다. 마이의 시선이 『의자에 앉은 성모』에 쏟아졌다. 그리고 마이는 그 사실을 깨달았다. 네무와 소야는 아직 알아채지 못한 모양이다.

"모르겠어? 이거야."

조노스케는 엄지손가락을 세워서 뒤쪽의 『의자에 앉은 성모』를 가리켰다. 네무와 소야도 그림에 주목했다.

"기리카 양도 쓰쿠모 양도 경찰 수사진도 이 그림에는 주목하지 않은 모양이군. 자연스러우면서 부자연스러운 것. 이 그림은 예술가artist의 미스디렉션이라고 추리할 수 있어."

"조노스케 씨, 그게 무슨 말씀이죠?"

네무는 아직 깨닫지 못했다. 당연하다. 그림은 한없이 자연스럽게 벽에 걸려 있다. 너무 자연스럽다.

소야가 "앗!" 하고 외쳤다. 조노스케와 소야의 눈이 맞았다. 검은 옷의 탐정은 고개를 끄덕였다.

제3장 수수께끼 탐정

"류구나 다른 사람들은 이 그림을 지극히 자연스럽게 볼 수 있어. …… 하지만 여기는 『역전의 방』이잖아. 쓰쿠모 양, 이건 뭘 의미하지?"

이렇게까지 노골적인 힌트도 이해하지 못할 만큼 네무는 어리석지 않다. 포니테일 소녀 탐정은 힘이 쭉 빠진 투로 중얼거렸다.

"…… 반대였군요."

"그래. 모든 것이 역전된 이 작은 우주에서 세계의 법칙을 위반한 게 딱 하나 있어. 이 그림은 예술가에 의해 위아래가 바뀐 거야."

JOKER

40 완전한 밀실

조노스케는 실내를 천천히 둘러보며 해설을 이어갔다.
"이 『역전의 방』 테마는 천지의 역전이야. 다시 말해 이 방에는 모든 것이 정반대로 뒤집혀 있지. 지면에 목을 매단 시체도 이곳에서는 천장에 목을 매단 시체가 되는 거야."

마지막으로 『의자에 앉은 성모』에 다다른 검은 옷의 탐정은 그 동그란 그림에 시선을 고정했다.

"그렇게 생각하면 미즈노 씨의 매달린 시체는 이 방에서는 딱히 기이한 것도 아니야. 이 방의 정방향을 따라 평범하게 매달린 시체니까."

"그렇다면 예술가artist는 이 그림에 주목해주길 간절히 바랐던 거네. 모든 것이 평범한 상태의 반대 방향인 이 방에서 이 그림은 이상하게 눈에 띄어……."

지금은 『의자에 앉은 성모』에 느꼈던 위화감도 충분히 수긍이 간다. 그 사실을 알고 보니 이 동그란 그림이 주위의 분위기와 얼마나 동떨어져 있는지 알 수 있었다. 평범한 방에 그림을 거꾸로 건다고 생각하면 당연하다. 하지만 조노스케가 지적한 것처럼 평범하게 벽에 걸린

제3장 수수께끼 탐정

그림은 지극히 자연스러웠다. 그래서 위화감을 느껴도 그림의 방향까지 알아채지 못한 것이다.

"미스디렉션일까 사인일까. 어쩌면 사건의 열쇠가 될 법한 깊은 의미가 있을지도 몰라."

"류구 씨, 뭐 따로 생각하는 거 있어?"

"성모라는 말에서 연상되는 이름은 마리아야. 마리아를 거꾸로 뒤집으면 어떻게 되지?"

"아리마 미유키 형사님?!"

마리아→아리마

아리스가와 아리스의 추리소설에는 아리마 마리아라는 인물이 등장한다. 추리소설가들이 그림이 뒤집혔다는 사실을 알아차렸다면 아리마 형사를 도출했을지도 모른다.

"그런데 조노스케 씨. 그건 좀 그렇지 않나요?"

네무가 의문을 표했다. 조노스케는 흥미로운 시선으로 그녀를 보았다.

"호오…… 무슨 말씀이실까, 쓰쿠모 양."

"아니, 사실…… 그림이 뒤집힌 건 못 알아챘는데, 저도 이 『의자에 앉은 성모』라는 작품이 어쩐지 신경 쓰이더라고요. 그래서 『지식의 방』에서 이 그림에 관해 조사를 좀 해봤죠."

JOKER

네무는 『의자에 앉은 성모』에 관해 조사한 내용을 보고했다.

『의자에 앉은 성모』. 황금 액자의 보호를 받는 이 톤도(원형 회화)는 르네상스 전성기를 대표하는 화가 라파엘로의 원숙기 걸작이다.

이 그림이 원형인 그럴듯한 이유 중 하나로 다음과 같은 전설이 있다.

…… 옛날에 지나가던 소녀가 은둔자를 구해준 답례로 『영원한 생명』을 받았다. 몇 년 후, 라파엘로는 여행 중에 어머니가 된 그녀의 아름다움에 반하여 근처에 있던 와인 통 뚜껑에 그녀와 그녀의 아들 초상화를 그렸다.

이렇게 그녀는 명화 속에 영원한 모습을 간직하게 되고, 그래서 이 그림은 둥글다고 한다…….

하지만 실제로 톤도는 당시에 유행했다. 전설은 어디까지나 전설의 영역에 머무른다.

"아하. 성모이기는 한데 마리아와는 별 상관이 없다는 거군. 그러면 류 씨의 미스디렉션 추리는 성립하지 않아."

"에이, 그건 아니지, 아지로 씨. 예술가artist도 이 그림에 관해 자세히 몰랐을 수 있어. 그런데 미즈노 씨는 아리마 형사가 환영성에 오기 전에 살해당했어. 예술가

제3장 수수께끼 탐정

artist는 사건 전에 그녀를 알고 있었고 이 환영성에 파견될 것을 예상했을지도 몰라. 아리마 형사가 예술가면 몰라도. 뭐, 이건 너무 나갔고. 일단 이 그림에 관한 수수께끼 풀이는 보류하자고."

"그런데『영원의 생명』을 받은 톤도라니 의미심장하네. 살인예고장에 쓰여 있던『성스러운 잠』과 뭔가 관계가 있을지도 몰라."

마이의 지적에 모두가 고개를 끄덕였다. 조노스케는 헛기침하고 모두를 재촉했다.

"『역전의 방』은 일단 이 정도로 마무리 지어도 되겠지. 밤이 더 깊어지기 전에 『심판의 방』도 보고 싶은데, 슬슬 움직여 볼까?"

●

밤의 어둠은 깊어지고 짙어져 간다…….

하늘에 넓게 펼쳐진 구름은 울음을 터트리기 직전의 소년 같은 낯빛을 띠었다. 오늘 밤도 비가 한 차례 쏟아질지도 모른다. 어젯밤처럼 호우라면 경비하는 사람은 고생할 것이다.

네 탐정은 북동쪽 중정의 자갈길을 걸었다.『심판의 방』으로 이어진 길을 나아갔다.

『심판의 방』나무 문은 수사진이 깔끔하게 철거했다.

JOKER

지금 그곳에는 문 모양의 구멍이 있을 뿐이다.

네무는 안으로 들어가 벽 스위치를 눌러 전등을 켰다. 광량이 얼마 되지 않아 어슴푸레해도 실내의 상태를 관찰하기에는 충분했다.

전기의자가 치워져서인지 아침에 봤을 때보다 방이 넓어 보였다. 한산한 느낌이었다.

조노스케는 잠시 실내를 찬찬히 확인하고는 쪼그려 앉았던 몸을 일으키고 펠트 모자를 벗었다.

그는 모자로 자신에게 부채질하면서 휴, 한숨을 쉬었다. 적극적으로 돌아다닌 탓인지 겨울인데도 약간의 땀이 났다. 순진함이 남은 얼굴 때문에 길가에서 한창 놀다 온 소년 같기도 했다. …… 하지만 조노스케의 새까만 옷차림은 소년이라기에는 너무 수상했다.

조노스케는 다시 즐겨 쓰는 모자를 뒤집어쓰고 검은 망토를 펄럭이며 마이를 돌아보았다.

"자. 기리카 양은 이 방을 어떻게 생각하지?"

"솔직히 말해서 이렇게까지 빈틈없는 밀실은 처음이야. 문 말고는 바깥으로 나갈 곳이 없는데도 문은 안쪽에서 잠겨 있었고 범인 예술가artist는 안에 없었어. 기계장치를 설치한 부분도 없고 숫자 자물쇠에도 이상한 점은 없었어. 나랑 네무, 그리고 기리기리스 씨와 경찰들도

제3장 수수께끼 탐정

눈에 불을 켜고 찾아봤으니 스피디한 트릭이 사용되었을 것 같지도 않아."

스피디 트릭이란 밀실 문을 깨부수고 맨 처음에 실내에 들어온 범인이 살인을 저지르는 것, 또는 목격자들이 방에 들어올 때의 혼란을 틈타 하나밖에 없는 열쇠를 실내에 떨어뜨리는 역전의 발상 트릭이다. 추리소설에서나 볼 수 있고 현실에는 불가능한 것도 많다.

"이 밀실은 저도 당황스러워요. 평범한 밀실과는 다르게 어쩐지 분위기가 이상해서……."

조금 전에 이야기 나눈 톤도 추리도 그렇고, 네무의 추리는 항상 『어쩐지』모호하다.

그녀의 퍼지추리는 막연하게 진상을 스치는 경우가 많아서 다른 탐정들에게 도움이 된다. 조노스케와 마이는 퍼지탐정의 추리에 해결의 실마리를 찾아보고자 생각에 잠겼다.

"나도 아직 수사 자료만 읽었는데 네무 말처럼 확실히 이 밀실은 좀 이상한 느낌이 드네. 류 씨, 예술가artist는 정말로 이 방에 드나들었을까?"

소야가 벽에 걸린 『최후의 심판』의 복제화를 보며 말했다. 답을 구하는 말투가 아니라 의문을 말로 꺼내서 자기 생각을 정리하는 느낌이었다.

JOKER

예술가artist는 어떻게 히류 쇼코에게 최후의 심판을 내렸는가?

밀실살인 중에는 범인이 밀실에 출입하지 않고 밀실 바깥에서 실내의 피해자를 살해하는 트릭도 많다. 물론 이것이 그 사례일 가능성도 있다.

하지만 숫자 자물쇠는 자석으로 풀고 잠그는 자석 트릭도 쓸 수 없다. 게다가 바깥에서 전기의자의 레버를 움직이는 것은 아무리 생각해도 불가능하다.

원래 밀실살인을 접한 탐정은 직관으로 수수께끼를 풀 열쇠를 막연하게 포착한다. 하지만 이번 밀실은 그것이 전혀 없었다. 위화감이 느껴지지 않는, 그야말로 예술적일 만큼 질서 있고 완벽한 밀실이 완성되었다.

…… 뭔가 놓친 부분이 있을 것이다.

조노스케가 고개를 숙이자 긴 앞머리가 눈가를 덮었다. 모자챙까지 가로막은 바람에 조노스케의 표정은 아무에게도 보이지 않았다.

"원래 살인사건에서 밀실이 형성되면 어딘가에 도망칠 구멍이 있어야 해."

추리 귀공자의 목소리는 중얼거림에 가까웠다.

"발자국, 열쇠……. 말하자면 사실 밀실이 아닌 상황을 밀실이라고 착각하게 하는 거지. 그건 대체로 수사진의

제3장 수수께끼 탐정

맹점이니까 밀실 트릭을 간파하기 위해서는 그 맹점을 찌르면 돼."

밀실의 맹점. 다이아몬드도 특정한 포인트를 찌르면 산산이 부서진다. 그것과 비슷한지도 모른다. 맹점을 찌르면 다이아몬드처럼 단단해 보이던 『밀실』의 환상이 사라지고 무거운 죄인 살인이라는 행위만이 남는다.

미스터리나 현실사건에서 그 맹점을 발견하는 것이 바로 명탐정이라는 이들의 역할이며 독자의 즐거움이기도 하다.

조노스케는 웅얼거리는 목소리로 계속 말했다.

"그런데…… 이 『심판의 방』에는 맹점이 될 게 아무것도 없어. 바꿔 말하자면 완전한 밀실이 완성되었단 뜻이지."

"맹점 없는 밀실이구나. 피란 메일네시아라는 S탐정이 이런 말을 한 게 생각나네. 『밀실 전부가 허구는 아니다. 완벽한 밀실이 완성되는 경우도 있다』……."

피란 메일네시아는 세계에 여섯 명밖에 없는 S탐정 중 한 명이다. 밀실사건 수사에 특출난 재능을 보유하여 『밀실의 여제』라는 호칭을 얻었다. 『여제』여도 그녀는 아직 21세. 오랜 탐정 역사에서 사상 최연소 S탐정이다.

완벽한 밀실. 만약에 그런 것을 정말로 완성할 수

있다면……. 그 밀실은 예술이며 그것을 만들어낸 인물을 예술가artist라고 부를 수도 있겠다.

조노스케는 바깥으로 나와 하늘을 올려다보았다. 두껍게 내려앉은 구름이 압도적인 침묵을 지켰다. 폭풍 전의 고요. 곧 비가 내릴지도 모른다.

"류구 씨, 승산은 어때?"

시선을 뒤로 돌린 순간, 마이가 마침 『심판의 방』에서 나오는 중이었다. 네무와 소야도 뒤를 따랐다.

조노스케는 미소 짓고는 결의에 찬 시선으로 세 사람을 순서대로 보았다. 그리고 선언했다.

"경찰의 포위망이 예술가artist의 행동을 제한할 수 있는 것도 잠깐이야. 내일은 끝장을 보고 싶어. 기리카 양은 어때?"

"음~. 해결은 이를수록 좋겠지만 내일은 어렵지 않을까. 경찰 덕에 사흘은 안전할 테니까 그사이에 어떻게든 해보려고."

소야는 점퍼 주머니에서 담배를 꺼내고 『유혈의 방』에서 가져온 북매치로 불을 붙였다. 그리고 담배 연기를 코로 내뿜으며 두 선배 탐정을 번갈아 보았다.

류구 조노스케와 기리카 마이는 각자 추리를 전개하는 모양이다. 구체적으로는 얼마나 진상에 가까이 접근했는

제3장 수수께끼 탐정

지 아직 알 수 없다. 그러나 소야는 두 사람의 표정에서 절대적인 자신감을 보았다. 제1반과 제2반 사이에 있는 역력한 실력 차이를, 자신이 아직 넘을 수 없는 넓은 간극의 존재를 통감했다.

"경찰 경비가 끝나기 전에 어떻게든 사건을 해결해야 죠……. 더는 살인을 저지르게 두어선 안 돼요."

네무의 말투에도 강한 의지가 느껴졌다. 마이는 고개를 끄덕이고 조노스케는 검은 장갑을 낀 손으로 포니테일 소녀 탐정을 가리켰다.

"그래서 우리가 여기 있잖아. 예술가의 시나리오가 끝까지 가게 둘 순 없지. 환영성 살인사건은 최악의 각본이야. 여기서 막을 내리는 게 딱 좋아. 쓰쿠모 양, 그리고 아지로 씨도 내일 본격적인 수사를 위해서 오늘 밤은 푹 자."

마이도 느긋한 미소를 지으며 후배 탐정들에게 상냥한 말을 건넸다.

"네무, 오늘은 수고했어. 아드님도……. 내일은 정신 바짝 차리고 수사하자. 선배로서 충고하는데 제발 밤만 새지 마. 특히 아드님은 내일 또 한참 걸어야 하고. 그리고 아이에게는 꿈을 꿀 시간이 필요하니까♡"

네 사람은 서로 격려의 말을 건넸다. 그러다가 조노스

JOKER

케와 마이는 담소를 나누며 내부로 이어지는 중정 자갈길을 그대로 되돌아갔다. 그 뒷모습을 보면서 네무와 소야는 얼굴을 마주하고 어깨를 으쓱였다.

"아직 풀리지 않은 수수께끼가 산더미처럼 있는데 저 두 사람은 역시 여유롭네. 도련님은 이제 뭘 할 거야? 걸을 거야?"

아지로 소야의 추리는 이로란보理路亂步라고 한다.

추리를 찾아 이치理의 길路을 마구亂 걷는 것步……. 예술가들이 영감을 얻기 위해 산책하는 것과 원리는 같다. 걷는 행위에 몰입하면 무아의 경지에 다다라 순수하게 사고 유희에 전념할 수 있다. 걸으면서 우뇌가 자극되면 뇌내 마약이 분비되고 일시적으로 창의력이 발달하기 때문에 많은 사람이 산책을 선호한다고 한다.

추리를 위해 계속 걷는다는 것은 언뜻 보면 수상쩍다. 그러나 이로란보가 우수한 추리법이라는 점은 JDC 제2반까지 올라간 소야의 실적이 증명한다.

그런데 순전히 우연이라지만 에도가와 란포의 『환영성』에 이름을 딴 환영성에서 이로란보라는 추리법을 구사하는 탐정이 찾아온 것도 참 운명적이다. 환영성 살인사건에서는 그런 사소한 것도 포함하여 모든 것이 너무나도 장식적이다.

제3장 수수께끼 탐정

 홋카이도 출장에 이어 환영성까지 오면서 소야도 피로에 찌들었다(홋카이도 사건 때도 상당히 많이 걸었다). 오늘은 그냥 쉴까 하는 생각도 들었다. 그런데 조노스케와 마이를 보니 얼른 그들을 따라잡기 위해서라도 추리를 전개하고 싶은 충동이 일었다.
 정연하지 않은 환영성의 이로理路를 란보亂步할 것인가? 아니면 내일을 대비해 휴식을 취할 것인가?
 이 두 가지 생각 사이에서 소야는 갈등했다.
 담배 끝에서 춤추는 램프의 요정 같은 자색 연기를 바라보며 소야는 모호하게 고개를 흔들고 우유부단한 투로 말했다.
 "난 잠깐 여기 있으려고. …… 걸을지 말지는 모르겠어."
 "그래? 그럼 난 먼저 갈게. 수고해."
 네무는 자갈길을 걸어 멀리 떠났다. 아무리 뒷모습을 빤히 보아도 그녀가 뒤돌아서 소야를 보는 일은 없었다.
 길어진 담뱃재를 땅에 떨어뜨렸을 때, 소야의 뺨에 누군가 입을 맞췄다. …… 손가락으로 뺨을 만져보았다. 젖어 있었다. 다음으로 이마에, 코에, 차가운 것이 떨어졌다.
 상공을 올려다본 소야는 무심코 중얼거렸다.
 "눈이구나."

JOKER

 한없는 허공의 어둠에 무수한 하얀색 조각이 춤을 췄다. 신성한 하얀 요정들이 어지러이 춤을 추며 하늘하늘 지상으로 내려왔다.
 소야는 잠시 하늘에 넋을 빼앗긴 자세로 가만히 서 있었다.

제3장 수수께끼 탐정

41 아량 있는 정경

이틀 연속으로 살인이 일어났기 때문에 당연하게도 오늘 밤 다과회는 열리지 않았다. 환영성은 경찰이 경비를 서고 있으니 아예 열지 못하는 것은 아니다. 하지만 동료 작가가 살해당했다. 어쩌면 자기들 사이에 살인귀가 있을 수 있다는 의심암귀가 퍼진 상황이다. 여행 총무 류스이는 어차피 사람이 안 모일 테니 일단 하루는 다과회를 중지한다는 결정을 내렸다.

●

오후 9시 40분.

호시노 다에는 오빠 방에 있었다. 후몬지 고세이는 방에 딸린 책상에서 류스이가 쓴 『화려한 몰락을 위해』 복사본을 훑어보고 있었다. 『지식의 방』에 있는 복사기로 다에가 복사해준 것이다. 그녀는 저녁 식사를 마치고 류스이의 방에 찾아가 그에게 원고를 빌려달라 부탁하고 복사했다.

아스피린을 먹고 세 시간 정도 낮잠을 자서 그런지 복통은 그럭저럭 나아졌다. 식후에 자기 객실에서 『화몰』을 다 읽은 다에는 혼자 있기도 불안해서 원고와

JOKER

『지식의 방』에서 빌려온 시마자키 도손島崎藤村의『와카나슈若菜集』를 들고 오빠 방을 찾았다.

『화사한 꽃처럼, 몰락은 꿈처럼』이라는 소설을 쓸 예정이던 류스이가『화려한 몰락을 위해』라는 논픽션 노블(사건기록물)을 쓴다는 것. 그리고 예술가artist가 아무래도『추리소설 구성요소 30항』섭렵을 시도하려 한다는 것은 이미 작가들 사이에 널리 알려졌다.

사건 자료인『화몰』을 열심히 읽는 오빠에게 말을 걸기도 미안해서 다에는 조금 전부터 말없이 시선을 갈팡질팡 돌렸다. TV를 볼 생각도 책을 읽을 생각도 들지 않았다. 어쩐지 멍하니 있고 싶었다. 하지만 실제로 그렇게 있어 보니 시간의 흐름이 너무나도 느리게 느껴졌다. 무료했다.

실내의 단조로운 풍경을 둘러보기도 지겨워서 눈을 감았다. 어둠 속에서 무의식적으로 오늘 오후에 시간을 공유한 아오이의 표정이 떠올랐다.

아오이 겐타로, 후몬지 고세이, 다쿠쇼인 류스이……. 그리고 류구 조노스케를 순서대로 생각했다. 산뜻하고 즐거운 대화를 제공해주는 아오이 겐타로. 사랑으로 감싸주는 상냥한 후몬지 고세이. 초연한 태도에 창작 말고는 관심이 없는 듯하면서도 배려를 잊지 않는 다쿠쇼인

제3장 수수께끼 탐정

류스이.

다에는 주변의 훌륭한 사람들을 생각하다가 자신이 환영성 살인사건 한복판에 있다는 것을 잊을 뻔했다. 새장 밖을 나온 아기새가 자유로운 천공을 나는 것은 과거에 없던 가슴 뛰는 경험이다.

다에는 호시노 가문의 보호에서 벗어나 순전히 개인 자격으로 합숙에 참여했다. 조금 내향적이었던 미즈노 가즈마나 히이라기 쓰카사는 첫 대면 때 그녀에게 무뚝뚝하게 굴었지만 니지카와 메구미를 포함해 다른 『간사이 본격 모임』 멤버는 모두 그녀를 대등한 인간으로 대해주었다. 다에에게는 자연스러운 인간관계 안에 있는 것이 너무나도 신선하고 매력적인 일이었다. 여기서 다에는 호시노 가문의 영애가 아닌 평범한 젊은이다. 그 점이 기뻤다. 잔학무도한 살인사건만 안 일어났으면 이번 합숙은 훨씬 멋지고 황홀했을 텐데…….

예전에 맞선을 본 적 있는 류구 조노스케에게 생각이 닿으니 저절로 사건 생각이 났다. 옷차림은 저번에 만났을 때와 마찬가지로 기발하게 새까맸다. 그러나 환영성이라는 비경에서 본 그의 모습은 믿음직스럽고 용감했다.

조노스케가 살인사건과 격투하는 전문가이기 때문……은 아닐 것이다. 수수께끼에 맞서고 수수께끼에

JOKER

도전하는 검은 옷 탐정의 모습은 눈부셨다. 마치 수수께끼를 풀이에 전념함으로 인해 조노스케가 빛나는 것 같았다.

다에는 맞선 자리에서 조노스케가 더없이 지루해 보였다는 것을 기억한다. 예의를 잃지 않는 수준에서 그녀에게 이야기를 맞춰줬지만 겉치레의 영역을 벗어나지 않았다. 혹시 그를 화나게 한 건 아닐까. 말을 걸며 그런 죄책감에 사로잡혔던 것을 기억한다.

딱히 낯을 가렸던 것은 아니다. 조노스케는 능란한 화술을 구사하여 상대방을 즐겁게 하는 방법을 잘 알고 있었다. 그러나 관심 없는 투의 몇몇 대화로 그녀에게 공허한 인상을 주었다.

그런 조노스케가 유일하게 눈을 빛내며 떠들던 것이 수수께끼와 수수께끼 풀이 이야기였다.

『호시노 양, 사람들은 모두 수수께끼를 풀기 위해서 살아가요. …… 조금만 생각해보면 알 수 있죠. 세계 여기저기에 널린 수수께끼……. 산다는 것은 말하자면 수수께끼를 끊임없이 푼다는 거예요. 그래서 류구는 수수께끼를 푸는 행위에 평생을 바쳤습니다.』

열정적으로 말하는 조노스케의 눈동자는 꿈을 말하는 소년의 눈동자 같았다. 따분한 세상 이야기를 나눌 때와

제3장 수수께끼 탐정

는 판연히 다른, 불꽃처럼 생기 넘치던 눈동자는 지금도 생생히 기억난다.

그때 잠시 빛을 보였던 조노스케와 지금의 조노스케는 완전히 똑같다. 약간 다른 점이 있다면 바로 시간이다. 그때는 잠시였지만 지금은 반영구적이다. 현재 환영성에 출현한 무수히 많은 수수께끼를 마주한 조노스케는 계속 빛을 발하고 있다.

조노스케와는 저녁 식사 자리에서 잠깐 대화를 나눠보았는데, 예전 느낌과는 전혀 달랐다. 수수께끼 풀이에 집중할 환경을 보장받은 조노스케는 산더미 같은 장난감 속에 파묻힌 소년처럼 빛났다.

프로 스포츠 선수는 그 분야의 달인이기 때문에 눈부시게 보인다. 시합에 몰입했기 때문에 빛나 보인다. 그것과 마찬가지다. 흉악범죄 앞의 명탐정은 누구보다도 밝게 빛난다.

다에는 오늘 무시할 수 없는(강렬한) 존재감을 지닌 조노스케의 매력을 비로소 깨달았다. 조노스케는 그녀의 머릿속에서 완전히 독자적인 자리를 차지하기에 이르렀다.

다에는 『간사이 본격 모임』에 환영성 살인사건의 범인인 예술가artist가 있다고 생각하지 않는다.

JOKER

 예술가artist는 『추리소설 구성요소 30항』을 섭렵하고자 한다는데 추리소설가가 범인이라면 『의외의 범인』 항목을 만족하지 못한다. 이유는 그뿐만이 아니다. 무엇보다 그녀는 추리소설가 중에 범인이 있다는 것이 도무지 믿기지 않았다.

 아오이 겐타로, 후몬지 고세이, 다쿠쇼인 류스이, 니지카와 료, 니지카와 메구미, 미야마 가오루……. 모두가 타인을 전혀 모른다고 하지만 그녀는 동료들을 잘 안다고 생각한다. 그들의 인품이 훌륭하다는 것과 그들이 살인 따위를 저지를 리가 없다는 것도.

 그렇다고 해서 환영성 직원들을 의심하기도 힘들었다. 말하자면 다에는 사람을 의심하는 일에 익숙지 않다. 누구에게도 배신당한 적이 없어서 나쁜 사람이 무엇인지 잘 모른다. 어떤 의미로는 행복한 일이지만 불행한 일이기도 하다.

 인간의 더러움을 알고 있으면 타산으로 가득 찬 모략에 대비할 수 있다. 때 묻지 않은 마음이 세계의 암흑에 닿으면…… 대미지는 헤아릴 수 없을 만큼 클 것이다.

 작가나 직원들 사이에서 『히라이 겐지』라는 이름이 입에 오르내리는 횟수가 늘어났다. 들은 바에 따르면 행방불명 상태라는 히라이 다로의 친동생이라 한다.

제3장 수수께끼 탐정

아무래도 지인 사이에서 범인을 찾기보다는 잘 알지 못하고 생사마저 불확실한 히라이 겐지라는 인물을 의심하게 된다.

- 분명히 히라이 겐지 씨의 범행일 거야. 환영성 밖에 숨어서 밤마다 성에 침입하고 범행을 저지르는 거겠지. …… 이 가설이 옳다면 사건이 계속되진 않을 거야. 경찰이 환영성을 경비하고 있는 데다 오밤중에 외부에서 침입하는 것은 불가능하니까. 아마 이제 사건은 이어지지 않을 거야. 괜찮아.

다에가 추측보다 소망에 가까운 결론에 다다른 바로 그때, 후몬지가 짧은 비명을 질렀다.

"아야!!"

다에의 오빠는 새끼손가락을 입에 넣고 있었다. 아마도 『화몰』 원고용지에 손가락을 베인 모양이다. 종이는 때로 예리한 날붙이가 되기도 한다.

「당신」도 겪어보지 않았는가?

다에는 가지고 있던 파우치에서 반창고를 꺼내 오빠에게 다가갔다.

"겐지 오빠, 괜찮아요?"

후몬지 고세이의 본명은 호시노 겐지星野健治다.

"손가락 좀 베인 거야. 괜찮아."

JOKER

"보여줘 봐요······."

다에는 오빠가 내민 새끼손가락에 살포시 반창고를 붙였다. 미키 마우스 그림이 그려진 작은 반투명 반창고다.

내버려 두어도 바로 낫는 수준의 상처였지만 후몬지는 동생의 마음 씀씀이를 고맙게 여겼다.

"다에, 너는 참 착해. 네 미래의 남편이 부러워."

후몬지는 농담처럼 그렇게 말했다. 다에는 수줍게 쓴웃음을 지었다.

······ 남편.

다에는 부모에게 떠밀려 맞선을 봐야 했던 적은 있지만 아직 결혼에 관해 생각해본 적이 없다. 그녀는 올해로 스물넷이다. 이미 결혼해서 가정을 꾸린 또래 친구들도 많다. 그래도 아직 결혼을 가깝게 생각해본 적은 없었다.

새장 속의 새처럼 일반 사회로부터 분리된 환경에서 자랐기 때문······만은 아닐 것이다. 연애다운 연애 경험이 없는 것도 원인 중 하나인 듯하다.

후몬지는 아직 세상의 더러움을 모르는 순수한 다에를 보면서 문득 동생의 결혼에 관해 생각했다

- 만약 나중에 다에가 결혼한다면 어떤 녀석과 할까?

후몬지 고세이의 머릿속에는 당장 가까운 몇 명의

제3장 수수께끼 탐정

남자가 떠올랐다. 아오이 겐타로, 다쿠쇼인 류스이… 설마 류구 조노스케일 리는 없을 것이다.

아오이든 류스이든 그들을 동생의 미래 남편이라고 상상하기가 쉽지 않았다. 당사자와 마찬가지로 후몬지도 지금까지 동생의 결혼을 생각해본 적이 거의 없었다. 그런 만큼 구체적으로 결혼에 관해 생각하니 나이를 한꺼번에 먹은 것처럼 기묘한 슬픔이 울컥 올라왔다.

- 내 동생은 가능하면 지인과 결혼하지 않았으면 좋겠는데. 지인의 처남이 되는 건 당사자보다 내가 더 난감해.

어떤 위인은 이렇게 말했다. 장례식은 혼자서도 할 수 있지만 결혼은 상대가 없으면 할 수 없다고. 지당한 말이다.

후몬지는 현재 결혼할 생각이 없다. 앞으로도 결혼할지 말지도 잘 모르겠다. 그는 친구들한테서 자주 "너는 자매애자sister complex야"라고 놀림 받았다.

딱히 부정할 생각은 없었다. 후몬지가 다에를 소중하게 생각하는 것은 사실이다. 실제로 혈연만 아니어도 곧장 그녀에게 구혼할 만큼 동생을 사랑한다.

근친상간 따위의 속된 발상이나 성욕에 지배당한 사랑의 환각에는 관심 없다. 후몬지는 그저 사랑하는 존재와 함께 살아가기를 항상 바랐다. 다에를 줄곧 곁에서 느끼

JOKER

고 싶었다.

호시노 가문의 외아들, 현대를 대표하는 베스트셀러 작가. 사람들은 그런 색안경을 끼고 자신을 본다.

싫은 것은 아니다. 자신의 꼬리표가 아이덴티티의 일부라는 세상의 진리로부터 눈을 돌릴 생각은 없다.

하지만, 그렇기 때문에, 후몬지는 자신이 사랑에 굶주린 채 살아왔다고 생각한다. 그들 남매에게는 서로의 존재만이 유일한 아군이며 사랑해야 하는 분신이었다.

- 적어도 여태까지는 계속 그랬지.

앞으로는…… 어떻게 될지 모른다.

…… 사람이란 계속 변해가는 생물이기에.

"어……? 겐지 오빠, 창밖에 눈이 와요."

후몬지는 다에의 말을 듣고 창밖을 보았다. 어둠 속에서 춤추는 하얀 조각들. 암흑을 배경 삼은 눈의 댄스는 가련하고도 아름답다. 다에도 똑같은지도 모른다. 세상의 암흑이 배경이기 때문에 호시노 다에라는 아무도 밟지 않은 눈이 하얗게 빛나 보이는 것이다.

"올해 첫눈이네. 이건 쌓이겠다."

후몬지는 의자에서 일어나 창문을 열었다. 적당히 기분 좋은 겨울의 찬 공기가 살갗을 어루만졌다. 눈 결정 몇 개가 몸에 닿아 물로 변했다.

제3장 수수께끼 탐정

 눈보라까지는 아니어도 펑펑 내렸다……. 깊은 어둠 속에서 춤추며 떨어지는 하얀 점들. 마치 모노크롬 만화경 같았다.

 - 이 눈이 음산한 사건을 땅속에 파묻어버리면 좋으련만.

 후몬지와 다에, 호시노 남매는 실내가 추워져 창문을 닫기 전까지 잠시 눈의 예술에 눈을 빼앗겼다.

JOKER

42 데포르마시옹 déformation

 니지카와 료는 밤바람을 쐬고 싶어 성벽 위에 찾아왔다. 탑의 나선계단을 올라 옥상으로 나오고는 네 개의 탑 옥상을 연결하는 복도를, 니지카와는 걸었다.

 아름다운 하얀 조각이 시야 곳곳에서 살랑살랑 흔들렸다. 손을 뻗으니 손바닥 위에 눈이 착지하여 체온으로 증발했다.

 "눈이 오네……."

 니지카와는 무심코 그렇게 말하고 발을 멈췄다. 성벽 가장자리에 손을 얹고 천공을 올려다보았다. 장애물이 없는 덕분에 머리 위에 한가득 어둠의 색이 펼쳐졌다. 끝없는 암흑의 심층부에서 춤추며 떨어지는 무수한 눈, 눈, 눈…….

 인공적인 미를 초월한 자연의 장엄한 조화였다. 어두운 하늘의 장대함과 끊임없이 내리는 무수한 눈의 양감을 온몸으로 느끼면 자신이라는 존재가 얼마나 보잘것없는지 알 수 있다. 니지카와는 환영성 안에서는 아주 작은 존재다. 환영성도 오시다시에서는 보잘것없는 존재다. 오시다시는 더 큰 교토부의 지극히 작은 일부다. 교토부

제3장 수수께끼 탐정

또한 일본의 일부이며, 일본조차도 지구상에 있는지 없는지조차 알 수 없는 왜소한 섬나라일 뿐이다. 지구도 또한 우주에서는……

자연을 통해 마크로의 세계를 느끼면 마이크로인 자신이 하찮은 존재임을 알 수 있다. 그 존재는 전 우주의 운행에 아무런 영향을 주지 않는다. 큰 강에 조약돌을 던지는 것과 마찬가지다.

그래서 니지카와는 인생에 지쳤을 때, 발가벗은 마음으로 우주를 느낀다. 극도로 작은 창을 통해 극도로 큰 세계를 체험한다. 자신이라는 존재가 얼마나 작은지 알면 하잘것없는 고민이 의미 없어지고 마음의 피로도 풀리기 때문이다.

하늘에 매료된 채 자신을 무無로 되돌렸다. 사건을 잊고, 말을 잊고 잠시 장엄한 세계를 느끼는 것에만 집중했다. 조금씩 몸을 적시는 눈도 전혀 거슬리지 않았다.

그림으로든 글로든 이 아름다움을 표현할 수 있다면 얼마나 좋을까. 니지카와는 그것이 불가능한 자신이 답답하기도 하고 화가 나기도 했다.

어차피 인간은 진정한 아름다움을 초월한 미를 창조할 수 없다. 기법에 의존하기 때문일 것이다. 원래 문장이든 회화든 존재하는 것을 표현하기 위해 시작되었다. 하지

JOKER

만 기법이 성숙해지는 대가로 원래 목적은 잊었다.

어째서 아이가 그린 그림은 진리를 꿰뚫는가?

아이는 아직 기법에 의존할 줄 모르기 때문이다. 잘 쓴 글도, 잘 그린 그림도, 잘하기만 해서는 감동을 표현할 수 없다. 잘 창조하려고 애쓰면 안 된다. 그러면 기존의 틀에 갇힌 무난한 것만이 만들어진다.

그래도 니지카와가 예술에 한계를 느낀 것은 전혀 아니다. 기존과는 전혀 다른 접근법으로 자연의 예술을 뛰어넘는 무언가를 창조하는 것이 불가능하지 않다고 생각하며 항상 도전하고 싶었다.

다시 공중 복도를 걸으며 환영성 주위에 펼쳐진 미나호에 시선을 옮겼다.

…… 수면이 달빛을 받고 짙은 남색으로 빛났다. 물에 비친 달그림자는 환상적으로 일렁거렸다. 무수한 눈이 호수에 녹아 물속으로 사라져 소멸하는 순간, 수면에 생긴 작은 파문이 얼핏 보였다. 비와 달리 무음의 세계인 탓일까. 설경은 요사스러우리만치 아름다웠다.

"아름다운 야경이네요."

갑자기 목소리가 들려왔다. 니지카와는 깜짝 놀라 발을 멈췄다. 그의 앞쪽, 탑 옥상에 미야마 가오루가 서 있었다. 조금 전까지 그곳에 아무도 안 보였으니 지금

제3장 수수께끼 탐정

올라온 모양이다.

여성적인 용모의 소유자인 가오루는 평소처럼 인간이 묘사되지 않는 추리소설의 등장인물같이 투명한 분위기를 띠었다. 다만 옷 밖의 살갗은 살짝 상기되었고 뺨은 붉게 물든 듯했다. 머리카락이 젖은 것은 눈 때문이 아닐 것이다.

"목욕하고 온 거야?"

니지카와 부녀와 미야마 가오루는 사적으로도 친하다. 그래서 두 사람만 있어도 분위기가 불편해지지 않는다. 니지카와는 친근하게 말을 걸며 가오루에게 다가갔다.

"네, 『도노이즈미湯の泉』에서요. 시간이 늦어서 그런가 아무도 없더군요. 덕분에 넓은 공간을 독차지해서 느긋하게 목욕할 수 있었어요. 몸을 따뜻하게 데웠죠."

『도노이즈미』란 욕탕 이름이다. 환영성에는 객실에도 각각 욕실이 딸려 있으며 그것과는 별개로 대욕장도 마련되어 있다. 화강암과 노송나무로 아름답고 고급스럽게 꾸며진 욕탕이다.

니지카와는 천연의 예술에 마음을 빼앗긴 채 숨을 뱉어내는 가오루의 옆얼굴을 보면서 걱정스러운 목소리로 말했다.

"그런데 가오루. 방금 목욕했는데 눈을 너무 많이 맞으면 안 되지 않겠어?"

"그렇죠. 그래도 따뜻하게 데워진 몸에 딱 좋은 자극이에요. 그리고 밤의 설경을 조금 더 즐기고 싶으니까요······."

가오루가 뱉는 숨은 니지카와의 숨보다 더 하얘 보였다. 몸이 데워진 탓이리라.

"그런데 왜 지금, 그것도 목욕을 하고 나서 여길 온 거야?"

"방에 혼자 있으면 불안해서 야경이라도 볼까 했는데 어느새 여기까지 왔더라고요."

몸에 걸친 가운 아래, 가오루가 입은 유카타의 가슴께에 매달린 십자가를 보고 니지카와는 가오루가 기독교 신자임을 새삼 떠올렸다.

미소를 머금은 가오루의 외모는 수려하고 시원시원했다. 살짝 붉어진 얼굴은 달빛을 받아 선명한 그림자가 드리웠다. 어둠과 눈을 배경으로 멈춰 선 가오루는 아름다웠다. 목에 걸린 체인 끝에 달린 십자가와 가오루의 무구한 투명감이 절묘하게 조화를 이루어 보기에도 좋았다.

"나도 그래. 아무래도 방에서는 마음이 진정되지 않아. 그래서 메구미를 재우고 혼자 여기에 와버렸지."

제3장 수수께끼 탐정

  수줍게 독백하는 니지카와에게, 이번에는 가오루가 걱정이 담긴 시선을 보냈다.

  "메구미를 혼자 둬도 괜찮을까요?"

  진심으로 메구미의 안위를 걱정하는 듯했다.

  니지카와는 가오루의 의붓아버지 구노 게이스케久能啓輔와 친한 덕분에 가오루와 인연이 닿았다. 서로 알고 지내게 된 지도 벌써 4년째다. 니지카와는 가오루를 친구라기보다는 아들처럼 대한다. 메구미도 가오루를 『스미레 오빠』라 부르며 잘 따른다. 가오루는 메구미의 놀이 상대가 되어준 적도 여러 번이었다. 특히 니지카와는 취재 출장을 떠날 때 가오루에게 집에 머물며 딸을 돌봐달라고 부탁한다. 가오루는 메구미를 동생처럼 아끼고 메구미는 가오루를 오빠처럼 생각한다……. 둘은 의남매처럼 사이가 좋다.

  "문은 잠겨 있고 경찰도 순찰하잖아. 오늘 밤은 괜찮을 거야. 그보다 가오루도 혼자 돌아다니지 않는 게 좋을 거야. 만약 내가 예술가artist면 어쩌려고?"

  "전 애가 아니에요. 그리고 니지카와 씨가 예술가artist가 아니라는 건 제가 가장 잘 알아요."

  "그럴까…… 여기서 널 떨어뜨릴지도 모르는데."

  니지카와는 연기임이 뻔한 말투로 위협했다. 가오루는

JOKER

순간 서운한 눈빛을 보였다가 곧바로 입가에 미소를 띠었다. 우스운 듯하면서 슬픈 듯이 가오루는 말했다.

"그때는 순순히 떨어져 줄게요. 니지카와 씨에게 살해당한다면야 어쩔 수 없죠."

"당연히 농담이야."

서로의 신뢰를 확인한 두 사람은 잠시 잡담을 나누다가 옥상을 나와 탑의 나선계단으로 향했다.

가오루는 자리를 떠나면서 탑 가장자리에서 환영성을 내려다보고는 다리를 바들바들 떨었다. 여기저기에서 경비 인원이 성을 순찰하는 모습이 보였다.

높은 곳에서 바로 아래를 내려다보는 풍경에는 마력이 있다. 흡인력으로 사람을 쑥 끌어당긴다. 어쩐지 가오루는 지금 여기에서 자기가 떨어지면 어떻게 될까? 라는 생각이 들었다.

- 단순한 자살로 처리될까? 아니면 예술가artist의 짓으로 여겨질까?

가오루는 강렬한 현기증을 느끼고 고개를 가로저었다.

- 지금 무슨 바보 같은 생각을 하는 거야.

천공으로 시선을 보냈다. 이번에는 하늘하늘 눈이 내리는 어둠 너머로 흡인력이 느껴졌다. 눈을 감으면 자신이 하늘 저편으로 쏘옥 빨려 들어갈 것 같은 착각…….

제3장 수수께끼 탐정

거대한 자연이 도시 생활에 익숙해진 인간의 감각을 휘젓는지도 모른다.

가오루는 가슴의 십자가를 꼭 쥐고 니지카와의 뒤를 따라 잰걸음으로 탑의 나선계단을 내려갔다.

…… 눈만이 그저 조용히 내리고 있다.

JOKER

43 벽 너머

"류스이, 그럼 범인이 살인수법에도 집착한다는 얘기야?"

류스이의 방. 아오이와 류스이는 둘이서 사건 이야기를 하고 있었다. 바닥 위에는 『직소 퍼즐』의 교정쇄와 막 출력을 마친 『화려한 몰락을 위해』 원고가 놓여 있었다. 아오이는 양반다리를 하고 류스이는 바퀴 달린 의자에 역방향으로 앉아 있었다.

류스이가 낮부터 품고 있던 의문을 작심하고 고백했을 때, 아오이가 처음으로 꺼낸 것은 놀란 목소리였다. 류스이는 고개를 끄덕이고 이어서 말했다.

"어디까지나 추측의 영역이야. 히이라기 씨는 압살. 미즈노 씨는 교살. 하나와 레이는 참살. 그리고 쇼코 선배는 감전사잖아. 죽 늘어놓고 보면 예술가artist가 살인수법에 집착한다고 볼 수 있지 않겠어?"

"음…… 확실히 예술가artist라면 그럴 만도 하지."

그렇게 중얼거리며 아오이는 예술가artist의 미스터리 작가적인 도전정신, 과잉된 미스터리 정신spirit에 당황했다. 예전에 『아유데쓰鮎哲』, 아유카와 데쓰야鮎川哲也는

제3장 수수께끼 탐정

『리라장 살인사건』에서 모든 피해자를 제각기 다른 살인 수법으로 죽였다. 예술가artist는 그 전례를 넘어서려 하는 것인가.

아오이는 류스이에게 『지식의 방』에서 가져온 책 한 권을 내밀었다.

"이건…… 『상자』잖아. 이걸 왜?"

책은 다케모토 겐지의 『상자 속의 실락』이다. 1991년에 재발간된 고단샤 노벨즈판version이다.

"그게, 그저께 다과회에서 4대 미스터리 얘기가 나와서 오랜만에 훑어봤는데…… 그, 기억 안 나? 『상자』에 추리 겨루기의 10계라는 게 나오잖아. 거기 책갈피 꽂아둔 데."

아오이의 말을 듣고 류스이는 책갈피가 꽂힌 페이지를 펼쳤다. 96페이지에는 『9 살인자의 가시관』이라는 소제목이 달려 있다.

"아, 그러고 보니 그랬지. 그래서 아오이. 이게 뭐?"

아오이에게 설명을 요구하면서 류스이는 『상자 속의 실락』을 읽어나갔다. 추리 겨루기의 10계란 다음과 같다.

추리 겨루기의 10계(『상자 속의 실락』에서 발췌)

JOKER

1 ◎ 트릭은 과거의 소설에서 사용되지 않은, 완전히 새로운 것이어야 한다.

2 ◎ 해결은 만인이 받아들일 만큼 설득력 있어야 한다.

3 ◎ 해결은 일단 재미있어야 한다.

4 ◎ 범행은 살인자가 고심해서 쥐어 짜낸 계획에 따라야 한다.

5 ◎ 범인에게 공범자가 있어서는 안 된다.

6 ◎ 복잡한 알리바이 트릭을 써서는 안 된다.

7 ◎ 트릭뿐만 아니라 범행에 이른 동기도 여태껏 없던 새로운 것이어야 한다.

8 ◎ 동기는 아주 심각해야 한다.

9 ◎ 각각의 해결이 특정한 암시를 내포해야 한다.

10 ◎ 범행은 연쇄살인이어야 한다.

아오이는 팔짱을 끼고 눈썹을 찌푸렸다. 그리고는 류스이와 시선을 마주하지 않고 허공을 노려보면서 진지한 표정으로 설명했다.

"그 추리 겨루기 10계든, 녹스의 10계든, 밴 다인의 20칙이든 네가 만든 추리소설 구성요소 30항이든 마찬가지야. …… 추리소설가가 훌륭한 미스터리에 있길 바라

제3장 수수께끼 탐정

는 법칙은 아주 테크니컬한 거지."

 "미스터리에만 국한된 얘기가 아니야. 원래 장르란 각각의 특질을 확장하기 위해 오리지널에서 테크니컬한 방향으로 분화되는 거니까. 최근에는 반대로 극한까지 팽창한 개별 장르가 융합해서 장르를 믹스한 궁극의 엔터테인먼트로 통합되는 경향이 있어. 이건 어느 업계에든 해당하는 얘기야."

 "스스로 속박을 만들면 자유롭게 행동할 수 없잖아. 일부러 속박을 만드는 건 안 좋다고 보는데……. 특정한 틀을 세워버리면 그 틀 안에서 가능성이 죽잖아. 뭐, 그건 됐고. 이야기가 좀 벗어났네. 본론으로 돌아가자."

 "아오이, 무슨 말이 하고 싶은 거야?"

 "이건 내 감인데, 예술가artist가 『추리소설 구성요소 30항』 섭렵을 시도하는 건 어디까지나 통과점에 불과하지 않은가 해."

 "통과점? …… 무슨 소리야."

 "예술가artist의 최종 도달점은 미스터리의 총결산인 것 같아. 온갖 미스터리의 융합이라고 표현해도 되겠지. 모든 미스터리의 뿌리에 있는 공통의 『무언가』를 향해 예술가artist는 범행을 계속하지 않을까 하는 생각이 들어."

JOKER

"그러니까, 예술가artist가 『30항』을 섭렵하려는 이유라는 게, 그 자체가 목적이 아니라 미스터리를 총결산하기 위해서라는 거야? 그런데 그건 너무 과하지 않아?"

"추리소설가는 때로 미스터리의 특징을 한데 모아 정리하고 싶어 하잖아. 딕슨 카로 말하자면 『세 개의 관』에 나온 밀실 강의, 『초록 캡슐의 수수께끼』에 나온 독살 강의가 있고. 에도가와 란포의 종류별 트릭 집성은 바로 그 정점에 있는 거지."

"나카이 히데오는 『허무에의 제물』에서 란포가 정리한 미스터리의 법칙을 추리 도구로 이용했어. 게다가 그 『허무』의 후계자가 이 『상자』잖아. 『10계』나 『20칙』도 그래. 최근에는 아리스가와 아리스의 『매직미러』에 나온 알리바이 강의나, 마야 유타카의 『날개 있는 어둠』에 나온 밀실 동기 강의 같은 게……."

"란포는 미스터리의 트릭을 정리한 『종류별 트릭 집성』을 썼지. 하지만 오히려 그건 미스터리의 가능성을 제한해버렸어. 미스터리 업계에는 기존의 트릭은 쓰면 안 된다거나 기피하는 풍조가 있으니까."

"흠, 그 허들을 잘 넘으면 『허무』나 『상자』처럼 성공할 수 있겠지만……. 기존의 미스터리에 입각한 미스터리……. 어떤 표현을 쓰든 잔소리꾼들이 한 소리 할

제3장 수수께끼 탐정

텐데. 메타 미스터리나 안티 미스터리에 새로운 가능성이 있다는 건가. …… 아하, 네가 하고 싶은 말을 이제야 알겠어. 환영성 살인사건은 여태까지 있던 살인사건, 미스터리에 입각한 메타머더, 안티머더라는 거지?"

"그래. 요 이틀간의 살인에는 명확한 방향성이 있어. 바로 옛것의 총결산과 새로움을 향한 비상이야."

"앞으로 사건이 어떻게 전개될지는 모르겠지만 일단 현시점에서는 그 의견에 찬성해. 그런데 아오이. 그렇다면 예술가artist는……."

"이런 생각을 하는 사람이 얼마나 되겠어. 그래, 내 생각에 예술가artist는 추리소설가 중에 있어."

줄기차게 이어진 대화는 이윽고 무음의 세계로 빨려 들어갔다. 세계가 페이드아웃하고 어둠에 잠겼.

모든 것이 무無가 된 다음 순간, 아오이는 요란한 소리에 눈을 뜨게 된다.

쿵! 쿵!

●

천장이 눈에 들어왔다.

- 여긴 내 방인데……. 내가 자고 있었던가? 그런데 어느 사이에?

아오이의 방에는 조명이 켜져 있었다. 옆방에서 류스

JOKER

이와 대화를 나누고 있던 아오이는 그 후의 일이 잘 기억나지 않았다. 시간의 도랑을 뛰어넘어 기억이 날아갔다.

─ 지금 건 꿈이었나? 아니, 나는 분명히 류스이랑 얘기하고 있었어. 그건 틀림없는 현실이었……을 거야.

기억의 실을 더듬으며 류스이와의 대화를 회상했다. 지금 생각해보면 흐리멍덩한 기억이었다. 어디까지가 실제 대화고 어디부터가 꿈속의 대화인지, 경계가 일렁거려 정확하게 짚어낼 수 없었다.

『이 세계는 전부 허구야.』

낮에 류스이가 한 말이 떠올랐다. 정말로 이 세계에 리얼한 것은 어디에도 없다.

과연 이 세계는 『화사한 꽃처럼, 몰락은 꿈처럼』일까, 아니면 현실일까, 꿈일까?

자신이 3차원에 사는 사람이라는 믿음까지 잃어버릴 것 같았다. 아오이가 서 있는 곳은 놀랄 만큼 취약하다.

─ 나는 어쩌면 2차원의 등장인물일지도 모르겠어. 만약 정말이라면 차라리 이야기의 주인공이 되는 게 낫지…….

이불을 걷어내고 상반신을 벌떡 일으켰다. 침대 옆의 벽을 보니 문득 옆방의 류스이가 생각났다.

제3장 수수께끼 탐정

흐릿한 기억이 옳다면 류스이는 분명히 어젯밤에도 밤을 새우지 않겠다고 말했다. 아마 이미 잠자리에 들었을 것이다. 과연 잠은 들었을까? 쇼코와 사건,『화몰』을 생각하며 잠들지 못하는 시간을 보내는지도 모른다.

아오이는 류스이가 이불을 돌돌 말고 누운 모습을 상상하니 어쩐지 우스워서 소리 없이 웃었다. 류스이는 남들 앞에서 잠들지 않는 것으로 유명하다. 오래 알고 지낸 아오이도 류스이가 자는 모습을 본 적이 없다. 같이 여행을 가도 나흘 정도는 거뜬히 깨어 있다. 그것이 바로 류스이다.

류스이는 동료 사이에서 사실 잠을 안 자는 게 아닐까? 하는 소문이 돈 적도 있다. 그 류스이가 집필 활동 탓에 녹초가 되어 잠든 모습을 상상하니 밤에 자는 올빼미를 본 것처럼 이상한 느낌이 밀려왔다.

류스이는 항상 눈에 띄지 않는 시냇물처럼 살고 싶다고 말했다. 아무도 모르는 곳에서, 어쩌면 자고 있을지 모르는 류스이는 그야말로 시냇물 같은 존재다. 아무도 모르는 곳에서 흐르는 시냇물……. 아주 운치 있다.

- 그때였다 -

쿵! 쿵!

갑자기 벽을 때리는 요란한 소리가 나면서 아오이는

JOKER

펄쩍 뛸 뻔했다. 그제야 아오이는 깨달았다. 자기가 이 소리에 깼다는 사실을.

쿵쿵! 쿵쿵쿵!

류스이의 방과 아오이의 방을 가로막은 나무 벽이 류스이의 방 쪽에서 큰 소리를 냈다.

— 무슨 소리지? 류스이 녀석, 뭐 하는 거야?

……침묵……

침을 꿀꺽 삼키고 벽을 바라보던 사이에 다시 벽을 세게 치는 소리가 났다.

설마 류스이 방에 누군가가…… 예술가가 류스이의 방에 침입했는지도 모른다. 류스이는 『화몰』의 서술자로서 예술가artist에게 목숨을 보장받은 것 아니었나? 그건 아오이의 추리(소망?)에 불과했는가?

아오이는 침대를 나와 바깥으로 뛰쳐나갔다. 잘 때도 손목에 차는 시계를 보니 오전 1시 22분이었다.

경찰 관계자에게 오전 0시 이후에는 방에서 나오지 말라는 주의를 받았지만, 지금은 그런 걸 따질 때가 아니다. 예술가artist가 류스이를 공격할지도 모른다!

고요에 잠긴 휑하고 허무한 공간. 상야등에 비친 어둑한 복도에는 아무도 없었다. 중정에 면한 창밖에는 큼직한 눈조각이 아름답게 춤추고 있다. 하지만 눈에 정신

제3장 수수께끼 탐정

팔릴 여유는 없다.

순찰경관은 지금 다른 곳을 돌고 있는지 주변에 보이지 않았다. 복도를 나아가면 나아갈수록 시야가 흐릿해졌다. 복도 끝이 어둠과 융합한 것 같았다. 아오이는 몸을 희미하게 떨었다.

『객실V』라고 새겨진 명판이 걸린 류스이의 객실 문을 세차게 두드렸다.

"류스이! 야, 류스이!"

걱정이 기우로 끝날지도 모르니(소란을 피우지 않도록) 목소리를 약간 낮췄다. 손잡이를 돌려보았지만 잠겨 있었다. 숨을 죽이고 잠시 기다렸다.

얼마나 시간이 흘렀을까.

철컥……

한없는 무無의 시공에 던져진 아오이가 압도적인 고독에 정신이 무너질 것 같은 위기감을 느낀 그때. 정적에 싸인 복도에서 잠금이 풀리는 소리가 과하게 크게 들리면서 문이 열렸다.

문 틈새로 너무나도 쇠약한 류스이의 얼굴이 보였다. 류스이의 얼굴은 극도로 창백하고 땀에 흠뻑 젖어 있었다. 잠옷pajama 차림을 보니 역시 자고 있던 걸까…….

"아오이, 이 시간에 무슨 일이야……?"

JOKER

약한 목소리였다. 도무지 몇 시간 전에 대화를 나누던 (꿈? 현실?) 사람 같지 않았다. 평소의 류스이는 아무리 담담하게 행동해도 온몸에서 뿜어져 나오는 생명력(창작 충동)의 오라를 느낄 수 있다. 하지만 지금 그에게 그것은 없었다.

"벽을 치는 소리가 들려서. 무슨 일 있었어?"

잠시 류스이와 아오이의 눈이 마주쳤다. 류스이의 눈동자 속에 구원을 바라는 감정이 있는 듯했다. 하지만 류스이가 곧바로 시선을 피했기 때문에 확신까지는 이르지 못했다.

"미안해. 아무래도 악몽을 꾼 모양이야. 뭔가 발로 찬 것 같아. 그때 벽을 찼는지도 몰라……."

악몽에 시달려서 땀을 흘렸나. 오늘 밤부터 경찰이 경비한다고는 하지만 워낙에 극한상황 아닌가. 안도의 마음이 반대로 작용하여 지금까지 정신력으로 봉인했던 공포심이 악몽의 형태로 류스이를 덮쳤으리라. 세 건의 살인과 두 건의 살묘를 실제로 목격했다. 냉정과 침착 그 자체인 류스이마저 악몽을 꾸는 것도 어쩔 수 없다.

"사건 악몽이야?"

그렇게 물은 아오이는 류스이의 답을 듣고 나서 괜히 물어봤다고 생각했다.

제3장 수수께끼 탐정

"전기의자에 앉아서 살해당하는 꿈이었어. 레버를 당긴 건…… 쇼코 선배였어."

혼이 빠져나간 껍데기처럼 생기를 잃은 목소리로 류스이가 그렇게 말을 꺼내는 모습에는 그야말로 귀기가 서려 있었다. 아오이는 온몸에 오한이 서렸다.

아오이는 오랜 친구에게 동정을 금할 수 없었다. 자신도 그대로 잠들었다면 류스이처럼 되었을지도 모른다. 악몽에 시달리다가 눈을 뜨면 살인사건의 한가운데. 공포에 미쳐버릴 수밖에 없다.

현실의 살인사건이라는 이상한 세계에 놓이면서 그들의 정신도 균형을 잃은 것이리라.

항상 쿨하고 초연한 남자가 애처로울 만큼 두려운 표정을 짓고 있었다. 그 점이 아오이의 간담을 서늘케 했다.

- 정말로 악몽 때문에만 이럴까?

이상하리만치 얼굴이 창백한 류스이의 모습은 악몽 때문에만 그렇게 된 것 같지 않았다. 그 얼굴에서 죽을상까지 느껴지는 듯했다. …… 아오이의 억측일까?

아오이는 류스이의 어깨에 손을 얹었다. 그 몸은 허수아비처럼 무르게 느껴졌다.

"괜찮은 거지?"

JOKER

 "응. 역시 오늘 밤은 안 자야겠어. 더는 못 잘 것 같아. 『화몰』도 얼른 쓰고 싶고."
 "그래······."
 류스이가 억지로 평정을 가장하는 것이 뻔히 보였다. 그러나 아오이는 아무 말도 하지 않았다.
 아오이는 객실로 돌아갔다.
 - 어쨌든 류스이가 무사해서 다행이야. 쇼코 선배를 잃은 마당에 류스이까지 잃으면, 난······.
 안으로 사라지는 류스이에게 손을 흔들고 문을 열었다. 안으로 들어오기 직전에 아오이는 다시 한번 아무도 없는 복도를 둘러보았다.
 - 나는, 어디에 있는 거지?
 여기는 어디일까. 소설 속 세계일까, 논픽션일까, 현실일까, 꿈일까······ 아니면 완전히 다른 어딘가?
 투신자살한 쇼코의 연인······. 유서의 글귀가 머릿속에 떠올랐다.

 『너희는 아무것도 몰라』

 - 그래. 나는 아무것도 몰라.
 하지만 아오이(를 비롯한 사람들)는 계속 걸어야만

제3장 수수께끼 탐정

한다. 사건의 종착지를 향해…….

예술가artist의 마수는 그들의 내면까지 침입했다. 이대로면 살해당하지 않더라도 정신적으로는 맛이 가버릴 것 같았다.

- 그런데 정말로 존재하는 걸까. 사건의 종착지가. 이 사건에 끝이 있을까?

아무도 없는 공간에 아오이가 문을 닫는 소리가 울려 퍼졌다.

화려한 예술가artist가 선택한 제물의 비명인지도 모른다…….

JOKER

제4장 마경의 사중살해

없음에도 손바닥 속 바람이 있으며,
있음에는 붕괴와 결핍만이 존재한다.
없는 것 같으면 모든 것이 있고,
있는 것 같으면 모든 것이 없다.

제4장 마경의 사중살해

44 두 순사

끊임없이 내리는 눈은 그치기는커녕 점점 더 세차게 내렸다. 유리창 너머로 복도에서 중정을 바라보았다. 가지와 줄기만 남은 나무들에는 하얀 눈꽃이 피었다. 지면에는 벌써 눈이 상당히 쌓여 있었다.

"아이고…… 눈이 아주 쏟아지네."

경찰관 제복 차림의 손전등을 든 남자가 짜증스럽게 말했다. 그는 눈과 비가 싫었다. 어린 시절 눈이 오는 날에 온종일 바깥에서 놀다가 폐렴에 걸려 목숨을 잃을 뻔한 적이 있기 때문이다. 그것이 정신외상trauma이 된 듯했다. 체격도 중간, 키도 중간, 신경질적인 생김새의 소유자인 그의 이름은 사토 이치로佐藤一郎다.

"야, 그런 말 마라. 운치 있고 좋잖아."

사토의 바로 뒤를 걷는 또 한 명의 경관은 사카키 이치로榊一郎다. 사카키는 깡마르고 사토보다 머리 하나만큼 키가 더 크다.

사카키의 말에 사토가 예민하게 반응했다. 사토는 손전등으로 파트너의 얼굴을 비추고 밉살스러운 투로 말했다.

JOKER

 "야, 야, 내 귀가 지금 이상해진 거냐? 네 입에서 『운치』라는 말이 나올 줄이야."

 "몰랐어? 요즘 나 책 많이 읽잖아. 너도 책 좀 읽고 살아라. 젊을 때 배운 게 평생 간다잖아. 애들이 인생의 의미를 물어봤을 때 말도 못 하는 어른은 되지 말자고."

 "뭘 잘났다고……. 어차피 그 말도 책을 그대로 읊은 거 아니냐?"

 "뭐 어때. 처음에는 그대로 읊은 것도 언젠가 몸에 익어. 사실 이것도 책에 쓰여 있는 내용이야."

 사카키가 겸연쩍게 고백하자 사토는 픕 웃음을 터트렸다. 두 사람은 얼굴을 마주하고 즐겁게 웃었다.

 어둑한 환영성 안을 순찰하는 두 경관은 몬조마치의 옆 동네, 사와라비마치 도시마서早蕨町·洞島署의 순사다.

 두 사람은 중학교, 고등학교에서 항상 짝꿍이었다. 그렇게 알고 지낸 지도 벌써 13년이다. 성씨 순으로 출석번호가 이어진 두 사람은 이름이 둘 다 「이치로」임을 알게 되자 급속도로 친한 친구가 되었다.

 중고등학교 6년 동안 같은 반이었던 두 사람은 항상 같은 시간을 보냈다. 처음 데이트를 한 날도(더블데이트였다), 다리 위에서 깡패들에게 린치당하기 직전에 강에 뛰어들어 위기를 벗어났을 때도 둘은 함께였다.

제4장 마경의 사중살해

 즐거운 일뿐만이 아니다. 괴로운 일도 함께 경험했기 때문에 두 사람의 우정은 굳건하다. 공통의 진로를 선택한 것도 어느 정도 당연한 귀결이었는지도 모른다.
 속속들이 아는 사이이기 때문에 유쾌한 추억이 양손으로 셀 수 없을 만큼 많다. 물론 싸운 적도 몇 번 있었다. 하지만 그것은 두 사람에게 우정을 확인하기 위한 의식에 불과하다. 지금은 어떤 말다툼도 진짜 우정 앞에서는 사소한 엇갈림에 불과하다는 것을 두 사람도 잘 안다.
 추억의 앨범을 뒤져보면 배를 부여잡고 웃을 만큼 즐거웠던 사건을 얼마든지 회상할 수 있었다. 며칠 전에도 그들은 사카키의 방에서 추억 이야기를 나누며 복근을 단련했다.
 상대에게 맡기는(의지하는?) 부분이 크기 때문에 농담인지 진짜인지 알 수 없는 말다툼이 끊이지 않아도 서로 절대적 신뢰가 있다는 것은 뻔히 알 수 있다. 두 사람은 단짝이라는 말이 잘 어울린다.

●

 손전등 빛이 어두컴컴한 세계를 찢었다. 광대한 성 내부를 돌면서 사카키와 사토의 대화는 점점 사건 이야기로 흘러갔다.
 "그런데 왜 용의자들을 환영성에 그대로 둔 거지?

JOKER

교토 시내 호텔에라도 옮기든가. 안전을 확보할 거면 더 좋은 방법이 있을 것 같은데……."

빛이 일렁거렸다. 어둠 여기저기에 빛을 비추며 사토가 투덜거렸다.

"야, 됐다 그래. 수사에도 다 사정이 있는 거잖아. 여기서는 용의자 심문과 증거 수집을 동시에 할 수 있어. 게다가 예술가artist가 외부인이면 이 엄중한 경비를 뚫고 성으로 침입할 수 없을 거야."

"외부범이라. 히라이 다로의 동생이 몇 년째 행방불명이라던데……. 사카키, 넌 범인이 누구일 것 같냐?"

그들은 손전등을 앞으로 내민 채 긴 복도를 걸었다. 어둠에 눈이 익숙해진 덕에 옆으로 시선을 돌리면 서로의 얼굴을 보며 대화할 수 있다.

"고양이는 관계없다고 치면 여태까지 피해자는 셋 다 추리소설가잖아. 작가 중에 범인이 있다고 봐야겠지. 그런데 그 사람들은 몇 년 연속으로 환영성에서 합숙했대. 그러니 료칸 관계자 중에 범인이 없다고도 단정지을 수 없지."

"그러니까 결국 생각해둔 추리가 없다는 거지? 솔직히 말해."

사토가 놀리듯이 말했다. 매번 있는 일이라 사카키는

제4장 마경의 사중살해

이 정도 도발에 화내지 않는다.

"그건 너도 똑같잖아. 우리가 가진 데이터만으로는 도무지 추리할 수가 없다고."

"마치 데이터가 있으면 진상을 간파했을 것처럼 말하네."

"그럴지도."

두 사람의 목소리가 침묵에 섞여 멀어지면서 그 모습은 어둠 속에 녹아들었다…….

신록과 단풍이 아려雅麗한 계절에는 필시 경치가 아름다웠을 정원의 나무들에는 눈의 꽃이 피어 있었다. 벚꽃보다 소박하면서 단아한 나무들이 마치 줄을 선듯 유리창을 따라 길게 이어졌다.

아무도 모르는 그곳에서 오늘 밤 눈의 꽃이 만개했다.

JOKER

45 꿈의 부교浮橋

워드프로세서 자판을 치는 사이, 자신의 존재가 무無로 돌아가는 것을 느낄 때가 있다. 『화몰』 집필에 집중한 류스이는 오로지 이야기를 써 내려가는 기계가 되었다. 뇌수 깊은 곳에 있는 발상의 샘에서 몸을 통해 워드프로세서의 화면으로 이야기가 흘러나왔다.

그는 생각하지 않고 이야기의 자연스러운 흐름에 몸을 맡겨 자신을 철저히 무無로 만든다. 마법 같은 순간, 작가는 사라지고 이야기만이 남는다.

─ 중요한 건 잘 쓰인 이야기지 이야기꾼이 아니야……. 어느 위인이 한 말이지.

류스이는 타자에 몰입하면서 딘 쿤츠의 『미드나이트』를 떠올렸다.

─ 그건 컴퓨터와 융합한 인간의 이야기였어. 컴퓨터와 하나가 된다는 건 어ddun 느ggim日gga…….

갑자기 생각이 디지털로 바뀌었다.

AB·10101011·AB·10101011·AB·10101011·AB·10101011·AB·10101011…………

제4장 마경의 사중살해

16진법과 2진법 숫자의 나열이 류스이를 덮쳤다.

문득 손을 보니, 양손이 워드프로세서의 키보드에 스며들어 있었다.

『어떻게 된 거야』

머릿속 생각이 그대로 흘러나오듯 화면에 문장으로 나타났다.

『나는 워드프로세서와 합체한 건가?』

한자도 가타가나도 변환할 필요가 없었다. 생각한 것이 그대로 화면에 표시되었다.

류스이의 양팔은 점점 워드프로세서에 융합되었다. 그와 동시에 몸이 기계에 끌려가면서 류스이는 화면에 입을 맞췄다. 수면에 얼굴을 들이댄 듯, 화면으로 류스이의 얼굴이 매끄럽게 빨려 들어갔다. 이어서 목, 몸통, 다리……. 이윽고 류스이는 어디에도 없는 존재가 되면서 한 대의 워드프로세서만이 남았다.

●

JOKER

아지랑이가 낀 호수에 뜬 한 척의 조각배 위에서 류스이는 눈을 떴다. 윗몸을 일으키고 주위를 둘러보았다. 온 세상에 아지랑이가 끼어 있어서 시야가 좁았다.

하늘도 아지랑이에 덮여 있었다. 주변은 밝은 유백색으로 빛났다. 둘러보니 수면이 저 멀리 이어져 있었다. 조금 떨어진 곳에 아무도 타지 않은 조각배가 있고, 거기서 조금 더 먼 곳에는 또 한 척의 조각배……. 조각배의 줄이 멀리까지 이어져 있었다.

도원향 같은 세계였다.

류스이는 자신이 꿈속에 있다는 것을 깨달았다. 조금 전에 경험한 악몽이 재현되지 않기를 기도하며 줄줄이 늘어선 배 위를 건너뛰었다.

배에서 배로 건너뛰며 계속 가보니 수면에 정사각형 목판이 떠 있었다. 목판 위에는 탁상 하나와 양옆으로 의자 두 개가 놓여 있었다.

주변에 펼쳐진 호수의 한중간에 있는 목판. 그 위에 의자와 탁상만이 놓인 광경은 초현실적이었다.

시야 안에는 아무도 없었다. 웅대한 호수 안에서 류스이만이 홀로 서 있다.

- 이 꿈은 뭘 암시하는 거지? 내 잠재의식에 있는 무언가가 이 풍경을 통해 뭔가를 호소하는 건가……?

제4장 마경의 사중살해

　무의식의 사고는 때로 인간을 통상적인 사색으로는 다다를 수 없는 영역까지 보내준다. 작가 중에는 꿈에서 아이디어를 얻는 사람이 많으며 탐정 중에도 수면추리 sleeping detective를 구사하는 사람이 있다.

　류스이는 『해몽』에 딱히 관심은 없다. 그래도 꿈속에서 자신이 꿈을 꾸고 있다는 사실을 깨달으면 꿈을 만들어내는 의식의 근원roots을 찾고 싶어질 때가 있었다.

　류스이는 식사를 싫어하는 만큼 수면도 싫어한다. 모두 삶에 필수적인 행위이기에 류스이는 그런 행위를 혐오한다. 신 흉내를 내봤자 결국 인간은 약한 존재이며 순환하는 대자연의 일부에 불과하다. 자신이 현상의 일부일 뿐임을 통렬히 깨닫기 때문에 류스이는 식사와 수면이 싫었다.

　관심이 없으니 음식에도 호불호가 없다. 최소한으로 섭취할 뿐이다. 또한 평소에는 거의 사흘에 한 번밖에 안 잔다. 잠은 깊이 들어도 시간은 아주 짧다.

　꿈을 꾼다는 것…… 자체가 류스이는 싫었다. 꿈을 꿀지 말지도 선택할 수 없고 꿈의 종류도 본인이 고를 수 없다. 뇌라는 괴물에게 억지로 떠안아야만 하는 꿈……. 자신이 꿈을 꾸는 것을 깨닫지 못할 때는 최악이고, 깨달았을 때는 적어도 의미를 찾고 싶었다. 안 그래도

JOKER

가사 상태 같은 수면을 싫어하는데, 꿈이 무의미하면 『자기』라는 존재가 어디에 있는지도 알 수 없기 때문이다.

 ― 정말로 식사와 잠은 귀찮아. 안 그래도 내겐 한정된 시간밖에 없는데…….

 식사도 수면도 없이, 그저 이야기를 써 내려가는 기계가 될 수 있다면…… 얼마나 좋을까.

 호수를 보면서 류스이가 그런 생각을 하던 사이, 아무도 없었어야 했던 곳에서 목소리가 들렸다.

 "그래서, 류스이. 원고는 얼마나 진행됐나?"

 오랜만에 간사이 사투리를 들은 것 같았다. 남자인지 여자인지 알 수 없는 맑은 목소리였다. 꿈속이라서 청각도 둔해졌는지도 모른다.

 류스이는 뒤를 돌아보았다. 탁상 맞은편 의자에 그가 잘 아는 인물이 앉아 있었다.

 조금 전까지 그 의자에는 아무도 없었다. 하지만 꿈속에서는 뭐든 가능하다. 그러니 딱히 놀라운 일도 아니다. 인생과 달리 꿈에서는 자신에게 선택권이 없다. 의식의 흐름에 전개를 맡길 수밖에 없다.

 "…… 나나 씨."

 풍채 좋은 그 인물은 나나무라 히사斜村寿다. 류스이와

제4장 마경의 사중살해

아오이가 소속했던 대학 동아리 『창작회』의 선배이며 문필로 생계를 유지하고 있다. 가식 없는 평론과 번역을 하는 동시에 날카로운 감성의 하드보일드 소설 집필에 힘쓰는 작가다. 지명도는 낮아도 젊은 세대를 대표하는 표현자로서 업계에서는 차세대로 주목받는 재목이다.

나나무라는 전형적인 일본인답게 윗사람을 깍듯이, 아랫사람을 엄격히 대한다. 그 성격을 불편해하는 사람도 있지만 많은 사람이 그의 재능을 높이 평가하며 류스이도 그중 한 사람이다.

독선적인 평론은 사실 자신을 향한 엄격함의 발로. 아름다운 문장에 집착하지 않는 번역은 원문의 분위기를 해치지 않겠다는 집착의 발로. 자신의 소망을 투영한 여자 탐정이 주인공인 하드보일드 소설은 현재 유행하는 자위소설군을 향한 통렬한 비아냥의 발로다. …… 솔직하게 자기가 하고 싶은 일을 하지 않는다. 이렇게 비뚤어진 성격이지만 빛나는 면은 분명히 있다. 일부에게는 극찬까지 받는다.

기본적으로 자신에게 의지하는 사람은 잘 돌봐주는 편이라 류스이나 아오이도 대학 시절에 나나무라와 자주 창작 논쟁을 벌이기도 했다.

원고는 얼마나 진행됐나? 나나무라는 그렇게 물었다.

JOKER

『간사이 본격 모임』과도 환영성과도 아무런 관계가 없기 때문에 그가 『화몰』을 알 리 없다. 지금은 꿈속이니 사건기록물을 말하는 것이라고 단순하게 생각하기로 했다.

"그게, 몸이 좀 안 좋아서요. 글쓰기에 좀처럼 집중할 수가 없어요."

류스이는 자기 자신에게 변명하듯 말했다. 건강 악화는 사실이다. 잠도 별로 안 잤을 뿐만 아니라 마음의 피로가 쌓인 탓이다. 류스이의 위장은 계속 비명을 지르고 있었다.

손가락에 끼운 담배peace 연기를 허공에 띄우며 나나무라는 류스이에게 날카로운 안광을 쏟았다. 각지게 잘린 머리카락이 류스이의 눈에 어쩐지 우스웠다.

"얼른 다 쓸 작정인데 몸이 말을 안 들어서요……."

잠재의식에서 생긴 자신을 향한 류스이의 울분이 꿈속에서 나나무라로 나타난 것 같았다. 그의 선배는 불쾌한 듯 눈썹을 찡그렸다.

"니도 좋아서 글을 쓰는 거 아이가. 『작정』 같은 소리로 내뺄 생각은 꿈에도 마라. 작가는 작품으로 승부를 봐야 하는 기라. 잘 안 써진다는 변명만 해대먼 행간에서 한심함이란 악취가 난다 아이가."

제4장 마경의 사중살해

 그 말과 함께 나나무라 히사의 모습은 점점 옅어졌다. 마침내 처음처럼 아무도 앉지 않은 의자만이 남았다.
 "그래. 변명 따위 필요 없어. 항상 일기일회一期一會의 정신으로 작품과 마주해야 해. 나중 일은 생각하지 말고 내 모든 것을 걸어서……. 그렇지 않으면 내가 유수소설을 쓰는 의미가 없어."
 눈꺼풀을 닫았다. 꿈속에 있는데도 맹렬한 잠기운이 몰려왔다. 류스이는 수면의 호수에 가라앉았다.

●

 눈을 떴다. 류스이의 눈앞에 워드프로세서 화면이 빛을 발하고 있었다. 그새 졸았던 모양이다. 역시 몸과 마음 모두 피로가 쌓였나 보다.
 무슨 꿈을 꿨는지 잘 생각나지 않았다(깨면서 잊었다). 그러나 자신이 해야 할 일을 깨달았다는 것은 왠지 모르게 기억이 났다.
 힘겨운 글쓰기의 육체적 피로, 살인사건으로 친구를 빼앗긴 정신적 고통. 이런 것들이 모여 류스이의 글쓰기를 방해하는 『변명』을 만들어냈다.
 사건 자료로 『화몰』을 집필하겠노라 결심한 사람은 류스이 자신이다. 그러나 그는 혹독한 집필 상황을 구실로 작업에 등을 돌리려 했다.

JOKER

 위장이 콕콕 찌르듯 아팠다. 류스이는 고통의 근원에 팔꿈치 일격을 날렸다. 통각이 발동하면서 복부에 새로운 격통이 파문처럼 퍼졌다……. 새로운 고통에 밀려 위통이 조금 나아졌다.

 류스이는 본능적으로 사건으로부터 도망치려 하던 자신에게 화가 났다. 쇼코를 위해서 하루라도, 아니, 한시라도 빨리 사건을 해결하는 데 도움이 되기 위해 그는 『화몰』을 쓰기로 했다.

 시간이 흘러가기를 기다리지 않을 것이다. 대체 무엇을 변명했단 말인가. 『화몰』도 류스이의 작품이다. 창작가에게 변명은 필요 없다. 작품으로 승부를 봐야 한다.

 작은 욕조에 딸린 세면대에서 얼굴을 씻었다. 차갑게 흐르는 물을 살갗으로 느끼니 기분전환이 되었다. 신선한 결의가 생겨났다.

 류스이는 새 수건으로 얼굴을 닦고 안경을 쓴 후 워드프로세서 앞에 앉았다. 마음을 새로이 먹고자 목덜미에 묶여있던 머리카락의 고무줄을 풀었다. 어깨까지 내려오는 흑발은 최근에 5년 만에 조금 짧게 자른 것이다.

 워드프로세서 옆에는 출력한 원고가 놓여 있었다. 현재 원고는 47페이지. 원고용지로 치면 188매. 『30 첫 번째 밀실』. 오늘 아침 쇼코의 시체가 발견된 부분까지

제4장 마경의 사중살해

썼다.

쇼코의 시체 묘사에서 디테일을 조금 뭉개기는 했지만 그 부분은 독자도 용서해줄 것이다. 류스이는 섬세한 묘사를 위해 비참한 최후를 맞이한 쇼코의 모습을 도무지 회상할 수 없었다.

눈을 감고 심호흡했다. 신기하게도 차분한 기분을 느낄 수 있었다. 집필을 재개하기 직전, 류스이는 꿈속에 나온 나나무라를 떠올렸다.

- 정말 오랫동안 못 만났네. 이 사건이 끝나면 한번 나나무라 사람들을 만나야겠어.

"아직 더 쓸 수 있어."

류스이는 누가 들으랄 것도 없이 혼자 그렇게 중얼거리며 맹렬한 기세로 워드프로세서의 자판을 두들기기 시작했다. 미혹이 사라지면서 집중력은 날카로워졌다.

31 삼성송三聖誦sanctus

살인이 세 번 연속 일어났다.

『심판의 방』에 놓인 전기의자는 과거에 미국에서 실제로 사용되었다. 위험하지 않도록 내장전지bat-

JOKER

tery를 떼어내고 자물쇠가 달린 안전장치를 붙여 관상용으로 놓은 것이다.

··
··
·········

 타닥타닥타닥······. 류스이의 방에서 자판을 두드리는 소리만이 울려 퍼졌다. 류스이는 이제 어디에도 없었다. 그는 위통을 잊고 이야기 창조에 몰두하는 기계가 되었다.
 이윽고 류스이는 우라시마 다로[18]처럼 자기도 모르는 사이에 긴 시간이 흘렀다는 것을 알게 될 것이다. 끊임없이 창조되는 기록물이 현실 사건을 맹렬한 스피드로 쫓아간다!

---

18) 일본의 용궁전설 속 주인공.

제4장 마경의 사중살해

46 심야의 명탐정

롤러코스터를 타고 어둠 속으로 급강하는 감각이었다. 낙하에 이어 찾아온 부유감……. 심해 바닥에서 단숨에 해수면으로 떠오르는 듯한……. 터널 입구가 갑자기 열리면서 어느샌가 조노스케의 눈앞에 천장이 나타났다.

무한의 정적. 실내도 창밖도 어스레한 군청색이었다. 유리창 너머로 눈들이 관능적으로 춤추고 있었다. 머리맡에 놓아둔 회중시계를 보니 아직 오전 2시 30분이었다.

조노스케는 신경질과는 거리가 먼 성격이라 한번 잠들면 밤중에 깨는 일이 거의 없다. 사건이 계속 신경 쓰여서 오늘 밤은 기분이 고양되었는지도 모른다.

아무리 조노스케라도 새까만 옷을 입고 침대에 들어가지는 않는다. 추리의 귀공자는 체크무늬 잠옷pajama을 입고 있다.

조노스케는 멍하니 객실 천장을 바라보면서 환영성 살인사건에 추리의 칼날을 들이댔다.

…… 얼핏 보면 단순하면서도 공략이 어렵다. 지금까지 실마리가 많이 밝혀진 것 같으면서도 실제로 예술가artist는 결정적인 증거를 전혀 남기지 않았다.

JOKER

 유치하고 날림 수준의 범행처럼 보이지만 저변에는 무섭도록 교활한 계산이 있음을 조노스케와 마이는 깨닫기 시작했다.

 이 광대한 환영성에서, 심지어 심야에만 범행이 일어났다. 목격자라 할 만한 사람은 현재로선 한 명도 없으며 료칸 직원을 포함한 관계자 전원의 알리바이가 모호했다. 현장에서 검출된 지문, 피부조직, 모발 등은 관계자 몇 명의 것과 일치했으나 증거가 되지 못했다. 오히려 당연한 수사 결과라고 할 수 있다.

 사건 전부터 직원들과 작가들은 모두 범행 현장을 여러 번 출입했다. 그들의 모발이나 지문이 남아있다고 해도 전혀 이상하지 않다.

 작가나 직원 중에 예술가artist가 있다면 이번 사건에서 유리한 위치를 점한 것은 조노스케를 비롯한 JDC 탐정 그룹이 아니라 적이다. 말하자면 환영성은 예술가artist의 본거지home ground다. 불리한 싸움에 내몰렸다는 느낌은 부정할 수 없지만 경호나 수사 상황을 생각하면 작가들을 환영성에서 다른 곳으로 옮기기도 힘들다.

 조노스케는 눈을 감고 생각했다.

 ─ 이번 사건에서 열쇠가 되는 건 『말』이야.

 현장에 남겨진 예술가artist의 서명이 들어간 두 장의

제4장 마경의 사중살해

쪽지. 그리고 언어유희라고도 볼 수 있는 몇몇 기괴한 미스디렉션(?) 메시지…….

예술가는 집요하리만치 『말』을 『헤매게』 하려 한다. 『말』을 『헤매게』 하여 수수께끼의 산을 쌓아간다. 그 노림수가 어디에 있는지 조노스케는 아직 모른다.

– 일본어를 해체해서 세계를 무너뜨릴 수 있을까? 그리고 이런 추리소설적인 살인은 뭐가 목적일까.

조노스케는 『재치 있는 탐정』으로 평가받으며 『말』을 자유자재로 다루는 전문가다. 살인 피에로를 비롯해 여태까지 『말』이 중요한 테마인 살인사건을 여럿 해결해왔다. 하지만 이번에는 조금 성가신 상대를 만났다.

살인 피에로와 예술가artist는 격이 다르다. 수사를 막 시작한 조노스케는 본능적으로 깨달았다.

예술가artist는 실로 위험한 상대다. 『말』에 둘러싸여 모습이 묘연하다. …… 그뿐만이 아니다. 조노스케는 이 사건의 추리에 끌려 들어가는 사이에 자신이 해체되는 듯한 착각에 빠지는 일이 종종 있었다. 『말』을 조종하는 사고에 사로잡혀 자아가 붕괴되었다. 3차원 세계에서 2차원 평면으로 들어가 짜부라지는 듯 기묘한 공포감이 존재했다.

막연한 불안을 애써 머릿속에서 쫓아내며 몇 안 되는

JOKER

실마리 중 하나인 살인예고장에 추리의 조준을 맞췄다.
 ─『화려한 몰락을 위해』라는 말은 작가들이 알고 있을 거야. 내일 꼭 까먹지 말고 물어봐야지. 일단 신경 쓰이는 건······『여덟 개의 제물』이라는 말이야.

성스러운 잠에 들기 전, 나는 여덟 개의 제물을 원한다. 『여덟 개의 제물』이란 아마 예술가artist가 선택한 표적을 가리킬 것이다. 조노스케는 일단 말의 뜻에 관한 네 가지 해석을 생각해보았다.

해석① 『여덟 개의 제물』은 여덟 추리소설가를 가리킨다
해석② 『여덟 개의 제물』은 여덟 인간을 가리킨다. 이 경우 표적은 추리소설가로 한정 지을 수 없다.
해석③ 『여덟 개의 제물』은 여덟 생물을 가리킨다. 이 경우 표적은 인간으로 한정 지을 수 없다(고양이 등도 포함된다).
해석④ 『여덟 개의 제물』은 아무 의미 없다.

 ······ 자기 전에 마이와도 상당히 많은 이야기를 나눠봤는데 현시점에서는 역시 해석①이 가장 유력해 보였다.
살인예고장을 준비한 것이 예술가artist 본인이 아닐

제4장 마경의 사중살해

경우도 아예 없지는 않은 데다가 그 글귀가 아무 의미 없을 가능성도 존재한다. 해석④를 검토하면 추리가 발전하지 않으므로 일단 보류해두고 해석①, ②, ③에 관해 생각해보기로 했다.

해석①과 ②의 경우, 제물(예정된 피해자?)은 현재까지 히이라기, 미즈노, 히류, 이렇게 셋이다. 앞으로 표적이 누가 될지는 모르지만 예술가artist는 앞으로 다섯 목숨을 원할 것이다.

한편 해석③의 경우, 현 단계에서 제물은 히이라기, 미즈노, 히류에 하나, 레이를 더해 다섯이다. 이때 예술가artist가 원하는 제물은 앞으로 셋이다.

요컨대 『여덟 개의 제물』이라는 말을 추리하면 예술가artist가 언제 범행을 그만둘지 알 수 있을 텐데……. 다시 말해 현시점에서 판단하기란 불가능하다는 종착점에 막혀 사고의 막다른 길에서 헤매게 된다.

- 뭐, 중요한 건 사건이 언제까지 계속될까가 아니야. 언제 사건을 끝내느냐지.

예술가artist의 정체를 간파하면 사건은 저절로 끝난다. 문제는 어떻게 범인을 찾아내느냐다.

- 『말』의 가면을 쓴 예술가를 어떻게 공격하지? 논리적인 사고나 기존의 추리로는 아마 녀석에게 도달하지

JOKER

못할 거야. 그렇다면 우리 측도 『말』을 조종할 수밖에 없나…….

어쨌든 지금은 휴전상태다. 예술가artist는 아마 엄중한 경비가 느슨해지는 며칠 후에 움직일 것이다. 조노스케 일행에게 주어진 유예는 고작 며칠. 시간이 제한된 상황에서 흉악범과 대결할 때도 많은 명탐정에게 며칠만이라도 사고에 전념할 시간이 확보된 것은 실로 고마운 일이었다.

- 침착하게 집중하면서 『헤매는』 『말』의 『수수께끼』와 격투하자. 내일 중에 예술가artist의 꼬리 끝자락 정도는 잡아주마. 적어도 다음 표적만 알 수 있다면…….

조노스케는 낙천주의자가 아니지만 이때까지는 낙천적이었다. 그러나 그는 곧 깨닫게 된다. 자신들이 예술가artist라는 희대의 범죄자를 얕봤다는 것을.

요사스럽고도 아름다운, 눈 내리는 밤이 깊어져 간다…….

다시 잠에 빠지기 전, 조노스케는 잠깐 호시노 다에를 생각했다.

아침에 기다릴 사건의 새 국면을 향해, 환영성 살인사건은 진행된다.

예술가artist는 그즈음…….

제4장 마경의 사중살해

47 비극은 『명화의 방』에서

사건 나흘째, 10월 28일.

쾌적한 정도까지는 아니어도 다에는 사건 개시 후 처음으로 마음 놓고 아침을 맞이할 수 있었다. 어젯밤은 생리 탓에 고생하긴 했어도 사건에 대한 불안이 해소된 덕에 잠을 푹 잤다. 그래서 오늘 아침은 고비를 넘겨 상당히 편해졌다. 그것이 그녀가 기분이 좋은 원인 중 하나였다.

– 밤새도록 경비를 서 주신 경찰분들에게 감사해야지. 그분들 덕분에 푹 잘 수 있었으니까.

눈은 이미 그쳤다. 창을 여니 주변이 온통 은세계였다. 분지 지형인 교토는 추운 날이 많고 눈이 자주 내린다. 쌓일 때는 따뜻한 남부에도 꽤 쌓이는 편이다. 그러니 북부에 있는 환영성은 마치 북쪽 지방으로 잠깐 착각할 만한 풍경을 띠었다.

태양의 반사광으로 눈 표면에 광운작용halation이 일어나 눈이 부셨다……. 아침 햇빛을 받고 반짝반짝 강렬히 빛나는 눈과 중정을 둘러싸며 우뚝 솟은 붉은 색 성벽의 대비는 형용할 수 없이 아름다웠다.

JOKER

　중정 중심부의 정자로 시선을 돌렸다. 네 개의 탑 옥상에 있는 현무, 주작, 청룡, 백호 조각상에 반사된 빛줄기가 중정 가장자리를 비췄다. 사방에서 『빛의 무대』로 빛이 집중되려면 조금 더 기다려야 하는 모양이다. 『빛의 무대』의 하얀 디딤돌 바닥은 주위의 눈처럼 아름다운 순백색이었다. 그때 다에는 분명히 그 모습을 보았다.

　탁상 위에 놓아둔 손목시계를 꼈다. 오전 6시 20분이니 조식 시간까지는 아직 멀었다.

　잠시 참극을 잊어 기분이 좋았던 다에는 짧은 시간에 몸단장을 마치고(머리도 별로 안 헝클어졌고 화장도 옅게 하니 준비에 오랜 시간이 걸리지 않는다), 객실 문을 잠근 후 일단 『명화의 방』으로 발을 옮겼다.

　방금 본 『빛의 무대』에 가볼까 하는 생각도 들었지만 너른 중정에 혼자 가기는 불안해서 건물 안 『명화의 방』을 골랐다.

　어제 낮에 처음으로 찾아간 『명화의 방』은 마음이 차분해지는 이상적인 공간이었다. 거기서 그림이라도 보면서 조식 때까지 시간을 죽이는 것도 나쁘지 않으리라.

　상야등이 켜진 복도는 아직 어둑했다. 창밖이 점점 밝아지고 있지만 겨울날의 6시는 어쩔 수 없다.

제4장 마경의 사중살해

 마침 교대 시간인지, 아니면 순찰 시간이 끝났는지, 아니면 우연히 성의 다른 곳을 돌고 있는지, 복도에는 순찰 중인 순사들이 없었다.
 쥐 죽은 듯 조용한 성을 혼자 거닐었다. 멋쩍은 기분이 들면서도 쾌적했다. 여명은 모든 가능성이 새롭게 시작되는 성스러운 시간.
 환영성이라는 상자 속의 실낙원은 그 순간에, 적어도 다에에게는 틀림없는 낙원이었다. 오빠 후몬지, 아오이, 조노스케, 그리고 니지카와 메구미와 고스기 쇼리 같은 아이들을 생각하면 자연스럽게 웃음이 나오고 행복해졌다.
 어제까지 근처에서 살인사건이 일어난 것이 거짓말 같았다. 이대로 거짓말처럼 수사가 진전되어 아무 일도 없었던 것처럼 사건이 해결되면 좋을 텐데……. 그런 기대를 하면서 다에는 『명화의 방』에 찾아왔다. 중간에 누구와도 마주치지 않았다. 누군가(요리사나 집사들)는 일어났을 텐데도 성은 기분 나쁠 만큼 고요했다.
 세상의 암흑을 모르는 가련한 아가씨의 가녀린 손이 『명화의 방』 손잡이에 얹히고…… 비극의 문이 열렸다.
 문 너머에서 다에의 시야에 들어온 그 풍경은……
「　」
 절로 말을 잃었다. 다에는 입을 벌린 채 멍하니 있었다.

JOKER

 문 정면에 있는 로버트 설리번 히무로의 『장미의 봉인된 시간』. 그 옆에 있는 테오의 『해바라기』 그림 아래에 축 늘어진 두 개의 물체.

 처음에는 바닥에 놓인 『그것들』이 무엇인지 그녀는 알지 못했다. 상식으로부터 너무나도 동떨어진 오브제. 『그것들』이 무엇인지 또렷하게 인식한 후, 다에의 이성은 붕괴했다. 절규가 환영성의 온 공간을 찢었다. 『호시노 다에』라는 생명의 원천 에너지가 비명과 함께 전부 그녀에게서 흘러나오는 듯했다. 그 비명은 반쯤 본능적이었다. 좀처럼 멈추지 않았다. 혼자서는 도무지 멈출 수 없었다.

 다에는 그 광경을 평생 잊지 못할 것이다. 『명화의 방』 바닥에는 두 남자의 시체가 누워 있었다.

●

 도주 발작이라도 하는 것처럼 다에는 무아지경으로 뛰었다. 무턱대고 복도 바닥을 박찼다. 발이 향하는 대로 악몽의 성을 내달렸다.

 단순히 방이 가까워서, 다에는 후몬지의 방도 아오이의 방도 조노스케의 방도 류스이의 방도 아닌, 아리마 미유키 형사의 방 앞에서 발을 멈췄다.

 문을 두들겨 몇 번이고 "아리마 씨"라고 불렀다.

제4장 마경의 사중살해

 어제 사건이 일어난 후에 다에를 걱정하며 말을 걸어온 아리마 미유키와 친해졌다. 친구까지는 아니지만 자신을 생각해주는 동성의 존재가 다에에게는 귀중하고 기뻤다.
 멀리서 술렁이는 소리가 밀려오는 것 같았다. 다에가 미유키의 방을 다섯 번 노크했을 때, 복도 모퉁이에서 고스기 간 집사가 나타났다.
 진지한 표정으로 다에에게 다가오는 고스기 집사. 다에는 긴장에 몸을 떨며 문을 세게 쳤다.
 "아리마 씨, …… 아리마 씨!"
 고스기 집사가 예술가artist라면…… 살해당한다!
 철컥……
 천사의 웃음소리보다 희망찬, 잠금쇠 풀리는 소리가 났다. 객실 문이 열리면서 졸린 눈의 아리마 미유키가 얼굴을 내밀었다. 다에는 안도의 한숨을 쉬었다.
 "무슨 일이에요? 호시노 씨. 아까 비명이 들린 것 같았는데, 그거 혹시 당신이……."
 다에 뒤로 다가오는 고스기 집사를 보고 미유키의 말이 끊겼다. 다에는 미유키와 집사를 번갈아 쳐다보고 떨리는 손으로 『명화의 방』 방향을 가리켰다. 그리고 호소하듯 비보를 전했다.
 "남자가…… 둘이나 살해당했어요!"

JOKER

 현이 느슨해진 기타처럼 떨리는 목소리로, 가까스로 그 말만을 전했다.
 "뭐라고요?!"
 미유키와 집사가 경악하는 목소리가 하모니를 이뤘다. 보이지 않는 쇠망치가 형사와 나이 먹은 집사를 세게 때렸다.
 살인……. 있을 리 없는 일이, 있어선 안 되는 일이 일어났다. 어젯밤에 계속 경비원과 순찰경관이 환영성을 수호하고 있었을 텐데…… 살인!
 미유키는 이성을 총동원해서 폭주할 뻔한 정신을 억눌렀다.
 - 예술가artist가 경찰의 수비를 뚫고 또 두 사람의 목숨을 빼앗은 건가! 대체 어떻게? 게다가…… 살해당한 사람은 누구랑 누구지?
 예술가artist의 악마적인 지략은 아무래도 미유키가 예상한 레벨을 아득히 뛰어넘은 모양이다. 미유키는 완전히 방심했던 자신을 말없이 질타했다.
 "두 사람 다 잠깐 기다려요. 바로 갈게요."
 료쇼 경부는 어떻게 반응할까. JDC 탐정들은? 혼란이 폭발한다!
 긴 하루의 시작이었다.

제4장 마경의 사중살해

48 두 구의 시체

 참극의 소용돌이는 순식간에 확대되었다.

 성 밖을 경비하던 경관들도 다에의 비명을 듣고 곧장 성으로 뛰어 들어왔다. 비명에 눈을 뜬 사람들, 아리마 미유키가 깨운 사람들은 사건의 중차대함을 깨닫고 곧장 잠기운을 물리치고 몸단장을 했다.

 거의 모든 사람이 식당에 소집되었다. 수사 관계자들은 범행 현장이 된 『명화의 방』에 모였다.

 『명화의 방』. 고흐의 동생, 테오의 『해바라기』 그림 아래에 천장을 보고 누운 두 구의 시체. 경찰관 제복 차림에 둘 다 오른손에 권총을 쥐고 있다.

 사카키 이치로와 사토 이치로……. 어젯밤 환영성을 순찰하던 경찰관의 시체다.

 서로의 심장을 쏘는 듯한 모양새였다. 왼쪽 가슴의 총상 외에 외상은 딱히 보이지 않았으며 약물 반응도 나오지 않았다. 두 구의 시체가 누운 바닥에는 넓게 퍼진 피가 응고되어 검게 변했다. 하늘색 카펫은 피로 얼룩져 못 쓸 정도였다.

 "동시 발사인가."

JOKER

 검은 옷의 명탐정 류구 조노스케가 혀를 차며 빈정거리듯 중얼거리는 목소리는 패배감으로 가득 차 있었다
 …… 평범한 사건이라면 범인은 경찰의 눈을 피해 범행을 저지르려 하는 법이다. 말하자면 경찰은 스포츠 시합의 심판 같은 존재다. 당사자이자 외부자, 건드릴 수 없는 존재다. 그런데 예술가artist는 순찰하던 경찰관을 죽여 행동의 자유를 확보했다. 과거의 상식을 뒤집는 실로 혁신적인 발상이다. 하지만 당연하게도 그 행위를 칭찬할 수는 없다.
 - 완전히, 오산이었다 -
 수사진은 모두 굴욕에 얼굴을 찌푸렸다. 모두가 성 내부를 순찰하고 중정과 성 밖을 경비하면 예술가artist의 행동을 속박할 수 있다고 굳게 믿었다. 방심이 결과적으로 새로운 피해자를 낳았다…….
 이 사건에서 처음으로 추리소설가가 아닌 피해자가 나왔다.

●

 소거추리의 귀부인 기리카 마이는 시체 옆에 쪼그려 앉아 현장 상황을 검증하기 시작했다. 후회하는 것도, 앞으로 조심하는 것도 중요하다. 하지만 패배감에 젖어 있으면 수사가 진전되지 않는다. 마이는 시체를 직접

제4장 마경의 사중살해

만지지 않도록 주의를 기울이며 세심히 살펴보았다. 조노스케를 비롯한 다른 수사진들은 일단 그녀에게 일을 맡기고 상황을 지켜보았다. 어젯밤은 사건이 일어날 리가 없다고 생각했기 때문에 지금 경찰 감식반을 부른 상황이다.

"총신barrel은 2인치, 38구경 뉴 남부야. 경찰관 제식 총이네."

만에 하나 예술가artist나 수상한 자에게 습격당할 것을 고려하여 사카키 순사와 사토 순사는 순찰 때 총을 휴대했다.

"그리고 사망추정시각은…… 확답은 못 하지만 시체 상태를 보건대 어젯밤 3시 전후 아닐까."

마이는 일어나서 조노스케를 보았다. 검은 옷의 추리 귀공자는 가늘고 마른 손가락을 턱에 대고 동안을 살짝 찌푸렸다.

"알리바이는 기대할 수 없겠어……. 아, 그런데 료쇼 씨는 어디 있지? 기리기리스 씨나 다른 사람들이랑 식당 쪽에 가 있나?"

조노스케가 문 쪽을 홱 돌아보면서 아름다운 검은 망토가 펄럭였다. 문 근처에 서 있던 쓰쿠모 네무가 질문에 답했다.

JOKER

"아뇨, 식당 쪽에도 안 계셨어요."

"그 아저씨는 대체 뭘 하는 거야."

네무 뒤의 벽에 기댄 아지로 소야가 양손을 깍지 껴 머리 뒤에 둔 자세로 부루퉁하게 말했다. 그때 근육질의 구로야 다카시 형사가 방에 들어왔다. 어제『심판의 방』 문을 쇠도끼로 파괴한 남자다. 아놀드 슈워제너거만큼은 아니어도 보디빌더인가 싶을 만큼 훌륭하게 근육이 붙은 것을 옷만 보아도 알 수 있었다. 타인을 압도하는 분위기를 갖췄지만 구로야의 눈빛은 여전히 부드러웠다.

"오, 구로야 씨…… 마침 잘 왔네. 료쇼 씨는 뭐해?"

(웃음)의 힘으로 경찰 수사진과도 친해진 조노스케는 동년배인 구로야와 반말을 하는 사이가 되었다.

"지금 아리마가 부르러 갔어. 곧 오실 거야."

조노스케와 말을 나누는 구로야의 넓은 등짝을 보면서 소야는 의문에 빠졌다. 료쇼가 지금도 모습을 드러내지 않았다는 점이 불길한 징조라는 생각밖에 들지 않았다.

뭔가 상상을 초월하는 사태가 일어나려 한다. 막연히, 그런 생각이 들었다.

조노스케는 펠트 모자를 고쳐 쓰고 자리에 있는 수사 관계자들을 순서대로 둘러보았다. 기리카 마이, 쓰쿠모 네무, 아지로 소야, 구로야 다카시, 그 외에 경찰 관계자

제4장 마경의 사중살해

몇 명.

"그럼 료쇼 씨가 중역출근重役出勤[19]을 하기 전에 예술가artist가 준 다음 수수께끼를 분석해볼까?"

조노스케는 검은 장갑을 낀 손으로『해바라기』그림을 가리켰다. 두 순사의 시체는『해바라기』그림 바로 아래에 누워 있었다. 그리고『해바라기』그림에는 또 예술가artist의 메시지가 붙어 있었다.

> 그림에 주목하라.
>
>   예술가artist

그 쪽지는 현장에 들어온 모두의 눈에 훅 들어왔다. 그림에 주목하라. 사실 그런 명령을 받아도 그림보다는 시체를 주목할 수밖에 없었다. 예술가artist는 그 메시지로 무엇을 암시하고자 했을까?

조노스케와 마이를 중심으로 추리협의가 시작되려던 때, 아리마 미유키가 헐레벌떡 실내로 뛰어들어왔다. 뒤에는 아오이 겐타로도 와 있었다.

마이는『해바라기』그림을 마주한 상태로 고개만 돌려

---

[19] 지각하는 사람을 우회적으로 비난하는 표현.

JOKER

서 물었다.

"아리마 씨, 료쇼 경부님은 어디 계시죠?"

모두의 시선이 아리마 미유키에게 집중되었다. 조노스케는 창백한 안색의 그녀가 말을 꺼내기도 전에 사태를 이해하고 표정이 싸늘히 식었다.

"그게…… 경부님이 보이질 않아요. 객실이 안 잠겨 있고 안에는 아무도 없었어요. 아무도 경부님을 본 적이 없고 성 내부를 대강 찾아봤는데 어디에도……."

"뭐라고요?!"

마이는 큰 소리로 외치며 급하게 몸을 돌렸다.

수사반장인 경부가 실종된 상황. 사건은 뜻밖의 국면으로 접어들었다.

미유키 뒤에서 아오이가 조심스럽게 앞으로 나섰다.

"사실 후몬지 씨도 보이지 않아요. 기리기리스 씨께 부탁해서 류스이랑 같이 깨우러 갔는데, 역시 문은 잠겨 있지 않았고 안에는 아무도 없었어요."

두 구의 시체. 그리고 동시에 모습을 감춘 료쇼와 후몬지. 예술가는 휴전은커녕 수사진에 대대적인 공세를 가했다.

수수께끼가 확대되면서 사건은 나락의 바닥으로 가라앉았다…….

제4장 마경의 사중살해

49 수수께끼는 수수께끼를 부른다

아리마 미유키와 아오이 겐타로의 보고는 『명화의 방』에 서려 있던 긴장감을 단숨에 터트렸다.

료쇼 다쿠지, 후몬지 고세이. 모습을 감춘 두 사람 중 누군가가 (혹시 공범이자) 예술가artist일까? 만약 그렇다고 하면 어째서 모습을 감췄는가. 그리고 어디로 사라졌는가?

중정과 성 외부는 경찰들이 밤새도록 경비를 서고 있었다. 다시 말해 외부범이 침입할 수 없는 환경에서 어젯밤에 그 누구도 환영성을 나가지 않았다. 료쇼도, 후몬지도 성 어딘가에 있어야 한다.

환영성 주방장인 나스키 다케히코가 수사진의 지시를 받고 『명화의 방』에 나타났다. 구로야가 눈짓하자, 수사 관계자들과 이야기를 나누던 조노스케가 고개를 끄덕이고 자리를 대표하여 그를 맞이했다.

"수사진 중 당장 업무가 없으신 분들은 성을 수색해주세요. 그리고 나스키 씨는 조식 준비를 시작하셔도 됩니다."

"그런데…… 정말로 괜찮을까요?"

JOKER

 조노스케는 머뭇대는 나스키 주방장에게 윙크했다.
 "식사를 거를 수는 없으니까요. 『배가 고파서는 싸울 수 없다』는 옛말도 있잖아요."
 짐짓 여유를 부리는 것에는 물론 연기도 들어가 있다. 수사반장과 중요 관계자가 실종된 마당에 JDC 탐정들을 대표하는 그가 당황하면 그야말로 수습이 불가하다.
 조노스케, 마이, 구로야, 미유키. 이렇게 네 사람은 협의를 거쳐 수사 관계자들에게 척척 지시를 내렸다. 현장에 몇 명을 남기고 다른 사람들은 성 곳곳으로 흩어졌다.
 방에 남은 사람은 조노스케, 마이, 네무, 소야, 구로야, 미유키, 이렇게 여섯 명이다. 그들은 문제의 『해바라기』 그림을 둥글게 둘러싸고 각자 의견을 내놓았다.
 "『그림에 주목하라』라는 말은 너무 막연하네요. 특정한 그림 얘긴지, 아니면 『명화의 방』에 있는 모든 그림 얘긴지……."
 어리둥절한 미유키에게 마이가 미소 지었다.
 "그런가? 미유키 씨. 나는 골라낼 수 있을 것 같은데."
 마이는 동료에게 눈짓했다. 조노스케, 네무는 말없이 고개를 끄덕였다. 소야는 빤히 『해바라기』 그림을 보고 있었다.

제4장 마경의 사중살해

"아드님 생각은 어때?"

"기리카 씨도 참 짓궂네요. 절 시험하는 질문이잖아요. 이 『해바라기』 그림이겠죠."

"명답."

조노스케가 짧게 말하며 손뼉 쳤다.

"잠깐만요. 저는 뭐가 뭔지 모르겠는데. 류구 씨, 뭐가 어떻게 된 거야?"

구로야가 찡그린 표정으로 조노스케에게 물었다. 조노스케가 옆에 선 네무를 흘긋 보자, 포니테일 소녀는 고개를 끄덕이고 대신 설명했다.

"『해바라기』의 태양을 잘 보세요. 작은 구멍 두 개가 뚫려있는 게 보이실 거예요. 그림 뒤의 벽을 살펴보면 아실 텐데, 아마……."

"총탄에 뚫린 것인가요?"

아리마 미유키가 네무의 말을 이어받았다. 미유키와 구로야는 그제야 『해바라기』 그림의 이변을 깨달았다.

테오의 『해바라기』. 태양이 지상에 흐드러지게 핀 해바라기를 비추고 있는 그림이다. 커다란 태양에 두 개의 흑점이 찍혀 있었다. 얼핏 붓 터치 실수나 얼룩으로도 보인다. 그런데 잘 보니 그곳에 확실하게 두 개의 구멍이 뚫려있었다.

JOKER

"저건 살해당한 두 사람이 쏜 건가."

그림을 응시하던 구로야가 혼잣말을 중얼거렸다. 조노스케가 그 말에 반응했다.

"그건 아니야, 구로야 씨. 『그림에 주목하라』라는 말처럼 이건 명백히 예술가artist의 메시지야."

"문제는 그림에 맞은 두 개의 총탄이 무엇을 암시하냐는 거지, 류 씨."

조노스케는 조수를 보며 고개를 끄덕이고 마이에게 도전적인 시선을 보냈다.

"기리카 양의 고견을 여쭤볼까."

마이는 난처한 듯 어깨를 으쓱거렸다. 그리고는 팔짱을 끼고 생각을 정리하며 신중하게 발언했다.

"그래. 추리가 없는 건 아닌데, 이것도 어젯밤 언어유희 게임에서 이어지는 거야? 예술가artist의 사인인지 미스디렉션인지는 모르겠지만, 범인이 남기고자 한 메시지는 몇 가지 추측할 수 있어."

"언어유희 게임은 또 무슨 말씀이시죠?"

미유키가 도무지 이해할 수 없다는 표정으로 구로야와 얼굴을 마주 보고는 의문을 표했다. 그때 네무가 친절하고 공손하게 어젯밤 발견된 예술가artist의 메시지를 설명했다.

제4장 마경의 사중살해

　미완의 대기→밀감, 기리카 마이→기리키리마이, 그리고 마리아→아리마 메시지에 미유키는 진심으로 놀랐다.

　"그건 말도 안 돼! 이건 살인사건이야. 사람을 죽여놓고 그딴 장난 메시지를 남기다니, 대체 뭐 때문에?"

　주먹을 꽉 쥐고 항의하는 구로야. 조노스케를 비롯해 추리를 전개하는 탐정들도 당장 수긍하기 어려운 이야기이니 받아들이지 못하는 것도 당연하다.

　"아니, 그런데 구로야 씨. 이건 류 씨도 한 말인데, 하나만 있으면 우연일지 몰라도 이렇게 여러 개가 겹치면 작위적이라고 볼 수밖에 없잖아요. 특히 이번에는 예술가artist가 『그림에 주목하라』라고 했고요."

　"아지로 씨 말이 맞아. 이번 사건에는 정교하게 계산된 의미 없는 실마리가 산더미처럼 쌓여있어. 현시점에서는 통상적이고 논리적인 사고로 예술가artist의 정체를 간파하기 힘들어. 언어유희든 뭐든 일단 예술가artist가 준비한 게임에 참여할 수밖에 없어. 메시지로부터 범인을 특정할 수 있으면 동기를 조사해서 자백을 받아내도 돼."

　『말』로 장식된 살인. 과거에 없던 전혀 새로운 싸움이 기다리고 있다. 탐정들은 예술가artist가 설치한 『말』의

JOKER

함정을 빠져나와 진상에 다다를 수 있을까?

조노스케의 의견에 덧붙여 네무도 말했다.

"예술가artist라고 자칭할 정도니 범인은 예술적인 살인에 집착하겠죠. 관계자의 이름을 연상할 수 있는 메시지, 미스디렉션을 뿌려놓은 이유는 그 안에 자신의 사인을 숨겼기 때문일 거예요. 단순히 수사를 혼란에 빠뜨릴 목적이면 언어유희로 보이는 미스디렉션을 남기기보다 실마리를 위조하는 게 나을 테고요. …… 어쩌면 우리 쪽이 먼저 예술가artist의 사인을 밝혀내면 범인은 패배를 인정하고 자백할지도 몰라요."

조노스케와 네무의 주장은 경청할 가치가 있었다. 확실히 예술가artist는 이상하리만치 언어유희 미스디렉션에 집착한다. 정말로 그 안에 진짜 사인을 숨겼는지도 모른다. 구로야와 미유키도 점차 수긍하기 시작했다. 적어도 『해바라기』 그림에 관해 탐정들이 제출한 추리를 검토할 가치가 있겠다는 생각이 들었다.

…… 여기서 「나」도 「당신」에게 충고해둔다. 사건이 끝난 후에 돌이켜보면 탐정들의 말대로 예술가artist는 언어유희 메시지 안에 사인을 숨겨두었음을 알 수 있다. 그 점을 인지하고 「나」의 이야기를 들어주기 바란다.

누누이 말했듯 예술가artist는 한 인간이며 이미 등장

제4장 마경의 사중살해

한 인물이다. 사건에 흩뿌려진 언어유희로부터 「당신」은 진상을 잡아낼 수 있을까?

●

"이런 사건은 전례가 없어서 내가 이제 말하려는 추리가 옳은지 아닌지 딱 잘라 말할 수는 없어. 그래도 일단 『해바라기』를 뚫은 두 발의 총탄에 무슨 의미가 있는지 생각해봤어."

조노스케의 재촉에 따라 마이는 자신의 추리를 설명했다. 사람들은 긴장한 표정으로 여자 탐정을 주목했다.

"『해바라기』라는 말의 한자를 생각해보면 첫 번째 미스디렉션은 쉽게 찾을 수 있지."

순간의 침묵이 흘렀다. 조노스케는 답을 알고 있는지 표정이 여유로웠다. 네무, 소야, 구로야, 미유키는 당황했다. 『해바라기』라는 한자가 바로 생각나지 않는 모양이다.

"해日를 향하는向 접시꽃葵이라고 해서 해바라기向日葵죠."

먼저 그렇게 말한 사람은 학창시절에 국어를 잘했던 네무다. 나머지 세 사람은 그제야 생각났는지, 아니면 몰랐던 건지, "오오!" 하고 환성을 질렀다.

마이는 기특한 표정으로 조수를 보고 고개를 끄덕이고

는 설명했다.

"맞아. 해바라기라는 단어에는 『접시꽃葵』이라는 글자가 들어가 있어. 총탄을 맞은 곳은 『해日』…… 다시 말해서 태양이지. 『향한다向く』를 눈을 향해라, 주목하라라고 해석하면 이건 추리소설가인 아오이 겐타로葵健太郎를 가리키는 메시지라고 해석할 수 있어."

설명을 들어보니 과하게 깔끔한 메시지였다. 기리카마이→기리키리마이 같은 『꼬임』이 없었다. 직관적이고도 바보 같은, 하찮은 언어유희 게임이다.

하지만 구로야와 미유키는 예술가artist의 명확한 의지를 느꼈다. 상식적이지는 않아도 사인이거나 미스디렉션일 것이다. 사인이라면 예술가artist는 아오이 겐타로?

"물론 이건 너무 간단하죠. 해석은 이것뿐만이 아니에요."

마이의 말에 다시 주의가 집중되었다. 역시나 『해바라기→아오이』만이 유일한 메시지는 아니었다. 다른 해석이 존재한다면 이것은 이중의 함의double meaning를 가진 메시지가 된다.

"왜 예술가artist는 이 그림의 태양에 총탄을 두 발 쐈을까. 태양에는 『해日』라는 호칭도 있어. 『해』를 뚫은 두 발의 탄환을 탁점이라고 치면……."

제4장 마경의 사중살해

만족스럽게 고개를 끄덕이는 조노스케를 곁눈질로 보면서 마이는 결론을 말했다.

"탁점이 찍힌 『해♡』는 『미♡, 美』가 돼. 딱 예술가artist가 할 법한 말이지. 예술가artist는 이 『해바라기』의 태양에 총탄을 쏨으로써 살인미의 완성을 표현하고 싶었던 거야."

청중에게서 가식 없는 감탄의 한숨이 새어 나왔다. 그들도 어쩌면 해바라기와 아오이가 부합한다는 것까지는 알아챘는지도 모른다. 하지만 미의 완성이라는 테마까지는 생각에 이르지 못했을 것이다.

익숙지 않은 언어유희 추리지만 역시 JDC 제1반 명탐정이다. 마이의 추리는 일반인의 상상력을 초월했다. 역시 마이, 그리고 무시무시한 예술가artist라 할 수 있겠다…….

소야는 문득 자신이 살인사건 역사의 새로운 장이 펼쳐진 자리에 있는 것은 아닐까 하는 생각이 들었다. 동요童謠살인이나 우의법 살인도 처음에는 누구에게도 받아들여지지 않았다. 그런 말도 안 되는 살인은 있을 수 없다면서……. 하지만 그 후 많은 범죄 후계자들을 낳고 지금은 완전히 살인사건의 주요 장르 중 하나가 되었다. 이 언어유희 살인이 앞으로 후속 범죄자를 낳는

JOKER

다면 이 환영성 살인사건도 역사적인 사건이 되리라. 그렇게 생각하니 형용할 수 없는 감동이 밀려왔다.

소야의 아버지, JDC 총재 아지로 소지는 1979년의 사이몬가 살인사건 수사를 통해 새로운 범죄 시대의 문을 열었다. 범죄혁명이라고도 일컬어지는 그 사건은 해결 후에도 많은 수수께끼를 남겼으며 현재도 유사 이래 가장 어려운 사건이라는 평가를 받는다. 『쇼와 10대 범죄』에 포함되는 일도 있으나 엄밀히 말해 사이몬가 살인사건에 필적하는 사건은 어디에도 없다. 그 사건은 어디까지나 『1대 비극』이었다. 이때까지 14년간.

1993년의 환영성 살인사건은 앞으로 어디까지 전개될 것인가. 탐정들을 아무도 가지 못한 영역까지 데려갈 것인가?

소야는 흥분으로 몸을 떨었다. 그럴 상황이 아니라는 걸 알면서도 흥분 때문에 가슴이 크게 뛰었다. 환영성 살인사건 해결에 공헌하여 아버지를 뛰어넘는 위대한 탐정이 된다……. 그런 상상만으로도 추리가 즐거워질 것 같았다.

●

"류구 씨의 추리는?"

마이가 짓궂게 조노스케를 떠보았다. 마이가 『해바라

제4장 마경의 사중살해

기』에서 도출한 두 가지 해석은 상상력이 풍부하고 훌륭한 추리였다. 평소에도 기발한 발상을 하는 것으로 알려진 JDC 괴짜 추리의 걸물인 류구 조노스케에게 도전하고 싶은 것도 당연한 일이다.

예술가artist가 만든 언어유희 게임에서 두 명탐정의 대결……. 두 사람의 지력이 대등하다면 먼저 해답을 도출한 쪽이 이긴다. 하지만 조노스케는 여유가 있었다. 그는 오른손으로 즐겨 쓰는 모자의 각도를 고치고 맑은 눈동자로 마이를 보았다.

"기리카 양이 말한 가능성은 물론 생각해봤지. 그런데 류구는 또 다른 두 가지 해석을 생각했어."

태연히 선언하는 검은 옷의 추리 귀공자. 마이의 얼굴에 아주 잠깐 경악의 빛이 스쳤다.

태양에 두 발의 총탄을 맞은 『해바라기』그림. 고작 이 정보만으로 조노스케가 정말로 네 가지 언어유희 추리를 완성했다면 역시 『JDC의 추리 주머니』,『번뜩이는 류구』라 할 수 있다.

"류 씨, 그래서 대체 뭔데. 거드름 그만 피우고 얼른 시작해."

소야가 도발하자 조노스케는 빛나는 눈동자로 모두를 둘러보았다. 장난감 더미에 파묻힌 소년의 눈동자였다.

JOKER

『해바라기』를 흘긋 보고 조노스케는 설명을 시작했다.

"첫 번째는 기리카 양이 말한『미의 완성』과 같은 베이스에서 성립하는 추리야. 너무 단순해서 미안하긴 한데, 두 발의 총탄을 탁濁점이라고 해석한다면 저 그림이 추리소설가『다쿠濁』쇼인 류스이 씨를 가리킨다고도 생각해볼 수 있어."

"아하, 그렇군."

감탄한 사람은 구로야 형사뿐이었다. 나머지 네 사람은 사고의 맹점을 찔려 놀라기는 했지만, 마지막 남은 추리에 관심이 있어 가만히 조노스케를 주목할 뿐이었다. 조노스케의 표정은 이상하리만치 자신감이 넘쳤다. 그것은 은연중에 마지막 추리가 궁극의 와일드카드라 할 수 있는, 심상치 않은 언어유희임을 가리켰다.

탁점과 다쿠쇼인. 『말言』이『헤매는迷』『수수께끼謎』의 미궁은 시시각각 변했다. 어디가 입구고 어디가 출구인지, 어디에 서 있는지조차 분명하지 않았다. 미노타우로스가 아닌 예술가artist가 창조한 미궁謎宮을 빠져나올 아리아드네의 실타래는 복잡하게 꼬인『말』뿐이다.

추리는 아직도 남아있다. 조노스케가『해바라기』에서 도출한 네 번째 해석은……?

"류구 씨, 또 하나의 해석은 뭐야?"

제4장 마경의 사중살해

마이가 오래도록 거들먹거리는 조노스케를 재촉했다. 그녀의 발언을 번역하자면,

"네가 이겼으니까 얼른 알려줘"가 된다.

탁점과 다쿠쇼인의 부합은 당연히 파악했어야 한다. 하지만……

아무리 『해바라기』 그림을 살펴보아도, 아무리 머리를 쥐어짜도, 마이는 분하게도 다른 해석이 떠오르지 않았다. 이 그림에 관한 소소한 추리싸움은 조노스케의 승리임을 인정할 수밖에 없었다.

"네 번째 해석은…… 류구는 예술가artist가 만반의 준비로 다른 메시지를 숨긴 사인이 아닐까 생각해. 배배 꼬였잖아. 아직 논리적인 증명은 할 수 없으니 절대적인 해답이라고 볼 수 없지만 이게 진짜 사인이라면 류구가 도출한 인물이 바로 예술가artist가 되는 거야."

조노스케의 말로 방에 순수한 경악이 퍼졌다. 예술가artist의 진짜 사인이 『해바라기』 그림에 숨겨져 있다?

아직 사건 해결과 직결되는 단서라고 판단할 수는 없다. 그러나 일단은 조노스케를 통한 범인 고발의 순간이다.

…… 태양에 두 발의 총탄이 지나간 『해바라기』 그림. 예술가가 그곳에 숨긴 네 번째 메시지를 「당신」은 과연

JOKER

알아챌 수 있는가?

제4장 마경의 사중살해

50 예술가artist의 이름

「제6번째 시체」
10월 28일 - l

● 사카키 이치로
쓰는 손=왼손 직업=순사 성별=남 나이=25

「제7번째 시체」
● 사토 이치로
쓰는 손=왼손 직업=순사 성별=남 나이=24

시체 발견 현장 ◎ 「명화의 방」

현장 상황
1 ◎ 두 사람은 함께 심장에 권총을 맞고 즉사했다.
2 ◎ 「해바라기」 그림은 두 발의 총탄으로 구멍이 났다.
3 ◎ 그들의 오른손에 있던 총은 각각 두 발씩 탄이 줄어 있었다.
4 ◎ 총구에는 소음기silencer가 달려 있었다. 환영성 「무구의 방」에 전시된 물건이다.

JOKER

●

"그 네 번째 해석은…… 예술가artist는 대체 누구죠?"

아리마 미유키가 간절한 목소리로 물었다.

조노스케는 『해바라기』에 맞은 총탄의 네 번째 해석이 바로 예술가artist의 진짜 사인이라고 추리했다. 만약 그렇다면…… 고작 사흘 만에 일곱 생명을 빼앗은 악마적 살인귀(살묘귀)의 정체가 마침내 밝혀진다.

어젯밤 환영성 주위에는 엄중한 경계망이 깔려있었다. 성 밖에서 침입한 사람은 없다. 예술가는 외부인이 아니다. 그 말은 바로 추리소설가, 환영성 관계자, 수사진 등, 지극히 한정된 집단 안에 예술가가 있다는 뜻이다.

현세로부터 격리된 육지의 고도孤島 환영성. 붉은 상자 속에서 벌어지는 가면무도회. 가면 아래에 예술가artist의 맨얼굴을 지닌 자는 과연……?

미유키와 구로야, 두 형사를 의미심장하게 쳐다보며 조노스케는 천천히 해설을 시작했다.

"회화에 총탄을 쏘는 행위는 예술 애호가가 아니더라도 용서받을 수 없는 짓이야. 예술가artist를 자처하는 자가 할 짓은 아니지. 하지만 그걸 무릅쓰고 예술가artist는 그림에 총을 쏜 거야. 탄이 두 발인 이유는 다른

제4장 마경의 사중살해

세 개의 가짜 메시지로 추리를 유도하기 위해서겠지. 진짜 사인을 남기기 위해선 총탄은 한 발이어도 상관없었어."

실내에 긴박감이 흘렀다……. 조노스케는 어떻게 추리를 전개할 작정인가? 사람들은 마른침을 삼키고 검은 옷의 명탐정을 지켜보았다.

"말하자면 예술가artist가 찍고 싶었던 건 탁점이 아니라 오점이었던 거야."

탁점과 오점. 그 차이는?

"설마!"

마이가 비명을 질렀다. 뒤늦게나마 진상을 깨달은 그녀는 인지人智를 뛰어넘은 메시지에 어안이 벙벙했다. 패배감에 젖을 마음조차 들지 않았다. 대체 조노스케와 예술가artist가 어떤 사고회로를 가졌는지 머릿속을 들여다보고 싶었다.

"『오점汚点』이었구나……."

마이의 중얼거림에 조노스케가 미소 지었다. 현재 메시지를 이해한 사람은 마이뿐이다.

"알아챘군, 기리카 양. 맞아, 예술가artist의 목적은 해바라기가 아니라 『해바라기』라는 그림의 해(태양)에 『오점』을 찍는 거였어."

JOKER

조노스케는 소리 없이 쓴웃음을 지었다.
- 조금만 삐끗하면 농담이 될 뻔했어.

너무나도 배배 꼬인 메시지였다. 『뒤틀린 두뇌를 가진 남자』로도 평가받는 조노스케마저도 당황할 만큼…….

회화에 총탄을 쏜다는 것은 그 작품 및 작자, 소유자에게 오점을 찍는다고 해석할 수 있다. 하지만 『해바라기』에 오점을 찍는다는 것이 무엇을 암시하는지, 네무, 소야, 구로야, 미유키는 아직 알지 못했다.

힌트를 내놓아도 마이를 제외한 누구도 진상을 알아차리지 못했다. 이 이상 기다려봤자 상황이 달라지지 않는다고 판단했는지, 조노스케는 답이 없는 네 사람을 차례대로 보면서 추리를 이어갔다.

"『히(해=태양)』위에 『오점』을 찍는 것. 단순명쾌하지. 핵심은 그뿐이야. 어렵게 생각할 거 없어. 『히마와리』의 『히』에 『오』를 넣으면 어떻게 되지?"

경악은 갑자기 찾아왔다.

말을 잃은 쓰쿠모 네무와 아지로 소야. 놀라움에 얼굴을 찌푸리는 아리마 미유키. 고개 숙인 기리카 마이. 미소를 유지하는 류구 조노스케. 그 와중에 구로야는 믿기지 않는 표정으로 모두를 대표해서 말했다.

"『오마와리[20]』."

제4장 마경의 사중살해

 "맞아. 바로 이게 진짜 사인이라면 예술가artist는 오마와리, 경찰관이 돼."

 구로야와 미유키는 이 말에 당황할 수밖에 없었다. 두 사람 모두 자기가 안 그랬다는 듯이 서로 얼굴을 마주 보았다. 사람들은 추리의 결론에 반신반의하면서도 조노스케가 도출한 답에 기묘하게도 설득력이 있음을 느꼈다. 언어유희 게임이 다다른 종점. 그것이 『히마와리→오마와리』 메시지……. 여태까지 예술가artist가 말장난 같은 미스디렉션을 남발한 탓일까. 그 언어유희에는 진정성이 있었다.

 "그럼 류 씨. 예술가artist의 정체는……."

 두 형사를 보면서 소야가 파트너의 말을 유도했다.

 사카키 이치로와 사토 이치로가 예술가artist이며 서로를 쏘아 자살을 도모했을 가능성은 거의 없다. 그렇다면 가장 용의가 짙은 경찰은…….

 "아까 말한 대로 이건 어디까지나 가설 중 하나고 아직 논리적으로 증명된 게 아니야. 그러니 이게 절대적인 진상이라고 생각하지는 말아줬으면 해. 일단 류구의 추리로 예술가artist는…… 현재 행방이 묘연한 경찰이야."

---

20) 오마와리お巡り는 일본어로 경찰, 순경을 뜻한다.

JOKER

그 자리에 있던 모두의 머릿속에 주황색 코트를 입은 수사반장의 얼굴이 떠올랐다.

료쇼 다쿠지 경부=예술가artist?

충격받은 듯한 두 형사에게 마이는 곧장 질문을 꺼냈다.

"아리마 씨, 구로야 씨. 사건 첫날, 경찰이 환영성에 오기 전날 밤 료쇼 경부의 알리바이를 아시나요?"

마침내 나타난 괴이한 진상(임시)에 형사들은 즉각적으로 냉정하게 머리를 굴릴 수 없던 모양이다. 아무리 가설에 불과하다지만 그들의 동료가 이 외딴곳에서 발발한 연쇄살인 사건의 범인이라는 추리는 상식을 벗어났다. 하지만 『해바라기→경찰』이라는 메시지에서는 우스꽝스럽게도 단순한 미스디렉션을 넘어선 예술적인 고집이 느껴졌다. 그것이 예술가artist의 진짜 사인일 가능성은 적지 않았다.

미유키는 혼란스러운 머릿속을 정리하고 자신을 진정시켰다. 그리고 마이의 질문에 답했다.

"사흘 전 밤에 저희는 술집에서 셋이서 술을 마셨어요. 밤 10시쯤에 해산한 것 같은데, 구로야, 맞지?"

근육질 형사는 파트너의 말을 듣고 고개를 깊이 끄덕였다.

제4장 마경의 사중살해

"딱 그쯤이었지. 지금 생각해보니 이상하긴 하네. 경부님은 귀가하시기 전에 『오늘은 피곤하니까 집에 가서 얼른 쉬어야지』라고 여러 번을 말씀하셨어……."

"구로야 씨, 혹시나 해서 물어보는데, 료쇼 씨는 독신이지?"

"응, 아파트에 혼자 사셔."

조노스케가 조수에게 눈짓하자, 소야는 만족스럽게 고개를 끄덕였다.

"류 씨, 어쩌면 갑자기 정답bingo이 나온 걸 수도 있겠어. 료쇼 경부한테 알리바이가 없잖아. 적어도 가능성만 따져보면 그가 오밤중에 차를 끌고 환영성에서 살인을 저질렀다는 것도 말이 안 되지는 않아."

교토 시내에서 북부의 환영성까지 차를 끌고 와서 연일 범행을 저질렀을 수 있다. 어젯밤에는 수사진과 함께 환영성에 묵었기 때문에 이동하는 수고를 덜 수 있던 것이다.

그런데 료쇼가 범인이면 어째서 그는 모습을 감췄을까. 후몬지와 함께 행방불명된 이유는? 후몬지는 료쇼의 공범인가? 아니면 도주 시 안전을 확보하기 위한 인질인가? …… 어쨌든 료쇼와 후몬지는 환영성 밖으로 나가지 않았다. 다시 말해 아직 성 어딘가에 숨어 있다는 뜻이다.

JOKER

 사인을 남겼다는 것은 예술이 완성되었다는 의미인가. 하지만 제물은 넉넉하게 세어봐도 아직 7개에 불과한데……. 게다가 성에 숨는 것은 좋은 계획이 아니다. 상자 속에는 도망칠 곳이 없기 때문이다. 시체가 발견되었을 때의 혼란을 틈타 도망칠 작정일까?

 료쇼가 범인이라면 동기는 무엇인가. 경찰로 그럭저럭 성공하고 유능한 경부로 인정받은 남자를 이해할 수 없는 살인으로 이끈 것은 무엇인가?

 여섯 사람은 말없이 머릿속에서 다양한 가능성을 검토해 보았다. 탐정들은 료쇼를 범인으로 가정하고 여태까지 일어난 7건의 살해 현장을 되짚어보았다. 범인이 경부라면 뭔가 놓쳤던 실마리를 발견할 수 있지 않을까 하고.

 그때 나스키 주방장이 숨을 헐떡이며 『명화의 방』에 들어왔다. 얼굴은 창백하고 눈동자에는 겁먹은 기색이 보였다. 조식 시간까지는 아직 멀었다.

 …… 그렇다면?

 "형사님들, 탐정님들. 저기, 아, 아까, 조식 준비 중에 얼음을 꺼내려고 냉동고를 열었는데……."

 그는 거기까지 단숨에 말하고는 숨을 돌렸다. 주방에서 달려왔는지 숨이 찬 모양이다.

 "이봐요, 진정하세요. 나스키 씨, 무슨 일이 있었던

제4장 마경의 사중살해

거죠?"

조노스케의 목소리에 긴장감이 서렸다. 밤길에서 귀신을 만난 소년 같은 표정으로 나스키는 보고했다.

"냉동고에, 료쇼 경부님의 머리가 놓여 있어요!"

"뭐라고?!"

그 말에 어두운 그림자가 넓게 드리웠다.

조노스케는 냉정함을 잃고 밖으로 달려 나갔다.

JOKER

51 절망으로 낙하

그야말로 순식간에 무너진 료쇼 경부 범인설.
료쇼는 이미 진범 예술가artist에게 살해당했다…….
게다가 목을 베어서.
 - 류구는 예술가artist를 너무 얕잡아봤나?! 녀석은 이미 우리의 의표를 찔렀어. 아무래도 이 사건은 보통 수단으로는 해결할 수 없겠어.

힘차게 『명화의 방』을 나온 순간, 조노스케는 마침 복도 안쪽에서 달려온 키 큰 순사와 부딪힐 뻔했다.
"어이쿠, 큰일 날 뻔했네. 무슨 일이죠?"
"류구 씨……. 온실에서 료쇼 경부님의 목 없는 시체가 발견되었습니다!"

조노스케의 뒤를 따라 『명화의 방』에서 나온 마이가 심각한 표정으로 탐정들과 말없이 얼굴을 마주했다. 네무와 소야의 뒤에 있던 구로야와 미유키는 그저 우두커니 서 있었다. 형사들이 존경하는 상사는 몇 분 전에 범인으로 고발당하고 지금은 시체로 발견되었다.

목頭部은 주방 냉동고, 몸통은 온실. 예술가artist는 여전히 세심했다. 근면한 사람은 일본인의 귀감이지만

제4장 마경의 사중살해

예술가artist에게 국민영예상을 줄 수는 없는 노릇이다.

구로야가 앞으로 나서고는 조노스케를 날카로운 눈빛으로 보았다.

"류구 씨, 이제 어쩔 거야?"

"적어도 시체는 도망가지 않잖아. 일단 온실로 가보자."

그들에게 보고하러 온 키 큰 순사를 필두로 여섯 사람은 온실로 향했다.

"구(쭈), 몸통은 누가 발견했어?"

미유키는 걸어가면서 키 큰 순사에게 물었다. 『구』라는 특이한 성을 가진 그는 군도軍刀를 연상케 하는 균형 잡힌 체구의 소유자였다.

구 순사는 전력으로 질주한 탓에 비뚤어진 모자의 각도를 맞추면서 난처한 듯 말했다.

"그게…… 첫 번째 발견자가, 또 호시노 씨예요."

료쇼가 시체로 발견되면서 행방불명자는 후몬지 고세이 단 한 명만이 남았다. 오늘 아침 발견된 세 구의 시체를 첫 번째로 발견한 사람은 모두 후몬지의 친동생인 호시노 다에……. 실로 의미심장했다.

●

기리기리스 다로는 주방 냉동고에서 발견된 료쇼의

JOKER

머리를 보고 있었다.

작은 얼음의 밀실에 갇힌 료쇼 경부의 머리. 육면체 얼음 안에 료쇼의 머리가 들어가 있었다. 투명한 얼음 너머로 뿌옇게 보이는 료쇼의 죽은 머리는 마치 정교하게 만들어진 밀랍인형의 목이 아닌가 하는 착각이 들었다. 눈을 크게 뜨고 혀를 끝까지 내민 경부의 얼굴은 어제까지 대화를 나누던 남자와는 다른 사람 같았다. 『명화의 방』에서 두 순사의 시체가 발견된 후, 기리기리스는 경찰 관계자 몇 명과 함께 식당에 사건 관계자들을 모아 한 명씩 신문을 진행하고 있었다.

그때 식당 바로 옆 주방에서 새로운 시체가(그것도 수사반장의 머리가) 발견되면서 혼란은 정점으로 치달았다.

료쇼의 목을 발견한 나스키 주방장이 『명화의 방』에 모인 수사진을 찾아가고 기리기리스는 다른 수사원들에게 현장보존을 요청했다.

감식반이 도착할 때까지 료쇼의 목을 옮길 수는 없다. 목이 얼음 상자 안에 들어있어 냉동고에서 밖으로 꺼내면 얼음이 녹아 증거가 훼손될 우려가 있기 때문이다.

기리기리스는 냉동고 문을 닫고 옆에 있던 수사원 한 명에게 눈짓했다. 그 순사가 냉동고를 지키는 모습을

제4장 마경의 사중살해

보고 그는 주방에서 식당으로 갔다.

식당 옆 주방이 새로운 시체 발견 현장이 되었기 때문에 작가와 직원들은 일단 각자의 객실로 복귀시킨 상태다. 지금 식당에 있는 사람은 히라이 다로, 마미야 데루, 고스기 집사와 환영성 직원 몇 명, 그리고 수사원 몇 명이다.

히라이 다로가 기리기리스를 보자마자 불안한 표정으로 다가왔다.

"기리기리스 씨, 냉동고의 목은 정말로 그 경부님이 맞소?"

혹시 자기가 속은 것은 아닌가? 하는 말투였다. 나이 먹은 탐정은 안타깝게 고개를 저었다.

"아직 아무것도 단언할 수 없습니다. 몸통도 발견되지 않았으니 자세한 사항은 경찰 조사를 기다리셔야 합니다."

기리기리스는 식탁 앞에 집사와 나란히 선 객실 담당자를 보았다. 마미야 데루도 이쪽을 보고 있었다. 그런데 기리기리스와 눈이 마주치면서 나이 든 부인은 불편한 듯 시선을 피했다.

어젯밤 데루에게서 들은 그녀의 과거 이야기가 떠올랐다. 그녀는 수십 년 전에 자신이 저지른 죄를 아직도

JOKER

짙어지고 있었다. 그녀는 기리기리스에게 그 이야기를 고백한 것을 후회하는 듯했다.

 기리기리스는 과거의 죄를 참회한 데루를 경멸할 마음이 전혀 없었다. 다만 서로 과거를 밝히고 옛 상처를 달래주다가 두 사람 사이가 거북해진 것은 틀림없는 사실이었다.

 사람들은 모두 비밀을 품고 살아간다. 그 비밀을 공유할 수 있는 사람은 그리 많지 않다. 만약 타인에게 말할 수 없는 비밀을 자기 일처럼 받아들일 수 있는 사람을 찾는다면 깊은 정이 생기겠지만…….

 기리기리스는 거북함을 극복할 자신이 있었다. 애정도 연모도 아니지만, 그는 데루에게 호감을 느꼈다. 그녀를 필요로 하는 마음이었다. 이면에는 자신을 필요로 하길 바라는 마음도 존재했다. 실제로 데루도 기리기리스를 필요로 하는 것 같았다.

 살인사건이라는 극한상황이 나이 먹은 두 남녀의 마음을 부추겼다. 생명은 언젠가 반드시 스러진다. 사건 피해자를 통해 그 사실을 뼈저리게 배웠기 때문에 지금 살아 있는 기적에 감사할 수 있다. 하찮은 자존심을 버리고 인생을 소중히 여길 수 있다.

 기리기리스는 데루에게, 데루는 기리기리스에게 비밀

제4장 마경의 사중살해

을 밝혔다. 서로 신뢰하기 때문에 숨김없이 말할 수 있었다. …… 만난 지 사흘밖에 안 되었다는 사실은 별로 문제가 되지 않는다. 중요한 것은 『질 × 양』의 절대치다. 한없이 응축된 황금의 시간은 막연히 지나가는 무한의 시간을 능가하는 가치가 있다.

당장은 아니다. 하지만 언젠가 시간이 해결해 줄 것이다. 기리기리스는 그렇게 믿으며 수년 전에 환영성이라는 료칸이 존재한다는 것을 그에게 알려주고 그곳에 체류할 것을 권한 과거의 파트너 아리토 가가미에게 고마움을 느꼈다.

가노와 아리토 가가미의 죽음으로부터 수년 후, 정년을 앞둔 그가 마음을 단단히 먹고 환영성에 찾아와서 다행이었다. 뜻밖에도 살인사건에 휘말렸으나 마미야 데루를 만난 것만으로도 여기에 온 의미가 있었다.

데루와의 만남으로 기리기리스는 자신에게 의지할 존재가 필요했음을 깨달았다. 가노를 대신할 수 있는 것은 아무것도 없다고 굳게 믿었던 자신의 실수를 인식했다. 그는 사람은 끊임없이 변하는 생물이며 언제까지고 과거에 사로잡혀 있는 것은 어리석은 짓임을 그제야 깨달았다. 데루가 그 사실을 가르쳐주었다.

가노와 비슷해서 데루에게 호감을 품은 것이 아니다.

JOKER

서로 의지하며 함께 살아갈 수 있을 것 같아서 기리기리스는 데루를 마음에 두었다.

데루를 사모하는 것과 가노와의 추억을 버리는 것은 다르다. 과거에 속박되지 않으려 노력하면서 과거를 소중하게 기억하는 것. 그게 중요하다.

『기리기리스 다로』로 살아간다고 해서 기억을 잃기 전 이름도 모르는 남자의 인생이 소실되지는 않는다. 과거 인생을 마음속 한구석에서 항상 의식하기 때문에 지금 여기에 있는 『기리기리스 다로』라는 인간을 사랑할 수 있다. 그것과 논리는 마찬가지다. 가노를 사랑하는 마음이 항상 남아있기 때문에 데루를 사모할 수 있다.

…… 기리기리스의 내면에 순식간에 다양한 마음이 지나갔다. 본인, 가노, 그리고 데루를 생각했다. 더는 망설일 필요 없다. 인생의 새로운 목표와 미래를 살아갈 방법을 찾은 기리기리스는 다시 태어나고자 했다. 사건을 정면에서 다뤄볼 수 있을 것 같았다.

시선을 되돌린 나이 먹은 탐정과 눈이 마주치자, 히라이 다로는 여전히 걱정스러운 표정으로 질문했다.

"추리소설가가 세 명 살해되고 나서 경찰 관계자가 세 명이나 살해당하다니……. 이 사건은 대체 어떻게 된 거요? 범인의 동기는 무엇이고? 이 악몽은 어디까지

제4장 마경의 사중살해

펼쳐지는 거요?"

그는 사랑하는 쌍둥이 고양이 하나와 레이가 살해당한 것을 언급하지 않았다. 짜증 이면에 불안이 느껴지는 말투였다. 이 환영성은 료칸이기 이전에 그의 집이다. 작가들에게는 돌아갈 곳이 있지만 히라이 씨에게는 『여기』가 바로 돌아갈 곳이다.

대답을 못 하던 와중에도 기리기리스는 히라이 다로라는 남자를 관찰했다. 데루에게서 들은 그의 과거를 상상하고 그와 겹쳐 보았다. 그는 지금 동생 겐지를 어떻게 생각할까?

기리기리스가 모호한 말로 명확한 추리 제시를 피하던 중, 한 순사가 식당으로 뛰어 들어왔다.

뛰어 들어왔다는 표현이 정확히 들어맞았다. 그의 모습이 눈에 들어온 찰나, 기리기리스는 그의 발이 공중에 붕 뜬 것으로 착각할 정도였다. 그만큼 경관은 힘차게 식당으로 들어왔다.

경관은 실내를 둘러보다가 기리기리스와 시선이 마주쳤다. 젊은 순사는 나이 먹은 탐정이 있는 곳으로 달려오면서 냉정함이 결여된 목소리로 말했다.

"기리기리스 씨, 료쇼 경부님의 몸통이 발견되었습니다."

JOKER

그 순간 노련한 탐정의 안광이 날카로워졌다.
"...... 발견 현장은 어딥니까?"
차분한 말투였다. 기리기리스는 경험으로 누구에게도 밀리지 않는다. 그래서 이 정도 일로는 꿈쩍도 하지 않는다. 실내에 있는 모두의 시선이 기리기리스와 순사에게 꽂혔다. 순사는 식당 문 너머를 가리키며 말했다.
"온실입니다. 구로야 형사님과 아리마 형사님께도 다른 경관이 보고하러 갔습니다."
"수고하셨습니다. 그럼 가보실까요."
식당을 나설 때 문득 뒤를 돌아본 기리기리스는 데루와 시선이 얽혔다. 이번에 데루는 눈을 피하지 않았다. 그 눈동자에는 기리기리스를 향한 마음이 배어 나온 듯했다.

●

두 순사의 시체를 발견한 후, 호시노 다에는 작가들과 식당에 있었다. 『명화의 방』에서 본 두 개의 살덩어리가 망막에 새겨져 당분간은 잊을 수 없을 것 같았다. 목숨을 잃은 인간의 모습, 변사체가 지닌 압도적인 박력이 다에의 섬세한 정신을 파괴했다.
여태까지는 환영성 살인사건의 한복판에 있어도 실제로 시체를 본 적은 없었기 때문에 이성적으로 행동할

제4장 마경의 사중살해

수 있었다. 하지만…….

누군가에게 새로운 살인 소식을 들은 것도 아니거니와 경찰의 경비 덕에 사건이 휴전 상태에 들어갔다고 방심했다. 갑작스럽게 그녀의 세계에 비집고 들어온 생생한 희생자의 모습은 너무나도 충격적이었다.

식당에서 아오이와 류스이, 니지카와 부녀의 위로를 받아도 마음은 진정되지 않았다. 어째서 이런 곳에 있을까. 언제부터 이런 미궁에서 헤매게 된 걸까. 한없이 거짓말 같은, 비현실적인 사건을, 그제야 다에는 분명하게 인식하기 시작했다. 예술가artist의 광기와 환영성을 둘러싼 괴이한 분위기를 깨닫기 시작했다.

아오이와 류스이는 옆에 있었다. 그런데 어린 시절부터 그녀를 지켜주던 오빠 후몬지는 행방불명 상태였다.

그 사실이 다에를 한층 더 불안케 했다. 수사반장 료쇼 경부와 마찬가지로 경비가 있던 하룻밤 내내 밖으로 나갈 수 없던 환영성에서 사라진 후몬지 고세이.

오빠를 가까이에서 느낄 수 없는 세상은 처음이었다. 깊고 깊은 우물 바닥에 홀로 갇힌 듯한 절망감이 그녀에게 조금씩 대미지를 입혔다.

리얼한 세계는 어디에도 없었다. 한없이 현실에 가까운 악몽을 꾸는 것 같았다. 아오이와 류스이가 말을

JOKER

걸어도 답을 할 기력이 없었다. 어제의 다에처럼 살인사건과 관계없이 행동하는 메구미, 소녀와 놀아주는 미야마 가오루를 멍하니 바라보기만 했다. 자신도 결국 살인사건이라는 바닥없는 늪에 발을 들였다는, 형용할 수 없는 마음이 싹텄다.

성에 있을 텐데도 발견되지 않은 후몬지……. 다에는 오빠의 무사를 진심으로 기원하면서 고독감에 휩싸여 있었다. 항상 곁에 있을 줄 알았던 오빠까지 갑자기 사라져 어디에도 없는 존재가 되었다. 그것이 인생이다. 다에는 인간이란 혼자서 살아가야 하는 존재임을 깨달았다.

꼭 이럴 때만 천천히 흘러가는 시간을 저주하면서 『기다린다』는 고통을 묵묵히 견디고 있던 사이, 마침내 새로운 충격이 다에를 덮쳤다.

식당 바로 옆 주방에서 행방불명이었던 료쇼 경부의 목이 발견되었다. 너무나도 충격적인 소식에 식당은 소란스러워졌다. 하지만 다에는 놀랄 기력도 없었다.

료쇼 경부의 목이라는 것도 좀처럼 상상하기 쉽지 않았다. 어제까지 똑똑히 보았던 인물이 머리만 냉장고에서 발견된 것이다. 아무리 추리소설을 애독한다고 해도 현실적으로 참수살인을 리얼하게 상상하기란 쉽지

제4장 마경의 사중살해

않았다.

 그녀 내면의 바다 밑바닥에서 무언가가 조금씩 떠올랐다. 그 무언가는 점점 감정의 표면으로 떠올라 공포심이라는 뚜렷한 형태를 갖췄다.

 공포의 대상은 자신이 아니라 친오빠 후몬지 고세이의 안위였다. 후몬지와 함께 행방불명되었던 료쇼 경부는 시체로 발견되었다. 만약에 후몬지도 시체로 발견된다면…….

 어쩌면 후몬지가 범인 예술가artist일지도 모른다는 의구심은 전혀 없었다. 동기 면에서도, 됨됨이 면에서도 후몬지가 범인이라는 것은 있을 수 없는 일이라고 다에는 단언할 수 있었다. …… 하지만 후몬지가 예술가artist에게 살해당해서 이미 세상을 떠났다는 것 또한 상상할 수 없었다.

 – 겐지 오빠가 죽는다? 그건…… 말도 안 돼. 있을 수 없는 일이야.

 추측이라기보다는 소망에 가까웠다. 있을 수 없다……는 것이 아니라 그런 일이 있지 않기를 바랐다.

 항상 함께였던 오빠가 세상에서 영원히 지워지는 것은 여태까지 발생한 여덟 건의 살해보다 더 비현실적으로 느껴졌다. 그것을 상상할 수 없는 이유는, 어쩌면 감정이

JOKER

폭주하지 않도록 이성이 제동을 걸고 있기 때문인지도 모른다.

그때 다에의 머릿속에 두 순사의 시체 이미지가 선명히 되살아났다.

비현실은 항상 예고 없이 현실세계에 비집고 들어온다.

료쇼 경부는 목이 잘려 살해당했다. 후몬지 고세이의 운명은 예술가artist라는 사신의 손바닥 안에 있는 것인가.

『안 돼애애애!!』

자기 목소리 같지 않았다. 다에의 작은 입에서 초음파처럼 쇠를 찢는 소리가 나왔다. 식당에 있는 모두의 시선이 자신에게 모이는 것도 개의치 않고 다에는 자리에서 일어났다. 갑자기 일어난 바람에 의자가 넘어졌다. 그것조차 신경 쓰이지 않았다.

정신이 들고 보니 그녀는 식당을 뛰쳐나와 목적지도 없이 복도를 달리고 있었다.

돌아갈래…… 돌아갈래…… 돌아갈래!

허구세계에서 현실세계로 얼른 돌아가고 싶어.

돌아갈래!!

복도를 걷고 있던 수사진들이 불러 세워도 멈추지 않고 달렸다. 눈물이 터져 나와 뺨을 타고 공중에 흩어졌다.

제4장 마경의 사중살해

 달리다가 지친 그녀는 온실로 이어지는 통로에서 가까스로 멈췄다. 사건과 오빠를 깊이 생각하고 싶지 않았다. 이 이상 현실에서 이탈하는 쪽으로 생각이 이르면 정말로 미쳐버릴 것 같았다.

 복도에 주저앉아 손수건으로 눈물을 닦았다. 인기척을 느끼고 고개를 퍼뜩 드니 후몬지가 있었다. 따스한 표정으로 사랑하는 여동생을 내려다보고 있었다.

 "겐지 오빠……."

 후몬지의 얼굴이 아오이의 얼굴로 변했다. 오빠라고 생각했던 것은 착각이었다. 아오이와 류스이가 걱정스러운 표정으로 다에를 내려다보고 있었다.

 아오이는 무릎을 꿇고 다에의 어깨에 손을 얹었다. 다시 눈물이 밀려 나오면서 다에는 손수건에 얼굴을 파묻었다.

 "죄송해요. 제가…… 정신이 나갔는지……."

 니지카와가 기리기리스 다로를 비롯한 경찰 관계자에게 잘 둘러댄 모양이었다. 수사진은 나중에 사태가 조금 진정되고 나서 다시 한번 모두를 소집할 것이니 그때까지 각자 객실에서 대기하라고 당부했다.

 아오이의 설명을 듣고 나서야 다에는 기분이 조금 가라앉았다. 몸을 일으키려 했지만 다리에 힘이 들어가

JOKER

지 않았다. 아오이와 류스이에게 부축을 받고 나서야 겨우 일어날 수 있었다.

"온실이라도 가야겠어. 조금이라도 마음을 추스리는 게 좋을 거야. 저기서 편히 쉬자고."

고개를 돌려 온실을 가리키면서 류스이가 말했다. 친구의 제안에 아오이는 찬성했다.

"그런데 각자 방에 돌아가야 하지 않나요……?"

빨갛게 부어오른 눈으로 두 작가를 보면서 그녀가 말하자, 아오이가 제지했다.

"그런 딱딱한 소리는 하지 마시고! 그렇지……? 류스이."

"응. 방에 가봤자 기분만 침울해져."

두 사람의 격려에 다에는 조금씩 정신을 차렸다. 그들은 명랑하게 대화를 나누면서 온실로 향했다. 아오이와 류스이 사이에서 그녀는 자기가 혼자가 아니라고 느꼈다.

— 세상에는 나쁜 일만 있지는 않아. 겐지 오빠도 분명 무사히 찾을 수 있을 거야…….

"후몬지 씨는 괜찮을 거예요."

그렇게 말하고 아오이는 아차 싶었다. 실언을 나무라듯 류스이가 냉랭한 눈빛을 보냈다. 하지만 다에는 그 말에 풀 죽지 않고 오히려 빙긋 웃으며 아오이에게 답했

제4장 마경의 사중살해

다.

"네, 그럴 거예요."

인간적으로 성장한 그녀의 길고 아름다운 흑발을 보면서 류스이는 미소 지었다. 쌍둥이 여동생인 미나세 나기사라도 생각하는 걸까. 류스이를 보고 그런 생각을 하면서 아오이는 다에를 온실까지 에스코트했다.

온실에 도착하자 다에가 맨 먼저 비명을 질렀다. 아오이와 류스이는 경악 탓에 말을 잃었다.

온실에 목 없는 시체가 공중에 떠 있었다.

●

온실에는 최초발견자인 아오이 겐타로, 다쿠쇼인 류스이, 호시노 다에 외에 수사 관계자 몇몇이 있었다.

류구 조노스케를 비롯한 수사진 주력 멤버들은 구순사의 안내를 받고 온실로 찾아와 사람들을 뚫고 앞으로 나왔다.

조노스케는 다에의 옆을 지나치다가 그녀의 눈과 잠시 마주쳤다. 검은 옷 명탐정의 눈동자는 단 한 번 맞선에서 만났던 다에를 걱정해주는 듯했다.

"잠시만요, 지나겠습니다."

류구 조노스케, 기리카 마이, 쓰쿠모 네무, 아지로 소야, 구로야 다카시, 아리마 미유키는 형형색색의 꽃들

JOKER

로 둘러싸인 식물의 낙원에 출현한 이형의 물체를 앞에 두고 말을 잃은 채 우두커니 섰다.

"이, 이건……."

무슨 일이 생기든 꿈쩍도 하지 않을 것처럼 보였던 구로야마저도 무심코 두세 걸음 물러났다. 물체에서 단순한 변사체와는 확연히 다른 불길한 분위기가 발산되고 있었다.

"예술가artist가 또 한 건 했군."

조노스케는 그렇게 중얼거리며 검은 펠트 모자의 챙을 내렸다.

주황색 코트를 입은 료쇼의 시체는 언뜻 공중에 뜬 것 같았다. 바닥에 거꾸로 뒤집혀 있는 수조 위에 양반다리를 한 모습이었다.

절단된 머리 부분에는 원래 그곳에 있어야 할 료쇼의 목 대신 기괴한 형태의 화분이 놓여 있었다. 나선형으로 꼬인 줄기 위에 초록색 잎이 달린 식물이다. 어제 다에가 두 아이와 함께 온실에서 본 벤저민이었다.

머리를 벤저민으로 바꿔치기 당하고 결가부좌 자세로 공중에 뜬 목 없는 시체……. 인외마경으로 변한 환영성에서도 유달리 기이한 오브제다. 꽃 지는 고을華散里에 시체가 또 하나.

제4장 마경의 사중살해

 어젯밤 살해당한 사람은 2명만이 아니었다.

 료쇼 경부도 예술가artist에 의해 생명의 등불이 꺼졌다. 사카키 순사, 사토 순사에 이어 연속으로 경찰 관계자가 세 명이나 살해당했다. 추리소설가 셋, 고양이 둘, 경찰 관계자 셋. 예술가artist가 무엇을 기준으로 표적을 고르는지 알 수 없었다. 환영성에 숨은 살인광은 이대로 무차별 살인을 계속할 것인가?

 조노스케는 한 걸음씩 시체를 향해 다가갔다. 다른 일행도 뒤를 따랐다.

 ―『경찰』마저도 미스디렉션에 불과했던 건가.

 조노스케는 거대한 패배감에 젖어 있었다.

 『경찰』이라는 메시지는 다른 미스디렉션과는 다르게 의미심장했다. 조노스케는 증거는 없지만 그것이 바로 예술가artist 진짜 사인임이 틀림없다고 탐정의 본능으로 예감했었다. 하지만······.

 환영성 살인사건처럼 전례 없이 난해한 사건은 추리소설처럼 추리가 부드럽게 전개되지 않는 경우가 많다. 결국 탐정의 본질직관은 직관의 영역을 벗어나지 못했다.

 최유력 용의자로 고발한 료쇼 경부가 살해당한 지금, 의혹의 총부리는 일단 현재 실종(소실?) 상태인 후몬지

JOKER

고세이에게로 향했다.

 환영성은 광대하지만 한정된 공간이다. 후몬지는 어디로 사라졌을까. 현재 시체의 수는 고양이를 포함하면 여덟 구. 『여덟 개의 제물』을 얻은 예술가artist(후몬지?)는 「성스러운 잠」에 빠져 어디론가 사라진 걸까.

 그때 기리기리스를 비롯한 식당 수사진도 온실에 나타났다. 벤저민 얼굴을 가진 시체 주변에 인간 띠가 생겼다.

●

 주황색 코트를 입은, 료쇼 경부로 보이는 목 없는 시체를 발견한 직후, 다에는 완전히 제정신을 잃어버렸다. 울부짖지도 도망가지도 않았다. 망연자실한 상태로 아오이의 부축을 받은 채 우두커니 서 있었다.

 이 세계에서 무슨 일이 일어났는지 그녀는 도무지 이해할 수 없었다. 어째서 이렇게 차례차례 사람이 죽어 나가야 하는지, 어째서 범인이 계속 사람을 죽여야만 하는지, 영문을 알 수 없었다.

 류스이는 수사진을 부르러 갔다. 다에도 신문을 받았으나 말을 할 수 있는 상태가 아니었다. 다에 대신 아오이가 대답하는 것을 그녀는 흐리멍덩한 의식 속에서 듣고 있었다. 바로 옆에 있는 아오이의 목소리도 아득히 먼 곳에서 들려오는 듯했다.

제4장 마경의 사중살해

마침내 류구 조노스케 일행이 온실에 나타났다. 다에는 몽롱한 상태였지만 그의 모습은 평소보다 더 듬직하고 믿음직스러워 보였다. 다에에게 그는 허구 속에 떨어진 그녀를 구하러 와 줄 수 있는 유일한 존재처럼 느껴졌다.

연애 감정과는 다른, 구원을 바라는 절박한 마음으로 그녀는 탐정에게 간절한 시선을 보냈다. 검은 옷의 기사는 그녀의 옆을 그대로 지나쳤다. 다에는 스치는 순간에 조노스케가 보여준 따스한 눈동자를 보았다.

- 이건 내 착각이 아니야. 류구 조노스케 씨의 눈빛은 의식적이었어.

조노스케가 보여준 어렴풋한 배려가 절망에 빠진 다에에게 용기의 씨앗을 주었다. 아오이를 통해 싹튼 강한 삶의 의지는 성장하여 꽃을 피우고 생명력이 되어 열매를 맺었다.

시체 발견에 따른 혼란 탓에 마음속 어딘가를 맴돌던 오빠를 향한 걱정이 되살아났다.

다에는 그 순간 허겁지겁 흐릿한 기억의 책장을 뒤졌다. 얼핏 본 료쇼의 목 없는 시체. 그 시체에 그녀는 위화감을 느꼈다.

- 뭐지, 이 느낌은……. 왜 신경이 쓰이지?

오빠를 걱정하면서 위화감은 증폭되었다.

JOKER

설마…….

갑자기 어떤 가능성에 생각이 이르렀다. 다에는 전율했다.

설마…… 설마…….

잠깐 사이에 그녀는 확실히 눈에 담아두었었다. 시체의 손가락을.

설마, 그럴 수가!

공포로 식은땀이 흘렀다. 시체를 다시 보고 싶지 않았다. 확인해야 한다는 걸 알면서도 굳이 확인해서 불안을 절망으로 바꾸고 싶지 않았다.

하지만 돌아보지 않을 수 없었다. 그녀는 보아야만 했다.

시체를 다시 보고 그녀는 절규했다!

●

"겐지 오빠!"

갑자기 관중 속에서 범상치 않은 비명이 나왔다. 수사진은 갑작스러운 외침에 놀라 목소리의 진원지로 시선을 돌렸다. 눈에 눈물을 머금은 호시노 다에가 달려오고 있었다.

오열과 통곡의 광소곡capriccio.

"오빠…… 겐지 오빠…….."

제4장 마경의 사중살해

다에는 여린 목소리로 중얼거리면서 료쇼 경부로 짐작되는 목 없는 시체 앞에 주저앉았다.

온실에서 다에를 중심으로 한 소란의 소용돌이가 점점 커졌다. 목소리가 떨려서 다른 사람에게는 확실하게 들리지 않았지만, 그녀는 「오빠」라고 말했다.

호시노 다에의 오빠는 호시노 겐지, 후몬지 고세이다. 다에의 말뜻을 깨달았을 때, 온실에서 경악이 폭발했다!

다에는 울면서 목 없는 시체의 손가락에 뺨을 문댔다. 그 손가락에는 미키 마우스 반창고가 붙어 있었다.

"손가락 좀 베인 거야. 괜찮아."
"보여줘 봐요……."

다에는 오빠가 내민 새끼손가락에 살포시 반창고를 붙였다. 미키 마우스 그림이 그려진 작은 반투명 반창고다.

내버려 두어도 바로 낫는 수준의 상처였지만 후몬지는 동생의 마음 씀씀이를 고맙게 여겼다.

떠오르는 어젯밤의 정경…….

온실의 목 없는 시체는 료쇼 다쿠지가 아닌 후몬지 고세이였다. 후몬지마저 이미 예술가artist에게 목숨을

JOKER

빼앗긴 것이다!

제4장 마경의 사중살해

52 피의 탁점

조노스케의 제안으로 느닷없이 수사반장이 된 구로야 형사의 지휘에 따라 수사 관계자 일부를 제외한 사람들은 온실을 나가야 했다.

일단 상황이 진정될 때까지 사건 관계자들은 중정에서 대기했다. 그 사이에 수사진이 되도록 신속하게 최소한의 조사를 진행했다.

…… 사건은 새로운 국면에 접어들었다. 그것도 아주 급전개였다. 격류처럼 흐르는 환영성 살인사건. 여태까지 사건은 시종일관 예술가artist의 페이스로 진행되었다. 수사진은 주도권을 쥐기는커녕 희롱당하면서 적의 그림자를 쫓아갈 뿐이었다.

목 없는 시체가 후몬지임이 판명된 시점에서 두 가지 새로운 의문점이 생겼다.

하나, 료쇼 다쿠지의 몸통은 어디에 있는가?
둘, 후몬지 고세이의 목은 어디에 있는가?

수사에 암운이 드리워 절망의 깊은 바닥으로 하염없이

JOKER

떨어지는 것만 같았다.

"기리기리스 씨, 주방 냉동고에서 발견된 료쇼 씨의 머리 있잖아요, 어떤 상태였죠?"

조노스케가 추리를 정리할 때의 습관으로 펠트 모자를 손가락으로 빙글빙글 돌리면서 물었다. 기리기리스는 굳은 표정으로 진지하게 설명했다. 료쇼의 목이 투명한 얼음 상자에 들어가 있었다는 것, 감식반이 도착할 때까지 얼음이 녹지 않도록 그대로 두었다는 것을 간략히 말했다.

흥미가 솟았는지 네무가 조노스케 옆에서 기리기리스에게 질문했다.

"저희도 실제로 보는 게 좋겠어요. 그런데 기리기리스 씨. 얼음 안에 봉인되어 있다면 그 목이 진짜인지 가짜인지는 아직 확인되지 않은 거네요."

그녀는 탐정으로서 당연한 의문을 제시했다. 살인사건이 일어났을 때 목 없는 시체가 두 구 이상 나오면 시체가 바뀌치기 당했다고 생각하는 것이 일반적이다. 료쇼의 목이 정교한 가공물일 가능성도 고려해야 한다. 목 없는 시체로 발견된 후몬지도 과학적인 조사가 이뤄질 때까지는 진짜 그의 몸통인지 아닌지 알 수 없다. 범인이 타인의 목 없는 시체를 자신의 것으로 속여 용의선상에서 벗어나

제4장 마경의 사중살해

는 것은 흉악범죄의 왕도이기 때문이다.

실제로 후몬지의 목 없는 시체에 료쇼의 코트가 입혀진 상황을 보면 예술가artist가 잠깐이라도 수사진을 혼란에 빠뜨리려 했다는 것은 분명했다.

질문을 받은 기리기리스도 물론 알고 있다. 네무는 확인을 위해 물어봤을 뿐, 나이 먹은 탐정의 수사 능력을 의심한 것은 아니다.

"사실 얼음 너머로 봐서 확신은 못해. 그래도 료쇼 경부의 목이 맞을 거야. 가짜 목을 넣어봤자 금방 들키니까. 그런 트릭은 시간 벌이도 못 돼. 네무의 의문도 지당하지. 나중에 다들 눈으로 똑똑히 보는 게 좋을 거야."

모두 말없이 고개를 끄덕였다. 기리기리스의 말을 들으며 가만히 목 없는 시체를 관찰하던 마이가 높은 목소리로 다른 사람에게 주의를 촉구했다.

"또 미스디렉션(?)이야."

마이는 목 없는 시체가 입은 료쇼의 코트 왼쪽 가슴을 가리켰다. 그곳에는 두 개의 선명한 핏줄기가 있었다. 피를 닦은 흔적이 아니라 예술가artist가 의도적으로 그은 것으로 보이는 깔끔한 핏줄기다. 두 선은 왼쪽 위에서 오른쪽 아래로 살짝 비스듬히, 거의 평행으로 그어져 있다. 얼핏 보면 탁점 같다.

JOKER

 "또 탁점이군. 예술가artist 녀석, 무슨 꿍꿍인지 모르겠어."

 소야가 쓸쓸하게 말했다. 주머니에 손을 넣은 소년은 분개한 듯, 난처한 듯, 복잡한 표정을 지었다.

 피의 탁점(?)은 역시 다쿠쇼인 류스이를 가리키는 미스디렉션일까. 아니면 다른 해석이 존재할까.

 모두의 시선이 자연스럽게 조노스케에게 모였다. 가만히 시체를 노려보던 검은 옷의 추리 귀공자가 현시점에서는 수사진 중에 예술가artist의 의도를 가장 잘 알 법하다는 것은 모두가 인정하는 사실이다. 살인 이면의 언어유희 게임. 그것을 빠르게 파악하고 적절히 분석하여 예술가artist의 노림수를 알기 쉽게 번역한 것은 조노스케의 성과다. …… 게다가 료쇼 경부가 없는 지금, 뛰어난 카리스마를 지닌 조노스케에게 모두가 필연적으로 수사의 지표를 요구했다.

 "구로야 씨, 아리마 양……."

 불현듯 조노스케가 입을 열었다. 엄숙한 말투였다.

 "『무구의 방』을 면밀하게 조사해줄 수 있을까?"

 "류구 씨, 그게 무슨 소리야?"

 "류구의 추리에 따르면 후혼지 씨의 목이 거기서 발견될 거야. 료쇼 씨의 몸통은 나눠서 수색할 수밖에 없겠지

제4장 마경의 사중살해

만 일단은 그래."

 조노스케의 진지한 눈빛을 보고 두 형사는 순순히 수긍했다. 온실 현장을 보존할 인원 몇몇을 남기고 다른 수사진은 구로야와 미유키를 따라 온실을 떠났다.

"『무구의 방』을 알아채다니 역시 류구 씨야."

 마이는 형사들의 뒷모습을 지켜보다가 기다렸다는 듯 말했다. 조노스케는 놀란 눈으로 제1반 동료를 보았다.

"기리카 양, 눈치챘어?"

"후후, 뭐, 그렇지♡"

 두 탐정이 하나의 수수께끼를 해결한다고 했을 때는 추리의 스피드로 우열이 가려진다. 이 추리 싸움은 마이의 압승이다. 조금 전의 『해바라기』 추리 싸움까지 치면 1승 1패다.

"어떻게 피의 탁점이 묻은 코트를 보고 『무구의 방』을 도출해냈지?"

 기리기리스도, 네무도, 소야도 전혀 무능한 사람이 아니다. 하지만 예술가artist가 준비한 수수께끼는 여태 겪어본 적 없는 새로운 유형이다. 마이는 그녀답게 조금씩 적응하는 듯했지만 쉽게 발상을 전환할 수 없는 것도 어쩔 수 없는 일이다.

JOKER

 "뭐, 이건 단순한 문제예요. …… 보물찾기 같은 거죠. 아마 예술가artist는 우리의 역량을 테스트하기 위해 이런 메시지를 남겼을 거예요. 이것도 언어유희라고 할 수 있겠지만 미스디렉션이나 사인은 아니에요. 굳이 표현하자면 예술가artist가 우리에게 준 힌트죠."

 조노스케는 그렇게 말하면서 마이를 보았다. 마이는 쓰게 웃으며 설명했다.

 "사실 아직은 이런 방식으로 추리해도 되는지 망설여져. 그래도 일단 후몬지 씨의 목은 『무구의 방』에서 발견될 거야. 아무래도 이게 예술가artist의 규칙 같거든. 코트에 탁점이 묻어있다고 생각하면 안 보일 거야. 코트가 아니라 단순히 『후쿠(옷)』에 탁점이 묻었다고 보면 답은 쉽게 나와. 그리고 왜 료쇼 경부의 몸통이 아니라 후몬지 씨의 목이냐면, 코트를 입고 있는 게 그의 몸통이기 때문이지. 물론 틀릴 수도 있겠지만."

 "『후쿠』에 탁점을 붙이면 『부쿠』. 아하, 그래서 『무구의 방』이군요."

 논리적으로 받아들였으면서도 네무는 어쩐지 우습다는 생각이 들었다. 이런 유치한 힌트를 현장에 남긴 범죄자는 그녀가 아는 한 여태까지 존재하지 않았다.

 "후몬지의 목이 발견되면 다음은 료쇼 경부의 몸통이

제4장 마경의 사중살해

군. 류 씨, 이 화분에는 메시지가 없을까?"

소야는 조금 전부터 담배를 피우고 싶어서 미칠 지경이었다. 이곳은 현장이라 금연이다. 흡연은 조금 더 미뤄질 듯했다.

도발을 받은 조노스케는 벤저민 화분에 다가가 팔짱을 끼고 침묵했다. 마이, 네무, 기리기리스도 시체에(특히 화분에) 주목했다.

조노스케는 피곤한 듯 무거운 한숨을 쉬면서 아쉽게 고개를 저었다.

"현재로선 이 화분에서 의미를 찾지는 못하겠어. 기리카 양은 어때?"

"그러게……. 나도 똑같아. 물론 단순히 우리가 메시지를 못 읽은 걸 수도 있어. 이 식물은 뭔가 별개의 것을 암시하는 것 같아."

"료쇼 경부의 몸통은 예술가artist의 힌트가 없어도 성을 수색하면 언젠간 나오겠지. 그보다 류구, 기리카. 또 찾아봐야 할 데가 있지 않나."

나이 먹은 탐정이 그렇게 말했다. 소야는 퍼뜩 기리기리스를 보았다. 조노스케도 마이도 아닌, 네무가 대답했다.

"기리기리스 씨, 그건…… 두 사람의 목을 절단한

JOKER

범행 현장이군요."

기리기리스뿐만 아니라 조노스케와 마이도 동시에 고개를 끄덕였다.

- 그러게. 왜 그걸 놓쳤지?

소야는 이를 악물고 자신의 미숙함을 반성했다. 알고 있었어야 했다. …… 아마 평범한 사건이었다면 소야도 당연히 깨달았을 것이다. 목이 잘렸음에도 불구하고 목 없는 시체 주변에는 혈흔이 거의 없었다. 다시 말해 후몬지가 살해된 곳은 온실이 아니라는 뜻이다.

환영성 살인사건은 눈 돌아가는 속도로 진행되고 있다. 오늘 아침도 새로운 전개의 연속이다. 게다가 하나같이 괴상하다. 소야는 예술가artist의 기습으로 평소의 냉정함을 완전히 잃은 듯했다.

물론 그것이 변명거리도 못 된다는 건 안다. 다른 탐정들은 평소대로 적확한 분석을 했다. 애초에 실력을 온전히 발휘하지 못하면 명탐정 자격이 없다.

소야는 자기 앞에 끝없는 계단이 이어져 있는 듯한 착각에 빠졌다. 그가 극심한 자기혐오에 시달리는 건 꼭 이럴 때였다.

같은 JDC 제2반의 네무나 제2반 부반장인 기리기리스와 소야는 실력 차이가 역력했다. 네무와 기리기리스는

제4장 마경의 사중살해

말하자면 제1반에 준하는 실력자들이다. 하지만 소야는 제3반을 살짝 넘어선 수준에 불과하다.

조노스케와 마이는 네무와 기리기리스보다 훨씬 뛰어난 추리력의 소유자다. 그런 그들마저 제1반을 대표하는 정예인 반장 야이바 소마히토, 부반장 쓰쿠모 주쿠, 시라누이 젠조, 아마기 효마에는 못 미친다.

그리고 그런 대탐정들 위에 일본 탐정계의 정점에 선 남자, JDC 총재 아지로 소지가 있다.

아버지와 자신의 실력 차이를 개탄하면 사람들은 소야를 동정해준다. 아버지가 너무 위대한 것뿐이니 전혀 비관할 필요 없다…….

남들 눈에는 그렇게 보일 것이다. 물론 본인도 잘 안다. 누구보다도 실전경험을 많이 쌓고 누구보다도 간절한 마음가짐으로 여태까지 사건에 맞서왔던 아지로 소지. 끊임없이 단련했기 때문에 현재도, 그리고 앞으로도 아지로 소지는 정점을 달릴 것이다. 하지만 아무리 그렇게 분석해봤자 이해도 위로도 되지 못했다.

소야의 노력에도 보람이 있었는지 점점 『아버지의 후광』을 받았다는 이야기는 줄어들었다. 하지만 수행을 거듭하면 거듭할수록 한계에 다다른 듯한 기분만 들었다. 탐정으로서 성장할 때마다 소야는 자신과 제1반 탐정

JOKER

들과의 차이를, 아버지인 아지로 소야와의 압도적인 차이를 자각해야 했다. 도무지 뛰어넘을 수 없는 벽…… 영원히 이어지는 계단을 그저 오르는 것 같은 허탈감을 느꼈다.

- 이대로 『아지로 소지의 아들』로 살아가기 싫어. 『아지로 소야』만이 할 수 있는 일을 하고 싶어. 아버지를 뛰어넘지 못한 채 죽기 싫어. 나라는 인간이 왜 사는지 모르겠어!

여태까지 그는 수없이 똑같은 좌절감을 느꼈다. 그때마다 그는 돌아가신 어머니를 떠올렸다.

아지로 미즈키는 어떤 흉악범죄에 휘말려 목숨을 잃었다. 아이러니하게도 소야가 담당한 사건이었다.

미즈키가 살해당했을 때, 아지로 소지는 자신의 책임이라며 아들에게 사과했다. 하지만 소야는 어머니를 죽게 한 사람은 바로 범인의 행동을 파악하지 못한 자신임을 알고 있었다.

어머니가 돌아가셨을 때의 얼굴을 회상하면 당시에 자신이 무엇 하나 제대로 하지 못했다는 사실이 생각났다. 그 시절에 비하면 소야는 성장했다. 제4반, 제3반, 제2반으로 승진의 계단을 오르며 지금은 일본 탐정계에서도 인정받는 존재가 되었다.

제4장 마경의 사중살해

 힘들 때는 어머니를 죽인 자신의 무능함을 떠올렸다. 슬픔이 의지로 변하면서 어머니 같은 희생자를 만들지 않기 위해서도 노력해야겠다는 마음이 들었다.

 눈을 감고 호흡을 가다듬으며 기억의 바다를 헤엄쳤다.

 – 실패를 두려워해선 안 돼. 그때 통한의 실패로 어머니를 잃었기 때문에 나는 여기까지 올 수 있었던 거야. 그래. 나는 항상 실패할 것을 생각하지 않고 한계에 도전하면서 때로는 성공하고 때로는 실패하고, 그걸 반복하면서 성장했어. 한계를 느낀다고? 우는 소리는 관둬. 나는 계속 실패하겠어. 그리고 더 성장할 거야. 계속, 계속…….

 온몸에 용기가 차오르면서 소야는 제정신을 차렸다. 남이 이러니저러니 하는 말에는 신경 쓸 필요 없다. 아지로 소야는 소야만의 방법으로 범죄와 격투할 것이기에.

 "가자, 주방으로."

 답답함이 풀렸다. 후련한 기분이었다.

 소야는 힘찬 걸음으로 모두의 앞을 걸었다. 갑자기 기운을 차린 탐정 조수의 뒷모습을 의아하게 보면서 조노스케가 뒤를 따르고, 마이와 네무도 따라갔다. 기리기리스는 시체 발견 현장을 보존하는 순사에게 인사하고

JOKER

탐정 무리의 맨 뒤에서 천천히 걷기 시작했다.

 ●

 젊은 네 탐정의 뒤를 따르며 기리기리스는 문득 깊은 감회를 느꼈다. 젊은 수사팀에 섞여든 이질적인 자신이 우습게 느껴졌다. 세월의 흐름을 통감했다.

 예전에는 수사 동료들과 큰 나이 차이가 나지 않았다. 그런데 시간이 지나면서 같은 세대 사람들이 한두 명씩 줄어들었다. 어느새 자신은 붕 뜬 존재가 되었다. 아리토가가미 같은 젊은 여성과 콤비를 짰을 때는 아직 젊다고 착각할 수 있었다. 하지만 …… 그 파트너도 이젠 없다.

 제1반의 중진 시라누이 젠조처럼 나이를 먹고도 제일선에서 활약하면 더할 나위 없이 좋다. 하지만 추리의 샘은 고갈되었다. 범죄의 새로운 파도new wave를 따라갈 수 없다는 것을 통감했다. 특히 환영성 살인사건은 그 상황이 뚜렷하게 나타났다.

 예술가artist가 창조하는 『말』이 지배하는 범죄. 언어유희 게임이라고도 해석할 수 있는, 이 상식을 벗어난 시도는 네무라 소야 같은 젊은 브레인도 당혹할 만큼 기묘하고 난해하다.

 기리기리스가 존경해마지않는 후배 조노스케와 제1반의 레귤러 마이는 처음에는 당황했을망정 유연한 사고

제4장 마경의 사중살해

력으로 예술가artist의 특수한 규칙에 맞춰 적이 준비한 전장에서 그럭저럭 잘 싸우고 있다.

― 기리기리스 다로는…… 나는, 그렇겐 못 해.

자신의 시대는 끝났다. 현재의 그는 그 사실을 인정하는 데 인색하지 않다.

환영성에 오기 전에는 미래의 인생을 비탄했다. 지표를 잃고 삶의 길에서 헤매고 있었다. 하지만 마미야 데루와 만나면서 과거의 자신과 깔끔하게 결별할 수 있었다. 기리기리스는 후련한 기분으로 있는 그대로의 자신이 되어 사건을 마주할 수 있었다.

원하든 원하지 않든 사람은 나이를 먹는다. 누구도 인생 최전성기의 기세를 끝까지 유지할 수 없다. …… 그래도 상관없다. 시간이 지나면 시대는 다른 얼굴을 보여준다. 주역은 바뀐다. 세대에서 세대로 꿈은 전해진다. 그러면 된 것 아닌가.

누가 사건을 해결하는가는 큰 의미가 없다. 추리소설과 달리 현실사건은 매번 주인공이 해결할 필요가 없다. 애초에 주인공은 없다. 사건을 끝내기만 하면 된다.

이 사건이 끝나면 은퇴할지 말지 아직 명확하게 정하지 않았다. 하지만 아마 이 정도 사건과의 대결은 그의 생애에 마지막일 것이다.

JOKER

 집단추리party play로 해결할 수도 있고 자기 자신이 해결할 수도 있다. 어쨌든 누군가의 사건 해결에 조금이라도 도움이 되고 싶다.
 내 힘을 쥐어짜 후회가 남지 않도록 멋지게 마무리 짓자. …… 마지막 대형사건이니까.
 기리기리스는 그렇게 결의를 굳혔다.

제4장 마경의 사중살해

53 지크프리트의 그림자

류구 조노스케, 기리카 마이, 쓰쿠모 네무, 아지로 소야, 기리기리스 다로로 이루어진 JDC팀은 주방에서 료쇼 다쿠지 경부의 머리를 확인했다.

료쇼의 목은 기리기리스의 보고대로 얼음상자에 담겨 있었다. 나스키 주방장을 불러 이야기를 들어본 바에 따르면 환영성 냉동고는 육면체 얼음막대를 만들기 위한 틀이 있다고 한다. 장인정신을 발휘하여 식칼로 막대 모양으로 깎아 샐러드에 곁들이거나 요리 중간에 사용하고, 여름에는 얼음막대를 대량으로 만들고 중정에 뿌려서 냉방을 할 때도 사용한다고 한다.

목이 들어있는 상자에는 뚜껑이 따로 없었다. 어떻게 목을 상자 안에 넣었는지 알 수 없어 처음에는 다들 당황했지만, 나스키의 이야기를 듣고 나서 금방 답을 발견했다.

얼음상자는 육면체 얼음막대를 켜켜이 쌓아 만든 것이다. 육면체 상자 절반을 미리 조립하고 그 안에 료쇼의 머리를 넣은 다음, 윗부분을 신중하게 쌓아 잠시 내버려 두면 된다. 얼음이 조금 녹았을 때 다시 냉동고에 넣으면

JOKER

얼음상자가 완성된다.

앞서 말한 대로 여름에는 얼음을 대량으로 소비하기 때문에 얼음막대 틀도 창고에 산더미처럼 쌓여 있다. 마음만 먹으면 얼음 상자 한두 개쯤은 쉽게 만들 수 있다.

얼음 속 료쇼의 머리가 진짜인지 아닌지는 아직 알 수 없었다. 과학적 조사를 할 때까지 왈가왈부해봤자 아무 소용이 없으므로 탐정들은 잠시 식당에서 차를 마시며 휴식했다.

이윽고 구로야 다카시 대리 수사반장과 아리마 미유키 형사가 식당에서 기다리는 탐정들에게 새로운 정보를 알렸다. 안색이 날카로워진 두 사람의 말은 또 희한하기 이를 데 없었다.

●

조노스케를 비롯한 탐정들은 두 형사에게 이끌리듯 『암실』을 찾아갔다. 가는 길에 보고받은 바에 따르면, 조노스케와 마이의 추리대로 『무구의 방』에서 후몬지 고세이의 목이 발견되었다고 한다. 은색의 서양식 투구 안에 숨겨져 있었다고 한다.

기묘한 점은 투구가 갑주의 몸통(갑옷)에 볼트로 단단히 고정되어 분해할 수 없었다는 것이다. 히라이 다로

제4장 마경의 사중살해

씨의 말로는 수년 전부터 갑옷과 투구가 하나로 고정되어 있었다고 한다. 그 말대로 갑옷과 투구는 단단히 붙어 있어서 도무지 떼어낼 수 없을 듯했다. 볼트의 똬리쇠는 녹이 슬고 최근에 풀린 흔적은 없었다.

정확히 그 이유로 수사진도 처음에는 후몬지의 목을 발견하지 못했다. 하지만 조노스케가 『무구의 방』을 조사해야 한다고 추리했기 때문에 혹시나 해서 수사원 한 명이 투구 눈가리개를 들어 올렸더니 후몬지의 목과 눈이 마주쳤다고 한다.

"아주 흥미로운데. 재밌는 밀실살인이야."

구로야의 이야기를 듣자마자 조노스케가 말했다. 곧바로 밀실살인이라고 지적한 점이 역시 그답다고 할까. 아리마 미유키를 비롯한 나머지 사람들은 눈을 동그랗게 떴다.

"류구 씨, 밀실살인이라는 말씀은?"

조노스케는 복도를 걸으며 검은 장갑을 낀 오른손 집게손가락을 좌우로 가볍게 흔들었다.

"아리마 양, 밀실살인이란 오소독스한 형태, 이른바 밀실 안에서 사람이 죽는 것만을 의미하지 않아요. 고정된 갑옷과 투구 내부도 어엿한 밀실이죠. 후몬지 씨는 어떻게 목이 베인 후에 투구 안에 들어갔는가. 첫 번째

JOKER

완전 밀실(『심판의 방』) 수수께끼도 아직 풀리지 않았지만 이것도 상당히 푸는 보람이 있을 법한 수수께끼네요."

조노스케의 발언에 수긍하며 옆을 걷던 마이가 구로야에게 물었다.

"구로야 씨. 『암실』에서 료쇼 경부의 몸통이 발견되었다고 하셨는데, 어떤 상태였나요?"

그 점에 관해서는 구로야도, 미유키도, 입을 닫고 머뭇거렸다. 일단 실제로 보길 바란다는 그들의 강력한 요청에 따라 탐정들은 『암실』로 향했다.

그들이 가까이 가자 『암실』 앞을 지키던 수사원들이 길을 터줬다. 손을 흔들어 경찰 관계자에게 인사하면서 조노스케부터 차례대로 마이, 네무, 소야, 기리기리스, 구로야, 미유키가 『암실』로 들어갔다.

완전한 어둠에 싸인 『암실』. 창문이 하나도 없고 문도 하나뿐이었다. 실내에는 깊은 어둠이 헤엄치고 있었다. 검은 옷을 입은 조노스케는 어둠에 스며들어 실내에서 사라졌다. 동시에 경악의 외침이 들려왔다!

"오오! 이건!"

웬만해선 놀라지 않는 조노스케의 목소리가 경탄으로 떨렸다. 탐정들은 일제히 탄성을 뱉었다. 모두의 뒤에서 구로야가 조금 의기양양하게 말했다.

제4장 마경의 사중살해

"어떻습니까, 여러분. 이건 강렬하죠?"

미유키는 예술가artist가 가미한 장식을 자기 업적처럼 말하는 구로야를 이상하게 여겼다.

그건 그렇고 예술가artist는 참으로 정력적인 범죄자다. 연이어 자극적인 수수께끼의 산을 쌓고 있다. 순진무구하게 수수께끼를 던지는 쪽은 즐거울지 몰라도 그것을 정리하고 해결해야 하는 탐정들은 골머리를 앓는다.

삼시 세끼보다 수수께끼 풀이를 좋아하는 조노스케마저도 마이와 얼굴을 마주하고 질렸다는 듯이 어깨를 으쓱였다.

무한한 어둠 속에서 료쇼의 목 없는 시체가 분명히 그곳에 있었다. 게다가 허리를 세우고 양반다리를 하고 있었다……. 짙은 어둠 속에 둥둥 뜬 것처럼 시체는 은은하게 묵직한 금빛을 발산했다.

"빛나는 시체……네요."

기가 찬 듯한 네무의 목소리는 어둠 속에 빨려 들어가 이내 사라졌다.

●

『암실』을 나온 탐정들을 기다린 것은 범행 현장으로 보이는 장소가 발견되었다는 소식이었다.

"우리는 휴전협정을 한 줄 알았는데 예술가artist 녀석

JOKER

은 신경도 안 쓰고 대공세를 감행했군. …… 쉴 틈이 없네, 류 씨."

수사진은 복도 일각에 모여 이야기를 나누고 있었다. 벽에 기대 마침내 담배를 문 소야는 만족스럽게 연기를 뿜었다. 복도에는 가늘고 긴 다리가 달린 재떨이가 놓여 있었다. 재떨이에 담배caster의 재를 터는(담배꽁초를 그냥 버리면 안 된다) 소야를 보면서 조노스케는 짓궂게 웃었다.

"협정을 했으면 계약서를 썼어야지. 어른의 사회는 참 치사한 게 서류 없이 구두 약속을 하면 바로 어기는 녀석이 나타나기 마련이라고(웃음)."

조노스케가 발휘한 (웃음)의 힘으로 긴장감이 약간 풀렸다. …… 그뿐만이 아니다. 긴장과 경악과 혼란의 삼중주로 팽팽해졌던 그들의 마음속 실은 오히려 느슨해진 상태가 되었다.

기리기리스가 헛기침을 하며 모두를 질타하듯 말했다.

"그래서 범행 현장 말인데……."

"방금 들어온 보고에 따르면 이게 또 성가신 수수께끼더라고요. 또 밀실입니다."

무심코 쓴웃음을 짓는 구로야를 곁눈질하면서 미유키가 부연설명했다.

제4장 마경의 사중살해

"게다가 이번에는 눈의 밀실, 역밀실이 된 모양이에요. 심지어 스피드 살인이고."

모두가 제각기 서로의 얼굴을 마주하며 한숨을 쉬었다.

"탁상공론 그만하고 증거부터 봐야지. 일단 가보자고. 다음 무대가…… 『빛의 무대』였지?"

산더미 같은 수수께끼의 등장에 기뻐하는 사람은 조노스케가 유일한 모양이다. 마이도 이렇게 많은 수수께끼는 한꺼번에 풀기 힘들다며 버거워하는 상태였다. 조노스케가 순진하게 들뜬 것은 그가 다 먹지도 못할 산더미 같은 진수성찬을 앞에 두고도 겁먹지 않은 소년처럼 순수한 마음을 가지고 자신의 욕구에 충실하기 때문인지도 모른다…….

●

눈 덮인 중정. 시야를 꽉 채운 설경 안에 정자 『빛의 무대』가 있다. 지붕을 받치는 네 개의 돌기둥은 고대 그리스의 엔타시스 형식으로 중심만 부푼 형태다. 바닥에는 순백색 디딤돌이 있다.

디딤돌에는 생생한 유혈과 피가 흠뻑 묻은 쇠도끼가 방치되어 있었다.

주위에는 발자국이 두 줄기뿐이다. 이 범행 현장을

JOKER

발견한 두 경관의 것이다. 발견자인 그들이 중정에 왔을 때는 눈 위에 발자국이 전혀 없었다고 한다.

기상청에 따르면 교토부 북부의 눈이 그친 것은 어젯밤 오전 3시 30분에서 오전 4시 30분 사이.

호시노 다에의 증언도 기괴했다. 그녀는 오늘 아침에 기상한 후『빛의 무대』디딤돌에 아무것도 없었던 것을 분명하게 기억했다.

다에의 증언을 믿는다면 오늘 아침, 그녀가『명화의 방』에서 두 순사의 시체를 발견한 직후의 혼란을 이용하여 료쇼와 후몬지는『빛의 무대』에서 살해당했다……는 뜻이 된다.

순사의 시체 발견으로부터 주방에서 료쇼의 목이 발견되기까지의 시간은 고작 30분 정도.

그 사이에 예술가artist는 몰래 후몬지와 료쇼를 기절시켜 발자국을 남기지 않고『빛의 무대』로 옮긴 다음, 거기에서 두 사람의 목을 절단했다. 그리고 다시 발자국을 남기지 않고 성으로 돌아왔다. 게다가 후몬지의 목을 갑주 밀실에. 몸통에 료쇼의 코트를 입히고 온실에. 료쇼의 목을 얼음 상자에 넣고 주방 냉동고에. 몸통을 빛나는 트릭을 써서『암실』에…….

- 인간의 능력으로 할 수 있는 짓이 아니야. 신의

제4장 마경의 사중살해

경지라기엔 너무나도 사악해. 이건 악마의 경지(어둠의 경지?)야.

조노스케, 마이, 네무, 소야, 기리기리스, 구로야, 미유키로 이루어진 수사의 주력 멤버 일곱 명은 『빛의 무대』를 둘러싼 채 눈 속에 서 있었다.

"호시노 씨의 증언을 의심하고 싶진 않은데 아무래도 착각 아닐까? 그렇게 짧은 시간에 이 눈 밀실에서 범행을 저지르는 건 불가능해."

소야는 쪼그려 앉아 턱에 손가락을 대고 미간을 찌푸리고 있었다. 다에의 증언을 의심하는 것이 소극적인 자세임을 알아도 그렇게 하지 않으면 이처럼 기상천외한 현상을 설명할 수 없을 것 같았다.

아무도 말이 없었다. 그들은 중정 전체의 모습을 관찰하면서 예술가artist가 어떻게 눈 밀실을 창조했는지 추리하고 있었다.

"그런데 어찌 되었든 후몬지 씨나 료쇼 경부의 시체 상태를 판단하면 사후 1~2시간쯤일 거야. 정확한 건 검시 결과를 기다려봐야겠지만 호시노 씨의 증언이 착각이라고 해도 눈 밀실 수수께끼는 여전히 남아있어."

"눈 밀실만 있으면 차라리 다행인데 스피드 밀실살인이면 골치 아파져요."

네무가 맞장구를 쳤다. 네무와 마이는 마주 보고 고개를 끄덕였다.

"구로야. 중정에는 아무도 경비를 서지 않았나?"

기리기리스의 날카로운 지적에 구로야는 머뭇거리며 고개를 젓고 변명했다.

"그게, 물론 경비를 서긴 했죠. 그런데 『빛의 무대』에 서 있던 건 아니고 중정 가장자리에서 정원 전체를 지켜보기만 했다고 합니다. …… 게다가 주로 감시한 곳은 중정보다도 오히려 외부범이 침입할 수 있는 성벽 쪽이었고요. 호시노 씨가 『명화의 방』에서 시체를 발견하신 후에는 다들 아시다시피 혼란의 도가니 아니었습니까. 시간만 보면 불가능할 것 같아도 역시 그 혼란을 틈타 예술가artist가 두 사람을 죽인 게 아닐까요?"

끄응~. 탐정들 사이에서 깊은 신음이 나왔다. 혼자서만 가만히 성 쪽을 보던 조노스케는 조금 전에 미유키가 말한 『역밀실』이라는 말에 대해 생각하고 있었다.

역밀실이란 밀실의 안과 밖이 역전된 밀실 상황을 가리킨다. 이 눈의 밀실은 엄밀히 따지면 역밀실이 아니지만, 미유키의 본능적인 지적이 그럭저럭 핵심을 찌른 것 같다고 조노스케는 생각했다.

– 통상적인 밀실과는 역전된 발상. 그런 의미에서

제4장 마경의 사중살해

이 밀실은 정말로 역밀실이겠어,

조노스케는 추리의 돌파구를 찾으면서 호시노 다에로 생각을 옮겼다.

오늘 아침 시체 세 구의 최초발견자 호시노 다에. 그리고 눈 밀실이 스피드 살인인지 아닌지를 결정하는 중요한 증언을 한 호시노 다에. 요 몇 시간 사이에 그녀는 유력한 용의자, 사건의 열쇠를 쥔 사람key person이 되었다.

조노스케는 어떤 사람을 보고 살인을 저지를 법한 인물이 아니라고 생각한 적은 여태까지의 탐정 인생에 단 한 번도 없다.

흉악범죄를 많이 접하면서 사람이란 상황만 갖춰지면 언제든 살인자가 될 수 있는 자질을 갖췄다는 것을 통감했기 때문이다.

절대 사람을 죽이지 않을 사람도 있다. 만약 그렇게 단언할 수 있는 이가 있다면 극단적인 주장을 마구 내뱉는 철학자이거나 공허한 선을 설파하는 종교가이거나 어수룩한 낙관주의자이거나 단순한 샌님일 것이다.

다만 아무리 그렇다고 하더라도 조노스케의 눈에는 다에가 살인을 저지를 법한 사람이 아닌 것 같았다. 근거는 없지만 어쩐지 그런 생각이 들었다.

JOKER

그가 이렇게 생각한 적은 처음이었다.
어째서일까? …… 이유는 모르겠다.
그냥 그런 느낌이 들었을 뿐이다. 조노스케는 그렇게 분석할 수밖에 없었다.
…… 수수께끼, 수수께끼, 수수께끼, 수수께끼, 수수께끼, 수수께끼, 수수께끼, 수수께끼, 수수께끼 ……
끝없이 수수께끼가 이어진다. 아직 많은 수수께끼가 그대로 방치되어 있다. 우아하고 명쾌한 해결을 위해 탐정들은 앞으로 처절한 전투에 나서야 할 듯했다.
환영성 살인사건의 진짜 승부는 지금부터다.

●
「제8번째 시체」
10월 28일- Ⅲ

●료쇼 다쿠지
쓰는 손=오른손 직업=경찰관 성별=남 나이=38
시체 발견 현장 ◎ 주방, 「암실」

현장 상황
1 ◎ 료쇼의 목은 얼음 상자에 담겨 주방 냉동고에

제4장 마경의 사중살해

방치되어 있었다. 얼음 상자는 틀에 굳힌 얼음막대 여러 개를 쌓아 만든 것이다.

2 ◎ 「암실」에서 발견된 료쇼의 몸통에는 형광염료가 칠해진 유카타가 입혀져 있었다. 그래서 암흑 속에서 시체가 빛나는 것처럼 보였다.

3 ◎ 나중에 판명된 바에 따르면 치아 형태를 보아 목은 틀림없는 료쇼 다쿠지의 것이며 DNA 조회를 통해 목과 몸통이 동일 인물의 것이라는 사실도 밝혀졌다.

「제9번째 시체」
10월 28일 - Ⅳ
● 후몬지 고세이(본명=호시노 겐지)
쓰는 손=오른손 직업=작가 성별=남 나이=30
시체 발견 현장 ◎ 온실, 「무구의 방」

현장 상황
1 ◎ 후몬지의 몸통은 온실의 투명한 수조 위에 료쇼의 코트가 입혀진 채 앉아 있었다. 벤저민 화분이 절단된 머리를 대체하고 있었다.
2 ◎ 「무구의 방」에서 발견된 후몬지의 목은 서양식 갑주 투구 안에서 발견되었다. 갑옷과 투구는 수년 동안 볼트로 고정되어 있었으며 녹이 슬고 열린 흔적은 없었다. 범인이

JOKER

후몬지의 머리를 어떻게 투구에 넣었는지는 아직 밝혀지지 않았다.
3 ◎ 나중에 판명된 바에 따르면 치아 형태를 보아 목은 틀림없는 후몬지 고세이의 것이며 DNA 조회를 통해 목과 몸통이 동일 인물의 것이라는 사실도 밝혀졌다.

●

 대자연의 품속에 자리 잡은 환영성에서 멀리 떨어진 하늘 아래, 교토시 오피스 거리 일각…… 가와라마치 거리와 오이케 거리 교차로에 우뚝 솟은 8층짜리 JDC 본부 빌딩에도 흉보가 전해졌다.

 JDC 빌딩 8층 총재실. 한토 마이무는 두 번의 노크를 하고 그곳에 들어갔다. 호화로운 페르시아 융단 위를 걸으며 총재실을 가로질렀다. 내빈용 소파가 유리 테이블을 끼고 두 개 놓여 있다. 건너편에는 컴퓨터 세 대와 전화기 두 대가 놓인 총재 책상이 있다.

 아지로 소지는 전화기를 어깨와 목 사이에 끼고 오른손으로 마우스를 클릭하면서 왼손으로 책상 위 메모지에 뭔가를 휘갈기고 있었다. 입에는 불 없는 시가를 물고 수화기 너머의 상대와 대화를 나누고 있었다. 매서운 표정과 날카로운 안광으로 컴퓨터 화면과 메모를 번갈아 노려보고 있었다. 시야 구석에서 발견한 마이무에게는

제4장 마경의 사중살해

일단 가볍게 손을 흔들 뿐이었다.

 마이무는 어깨 앞으로 늘어뜨린 댕기를 손가락으로 만지작대면서 콘택트렌즈가 들어간 큰 눈을 깜박이고 총재 책상 너머, 오이케 거리에 면한 통유리창을 바라보았다. JDC 본부 빌딩 건너편의 건물 창문은 햇빛이 반사되어 눈부시게 빛났다.

 "…… 아, 그러니까 그런 얘기군. 추리는 방금 말한 그거야. 의외의 범인일 수 있겠지만 진범은 그 녀석이 분명해. 만일을 대비해 내가 아까 말한 증거를 확보하는 걸 잊지 마. 무슨 문제 생기면 JDC 오퍼(=오퍼레이션 플로어의 약자) 쪽으로 전화 돌려. 응, 그래."

 수화기를 놓고 아지로는 후, 한숨을 쉬었다. 그리고는 사건의 진상을 적은 메모지를 북 찢어서 둘로 접고는 마이무에게 내밀었다.

 "총재님…… 이 메모는 뭔가요?"

 "제2반이 부탁한 사건 진상이야. 조금 꼬인 사건이라서 해결에 애를 먹었어. 그런데 지금 전화로 온 사건과 유사점이 있어서 진상을 알아챌 수 있었지. 많은 사건을 접하다 보면 때로는 놀랄 만큼 닮은 사건을 만날 일이 생겨. 이번 두 건이 딱 그거야. 쌍둥이 사건까지는 아니지만 자매 사건이라고 할 만큼 유사했어. 이 메모는 아마기

JOKER

리雨霧한테 전해줘."

아마기리란 제2반 반장의 이름이다. 아마기리 후유카 雨霧冬香. 기리카 마이를 빼닮은 여자다.

"알겠습니다."

마이는 메모를 꼭 쥐면서 새삼 JDC 총재의 위대함을 느꼈다. 그는 통화 중에 컴퓨터로 데이터를 입력하는 등 시각과 청각을 풀가동하여 여러 사건을 동시에 해결한다. 아지로 소지가 항상 하는 일이지만 경외를 금할 수 없다. 실제로 너무 난해한 탓에 제2반이 총재에게 협력을 요청한 사건을 다른 사건을 해결하는 김에 해결했다. 아지로에게 흉악범죄 해결은 두뇌체조에 지나지 않을까 하는 착각을 느낄 정도였다.

총재는 하루에 수십 건의 사건을 전화만으로 해결한다. 제1반 탐정 중 전화추리가 가능한 사람도 몇몇 있지만, 아지로만큼 집중력, 추리력, 정신력의 밸런스가 완벽한 사람은 없다.

20년 가까운 세월, JDC의 정점을 달리며 현재 일본 탐정계를 호령하는 아지로는 세계적으로도 높은 평가를 받는 대탐정이다.

이 초월적인 명탐정 아지로 소지가 과거에 쪽도 못 썼다는 14년 전 사이몬가 살인사건은 대체 얼마나 높은

제4장 마경의 사중살해

수준의 범죄였을까? 현재로선 자료를 통해서만 알 수 있는 전설의 사건을 세세히 알고 싶어 하는 사람은 마이무뿐만이 아닐 것이다.

믿음직한 마이무의 상사는 지포 라이터로 시가에 불을 붙이고 맛깔나게 연기를 뿜으며 총재 비서에게 날카로운 시선을 날렸다.

"용건이 뭐지?"

"좋은 소식과 나쁜 소식이 하나씩 있습니다."

"나쁜 소식부터 얘기해줘."

아지로는 바퀴 달린 의자를 돌려 창가를 보면서 침묵으로 보고를 재촉했다.

"기리카 씨에게서 환영성 살인사건 소식을 받았습니다. 오늘 아침, 새로 네 사람이 살해당했다고 합니다……."

"경찰은 뭘 한 거야. 피해자는?"

"어젯밤에 성을 순찰하던 순사 두 명에 수사반장이었던 경부. 그리고 작가 한 명이 돌아가셨다고 합니다."

"비슷하군."

불쑥, 아지로가 중얼거렸다. 마이무는 그가 무슨 말을 했는지 알아듣지 못했다

"어, 저기…… 지금 뭐라고 말씀하셨나요?"

JOKER

 아지로는 다시 의자를 돌려 마이무를 마주 보았다. 너무나도 날카로운 안광에 마이무는 몸이 굳었다. 사자와 눈이 마주친 토끼의 심정이었다.

 "나는 환영성 살인사건이 사이몬가 살인사건과 닮았다고 생각해. 디테일을 비교한 건 아니지만 막연히 그런 느낌이 들어."

 "범죄혁명이라고까지 하는 그 전설의 흉악범죄, 사이몬가 살인사건 말씀이신가요?"

 조금 전에 그 생각을 하고 있던 만큼 마이무는 깜짝 놀랐다. 무시무시한 악몽의 참극이 부활한다……. 만약 그것이 사실이라면 역사적인 대사건이다.

 "마이무, 어쩌면 내가 직접 환영성에 가야 할 수도 있겠어. 최악의 사태가 벌어지기 전에 진 씨나 쓰쿠모, 시라누이 옹 중 아무나 출장 수사를 마치고 복귀해주면 좋을 텐데."

 아지로는 누구도 대신할 수 없다. 그래도 만약 어떻게든 총재 대행 업무를 해낼 수 있는 사람이 있다면 바로 JDC 제1반 반장 야이바 소마히토, 부반장 쓰쿠모 주쿠, JDC의 보배 시라누이 젠조다. ……『진刃 씨』는 야이바 소마히토의 별명이다. 본명은 『야이바』라고 훈독으로 불러야 하지만 많은 사람이 그를 음독으로 『진』이라고

제4장 마경의 사중살해

부른다.

  대규모 사건의 추리를 위해서는 아무래도 탐정이 현장을 직접 관찰하며 증거를 찾아야 한다. 사건 규모가 크면 클수록 전화로 들은 데이터만으로는 추리에 한계가 있다.

  그런 유형의 사건은 아지로의 부하들이 난이도에 맞춰 분담하여 출장수사를 나간다. 환영성 살인사건도 예외는 아니다.

  하지만 JDC 제1반&제2반 정예인 류구 조노스케, 기리카 마이, 쓰쿠모 네무, 아지로 소야, 기리기리스 다로가 모여도 저지되지 않는 사건은 아지로가 몸소 찾아갈 수밖에 없다.

  아지로는 전화탐정 직무만 없으면 당장에라도 환영성으로 출장을 갔을 테지만 그러면 하루에 수십 건은 되는 흉악사건이 미해결 상태로 산더미처럼 쌓인다. 그렇게 둘 수도 없는 노릇이니 적어도 야이바 소마히토, 쓰쿠모 주쿠, 시라누이 젠조 중 한 명이라도 출장을 마치고 복귀할 때까지는 참을 인 한 글자忍の一字로 버텨야 한다.

  이럴 때 아지로는 JDC 총재라는 지위가 답답했다. 단독 사립탐정으로 살았다면 마음 가는 대로 사건을 수사할 수 있을 텐데……. 하지만 이것은 그가 선택한

JOKER

길이며 일본 전체의 치안을 생각하면 더 나은 선택이다. 어쩔 수 없는 일이다.

"그러고 보니 반장(야이바 소마히토) 편으로 오늘 아침에 우편이 도착했어요."

"호오, 별일이군. 사적인 연락인가?"

"그게, 발신자 이름도 주소도 없어요……. 그런데 『가시와기柏木 소마히토人 님』이라고, 옛날 이름이 쓰여 있으니 지인에게서 오지 않았나 합니다."

야이바의 부모가 이혼했을 때, 그는 아버지의 성인 『가시와기』를 버리고 어머니의 성 『야이바』를 골랐다. 『소마히토杣人』에서 『소마히토仙人』로 개명한 것도 그 시점인 듯하다.

아지로는 야이바 본인에게서 들은 그의 복잡한 가정사를 떠올리고 눈썹을 찌푸리면서 아름다운 유리 재떨이에 시가를 비벼 불을 껐다.

그리고는 책상에 양 팔꿈치를 대고 팔짱을 낀 채 턱을 괴어, 조금 차분해진 시선으로 총재 비서를 보았다.

"뭐, 환영성 살인사건은 앞으로의 전개를 보고 판단하지. 류구에 기리카, 거기에 기리기리스까지 있잖아. 사건이 더 진행되지 않으리라고 믿고 싶지만……. 마이무, 좋은 소식은?"

제4장 마경의 사중살해

"아마기 씨한테서 겨우 연락이 왔습니다."

아마기 효마는 JDC 제1반 구성원 중에서 상당히 이질적인 존재인 불량탐정인데, 방랑하는 나그네처럼 마음 가는 대로 사는 면이 있다. 탐정으로서 재능은 아지로도 상당히 기대하는 편이나 태만탐정이라는 이미지가 끈덕지게 붙어 있다. 애초에 그가 태만하다는 말을 듣는 것도 특수한 추리법 탓이다. 아지로 같은 사람은 사정을 잘 알고 관용을 베풀지만 JDC에는 아마기 효마를 부정적으로 여기는 탐정도 적지 않다.

"역마살이 도졌나. 대체 어딜 돌아다니는 거야."

사랑하는 탕아를 대하는 아버지의 말투였다. 그것이 웃겨서 마이무는 미소 지으며 대답했다.

"그게…… 좋은 소식이 아닐지도 모르겠지만, 히다飛驒 산맥의 어느 촌락에서 연쇄살인 사건에 휘말렸다고 합니다……. JDC에 돌아오는 건 조금 나중이 될 것 같다고 해요."

아지로는 머리를 감싸고 난처한 듯 말했다.

"왜 그 녀석은 하필 지금 그런 데에 있는 거야? 정말로 답이 없는 녀석이라니까. 말하자면 아마기한테도 기대할 수 없다는 건가. 뭐, 어차피 그 녀석한테 온종일 전화로 추리하는 근면한 직무는 어울리지 않지."

JOKER

"죄송합니다."

"네가 사과할 건 없어. 사과해야 할 녀석은 지금 히다 산맥을 싸돌아다니고 있으니까."

아지로가 웃어서 마이무도 따라 웃었다.

마이무는 조금 전의 메모를 제2반 반장 아마기리 후유카에게 건네겠다고 말하고 총재실을 나갔다.

아지로 소지는 혼자가 되었다.

●

14년이 지난 지금도 또렷이 기억한다.

사이몬가 살인사건. 환영성 살인사건이 그 사건의 재현이라고 생각하고 싶지 않았다. 그런 악몽의 참극이 부활했다고 생각하고 싶지 않았다.

1979년부터 1980년에 걸쳐 19개월 동안 19건 일어난 연쇄살인은 양도 양이거니와 질을 따져도 범죄사상 공전의 난이도를 자랑하는 사건이었다.

당시에 갓 JDC를 설립한 아지로 소지는 그 사건에서 경애하는 할아버지 소진을 잃었다. 믿음직한 스승 시라누이 젠조는 일본에 없었다. 거대한 악과의 격투를 강요받은 젊은 아지로는 악전고투의 수사를 이어갔다. 사이몬 주쿠(훗날 쓰쿠모 주쿠. 당시 6세)의 도움을 빌리지 않았다면 아지로는 그 시점에서 탐정 인생이(어쩌면 인

제4장 마경의 사중살해

생 자체가) 끝났을지도 모른다……. 그만큼 엄청난 사건이었다.

주쿠와 협력하여 가까스로 해결에 이르렀지만, 사이몬가 살인사건은 절대 풀리지 않는 사건이었다. 궁극적인 진실은 영원한 어둠 속에만 존재하며 그것을 알 길은 없었다. 그들은 현실적으로 타협한 수준에서 해결을 제시할 수밖에 없었다.

- 사이몬가 살인사건의 이면에는 더 거대한 무언가가 숨어 있어. 그 악몽은 언젠가 부활할 거야.

머리 한구석에 그런 생각을 품고 아지로는 14년을 살았다. 시간은 흘러 세상과 사람은 변했다.

그 시절 여섯 살 소년이던 쓰쿠모 주쿠는 현재 열아홉 살 청년으로 일본을 대표하는 탐정 중 한 사람이 되었다. 예전에는 미숙했던 아지로 소지는 JDC를 탄탄한 조직으로 일구어 일본 탐정계의 정점에 군림하는 세계적인 대탐정이 되었다.

- 환영성 살인사건이 절대 풀리지 않는 사건이 되어 14년 만에 악몽을 부활시킨다면 이번에 나는 어떻게 해야 할까. 쓰쿠모 녀석은 어떻게 싸울까. 이번에야말로 적에게 완전히 승리할 수 있을까?

환영성에서 류구 조노스케의 조수로서 수사에 힘쓰고

JOKER

있을 아들 생각이 났다. 아지로는 아버지를 뛰어넘으려는 소야를 항상 기분 좋게 지켜보았다.

수수께끼로 가득 찬 세계를 거침없이 내달리는 아들. 그 모습에서 종종 옛날의 자신을 겹쳐 보기도 했다.

- 처음부터 대단한 사람은 없어. 소야, 너는 그대로 계속 노력하면 돼. 성장하는 중엔 알 수 없지만 언젠가 너는 네 성장을 자각할 거야. 과거에 내가 그랬던 것처럼…….

환영성 살인사건이 만약 절대 풀리지 않는 사건의 재림이라면 소야에게 좋은 공부가 될 것이다. 난해한 사건과 격투하면서 단련하여 크게 성장할 수 있다. …… 다른 탐정들에게도 마찬가지다.

인외마경에서 고생하는 아들과 부하들을 생각했다. 자신에게는 믿음직한 동료들이 있다. 아지로는 그 점이 기뻤다.

- 부하들을 믿고 잠깐만 더 상황을 지켜보는 게 낫겠어. 설령 환영성 살인사건이 절대 풀리지 않는 사건이라 할지라도…….

그때 전화벨이 울리면서 아지로는 업무에 복귀했다.

제4장 마경의 사중살해

54 아유카와 데쓰코 등장

 …… 몇 시간 늦은 아침식사도 거의 다 버리게 되었다. 하룻밤 새 네 사람이 살해당하고 시체는 아홉 구가 되었다. 희생된 일곱 명과 두 마리를 생각하면 식욕이 떨어지는 것도 당연했다. 식사를 거르고 객실에서 쉬는 사람도 몇 명 있었다.

 식사가 목구멍으로 넘어가지 않는 사람은 차를 마시면서 때때로 생각난 듯이 음식을 입으로 옮겼다. 식당 전체가 무겁게 가라앉았다.

 조노스케도 농담을 던지지 않고 묵묵히 식사하면서 관계자들을 날카로운 시선으로 보고 있었다. 호시노 다에가 앉아야 했을 자리가 공석인 것이 어쩐지 마음에 걸렸다.

●

 수사진은 식사를 마치고 흩어져서 각자 수사를 개시했다. 경찰은 구로야 다카시 대리 수사반장의 지휘하에 성 내부 수사를 재개했다. 기리카 마이, 쓰쿠모 네무, 기리기리스 다로는 따로따로 수사를 시작하고 아지로 소야는 류구 조노스케의 제안으로 혼자 산보추리, 이로

JOKER

란보에 집중했다.

식당에 남아 신문 지면을 체크하던 조노스케는 환영성 살인사건이 전혀 기사화되지 않았다는 사실을 확인했다.

일반 대중에게 피해를 줄 수 있는 범죄(괴인21면상 사건, 여아연쇄유괴사건 등) 외에 국지적으로 일어난 살인사건은 정부와 경찰 상부층의 판단으로 사건 자체가 은폐되기도 한다. 국민에게 쓸데없는 걱정을 끼치지 않도록……. 그런 이유에서 은닉된 범죄는 범죄 수사계에서 L범죄(시정Lock, 강대Large, 미궁Labyrinth의 머리글자)라고 한다.

이는 딱히 일본만의 문제가 아니다. 선진국에서는 불문율로 통한다. 소문은 한 사람만 거쳐도 확 바뀔 수 있다. 그것이 국가 규모로 전개되면 발단은 아주 작은 공포여도 국가 자체가 삼켜질 수 있는 거대한 불안이 되기 마련이다.

환영성 살인사건 관계자들을 환영성에서 전혀 내보내지 않는 이유도 정보유출의 방지를 위해서다.

JDC 총재 아지로 소지의 연락으로 환영성 살인사건이 L범죄로 지정될 것 같다는 소식을 듣기는 했다. 그런데 실제로 흉악범죄의 소용돌이 속에서 사건이 전혀 활자화되지 않은 것을 확인하니 기분이 묘했다. 마치 현실

제4장 마경의 사중살해

세계에서 허구 세계로 흘러들어온 것 같았다…….

처음 겪는 일은 아니지만 수사를 하는 사람이 L범죄에 직면하면 정보란 무엇인지 생각하게 된다. 정보의 마력이 어느 정도인지, 그리고 대집단mass level 사회를 개인 단위로 파악하는 것이 얼마나 어려운지 깨닫는다.

아리마 미유키 형사가 순사 몇 명을 데리고 식당에 들어왔다. 조노스케는 신문에서 눈을 떼고 고개를 들었다.

어젯밤 환영성에 누군가 침입했을 가능성에 관해 그들은 앞으로 철저히 검토할 예정이었다.

환영성의 도면을 보면서 열심히 이야기를 나누는 그들 앞에 새로운 수사반장이 모습을 드러낸 것은 그로부터 몇십 분 후였다.

●

그들은 구로야 형사와 함께 식당에 들어왔다. 근육질의 구로야 뒤에는 둥근 무테안경이 이지적인 외모와 잘 어울리는 여자가 서 있었다. 화려하지는 않아도 배색에 신경 쓴 센스 있는 복장이었다. 키가 큰 편에 잔머리 없이 깔끔한 세미롱 헤어를 목덜미에 하나로 묶어두었다. 머리카락을 묶은 가느다란 리본은 세련된 에스닉 디자인이었다.

JOKER

그녀 뒤에는 동그란 얼굴의 멍한 눈빛을 띤 청년이 있었다. 신입사원 같은 분위기에 표준 체구다. 사람 좋아 보이는 인상이지만 지금은 잠기운으로 화장을 해서 그런지 표정이 부루퉁했다. 저혈압인가?

"류구 씨. 이 분은 새 수사반장 아유카와 데쓰코 경부님이야. 그리고 같이 교토부경에서 파견된 사도 구토 형사."

"오, 와주셔서 감사합니다. JDC의 류구 조노스케입니다."

조노스케는 두 사람에게 다가가 순서대로 왼손으로 악수했다. 그러다가 아유카와 데쓰코 경부와 눈이 마주쳤다. 『경부』라는 직함과는 어울리지 않는 온화한 눈빛 속에 강한 의지가 느껴졌다. 그녀에게는 단순히 노련한 커리어우먼과는 명백히 다른 분위기가 있었다. 업무에만 몰두하는 기계적인 무기질성이 아니라 인간적인 온기 같은 것이었다.

"사도 구토 씨. 성함이 특이하네요."

"그런 말 자주 듣습니다. …… 오늘은 제가 늦잠을 자서 도착이 좀 늦어졌네요. 죄송합니다."

아직 잠기운에 취한 상태임에도 구토의 말투는 **빠릿빠릿**했다. 대화를 나눠보니 용모 그대로의 좋은 청년임을 알 수 있었다.

제4장 마경의 사중살해

"괜찮습니다. 류구도 알람시계를 싫어해서 자주 늦잠을 자거든요."

"저랑 똑같네요. 알람시계라는 게 참 나쁘지 않습니까. 그 전자음이 건강에 안 좋은 것 같다니까요. 그래서 저도 자주 늦잠을 잡니다."

"사도!"

아유카와 데쓰코가 부하를 다그쳤다. 까다로운 상사의 말투가 아니라 못 말리는 부하에 애를 먹는 말투였다. 구토는 머리를 긁으며 수줍게 웃었다. 조노스케는 미소 지으며 그의 어깨를 두 번 두드렸다.

"자, 그럼. 아유카와 양. 이번 수사에 대해 말씀 좀 나눠볼까요?"

조노스케가 도발적인 시선을 보내자, 데쓰코는 눈동자가 거울이 된 것처럼 그대로 받아쳤다. 도발에는 응하지 않는다. 자아가 뚜렷하다는 증거다.

"그래요. 얼른 시작하죠."

조노스케는 만족스럽게 고개를 끄덕였다.

●

…… 대학을 졸업하고 국가공무원 상급시험을 통과하여 유자격자career가 된 아유카와 데쓰코는 『캐리어 제도』의 특권으로 순사, 순사부장 직급을 건너뛰어 경부

JOKER

보 자격으로 경찰기구에 들어왔다. 경찰대학 졸업 후, 25세의 나이로 경부가 된 데쓰코는 본청의 교육기간 2년을 거쳐 현재는 교토부경에서 근무하고 있다.

캐리어란 일본 경찰조직의 엘리트 중 엘리트다. 동료들은 데쓰코를 경원시해도 그녀는 딱히 신경을 쓰지 않았다.

데쓰코의 관심은 동료와의 교류보다 범죄수사에 있기 때문이었다.

데쓰코는 11년 전 그녀를 덮친 비극으로부터 범죄 전문가가 되겠다는 뜻을 품게 되었다.

…… 평소와 다름없이 조용한 밤이었다.

11년 전 그 날. 데쓰코는 아무 예고도 없이 일상에 침입한 비일상적인 악몽으로 인생관이 바뀌었다.

마을도 쥐죽은 듯 고요해진 심야의 장막 속…….

불행하게도 우연히 화장실을 가려고 일어난 어머니는 거실 창에서 집에 숨어들어온 도둑과 맞닥뜨렸다.

갑자기 거실에 나타난 어머니를 보고 놀란 도둑은 가지고 있던 식칼로 그녀의 배를 깊숙이 찔렀다! 순식간의 일이라 비명도 지를 수조차 없던 어머니는 정신없는 와중에 거실 테이블 위에 있던 유리 재떨이를 도둑이

제4장 마경의 사중살해

도망친 창으로 던졌다.

데쓰코와 동생 쓰루미, 아버지까지 이변을 알아챈 것은 창문 유리가 깨진 소리가 난 다음이었다.

이층침대 아래에서 자고 있던 쓰루미는 위층의 데쓰코를 깨우고 함께 1층으로 내려갔다. 어머니는 자신이 흘린 피 웅덩이 위에 누워 있었다. 자매가 어머니를 발견한 것은 아버지보다 빨랐다. 평소에는 굳센 아버지도 망연자실하여 쓰러졌다.

아버지는 말을 걸어도 좀처럼 정신을 차리지 못했다. 데쓰코는 본인의 판단으로 구급차를 불렀다. 전화를 받은 접수원과 무슨 말을 했는지는 기억나지 않았지만 데쓰코는 자신이 차분했음을 뚜렷이 기억한다.

그 사이 동생은 계속 피를 흘리는 어머니를 보고 있었다. 거품을 물고 의식을 잃은 어머니의 모습은 왠지 괴상하게 여겨졌다. 조금 전까지 그들과 같은 세계에서 멀쩡히 살아있던 어머니가 갑자기 죽어가고 있었다. 그들이 모르는 『죽음』이라는 허무의 저편으로 가고 있다. 현실을 비집고 들어온 비현실을 받아들이기에는 너무 어렸다.

어머니는 병원에 도착하자마자 숨졌다

●

JOKER

 어머니의 죽음으로부터 3년 후 아버지는 재혼했다. 새어머니는 성실하고 사려 깊은 사람이었지만 아유카와 자매와 새어머니 사이에는 항상 벽이 존재했다. 어머니가 죽은 후 성격이 변한 아버지와도 거리를 두면서 두 자매는 서로에게만 유대감을 갖게 되었다.

 엄마를 죽인 범인을 우리 손으로 찾자. 어머니의 장례 후 두 사람만의 시간에 쓰루미가 그렇게 말하자 데쓰코는 말없이 고개를 끄덕였다. 눈동자에는 강한 결의의 빛이 담겨 있었다. 당시 데쓰코는 15세, 쓰루미는 5세였다.

 세월이 지나면서 데쓰코와 쓰루미가 범죄 수사의 전문가가 되기로 한 동기는 조금씩 변했다. 11년이라는 세월 동안 어머니의 죽음을 목격한 충격적인 기억은 과거의 바다에 매몰되었다. 새로운 정보, 새로운 기억으로 덧칠되었다. 어머니의 죽음을 생각하는 두 사람의 태도는 변해갔다.

 유일하게 변하지 않은 것은 그들이 범죄를 혐오한다는 사실이다. 증오가 아니라 혐오다. 그들은 쓰레기통을 뒤지는 들개를 보듯 범죄자를 보았다. 연민에 가까운 혐오다.

 딱히 범죄자를 남김없이 벌하고 싶지는 않았다. 지금은 어머니를 죽인 범인을 찾을 수 있으리라는 생각조차

제4장 마경의 사중살해

하지 않는다.

　…… 다만 그들은 범죄와 맞서고 싶었다. 범죄가 어떻게 사람을 바꾸고 사회가 어떻게 범죄자를 만드는지 그 메커니즘이 궁금했다. 건강했던 어머니를 순식간에 주검으로 전락시킨 범죄의 본질을, 그들은 조금이라도 깊이 파헤치고 싶었다.

　그렇게 데쓰코는 경찰이 되었다. 동생 쓰루미는 여고를 다니며 탐정문제집을 풀면서 추리력을 연마하고 있다. …… 언니와 함께 탐정과 형사로서 범죄에 승리하는 날을 위해 쓰루미는 수행을 거듭하고 있다.

　데쓰코는 교토부경에 와서 작은 사건을 몇 개 담당하고 무난하게 해결했다. 큰 사건(게다가 L범죄!)을 담당하는 것은 이번이 처음이지만 데쓰코는 조금도 겁먹지 않았다.

　이번 사건으로 처음 파트너가 된 사도 구토는 늦잠 자는 습관이 있고 탄산음료를 좋아하는 희한한 남자다. 그래도 성실하고 정직해 보이는 형사다.

　사도 구토와 구로야 다카시, 아리마 미유키, 그 외 경찰 수사진들, 거기에 류구 조노스케를 비롯한 JDC 탐정들…….

　그들과 협력하여 큰 무대의 첫 출전을 훌륭하게 장식해

야 한다. 데쓰코는 동생을 위해서라도 수사에 집중하기로 마음먹고 조노스케와의 미팅을 순조롭게 진행했다.

●

솔직히 조노스케에게 아유카와 데쓰코의 성격은 의외였다. 실제로 그녀와 만나기 전에 아리마 미유키에게서 미리 「새 수사반장은 캐리어 출신 실력 있는 여자 경부」라는 정보를 받고 선입견을 품었으니 더더욱 그렇다.

캐리어 출신 실력 있는 여자 경부. 그 말에서 조노스케는 료쇼 경부의 여자 버전 같은, 처세에 능하고 교활한 인물을 연상했다. 실제로 만난 데쓰코는 상상과 전혀 달랐다.

지휘관으로서 부하를 장기짝처럼 다루고 수사를 진행하는 스타일인 료쇼와 달리, 데쓰코는 스스로 수수께끼와 격투하는 한 명의 전사다. 경찰기구의 엘리트, 캐리어 출신이라면서 잘난 체하지 않았다. 대화할 때마다 상대를 위한 배려가 느껴졌다. 무엇보다도 쓸데없는 잡념을 배제하고 오로지 수사에만 집중하고자 하는 진지하고 순수한 자세와 환영성 살인사건의 막대한 수수께끼 앞에서도 겁먹지 않는 강인한 정신력이 호감으로 다가왔다.

수수께끼 풀이에 몰입한다는 점에서 기리카 마이와 비슷한 스타일 같아도 마이가 수수께끼를 푸는 행위

제4장 마경의 사중살해

자체를 즐기는 것에 비해 데쓰코는 진지하게 수수께끼를 마주했다. 그런 점이 역시 캐리어 출신 경부라고 할까. 엘리트의 근면성이 느껴졌다.

료쇼와 미팅을 할 때는 남을 이용하려는 속셈이 훤히 보여 난감했다. 하지만 데쓰코는 조노스케를 비롯한 JDC 탐정의 의향도 파악하면서 협력 체제로 수사를 진행하겠다는 감탄스러운 태도를 보였다.

수사반장이 바뀐 것만으로 이렇게까지 달라질 수 있는가. 보이지 않는 족쇄가 풀린 것 같았다. 조노스케는 수사가 크게 진전되지 않을까 기대했다.

JOKER

55 조촐한 미경美景

오후 1시 30분. 조식 시간이 밀려서 점심도 원래 시간보다 한참 늦어졌다. 오전 중 수사진의 정력적인 활동 덕에 시체 운반과 감식&검시관 조사, 현장 정리도 일단락되었다. 오늘 아침에 일어난 참극의 충격도 조금씩 누그러지는 것 같았다.

아유카와 데쓰코와 사도 구토의 간단한 인사(자기소개)가 끝나자 모두가 힘차게 나이프와 포크를 움직여 식욕을 채웠다. 날씨가 좋은 것만으로 기분이 조금 맑아졌다. 시간이 흐르면서 긴장감도 줄어들었다. 아침 식사도 제대로 못 한 탓인지 그릇은 순식간에 깨끗해졌다…….

아유카와 데쓰코, 사도 구토와 탐정들을 중심으로 소소한 잡담도 오갔다. 애써 어두운 분위기를 떨치려는 모습이었다.

그런 식사 자리에서 호시노 다에는 누구보다도 강렬하게 시선을 끌었다. 사건관계자 중 혈육이 살해당한 첫 피해자다.

표정에는 오빠를 잃은 비애의 감정이 드리워져 있었

제4장 마경의 사중살해

다. 상복의 의미를 담았는지 위아래로 검은 옷을 입고 있었다. 발터 폰 쇤코프[21]라는 사람이 말했듯 「상복을 입은 여자는 아름다워 보인다」의 전형적인 예다. 하지만 그녀가 온몸으로 발산하는 슬픔의 기운은 다른 이들의 마음을 아리게 했다.

아오이와 류스이마저 말 걸기를 삼가고 조심스럽게 그녀의 상태를 살폈다.

각자의 마음을 가슴 속에 품은 채 점심은 파란 없이 끝났다.

●

자리에 머물러 봤자 주위 사람을 걱정하게 할 뿐이라 다에는 식사를 마치자마자 곧바로 식당을 나왔다. 식욕이 없어서 음식에는 별로 손을 대지 않았다. 그래도 밥을 먹으니 체력이 조금 회복된 것 같았다.

정신의 피로가 극한까지 축적되었다. 점심을 먹기 전에는 눈물이 마를 때까지 방에서 혼자 울었다. 계속 울고 있으니 슬퍼서 우는 건지 울기 위해 우는 건지 알 수가 없었다. 생리통에 몸을 맡기고 침대 위에 축 늘어져 있다 보니 기분이 점점 차분해졌다. 아오이와 류스이가 점심을 먹자고 마중 왔을 때는 상태가 조금

---

21) 다나카 요시키의 소설 『은하영웅전설』의 등장인물.

JOKER

나아졌다.

 후몬지 고세이는 죽었다. 그녀의 오빠인 호시노 겐지는 이 세상에 없는 사람이다.

 아무리 울어도 오빠는 돌아오지 않는다. 아무리 발버둥 쳐도 과거를 바꿀 수 없다. …… 그런 보편적 진리를 마침내 받아들일 수 있었다.

 어젯밤까지 평소와 다름없이 그녀와 대화를 나누던 남자는 이제 어디에도 존재하지 않는다. 생명의 덧없음을 통렬히 인식한 그녀는 공허한 사고에 사로잡혀 현실인지 허구인지조차 확실하지 않은 불안한 세계 속에서 멍하니 있었다.

 이건 정말로 현실의 살인사건인가? 다에가 복도를 걸으며 반복적으로 떠올린 의문이었다.

 다쿠쇼인 류스이의 『화사한 꽃처럼, 몰락은 꿈처럼』. 환영성 살인사건의 기록 『화려한 몰락을 위해』. 혹시 나는 이야기 속에 있는 건가?

 너무나도 비현실적인 사건이 근처에서 연달아 일어나다 보니 자신이라는 존재조차 현실적으로 느껴지지 않았다. 꿈인가 생시인가. 어쩌면 나는 누군가의 꿈 이야기의 등장인물에 불과한가. 그런 생각마저 들었다.

 다에는 텅 빈 눈빛으로 허공을 이리저리 보다가 『명화

제4장 마경의 사중살해

의 방』에 찾아왔다. 아침에 그곳에서 마주친 정경이 상기되면서 손발이 덜덜 떨렸다.

― 이 문을 열었는데 또 시체가 있으면 어쩌지?

바보 같은 공상임을 알면서도 그런 불안을 품을 수밖에 없다. 하지만 문을 열어야만 한다. 이 거짓말 같은 세계에서 자신의 공간을 확실하게 확보하기 위해…… 현실과 허구의 경계를 똑똑히 보기 위해.

땀에 젖고 떨리는 손으로 손잡이를 쥐고, 눈을 감고, 힘껏 문을 열었다!

…… 천천히, 천천히 눈을 떴다. 시체는 없었다. 그것만으로도 그녀는 구원받은 기분이 들었다.

용기를 내어 실내로 들어갔다. 발을 내딛는 행위로 허구 세계에서 나와 현실 세계에 발을 들일 수 있다고 상상하며 힘찬 발걸음으로, 앞으로, 미래로, 희망으로 나아갔다.

『명화의 방』 중앙에서 멈춰 서서 실내를 둘러보았다. 벽에는 부자연스럽게 텅 빈 공간이 있었다. 『해바라기』 그림이 사라진 부분에 흰 벽이 보였다.

카펫에는 생생한 피 얼룩이 남아있었다. 시체가 있던 곳 주변에는 출입 금지 로프가 둘려 있었다.

핏자국을 보아도 여기서 두 사람이 살해당했다는 사실

JOKER

이 믿어지지 않았다. 만약 다에가 직접 시신을 발견하지 않았다면 도저히 믿지 못했을 것이다.

『명화의 방』은 우아한 무드를 갖춘 공간이라 가만히만 있어도 편안해진다. 정적과 질서의 파동을 느낄 수 있다. …… 그만큼(이 방이 고상한 스타일인 만큼) 살인이라는 만행과 이미지를 엮을 수 없었다.

다에는 아름다운 회화가 만들어낸 예술적인 공간 속에서 발을 움직였다. 훌륭한 예술에 감동하고 대상에 몰입하니 잠깐이나마 사건을 잊을 수 있었다.

"다에 언니. 그림 봐?"

언제 『명화의 방』에 들어왔을까. 회화의 세계(허구 세계?)에 몰입했던 다에는 메구미가 바로 옆에 서 있는 것을 알아채지 못했다.

퍼뜩 정신을 차리고 소녀를 보았다. 그림에 주의를 빼앗긴 다에를 놀라게 하려고 작정했던 모양이다. 메구미는 천진하게 혀를 내밀고 헤헤헤 웃었다.

실내에 다른 사람은 없었다. 아무래도 메구미 혼자인 모양이었다. 메구미의 맑은 눈동자에 마음이 씻겨지는 듯했다. 이름에 「메구미惠」라는 공통의 한자가 들어갔기 때문일까. 다에는 소녀를 동생처럼, 더 정확히 말하자면 자신의 과거처럼 생각했다.

제4장 마경의 사중살해

다에는 편안한 마음으로 쪼그려 앉아 메구미의 머리를 쓰다듬었다. 메구미는 싱글벙글 웃었다. 그러다가 조금 전까지 다에가 본 그림으로 시선을 돌리고는 유령에 겁먹은 아이의 표정을 지으며 두세 걸음 물러났다. 다에도 소녀의 반응에 놀라 그림으로 시선을 돌렸다.

"메구미, 이 그림에 뭐가 있어?"

울창하게 우거진 초록빛 숲에 둘러싸인 붉은 성. 환영성을 연상케 하는 그 그림은 바서만의 『샤텐부르크』다.

"메구미는 이 성 그림 싫어!"

메구미는 혐오감을 노골적으로 드러낸 표정으로 다에의 손을 꽉! 쥐었다. 의아했던 다에는 소녀와 그림을 번갈아 보았다.

요사스러운 분위기가 있지만 그림은 어디까지나 평범한 한 폭의 회화다.

"뭐가 무서워? 예쁜 그림이잖아."

"아니…… 괴물이 무서워."

다에는 자리에서 일어났다. 그녀를 올려다보는 메구미의 눈동자는 마치 무언가 호소하듯 반짝반짝 빛났다.

- 괴물?

다에는 소녀의 말을 이해할 수 없었다. 『샤텐부르크』는 숲과 성 그림이다. 괴물은 어디에도 없다…….

JOKER

 타인에게 보이는 것이 자신에게 보이지 않는 이 상황. 자신에게 보이는 것이 타인에게 보이지 않는 이 상황. 역시 이곳은 현실과 허구가 교차하는 곳이다. 무엇을 믿어야 좋을지 알 수 없다.

 다에가 『괴물』에 관해 메구미에게 자세하게 물으려 한 그 순간, 『명화의 방』 문이 열리면서 새 침입자가 등장했다. 그녀의 의문은 미해결 상태로 남았다.

 아이는 꿈을 꾼다고 한다. 메구미는 환각으로 백일몽의 『괴물』을 보았는지도 모른다……. 다에는 그렇게 받아들이고 방에 들어온 남자에게 인사했다.

 "아, 스미레 씨!"

 그 사람에게 달려가는 메구미. 미야마 가오루다.

 여전히 인간을 묘사하지 않는 추리소설의 등장인물 같은 분위기다. 가오루는 투명인간처럼 존재감이 옅었다. 머리를 숙이고 가볍게 인사를 나누는 가오루와 다에.

 "미야마 씨. …… 스미레라뇨?"

 의아한 눈빛의 다에에게 가오루는 별명의 유래를 설명했다. 메구미가 아직도 『가오루』를 『스미레』로 착각한다는 것을.

 "그렇게 되어서요. 저도 어느샌가 이 호칭이 마음에 들었지 뭐예요. 그래서 메구미가 그렇게 부르게 됐어요."

제4장 마경의 사중살해

 가오루가 수줍어하며 설명하자 다에는 미소 지었다. 포근한 공기가 흐르면서 『명화의 방』이 예술가artist의 범행 현장인 것도 잠시 잊을 수 있었다.
 "아하, 그래서……. 그런데 잘 어울려요, 스미레 씨."
 가오루의 바지를 당기는 메구미를 보면서 다에의 입가에 미소가 끊이지 않았다. 즐거운 한때가 그녀의 상처 입은 마음을 치유하고 행복으로 품어주었다.
 슬픔과 절망의 밑바닥에서 다시 일어난 다에는 저도 모르는 사이 인간적으로 크게 성장했다. 깊은 절망을 부수는 것은 큰 희망임을 깨달은 그녀는 의식적으로 희망을 부풀려서 부정적인 감정을 마음속 한구석에 몰아내는 데 성공했다.
 절망은 사람을 죽이고 희망은 사람을 키운다…….

JOKER

56 『화려한 몰락을 위해』

『객실Ⅴ』. 다쿠쇼인 류스이의 방이다.

점심을 먹은 후, 류구 조노스케는 기리카 마이, 기리기리스 다로, 아유카와 데쓰코와 함께 향후 조사 방침을 확인했다. 그리고는 이로란보 추리를 전개하기 위해 성을 돌아다니던 아지로 소야와 합류하여 류스이의 객실을 방문했다.

류스이를 찾아온 목적은 『간사이 본격 모임』의 여행 총무인 그에게 작가들에 관한 몇 가지 질문을 건네 살인 예고장에 쓰인 『화려한 몰락을 위해』라는 문구의 의미를 알아내기 위함이다.

안경을 쓴 장발의 작가는 두 탐정을 정중히 맞이하고 객실의 주전자로 차를 대접하면서 질문에 대답했다. 류스이는 시종일관 담담한 태도였으나 원래 커뮤니케이션을 좋아하는 듯 때때로 소년 같은 미소를 보였다. 세 사람은 허물없는 분위기 속에서 대화를 즐겼다. 일단 표면적으로 침울한 모습은 보이지 않았다. 그렇다고 해도 남의 속은 아무도 모르는 법이다.

류스이는 처음에 환영성을 무대로 『간사이 본격 모임』

제4장 마경의 사중살해

의 작가들이 등장하는 『화사한 꽃처럼, 몰락은 꿈처럼』이라는 실명소설을 쓸 예정이었다. 그런데 현실에 살인사건이 일어났다. 살인예고장의 문구를 보고 아오이는 예술가artist가 류스이에게 사건을 기록하라고 도발한 것이 아니냐고 추리했다. 참고자료를 작성할 의의가 있다고 생각한 류스이는 『화려한 몰락을 위해』를 쓰기로 했다. …… 류스이의 설명은 그런 내용이었다.

"아하. 『화사한 꽃처럼, 몰락은 꿈처럼』도, 『화려한 몰락을 위해』도 모두 『화몰』로 줄여 말할 수 있네요. 작가분들 대화에서 자주 들리던 『화몰』이라는 말이 그거였군요."

담배caster를 피우며 소야가 이해했다는 듯 고개를 끄덕였다. 조노스케는 객실 책상 위에 놓인 책 한 권을 가리켰다.

"그런데 다쿠쇼인 씨. 저 책은 뭐죠?"

36판[22] 크기의 책이었다. 뒤표지를 보니 제목은 『미로관의 살인』. 작가는 아야쓰지 유키토. 고단샤 노벨즈판이다.

류스이는 뭔가 떠올린 듯 손뼉을 치면서 조노스케에게 그 책을 내밀었다. 만듦새가 치밀했다. 『미로관의 살인

---

22) 한국에서는 신서판(103x182)에 가깝다.

JOKER

아야쓰지 유키토』라고 쓰인 표지cover에는 또 한 권의 책 사진이 있었다. 띠지에는『본격 추리소설 / 지금 밝혀지는 "미로관 살인사건" 충격의 진상이란?!』이라는 광고문구가 쓰여 있었다. 책 속의 책 표지에는『미로관의 살인 로쿠타니 가도미鹿谷門美.』라고 쓰여 있다.

소야는 조노스케 옆에서 책 표지를 보고 의아하게 여기며 말했다.

"이건…… 작가가 두 명인가요?"

"아뇨, 표지 속의 책은 작중작이에요. 말하자면 이 소설 속에 존재하는 또 하나의 소설이죠. …… 저건 점심시간 조금 전이었나, 아오이가 뭔가 생각났다고 해서요. 둘이서『지식의 방』에 가서 그 책을 빌려왔어요."

류스이의 말투는 과하게 조심스러웠다. 조노스케와 소야는 몸을 앞으로 기울이고 물었다.

"떠올렸다는 건…… 무엇을 말이죠?"

"그『미로관의 살인』안에『화려한 몰락을 위해』라는 문구가 등장해요."

오오! 탐정들은 경탄했다. 조노스케는 책에 시선을 떨어뜨리고 소야는 호기심에 찬 시선으로 류스이를 보았다.

"그건 또 무슨 말씀인지……. 우연입니까? 아니

제4장 마경의 사중살해

면……?"

"『미로관의 살인』속에서『화려한 몰락을 위해』는 미야가키 요타로宮垣葉太郎라는 작가의 대표작 제목으로 등장해요. 물론 그건 아야쓰지 씨가 창조한 가공의 작품이고 실존하지 않아요."

"그럼『화몰』은 아야쓰지 씨가 고안한 문구군요?"

"그게……. 사실은 점심시간이 끝나고 아야쓰지 씨의 지인인 니지카와 씨를 통해서 여쭤봤지요."

조노스케는 소야와 얼굴을 마주하며 유쾌하게 웃었다.

"호오, 흥미롭군요. 아야쓰지 씨도『간사이 본격 모임』 멤버인가요?"

"아야쓰지 씨는 교토에 사시긴 하는데『간사이 본격 모임』소속은 아니에요. 니지카와 씨와 개인적인 친분이 있을 뿐이죠."

"그래서 결론이 뭐였나요?『화려한 몰락을 위해』라는 문구는 아야쓰지 씨가 생각하신 건가요?"

담뱃불을 재떨이에 비벼 끄고 얼른 알려달라는 듯 소야가 질문했다. 류스이는 아쉽게 고개를 저으며 대답했다.

"그게, 그렇지 않다네요. 아야쓰지 씨는 대학시절에 모교인 교토대학 추리소설연구회 소속이셨는데……

JOKER

『화려한 몰락을 위해』는 추리소설연구회에 있는 신변잡기 록의 제목이래요. 『화몰』 문구를 생각한 사람은 동아리 창립 멤버라는데……. 참고로 환영성 살인사건 관계자 중에 교토대학 추리소설연구회 출신은 없어요."

"흠, 그렇군요. 그런데 아주 중요한 정보일 수도 있겠어요. 연구회 회원이 아니더라도 예술가artist는 『미로관의 살인』을 읽고 『화려한 몰락을 위해』라는 문구를 빌렸을 가능성도 있으니까요."

조노스케의 발언에 소야도 맞장구를 쳤다.

"우연의 일치라고 보긴 힘드네. 평소에 누가 『화려한 몰락을 위해』라는 말을 쓰겠어……."

"다쿠쇼인 씨, 『간사이 본격 모임』 분들은 『미로관의 살인』을 읽으셨나요?"

"『미로관』은 아야쓰지 씨의 대표적인 걸작이니 당연히 다들 읽었죠. 『지식의 방』에 있는 것만 봐도 애독자가 많다는 걸 알 수 있어요. 이번 사건의 관계자는 『화몰』을 알 기회가 있지 않았을까 하네요."

"『화몰』로 범인을 특정할 수는 없다……. 예술가artist는 거기까지 생각했군요. 이렇게 쉽게 수사가 진전될 리 없다니까. …… 그럼 다쿠쇼인 씨, 괜찮으시면 당신의 『화몰』을 읽어봐도 될까요?"

제4장 마경의 사중살해

"기꺼이 드리죠. 좀 급하게 써서 문장이 더러운 게 부끄럽지만 수사에 조금이라도 도움이 되면 좋겠습니다."

류스이는 조노스케에게 책상 위 워드프로세서 옆에 놓아둔 『화몰』 원고 다발을 건넸다. 클립으로 고정된 원고는 이미 상당한 두께에 달했다. 손으로 들어보니 리얼한 무게감이 느껴졌다.

여태까지 집필된 원고는 원고용지로 220장. 『37 해결에 이르는 길』(마침 조노스케와 소야가 처음 등장하는 부분)에서 끝나 있었다.

조노스케가 일단 눈으로 훑은 다음, 옆에 있는 소야에게 한 장씩 넘겼다. 두 탐정은 두꺼운 원고를 정독하기 시작했다.

그들은 사건 중간에 환영성에 찾아왔다. 보고로만 아는 사건 초기의 일을 원고를 읽어나가며 추체험하고 있을 것이다. 필요한 사항만을 지극히 사무적으로, 조목별로 쓴 경찰 자료나 JDC 자료와 달리 소설처럼 읽을 수 있었다. 조노스케와 소야는 잠시 기록의 세계에 몰입했다.

류스이가 변명했듯 현실사건을 쫓아가기 위해 빠르게 집필해서인지 비문이나 오탈자도 곳곳에 보였지만 사건의 흐름을 파악하는 자료로는 최적의 원고였다.

류스이 본인이 없는 곳에서 일어난 일도 최대한 주관을

JOKER

배제하고 들은 정보를 토대로 섬세하게 묘사되어 있었다. JDC 이야기까지 쓰인 것은 놀라웠다.

단순한 현실 살인사건의 기록이 아니었다. 조금이라도 읽는 재미를 느낄 수 있도록 구성과 장면전환 곳곳에 기교가 담긴 점에서 작가의 고집이 엿보였다. 두 사람은 흐르듯이 원고를 읽어나가고 순식간에 완독했다. 두께가 무색하게 읽기 편한 원고였다.

"어떠셨나요?"

조노스케와 소야가 다 읽은 타이밍에 맞춰 류스이가 자연스럽게 입을 열었다. 현실 사건의 기록이기는 하지만 『화려한 몰락을 위해』는 엄연한 류스이의 작품이다. 『작가』로서 독자의 평가가 궁금한 법이다.

"와, 정말 도움이 많이 됐어요. 일단 독자를 즐겁게 하려는 작자의 자세가 전해져서 편하게 읽었습니다. 그런데 이렇게 원고 형태로 사건을 체험하니 왠지 기분이 이상하네요. 환영성 살인사건이 다쿠쇼인 류스이의 소설 속 사건이 아닌가 하는 착각까지 들어서……."

"그 점은 류구도 아지로 씨와 같은 의견입니다. 원고로 읽어서 그런진 몰라도 환영성 살인사건은 허구의 이야기가 아닌가 하는 생각마저 들더군요. 실제로 제삼자가 독자로서 이 『작품』을 읽으면 다쿠쇼인 씨의 소설 『화사

제4장 마경의 사중살해

한 꽃처럼, 몰락은 꿈처럼』을 읽는 듯한 아찔함을 느낄 수 있겠어요."

탐정들의 소감을 듣고 류스이는 미소 지으며 머리를 숙여 감사를 표했다.

"그렇게 읽어주셔서 감격스럽네요. 사건의 서술자를 자처한 보람이 있어요."

"다쿠쇼인 씨, 현실과 허구의 경계가 모호하게끔 쓰신 건 따로 의도가 있나요?"

조노스케는 불현듯 눈을 날카롭게 빛냈다. 하지만 류스이는 검은 옷의 탐정에게 위협을 느끼지 않았다. 여전히 담담한 태도로 머리를 긁으며 입가에 수줍은 미소를 지었다.

"환영성 살인사건 그 자체가 제게는 비현실적으로 느껴져서요. 이 환영성이라는 무대도 그래요. 상식의 척도로 가늠할 수 없는 비경이 있고 상식을 벗어난 범죄가 일어났잖아요. 사건의 소용돌이 속에 몸을 담그고 있으면서도 이 세계는 제게…… 저희에게 허구적이고 현실미가 없어요. 그래서 일부러 현실과 허구를 섞어서 사건을 기록해봤죠. 현실과 허구의 구별을 모호하게 해서 막연하고 순수한 감성의 척도로 이 사건을 표현…… 기록해보기로 했습니다."

JOKER

"아하, 거기까지 고찰하시고 글을 쓰셨군요. 그런데 다쿠쇼인 씨 말씀도 이해가 가네요. 이 사건은 『현실』이나 『허구』 같은 기존의 척도로는 가늠할 수 없죠. 원고 안에서 그 점을 표현하셔서 독자가 된 저희도 사건의 밑바닥에 있는 무언가(진실?)를 상상하기 쉬워졌어요. 감사할 따름입니다."

소설인가, 기록인가, 현실인가, 꿈인가……. 발붙이고 있는 땅마저 명확하지 않은 이 세계에서 조노스케와 류스이는 뜻을 함께하는 동료다.

조노스케는 추리로, 류스이는 원고로 예술가artist와 대결한다. 환영성 살인사건이라는 세계를 창조하는 『작자』예술가artist를 물리치기 위해 그들은 암묵적으로 동맹을 맺어 공동전선을 펼치기로 맹세했다.

류스이의 정신spirit은 틀림없는 작가의 그것임과 동시에 이 사건에서는 탐정의 그것이기도 하다. 조노스케는 그의 원고를 읽고 그렇게 해석했다. 다쿠쇼인 류스이는 아유카와 데쓰코와는 다른 각도에서 JDC에 협력하리라는 확신이 들었다.

소야도 마찬가지였다. 탐정과 사건 관계자라는 울타리를 넘어 그들은 전우로서 새로운 인연을 맺었다

"탐정으로서 말하자면 다쿠쇼인 씨의 원고 『화몰』에

제4장 마경의 사중살해

는 경찰과 JDC 수사에 관해 조금 대충 묘사된 부분도 있더군요. 그래도 수사 디테일보다는 사건 전체의 흐름을 기록하는 것에 역점을 두고 계속 써주셨으면 합니다."

"맞아. 다쿠쇼인 씨에게는 원고로 현실사건을 더 가깝게 따라잡으려는 큰 목표가 있어. 수사의 디테일에 얽매이다가 집필이 늦어질 필요는 없지. 사소한 건 신경 쓰지 마시고 좋은 참고 자료를, 재미있는 기록 『화몰』을 완성해주세요."

"감사합니다."

류스이는 깊이 머리를 숙였다. 자신이 만든 이야기가 앞으로 환영성 살인사건의 전개를 크게 좌우할지도 모른다. …… 그런 상상만으로도 여태까지 시간을 잘 아껴 글을 쓴 보람이 있었다.

『화려한 몰락을 위해』, 살인사건의 실시간 기록……. 이 글만큼 『읽히는』 의미가 있는 이야기는 거의 없을 것이다. 사건이 계속되는 바로 『지금』이기 때문에 『화몰』은 쓰일 가치가 있으며 읽힐 의의가 있다.

"그런데 다쿠쇼인 씨. 이건 그냥 궁금해서 여쭤보는 건데, 이 대화도 『화몰』에 기록됩니까?"

"아마 그렇게 되겠죠. 두 분과의 만남은 사건에서 중요한 국면이 될 테니까요."

JOKER

"그거 멋지네요. 지금을 사는 자신이 나중에 등장인물로 쓰인다는 건 꽤 재밌는 일이죠. 그러면 『독자』를 의식한 발언을 하는 것도 좋겠네요. 어쩌면 이건 다쿠쇼인 씨의 소설 『화사한 꽃처럼, 몰락은 꿈처럼』이고, 살인은 한 건도 일어나지 않았으며 환영성 살인사건은 존재하지 않는지도 모른다라고."

소야와 류스이는 함께 쓴웃음을 지었다. 환영성 살인사건은 과연 현실인가 허구인가? …… 순수한 『독자』라면 아마 판단이 불가능하겠지만, 그들은 물론 확실하게 『진실』을 알고 있다. 자신들이 환영성 살인사건 속에 있다는 미덥지 못한 『진실』을.

"농담은 이쯤에서 끝내죠. 다쿠쇼인 씨, 『화몰』을 복사해도 될까요?"

"예, 물론이죠. 원래 『화몰』은 수사에 보탬이 되라고 쓴 건데요. 『지식의 방』에 복사기가 있어요. 거기서 복사하시면 될 겁니다."

"그럼 류 씨. 제가 갔다 올게요."

"고마워, 아지로 씨. 잘 부탁해."

소야가 원고를 들고 자리에서 일어나 류스이에게 인사하고 밖으로 나갔다. 조노스케는 그의 뒷모습을 지켜보다가 류스이 쪽으로 몸을 돌렸다.

제4장 마경의 사중살해

"어떤가요? 류구 씨. 해결될 기미가 보이나요?"

"다쿠쇼인 씨 덕분에 다른 각도에서도 사건을 바라볼 수 있었어요. 추측의 영역을 벗어나진 않았지만 예술가artist가 『추리소설 구성요소 30항』을 섭렵하려는지도 모른다는 의견은 참고가 되었습니다. 정말로요. 수사진이 『화몰』을 읽으면 또 새로운 추리가 나오겠죠. 그건 그렇고 오늘 아침의 대공세에는 한 방 먹었네요. 사중살인 때문에 추리가 크게 후퇴했어요. 솔직히 말하면 아직 예술가artist의 그림자조차 안 보이는 상황입니다."

그렇게 말한 것치고 조노스케에게서는 아직 여유가 느껴졌다. 여태까지 흉악범죄에 승리해온 실적이 그에게 흔들림 없는 자신감을 준 걸까. 조노스케는 사건 이야기를 할 때 실제의 그보다 두세 배는 더 커 보인다. 프로 스포츠 선수가 시합 중에 빛나는 것과 같은지도 모른다.

그 후 소야가 돌아오기를 기다리는 사이에 조노스케는 "『화몰』에 참고 되시라고······"라며 조사 과정에서 판명된 사실과 그들의 추리를 류스이에게 들려주었다.

이야기는 때때로 사건에서 벗어나 개인적인 화제로도 흘러갔다. 타인에게서 자주 이 세상 사람이 아닌 것 같다는 소리를 듣는 비세속적인 면, 똑같이 언어유희를 좋아한다는 점······ 등, 많은 공통점을 발견한 조노스케

JOKER

와 류스이는 닮은 사람끼리 이야기꽃을 피우며 서로를 깊이 알아가고 신선한 우정을 키웠다.

●

 소야가 복사 작업을 마치고 『객실V』에 돌아왔다. 조노스케는 류스이와 악수하고 일어났다. 탐정들은 류스이의 협력에 감사의 말을 전하고 류스이를 격려했다.

 "다쿠쇼인 씨, 힘드시겠지만 꼭 원고를 계속 써주세요. 『화몰』은 귀중한 사건 자료가 될 테니까요. 팬으로서도 기록이 진전되기를 응원합니다."

 앞을 걷는 소야 뒤에서 그대로 방을 나가려고 한 조노스케를, 류스이가 불러 세웠다.

 "류구 씨, 한 가지 여쭤보고 싶은 게 있는데요."

 류스이의 이성적인 눈빛에 잠시 냉랭함이 비쳤다. 조노스케와 소야는 발을 멈추고 장발의 작가를 돌아보았다.

 "무엇이든 말씀하시죠."

 "저도 일단 용의자입니다. 아무리 『화몰』을 쓰고 있다지만 이렇게 수사의 진척 상황을 가르쳐주실 줄은 몰랐는데……. 저를 의심하지 않는 건가요?"

 류스이는 잠깐 대화를 나눈 것만으로 조노스케의 영민함과 철저함을 분명하게 느꼈다. 그런 조노스케가 부주

제4장 마경의 사중살해

의하게 용의자에게 수사 상황을 말하는 것은 뭔가 이상하다고 류스이의 직감이 호소했다.

조노스케는 산뜻한 미소와 함께 류스이에게 신랄할 말을 던졌다.

"걱정하지 마세요. 류구는 아무도 신용하지 않습니다. 다쿠쇼인 씨께 정보를 알려드리고 『화몰』에 반영되게 하여 예술가artist를 도발하겠다는 의도도 있습니다. 작자인 당신은 물론, 작가들, 수사 관계자, 환영성 관계자에게도 글을 읽게 하면 한정된 인원 속에 있는 예술가artist는 반드시 『화몰』을 읽게 됩니다. 원고를 통해 저희도 상대방을 도발하고 유도해서 몰아세울 수 있을지도 모르죠. 그런 의미에서 『화몰』은 최고의 무기입니다."

"그렇군요. 마음이 놓입니다. 저만 탐정님께 특별대우를 받기는 그래서요. 수사가 난항을 겪으면 용의선상 밖에 있는 사람이 의심받을 테니까요."

"지금 류구가 한 말은 다쿠쇼인 씨를, 『화몰』을 이용하는 것처럼 보이실 텐데……. 뭐, 그게 맞으니까 기분이 상하셨다면 죄송할 따름입니다."

"아뇨, 괜찮습니다. 몇 번을 말씀드리지만 『화몰』은 수사에 보탬이 되라고 쓰는 겁니다. 실컷 이용하셔도 좋습니다. 류구 씨가 예술가artist의 이름을 말하는 범인

JOKER

고발 장면을 얼른 쓰고 싶으니까요."

조노스케와 소야는 미소 지으며 머리를 숙이고 류스이의 방을 나왔다. 소야가 복도로 나가고 조노스케도 문 뒤로 사라지려던 순간, 검은 옷의 탐정은 류스이를 향해 고개를 돌리고 대담한 시선과 의미심장한 미소를 보여주었다.

"다쿠쇼인 씨, 당신은 정말 류구와 닮았어요. 아마 당신도 의심하실 테죠? 저희 수사진을……."

예기치 못한 지적에 류스이는 즉각적으로 반응할 수 없었다.

"그건……."

동요가 표정으로 드러난 모양이다. 조노스케는 이해한다며 고개를 끄덕였다.

"역시 정곡을 찔렀군요. 훌륭한 자세입니다. 수사진 중에 예술가artist가 있을 가능성도 아예 없지는 않으니까요. 아무도 믿지 않는 건 현명한 처사입니다. 환영성 살인사건에서 확실한 건 아무것도 없어요. 류구도 안 믿는 편이 좋을 겁니다."

조노스케는 마지막을 농담으로 마무리 지으며 검은 장갑을 낀 오른손을 살며시 흔들어 인사하고는 방을 나갔다.

제4장 마경의 사중살해

 탐정들이 나간 문을 향해 고개를 숙인 채, 류스이는 한동안 그 자세 그대로 생각에 잠겼다.

 - 아무도 안 믿는 편이 좋다. …… 아무도 안 믿으면 아무에게도 배신당하지 않아.

 핵심을 찌른 말이다. 하지만…….

 - 누군가를 믿지 않고서는 살아갈 수 없는 게 인간 아닌가. 이 세상에 혼자서 살아갈 수 있는 사람은 없어. 그렇다면 나는 누굴 믿지? 누구를 믿어야 하지?

 유일한 혈육인 쌍둥이 여동생 미나세 나기사는 환영성에 없다. 히류 쇼코는 이미 세상을 떠났다. 아오이 겐타로는…….

 - 아오이가 예술가artist일 가능성이 있을까?

 의심하기 시작하면 끝이 없다. 의심암귀는 사람을 혼란에 빠뜨릴 뿐이다.

 나기사한테 전화라도 해야겠다. 류스이는 동생의 얼굴을 떠올리며 객실을 나왔다.

 …… 복도 모퉁이에 설치된 전화기로 나기사와 이야기하는 사이, 누구와도 마주치지 않았다.

 수사진이 정력적으로 성을 조사하고 있을 텐데도 복도에는 사람이 없었다. 어쩐지 허무적인 분위기가 느껴졌다. 류스이는 이 세상에 고립되었다는 망상에 빠졌다.

JOKER

  전화기 너머⋯⋯ 나기사가 있는 세계가 현실세계라면 전화기를 든 이곳⋯⋯ 환영성은 허구세계인 것 같다고, 다시금 느꼈다.

●

  15분 정도 통화한 후, 류스이는 방으로 돌아갔다. 방을 나와서 돌아올 때까지 누구와도 마주치지 않았다. 혈육의 목소리 덕분에 허구로 가득 찬 환영성에서 조금이나마 현실성을 느낀 것 같아 기분전환이 되었다.

  류스이는 의자에 앉아 책상 위의 워드프로세서와 마주했다. 워드프로세서 전원을 켜고는 조노스케에게 얻은 정보를 머릿속으로 정리했다.

  히이라기 쓰카사는 전기스토브와 로프를 사용한 물리 트릭 원격살인으로 죽었으며 그 트릭의 목적은 예술가artist의 알리바이 공작으로 보인다.

  ⋯⋯밀감みかん→미완みかん의 대기. 마리아→아리마. 해바라기ひまわり→오마와리おまわり. 해바라기向日葵→아오이葵. 탁점濁点→다쿠쇼인濁曙院. 예술가artist는 언어유희와 종이 한 장 차이인 미스디렉션을 빈번히 구사하고 있으며 그중에 진짜 사인이 있을 가능성도 존재한다.

  3 ◎ 원격살인

제4장 마경의 사중살해

10 ◎ 부재증명(알리바이 공작)
19 ◎ 미스디렉션
22 ◎ 물리 트릭

또 예술가artist는 오늘 아침 살인 때 후몬지의 목 없는 시체에 코트를 입혀 료쇼의 시체로 오인케 했다. …… 그 시도는 훌륭하게 성공했다고 할 수 있다. 후몬지와 료쇼의 체격이 아주 비슷하다는 점에 주목한 류스이마저도 다에가 알아채기 전까지는 그 목 없는 시체가 후몬지의 것일 줄은 생각도 못했기 때문에.

12 ◎ 시체교환

목록을 살펴보니 『추리소설 구성요소 30항』 중 벌써 19개 항목이 이뤄졌다.
류스이는 볼펜으로 체크하면서 아직 등장하지 않은 11개 항목에 주목했다.

5 ◎ 암호
6 ◎ 수기(유서, 일기 등)
9 ◎ 작중작

JOKER

13 ◎ 애너그램(영문·일문)
15 ◎ 의외의 범인
16 ◎ 의외의 동기
17 ◎ 의외의 인간관계
18 ◎ 미싱 링크
20 ◎ 다잉 메시지
21 ◎ 특수 트릭(거울, 얼음 등)
30 ◎ 결말의 역전극(가짜 범인)

언어유희 메시지는 암호로 해석하기에는 무리가 있다. 수기는 아직 등장하지 않았다. 『화몰』은 작중작이라고 할 수 없다. 마리아→아리마는 거꾸로 뒤집었을 뿐 애너그램은 아니다. 의외의 범인, 의외의 동기, 의외의 인간관계는 수사진의 향후 조사에 달렸다. 다잉 메시지, 죽을 때의 전언은 피해자에게 달렸다. 예술가artist가 꼭 다잉 메시지를 쓰기로 마음먹으면 위조할 가능성도 크다. 얼음 트릭을 생각해보면 료쇼 경부의 목을 넣은 얼음 상자는 트릭으로 보기 힘들다. 존재가 너무 명확한 장치는 트릭이 아니다. 가짜 범인이 존재하는지는 모르겠지만 결말의 역전극이 오려면 한참 멀었다.

11개 구성요소 중 특히 류스이가 관심 있는 것은 『18

제4장 마경의 사중살해

◎ 『미싱 링크』다.

잃어버린 고리missing link. 무차별적으로 살해당한 것 같은 피해자들에게 공통으로 살해당한 이유가 존재한다는 뜻이다.

예술가artist가 만약 정말로 『구성요소』를 섭렵하여 살인예술을 완성하려고 한다면 아무 관계 없어 보이는 피해자들에게 공통점이 있다는 뜻이다. 쌍둥이 고양이는 제외하고, 히이라기 쓰카사, 미즈노 가즈마, 히류 쇼코, 사카키 이치로, 사토 이치로, 료쇼 다쿠지, 후몬지 고세이. 이들 일곱 명 사이에 어떤 미싱 링크가 있다는 걸까?

이어서 류스이는 살인 방법도 고찰했다.

압살, 교살, 참수, 감전사, 사살(참수)······.

두 사람을 함께 살해했을 경우는 동일한 살인방법을 선택했다고 볼 수 있다. 그런데 예술가artist는 어째서 살인방법을 다양하게 선택해왔는가.

류스이는 그 점이 궁금해 견딜 수 없었다. 모든 피해자를 다른 방법으로 죽이는 것이 예술가artist의 목표라면 범인은 역시 추리소설 애독자가 아닐까 추리할 수 있다. 추리소설적인 사고를 지니지 않았다면 그런 발상을 하지 않을 것이다.

하나&레이와 료쇼&후몬지는 모두 참수로 살해했는

JOKER

데, 쌍둥이 고양이 살해가 주요 살해가 아니라고 치면 예술가artist는 아직도 살인 방법에 집착한다고 볼 수 있다. 고양이도 피해자로 간주하면 시체는 아홉 구이며 『여덟 개의 제물』이라는 예고를 초과한다. 『여덟 개의 제물』이 여덟 명의 피해자를 가리킨다면 고양이 살해는 역시 부수살해일 것이다.

고양이 살해를 부수살해로 판단한다면 지금까지 피해자는 일곱 명. 『여덟 개의 제물』이 정말로 여덟 명의 피해자를 의미한다면 살해당할 사람은 앞으로 한 명이다. 사건이 막바지에 접어들었다고 할 수 있다.

마지막 여덟 번째 피해자가 나와서 예술가artist가 『여덟 명의 제물』을 모으기 전에 탐정들과 경찰 수사진은 사건을 해결할 수 있을까?

류스이는 환영성 살인사건의 『등장인물』을 한 명 한 명 떠올렸다. 『간사이 본격 모임』의 멤버, 환영성 관계자, 경찰&JDC 수사진…….

『수사진 중에 예술가artist가 있을 가능성도 아예 없지는 않으니까요..』

조노스케가 떠나면서 한 말을 머릿속에서 반추했다.

어젯밤의 성 내부 경비망에는 빈틈이 있었으나 성 주변 경비망에는 빈틈이 없었다고 조노스케는 말했다.

제4장 마경의 사중살해

 그 말인즉슨 류스이가 파악한 『등장인물』 중에 예술가 artist가 있다는 뜻이다.

 한 명씩 의심해보니 이젠 아무도 믿을 수 없었다. 류스이는 복잡한 심경으로 워드프로세서의 자판을 두들기기 시작했다. 불편한 생각을 떨치기 위해 창작에 몰두했다.

 하지만 의혹은 여전했다.

 류스이는 마구 자판을 두드렸다.

 …… 어쩌면 화려한 범인 맞추기의 해답을 두려워하는 기도 의식인지도 모른다.

JOKER

제5장 영야파경永夜破鏡의 탄식嘆

창세의 신비는 너도나도 알 수 없다.
그 수수께끼는 너도나도 풀 수 없다.
아옹다옹해봤자 장막 밖의 일이니,
막이 내리면 우리는 형체도 없다.

제5장 영야파경永夜破鏡의 탄식嘆

57 비극 연장 상연

 문의 명판에는 『얼음 늪』이라고 쓰여 있었다.
 미야마 가오루는 손잡이를 잡고 문을 열었다. 문을 열었을 때 특유의, 안에 뭐가 숨어있는지 알 수 없는(누가 그곳에 있는지 알 수 없는) 어렴풋한 흥분을 느끼며 방에 들어왔다.
 아담한 방 한가운데에는 유동적인 디자인의 깔끔하고 우아한 테이블이 있다. 테이블 옆 세 다리 의자 중 하나에 니지카와 료가 앉아 있다. 실내에는 니지카와뿐이다.
 의자에 앉아 독서에 심취하던 니지카와는 문 여닫는 소리를 듣고 책에서 고개를 들었다. 놀란 표정도 잠시뿐, 곧바로 친근함 가득한 미소로 바뀌었다.
 "오, 가오루잖아."
 "니지카와 씨, 이런 곳에서 책을 읽고 계셨군요. 그 책은 뭔가요?"
 가오루는 남색 카펫 위를 걸으며 니지카와의 정면에 놓인 의자에 앉았다. 니지카와는 테이블 위에 놓여 있던 분홍색 책갈피를 책에 끼우고 가오루에게 표지를 보여주었다.

JOKER

"또 『흑사관』을 읽고 계셨네요."

책은 오구리 무시타로의 『흑사관 살인사건』이다. 아지랑이에 무지개가 걸려 있는 그림이 있는 하얀색 표지 cover는 현대교양문고판이다.

"그런데 이 환영성 『지식의 방』에는 여러 가지 버전이 있잖아요. 왜 하필 교양문고판이죠?"

"음……. 느낌으로 골라서 딱히 이유는 없어. 그냥 나는 『흑사관』 중에서 교양문고판을 제일 좋아하니까……. 그뿐이야."

"그랬군요. 저는 소겐創元의 오구리 전집이 더 좋아요. 하야카와早川의 포켓미스터리판도 괜찮지만요. 그건 그렇고 4대 미스터리는 여러 출판사에서 여러 버전이 나왔네요. 누가 좀 세트로 내주면 책장이 통일되어서 좋을 텐데."

하하, 니지카와는 짧게 웃었다. 표면적으로는 인간이 묘사되지 않은 추리소설의 등장인물 같은 가오루는 사실 추리소설가를 생업으로 삼은 만큼 본성은 마니악한 인간이다.

가오루의 양부모도 둘 다 추리소설가라 그가 마니악하게 자란 것도 수긍이 간다. 그래도 그는 평소에 도무지 미스터리 정키로 보이지 않는다. …… 니지카와는 그

제5장 영야파경永夜破鏡의 탄식嘆

차이를 흥미롭게 여겼다.

"『흑사관 살인사건』, 『도구라 마구라』, 『허무에의 제물』, 『상자 속의 실락』. 제목 네 개만 늘어놓아 봐도 장관이라니까. 가오루뿐만 아니라 나까지 포함해서 많은 미스터리 팬이 누군가 그 네 작품을 모아주길 바라지. 어떻게 되려나. 나도 우야마宇山 씨한테 항상 말은 하는데 너무 마니악해서 지금 시대에는 받아들여지지 않을 것 같아. …… 이건 어디까지나 개인적인 의견이지만."

니지카와가 안타깝다는 듯 말했다. 우야마는 니지카와 료의 고단샤 담당 편집자다.

"그것도 그런데요. 저는 니지카와 씨의 열광적인 팬으로서 작가 니지카와 료가 슬슬 초대형 작품을 완성해줬으면 하는데요. 작년 『사오쉬안트의 살의』도 좋긴 했는데 니지카와 씨가 아직 실력을 다 보여주신 게 아니잖아요. 안티미스터리니, 메타미스터리니, 정의가 어찌 되었든 영원히 퇴색되지 않는 초대형 걸작이 나오길 기다린다고요."

"걸작이라. 가오루의 응원은 고맙긴 하지만 걸작을 만드는 건 작가가 아니야. 사람들에게 사랑받는 작품을 만드는 건 언제나 독자와 시대와 우연이지."

가오루는 조금 서운한 표정으로 고개를 끄덕였다.

"우연이라. 맞는 말씀이긴 한데 니지카와 씨는 여전히 엄격하시네요."

"천재는 자처하는 게 아니야. 어느 순간 누가 그렇게 불러주는 거지. 훌륭한 예술은 만드는 게 아니라 다양한 상황에서 만들어지는 거고……. 나는 나한테 그렇게 자신이 없어. 주위에서 뭐라고 평가하든 항상 겸허한 자세로 글을 쓰려고 해."

니지카와의 말은 자화자찬이 아니라 틀림없는 그의 기본자세다. 니지카와는 아무리 크게 성공해도 창작가의 뜻을 품은 초창기 시절과 변함없는 진지한 열정으로 창작에 임한다. 그것을 알기 때문에 그는 가오루에게 언제까지나 존경스러운 창작가다. 주위의 평가가 좋아지고 지위가 올라가면서 명예 탓에 망가지는 작가가 많다. 그런 와중에 니지카와 같은 사람은 대단히 희귀하다.

가오루는 항상 니지카와 같은 태도를 가지고 싶었다. 가까이에 큰 목표가 있는 것은 그에게도 좋은 일이다

"그런데 다쿠쇼인의 『화몰』을 읽고 있으려니 오랜만에 『흑사관』이 읽고 싶어지더라고……. 사실 이 『얼음늪』에 있으면 『허무에의 제물』을 읽어야겠다는 생각이 들어. 나카이 씨가 지켜보는 곳이잖아."

가오루가 눈으로 니지카와의 시선 끝을 따라갔다. 『얼

제5장 영야파경永夜破鏡의 탄식嘆

음 늪』벽에는『허무에의 제물』의 작가 나카이 히데오의 얼굴 사진이 걸려 있다. 희끗희끗한 머리카락을 뒤로 넘긴 헤어스타일에 검은 사각 안경 너머 날카로운 눈이 인상적이다. 조금 피곤한 표정이지만 입가에 띤 어린이처럼 순진무구한 미소는 그야말로 영원한 소년이다. 환시가幻視家다운 신비로운 분위기를 발산하는 사진이었다.

1993년 10월 현재, 나카이 히데오는 와병 중이다.『허무에의 제물』이라는 작품으로 많은『신자』를 얻은 나카이 히데오. 이 탁월한 천재가 몸져누워있다는 것은 그의 신자에게나 팬에게나 안타까운 일이다.

니지카와의 담당 편집자 우야마도『허무에의 제물』의 주박에 걸린 유명한 사람 중 하나다. 우야마는『허무』를 읽고 충격을 받아 나카이 히데오를 만나고 싶다는 일념으로 당시에 일하던 회사를 그만두고 고단샤에 입사한 전설이 있다. 직접 우야마를 만난 적이 없는 가오루도 그 이야기를 니지카와에게서 여러 번 듣고『허무』의 마력을 통감했다.

『허무에의 제물』과 자주 비견되는 4대 미스터리 중 하나,『상자 속의 실락』의 작가 다케모토 겐지도『허무』의 영향을 가장 강하게 받은 사람이다.『상자』는 구성부터 내용까지 『허무』를 의식한 것이며 『허무』 없이는 절대 쓰이지 않았을 작품이다. 그리고 『상자』가 『환영성』이라는 잡지에 연재될 계기를 제공해준 이가 다름 아닌 나카이 히데오이니, 정말이지 인간세계의 인과는 돌고 도는 것이다.

환영성의 주인 히라이 다로 씨도 우야마나 다케모토와 마찬가지로 『허무에의 제물』의 열렬한 지지자다. 이 『얼음 늪』이라는 방도 『허무에의 제물』의 무대인 히누마氷沼 저택의 방 하나를 모델로 설계한 것이다. 『얼음 늪』에 깔린 남색 카펫은 히라이 씨가 좋아하는 『허무』의 등장인물 히누마 아이지氷沼藍司에서 유래했다 하니 그 집착에는 절로 고개가 숙어진다.

"4대 미스터리 이야기가 나오니까 생각났는데요. 『도구라 마구라』가 무슨 뜻이었죠? 니지카와 씨, 기억나세요?"

"뭐였더라. 규슈 지방의 종교 용어 방언…… 그런 느낌이었던 것 같은데. 정확하게 기억이 안 나네."

『도구라 마구라』는 4대 미스터리 중에서도 유달리 기이한 이야기다. 광인이 쓴 추리소설이라는 구성을 취한 작품으로, 읽으면 한 번쯤은 정신이상을 불러일으킨다는 말이 나오기도 했다. 작가인 유메노 규사쿠는 "이걸

제5장 영야파경永夜破鏡의 탄식嘆

쓰기 위해 살아왔다"고 공언했으며 실제로 『도구라 마구라』를 완성하고 나서 얼마 되지 않아 세상을 떠났다.

…… 전체적으로 요사스러운 아름다움이 묻어나는 기괴한 걸작이지만 물론 그것만이 전부는 아니다. 해방치료를 예언한 선견지명이나 태아의 꿈을 중요 모티프로 삼은 참신한 세계관 등 평가할 점은 아주 많다. 그 작품을 전부 읽은 사람은 자신의 주위에서 현실세계를 발견하지 못하고 붕괴할 수 있다는 이야기가 나왔을 정도로 터무니없는 내용이다.

터무니없다는 점에서는 『흑사관 살인사건』도 뒤지지 않는다. 무엇보다 특유의 현학취미pedantism가 특징인 『흑사관』은 4대 미스터리의 선구적인 작품이다. 작가 오구리 무시타로가 마귀에 조종당하지는 않았나 하는 생각이 들 만큼 작품의 추진력을 보면 이 작품을 따라올 것은 과거에도 미래에도 존재하지 않는다. 페단티즘을 통한 효과적인 분위기 조성으로 알려진 S.S. 밴 다인을 아득히 능가하는 깊은 지식과 연쇄적인 논리에는 눈을 번쩍 뜨지 않을 수 없다.

다만 개성이 강한 내용인 만큼 호불호가 심하게 갈린다. 작가 본인이 말했듯 『흑사관』은 찬사받을 때도 비난받을 때도 최대급의 표현을 받았다. 작품이 뚜렷한 개성

JOKER

을 가졌다는 증거라고도 할 수 있다.

후리가나(루비)의 대홍수로 인해 독자의 이해는 난관의 극에 달한다. 그 점이 부정적으로 작용하여 「이 책을 읽으면 잠이 온다」는 사람도 적지 않다. 하지만 지지자의 편애 면에서는 『허무』의 신자와 비교해도 손색이 없다. 「전쟁터에 한 권의 책을 가져간다면?」이라는 질문에 『흑사관』을 거론한 사람이 있다는 것은 유명한 에피소드다.

가오루는 예전에 친구가 "잠이 안 오는 밤에는 『흑사관』을 읽는다"고 말한 것이 떠올라 슬쩍 웃었다.

『흑사관 살인사건』. 범인의 이름은 기억나도 다른 것은 홈즈의 영향을 받은 노리미즈法水라는 이름의(노리미즈의 앞 글자를 음독으로, 뒷글자를 훈독으로 읽으면 『호미즈』가 된다) 탐정이 사건을 휘젓고 다녔다는 것밖에 기억나지 않았다. 옛날에 그 책을 읽었을 때는 그저 페이지를 넘기는 것만 생각했는데 이번 기회에 찬찬히 다시 읽어보아도 좋을 듯했다.

4대 미스터리는 모두 특유의 휘황찬란한 작품 세계가 있다. 모두에게 받아들여지지는 않지만 여전히 세대를 뛰어넘어 많은 독자를 포로로 만드는 매력을 갖춘 것은 사실이다.

제5장 영야파경永夜破鏡의 탄식嘆

시간의 세례를 받아 발표로부터 오랜 시간이 지나고도 살아남은 작품만이 훌륭하다고는 할 수 없다. 그래도 4대 미스터리는 가오루를 비롯한 추리소설가에게는 특별한 존재다.

『흑사관 살인사건』~『도구라 마구라』~『허무에의 제물』~『상자 속의 실락』~에 이어질 불멸의 추리소설을 쓰는 것은 추리소설가들에게 영원한 꿈이자 큰 목표다.

●

그 후 두 사람은 잠깐 4대 미스터리에 관해 열띤 대화를 나누며 보람찬 시간을 보냈다. 대화가 일단락되었을 때, 가오루가 사건 이야기를 꺼냈다.

"…… 그런데 니지카와 씨. 사건은 어떻게 생각하세요? 이것저것 생각하신 바가 있을 거 아녜요."

가오루는 관심 있는 태도로 물었다. 초일류 추리소설가 니지카와는 어느 정도 수준의 탐정일까.

니지카와는 윗도리 가슴 주머니에서 수첩을 꺼내 뒤적거렸다. 가오루는 메모를 바라보는 니지카와의 눈이 좌우로 정신없이 움직이는 모습을 흥미진진하게 지켜보았다.

"지금까지 막연하게 느꼈던 무언가가 머릿속에서 점점 명확해지는 것 같은데……. 나도 실제 살인사건을

JOKER

경험하는 건 처음이라 아직 진상에 이르려면 한참 멀었어."

"그렇군요……. 아니, 그건 그렇고……."

가오루는 주먹을 굳게 쥐었다. 말투도 자연스럽게 강해졌다.

"히이라기 씨, 미즈노 씨, 히류 씨, 후몬지 씨까지 살해당했다는 게 저는 아직 실감이 안 나요. 합숙 첫날 다과회 때 다쿠쇼인 씨가 말씀하셨던 소설 『화몰』의 시나리오를 저희가 연기하는 것 같아서 도무지 현실이라는 생각이 안 들어요."

현실과 허구를 정교하게 뒤바꾼 『상자 속의 실락』은 챕터가 진행될 때마다 독자의 주위에서 세계가 반전한다. 읽어나가면 읽어나갈수록 현실과 허구가 뒤섞인 이야기는 혼돈의 극에 달한다.

만약에 챕터가 진행되면서 사건의 새로운 국면에 접어들어 현실과 허구가 반전된다면…….

사실 환영성 살인사건이 다쿠쇼인의 소설 『화몰』속 이야기이며 허구임이 밝혀진다면. 애초에 살인사건 따위 한 번도 일어나지 않았으며 아무도 죽지 않고 『간사이 본격 모임』 합숙이 계속되고 있었다는 의외의 『사실』이 밝혀진다면…….

제5장 영야파경永夜破鏡의 탄식嘆

『독자』는 어떻게 생각할까?

현실이라는 것의 참을 수 없는 취약함이 니지카와의 어깨를 묵직하게 눌렀다. 이 세계를 무너뜨리기는 대단히 쉽다. 마지막에 한 단락을 덧붙이기만 해도 이야기의 구도는 반전한다.

그들은 원고를 다 읽었다. 『화사한 꽃처럼, 몰락은 꿈처럼』……. 막 완성된 다쿠쇼인 류스이의 최신작을 전부 읽은 『간사이 본격 모임』 작가들은 환영성의 『객실 V』, 류스이의 방에 모여 있었다. 그중에는 작중에서 살해당한 히이라기 쓰카사, 미즈노 가즈마, 히류 쇼코, 후몬지 고세이도 있었다. 쇼코가 완독한 원고를 바닥에 털썩 내려놓고 분개하며 말했다.

"작품은 재미있었는데 우리한테 너무 심하게 구는 거 아니야? 다메이. 우리를 그런 식으로 죽여?"

하지만 이 이야기는 여전히 반전하지 않는다. 현실과 허구의 틈바구니. 그 아슬아슬한 경계에서 진자처럼 흔들리기만 할 뿐. 앞으로 어디로 굴러갈지는 아무도 모른

다. …… 『등장인물』도, 『독자』도, 『작자』도(?).

"현실과 허구가 구별이 안 되는 심정은 이해해. 하지만 이건 추리소설mystery이 아니야. 환영성 살인사건은 현실이야, 가오루. 적어도 지금은 그래. 그러니 우리의 머리가 이상해지기 전에 누군가가 사건을 해결해야지!"

공포도 어느 레벨을 넘어서면 공포로 느껴지지 않는다. 인간은 거대한 공포를 느끼기엔 너무 연약하기 때문이다. 이성이 버티지 못하기 때문이다.

살인사건이 진행되면서 니지카와와 가오루를 비롯한 모두가 점점 시체를 보고도 담담해졌다. 현실에서 어긋난 기묘한 감각. 세계를 허구로 착각하는 것도 여기서 기인한다. 면역이 생겼다고 하면 말은 좋아도 사실은 그리 단순하지 않다.

이성이 붕괴하고 질서가 무너진 후에는 아무것도 남지 않는다. 밤하늘의 무수한 별처럼 분해된 세계에는 현실도 허구도 없다. 이야기조차 존재하지 않는다. 그저 영겁의 허무가 남을 뿐이다.

그런 최악의 사태를 피하기 위해서도 니지카와와 가오루는 사건과…… 예술가artist와 싸워야 한다.

"그건 알아요. 아니, 안다고 믿어요. 하지만 전."

가오루는 아무것도 할 수 없었다. 자신의 무력감이

제5장 영야파경永夜破鏡의 탄식嘆

저주스러웠던 그는 옷의 목덜미와 가슴의 십자가를 함께 쥐고 크나큰 존재에게 기도해야만 했다.

현시점에서는 모두가 예술가artist에게 희롱당하고 있다.

이 사건을 해결할 명탐정이 있다면 대체 누구일까.

류구 조노스케? 기리카 마이? 기리기리스 다로? 아니면…… 탐정이 아닌 누군가?

지금 단계에서는 신도, 탐정도, 아무도 구원해주지 않을 것 같았다…….

JOKER

58 하늘의 계시

기리기리스 다로는 담배를 피우며 사건에 정신을 집중하려고 애썼다. 객실 의자에 앉아 창밖의 중정에 때때로 눈길을 주며 책상 위 재떨이에 담배꽁초를 산더미처럼 쌓았다.

객실은 상당히 넓어서 혼자 있어도 답답하지는 않았다. 사건을 생각하지 않을 때는 지방의 조용한 료칸에서 휴가를 보내는 듯한 행복한 기분에 빠질 수도 있었다.

중정에는 수사원들이 돌아다니고 있었다. 수사원 중 한 사람이 객실의 기리기리스를 보고 인사했다. 고개를 숙이고 미소로 답하면서 기리기리스는 가차 없이 환영성 살인사건으로 끌려왔다. 환영성에 있는 한, 나이 먹은 탐정에게 진정한 안식은 찾아오지 않는다……. 그래도 상관없다. 그는 사건이 해결된 후에 이 료칸을 떠나겠다고 마음먹었기 때문이다.

이 환영성이라는 밀폐공간에서 사건의 출연진은 한정되었다. 살인범 예술가artist는 반드시 이 안에 있다.

그런 의미에서 예술가artist는 독 안에 든 쥐다. 범인 자신도 위험한 도박을 하고 있다. 그렇기에 기리기리스

제5장 영야파경永夜破鏡의 탄식嘆

를 비롯한 수사진도 물러서지 않을 결의로 사건에 맞서야 한다.

― 내 감정은 다 정리했어. 이제 수사에 집중력을 쏟기만 하면 돼.

마미야 데루는 지금은 존재하지 않는 기리기리스의 아내 가노와는 다르다. 데루와 가노는 용모가 흡사해도 별개의 인간이다. 가노는 이미 이 세상에 없다. 죽은 사람이다.

과거의 시간을 살아가는 가노를 버리는 것이 아니다. 마음 한구석에 항상 가노와의 추억을 느끼며 현재의 기리기리스는 데루와 교류한다. …… 데루는 가노의 분신이 아니라는 것을 깔끔하게 인정하면서 기리기리스는 마침내 사건에서 멀어져 자신을 파악할 수 있었다.

데루에게서 가노의 그림자를 찾다 보니 사건에 과도하게 몰입했었다. 이제 추리가 방해받을 일은 없다. 이제는 기리기리스가 제 실력을 발휘할 차례다.

재떨이에 담뱃불을 비벼 끄고 천천히 눈을 감았다. 세계에 어둠이 내리면서 기리기리스의 주위에 펼쳐져 있던 공간이 소실했다.

한없는 『무』! 기리기리스는 『무』를 관철하여 영원한 어둠 속에서 자신을 느꼈다. 보이는 것은 없어졌지만

JOKER

마음의 눈으로 볼 수 있었다……. 자신의 모습을.
 무한한 어둠 속에 다리가 하나인 의자가 덩그러니 놓여 있다. 그 의자에 초로의 남자 한 명이 앉아있다. 그의 이름은 기리기리스 다로. 기리기리스는 자기 자신을 아득한 고지에서 부감하고 있다.
 부감유고. 기리기리스 다로의 추리법은 사건으로부터 자신을(사념만을) 분리시켜 높은 곳에 올라가 사건의 전체상을 조감하여 흐르듯이 사고를 전개하는 것이다.
 여태까지는 마미야 데루에게…… 기리기리스 가노의 기억에 발을 꽉 잡혀 부감할 수 있는 높이까지 자신을 날려 보내지 못했다. 하지만 지금은 다르다.
 유체이탈과는 조금 다른 이 부유감은 마치 기리기리스가 영혼이라도 된 것 같은 착각마저 느끼게 했다. 기리기리스의 사념은 확실하게 공중에서 기리기리스 다로를 부감하고 있었다.
 영화 필름을 빨리감기한 것처럼 사건의 영상이 어둠 속에서, 기리기리스의 머릿속에서 흐르기 시작했다. 의자에 앉은 기리기리스 다로의 뒤에 환영성 살인사건의 기억이 비쳤다.
 사건은 막연한 이미지의 급류가 되어 어둠에 자리 잡은 기리기리스의 발치에 흘렀다. 길고 긴 강이 길게

제5장 영야파경永夜破鏡의 탄식嘆

이어졌다. 환영성 살인사건의 탁한 강이다.

기리기리스의 사념은 사건의 강을 내려다보았다. 막대한 정보가 흐르는 큰 강을 총체적으로 느끼고자 의식을 집중했다. 강 위에 존재하는 것은 의자에 앉은 기리기리스 다로의 비전뿐.

데이터의 홍수가 격류가 되어 기리기리스의 사념을 온 방향에서 자극했다. 헤엄칠 줄 모르는 사람이 대양 한가운데에 던져진 것처럼 기리기리스는 죽기 살기로 큰 강을 헤엄쳤다. 흐름에 삼켜지지 않도록. 깊은 바닷속에 잠긴 듯한 정신통일 상태가 유지되도록.

이윽고 기리기리스가 전체적인 사건상 파악에 익숙해졌을 즈음, 그는 실마리를 발견했다.

실마리라고 표현은 하지만 그의 이미지 속에서만 해당하는 이야기라 그리 구체적이지는 않다. 그래도 그것은 그의 의식이 만들어낸 비전(추리?)이다. 아주 중요해 보였다.

바로 인영silhouette이다.

환영성 살인사건의 정보가 흐르는 큰 강에 인영silhouette 하나가 우두커니 서 있었다. 흐릿한 그림자뿐이었다. 성별과 나이를 알아볼 수 있기는커녕 키가 큰지 작은지조차 확실하지 않았다. 하지만 인영silhouette은

JOKER

분명히 그곳에 있었다. 인간은 뇌의 기능을 전부 사용하지 않는다……기보다는 거의 완벽하게 사용하지 못한다는 것이 통설이다. 뇌는 인체 최후의 성역이다. 속속들이 연구되려면 한참 멀었다. 그런데 뇌의 힘이 해방되면 통상적인 범위를 넘어선 사고력을 발휘한다는 것은 이미 사실로 확인되었다.

잠재의식을 조종하는 JDC 제1반의 아마기 효마의 추리가 가장 두드러진 예다. 제2반 아지로 소야의 이로란보도 산책을 통해 우뇌를 자극하여 발상을 유도하는 것이다. JDC에는 수면추리로 꿈속에서 추리하는 탐정도 몇 명 있다. 해외에는 마약을 사용하는 도핑탐정도 존재한다고 하니 놀라울 따름이다.

기리기리스 다로도 뇌의 가능성에 추리를 맡기는 탐정 중 하나다. 부감유고로 추리하는 것은 기리기리스가 아니다. 그의 사념, 무의식의 발상이다. 아득히 높은 곳에서 사건을 부감하고 흐름을 느끼는 것. 정보를 무의식에 흘려넣어 새로운 발상을 창조하는 것……. 그것이 유고다.

사건의 강변에 있는 인영silhouette은 틀림없이 기리기리스의 무의식이 만들어낸 실마리다. 여기까지 다다른 시점에서 기리기리스는 부감유고에 성공했다고 할 수

제5장 영야파경永夜破鏡의 탄식嘆

있다. 이제 그의 사념을 내려보내 인영silhouette의 정체를 확인하기만 하면 된다.

물고기를 향해 수면으로 급강하하는 새처럼 기리기리스의 사념은 인영silhouette을 향해 날아갔다. 맹스피드로 강하하여 인영silhouette에 다가갔다. 근접했다!

조금만 더 가면 인영silhouette에 부딪힌다. 거기까지 접근한 순간, 격렬한 공포의 파도가 기리기리스를 덮쳤다. 어째서인지는 모르겠지만 그것의 정체를 확인해서는 안 된다는 기분이 들었다.

하지만 급제동을 걸어도 사념의 폭주는 멈추지 않았다. 차에 치이기 직전의 심리상태로 기리기리스의 사념은 인영silhouette과 충돌했다!

인영silhouette이 뒤를 돌아보았다. 그 인물은 달걀귀신이었다. 기리기리스의 무의식이 봉인한 걸까, 인물의 얼굴에는 그림자가 드리워져 있었다. 그러나 기리기리스는 그 녀석의 정체를 깨닫고 말았다.

- 히라이 겐지 -

!!!!!!

히라이 겐지의 그림자가 기리기리스를 사로잡았다. 발목을 꽉 잡힌 나이 먹은 탐정은 다시 빛에 싸인 현실 세계로 돌아왔다.

JOKER

- ! 뭐지? 지금 그건……?

어느샌가 온몸이 식은땀에 흠뻑 젖어 있었다. 심장이 쿵쾅쿵쾅 뛰었다. 기리기리스는 기묘한 흥분 상태에 빠져 있었다.

- 나는 역시 사건에 삼켜져 있었나. 머리까지 푹 잠긴 건가.

기리기리스는 순식간에 얼굴 없는 그림자가 히라이 겐지임을 깨달았다……. 어째서?

류구 조노스케가 아유카와 데쓰코 경부를 비롯한 수사진과 면밀하게 검토한 결과, 어젯밤 환영성 외부에서 침입한 자는 아무도 없었다는 결론에 다다랐을 테다. 물론 추리에 완벽함이란 없으므로 예술가artist가 외부범(히라이 겐지?)일 가능성은 여전히 존재한다. 그런데 부감유고는 어떻게 히라이 겐지라는 답에 다다랐는가. 추리가 아니라 단순히 억제된 무의식의 토로인가?

히라이 겐지라는 이름이 나오면서 생각은 속절없이 어젯밤 마미야 데루의 고백으로 향했다.

- 데루 씨에게 들은 이야기가 머릿속에 남아 있어서, 그래서 나는 히라이 겐지의 인영silhouette을 그린 건가. 사건과는 상관없는……. 그렇다면 나는 탐정실격이다.

환영성 살인사건은 도무지 부감이 불가능하다. 평소의

제5장 영야파경永夜破鏡의 탄식嘆

유고를 발동할 수가 없었다.

 - 이렇게 될 만큼 나는, 데루 씨를……

마미야 데루는 기리기리스에게 과거 히라이 형제와 삼각관계였다고 고백했다. 벌써 수십 년 전의 일(당시 그녀의 이름은 하쓰네였다고 한다)이다. 그럼에도 기리기리스는 히라이 형제에게 질투를 느끼는 자신에게 놀라움을 금할 수 없었다.

몇 년을 잊고 있던 질투라는 감정이 아직 자신에게 존재한다는 사실이 의외로 느껴졌다. 마미야 데루는 생전의 기리기리스 가노와 똑 닮았다. 거의 찍어냈다고 할 만큼 빼닮았다. 그래서…… 데루가 히라이 형제와 삼각관계였다는 이야기를 듣고 나서 나잇값도 못하고 질투했으리라. 아내를 빼앗긴 느낌에…….

데루의 이야기는 그뿐만이 아니었다. 그녀는 형이 아닌 동생을 선택하고 이십여 년 전, 히라이 겐지와 사랑의 도피를 감행했다.

여행지에서 뜻밖의 사건에 휘말려 겐지와 헤어진 후로 수년 간 괴물이 득실대는 세상을 홀로 헤쳐나갔다. 마침내 인생에 지친 데루가 마지막으로 다다른 종착역은 추억의 땅 환영성이었다.

오랜만에 재회한 히라이 다로는 인생의 실체를 깨달은

JOKER

사람이 되어있었다. 그는 불꽃이 꺼지기 직전이던 데루를 따스하게 맞이해줬다고 한다. 매몰찬 대우를 각오했던 데루는 히라이 씨의 온정을 감사히 여기며 밤낮으로 열심히 일했다. 궂은 기억이 서려 있는 『하쓰네』라는 이름을 『데루』로 바꿨다. 다시 태어난 마음으로 그녀는 계속 일했다. …… 그 후로 다시 수년이 지난 현재, 마미야 데루는 환영성의 객실 담당자로 이 료칸에 없어서는 안 될 존재가 되었다.

풍파 많은 인생을 산 사람의 애수가 얼굴에 씌어 있긴 했다. 그런데도 솔직히 말해 데루가 그런 격동의 인생을 보냈으리라고는 전혀 예상하지 못했다.

그뿐만이 아니다. 데루는 자신이 어째서 히라이 형제와 삼각관계에 빠졌는지까지 기리기리스에게 설명해주었다. 분명한 참회의 말투였다.

옛날 그녀는 남자에 미쳐있었다고 한다. 그녀 자신은 어린 시절에 아버지에게 성추행당한 것이 원인일지도 모른다고 분석했는데, 어쨌든 남성과의 육체관계를 이상하리만치 강하게 욕망했었다고 한다.

주위 남자들에게 마구 추파를 던지고 관계를 맺은 남자는 셀 수 없었다고 한다. 울면서 과거를 회고하는 데루를 보면서 기리기리스는 젊음의 치기라는 표현으로

제5장 영야파경永夜破鏡의 탄식嘆

는 모자란, 인간의 비장한 취약함을 통렬히 느꼈다.

데루가 먼저 환영성 직원의 아들을 유혹하고 불장난을 벌인 적도 있다고 한다. 휴가를 받아 몰래 아이를 낳고 누군가에게 아이를 맡겼다는 이야기도 들었다. 어쨌든 남자 낚는 일만 생각했던 젊은 시절의 그녀는 그렇게 히라이 형제와도 관계를 맺고 비극적인 반생을 보내게 되었다고 한다.

『저는 항상 겐지 씨에게 사과하고 싶었어요. 둘이서 살기로 마음먹었는데 그와 멀어지고 말았잖아요. 결국 저는 여기에 돌아왔고요. …… 정말 죽음으로 사죄해도 모자랄 정도예요. 젊은 시절의 저는 세상이 전혀 보이지 않았던 거죠.』

기리기리스는 겐지에게 죽음으로 사죄하고 싶다는 데루를 위로했다. 그 누구도 변하지 않고서는 살아갈 수 없습니다. 그렇게까지 과거에 사로잡혀 고뇌할 필요는 없지 않습니까…… 라고.

데루는 눈물을 닦고 고개를 끄덕이며 이렇게 말했다.

『저는 역시 너무나도 약해요. 죽어도 좋다고 생각했으면서 막상 살인사건이 일어나니 무섭고 무서워서 견딜 수가 없어요. 예술가artist의 정체는 겐지 씨고, 저를 공포의 밑바닥으로 추락시키기 위해 이런 짓을 저지르는

JOKER

건 아닐까 하는 생각까지 들더라고요. 마지막에는 제가 살해당할지도 모르죠. 그렇게 생각하니 밤에도 잠을 잘 수가 없어서 저는…… 무서워요. 겐지 씨가 너무나도 무서워 견딜 수 없는 거예요..』

데루를 진정케 하려면 시간이 필요했다. 기리기리스의 따스한 말을 듣고 나서야 이성을 조금씩 회복하던 그녀는 방을 나가면서 말 한마디를 남겼다.

『기리기리스 씨……. 저를, 도와주세요..』

그 말이 귓가에서 지워지지 않았다.

히라이 겐지가 정말로 예술가artist인가? 아직 모르는 일이다. 하지만 기리기리스는…….

데루를 지켜야 한다. 다른 누구도 아닌 내가.

철석같은 자세로 굳게 결심했다.

…… 개인적인 감정 탓에 설령 부감유고가 봉인되더라도 기리기리스는 승부에서 도망칠 수 없다. 미래를 살아가기 위해, 그리고 데루를 위해 예술가artist와의 대결에서 승리해야만 한다.

어느 JDC 연구가는 양자역학의 불확정성 원리를 토대로 탐정들의 추리를 분석하려 했다. 대상을 관찰한다는 행위는 대상에 영향을 줄 수밖에 없다. 따라서 대상의 본질은 관측되지 않은 상태에서만 알아낼 수 있다. 그러

제5장 영야파경永夜破鏡의 탄식嘆

므로 관측의 결과는 항상 불확정적이다……라고.

바꿔 말하면 다음과 같다.

사건을 조사하는 행위는 범인과 해당 인물이 창조하는 범죄에 영향을 줄 수밖에 없다. 따라서 범죄의 본질은 수사되지 않은 상황에서만 알아낼 수 있다. 그러므로 수사의 결과는…… 추리가 도출한 『진실』은 항상 불확정적이다……라고.

연구가가 덧붙여 주장하기를, 아지로 소지라는 탐정이 일본 탐정계의 정점에 군림하는 이유도 전화탐정이라는 추리 형식 때문이라 했다. 사건을 직접 수사하는 탐정들과 달리 아지로는 완전히 사건 밖에 있다. JDC 총재이자 전화탐정은 범죄에 영향을 주지 않고 『진상』을 확정할 수 있다.

그럭저럭 흥미로운 이론이긴 하다. 다만 기리기리스는 동료에게서 그 이야기를 듣고도 딱히 감명을 받지 않았다. 진짜 사건 수사는 추리소설의 수수께끼 풀이와는 차원이 다르다. 아지로의 추리를 부정하는 것은 아니어도 사실 현장에 없으면 사건에 관해 알 도리가 없다.

아지로도 그 점을 잘 알기 때문에 현지 조사가 필요하다고 판단한 어려운 사건은 전화추리를 하지 않고 부하에게 수사를 맡긴다. 적어도 기리기리스는 그렇게 알고

JOKER

있다.

 엄밀히 말하자면 사건에 휘말린 이상, 부감이 불가능한 것은 사실이다. 그렇다고 해서 기리기리스는 부감유고가 안 통한다고 생각하지는 않는다. 왜냐하면 범죄는 범인의 심리에 입각한 정신적spiritual인 것이며 물질적material인 원리로 가늠할 수 없는 면이 있을 테니까……

여전히 마미야 데루에게 생각이 묶인 탓에 부감유고가 제한되었다. 그 사실을 인정하고 나서야 기리기리스는 수사의 새 목표를 정할 수 있었다.

 ─ 히라이 겐지에 다다른 부감유고의 실패도 의미 없진 않았어. 나는 이제 내가 해야 할 일을 알아.

 남이 알면 우습게 여길지도 모른다. 다만 현재 부감유고의 약점을 극복하는 방법이 하나뿐임은 명백하다.

 마미야 데루를 어떻게 대할 것인가? 자신과 그녀 사이의 망설임을 거두고 장벽을 없애야 한다. 진짜 부감유고를 하기 위해 당장 해결해야 할 문제다.

 기리기리스는 다시 데루를 생각했다.

 또 담배꽁초가 쌓였다.

●

 선禪 수행에 통달한 중국의 고승 중에 두꺼운 석벽을

제5장 영야파경永夜破鏡의 탄식嘆

통과하는 자가 있었다는 전설이 있다. 깊은 명상 상태에 들어가 인간의 몸을 구성하는 입자와 벽의 입자를 융합하여 벽을 통과하고, 정신력으로 입자를 재구성하는 것이다. 그 이야기를 뒷받침하듯 석벽 안에서 승려의 인골이 발견되었다는 사건도 있다는데 신빙성이 낮아 의심스러운 에피소드다.

한편 양자론으로는 확률적으로 인간이 벽을 통과할 수 있다는 것을 과학적으로 증명할 수 있다.

입자의 『형태』는 불확정적이며 확률적으로 측정할 수밖에 없다. 입자는 아주 작은 확률일지라도 반대쪽으로 터널을 뚫어 넘어갈 수 있다……. 이것이 그 유명한 『터널 효과』다.

『상자 속의 실락』에서는 터널 효과가 추리의 하나로 제시된다. 밀실에서 모습을 감춘 인물이 벽을 관통했다는 것이다. 탁상공추리에 불과해도 실로 흥미로운 이야기다. 과거에 셜록 홈즈가 제시한 방법론을 따른다면 「가능성을 소거하여 마지막에 남는 것은 설령 아무리 말이 안 된다 하더라도 진실이다」. 따라서 터널 효과 추리 이외의 가설이 모두 부정되면 『범인은 벽을 통과했다=진상』이라는 해답도 논리적인 도달점이 된다.

다만 터널 효과에 의해 인간이 벽을 통과할 수 있는

JOKER

확률은 10의 24승이라는 천문학적인 숫자로 1을 나눈 것이다. 현실적으로는 절대에 가깝게 말이 안 된다. 아마도 불가능할 것이다…….

그래서 현실적인 추리로 범죄를 해체하는 역할을 맡은 탐정들은 터널 효과라는 와일드카드에 의존할 수 없다. 해답은 어디까지나 논리적이면서 이해하기 쉬워야 한다…….

기리카 마이와 쓰쿠모 네무 콤비는 환영성 북동쪽 중정에 있는 『심판의 방』을 조사하고 있었다. 어젯밤 히류 쇼코가 전기의자로 살해당한 죽음의 방은 쇠도끼로 문을 파괴하여 수사진이 실내에 들이닥쳤을 때는 완벽한 밀실 상황이었다. 추리소설에 자주 나올 법한, 풀리는 것을 전제로 한 허점투성이 『완벽한 밀실』이 아니었다. 말 그대로 엄연히 『완벽한 밀실』이었다.

추리소설에서는 명탐정이라는 양반들이 밀실의 맹점을 간과하고 해결에 이르기까지 『독자』의 애를 태운다. 추리소설 구성의 필연성을 희생하여 뻔히 제시된 중요한 실마리마저 알아채지 못하는 피에로다. 우연에 기댄 플롯이 흘러가는 대로 순조롭게……. 탐정이 해결에 이르러서야 갑자기 『신』처럼 초월적인 존재로 변신하는 것이 불가사의하다는 점은 제쳐두고, 밀실에는 웬만해선 대단

제5장 영야파경永夜破鏡의 탄식嘆

한 트릭이 쓰이지 않는다. 이 정도면 긴 이야기를 읽을 만한 보람이 있었다는 생각이 들 만한 트릭은 지극히 드물다. 보기조차 어려운 것이 실상이다.

허구세계에서는 재밌을 수도 있으나 아쉽게도 현실 사건에서는 이야기가 그리 순조롭게 진행되지 않는다. 만약 『작자』라는 첫 번째 행동자가 존재한다고 해도 현실의 『작자』는 심술궂게도 『등장인물』이 불쌍하다면서 플롯을 바꾸지 않는다…….

사람을 미치게 하는 가장 위험한 색, 노란색yellow. 노란색으로만 칠해진 별채, 『심판의 방』은 중정 뒤에 있는 붉은 성벽과 뚜렷한 대비를 이루어 꺼림칙한 분위기를 자아냈다.

오전부터 하늘을 덮기 시작한 구름에도 곳곳에 틈새가 생겨 때때로 태양이 얼굴을 내밀었다. 하지만 태양이 아직 구름 안에 숨어있는 지금, 오후 3시인데도 중정은 상당히 어두웠다.

마이, 네무뿐만 아니라 류구 조노스케, 아지로 소야, 기리기리스 다로로 이루어진 JDC팀과 아유카와 데쓰코, 사도 구토, 구로야 다카시, 아리마 미유키 등 경찰 수사진은 밀실을 세심히 여러 번 조사하여 많은 추리를 제시했으나 아직도 해답은 나오지 않았다.

JOKER

 히류 쇼코는 밀실에서 전기의자에 앉아 살해당했다. 범인은 실내에서 직접 전기의자 레버를 당겨야만 한다. 하지만 문은 안팎에서 이중으로 잠겨있었다. 실내의 숫자 자물쇠를 트릭으로 풀기란 불가능하다. 전방위를 포위하는 벽, 천장, 바닥을 철저하게 조사했음에도 기계장치는 없었다. 빠져나갈 길도 없거니와 약간의 틈마저 없었다. 밀실은 그야말로 『완벽』했다.

 인외마경으로 변한 환영성의 귀문에 등장한 예술가의 밀실. 예술가artist의 이름에 걸맞게 요사스럽고 비현실적인, 악마의 경지였다.

 부서진 문은 완전히 철거되었다. 네무는 성 내부로 이어지는 자갈길(하나와 레이가 살해된 현장)에 서서 훤히 뚫린 문구멍 너머로 안을 보고 있었다. 때때로 소녀에게 불어오는 바람이 포니테일을 흔들어도 그녀는 신경 쓰지 않았다. 모호한 추리가 특기인 퍼지 소녀 탐정은 생각에 잠겼다.

 조금 전부터 주먹으로 외벽을 두들기며 『심판의 방』 주위를 돌고 있던 마이가 네무 곁으로 천천히 돌아왔다. 네무가 추리를 멈추고 파트너를 보았다. 마이의 표정에서 실의의 감정이 훤히 내다보였다.

 "마이 씨, 어때요?"

제5장 영야파경永夜破鏡의 탄식嘆

 답은 대체로 예상할 수 있었다. 하지만 아예 물어보지 않는 것도 마이에게 실례고 입을 다물고 있기도 불편해서 굳이 물어보았다. 마이는 어깨를 으쓱이면서 고개를 좌우로 저었다.

 "안 되겠어……. 역시 표면적으로는 장치가 설치될 법한 곳이 아무 데도 없어. 어디에나 있는 평범한 나무벽이야. 이 밀실 트릭은 특별하겠거니 싶긴 했는데. 큰일이네. 밀실에서 이렇게 애먹는 게 얼마 만인지 모르겠어."

 밀실추리는 맹점을 발견하면 금방 진전된다. 맹점을 발견하려면 가능성을 하나씩 소거하면 된다……. 소거추리의 귀부인이라는 별명을 가진 마이의 전문 분야가 바로 밀실추리다. 하지만 오늘 아침 『무구의 방』 서양식 갑주 밀실도 그렇고, 이번 사건에서는 예술가artist에게 휘둘리기만 하며 추리에 애를 먹고 있었다.

 마이는 원망스러운 눈빛으로 『심판의 방』을 흘긋 보았다. 말투에도 울분이 담겨 있었다. 네무는 선배 탐정을 동정했다. 네무와 마이는 개인적으로도 친밀하다. 파트너이기도 하고, 무엇보다도 친구로서, 소녀 탐정은 단짝의 고뇌하는 모습에서 연민의 정을 느꼈다. 네무는 위로하듯 말을 걸었다.

 "정말로 출입할 수 있는 곳은 문밖에 없나요?"

JOKER

"안타깝게도 그런 것 같아. 현재로선 이 밀실의 수수께끼엔 두 손 두 발 다 들었어. 뭐, 울적하게 있어봤자 무슨 소용 있겠어! 네무, 또 조사하고 싶은 것도 많으니까 이제 성으로 돌아갈까?"

네무의 어깨를 두드리고 발걸음을 재촉하며 마이는 자갈길을 걷기 시작했다.

자박 자박 자박 자박

자갈을 밟는 단조롭고 반복적인 소리가 그들의 패배감을 자극했다. 사고는 정처 없이 방황하고 추리는 뿔뿔이 흩어졌다.

마이는 걸음을 옮기며 현재 LA(로스앤젤레스)에 출장 중인 쓰쿠모 주쿠를 생각했다. 그녀에게 생명의 은인이자 네무의 의붓오빠인 주쿠라면…… 상식을 뛰어넘은 특수 추리능력의 소유자라면 이 난제에 어떤 답을 내놓을까. 평소처럼 아주 쉽게 사건의 혼돈 속에서 『진실』이라는 질서를 찾아낼까. …… 아마 그럴 것이다. 그것이 바로 쓰쿠모 주쿠라는 탐정이다.

『수수께끼 같은 건 없습니다. 있는 건 논리적인 해결뿐이지요..』

마이는 주쿠의 말버릇을 떠올리며 앞을 걷는 네무의 뒤에 대고 물었다.

제5장 영야파경永夜破鏡의 탄식嘆

"네무, 네 퍼지추리는 『심판의 방』의 밀실을 어떻게 해석해?"

성 내부로 통하는 계단에 발을 얹은 네무가 우뚝 멈췄다. 소녀는 뒤를 돌아보고 난감하게 웃었다.

"제 추리 말이죠. …… 평소처럼 모호한데요."

"그래도 괜찮아. 네 특기는 모호한 추리에서 진상을 드러내는 거잖아?"

마이의 격려를 받고 네무는 수긍하며 말했다.

"저는 저 밀실의 수수께끼가 풀리지 않는다고 생각해요. 마이 씨."

절대 풀리지 않는 수수께끼. 그 말을 듣자마자 마이가 생각한 것은 14년 전 사이몬가 살인사건이었다.

"풀리지 않을 수수께끼라. 정말 너무 막연하잖아. 밀실의 여제라는 S탐정 피란 메일네시아의 말로 표현하자면 『완벽한 밀실이 구성된 예』가 되려나."

"그냥 직감이어서 죄송해요. 전 확실한 건……."

그때 마이는 무심코 다시 한번 『심판의 방』을 보았다.

하늘의 계시인가? 아니면 단순한 우연인가?

마침 구름 사이에서 태양이 미소 지으며 『심판의 방』과 흐린 중정을 환히 비췄다.

"방금 건 뭐지……?"

JOKER

 마이는 확실하게 보았다. 『심판의 방』 벽 한 곳이 햇빛을 받은 순간, 잠깐 반짝 빛났다.
 "마이 씨! 왜 그러세요?!"
 자신을 부르는 네무의 목소리가 뒤에서 멀어져간다…….
 무의식중에 마이는 달리고 있었다.
 - 저 빛은 대체 뭐지?
 힘차게 달리는 마이의 뒤를 따라 네무도 자갈길을 달렸다.
 잘그락! 잘그락!
 두 탐정의 경주race. 상당한 핸디캡 탓에 네무와 큰 격차가 벌어졌다.
 네무가 마침내 마이를 따라잡았을 때, 소거추리의 달인은 『심판의 방』 외벽 한 곳에 손을 대고 벽의 한 점을 응시하고 있었다.
 헉…… 헉……. 네무는 숨을 헐떡이며 눈빛으로 마이에게 설명을 요구했다. 마이는 조수를 보고 활짝 웃고는 승리를 확신한 명탐정의 말투로 말했다.
 "네무, 너는 천재야. 덕분에 이 밀실의 수수께끼가 풀렸어."

제5장 영야파경永夜破鏡의 탄식嘆

59 장엄하고 화려한 공간

팍! 시원한 소리에 이어 글로브에 묵직한 소프트볼의 감촉이 전해졌다. 손바닥에서 팔을 통해 뇌까지 짜릿한 통각이 흘렀다.

"쇼리, 제구 실력 괜찮은데요."

날카롭고 구위도 좋다. 미야마 가오루는 소프트볼을 던지며 상대를 꾸밈없이 칭찬했다.

이른 아침 연쇄살인의 충격으로 조금 우울했던 고스기 쇼리도 표정이 괜찮아졌다. 환영성에서 항상 벽과 캐치볼을 하는 이 발랄한 소년은 활기찬 동작으로 가오루의 글로브를 향해 소프트볼을 던졌다.

"미래의 에이스니까. 컨트롤에는 자신 있어."

온종일 성을 달리며 메구미와 즐겁게 놀고는 있어도 학교를 쉬는 탓에 동급생과 만나지 못하는 상태다. 그동안 꿋꿋하게 행동했으나 살인사건이 끝나기는커녕 대대적으로 진행되면서 쇼리도 상당한 충격을 받고 조금 우울해했다. 폐쇄 상황에서 자신들을 둘러싼 광기가 분출하는 것을 몸소 느꼈을 때, 소년은 사태의 심각성과 도망칠 수 없다는 절망감을 깊이 의식했다.

JOKER

『아들이 아무래도 겁을 먹은 듯합니다. 혹시 같이 시간이라도 보내주실 수 있으신지요.』

가오루가 고스기 집사의 부탁을 받은 것은 바로 30분 전이었다.

순진하고 늠름하다 해도 쇼리는 아직 중학교 1학년이다. 음산한 흉악범죄의 소용돌이 속에서 평소의 정신상태를 유지하는 것도 한계가 있다.『갇힘』으로 인한 스트레스 축적과 연발하는 살인으로 인한 공포와 불안 증폭……. 집사의 말에 따르면 쇼리는 어젯밤 심하게 가위를 눌렸다고 한다.

쇼리와 메구미는 작가 중에서도 가장 젊은 가오루를 잘 따른다. 집사가 예상한 대로 가오루와의 만남은 소년의 심적 상처를 치유하는 효과가 있었다.

가오루는 왼손잡이인데 쇼리도 왼손잡이여서 글로브(왼손 전용)도 편히 빌릴 수 있었다. 현재 쇼리가 야구부의 투수인 것과 마찬가지로 가오루도 고등학교 시절에 야구부에서 투수를 맡았다. 후보선수였지만 6년이나 단련한 덕에 지금도 가오루의 투구 실력은 뛰어나다. 중정에서 두 사람은 상당히 수준 높은 캐치볼을 했다.

쇼리는 그야말로 활기찬 스포츠 소년 느낌이 풀풀 났다. 이에 비해 가오루는 선이 가는 용모의 소유자라

제5장 영야파경永夜破鏡의 탄식嘆

『투수』이미지를 연상하기 어려웠다. 투명한 풍모의 호리호리한 청년이 던지는 날카로운 속구에 쇼리가 당황할 정도였다.

쇼리와 메구미에게 가오루는 『다정한 형』이라기보다는 오히려 『조금 남자 같은 누나』느낌이다. 가오루와 캐치볼을 즐길 수 있는 것은 쇼리에게 아주 고마운 일이다. 그래도 의외의 일면이 묘하게 곤혹스러운 것도 어쩔 수 없다.

가오루는 포크인 척 쏙 빠져나간 쇼리의 공을 점프로 능숙하게 캐치하고 나서 소년에게 요염한 미소를 지었다.

"변화구는 아직 안 익숙하구나 보네요. 미래의 아루중(유토중학)의 에이스♪"

에이스라는 뻔한 립서비스를 듣고 소년의 얼굴이 헤벌쭉해졌다. 사람을 의심하는 법을 모르기에 아이는 칭찬에 잘 넘어간다. 그것을 알면서도 죄 많은 어른은 아이를 띄워준다. 그렇게 자란 아이가 이윽고 어른이 되어 차세대의 아이들에게 꿈을 준다. 현실이 없는 허구의 관계. 그 악순환…….

쇼리는 분위기를 타고 혼신의 속구를 가오루의 글로브에 척척 꽂아 넣었다.

JOKER

"언젠가는 나도 오야고등학교[23]에 입학해서 고시엔[24]에 갈 거야."

오야고등학교는 교토 최고의 야구 명문고다. 만약 야구부에서 경쟁을 뚫고 에이스 자리를 꿰찬다면 고시엔 마운드에 서는 것도 꿈만은 아닐 것이다. …… 하지만 과연 그렇게 잘 될까. 정점으로 가고자 하는 사람은 결코 그 혼자만이 아니다. 그것을 알고 간절한 마음가짐으로 길을 뚫어야 주전 경쟁의 레이스를 통과할 수 있을 것이다.

매서운 현실을 모르는 소년의 꿈 이야기를 듣고 가오루는 쓰게 웃었다. 쇼리의 투구는 아직 후보선수 수준에 불과하다. 앞으로 어디까지 성장할지는 그의 노력에 달렸다.

가혹한 현실의 세례를 받아도 꿈을 버리지 않을 수 있을까? 만약 소년에게 소질이 있고 어느 정도 운이 따라주면서 꿈을 계속 좇을 수 있다면…….

"몇 년 후가 기대되네요."

가오루의 말에는 립서비스뿐만 아니라 진심도 섞여 있었다. 꿈을 버린 자는 후계자에게 희망을 맡긴다. 소년

---
23) '오야怨邪'는 '부모親', 고교高校는 '효행孝行'과 발음이 같다. 일종의 언어유희다.
24) 일본의 고교야구 전국대회가 열리는 야구장.

제5장 영야파경永夜破鏡의 탄식嘆

에게는 꿈을 맡길 만한 기묘한 매력이 있었다.

이 소년이라면……. 쇼리는 그런 기대를 품게 하는 소년이다. 『쇼리勝利』라는 이름도 그렇다. 통속적인 스포츠 만화의 주인공 같은 이름에서 힘이 느껴진다.

언령言靈을 연구하는 류스이 같은 작가는 글을 쓸 때도 말의 배열과 흐름에 과도하게 집착한다지만 가오루는 그 정도까지는 아니다. 그런데 소설을 쓰다 보면 『말』의 힘을 강하게 의식할 때가 있다.

만약 인간을 묘사하지 않은 추리소설을 쓰더라도 『말』의 힘을 자유자재로 다룬다면 인간에게 생명을 불어넣을 수 있지 않을까……. 언젠가 가오루는 류스이에게 그런 제안을 한 적이 있다. 『말』을 조종하는 달인인 류스이는 명확한 대답을 피했는데 가오루는 그가 소설의 논리관을 배려한 것이라고 여겼다. 『말』을 어떻게 쓰느냐에 따라 소설은 소설과는 완전히 다른 창작물로 바뀐다. 류스이가 자작으로 항상 증명하는 테마다. 거창하게 『유수소설』이라는 장르명을 내건 류스이의 이야기는 소설과는 확연히 다르다.

쇼리라는 이름에서 문득 느낀 『말』의 마력에서 시작하여 가오루는 소설론 쪽으로 생각을 전개했다. 생각에 잠긴 채 캐치볼을 하고 있으려니 쇼리의 공이 훨씬 빠르고 날카롭게 느껴졌다. 가오루의 글로브가 커브를 따라 잡지 못하고 공을 놓쳤다. 쇼리가 즐겁게 웃었다.

"왜 그래? 지금 건 편하게 던진 건데. 현역에서 물러나면 실력이 떨어지는 것도 티가 나는구나."

그 한 마디에 가오루의 머릿속에서 소설 생각이 쫓겨났다. 쇼리와의 캐치볼에 전념하겠다는 감정이 생겨났다.

"지금 도발한 거죠? 쇼리. 조금 진지하게 던져야겠어요."

"그럼 잘 해봐, 스미레 씨."

메구미에게 감화되었는지 쇼리도 『스미레 씨』라는 별명을 썼다.

가오루가 봐주지 않고 투구에 집중하자, 쇼리는 진지한 표정을 짓다가 이내 얼굴이 기쁨으로 가득 찼다.

"역시! 이래야 재밌지."

"자, 갑니다, 쇼리!"

두 사람의 살갗을 타고 상쾌한 땀이 흘렀다. 살벌한 사건과는 인연이 없는 공간에서 두 사람은 꿈이라는 공으로 캐치볼을 했는지도 모른다.

어딘가에 버려둔 꿈과 앞으로 계속 이어질 꿈이 글로브 사이를 오갔다.

꿈은 항상 세대에서 세대로 이어진다.

제5장 영야파경永夜破鏡의 탄식嘆

●

"이 작품이 초대작이 되면 안 되는데. 적어도 중편으로 끝나면 좋으련만······."

아오이의 방(『객실Ⅳ』).

아오이는 사건기록물nonfiction novel『화려한 몰락을 위해』최신 원고를 완독하고 옆에서『도구라 마구라』(도발적인 표지의 가도카와 문고판)의 페이지를 넘기는 류스이에게 속내를 털어놓았다.

류스이의 정력적인 집필로『화몰』은 꾸준히 분량을 늘려가고 있었다. 그 말인즉슨 환영성 살인사건도 앞으로 앞으로 나아가고 있다는 뜻이다. 아오이의 말처럼 원고가 짧게 마무리되는 선에서 사건이 끝나지 않으면 일만 더 커질 뿐이다.『화몰』이 대작이 된다는 것은 그만큼 사건이 커진다는 뜻이니까······.

고개를 끄덕이며 류스이는『도구라 마구라』의 어느 페이지를 펼쳐 아오이에게 보여주었다.

"네가 궁금해했던『도구라 마구라』의 뜻이 여기 있어. 봐봐."

류스이에게서 책을 받고 아오이는 그 부분을 낭독했다.

"응, 이거네······.『도구라 마구라라는 말은 유신 전후

JOKER

까지는 기리시탄 바테렌[25]이 쓰는 환마술幻魔術을 가리키는 나가사키 지방의 방언』. 아하, 이렇게 보니까 기억이 좀 나는 것 같아. 아니, 사실 아까 복도에서 미야마가 『도구라 마구라』의 뜻을 기억하냐고 물어봐서 나도 궁금했거든."

"그런데『도구라 마구라』도 참 대단하지. 웬만한 독자가 제목 뜻도 잘 모르는데 평가가 좋잖아. 이게 바로 환상작용(도구라 마구라)인가. 아니면 언령의 힘일까."

"환시가가 아니라『말』을 다루는 언사가言司家 다쿠쇼인 선생님다운 의견인데. 그런데 일리 있어."

아오이가 놀리듯이 말했다. 류스이는 객실 냉장고에서 꺼내온 캔맥주로 목을 축이며 시리어스한 표정을 지었다.

"『말』……. 이 환영성 살인사건이 바로『말』에 조종당하는 범죄일 거야. 나 같은 것보다 예술가artist 쪽이 언사가에 어울리지."

짧은 침묵 후, 아오이는 날카로운 시선으로 친구를 보았다.

"음…… 그럴지도 모르지. 너랑 그 검은 옷의 탐정,

---

[25] 포르투갈어 Cristão와 Padre를 합한 말. 일본에 온 예수회 선교사를 가리킨다.

제5장 영야파경永夜破鏡의 탄식嘆

그리고 예술가. 언사가가 셋이나 모였으니 『말』이 헤매지 않는 게 더 이상해."

아오이도 류스이와 조노스케가 만났다는 이야기를 들었다. 『화물』을 둘러싼 수사망이 넓어지면서 해결이 임박한 듯한 느낌도 들지만 한편으로 류스이가 엮는 꿈 이야기에 자신들『등장인물』이 삼켜지는 건 아닌가 하는 불안도 씻어내기 어려웠다.

아오이는 다시 『화몰』의 원고를 펄럭펄럭 넘기다가 류스이에게 내밀었다. 류스이는 영혼을 바친 원고를 제 눈으로도 살펴보았다.

"그건 그렇고 순식간에 이 정도 양을 써내다니 넌 역시 손이 빠르다니까."

류스이에게 받은 캔맥주를 홀짝이며 아오이는 어이없다는 듯 말했다. 류스이는 원고에 시선을 둔 채로 심드렁하게 대답했다.

"날 둘러싼 환경이 이상해서 그래. 이번에는 특히 집중력이 극한까지 연마된 느낌이야. 나도 당황스럽다니까. 체내 진실의 시간과 인공의 시간 사이에 틈이 느껴져. …… 그러고 보니 『도구라 마구라』에 시간에 관한 이야기가 나오지 않나. 그건 이해하기 쉬워서 좋더라."

류스이는 아오이가 바닥에 둔 『도구라 마구라』를 가까

JOKER

이 가져오고는 다시 페이지를 펼치며 해당 부분을 찾기 시작했다.

기다리던 아오이는 허공에 이리저리 시선을 두면서 멍하니 사건을 생각했다.

…… 쇼코가 살해되었을 때, 아오이의 주위에서 세계가 붕괴했다. 사실 히이라기와 미즈노, 그리고 쌍둥이 고양이의 죽음은 타자의 죽음에 불과했다. 현실적으로 같은 지붕 아래에 살인광이 숨어있다고 생각할 수 없었다. 그런데 예술가artist는 두 건의 살인, 살묘에 이어 누구와도 바꿀 수 없는 가장 소중한 동료 한 사람을 아오이에게 난폭하게 빼앗고 그를 광기의 사건으로 세게 끌어당겼다.

- 이 환영성에는 외부자가 한 명도 없어. 이 커다랗고 굳게 닫힌 상자 속에서는 모두가 관계자이자 용의자이자 피해자가 될 수 있어.

쇼코의 죽음으로 아오이는 인식을 고쳤다. 여기에는 『타자의 죽음』이라는 서먹한 것은 없다. 모든 죽음이 같은 배를 탄 동료의 죽음이다.

살인, 살묘, 괴기, 환상, 악의, 공포, 불안, 수수께끼, 절망, 통곡, 곤혹, 오열, 불가해, 꿈, 광기, 어둠. 이런 것들이 리얼하게 느껴지기 시작하면서 아오이가 딛고

제5장 영야파경永夜破鏡의 탄식嘆

있던 세계는 붕괴했다. 정신이 들고 보니 여태까지 자신이 지냈던 일상세계는 어디에도 없었다. 어느샌가 추리소설적인 허구세계 안에 갇혀 있었다.

한때 아오이는 부정적인 생각에 빠져 조금씩 체념하고 있었다. 이것은 어쩔 도리가 없는 천재지변 같은 것이다. 인력으로는 막을 수 없다. 태풍을 막을 수 없는 것처럼, 그저 비껴가길 바랄 수밖에 없는 것처럼, 인간의 손이 닿지 않는 재해의 일종이다. 그런 생각까지 했다.

사람은 유구한 시간을 거쳐 과학의 힘을 손에 넣었다. 지식을 얻고 자신들이 지상의 패자라고 착각했다. …… 하지만 결국 사람은 전혀 변하지 않았다. 대자연의 압도적인 힘 앞에서 아무 저항도 할 수 없는 무력한 존재. 그것이 우리다.

- 하지만 이대로 꼼짝없이 단념하고 있어도 될까?

아오이가 회의를 느끼기 시작한 것은 오늘 아침이었다. 인간적인 감정 따위 조금도 느껴지지 않는 비정함에 두 순사와 료쇼 경부, 게다가 아오이가 경애하는 동지인 후몬지 고세이까지 벌레처럼 살해당했다.

처음에는 『분노』가 찾아왔다. 노여움이 패기를 버린 남자에게 『늠름함』을 되찾아주었다. 삶에 필요한 강인함은 아오이에게 싸울 의지를 주었다.

JOKER

 우연히 두 구의 시체를 발견한 호시노 다에. 이어서 목 없는 시체를 또 맞닥뜨렸으니 정신적 충격은 헤아릴 수 없다. 그뿐만이 아니다. 경부의 시체라고 생각했던 것이 사실은 친오빠라는 가혹한 현실. 오빠의 생존이라는 일말의 희망에 매달려 절망의 어둠 속에서 어떻게든 빛을 찾으려고 한 그녀는 그걸로 끝이었다. 모든 것이 나락의 밑바닥에 던져져 산산이 쪼개지고 형체도 없이 부서졌다!

 ― 그녀에게 도움이 필요할 때도 나는 아무것도 할 수 없었어. 상처받고 너덜너덜해진 그 사람을 다정하게 위로하고 치유할 수 없었어. 현실에서 허구로 반전한 세계에 단념해서 앞으로 나아가는 걸 잊은 채로 나는 …….

 류구 조노스케처럼 『말』을 조종해서 수사할 수도, 다쿠쇼인 류스이처럼 굉장한 속도로 기록할 수도 없다. 그렇다고 해서 정신을 다친 이들끼리 서로 위안만 나눌 수도 없다.

 나는 대체 무엇을 할 수 있는가?

 아오이는 발버둥 쳤다. 예술가artist와 맞설 단호한 의지를 가진 건 좋아도 정작 대결할 방법을 찾을 수 없었다.

제5장 영야파경永夜破鏡의 탄식嘆

― 나는 변명만 늘어놓고 있지 않은가. 아니, 그건 아니야. 내게 맞는 싸움법으로 도전하지 않으면 일선에서 전투에 임하는 의미가 없어. 그러니 남의 방법을 따라 하지 않을 거야. 내가 할 수 있는 걸 찾으면 돼. 그러면 뭘 하면 될까. 나는 무엇을 해야 할까. 그걸 생각해! 생각하고 생각해서 답을 찾아!

답은 쉽게 찾을 수 없었다. 생각에 몰두하던 아오이는 류스이가 그를 연달아 부르는 소리를 듣고 나서야 겨우 제정신을 찾았다.

"사건 생각…… 하고 있었어?"

류스이는 평소처럼 배려를 잊지 않았다. 한창 대화하는 중에 상대가 자신만의 세계에 빠져버려도 상황을 판단하고 나무라지 않으며 이유가 명확할 때는 오히려 위로의 말을 건넨다.

아오이는 타인을 그리 좋아하지 않는다. 항상 인간이란 제멋대로인 생물이라고 생각했다. 인연을 견디지 못한 탓에 다툼을 일으키거나 수년마다 친구를 완전히 물갈이했다. 그러나 류스이와 쇼코와는 계속 친구 관계를 유지했다. 그것은 오로지 그들의 사람됨 덕분이라고 아오이는 생각했다. 다혈질적인 자신과 함께 걸어준 두 사람을 자기 자신처럼 소중히 여겼다.

JOKER

 그 두 사람은 이제 한 사람이 되었다. 쇼코가 손이 닿지 않는 곳으로 영원히 모습을 감춰버린 지금, 아오이에게 류스이는 잃어버려서는 안 되는 아이덴티티의 일부다.
 "미안, 미안. 신경 쓰지 마. 어, 시간 얘기 하고 있었지. 맞다. 나도 『도구라 마구라』에서 가장 감명 깊게 읽은 게 그 부분이야."
 아오이는 애써 괜찮은 척하며 밝게 말했다. 류스이는 그를 깊게 추궁하지 않았다. 말하고 싶지 않은 것은 억지로 묻지 않는…… 그런 남자다.
 류스이는 잠깐 쓸쓸하게 웃고는 『도구라 마구라』의 한 부분을 낭독했다.

  현대의학에 따르면 보통 사람의 호흡 약 18번, 또는 맥박 70번의 시간을 1분으로 본다. 또한 1분의 60배를 1시간, 1시간의 24배를 1일, 1일의 365배를 1년으로 규정했다. 동시에 1년은 지구가 태양을 일주하는 시간에 해당한다. 신뢰할 수 있는 회사에서 만든 시계가 가리키는 시간은 모두에게 똑같이 1시간이다. 이것은 말하자면 인공의 시간이며, 진실의 시간과는 다르다. 그 증거로 각 개인이 똑같은 인공 시간을 보내면 신기하게도 큰

제5장 영야파경永夜破鏡의 탄식嘆

차이가 난다.

익숙한 예를 들어보면, 같은 시계로 잰 1시간도 재밌는 소설을 읽는 1시간과 가만히 정류장에서 기차를 기다리는 1시간은 놀랄 만큼 다르다. 자로 잰 1척이 모두에게 똑같이 1척으로 보이지 않는다는 뜻이다. 또는 잠수하는 1분과 잡담을 나누는 1분을 비교하면 짐작할 수 있듯 전자는 견딜 수 없이 길게 느껴지지만 후자는 거의 느껴지지 않는다……. 이것이 거짓 없는 사실이다.

한 걸음 나아가 죽은 사람이 있다고 치자. 죽은 사람이 죽어서도 무감각의 감각으로 시간의 흐름을 느낀다면 1초와 1억 년이 똑같이 느껴질 것이다. 또한 그런 느낌이 사후 진실의 감각일 것이기에 1초에는 1억 년이 담겨 있으며 우주의 수명도 1초 만에 느낄 수 있다고 할 수 있다. 무한한 우주에 흐르는 무한한 시간의 정체는 이처럼 극단적인 착각, 다시 말해 무한한 진실 속에서 화살처럼 정지하고 돌처럼 질주하는 것과 같다.

진실의 시간은 평소에 시간이라고 생각하는 인공의 시간과는 전혀 다르다. 오히려 태양, 지구, 그 밖의 천체 운행, 또는 시곗바늘의 회전과는 전혀 관계가 없다. 온갖 생명의 개별적 감각에 대해 동시에 개별적으로 무한한 신축성을 가지고 정지하는 동시에 흐르는

JOKER

것……. 이 정도로 이해할 수 있다.

- 유메노 규사쿠 『도구라 마구라』에서

"체내 시간과 인공 시간 이야기는 정말 흥미로워. CD로 음악 한 곡을 듣는 5분과 장거리를 질주하는 5분은 길이가 전혀 다르잖아. 그건 우리의 착각이 아니라 시시각각 체내 시간이 흐르는 방식이 달라지는 거지."

류스이는 낭독을 마치고 친구를 보았다. 눈을 감고 귀를 기울이던 아오이는 유쾌하게 말했다.

"웬만한 동물은 태어나고 죽을 때까지 심장이 뛰는 횟수가 정해져 있다잖아. 인간의 수명도 제각각인 것 같아도 아마 정해진 게 아닐까 생각한 적이 있었지. 아마 『도구라 마구라』를 읽은 직후였을 거야."

"호오, 그건 처음 들어봤는데. 류스이, 어떤 가설이야?"

"인간은 『말』을 발견하면서부터 의식이 생겼어. 각자 의식을 갖게 되면서부터 본능과는 분리된 이성이 생겼지. 그래서…… 사람이 생각하는 생물이기 때문에 개개인의 체내 시간이 달라진 거야. 다시 말해 우리에게 주어진 수명이 100년이라고 치면, 체내 시간으로 100년

제5장 영야파경永夜破鏡의 탄식嘆

을 다 쓸 때까지 인간은 살아있는 거지. 다르게 말하면 체내 시간 100년이 인공 시간 수명인 거야."

아오이는 잠시 팔짱을 끼고 가만히 생각에 잠겼다. 그러다가 마침내 이해한 듯 오른손 주먹으로 왼손 손바닥을 퍽 쳤다.

"진짜 재밌는 생각이긴 하네. 나이를 먹어도 활기찬 사람은 체내 시간 나이(진실의 나이)가 실제로 젊은 거고, 젊은데도 늙어 보이는 사람은 실제로 나이를 먹었다는 건가. 그러면 요절이나 장수도 논리적으로 설명할 수 있어. …… 수명이 체내 시간의 흐름에 좌우된다고 하면 넌 조심해야겠다, 류스이. 슬슬 위험하지 않겠어? 항상 목숨을 태우다시피 하면서 살잖아."

"하하. 삶을 질질 끄느니 충실하고 짧은 삶을 선택할 거야. 창작에 몰두하면서 호흡과 맥박이 팍 줄어버린 덕에 인공 시간이 아무리 짧더라도 긴 체내 시간을 얻었거든. 지금은 조금이라도 오래 창작하고 싶어."

"『화몰』이 절필 되는 것도 아니잖아. 목숨을 너무 깎아 먹지는 마."

류스이의 눈동자에서 의미심장한 빛을 느끼며 아오이는 친구를 진심으로 걱정했다. 류스이의 과도한 집필량으로 판단하건대 그의 체내 시간은 무서우리만치 빠르게 흐르고 있을 것이다. 창작에 깊이 몰두했다고 하면 말은 좋다. 그러나 남들과 같은 인공 시간에 막대한 체내 시간을 소모한다는 것은 그만큼 진실의 시간, 진실의 수명을 낭비하고 있다는 뜻이다.

류스이의 어른스러운 행동과 젊음과는 거리가 먼 해탈한 성격은 어쩌면 진실의 나이가 6, 70세이기 때문인지도 모른다. 아오이가 그런 생각을 하고 있을 즈음, 복도 쪽에서 꿀벌이 웅웅거리는 듯한 소리가 났다.[26]

……부우우~~~웅웅웅~~~웅웅웅……

큰 괘종시계가 시간을 알리는 소리다. 그 순간, 아오이는 순간적으로 무한한 우주를 느낀 듯한 기묘한 감각에 빠졌다. 극소의 창에서 극대의 세계가 흘러들어왔다.

……부~~~~웅……

류스이는 거기에 없었다. 온통 어둠뿐이었다. 아오이는 우주에 혼자 앉아있었다. 산 자도 죽은 자도 없이, 시간이라는 환상의 경계선이 소멸한 공간 어딘가에서 살아있는 쇼코를 느낄 수 있을 것 같은 기분마저 들었다.

……부~~~~웅……

그때 잠시, 아오이는 백지상태 tabula rasa로 돌아왔다. 원시 상태에서 있는 그대로의 모습으로 돌아왔다. 기

---

26) 이하는 『도구라 마구라』의 첫 부분을 패러디한 것이다.

제5장 영야파경永夜破鏡의 탄식嘆

뽐도 분노도 슬픔도 즐거움도 없는, 희로애락이 생기기 전의 시작의 모습으로.

……부~~~~웅……

거기에서 모든 것이 흘러나왔다. 있는 것, 없는 것이 모조리 다시 조립되었다. 재구성의 예감이 들었다.

인생이 리플레이되었다. 순간이자 무한한 시간 속에서 여태까지의 모든 기억을 추체험했다.

……부~~~~웅……

알 것 같았다. 자신이 뭘 하면 되는지. 어떻게 예술가 artist와 싸우면 되는지, 거의 다 알아낸 기분이었다.

불가사의한 우주가 아오이를 감쌌다.

이건…… 이건? ……아, 이건!

환마작용, 도구라 마구라다!!

……부~~~~웅……

"벌써 시간이 이렇게 됐네. 아오이, 슬슬 식당으로 가자."

어둠 속에서 류스이의 목소리가 들려왔다. 조금씩 세계가 밝아졌다. 아오이는 본래의 자아를 되찾았다.

무한한 시간이 지나갔다. 하지만 한순간이었다.

손목시계를 보았다. 어느새 오후 7시였다.

류스이에 이어 아오이도 일어났다. 두 사람은 방을

JOKER

나왔다.
　……부우우우웅웅웅웅……

제5장 영야파경永夜破鏡의 탄식嘆

60 예술가artist를 향한 도전☆포위망

저녁 식사 전. 식당에 모인 사람들을 앞에 두고 소규모 추리 해설이 벌어졌다. 기리카 마이의 『심판의 방』 완전 밀실 공략이다.

환영성 곳곳을 경비하는 인원을 제외하고 환영성 살인 사건의 모든 관계자가 모였다. 모두가 숨을 죽이고 지켜보는 와중에 상석에서 일어난 마이는 관계자들을 천천히 둘러보며 설명을 시작했다.

"제가 예술가artist가 쓴 트릭을 알아챈 건 순전히 우연이었어요. 우연적 요소 몇 가지의 도움을 받아 밀실의 수수께끼를 해명했죠."

마이는 옆자리에서 그녀를 올려다보는 쓰쿠모 네무를 흘긋 보았다. 그리고는 미소 짓는 네무에게 미소로 답했다. 온갖 우연적 요소 중 하나는 네무가 제시한 밀실이 완성된 것 아닌가? 라는 퍼지추리였다.

아유카와 데쓰코는 눈을 감고, 류구 조노스케는 양 팔꿈치를 식탁에 얹어 깍지낀 손 위에 턱을 얹고, 아지로 소야는 담배 끝에서 춤추는 연기를 바라보면서, 기리기리스 다로는 팔짱을 끼고, 사도 구토, 구로야 다카시,

JOKER

아리마 미유키는 나란히 서서 제각기 해설을 주시하고 있다. 수사진도 아직 해답을 듣지 못한 탓에 마이의 이야기에 호기심을 감추지 못한 모양이다. 허영심, 질투심, 공명심에, 마이에게 선두를 빼앗겼다고 생각하는 사람은…… 적어도 표면적으로는 없는 듯했다. 작가들과 환영성 관계자들은 안절부절못하고 불안한 모습이었다. 이런 분위기에 익숙하지 않은지, 아니면 첫 체험에 흥분했는지. 어쨌든 마이가 제시하는 추리가 궁금해서 견딜 수 없는 건 확실한 듯하다.

모두의 기대에 부응하고자 마이는 이어 말했다.

"트릭을 해명할 열쇠가 된 건 다름 아닌 못이었어요."

열쇠와 못. 유사한 소리[27]를 가진 두 단어에 관심을 보인 사람은 조노스케와 류스이뿐인 듯했다. 우정을 나눈 지 얼마 안 된 검은 옷의 탐정과 장발의 추리소설가는 서로 얼굴을 마주 보고 슬쩍 입가를 올렸다. 다른 사람들은 마이에게 집중하고 있던 탓에 그 행동을 알아채지 못했다.

기리기리스가 천천히 팔짱을 풀고는 작게 신음했다. 아유카와 데쓰코는 눈썹을 찌푸리고 의아한 시선으로 탐정을 보았다.

---

27) 일본어로 열쇠는 카기かぎ, 못은 쿠기くぎ라고 읽는다.

제5장 영야파경永夜破鏡의 탄식嘆

"저는 조금 전에 『심판의 방』 나무 벽에 박힌 못 몇 개가 새것으로 바뀐 사실을 발견했습니다."

마이가 네무와 함께 『심판의 방』을 떠나려던 때, 벽에 박힌 새 못이 햇빛을 받고 반짝 빛났다.

쥐 죽은 듯 고요해진 청중 사이로 "그렇구나!" 하는 날카로운 외침이 들렸다. 잠시 그쪽으로 모두의 시선이 모였다.

아지로 소야의 외침이었다. 오른손 손가락에 낀 담배를 재떨이에 털면서 소야는 조노스케를, 이어서 마이를 보았다. 두 선배 탐정은 후배가 진상에 도달한 것을 알고 따스하게 고개를 끄덕였다. 그 모습을 보건대 조노스케도 마이가 제시한 힌트로부터 소야보다 훨씬 빠르게 진실을 깨달은 듯했다.

다른 사람들은 미리 추리를 들은 네무를 제외하고 아직 아무도 진상에 도달하지 않은 듯했다. 데쓰코와 기리기리스는 탐정의 말로 해답을 얻기 직전이었으나 마이는 개의치 않고 해설을 진행했다.

"이 밀실의 특징은 밀실이 완성되고 말았다는 점에 있었어요. 통상적으로는 어떤 맹점을 이용한 착각 트릭으로 밀실이 아닌 방을 밀실이라고 오해하게 하는데, 『심판의 방』은 완벽하다고 할 수 있는 밀실이 완성되었

JOKER

죠."

추리소설에서 곧잘 선전문구로 쓰이는 『완전밀실』은 어차피 풀리기 위해서만 존재하는 불완전 밀실이다. 하지만 『심판의 방』은 붕괴하지 않는 밀실, 그야말로 『완전밀실』이었다.

"예술가artist가 드나들었어야 할 밀실은 완벽했죠. 답을 알면 쉬워요. 완전한 밀실은 출입하기 위해서 일단 무너지고 다시 지어져야 합니다. 어째서 못이 새것이었을까요? 그렇습니다. 예술가artist는 『심판의 방』 벽을 떼어내고 출입한 겁니다."

마이의 목소리에 호응하듯 이야기를 마치자마자 창밖에서 갑자기 비가 내리기 시작했다. 툭, 툭. 이내 비는 거세졌다.

비에 주의를 빼앗긴 것은 몇 명뿐이었다. 사람들은 마이의 추리에 깜짝 놀랐다. 실내에 소음이 소용돌이쳤다. 진상은 실로 간단했다. 심플 이즈 베스트. 간결함이 맹점이었다.

물론 그뿐만이 아니다. 수사진은 『완전밀실』을 무너뜨리려 약이 올라 있었다. 그 와중에 마이는 네무의 도움을 받고 유연한 사고로 『완전밀실』이라는 사실을 그대로 남기면서 밀실의 수수께끼를 푸는 데 성공했다. 마이&네

제5장 영야파경永夜破鏡의 탄식嘆

무 콤비는 찬사받을 만한 공적을 이뤘다.

하지만 『완전밀실』이 완성되었다는 것은…… 진실을 알고 나서 잘 생각해보면 예술가artist는 수사진이 풀지 못할 수수께끼 구축보다는 어디까지나 『완전밀실』 구축에 역점을 둔 것 같았다. 보기 좋게 완성된 완전밀실은 트릭과는 관계없이 예술성 면에서 밀실의 최상급인 『지고의 밀실』이라고 할 수 있다.

마이의 추리를 듣고 니지카와를 비롯한 작가들은 추리소설의 시조 『모르그가의 살인』을 떠올렸다. 『모르그가의 살인』에서도 못이 밀실의 수수께끼를 해체하는 주요 실마리였다. 다만 그 소설에서 밀실은 붕괴하기 위해 존재했으나 『심판의 방』 밀실은 붕괴하지 않도록 재구축되었다. 큰 차이가 있어도 유사성이 없지는 않다. 아무리 주어진 정보가 적었다지만 어째서 진상을 도출하지 못했을까. 니지카와는 자신의 부족한 추리 재능을 통감했다.

밀실의 수수께끼trick 자체는 대단하지 않았다. 하지만 『완전밀실』이 붕괴되지 않고 완성되었다는 사실에 모두가 놀라움을 금하지 못했다. 예술가artist의 살인예술을 향한 집착이 엿보였다. 아마 이 식당에서 태연한 표정으로 청중 속에 숨어있을 예술가artist는 지금 어떤 심정으로 탐정의 해설을 듣고 있을까? …… 예술가artist

JOKER

단 한 명을 제외한 모두의 의문이다.

"범인의 정체를 짐작할 때까지는 예술가artist가 어떤 수단을 썼는지 알 수 없겠지만, 어쨌든 히류 씨는 객실에서 나오라는 권유를 받았어요. 그녀를 기절시켜 자유를 빼앗고 『심판의 방』으로 옮긴 거죠. 중간에 하나와 레이, 쌍둥이 고양이를 살해한 건 아마 작업에 방해가 되었기 때문이라고 추측합니다."

히라이 다로의 표정에 쓰린 빛이 서렸다. 그는 하나와 레이를 회상하며 분노에 몸을 떨었다. 다들 마이를 주목한 탓에 히라이 씨의 변화를 알아챈 사람은 없었다.

한편 아오이는 탐정의 말에 힌트를 얻고 머리를 굴렸다. 예술가artist는 어떤 수단으로 쇼코를 객실에서 나오게 했을까? 아오이는 그 점이 모두가 생각하는 것보다 더 중요하다고 생각했다. 최후의 밤에 아오이가 직접 경고까지 했으니 쇼코가 방심했다고 생각하기는 힘들었다. 그렇다면 어째서 쇼코는 문을 열었을까. …… 무심코 방심할 사람이었을까? 혹시 범인은…….

마스터키를 사용할 수 있는 환영성 관계자 중에 있을까?

청중은 제각기 마이의 말에서 독자적인 추리를 전개하고 있었다. 마이가 식당 안을 둘러보니 특별히 수상한

제5장 영야파경永夜破鏡의 탄식嘆

기색을 보이는 사람은 없었다. 만약 정말로 여기에 모인 관계자 중에 예술가artist가 있다면 웬만한 일로는 꿈쩍도 하지 않는 냉정함과 아무렇지도 않은 표정으로 주위에 녹아드는 탁월한 연기력을 지닌 녀석일 테다.

마이는 두런거림이 가라앉기를 기다리다가 설명을 재개했다.

"못을 빼서 벽 몇 장을 조심스럽게 벗기고 실내에 들어간 거예요. 그리고 히류 씨를 전기의자에 앉혀 레버를 당기면 끝이죠. 검은 천으로 눈을 가린 이유는 그녀를 사형수처럼 다루기 위해서라고 생각해볼 수 있겠네요. 『심판의 방』 문에 『심판은 내려졌다』라는 쪽지가 붙어 있었으니까요."

마이는 조노스케에게 의미심장한 시선을 던졌다. 조노스케는 희미하게 미소 짓다가 이내 시선을 거뒀다. 검은 천으로 눈을 가린 것에 관해 그들은 다른 해석을 준비한 모양이다……. 두 사람의 행동을 지켜보던 소야와 네무는 그렇게 생각했다.

마이는 식탁의 자기 자리에 놓여 있던 종이 다발을 들고 모두에게 그것을 보여주었다. 다쿠쇼인 류스이가 집필하는 사건기록물 『화려한 몰락을 위해』의 복사본 원고를 엮은 것이다. 조노스케와 소야는 『화몰』의 복사

JOKER

본을 마련하여 수사진과 환영성 직원들에게도 돌려 읽게 했다. 현재 사건 관계자 중에 『화몰』을 모르는 사람은 없다. 원고는 거기까지 침투했다.

모두가 알기 때문에 마이는 원고에 관한 설명을 생략했다.

"다쿠쇼인 류스이 씨가 집필하신 이 『화려한 몰락을 위해』라는 원고의 『24 뇌우의 밤』에서 다쿠쇼인 씨는 오전 2시 26분에 고양이가 날카롭게 울었다고 기록했습니다. 본인께 여쭤볼까 하는데 이건…… 사실이죠?"

"물론이죠. 사실이라고 확신합니다."

류스이는 담담하고 간결하게 증언했다. 그를 보니 『화몰』이 사건의 중요 참고자료로 다뤄지는 것이 기쁘면서도 당혹스러운 모양이었다.

닫힌 공간에서 일어나는 기괴한 살인사건. 그것을 실시간으로 기록하고 사건 관계자 전원이 그것을 읽었으며 심지어 탐정의 추리에 도움을 주고 있는 이 상황. 세상에 작가는 많아도 이런 기구한 창작 체험을 하는 사람은 아마 류스이뿐일 것이다.

"그렇군요……. 그때 쌍둥이 고양이가 살해당했다면 히류 씨의 사망 추정 시각이 오전 3시 전후이니 벽을 벗긴 시간까지 생각하면 계산이 딱 맞습니다. 예술가ar-

제5장 영야파경永夜破鏡의 탄식嘆

tist는 살인을 끝내고 실내에서 숫자 자물쇠를 채운 다음, 벽에 뚫린 구멍을 통해 밖으로 나왔어요. 그리고 바깥쪽에서 벽을 다시 고정해서 『완전밀실』을 완성했어요. 녹슨 못은 한번 빠지면 쉽게 구부러집니다. 못을 조심스럽게 다뤘다면 재활용도 가능했겠지만 실제로는 몇 개가 구부러졌겠죠. 못 몇 개가 새것인 점이 그 증거입니다."

예술가artist는 마술사도 초인도 아니며 단순한 인간이다. 그 사실을 확실히 알게 된 것만으로도 이 해설에는 의미가 있었다. 이제야 수사진은 반격했다는 느낌이 들었다. 여태까지 전혀 꼬리를 잡지 못했던 적의 방어 일각(밀실)을 돌파한 것을 계기로 관계자들은 수사가 더 진전하기를 바라마지않았다(물론 예술가artist만은 예외지만).

"잠깐만요, 기리카 씨."

그때 아유카와 데쓰코가 손을 들고 의문을 제기했다. 둥근 안경 너머로 날카로운 시선을 던지는 데쓰코와 정면에서 맞서고도 미동조차 하지 않는 마이.

조노스케는 추리 싸움이라도 시작하나 해서 흥미진진하게 두 여자를 번갈아 보았다.

"아유카와 씨, 제 추리에 뭐 문제가 있었나요?"

"고요한 밤에 벽에 못을 여러 번 박는 소리가 났다면

JOKER

누가 알아채지 않았을까요? 실제로 다쿠쇼인 씨는 고양이의 비명을 들으셨잖아요."

수긍하는 사람은 데쓰코의 조수 사도 구토뿐이었다. 이름이 언급된 류스이는 경부의 지적에 발언을 시도하려 했지만 검은 옷의 추리 귀공자에게 선수를 빼앗겼다.

"그건 아니죠, 아유카와 양. 다쿠쇼인 씨는 확실하게 고양이의 비명을 들으셨다고 했는데 사실 그것도 운이 좋았던 겁니다. 고양이의 비명을 들은 사람이 더 없는 걸 봐도 알 수 있죠. 무엇보다도 그날 밤에는 호우가 내렸습니다. 못을 박는 소리가 지워졌다고 생각하면 모순은 없습니다. 그리고 기리카 양, 당연히 진위는 확인했겠지?"

조노스케는 동료의 실력을 과소평가하지 않았다. 그의 예상대로 마이는 주저 없이 고개를 끄덕였다.

"응, 물론이지. 집사께 여쭤봤는데 최근 수년간 『심판의 방』 벽을 고친 적은 없다고 합니다. 그리고 직원 D, 가나이 히데타카金井英貴[28] 씨의 증언으로는 공구함에서 못 몇 개와 망치가 사라졌다고 합니다. 망치는 일주일 전까지 분명히 있었다고 하니 최근 며칠 사이에 사라진 거겠죠."

---

28) 작가 세이료인 류스이의 본명.

제5장 영야파경永夜破鏡의 탄식嘆

그때 조노스케가 일어나 단숨에 말을 쏟아냈다.

"망치와 못이 사라졌다는 것과 『심판의 방』 벽 일부에 못이 새것으로 바뀐 것은 관계가 없지 않을 거야. 반증이 안 나오는 이상 망치와 못을 쓴 건 예술가artist야. 그게 가짜 밀실 트릭일 가능성도 아예 없지는 않지만 그렇게 생각하는 건 억지지. 누군가가 새 못을 알아챌 보장은 없으니까. 만약 예술가artist의 노림수가 가짜 밀실 트릭이었다면 워드프로세서 쪽지를 통해 못에 시선이 모이게 했을 거야. 그런 추리에는 필연성이 없어. 류구는 기리카 양의 추리가 옳다고 생각해."

추리를 보강해준 조노스케에게 마이가 윙크를 날려 감사를 표했다. 검은 옷의 탐정은 신경 쓰지 말라는 듯 손을 흔들고 자리에 앉았다. 이어서 구로야 형사가 사람들 속에서 걸어 나와 입을 열었다.

"아니, 그런데 류구 씨. 망치나 낡은 못도 환영성 내부 조사 때 발견되지 않았잖아."

조노스케도 마이도 아닌 노련한 명탐정 기리기리스 다로가 그 의문을 해소해주었다.

"구로야, 그 점에는 문제가 없어. 단순히 아직 발견되지 않았을 수도 있고, 발견되지 않아도 어차피 망치와 못 아닌가. 예술가artist는 성 밖으로 그걸 던지기만 하면 돼. 굳이 발견하고 싶다면 미나호 바닥을 뒤집어엎어야 하겠지. 뭐, 십중팔구…… 아니, 백중구십팔구 중요한 실마리는 아닐 거야. 예술가artist가 그 정도 수준의 적이었으면 지금쯤 환영성 살인사건은 해결되었겠지."

나이 먹은 탐정의 말을 끝으로 첫 번째 밀실 해설은 막을 내렸다. 관계자들은 일단 수수께끼가 하나 해체된 것에 가슴을 쓸어내렸다. 사람들 속에 태연한 표정의 예술가artist가 섞여 있다고 생각하면 복잡한 심경이지만, 여태까지 수사망을 완벽하게 빠져나왔던 예술가artist의 철벽 수비에 균열을 낼 수 있었던 것은 범인이 아닌 사람들에게는 큰 수확이었다. 큰 둑도 개미구멍으로 무너지는 법이다. 계속 착실하고 확실하게 공격하는 것도 의미가 있다.

하지만 마이의 추리는 거기서 끝나지 않았다. 소거추리의 귀부인이 던진 마지막 말은 식당을 혼돈의 도가니에 빠뜨려 그곳에 자리한 모든 이를 삼켰다.

"밀실 추리에 추가로 말씀드릴 게 있는데, 제 추리에 따르면 예술가artist는 오른손잡이입니다."

오오! 모두가 부산스레 주변 사람들을 둘러보았다. 전 세계가 그렇듯 사건 관계자 중에서도 오른손잡이가 왼손잡이보다 압도적으로 많은 듯했다. 쓰는 손만으로는

제5장 영야파경永夜破鏡의 탄식嘆

범인을 한정할 수 없지만 추리의 연쇄로 예술가artist를 조금씩 옥죄어도 나쁠 일은 없다. 포위망이란 서서히 넓게 펴다가 완성된 순간에 좁혀서 적을 잡아내는 것이다.

"기리카 씨, 근거가 대체 뭐죠?"

아리마 미유키가 모두를 대변해 질문했다. 미유키는 용의자 범위 밖의 왼손잡이지만 마이가 제시한 비약적인 추리의 근거가 궁금했다. 머리가 비상한 탐정이 가짜 추리를 제시하여 용의자들을 함정에 빠뜨릴 수 있다는 불안감도 느낀 탓이다. 그 추리가 함정이라면 용의자는 몇 없는 왼손잡이다.

"저는 근거 없는 추리는 안 해요, 아리마 씨♪ 두 순사가 살해된『명화의 방』수사 파일 있잖아요. 거기에 두 순사가 왼손잡이라고 쓰여 있었죠?"

마이는 눈빛으로 미유키가 아니라 그 옆에 있던 근육질의 남자에게 질문했다. 오늘 아침 아유카와 데쓰코가 도착할 때까지 수사반장 노릇을 했던 구로야 다카시다.

"예, 맞습니다. 사카키 이치로와 사토 이치로는 둘 다 왼손잡이입니다. …… 그래서요?"

"구로야 씨, 감사합니다. 그러면 문제입니다. 두 순사는 왼손잡이인데 왜 오른손에 권총을 쥔 채 살해당한

JOKER

걸까요?"

마이는 연극적인 투로 말했다. 초보적인 문제였다. 적어도 그녀는 그렇게 생각했다.

아유카와 데쓰코가 앗! 하고 중얼거리며 맨 먼저 마이에게 경악의 시선을 보냈다. 역시 캐리어 경부다. 생각도 예리하고 사고전환도 빠르다.

"두 순사의 오른손에 초연 반응이 나왔다고 했죠. 그렇다면 예술가artist는 그들이 왼손잡이였다는 걸 모른 채 오른손잡이라고 짐작했을 거예요. 기절한 두 사람의 오른손에 총을 쥐게 하고 상대의 가슴을 향해 발포시킨 겁니다."

음……. 기리기리스는 신음하며 팔짱을 끼고 복잡한 표정을 지었다. 나이 먹은 탐정과 눈이 마주친 조노스케는 고개를 끄덕였다. 그리고는 탁자를 퍽 쳐서 모두의 시선을 모으고 벌떡 일어났다.

JDC 제1반에 이름을 올린 두 명의 초일류 명탐정, 기리카 마이&류구 조노스케. 식탁을 끼고 대치하는 두 탐정……의 조수인 쓰쿠모 네무와 아지로 소야는 추리 싸움을 향한 기대와 불안 탓에 긴장한 듯했다.

"류구 씨는 뭐가 불만일까?"

"기리카 양답지 않게 왜 그래. 추리소설의 탐정 같은

제5장 영야파경永夜破鏡의 탄식嘆

얄팍한 추리로 진상을 꿰뚫었다고 판단하기는 너무 일러. 잘 알잖아."

마이와 조노스케 사이에서 보이지 않는 불꽃이 튀었다!

"조금 전의 밀실추리에 반대 의견은 없어. 그런데 지금 추리는 너무 엉성해. 적은 예술가artist야. 가짜 추리를 유도하기 위해 일부러 가짜 실마리를 남겼을 가능성을 고려해야지."

그때 조노스케는 깨달았다. 공격당하는 마이의 눈빛이 대단히 차분하다는 것을……. 조노스케는 재빨리 마이의 옆자리에 앉은 네무를 보았다. 포니테일 소녀 탐정은 조노스케만 보이게끔 슬쩍 고개를 끄덕였다.

조노스케는 "그렇구나"라고 말하는 대신 왼손 손가락으로 딱 소리를 내려 했다. 검은 장갑을 끼고 있어서 소리는 나지 않았다. 그것만으로 충분했다.

소야와 기리기리스는 조노스케의 신호를 놓치지 않았다. 탐정들은 말없이 소통하여 마이와 네무의 속셈을 깨달았다. 긴장감은 지나갔다.

"기리카 양, 두 순사한테는 손전등이 있었잖아. 아마도 그 사람들은 주로 쓰는 손을 썼을 거야. 예술가artist가 두 사람이 쓰는 손을 알았을 가능성도 충분해."

JOKER

조노스케는 얼핏 보면 몇 초 전과 별 차이가 없다. 하지만 사실 그는 지금 마이와 추리 싸움을 벌이는 역할극을 즐기고 있다.

침묵이 흘렀다. JDC팀 이외의 사람들은 추리 싸움의 기세에 짓눌려 입을 다문 듯했다.

관계자들이 긴장한 표정으로 흐름을 지켜보는 가운데, 마이는 조용히 눈을 감고 체념한 듯 어깨를 으쓱였다.

"안타깝네. 항복할게. 밀실 수수께끼를 하나 푼 것만으로 들떴나 봐. 성과가 급한 것도 아니니까 앞의 말은 취소할게. 여러분, 죄송하지만 예술가artist가 쓰는 손은 아직 모릅니다……."

소야는 두 선배 탐정의 교활한 연극을 관람하고 씩 웃으며 새 담배에 불을 붙이고 나이 먹은 탐정을 보았다. 기리기리스는 깨달음의 미소와 만족스러운 수긍으로 답했다.

그들은 조노스케의 신호로 깨달았다. 마이가 고의로 근시안적인 추리를 전개한 것을. 목적은 뻔하다.

관계자들 앞에서 마이가 틀린 추리를 하면 당연히 조노스케, 소야, 기리기리스 중 누군가가 가만히 있지 않을 것이다. 그때 마이는 깔끔하게 추리를 철회한다. 중요한 것은 과정이다. 그 사이에 네무가 사건 관계자들

제5장 영야파경永夜破鏡의 탄식嘆

을 날카롭게 관찰하는 것이다.

만약에 예술가artist가 정말로 오른손잡이이며 두 순사가 왼손잡이임을 알아채지 못했다면 마이에게 기습당한 청중 사이의 범인은 당황스러운 감정을 비쳤을 것이다. 한편 예술가artist가 왼손잡이이며 조노스케의 지적처럼 의도적인 가짜 실마리를 남겼다면…… 수사진을 유도해낸 기쁨이 조금이라도 표정에 드러났을 것이다.

마이의 추리만으로는 동요하지 않았더라도 JDC의 두 명탐정이 다투다가 자존심 세 보이는 탐정이 자신이 도출한 범인의 조건을 깔끔하게 포기하면 예술가artist는 영문도 모른 채 당황한 티를 낼 것이다.

일종의 도박이다. 잘 굴러가지 않더라도 탐정들에게는 별 타격이 없다. 이것은 예술가artist를 공격하기 위한 하나의 전술에 불과하다. 전략적으로 적의 선수를 치기만 하면 된다.

사건이 진행되면서 JDC팀은 다양한 책략을 구사하여 예술가artist를 다면적으로 공격했다. 적에게 주도권을 빼앗기기만 하는 방어전 국면은 지나갔다. 환영성이라는 전장에 가까스로 익숙해지기 시작한 전사들은 모든 능력을 쏟아부어 적이 구축한 수수께끼의 방어벽을 공략해나갈 것이다…….

JOKER

포위망은 조금씩 완성되어가는 듯했다.

●

마지막에 벌어진 두 탐정의 촌극을 제외하면 『심판의 방』 밀실의 수수께끼는 완전히 해명되었다. 덕분에 식사도 순조롭게 진행되었다.

아무도 자신들과 같은 공간에 예술가artist가 있다는 것을 생각하지 않으려 했다. 너무나도 단단한 절망의 감옥에 갇혀 있던 사람들은 비관적인 사고방식은 아무것도 낳지 않는다는 것을 배웠다. 의식적으로 낙관적인 마음을 가짐으로써 우울한 분위기를 날려버리고자 애쓰는 것이 관계자들의 불문율이 되었다.

- 절망 속 한 줄기 희망을 -

환영성 살인사건도 종반부에 접어들었다. 사람들은 나락의 어둠 밑바닥에서 광명의 세계로 조금씩 떠오르는 듯한 고양감을 느꼈다.

아마 예술가artist의 목표는 앞으로 한 사람……. 그것이 JDC와 경찰의 일치된 견해다. 여태까지 발생한 피해자들의 잃어버린 고리missing link는 발견되지 않았다. 일단 예술가artist는 『일곱 개의 제물』을 모았다. 『말』을 향한 과도한 집착과 살인예술을 고집하는 자세에서 추측건대 예술가artist는 첫 살인예고장의 문구를 철저히

제5장 영야파경永夜破鏡의 탄식嘆

지킬 것이다.『여덟 번째 제물』을 손에 넣으면 사건을 끝낼 것이다.

 - 그런데 예술가artist는 어떻게 빠져나올까?

그것이 수사진 전체의 의문이었다. 정부는 환영성 살인사건을 L범죄로 지정하고 예술가artist와 철저히 싸울 태세를 갖췄다. 다시 말해 예술가artist가 잡히기 전까지는 사건이 끝나지 않으며 아무도 환영성에서 나갈(도망갈?) 수 없다는 뜻이다.

가짜 범인을 준비하여 수사를 잘못된 길로 유도하고 가짜 해결에 다다르게 할 것인가?

아니면……

『성스러운 잠에 들기 전, 나는 여덟 개의 제물을 원한다』

자신을『최후의 제물』로 삼아 목숨을 끊고 성스러운 잠에 들 것인가?

이미 일곱 명과 두 마리가 살해당했다. 표적은 앞으로 한 사람. 이런 이유로 관계자들의 가슴 속에 안도의 감정이 생겼다.

…… 인간은, 타인의 죽음에는 둔감한 이기적인 생물.

…… 인간은, 자신의 생존을 맹신하는 어리석은 생물.

사고가 일어나기 전에는 다들 자신에게 비극이 덮치리

라고 생각하지 않는다. 매일 사고가 무수히 일어난다는 것을 머리로는 알면서도 확률적으로 있을 수 없는 일이라 단정하고 마음을 놓는다. 그런 주제에 복권은 잘만 산다.

살해당할 사람은 앞으로 한 명. 웬만한 사람들은 자기가 그 한 명이 될 확률이 아주 낮다고 생각할 것이다. 안위를 걱정하는 사이에 누군가가 살해당한다면 마음도 편해질 것이라는 악마적인 생각을 하는 사람도 많았다. 인간의 유전자에 생존본능이 새겨져 있으니 어떤 의미로는 당연한 일이다.

『말』에 의한 사고를 극한까지 진화시킨 인류는 자기 안위를 위해서라면 한없이 냉혹해질 수 있다. 화재가 일어나면 육친을 버리고 도망치는 인간처럼 서로 사랑하던 인생의 동료까지 주저 없이 버릴 수 있다. 사람은 본능대로 동족을 사랑하는 동물들, 몸 바쳐 동료를 지키는 동물들보다 잔혹해질 수 있다.

…… 관계자들의 생각이 어떻든 수사진은 끝까지 방심하지 않고 예술가artist를 체포하여 여덟 번째 살인을 저지하는 것이 최우선 목표다.

사건은 금방 끝날 것이다. 하지만 승리의 찬스가 별로 남지 않았다. 지금보다 더 사력을 다하여 적을 잡는 데에 전념해야 한다. 경찰 관계자와 JDC 탐정들은 하나같

제5장 영야파경永夜破鏡의 탄식嘆

이 결의에 찬 표정으로 정신을 가다듬고 전투를 위해 열심히 배를 채웠다.

저녁 식사가 순조롭게 흘러가면서 별문제 없이 디저트가 서빙되었다.

그때, 아유카와 데쓰코가 자리에서 일어나 오늘 밤의 경비 계획을 설명했다.

"오늘 밤은 경비 체제를 강화하여 네 명씩 두 시간 교대로 성을 순찰할 겁니다. 물론 중정과 성 외부 경비도 철저히 하겠습니다. 여러분께서는 아무 걱정 하실 필요 없지만 만일을 위해 당부드리겠습니다. 객실 문을 잘 잠그시고 절대로 아침까지 열지 마시기 바랍니다. 모든 객실의 마스터키는 저희가 관리하고 있으니 그것만 지켜주신다면 안전할 겁니다. 예술가artist를 한시라도 빨리 체포할 수 있도록 여러분의 협조 부탁드립니다."

완벽한 경비 체제처럼 보인다. 표면상으로는.

…… 하지만 그걸로 되겠는가? 인원 확충만 한 것이 아닌가?

속으로 불만을 되뇌며 씻을 수 없는 불길한 예감을 느낀 아오이. 이러면 안 된다는, 이대로는 안 된다는 생각이 들었다.

아오이는 쇼코를 생각했다. 결국 그는 그녀에게 아무

JOKER

런 도움이 되지 못했다.

 아오이는 류스이를 보았다. 저 녀석을 잃고 싶지 않다고, 아직은 저 녀석과 함께 있고 싶다고 생각했다.

 그리고 아오이는 다에를 보았다. 지켜주고 싶다고, …… 무슨 일이 있어도 예술가artist의 흉기로부터 구하고 싶다고, 진심으로 소망했다.

 이제 망설이지 않는다. 그가 해야 할 일은 하나다. 세계가 현실이든 허구든 상관없다. 설령 『작자』가 허구의 이야기 속에 자기 행동을 숙명으로 정해두었다 해도 알 바 아니다.

 아오이는 마음을 단단히 먹고 손을 들었다.

제5장 영야파경永夜破鏡의 탄식嘆

61 저승길

"경부님. 그렇게 되면 또 순찰하시는 순사분들이 표적이 될지도 모릅니다."

아오이는 모두가 우려하던 점을 말로 꺼냈다. 모두가 아오이를 주목했다. 스포츠맨 같은 젊은 작가는 진지한 눈빛을 보였다.

그의 말에 일리가 있음을 인정해야 했다. 어젯밤 예술가artist는 행동의 자유를 얻기 위해 실제로 순찰 중인 순사를 죽였다.

아유카와 데쓰코 입장에서는 아픈 곳을 찔린 셈이다. 최악의 상황(순찰경관이 살해당한다면?)을 고려하면서도 다른 선택지를 찾지 않으려는 것을 비난당한 것이다.

말을 고르는 잠깐의 침묵 후, 데쓰코는 둥근 안경 너머의 지성이 느껴지는 눈동자로 아오이를 보았다.

"…… 그러면 달리 방법이 있나요? 아오이 씨께 대안이 있습니까?"

식탁에 마주 앉은 아오이와 다에의 눈이 마주쳤다. 아오이가 그녀에게 미소 짓자 그의 마음을 읽을 수 없던 다에는 난처한 눈빛을 보냈다. 자신을 찌르는 다에의

JOKER

시선을 기분 좋게 느끼며 아오이는 데쓰코에게로 시선을 옮겼다.

"제게 순찰을 맡기세요. 그러면 최소한 죽는 사람은 한 명일 겁니다."

다에가 맨 처음 숨을 삼켰다. 아오이의 말이 실내에 퍼지면서 식당이 소란스러워졌다. 아오이의 제안은 상식적으로 믿기지 않았다. 자살행위나 다름없는 무모한 행위다.

- 내가 할 수 있는 일은 없을까?

자문자답을 거듭한 결과, 아오이가 내놓은 결론은 이것이다. 명예와 훈장을 바라지는 않는다. 그저 아무것도 못 하는 자신을 향한 분노를 역으로 이용해 예술가artist와 대결할 에너지에 쏟고 싶었다. 환영성에 드리운 모든 액운의 소용돌이를 없애고 세계에 부유하는 자욱한 현기증을 깨부수고 싶었다.

중고등학교 시절에 테니스를 열심히 해서 체력에는 자신 있다. 대학교 시절에는 창작에만 시간을 쓰는 바람에 근력도 떨어졌지만 쇼코와의 추억의 밤 다음날에 양아치에게 뻗어버린 굴욕적인 사건도 만회했다. 아오이는 작가가 된 후로 헬스장에 꾸준히 다녀 사춘기를 능가하는 균형 잡힌 몸을 만드는 데 성공했다. 아오이의

제5장 영야파경永夜破鏡의 탄식嘆

생각으로 그의 육체는 지금이 전성기다. 예술가artist와 맞붙어도 질 리 없다. 설령 범인이 훈련받은 경관이어도 평범한 적에게 현재의 자신이 질 것 같지 않았다. 상대가 괴력무쌍 구로야 형사거나 과거 굉장한 싸움꾼이자 지금도 내면의 무시무시한 살기를 때때로 내비치는 류스이도 아닌 한.

말하자면 방심만 안 하면 된다. 예술가artist는 사건 관계자 중 한 명이다. 관계자 중 누가 예술가artist이든 온 신경을 곤두세운 아오이의 적수는 못될 것이다.

"그런데 아오이 씨. 민간인에게 그런 위험한 일을 맡길 수는······."

"경부님. 이런 상황에서는 뭘 해도 위험해요. 모험 없는 성공은 있을 수 없다고 하잖아요. 여기서 대담하게 도박에 나서지 않으면 영원히 예술가artist를 잡을 수 없을지도 모릅니다. 어쩌면 이게 마지막 찬스일 수 있어요."

아오이는 이것이 본인이 제안한 일이라는 서약서를 쓰기로 약속했다. 심야순찰은 절대로 압력을 받고 하는 일이 아니며 그 자신의 희망사항임을 밝혀두면 무슨 일이 일어나든 경찰이 책임을 추궁당하는 일은 없을 것이다. 그리고 환영성 살인사건이 L범죄로 지정된 만큼

JOKER

정부의 높으신 분들이 사건을 빨리 끝내기 위한 무리수도 묵인해주지 않겠느냐고 데쓰코에게 말했다.

아오이의 주장은 과격했다. 도덕적으로는 수긍하기 힘들었다. 하지만 일면의 진실을 꿰뚫은 점은 인정해야 했다. 순찰경관이 있다고 해서 반드시 안전하지는 않다는 사실은 어젯밤의 사건이 잘 말해준다. 또한 순찰경관이 또 살해당하면서 예술가artist가 범행을 멈추면 실마리가 별로 없는 상태로 사건이 미궁에 빠질 수도 있다.

그 후로도 한동안 숨 막히는 설전이 이어지다가 결국 아오이에게 성의 순찰을 맡긴다는 결론이 나왔다. 현실적으로는 상상조차 못 할 선택이지만 이 세계는 현실과 허구가 뒤섞인 모호한 환영의 상자다. 상식적인 사고를 버려도 괜찮을 수 있겠다는, 사람을 미치게 하는 사악한 기운이 횡행한다.

너무나도 무모한 도박이 아닌가 하는 불안도 있다. 하지만 여기서 승부에 나서지 않으면 영원히 승기를 잃고 적을 놓칠 가능성이 큰 것도 사실이다. 데쓰코에게도 쓰라린 결단이다. 경찰관으로서 자신의 미래까지 결정될지 모르는 큰 선택이다.

다만 자신이 책임지고 모험에 나서는 이상, 데쓰코는 만반의 체제로 아오이를 도울 것을 약속했다. 중정과

제5장 영야파경永夜破鏡의 탄식嘆

성 외부 경비를 더욱 엄중히 하면서 신경 써줄 수 있는 범위에서 최대한 아오이의 동향에 주의를 기울이며 원호하기로 했다.

민간인에게 총을 쥐여줄 순 없으므로 아오이에게는 특수 경봉과 수갑만 맡기기로 했다.

순찰 시간은 오후 11시부터 오전 5시까지 6시간. 아오이에게 오늘 밤은 긴 밤이 될 것 같았다.

●

『그 후, 아오이의 활약으로 심야의 성에서 모습을 드러낸 예술가artist는 결국 체포되었다. 예술가artist의 정체는 바로…….』

…… 거기서 원고는 끝났다.

"류스이, 결국 범인은 누구였어?"

여기는 환영성, 류스이의 객실. 합숙 일주일 동안 류스이가 집필을 마친 소설 『화사한 꽃처럼, 몰락은 꿈처럼』을 작가 동료들이 다 읽은 시점이었다.

일곱 명과 두 마리가 살해당한 허구의 환영성 살인사건은 실제로 아무도 살해당하지 않았음에도 불구하고 환영성을 무대로 한 실명소설이라는 점에서 너무나 현실적으로 느껴졌다. 독서 중 소설 속 사건이 『현실』이고 원고를

JOKER

읽는 자신이 『허구』라는 착각에 빠진 사람도 많은 듯했다.
　원고는 범인의 이름이 밝혀지기 직전에 끝났다. 아무래도 류스이는 작가들에게 범인 추리 도전장을 내밀고 싶은 모양이다.
　대체 범인은 누구인가?

　류스이와 탑의 나선계단을 오르며 아오이는 환영성 살인사건이 허구라는 망상에 빠져 있었다. 이 세계는 류스이가 쓴 소설이며 지금 여기에 있는 자신은 『등장인물』에 불과하다……. 거짓말 같은 주위의 분위기 탓에 아오이는 그렇게 느낄 수밖에 없었다. 꿈처럼 모호하고 종잡을 수 없는 이야기.
　옥상에 나가니 시린 밤바람이 살갗을 기분 좋게 자극했다. 비는 그쳤는데도 성벽의 벽돌은 아직 젖어 있었다. 머리 위에는 어두운 구름이 꾸무럭대고 있다. 또 한차례 비가 내릴지도 모른다.
　앞을 걷던 류스이는 시종일관 말이 없었다. 그러다가 남쪽 탑 옥상의 주작 조각상에 기대서야 겨우 아오이를 돌아보고는 이렇게 말했다.
　"아오이, 진심이야?"

제5장 영야파경永夜破鏡의 탄식嘆

걱정도 비난도 아니었다. 여러 감정을 배제한 무기질적인 목소리였다. 답은 저절로 아오이의 입에서 미끄러져 나왔다.

"농담으로 보여?"

두 시선이 부딪치면서 침묵의 시간이 흘렀다. 얼마나 시간이 지났는지 그들은 알지 못했다. 서로 그 상황을 견디지 못하게 되었을 즈음, 류스이가 침묵의 균형을 먼저 깨뜨렸다.

"그런데 왜, 왜 네가 희생하려는 거야?"

"희생자가 될지 말지는 아직 모르는 일이야. 주인공은 마지막에 웃는 법이잖아. 나는 죽을 생각 없어."

아오이는 가볍게 너스레를 떨고는 다시 진지한 표정을 지었다.

"히이라기 씨도 미즈노 씨도, 후몬지 씨도 료쇼 경부도, 두 순사도, 그리고 쇼코 선배도. 검은 고양이 두 마리도 그래. 죽어야 했을 건 하나도 없었어. 정론을 내세우겠다는 건 아닌데, 그들이 살해당할 이유는 전혀 없었어. …… 예술가artist는 분명히 우리 근처에 있을 텐데 나는 아무것도 할 수 없었어. 쇼코 선배한테도 그냥 조심하라고만 했을 뿐이지. 추리하고 싶어도 아무것도 안 떠오르고, 나는 그런 내가 답답해서 참을 수가 없었어……."

"아오이……."

류스이는 친구의 이름을 말했다. 그 후에는 할 말이 없었다. 그의 친구가 불굴의 결의로 예술가artist에게 도전한다는 것을 알고 나서 그가 할 수 있는 일은 친구를 보내주고 뒷모습을 지켜보는 것뿐이었다.

"솔직히 나는 망설여져. 예술가artist는 우리 동료일지도 모르잖아. 미야마, 니지카와 씨……."

아오이는 호시노 다에의 이름을 꺼내려다가 구토를 참듯 목 안에 욱여넣었다. 잠시 아오이가 말문이 막힌 것을 보고 류스이가 냉소적으로 말했다.

"그리고 나. 나는 예술가artist가 아니야, 아오이."

"그러면 좋을 텐데. 뭐, 지금 나는 아무도 믿지 않아."

호시노 다에라는 단 한 명의 예외를 제외하고…….

그제야 아오이는 자신이 다에를 의심할 수 없다는 사실을 깨달았다. 사건이 진행되면 쇼코마저도 의심했을 수도 있는 아오이도 이상하게 다에에게는 의심이 들지 않았다. 의식적으로 그녀를 의심하려 해도 너무나도 멍청한 생각인 것 같았다. 생각이 나아가지 않았다.

과거에 그는 어차피 결혼하지 않을 사람들이 헤어질 것을 알면서도 사귀는 것이 의문스러웠다. 하지만 지금,

제5장 영야파경永夜破鏡의 탄식嘆

예술가artist와의 대결을 앞둔 아오이는 호시노 다에와 앞으로도 함께 걷고 싶다는 생각이 들었다. 결혼하고 싶다는 직접적인 감정은 아니지만 아오이에게는 그녀가 필요했다. 그건 사실이었다.

단순한 종족유지본능 때문에 자신이 다에를 마음에 두었다고 생각하기는 싫었다. 살인사건을 겪으며 『자신』이라는 존재를 백지로 환원하고 과거의 울타리를 무너뜨려 인생을 재구축했기 때문에 더 자유로운 인생관이 생겼기 때문이라고 생각하고 싶었다.

의외로 정신 상태는 차분했다. 불행한 공주를 지키는 기사 역할을 자처하여 이대로 산화할 생각은 추호도 없었다. 생환해야 다에가 무사한지 알 수 있다. 무엇보다 아오이는 사후의 명예 따위는 경주가 끝난 후의 당첨 마권만큼 의미 없다는 것을 안다.

그건 그렇고…….

류스이가 "나는 예술가artist가 아니야"라는 말로 자신을 부정한 것이 아오이에게는 어쩐지 우습게 느껴졌다. 날 적부터 지금까지 온갖 예술 속에서 순수배양된 예술가artist의 정수가 아이덴티티를 부정한 것 같았기 때문이다.

아오이는 반사적으로 이렇게 되물었다.

"다쿠쇼인 류스이, 너는 『신』이야?"

대단히 추상적인 질문이었다. 빠른 반격으로 정평이 난 류스이도 말문이 막힐 정도였다. 류스이가 답을 준비하기까지는 약간의 시간이 걸렸다. 아오이는 무슨 일이 있든 꿈쩍도 하지 않는 류스이에게 한 방 먹인 것 같아서 기분이 조금 좋아졌다.

"환영성 살인사건의 『작자』라는 의미에서 『신』이라면, 답은 노. 『화몰』의 『작자』라는 의미에서 『신』이라면, 답은 예스. 다른 의미면 대답은 불가능해."

"하하, 대답도 정말 너같이 한다. …… 이 세계는 과연 꿈일까, 현실일까, 『화려한 몰락을 위해』일까, 『화사한 꽃처럼, 몰락은 꿈처럼』일까. 어떤 『화몰』이든지 내가 이야기의 『등장인물』이라면 『신』인 네게 쓰이고 있다는 얘기지. 마음이 복잡하다."

아오이가 어깨를 으쓱이자 류스이는 슬프게 고개를 저었다.

"아니, 그건 모르는 일이야. 앞으로 내가 사건 피해자가 된다고 쳐 봐. 『화몰』은 다른 『작자』가 써서 발표되겠지. 『화몰』은 다른 이야기가 되고 나도 똑같이 글로 쓰일 거야."

"그래. 그렇다는 얘기는 『독자』가 읽는 이 이야기가

제5장 영야파경永夜破鏡의 탄식嘆

『화려한 몰락을 위해』와 완전히 똑같지는 않을지도 모른다는 뜻이네."

"응. 적어도 오탈자는 체크해야 출판을 하든가 말든가 하지. 어쨌든 지금의 『화몰』 원고를 그대로 읽을 수 있는 사람은 환영성 살인사건의 관계자뿐이야."

언젠가 『독자』의 손에 닿을 때 『화몰』은 과연 어떤 이야기가 되어있을까. 두 사람은 잠시 사건기록물non-fiction novel의 앞날을 상상했다.

마침내 아오이가 먼저 움직였다. 옥상 가장자리에서 중정을 내려다보는 류스이의 뒷모습을 보니 쇼코와 셋이서 함께 하던 즐거운 나날이 떠올라 애달픈 기분이 들었다. 황금처럼 빛을 발하는 기억 속에서 세 사람은 웃고 있었다. 미래에 아무런 불안을 느끼지 않는 젊은이들만이 가진 미美소였다.

쇼코는 이제 없다. 그리고 아오이는…….

- 내가 죽으면 류스이는 어떻게 생각할까.

절대 답이 나오지 않을 얄궂은 의문이었다. 살아 돌아오면 물어볼까. 아오이는 그렇게 생각해보기도 했다.

모든 것은 그가 살아 돌아오고 나서 시작된다. 그것만큼은 틀림없이 유일무이한 『진실』이다. 그리고 아오이는 자신이 죽지 않을 것을 확신했다. 어째서인지 차분한

JOKER

기분이었다. 어쩌면 예술가artist에게 살해당할지도 모른다는 불안은 전혀 없었다.

"류스이, 만약에 네가 예술가artist여도 용서 안 해. 나는 오늘 밤에 반드시 범인을 잡을 거야."

중정을 보고 있던 류스이는 그 말을 듣고 뒤를 돌았다. 그리고는 아오이에게 다가가 오른손을 내밀었다.

"그래…… 죽지 마라.『화몰』에 네 용감한 모습을 쓰고 싶어. 더는 그 사람을 슬프게 하지 마. 죽을 거면 미리 유서를 써 두든가."

지금 같은 상황에는 침통한 말보다 가벼운 농담이 격려로 더 효과적이다. 두 사람은 웃었다. 아오이는 악수에 응했다.

"노력할게. …… 유서는 필요 없겠지만."

작별 인사는 필요 없었다. 두 사람은 내일 아침 재회할 수 있을 테니까. …… 그런데도 아오이는 헤어질 때 속으로 류스이에게 인사를 건넸다.

잘 있어, 그리고 고마워, 라고.

●

잠깐만 더 여기 있을게. 류스이가 그렇게 말해서 아오이는 혼자 계단으로 사라졌다. "그래"라고 말한 아오이의 쓸쓸한 표정이 인상적이었다.

제5장 영야파경永夜破鏡의 탄식嘆

 묵직한 구름 사이로 슬쩍 달이 보였다. 성벽 가장자리에 손을 얹고 미나호를 보았다. 수면에 비친 달은 환상적이고 아름다웠다.
 세찬 바람이 류스이의 얼굴을 어루만지고 긴 머리를 헝클었다. 머리카락을 빗어 올리면서 류스이는 미래를 알 도리가 없다는 사실이 슬퍼서 한숨을 쉬었다.
 - 내일 이 시간쯤 나는 뭘 하고 있을까. 예술가artist가 잡혀서 아오이와 축배를 들고 있을까?
 아니면……
 그 뒤는 별로 생각하고 싶지 않았다.

JOKER

62 생환을 맹세하다

아오이는 나선계단을 내려오며 막연히 『화몰』과 류스이에 관해 생각했다.

무지막지한 속도로 창조되고 있는 『화려한 몰락을 위해』. 살인사건 한복판에서 글을 써서 그런지 류스이의 집중력은 한계까지 치솟고 예민한 감성은 정점에 도달한 것 같았다.

류스이는 심적 피로가 축적되었을 텐데도 군말 없이 창작에 몰두했다. 잘 시간을 줄여 이야기가 격류처럼 흐르도록 했다.

류스이는 누가 보든 예술가 체질의 인간이다. 그런데 의외로 운동신경도 뛰어나 웬만한 스포츠도 잘한다. 하기야 체력이 없으면 몇 날 며칠 밤을 새워가며 글을 쓸 수 없을 것이다. 류스이를 아는 사람이라면 누구든 그의 터프함을 알고 있지만…… 강인한 정신력과 무궁무진한 체력에서 나오는 탁월한 창작력은 어디에서 유래한 걸까.

어두운 계단은 마치 끝이 없는 것처럼 아래로 길게 뻗어 있었다. 아오이는 조심스럽게 발을 디디며 류스이

제5장 영야파경永夜破鏡의 탄식嘆

가 옛날에 "나는 옛날 약속에 따라 창작을 하는 거야"라고 말한 것을 떠올렸다.

 - 옛날 약속? 누구와의 약속이지?

머릿속에 먼저 떠오른 사람은 류스이의 쌍둥이 여동생 미나세 나기사다. 나기사를 생각하니 아오이는 잊고 있던 중요한 사건이 생각났다.

『역전의 방』에서 미즈노 가즈마의 시체가 발견된 후, 방을 나올 때 류스이는 분명히 "나기사"라고 말했다. 그건 무슨 의미였을까. 쌍둥이 동생을 뜻하지 않을까 생각은 했지만 여태까지 못 물어보고 있었다.

옥상으로 돌아가 류스이에게 직접 물어보고 싶었으나 이미 탑을 많이 내려와 단념해야 했다.

창 없는 탑의 나선계단을 내려가고 있으려니 지금 자신이 어디를 걷고 있는지 알 수가 없었다. 몇분의 일 정도까지 내려왔는지 알 방법이 없었다. 계단 수를 세어봤자 의미도 없어서 아오이는 그저 계단을 내려가는 것에 전념했다.

시야의 위아래는 계단. 양옆은 벽. 같은 풍경 속을 내려가고, 내려가고, 내려가고, 내려가고…….

마침내 문이 보인 순간, 아오이의 귓가에 조금 전 류스이가 한 말이 되살아났다.

JOKER

『더는 그 사람을 슬프게 하지 마.』

그 사람이란 물론 호시노 다에일 것이다. 오늘 참극의 가장 큰 피해자인 그녀는 딱할 만큼 초췌해졌다. 그녀에게 아오이는 아무것도 해줄 수 없었다. 괴로운 처지에 서로 도울 수 있는 사람이야말로 진짜 동지이며 사랑을 나누는 사람이다. 그런데도 아오이는 아무것도 할 수 없었다.

그래서 그는 떨쳐 일어났다. 도망가지 않고 운명의 시나리오와 맞서기 위해. 다에를 슬프게 하지 않기 위해. 지켜주기 위해.

계단을 다 내려왔다. 손잡이에 손을 얹고 문을 단숨에 열었다!

그곳에 호시노 다에가 있었다.

●

별생각 없이 들어온 남자 화장실에 여자가 있는 것을 본 듯한 놀라움이 찾아왔다. 뒤를 따라온 후로 계속 여기에서 기다린 걸까?

중정에 서 있던 호시노 다에는 문이 열리는 소리에 아오이가 왔음을 깨닫고 고개를 들었다. 달빛을 받고 선명한 그림자가 드리운 얼굴은 평소보다 더 울적해 보였다. 그러다가 마음속 망설임 따위 전혀 없었던 것처

제5장 영야파경永夜破鏡의 탄식嘆

럼 다에는 시원한 미소를 지었다.

 아오이는 대강 주변을 살펴 중정 곳곳에 놓인 화톳불 근처에 경비 인원이 있는 것을 확인했다. 혼자 여기에 있어도 일단 위험하지는 않아 보였다. 아니면 경찰에게 미리 설명했는지도 모른다.

 만약 그렇다면 그녀는 뭐라고 말했을까. 밤바람을 쐬고 싶다고? 아니면…… 아오이를 기다린다고? …… 설마!

 혼자만의 착각일지도 모르지만 다에가 아오이를 기다려준 것은 사실인 듯했다. 눈이 마주친 경관 한 사람이 허겁지겁 눈을 피하는 것을 보고 아오이는 쓰게 웃었다.

 - 살인사건 한복판에 있는데 철딱서니 없다고 생각하려나?

 류스이는 조금 전 탑 옥상에서 중정을 내려다보다가 아오이를 기다리는 다에를 발견했는지도 모른다. 두 사람을 위해 옥상에 남아있겠다고 했을까? 참 류스이답다.

 "다에 씨……."

 어떻게 말을 꺼내야 좋을까. 아오이는 망설였다. 좋은 의미로 자신에게 압박을 주기 위해서도 내일 아침까지는 그녀와 이야기를 나누지 않으려고 했는데 이렇게 먼저 나타나면 무시할 수도 없는 노릇이다.

JOKER

 아오이는 발을 멈추고 난감한 듯 시선을 이리저리 굴렸다. 결국 다에가 먼저 말을 걸었다.
 "아오이 씨, 생각을 바꿔주실 수 없나요?"
 무리하는 걸까, 괜한 걱정을 끼치지 않기 위해서일까. 표정은 평온해도 말투는 간절했다.
 어느 정도 예상한 말이었다. 다에가 말린다면 분명히 마음이 흔들릴 것이다. 어쩌면 결단을 거둘지도 모른다. …… 그렇게 생각했기 때문에 아오이는 다에와 내일 아침까지 만나지 않으려고 했다.
 실제로 그녀에게 그런 말을 들으니 상상보다 몇 배는 더 괴로웠다. 아오이는 이를 악물고 주먹을 꾹 쥐었다. 손톱이 피부를 파고들어도 아프지 않았다.
 "누군가는 해야 할 일이에요."
 "그건 알지만요. 그래도……."
 아오이를 보기가 힘들었는지 다에도 시선을 피했다. 목소리는 점점 더 작아졌다.
 "겐지 오빠가 그렇게 최후를 맞이했는데 만약 아오이 씨까지 당하면……. 전…… 전 어떻게 해야 하나요."
 아오이는 눈동자를 촉촉이 적신 다에의 어깨에 손을 얹고 억지로 그녀에게 웃어 보였다.
 "당신 요리를 먹기 전까진 안 죽을 거예요. 약속했잖아

제5장 영야파경永夜破鏡의 탄식嘆

요?"

다에는 웃지 않았다. 오히려 울기 시작했다.

아오이는 그녀에게 손수건을 건넸다. 그리고는 아무 말 없이 혼자 성으로 걸어갔다. 다에의 흐느낌에 마음이 무거워졌다. 그럼에도 불구하고 아오이는 잰걸음으로 그 자리를 떠났다. 오래 머무르면 결심이 흔들릴 것을 알기 때문이다.

- 이게 평생의 이별인 것도 아니잖아. 손수건은 맡겨둬야겠어.

…… 뒤돌아보지 않을 것이다.

아오이는 예술가artist에게 승리하여 생환할 테니까. 다에와 만날 기회는 얼마든지 있으니까.

그러나 죽음을 생각하면(가능성만 생각하면 아예 없다고는 할 수 없는 자신의 죽음) 아오이는 절대적인 허무의 암흑에 짓눌릴 것 같았다. 이성을 부수는 공포에 온몸이 떨렸다.

무서웠다. 죽음과 마주할 때만 느낄 수 있는 진정한 공포를 완연히 느꼈다. 지키고 싶은 것, 잃어서는 안 되는 것이 있기에 죽음이 정말 두려웠다.

걸으면서 눈물이 터졌다. 뜨거운 액체가 뺨을 타고 끊임없이 흘렀다.

JOKER

 - 죽는 건 무서워. 죽는 건 싫어. 죽고 싶지 않아. 아직 죽을 수는 없어. 난 죽으면 안 돼!

 아오이 겐타로는 이런 데서 죽지 않아!!

 아오이는 누구와도 마주치지 않고 객실에 돌아와 문을 잠그고는 그대로 주저앉아 울었다. 소년처럼 순수하게 눈물을 흘리며 『울기』에 몰입했다.

 무서워…… 『죽음』이 무서워…….

 순찰 때까지는 아직 시간이 있었다.

●

 무엇보다도 어두운 깊고 무거운 정적.

 농도 짙은 밤에 드러누운 소녀는 잠이 오지 않아 눈을 떴다. 밤은 점점 깊어가는데 잘 수 없었다. 정신은 맑아지기만 할 뿐…….

 중학교 시절, 친구에게서 『잠자는 숲속의 공주』라는 별명을 얻은 쓰쿠모 네무는 잠을 좋아하고 눈만 감으면 잠드는 체질이다. 불면증에 시달린 적은 한 번도 없거니와 잠들지 못하는 밤은 거의 없었다.

 불면은 정신적인 문제가 원인인 경우가 많다. 네무가 오늘 밤 잠이 안 오는 이유도 머릿속 한구석에 거슬리게 달라붙은 것이 있기 때문이다.

 네무는 졸음의 어둠 가장자리를 계속 맴돌았다. 숙면

제5장 영야파경永夜破鏡의 탄식嘆

의 깊이로 가라앉을 수가 없었다. 미해결 사건이 소녀를 옥죄어 잠을 재우지 않으려는 듯했다.

눈을 뜨고 있기만 해도 막대한 양의 정보가 흘러들어왔다. 그래서 눈을 뜨고 있으면 잠에 빠지는 행복의 순간은 멀어져갈 뿐이었다…….

그러나 네무는 눈을 뜬 채 천장을 빤히 바라보았다. 어중간한 잠기운에 생각을 방해받지 않기 위해서다. 그녀는 시선을 한 점에 고정하고 추리에 집중하려 애썼다.

…… 네무에게는 항상 모호한 세계만이 보였다. 세계란 원래 막연하다. 거기서 그녀는 감각을 더 흐릿하게 했다. 기교적인 모호함으로 현상을 파악하려 했다.

핵심을 감지하는 여자의 감을 최대한으로 살린 퍼지추리가 그녀의 특기다. 모호한 사고로 다른 탐정과는 전혀 다른 각도에서 사건을 공략하고 진상을 부각한다.

퍼지추리는 모호하기 때문에 자신도 이해할 수 없는 경우가 종종 있다. 사건에서 느낀 흐릿한 사고가 다른 탐정에게 추리의 힌트가 되는 경우도 많다.『심판의 방』 밀실이 대표적인 케이스다.

자신의 추리를 이해하지 못한다는 것은 우스운 일이다. 그래도 평소에는 은연중에 추리가 옳은 방향으로 가고 있으며 진상을 가리킨다는 것을 알았다. 그래서

JOKER

네무는 이해가 되는 수준까지 추리를 전개하거나 다른 탐정에게 추리를 맡기면 되었다.

하지만 이번에는…… 네무는 아무것도 알 수 없었다.

추리의 의미뿐만 아니라 추리가 진상을 향하고 있는지, 추리가 진전되는지조차 전혀 알 수 없었다.

『심판의 방』밀실의 퍼지 추리도 그렇다. 이번 사건을 구성하는 모든 요소에서 퍼지 추리는 같은 답을 내놓았다.

『이 사건은 절대 풀리지 않는 수수께끼로 보호받고 있다?』

풀리지 않는 수수께끼는 없다. 수수께끼를 만든 사람이 있으면 해체할 수 있는 사람도 있다.

절대 풀리지 않는 수수께끼. 네무의 그 퍼지추리는 사실 이번이 처음이 아니다. 살면서 두 번째다. 처음에 이 추리를 느꼈을 때, 그녀는 아직 탐정이 아닌 사건 관계자 중 한 명이었다. 기억조차 명확하지 않은 오래전, 어린 시절의 체험이다. 바로 14년 전의 사이몬가 살인사건이다.

1979년, 네무가 경험한 최초의 흉악범죄는 나중에 범죄혁명이라는 이명이 붙은 신범죄의 선구가 되었다. 범인『시로야샤白夜叉』는 사이몬 가문과 쓰쿠모 가문이라

제5장 영야파경永夜破鏡의 탄식嘆

는 두 명문가를 표적으로 불가능 범죄의 퍼레이드를 벌였다. 인지를 초월한 범행으로 사이몬 주쿠(훗날 쓰쿠모 주쿠. 당시 6세)와 쓰쿠모 네무는 대부분의 친족을 잃었다.

19개월에 걸친 사건이 끝났을 때, 살아남은 사람은 네무의 숙부인 란마亂馬 단 한 명이었다. 네무와 주쿠가 란마의 양자로 들어가면서 두 사람은 의붓남매가 되었다. …… 세계의 모든 것을 깨친 듯 두려우리만치 맑은 눈동자. 어린 시절의 몽롱한 기억 속에서도 주쿠와의 첫 만남은 선연한 이미지로 뇌리에 새겨져 있다. 아이의 눈으로 본 의붓오빠는 지상에 강림한 천사라는 표현이 정확히 어울리는 신비로운 분위기를 띠고 있었다. 소년에게는 날개가 있다고 하는데 주쿠의 날개는 네무의 눈에 극채색으로 빛나는 것 같았다.

그 사건이 한창 진행될 때, 계속 마음에 품고 있던 막연한 추리(이대로 사건은 영원히 해결되지 않는 것 아닐까? 이 사건은 절대 풀리지 않는 것 아닐까?)는 지금 생각하면 네무가 처음으로 한 퍼지추리였는지도 모른다.

그로부터 시간이 흐르고 주쿠는 일본을 대표하는 명탐정이 되었다. 네무도 주쿠에게서 귀중한 조언을 들으며

JOKER

나날이 수행에 힘써 독자적인 길을 개척하고 JDC에서 독자적인 지위를 확보할 만큼 성장했다.

사이몬가 살인사건 이래로 지금까지의 탐정 인생에서 네무는 이렇게까지 강렬한 수수께끼를 마주한 적이 없었다. 절대 풀리지 않는 수수께끼의 예감이었다. 너무나도 어렸던 자신의 미숙한 추리력과 기억 탓에 사건이 신비화되면서 착각에 빠졌다고 생각했지만……. 악몽 같은 참극의 기억은 14년의 세월을 거쳐 되살아났다. 환영성 살인사건의 퍼지추리는 사이몬가 살인사건의 추리와 똑같았다.

네무는 어리지만 미숙한 탐정은 아니다. 어느 정도 실적을 쌓아 JDC 제2반에 들어오고 일본탐정계에서도 높은 평가를 받고 있다. 절대 풀리지 않는 수수께끼. 이 퍼지추리는 착각이 아닐 것이다.

검시 결과, 두 순사는 심야 4시경에 살해당한 것으로 판명되었다. 료쇼 다쿠지 경부와 후몬지 고세이의 사망 추정시각은 이른 아침 6시에서 7시 사이였다.

이 보고에 따라 호시노 다에의 증언도 신빙성이 높아졌다. 일어나자마자 객실 창문을 통해 중정을 본 그녀는 『빛의 무대』가 평소와 같은 상태임을 확인했다. 사망 추정시각을 뒷받침하듯 그로부터 바로 몇십 분 사이에

제5장 영야파경永夜破鏡의 탄식嘆

 료쇼 경부와 후몬지는『빛의 무대』에서 목이 베여 살해당하고 머리와 몸통이 각각 다른 장소에 숨겨진 듯했다. 『빛의 무대』의 혈흔은 틀림없는 료쇼와 후몬지의 것이었다. 그런데 의아하게도 혈액에서 수술 등에 쓰이는 항응고제(혈액이 응고되는 것을 막는 약품)가 검출되었다. 아유카와 데쓰코 수사반장은 그것을 중요한 실마리로 여겼다. 다만 현재까지 경찰과 JDC는 눈 밀실 수수께끼를 풀지 못했다.

 몇십 분 사이에 설원에 발자국을 남기지 않고 료쇼와 후몬지를 먼저『빛의 무대』로 끌고 오고는 거기에서 두 사람의 목을 쳐 살해한 것이다. 그리고 다시 발자국 없이 피해자의 목과 몸통을 들고 성으로 들어와(게다가 눈 위에 핏자국을 남기지 않고!) 후몬지의 몸통에 료쇼의 코트를 입혀 온실에 놓고, 료쇼의 몸통에 형광도료로 물들인 옷을 입혀『암실』에 놓고, 료쇼의 목을 얼음상자에 가둬 주방 냉동고에 두고, 후몬지의 목을 서양식 갑주 밀실 안에 봉인했다. 다에가 두 순사의 시체를 발견하면서 생긴 혼란을 틈타 그 정도의 일을 하는 것이 과연 가능한가? 설령 살인에 만반의 준비를 했다 하더라도 이것은 스피드살인 수준이 아니다. 살인예술이라고 부르기에는 너무나도 오싹한 마성의 살시殺詩다.

JOKER

 항응고제와 형광도료는 처음부터 환영성에 없는 물건들이다. 여러 날에 걸친 경찰의 수사에 따르면 지금까지도 전혀 발견되지 않았다. 예술가artist가 교묘하게 그것들을 몰래 가지고 온 것인지, 아니면 특정한 방법으로 성 밖에서 들여왔는지, 이 또한 아직 수수께끼다.

 현시점에서 아무도 손을 댈 수 없는 최고 레벨의 수수께끼인 서양식 갑주 밀실 같은 것이 있다 싶으면 보자마자 답이 나오는 형광도료로 빛나는 목 없는 시체 같은 장치도 있다. 환영성 살인사건은 정교함과 유치함이 공존한다는 점에서 불쾌하기까지 했다.

 언뜻 유치해 보이는 원격살인, 온갖 우의, 고양이 살해. 하지만 범행 현장에는 관계자들의 지문, 모발, 피부조직 등이 은폐된 것 없이 여기저기 널려있음에도 결정타가 되는 실마리는 하나도 없었다. 이런 점에서는 정말이지 정교하다고밖에 할 수 없는 치밀한 계산이 느껴진다.

 수수께끼의 산은 높아지기만 할 뿐. 추리는 겉돌기만 할 뿐. 네무의 퍼지 추리는 계속 같은 답을 꺼냈다. 절대 풀리지 않는 수수께끼.

 당시에 너무 어렸던 네무는 사이몬가 살인사건을 분명하게 기억하지 못한다. 사건을 해결한 아지로 소지와 쓰쿠모 주쿠에게 물어보아도 두 사람은 별로 대답하고

제5장 영야파경永夜破鏡의 탄식嘆

싶지 않은지 모호하게 둘러댈 뿐이었다. 사건 파일을 읽기만 해서는 두 탐정이 어떻게 해결 불가능 사건을 봉인하고 간신히 현실 레벨에서 타협한 결말로 이끌었는지 알 수 없었다.

― 우리가 이 사건을 해결할 수 있을까. 예전에 주쿠 오라버니나 총재님도 풀지 못한 궁극의 사건과 같은 수준의 수수께끼를…….

연쇄흡혈살인사건 조사를 위해 LA로 출장 가기 전, 주쿠는 네무에게 "생일 전까지 사건을 해결하고 귀국할 수 있을 거예요"라고 말했다. 주쿠의 말이니 반드시 옳을 것이다. 그런데 생일날 귀국은 과연 빠른 걸까 늦은 걸까. 10월 31일, 쓰쿠모 주쿠의 생일까지 아직 이틀이나 남았다. 네무는 이틀이라는 시간이 놀 때는 순식간이지만 기다리기에는 너무 길다고 생각했다.

JDC 총재 아지로 소지는 전화탐정 업무 탓에 본부에서 움직이지 못하니 출장을 와달라고 부탁할 수 없을 것이다. 그렇다면 과거에 해결 불가능 사건을 끝낸 탐정은 일본에서 단 한 명, 쓰쿠모 주쿠뿐이다.

이틀 후 주쿠가 도착한다면 그때까지 환영성 살인사건은 어떤 전개를 보여줄 것인가?

― 주쿠 오라버니가 안 늦게 도착하기만 하면 될 텐데.

JOKER

그때까지 우리가 어떻게든 사건의 진행만이라도 막아야 해!

생각에 지친 네무는 눈을 감았다. 어둠에 싸인 시야에 경애하는 의붓오빠의 모습이 보였다…….

완벽하게 단정한 외모. 칠흑의 어둠을 연상케 하는 허리길이의 아름다운 장발. 이상적인 몸의 라인. 너무나도 아름다운 눈동자로 스치는 사람들이 실신하지 않도록 경찰청에서 착용을 권고한 고급스러운 디자인의 선글라스.

14년 사이에 네무의 내면에서 주쿠는 천사를 뛰어넘어 신격화된 우상이 되었다. 온갖 감정을 초월한 『용서』와 『깨달음』의 사람, 쓰쿠모 주쿠. 초연하게 피안에 서서, 아득히 높은 곳에서 흉악범죄를 공격하고 멸하는 주쿠는 사람들에게 『구원의 신』이자 세기말의 구세주messiah라고 할 수 있다.

주쿠를 생각하니 저절로 입가가 올라갔다. 네무는 행복한 안도감에 잠긴 채 요람 안에서 흔들리듯 편안하게 잠의 연못에 빠졌다.

●

미야마 가오루도 또한 어둠 속에서 잠이 오지 않는 밤을 보내고 있었다.

제5장 영야파경永夜破鏡의 탄식嘆

　모두 똑같을 거야. 순찰하는 아오이 씨 걱정에 다들 잠 못 이루는 시간을 보내고 있겠지.

　가오루는 이불에서 나와 방을 가로지르고는 객실 창문에서 멍하니 중정을 바라보았다. 어둠에 익숙해져서 눈앞이 새까맣지는 않았다.

　바깥 냉기에 창문 유리가 얼어있는 모습이 보였다. 숨을 하아 내쉬니 유리가 뿌예졌다. 가오루는 목에 건 십자가를 쥐고 『신』을 생각했다.

　오갈 데 없는 가오루를 거둬준 구노 부부는 무교다. 과거에 양아버지는 가톨릭, 양어머니는 감리교 집안에서 자랐다고 하는데, 둘 다 신앙에서 길을 잃어 신을 회의하고 종교를 버렸다.

　여러 의미에서 부모는 인생에 달관했다. 하지만 아무리 깨친 인간일지라도 결국 세계의 신비를 들춰낼 수 없다. 왜 세계가 존재하는가. 자신들은 어디에서 온 누구인가. 그런 근원적인 불가사의를 해결할 수 없다.

　가오루는 부모에게 각각 세계의 수수께끼를 물어보았다. 부모에게는 명확한 답이 없었다. 그런데도 본인들이 인생을 다 깨달았다고 착각했다. 가오루는 부모의 세계관을 회의했다. 회의의 회의는 신앙으로 귀결되었다.

　가오루는 『신』의 존재를 믿는다.

JOKER

 다만 그 『신』은 일본의 수많은 신이나 절대적 유일신과는 다르다. 가오루에게 『신』은 머리 위에 링을 얹은 노인 모습의 초월자가 아닌 하나의 이미지다.

 우주와 세계를 구성하는 질서. 『작자』라고 바꿔 말해도 된다. 가오루에게 『신』이란 그런 총체적인 이미지의 호칭에 불과하다. 십자가를 가지고 기독교 신자가 되는 길을 택한 이유는 여러 종교 중 자신이 생각하는 이미지에 가장 가깝다고 느꼈기 때문이다. 그래서 가오루는 종파에 구애받지 않고 『신』이라는 개념을 크리스천식으로 숭배할 뿐이다.

 누가 가르친 것도 아니다. 그에게 종교란 개개인의 독자적인 기원 의식……. 어떤 법칙도 약속도 필요 없다. 아류여도 모방이어도 상관없다. 그가 바라는 것은 그저 기도뿐.

 사람은 인생의 여러 국면에서 운명을 믿는다. 그리고 괴로울 때는 신에게 의지한다. 그런데 가오루는 그런 것이 싫었다.

 『신』도 운명도 기도로 발견하는 것이지 기대는 것이 아니다. 가오루가 생각하는 종교는 이렇다.

 어떤 의미로 가오루는 누구보다도 독실한 크리스천이다. 기독교의 방법론을 자기식으로 소화하여 흡수하고

제5장 영야파경永夜破鏡의 탄식嘆

독자적인 해석으로 발전시킨 종교, 미야마 가오루파의 단 한 명뿐인 사제다.

『신』-『작자』- 운명- 기도-

가오루는 십자가를 쥐고 자기 안에서 답을 찾는다.

환영성 살인사건에 있는 『신』의 정체…….

이 이야기를 쓰는 『작자』의 정체…….

자신을 가지고 노는 운명…….

기도의 시간은 계속된다.

어디까지나.

계속↓

JOKER

63 진혼가requiem

(*이 부분은 작자의 상상이다)

극도의 긴장감은 오래 가지 않았다. 어둠 속 어딘가에 예술가artist가 숨어있을지 몰라 덜덜 떨며 환영성을 순찰한 탓일까. 아오이의 정신은 마모되었다. 끊어지기 일보 직전이었다.

아무도 없는 성은 조용했다……. 너무 조용했다. 희미한 소음 하나 이 양감 있는 어둠과 침묵이 공간에 느릿하게 흘렀다.

죽음의 공포 탓에 처음에는 앞으로 나아가는 것도 망설여졌다. 손전등과 상야등의 희미한 빛만을 의지하는 것은 상상보다 더 위험한 느낌이었다. 순찰은 하는 척만 하고 숨은 채로 밤을 지새워 안전을 확보하고 싶은 마음도 있었다. 하지만 무를 수는 없었다. 허세까지는 아니어도 자신에게 부과한 사명감의 무게가 아오이의 발을 가만히 두지 않았다.

처음 차를 운전하는 사람과 비슷한 심경이다. 처음에는 망설인다. 그러나 액셀을 밟고 차가 움직이면 그동안의 걱정이 사실 대단치도 않았다는 사실을 깨닫고 이내

제5장 영야파경永夜破鏡의 탄식嘆

익숙해진다.

 날카로운 각도로 최대치MAX까지 단숨에 솟아오른 아오이의 긴장감은 시간의 흐름과 함께 완만한 커브를 그리며 하강했다.

 ─ 나는 뭘 걱정한 거야. 사람들 앞에서 큰소리나 치고 다에 씨한테 허세나 부리고……. 실제로는 죽음의 공포에 떨기만 했잖아.

 예술가artist를 과하게 두려워한 자신이 문득 바보 같다는 생각이 들었다. 예술가artist가 오늘 밤에 범행을 저지른다는 보장은 어디에도 없지 않은가. 어쩌면 이제 아무도 안 죽일지도 모른다.

 혹한 속에서 동상에 걸린 것처럼 공포의 감각이 마비된 걸까. 아오이는 어둠 속에서 점차 차분해졌다. 마음이 편안해지니 아무것도 무섭지 않았다. 자기 앞에 밝은 미래가 펼쳐진 것처럼 쾌활해졌다.

 ─ 그런데 오늘 예술가artist가 아무도 안 죽이면 내가 의심받을 수도 있겠는데.

 이중인격자, 아니면 몽유병 환자? 자각 없는 범인은 추리소설에서는 해묵은 설정이다. 아오이가 편집자라면 진작에 기각할 진부한 아이디어다.

 ─ 내가 예술가artist? 나는 나도 모르는 사이에 살인예

JOKER

술 창조에 미쳐있었던 걸까?

고약한 농담이지만 혼자 웃기에는 딱 좋았다. 아오이는 쓴웃음을 지으며 발을 움직였다.

손전등으로 오른손 손목시계를 비췄다. 스포트라이트를 받은 듯 손목이 눈부신 빛에 휩싸였다.

오전 2시. 순찰을 시작한 지도 벌써 3시간이 지났다. 처음에는 1초, 2초가 무한한 것 같았다. 그런데 막상 지나고 보니 긴 시간도 찰나처럼 느껴졌다. 이 정도면 남은 시간도 순식간에 지나갈 것이다.

아오이도 지금까지의 3시간과 앞으로의 3시간이 이렇게 달라질 줄은 몰랐다. 예술가artist의 기척은 어디에도 없었다. 아무래도 오늘 밤은 적도 쉬는 모양이다.

- 범인도 심야에 연속으로 범행을 저질렀잖아. 게다가 번거로운 짓만 골라서 했으니 어지간히 피곤하겠지. 어찌 보면 슬슬 살인을 쉴 때가 된 거야.

그렇게 자신에게 용기를 주면서 어둑한 복도를 나아갔다. 들고 있는 손전등을 좌우로 흔드니 빛의 검이 오른쪽에서 왼쪽으로 어둠을 갈랐다. 드문드문 비치는 환영성의 장식물은 시야가 제한된 탓인지 이상야릇하게 보였다.

척 척 척

제5장 영야파경永夜破鏡의 탄식嘆

아오이는 천천히 복도를 디녀나갔다. 낮에는 그리 의식하지 않았는데 이렇게 어둠의 베일에 싸인 성을 걷고 있으려니 환영성의 넓이가 여실히 느껴졌다. 낮에는 별로 길게 느껴지지 않는 복도도 심야인 지금은 거대한 미궁 속 끝없이 이어진 복도 같았다.

그때였다!

척 척 척

척   척

복도 모퉁이를 돈 순간, 문득 앞쪽에 발소리가 들린 것 같았다. 자신의 발소리와 겹쳐서 지금 또 하나의 발소리가……?

척 척-

아오이는 발을 멈췄다.

척   척-

자신의 발소리가 난 후에 또 하나의 발소리도 멈췄다. 메아리나 환청이 아니다. 누군가가 (예술가artist!) 아오이의 바로 앞 복도를 걷고 있다……!

척   척 처척

앞쪽의 발소리가 또 움직이기 시작했다. 아오이는 저도 모르게 몸을 바짝 굳혔다가 소리가 멀어져가는 것을 알아채고 서둘러 앞을 비췄다.

JOKER

 원형의 빛이 좌우로 흔들렸다. 긴 복도 너머 막다른 곳 모퉁이에 빨려 들어가듯이 사람 그림자가 휙 사라졌다.

 지금은 오전 2시. 오전 5시까지는 아무도 실내에서 나오지 않아야 한다. 수사 관계자라면 아오이에게서 도망칠 리가 없다. 그렇다는 건······.

 지금의 그림자가 예술가artist!

 환영성 살인사건의 악몽을 만드는 장본인이 바로 앞에 있다. 아오이는 긴장과 흥분으로 심장이 빠르게 뛰는 것을 느꼈다. 바들바들 떨다 보니 불안의 안개가 걷혔다. 아오이는 망설이지 않고 달려갔다.

 죽음의 공포는 어딘가로 소멸했다. 모든 악의 근원이 바로 근처를 걷고 있다는 사실에 아오이의 정신은 고양되기만 했다.

 - 얼른! 이건 천재일우의 호기chance야!

 척 척 척척 처처척 처처처처처척!

 척 척 척 처척 처처처척 처처처처처척!

 아오이가 달려나가자 예술가artist도 따라잡히지 않으려 달리기 시작한 것 같았다. 복도를 딛는 두 사람의 발소리가 빨라졌다. 점점 속도가 올라갔다.

 최고 스피드에 도달했을 즈음, 아오이는 벨트에 끼고

제5장 영야파경永夜破鏡의 탄식嘆

있던 특수 경봉을 오른손에 꽉 쥐었다. 달려간다, 달려간다. 손전등의 빛이 위아래로 세차게 흔들린다, 흔들린다!

바로 앞에 선 그림자가 보였다. 빛을 비췄다. 자수정 amethyst이 빛을 반사하여 눈부시게 빛났다. 경덕귀 조각상이다!

…… 『신기루의 방』이었다.

●

벽면에 수많은 직육면체 거울을 붙인 원형 홀, 『신기루의 방』. 원래도 넓은 그 공간은 어둠 탓에 시야가 좁아져서 훨씬 넓게 느껴졌다.

아오이는 손전등으로 재빨리 실내를 비췄다.

두 개의 미인상(선려상, 선루상)을 등진 채 사이에 우뚝 선 경덕귀는 어둠 속에서 빛을 쪼이니 제한된 시야 탓에 평소보다 더 기분 나쁘게 보였다. 바로 앞에 손전등을 가져가자 경덕귀가 들고 있는 자수정이 반사광으로 강렬한 빛을 발했다. 눈도 아찔할 뿐이었다.

아오이는 세 조각상 주위를 돌면서 밤의 해안에 우뚝 솟은 등대처럼 빛의 분침을 시계방향으로 천천히 움직여 실내를 구석구석 살펴보았다. 벽에 있는 모든 거울 속에서 아오이가 든 손전등 빛이 흔들렸다. 빛의 길 위에서 폭주족의 오토바이에 포위된 듯 불편한 느낌이었다.

JOKER

　실내에는 아무도 없는 듯했다. 거울에는 분명히 아오이의 모습뿐이었다.

　조금 전에 발소리가 뚝 끊긴 이후로 아무 소리도 들리지 않았다. 적은 아오이의 발소리에 맞춰 자기 발소리를 죽이고 어딘가로 숨은 것인가?

　『신기루의 방』에서 밖으로 통하는 통로는 네 곳이다. 그중 하나는 아오이가 지나왔으므로 소거할 수 있다. 예술가artist는 세 개의 통로 중 어디로 사라졌는가?

　아무리 귀를 씻고 기다려도 정적이 계속되었다. 예술가artist는 의외로 바로 근처에서 숨을 죽이고 있을지도 모른다. 하지만 이렇게 고요하지 않은가. 걷다 보면 발소리를 숨기기는 어렵다.

　어느 통로를 선택할지 망설이지 않았다. 예술가artist를 놓쳤다면 본인이 안전하다거나 반드시 잡겠다는 생각은 없었다. 아오이는 지극히 자연스럽게 통로 하나를 골랐다. 식당으로 이어지는 통로였다.

　발소리를 완전히 죽일 수는 없었지만 최대한 조용히 복도를 걸어갔다. 아오이는 식당으로 쭉 이어진 복도로 나오자마자 손전등으로 통로 전체를 비췄다.

　통로 자체에는 숨을 곳이 존재하지 않는다. 그곳에는 아무도 없다. 하지만 앞쪽에는 식당 문이 있다.

제5장 영야파경永夜破鏡의 탄식嘆

― 저 문 너머에 예술가artist가 숨었나?

발을 멈췄다. 여전히 아무 소리도 없었다.

아오이가 고르지 않은 나머지 두 통로는 복도가 길게 이어져서 숨기에 적합하지 않다. 예술가artist가 식당에 숨어있을 확률이 상당히 높겠다는 생각이 들었다.

한 걸음 한 걸음, 발을 디딜 때마다 심장 고동이 폭발적으로 빨라졌다.

― 이 문 바로 너머에 예술가artist가…….

동요는 격해지고 호흡은 거칠어졌다. 지금 공포를 뛰어넘는 호기심이 아오이를 움직였다. 수사진의 탁월한 지혜를 전부 모아도 알 수 없었던 예술가artist의 정체가 곧 판명된다.

― 예술가artist의 정체는 대체 누구지?

아오이는 특수 경봉을 왼쪽 옆구리에 낀 채 붉고 커다란 양여닫이문 손잡이에 오른손을 얹었다. 그리고는 문을 여는 데 온 신경을 집중했다. 문 그림자에서 덮쳐와도 응전할 수 있도록 몸에 힘을 잔뜩 줬다.

꿀꺽, 침을 삼켰다. 드디어.

아오이는 힘껏 식당 문을 열……려고 했던 바로 그때!

갑자기 안 좋은 예감이 들었다. 짐승의 생존본능이 그에게 위기를 호소했다. 아오이가 청각기관에 들어온

JOKER

소리를 인식하기까지는 시간이 조금 걸렸다.

아오이는 문에 과하게 주의를 기울였다. 예술가artist가 틀림없이 문 너머에서 숨을 죽이고 있으리라고 지레짐작했다. 그래서 반응이 늦었다.

타타타탓!

고개만 뒤로 돌린 아오이. 손전등으로 비출 새도 없이 검은 그림자가 맹렬한 스피드로 그에게 달려왔다.

퍼억

머릿속에서 화약이 폭발한 듯했다. 눈에서 불꽃이 났다. 아오이는 둔기 같은 것으로 머리를 강타당해 의식이 어둠 속으로 잠기는 것을 느꼈다.

실로 허무한 종막이었다.

슬픔도 분노도 없었다. 멀어지는 의식 속에서 아오이의 뇌리에 남은 것은 하나의 의문이었다.

적이 나머지 두 통로에 숨어있었다기에는 너무 이른 공격이었다. 아오이의 동향을 알아채기에도, 단숨에 아오이에게 달려와 거리를 좁히기에도 너무 이르다.『신기루의 방』에는 분명히 아무도 없었을 텐데……. 예술가artist는 그 홀 어딘가에 숨어있었던 걸까?

머리가 격하게 쑤셨다. 생각이 빙글빙글 돌다가 이윽고 폭발하여 산산조각으로 공중분해!

제5장 영야파경永夜破鏡의 탄식嘆

　남아있는 모든 힘을 동원하여 아오이는 고개를 들었다. 빙글빙글빙글빙글, 고통에 떨리는 머리를 들어 올렸다.

　예술가artist의 얼굴이 흐릿하게 보였다. 그 녀석은…….

　"어, 어째서. 어째서야……."

　『등장인물』 중 한 사람, 너무나도 의외인 인물이 그곳에 있었다. 「당신」의 추리도 놓쳤을지 모르는 맹점, 예술가artist가 그곳에 있었다.

　예술가artist는 다시 흉기를 휘둘렀다.

　…… 그렇게 모든 것이 어둠에 잠겼다.

●

　의식만이 영원한 암흑을 떠돌았다.

　죽음의 공포는 저 멀리 사라졌다. 아오이의 내면에는 세계의 흐름을 그대로 받아들이는 체념이 있었다. 마음 속 어딘가에서 자신은 『등장인물』 중 『주인공』이니 죽을 리가 없다거나 운 좋게 살아남을지도 모른다고 생각하면서도 그것이 자기 위안에 불과함을 알고 있었다.

　순식간이면서도 무한한 시간 속에서 의식만이 붕 떴다. 이곳은 정말 과거도 미래도 현재도 존재하지 않았다. 자신마저 없었다. 하나의 질서 있는 연속된 흐름이 있을 뿐이었다.
『죽음』을 생각하니 생명의 허무함이 절절히 느껴졌다.
- 『사람』이란 『허무』한 『꿈』 이야기 -
그러다가 그는 절망 속에서 붙잡을 한 줄기 희망의 빛을 느꼈다. …… 태곳적부터 인류가 갈망하던, 살아가는 데 힘이 되는 강하디강한 감정.
종족유지 본능이 만드는 환상?
그런 것과는 상관없다. 지금 아오이가 바라는 것은 영원히 계속된다…….

사랑愛

아오이는 머릿속에서 『사랑』이라는 글자를 그렸다.
그는 이렇게 아름다운 글자를 이것 말고는 모른다.
『사랑』을 느끼는 이 상태가 계속된다면 아오이 겐타로가 어디에든 존재하지 않아도 좋다는 생각까지 들었다.
그런데 아오이는 갑자기 강력한 힘으로 현실로 끌려왔다.
입에 무언가가 들어왔다. 입이 억지로 벌어지면서 뭔가가…… 이건 물이다! 아오이는 눈을 떴다. 그는 물속에

제5장 영야파경永夜破鏡의 탄식嘆

잠겨있었다. 팔다리를 허우적거려도 반고리관이 망가진 듯 균형감각이 전혀 발동되지 않았다. 움직일 수 없었다. 격류가 목 안으로, 안으로! 들어왔다!

 아오이는 『사랑』의 꿈에서 깨어났다.

 그곳에 있는 것은 『죽음』의 현실뿐이었다.

JOKER

64 마하^{摩詞}불가사의

거세게 문을 두들기는 소리가 났다.
"류구 씨! 일어나세요! 류구 씨!"
쾅쾅! 쾅쾅!
조노스케는 아침이 왔음을 깨달았다. 어젯밤에 사건 추리를 거듭하다가 잠 못 든 기억이 있었는데 어느새 아침이다. 창밖이 환하다.
– 이런, 이런, 꿈을 꿀 새도 없네.
시계를 보니 아직 오전 5시 25분이다. 기상 시간이라기엔 이르다. 그렇다면 아오이 겐타로의 신변에 무슨 일이라도…….
조노스케의 안광이 날카롭게 빛났다. 일단 문 너머로 "지금 갈게요"라고 대답만 해놓고 빠르게 잠옷을 갈아입었다. 망토를 걸치고 장갑을 꼈다. 펠트 모자까지 들고 조노스케는 문으로 걸어갔다.
"그런데 누구시죠?"
조노스케는 문득 이것이 예술가artist의 술책일지도 모른다는 생각이 들어서 그렇게 물어야만 했다. 절박한

제5장 영야파경永夜破鏡의 탄식嘆

목소리를 내면서 긴급사태가 일어났다고 착각하게 하고 피해자를 유인할 수 있지 않은가. 온몸에 오한이 퍼졌다.

"저예요. 류구 씨. 잊으셨어요?"

들어본 적 있는 목소리였다. 하지만 기억나지 않았다. 그래도 얼빠진 목소리라 그런지 조노스케가 잠시 느낀 위기감은 줄어들었다.

"저라고 말하면 어떻게 압니까."

수사진 중 한 사람인 듯했으나 경관 이름을 일일이 기억하지는 않으니 알 수 없다.

"사도입니다. 사도 구토예요."

"아, 사도 씨군."

잠금쇠를 풀고 조금 긴장한 채 문을 열었다. 어제 아유카와 데쓰코와 함께 환영성에 파견된 사도 구토 형사가 그곳에 있었다. 구토는 위안여행[29]에서 술로 밤을 지새우다 탈진한 직장인 같았다.

대단히 인상적인 사람은 아니지만 『구토』라는 특이한 이름과 아유카와 데쓰코 경부의 옆에 있다는 점에서 조노스케는 그를 잘 기억했다. 구토는 늦잠을 자는 버릇이 있다고 했는데 이른 아침부터 일어나 있는 것을 보니 역시 새 사건이 터졌나 보다.

---

29) 사원의 노력과 성과를 치하하기 위한 단체여행.

JOKER

— 아오이 씨가 살해당했나. 아니, 속단은 아무 의미 없어. 적은 예술가artist잖아. 항상 우리의 예상을 뛰어넘지.

"류구 씨, 얼른 오세요."

구토는 조노스케를 재촉하고 잰걸음으로 복도를 걸었다. 조노스케는 객실 문을 잠그고 곧바로 뒤를 따라갔다.

"사건이군. 다음 무대는 어디지?"

"확실한 건 아직 모릅니다. 일단 『밀실의 방』까지 얼른 와주세요."

구토가 사용한 미묘한 표현이 거슬렸다. 확실한 건 모른다니…… 참으로 이상하다.

새로운 수수께끼를 향해 조노스케는 달렸다.

그들을 기다리는 다음 수수께끼는 무엇일까. 그렇게 생각하니 가슴이 뛰었다. 조노스케는 수사에 대비해 정신을 가다듬었다. 방금 일어났지만 잠기운은 저 멀리 달아났다.

●

긴 복도 끝, 『밀실의 방』 앞에는 수사진의 주력 멤버가 벌써 다 모여 있었다.

아유카와 데쓰코, 구로야 다카시, 아리마 미유키, 기리카 마이, 쓰쿠모 네무, 아지로 소야, 기리기리스 다로.

제5장 영야파경永夜破鏡의 탄식嘆

그 외 경찰 관계자 몇 명. …… 늦잠이 습관인 구토와 그가 깨운 조노스케는 가장 마지막으로 도착했다. 이 사실로 추측건대 구토는 좀처럼 일어나지 못했던 모양이다.

『밀실의 방』은 주방 바로 뒤쪽에 해당하는 환영성의 가장 깊숙한 곳에 있다. 근처에 다른 방은 없으며 긴 복도의 맨 끝이다. 이른바 고립된 방이다. 문은 잠겨있지 않으며 사방을 콘크리트 벽으로 둘러싼 공간이다. 실내에 창문이나 환기구는 없고 외부와는 단 하나의 문으로만 통한다. 철문을 닫아버리면 실내는 완전한 밀폐상태가 된다. 어떻게든 밀실의 분위기를 느끼기 위해서만 만들어진 듯하다. 그야말로 미스터리 마니아 히라이 씨 취향의 방이다.

조노스케는 사람이 모인 곳으로 가서 마이와 이야기를 나누는 데쓰코에게 다가갔다.

"무슨 일입니까, 아유카와 양. 방에도 안 들어가고."

데쓰코는 그 질문에 대답하지 않고 『밀실의 방』 문을 가리켜 설명을 대신했다. 철문에 붙은 한 장의 쪽지.

"이건…… 또 그건가."

조노스케의 표정이 경악으로 일그러졌다.

쪽지는 다음과 같은 내용이었다.

JOKER

> 이 문, 열지 말 것.
>
> 예술가artist

제5장 영야파경永夜破鏡의 탄식嘆

65 물 밀실과 거울의 수수께끼

 철문 너머 밀폐된 실내에 무엇이 있는가?
 『이 문, 열지 말 것』
 수사진은 일단 아무도 문을 열지 않았다. 조노스케의 도착으로 주력 멤버가 전부 모일 때까지 그들은 예술가artist가 던진 경고의 의미를 이것저것 추측하고 있었다. 그러나 여태까지 설득력 있는 추리는 나오지 않았다.
 문에 쪽지가 붙어있는 것을 보면 아마 실내에는 여태까지와 마찬가지로 살인예술 중 하나가 완성되어 있을 것이다……. 문을 열어서는 안 된다는 범인의 오싹한 경고 탓에 모두가 문 열기를 주저하고 있었다.
 예술가artist는 테러리스트가 아니다. 문을 열어서 폭탄이 폭발하는 일은 없을 것이다. 그래도 문 안쪽에 어떤 장치가 있을 가능성은 다분하다.
 또 새로운 사건이 일어났다는 당황스러운 소식과 지옥문처럼 으스스한 디자인의 문에 붙은 한 장의 쪽지 탓에 수사진의 불안이 커졌다.
 "어떻게 할까요, 류구 씨. 문 바깥쪽에는 아무런 장치가 없는 것 같은데 안쪽의 상황은 모릅니다. 전문가의 지원을 기다릴까요?"

수사반장 데쓰코도 대응에 고심하고 있었다. 조노스케는 검은 장갑을 낀 오른손을 턱에 대고 침묵을 지키며 철문을 빤히 노려보았다. 조노스케를 대신해 복도 벽에 기대고 있던 소야가 의견을 말했다.

"그런데 아유카와 씨. 실내의 상황을 모르면 전문가를 불러도 도움이 안 될 것 같아요. 실내를 조사하기 위해서는 일단 문을 열 수밖에 없잖아요."

조노스케는 조수에게 시선을 던지고 고개를 끄덕였다.

"아지로 씨 말이 맞아. 문을 열지 않으면 아무것도 시작되지 않지. 호랑이굴에 들어가야 호랑이 새끼를 잡는 법이잖아. 예술가artist의 속셈이 불쾌하긴 하지만 일단 문을 열어보자."

"류구 씨, 너무 안이한 생각 아니야? 무슨 위험한 장치가 있을지 어떻게 알아."

구로야 형사는 단단한 손으로 조노스케의 어깨를 잡고 검은 옷의 탐정을 말렸다. 조노스케는 왼손 검지로 모자챙을 들어 올리며 미소 짓고는 말했다.

"환영성의 방은 객실까지 포함해서 경찰이 면밀하게 조사했겠지, 구로야 씨. 류구는 그 조사에서 눈에 띄는 게 발견되지 않았다면 대단한 장치는 못 만들었으리라고

제5장 영야파경永夜破鏡의 탄식嘆

봐."

 조노스케는 결의에 찬 눈으로 모두를 둘러보고 천천히 고개를 끄덕였다. 그리고는 왼손으로 모두에게 후퇴하라고 손짓했다. 검은 옷 탐정의 안위를 걱정하면서도 수사진은 순순히 몇 걸음 뒤로 물러났다.

 조노스케는 검은 망토를 펄럭이며 『밀실의 방』문으로 다가갔다. 철문은 빈틈없이 벽에 맞물려 있어 실내에 무엇이 있는지 전혀 알 수 없었다.

 손잡이를 쥐는 손에 힘이 들어갔다. 조노스케는 다시 뒤를 흘긋 보았다. 모두가 마른침을 삼키고 그의 일거수일투족에 주목했다.

 - 문 너머에서 형용할 수 없는 압박감이 느껴져. 기분 탓인가. 아니…… 실내에 있는 무언가가 감각을 뛰어넘은 본능에 호소해서 긴장감을 일으키는 것 같아.

 깊이 숨을 마시고 손잡이를 쥐었다. 조금씩 문을 열 생각으로 조노스케는 가볍게 손잡이를 몸쪽으로 당겼다.

 - !※$#*§÷☆?-

 순간 무슨 일이 일어났는지 이해할 수 없었다.

 살짝 열린 문에서 격렬한 힘이 터져 나와 조노스케의 얼굴을 강타했다. 뒤에서 비명이 들려왔다. 펀치를 그대로 맞았다! 체중이 실린 묵직하고 빠른 펀치를 안면에

JOKER

때려 맞은 듯했다. 실제로 그의 얼굴을 때린 것이 힘차게 열린 철문이라는 사실조차 알 수 없었다. 강한 충격을 받고 조노스케는 휘청거렸다.

"...... 뭐지?!"

그 말을 입에 담을 여유도 없었다. 뒤에서 절규가 연달아 들려왔다. 조노스케도 뭐가 뭔지 알 수 없었다.

다음 순간, 조노스케는 바닥에 누운 채 끊임없이 맞고 있었다.

- 물…….

열린 문 틈새 전체에서 대량의 물이 흘러나왔다. 거친 파도처럼 밀려오는 격류가 몸 전체를 짓눌렀다. 『밀실의 방』에서 터져 나온 홍수가 조노스케를 삼켜 숨도 제대로 쉴 수 없었다. 검은 옷의 탐정은 코에 물이 들어간 괴로움에 몸을 비틀었다. 다른 사람들의 외침이 저 멀리서 들려오는 것 같았다. 조노스케는 점프대에서 떨어져 깊은 풀 바닥까지 순식간에 가라앉은 듯한 느낌을 받았다.

- 어떻게, 방 안에 물이……?

『밀실의 방』에는 아무것도 없다. 문 이외의 출입구는 존재하지 않으며 물론 수도꼭지도 없다. 예술가artist는 어떻게 밀폐된 공간에 물을 채웠는가. 평소에는 철문을 잠그지 않아 개폐가 자유롭다. 하지만 실내가 물로 가득

제5장 영야파경永夜破鏡의 탄식嘆

찾는데 복도에 물이 흐른 흔적이 없다는 것은 『밀실의 방』이 밀실 상황이었다는 뜻이다. 전대미문의 밀실, 이것은 물水밀실이다.

방에서 흘러나온 물은 힘차게 복도를 달렸다. 의지를 가진 생물이 복도를 엄청난 속도로 기어가는 것처럼 순식간에 복도가 침수되었다. 뒤에서 조노스케를 지켜보던 수사진은 허리까지 흠뻑 젖었다.

너무나도 불가사의한 현상에 모두가 당황했다. 실내에 채워진 물의 수위가 서서히 내려갔다. 처음에는 온몸이 물에 잠겨있던 조노스케도 어떻게든 헤엄쳐 상반신을 물 위로 꺼냈다.

복도에 양손을 짚고 발을 앞으로 던지다시피 하여 앉은 조노스케는 허리 아래를 흐르는 초겨울 물의 차가움을 잊고 멍하니 실내를 바라보았다.

복도의 불빛만으로는 『밀실의 방』 내부가 잘 보이지 않았다. 실내에 조명이 없어 어렴풋하게 보일 뿐이었다. …… 그래도 어떤 물체가 천장에 매달린 것만큼은 알 수 있었다.

저건…… 설마?

●

마침내 『밀실의 방』 물이 다 빠졌다. 기리카 마이와

JOKER

아유카와 데쓰코를 선두로 수사진이 조노스케에게 우르르 달려갔다. 복도와 실내는 아직 발 높이까지 물이 차 있어 달리면 물의 저항이 느껴졌다. 한 명 한 명이 움직일 때마다 물소리가 철벅철벅 요란하게 났다. 물새 무리가 일제히 날아오르는 소리를 연상케 했다.

"류구 씨, 괜찮아?"

마이는 양 무릎에 손을 얹고 상반신을 기울여 흠뻑 젖은 명탐정을 걱정스레 보았다. 그 옆에서 데쓰코는 어둑한 『밀실의 방』 실내를 노려보았다.

"기리카 씨, 류구 씨. 이건 대체 어떻게 된 일이죠? 물의 밀실인가요?"

그들도 허리까지 젖긴 했지만 문 앞에서 폭포 같은 물을 맞은 조노스케만큼 피해를 입지 않았다. 물 찬 제비 같은 남자. 조노스케는 눈을 감고 한숨을 푹 쉬었다. 그의 동안은 응석받이처럼 잔뜩 일그러져 있었다.

검은 옷의 추리 귀공자는 물에 젖어 구겨진 펠트 모자를 걸레처럼 짜고 그를 둘러싼 사람들의 원 중심에서 천천히 일어났다. 망토와 머리에서는 아직도 물이 뚝뚝 떨어지고 있다. 허리가 물에서 나왔을 때, 첨벙 물소리가 났다.

조노스케는 모두를 차례대로 보고는 손전등을 쥔 아리

제5장 영야파경永夜破鏡의 탄식嘆

마 미유키에게 손을 내밀었다.

"아리마 양. 손전등 좀 빌려줘요."

"아, 예. 여기요."

미유키는 철벅철벅 물을 가로질러 나아가면서 조노스케에게 손전등을 건넸다. 살짝 닿은 탐정의 손이 놀랄 만큼 차가워서 미유키는 그가 불쌍하다고 생각했다.

조노스케는 『밀실의 방』쪽으로 몸을 돌리고 문간까지 갔다. 그 뒤를 수사진이 졸졸 따라갔다. 손전등 스위치를 켜고 어둑한 실내를 비췄다. 스포트라이트를 비춘 듯, 빛의 동그라미 안에 실내의 참상이 뚜렷이 드러났다…….

그곳에는 천장에 매달린 아오이 겐타로의 시체가, 흘러나온 물의 기세 탓에 아직도 천천히 회전하고 있었다.

"10번째 시체야."

조노스케의 힘없는 목소리에서 체념이 느껴졌다. 소야도 나란히 서서 괴롭게 말을 꺼냈다.

"이걸로 『여덟 개의 제물』이 완성되었군."

비극적인 죽음의 풍경이었다. 한없이 허구적인 살인에서 느껴지는 광기에 진절머리가 난 데쓰코와 미유키는 실내로 향하는 시선을 거뒀다. 머지않아 세세히 조사해야 한다는 걸 알면서도 지금 당장은 그 광경을 직시할

JOKER

수 없었다. 가만히 시체를 보고 있으면 이성이 와장창 부서질 것 같았다.

●

| 제1번째 시체 | 미즈노 가즈마 | 10월 26일 |
제2번째 시체	히이라기 쓰카사	10월 26일
제3번째 시체	히라이 하나	10월 27일
제4번째 시체	히라이 레이	10월 27일
제5번째 시체	히류 쇼코	10월 27일
제6번째 시체	사카키 이치로	10월 28일
제7번째 시체	사토 이치로	10월 28일
제8번째 시체	료쇼 다쿠지	10월 28일
제9번째 시체	후몬지 고세이	10월 28일
제10번째 시체	아오이 겐타로	10월 29일

엣취! 네무가 재채기를 했다. 이 소리가 쥐 죽은 듯 조용한 이른 아침의 성에 크게 울려 퍼졌다.

지금…… 여덟 명의 피해자를 내고 사건은 종결되었다. 이제 겹겹이 쌓인 수수께끼의 산이 남았을 뿐.

제5장 영야파경永夜破鏡의 탄식嘆

「제10번째 시체」
10월 29일 - l

● 아오이 겐타로(본명=쓰라라기 신지)
쓰는 손=왼손 직업=작가 성별=남 나이=24
시체 발견 현장 ◎ 「밀실의 방」

현장 상황
1 ◎ 아오이는 익사했다.
2 ◎ 시체 바지의 벨트에 로프가 묶여 있었다. 로프는 석유등을 다는 천장 돌기에 매달려 있었다.
3 ◎ 시체 발견 당시, 「밀실의 방」 실내에는 물이 가득 차 있었다.

[비고]
「신기루의 방」 거울 하나가 벗겨져 있는 것이 발견되었다. 거울은 벽에서 떨어진 자리에 세워져 있었다.

JOKER

66 애수 어린 환영성

이렇게 환영성 살인사건은 막을 내렸다.

예고 그대로 여덟 명의 인간(거기에 두 마리 고양이)을 죽이고 어둠 속에 정체를 숨긴 예술가artist. 사건의 진상은 여전히 수수께끼에 싸여 있었다. 범인의 정체가 밝혀질 순간이 정말로 찾아올지 아무도 알지 못했다.

물 밀실 익사…….

아오이 살인사건은 과도하게 장식적인 환영성 살인사건의 대미를 장식하는 화려한 살인이었다.

…… 어째서 아오이는 물속에서 매달려 있었는가? 어떻게 밀폐된 실내에 물을 채웠는가? 『신기루의 방』 거울이 한 장만 떨어져 있던 것은 『밀실의 방』 살인과 관계가 있는가?

많은 의문을 내포한 신비적인 살인예술. 『빛의 무대』 눈 밀실이나 서양 갑주 밀실, 여러 우의의 의미 등, 방치된 미해결 수수께끼가 가득하다.

유치하다고도 할 수 있는 우의도 적지 않지만, 결정적인 실마리를 전혀 남기지 않은 예술가artist의 치밀한 계산은 수사진을 혼란에 빠뜨릴 뿐이었다. 적은 당대

제5장 영야파경永夜破鏡의 탄식嘆

『최강』이자 『최흉』의 범죄자……. 추리소설의 범인처럼 적당한 실마리를 남겨주지 않은 채, 어설픈 수사로는 전혀 다다를 수 없는 영역에 숨어있다.

사건이 끝나버리면 수수께끼도 늘어나지 않는다. 지금까지 주어진 정보로 최대의 수수께끼인 예술가artist의 정체를 과연 밝힐 수 있을까?

●

식당에 모여 아오이의 사망 소식을 들었을 때, 『간사이 본격 모임』, 환영성 관계자들의 반응은 복잡했다. 경악하면서도 사건이 끝났다고 가슴을 쓸어내리는 사람, 혼자서 예술가artist를 향한 분노에 치를 떠는 사람, 그저 슬퍼하는 사람…….

호시노 다에는 비보를 접하자마자 정신이 착란한 것처럼 자리에서 일어나 곧장 밖으로 달려 나갔다.

다에의 뒤를 따르는 사람은 아무도 없었다. 아니, 정확히 말하자면, 아무도 그 뒤를 따를 수 없었다. 사랑하는 친오빠에 이어 급속도로 가까워져 서로 의지하던 사람을 빼앗긴 그녀에게 무책임한 위로의 말을 건넬 수 있는 사람은 아무도 없었다.

타인에게는 당신의 괴로움을 이해한다고 말할 자격이 없다. 슬픔은 당사자만의 것이다. 아무리 측은지심이

JOKER

있어도 타인의 동정은 아는 척에 불과하다.

그런데 류스이라면, 호시노 남매와 개인적으로도 친했던 그라면 따스한 말 한두 마디 건네줄 수 있었는지도 모른다. 그가 위로하면 다에도 무턱대고 거부하지는 않을 것이다. …… 하지만 류스이도 또한 사랑하는 친구를 잃으면서 자기 자신까지 잃어버려 타인을 걱정할 수 있는 상태가 아니었다.

마음 한가운데에 거대한 암흑이 입을 쩍 벌리고 있다. 모든 희망을 빨아들이는 절망의 구멍. 그 무한의 어둠 속에는 압도적인 허무감이 떠다닐 뿐이다. 나락의 깊이가 그들 세계의 『현실』을 무너뜨렸다. 그리고 자신의 존재마저 확실하지 않은 『허구』의 이야기를 구축했다.

류스이와 다에는 물론 최악의 가능성을 염두에 두고 있었다. 그런 일은 있어선 안 된다고 생각하고 일어나길 바라지 않으면서도 아오이의 순찰이 결정되면서 그의 죽음을 의식할 수밖에 없었다.

그런데도 아오이의 죽음은 역시 견디기 힘든 일이었다. 너무나도 거대한 비현실적 비극의 슬픔은 보통의 감각으로는 파악할 수 없었다. 거짓말 같은 살인사건, 너무나도 가벼운 사람의 목숨. 차라리 우스꽝스러웠다. 악의적인 희극을 억지로 보는 듯 불쾌한 기분이었다.

제5장 영야파경永夜破鏡의 탄식嘆

류스이의 마음은 버석버석 말라 있었다. 세계의 부조리를 향한 분노 탓에 자아를 잃을 것 같았다. 이성을 버리고 감정의 폭주에 몸을 맡겨버리고 싶었다. 그에게 창작이라는 도피처가 없었다면 미쳐버렸을지도 모른다. 그만큼 충격이 컸다.

사람은 언젠가 반드시 죽는다. 그렇다고 해도 아오이는 죽기엔 너무 어리다. 두 번 다시 돌아오지 않을 친구를 생각하니 언젠가 죽기 위해 살아가는 것이 너무나도 공허하게 느껴졌다. 도망갈 곳이 어디에도 없는 이 세계에서 걸어가야 할 길도 자기 자신도 보이지 않았다.

공허한 삶의 길 위에 우두커니 선 류스이는 영원히 이어지는 시공을 생각하며 무한을 희구했다. 창작 충동은 폭주할 듯 치솟았다. 운명이 더는 자신을 망가뜨리지 않도록 계속 이야기를 만들어 나가고 싶었다. 류스이는 절망해마지않았다. 살아남은 사람들은 사라져간 사람들의 마음을 짊어지고 나아간다. 가만히 멈춰있을 수 없다.

●

다에의 뒷모습을 바라보면서 조노스케는 모자챙을 내려 눈을 감고 한숨을 쉬었다. 이 사건에서 계속 선수를 빼앗기기만 하는 자신의 무능함이 저주스러웠다. 깊은 절망에 사로잡힌 다에의 모습이 너무 안타깝게 보였고 진척되지 않는 추리로 인해 답답함만 쌓여갔다.

조노스케는 다에에게 연애감정이 전혀 없다. …… 하지만 생판 남이라고 선을 그을 수도 없다. 맞선 자리에서 그녀와 대화를 나눈 일은 그에게도 상당히 즐거웠던 추억이다. 다에가 자신을 지루하게 하지 않으려고 배려한 덕분에 순수하게 대화의 쾌락을 느낄 수 있었던 것은 사실이다.

그래서만은 아니다. 하지만 그녀에게 아무것도 해줄 수 없는 자신이 한심하게 여겨졌다. 의지할 사람을 잃은 이에게 새롭게 의지할 사람이 될 수 없을지언정 적어도 그녀에게 도움을 줄 수는 있지 않을까 하는 생각이 강렬하게 찾아왔다.

하지만 조노스케는 그녀의 뒤를 따라가지 않았다. 그녀에게는 분명히 치유가 필요하지만 치유를 줄 사람은 적어도 자신이 아니다. 그는 탐정으로서 사건을 해결하는 방법으로만 그녀의 감정 정리를 도와야 한다고 생각했다.

- 변화를 거듭하는 이 미궁謎宮에 출구가 있을까?

실마리 없는 난해한 사건의 수사를 계속하다 보면 번번이 비관적인 생각도 든다. 하지만 이제 조노스케는 헤매지 않는다. 설령 추리에 헤매더라도 감정적으로는

제5장 영야파경永夜破鏡의 탄식嘆

헤매지 않는다. 그렇게 단호한 결의를 품고 자신을 질타했다.

― 이 사건에서 중요한 것은 어디까지나 『말』이야. 미궁謎宮에서 빠져나오려면 『말』의 실타래를 풀어야만 해.

『말』의 아지랑이 속에 모습을 감춘 예술가artist. 그 정체를 얼른 밝혀내길 바라는 사람은 조노스케뿐만이 아니다. 관계자 모두가 같은 마음이다.

…… 승산이 없지는 않다. 조노스케는 아오이 살인사건을 통해 추리의 실마리를 얻어냈다.

●

방으로 돌아온 다에는 비틀거리며 실내를 가로지르다가 힘이 다해 쓰러졌다. 몸을 기울여 상반신을 침대에 기댔다. 긴 머리카락이 좌우로 늘어져 시야를 가로막았지만 신경도 쓰이지 않았다.

이상하게 눈물은 한 방울도 나오지 않았다. 눈물샘이 이미 바싹 말라버린 것일까. 아니면 잇따른 거대한 슬픔에 감각이 마비된 것일까.

그녀는 그 무엇도 아닌 것 같다고 생각했다.

상실감은 확실히 느껴졌다. 반신을 떼인 듯한 고통도 있었다. 하지만 그뿐만이 아니었다. 마음 속 밑바닥에

JOKER

어떤 감정이 있는 것을 그녀는 분명하게 느꼈다. 아오이가 건넨 그것이 조금씩 감정의 표면에 떠올랐다.

아오이가 건네준 그것은, 희망……. 『사랑』이라고 표현할 수도 있겠다.

죽음을 각오하고 예술가artist에게 도전한 아오이 겐타로. 적에게 패배했지만 아오이의 마음은 분명히 다에에게 전해졌다.

아오이는 절망을 부수는 용기를 가르쳐주었다. 그의 죽음을 헛되이 하지 않기 위해서라도 다에는 가만히 앉아 슬퍼할 수만은 없었다. 그녀의 내면에서 무언가가 바뀌려 했다. 호시노 다에는 혼자서 강하게 살아간다는 것의 의미를 배워가고 있었다.

아랫배의 압박감에서 느껴지는 끈덕진 생명활동도 거슬리지 않았다. 예술가artist의 사악함에도 지지 않는 아오이를 향한 『사랑』을 느꼈다. 다에는 그 마음을 소중히 가슴에 간직했다.

존재가 사라지더라도 아오이의 『사랑』은 사라지지 않았다. 앞으로도 절대 사라지지 않을 것이다. 다에의 내면에서 『사랑』은 언제까지나 계속될 것이다. 미래에 기다릴 운명이 어떻든 그것만큼은 확실했다.

…… 끝없이 전해져 내려오는 이야기가 있다.

제5장 영야파경永夜破鏡의 탄식嘆

…… 그것은 끝없는 사랑의 수호를 받는다.

●

각자가 각자의 처지에서 복잡한 마음을 품고 환영성 살인사건의 폐막을 받아들이려 했다. 설령 가슴 속에 풀리지 않은 응어리가 있을지라도 세월은 흐르고 지구는 돈다. 그들은 걸을 것이다. …… 끝까지.

사건의 막이 내려가도 진짜 종막은 아직 멀었다.

모든 수수께끼가 해결될 그때까지 이야기는 계속된다.

JOKER

67 해결을 향한 비상

아침 식사 자리에 오지 않은 사람도 많았다.

자체적으로 업무를 쉰 직원을 나무라는 사람은 아무도 없었다. 살해당한 사람만이 피해자는 아니다. 어떤 의미에서 이 사건의 관계자 모두가 예술가artist의 피해자다. 류스이는 글쓰기에 전념하겠다는 말을 남기고 객실에 틀어박혀 있다가 식사가 끝날 즈음 식당에 나타났지만 음식에는 손을 대지 않았다.

…… 의외로 다에는 식사에 참여했다. 관계자 중에서는 그녀의 표정에서 운명에 맞서고자 하는 굳센 의지를 보고 변모에 놀라워하며 감명을 받은 사람까지 있었다.

— 너무나도 긴 닷새였어. 닷새간 온갖 사건이 있었고 온갖 만남과 이별이 있었지. 사람들은 완전히 변해버렸어. 변한 것 같지 않아 보이는 건 환영성뿐이야.

이 사건의 막을 완전히 내리기 위해서도 수사진은 반드시 사건을 해결해야 한다. 하지만 대체 언제일까.

관계자들은 그런 생각을 하면서 수사진의 모습을 살폈다. 수사가 느린 상황 불안해하는 사람도 있거니와 승산을 가늠하는 것을 표정에 드러내지 않은 사람도 있다.

제5장 영야파경永夜破鏡의 탄식嘆

대체로 다들 말수가 줄어들었다. 식당에는 축제가 끝나고 난 뒤처럼 고요함과 쓸쓸함이 감돌았다.

그런 상황에서 니지카와 료는 묵묵히 식사를 이어가며 해결의 예감을 느꼈다. 니지카와는 오늘 아침까지 사건 정보를 수첩에 메모하면서 시간 나는 대로 추리를 계속했다. 어제까지 읽고 있던 『흑사관 살인사건』에서 영감을 얻고 하나의 설득력 있는 가설을 머릿속에 구성하고 있었다. 오늘 아침 물 밀실에서 아오이가 살해당한 것을 알고 나서 니지카와의 추리는 완성 직전에 이르렀다. 『화몰』에도 몇 번 언급되었듯 환영성 살인사건은 『말』이 사건을 지배한다는 특이한 규칙이 존재한다. 류구 조노스케의 가설(예술가는 살인예술 속에 사인을 남긴다)이 사실이라면 니지카와는 진상에 상당히 가까워졌는지도 모른다. 식당에 있는 한 사람, 『말』이 가리키는 예술가 artist일지도 모르는 그 인물의 상태를, 니지카와는 식사를 하면서 살펴보았다.

양상추를 씹으면서(꼭꼭 씹어서!) 자신이 세운 추리를 검토했다. 설득력이 있는가? 개연성은? 그리고 증거는?

그의 추리로 사건의 막이 내려간다면 흔쾌히 탐정 역할을 자처할 수 있다. 틀림없이 수사의 여신은 그의 머리 위에서 윙크하고 있다.

JOKER

 니지카와는 식사를 마치고 이상한 사건 분위기에 휘말려 조금 침울해진 메구미를 가오루에게 맡기고 서둘러 객실로 돌아갔다. 추리를 정리하기 위해, 그리고 모든 것을 끝내고 예술가artist의 정체를 밝히기 위해.
 해결의 때가 다가온다…….

제5장 영야파경永夜破鏡의 탄식嘆

68 사라지는 그림자

 아침 식사가 끝난 후 썰물 빠지듯 식당에서 사람이 한두 명씩 줄어들었다. 인기척 없는 식당은 방학 중인 학교처럼 낯선 느낌이었다. 원래 사람들이 모이는 장소인 만큼 아무도 없는 공간은 쓸쓸한 분위기가 가득했다. 직원들이 식기를 다 정리한 후 류스이는 의자에 앉은 채 팔짱을 끼고 있는 조노스케에게 접근했다.

 두 사람 외에 식당에는 아무도 없었다. 둘이서 독차지하기에는 너무나도 넓은 공간에 류스이와 조노스케만이 있었다.

 없으면 서러운 모자와 망토는 지금 말리는 중이라 착용하지 않았다. 옷은 여벌을 항상 챙기기 때문에 이번에도 위아래 모두 검은색이었지만, 추리 귀공자의 일부라고도 할 수 있는 모자, 망토가 없어서 왠지 모르게 아쉬웠다.

 "다쿠쇼인 씨, 류구에게 할 말이 있습니까?"

 탐정은 친구를 보는 듯한 따스한 시선으로 작가를 올려다보았다. 류스이는 조노스케 옆자리에 앉았다.

 식사가 끝나고 모두가 차례차례 자리에서 일어나기

JOKER

 시작했을 즈음, 검은 옷의 탐정은 류스이가 자신을 쳐다보는 것을 알아챈 모양이다. 역시 JDC 제1반 명탐정이라 주의력도 날카롭다.

 어제 두 사람은 비교적 오랜 시간 이야기를 나누면서 친해졌다. 서로 닮은 점이 있는 것만으로 상대를 빠르게 이해할 수 있었다. 마치 옛날부터 친구였던 것처럼 두 사람은 편하게 서로를 대할 수 있었다. 그래도 구로야 형사와 조노스케가 서로 반말을 쓰는 것처럼 마음의 벽을 완전히 무너뜨리지는 않았다. 줄곧 탐정과 용의자라는 구도를 의식하기 때문일까. 두 사람 사이의 도무지 메울 수 없는 간극 탓에 어쩐지 서먹한 감정은 남아있었다.

 …… 다만 그것은 사소한 문제다. 어디까지나 두 남자는 표면적으로 서로를 이해하는 사이다.

 "류구 씨. 아오이, 아오이는 어쩌다가 살해당한 건가요? 그 녀석이 방심할 리가 없는데……."

 류스이는 책상다리를 하고 입을 열었다. WHY?가 아닌 HOW?의 범위에 속한 질문이었다. 어떻게 아오이가 예술가artist의 마수에 먹잇감이 되었는가. 이것이 류스이의 물음이다.

 말투는 한없이 담담했지만 차분하지 못한 제스처가

제5장 영야파경永夜破鏡의 탄식嘆

그의 강렬한 분노와 당황을 나타냈다. 조노스케는 그를 동정하여 상냥하고 사려 깊게 말했다.

"허를 찔렸을 겁니다. 아마 거울을 썼겠요."

"거울…?!"

류스이는 뜻밖의 단어를 듣고 반사적으로 되물었다. 거울에 관한 정보는 수사진만 알고 있다.

"아까『신기루의 방』거울 하나가 떨어져 있는 게 발견됐어요. 거울은 벽에서 떨어진 자리에 그대로 방치되어 있었죠."

『신기루의 방』. 벽면에 거울을 붙인 원형 홀. 류스이의 뇌리에 홀의 상징이라고도 할 수 있는 세 조각상의 모습이 스쳤다.

"그 홀의 거울이 물 밀실 수수께끼와 관련 있는 겁니까?"

"아뇨, 밀실과 직접적인 관련은 없을 겁니다. 그런데 거울이 벗겨진 건 틀림없이 어젯밤 일이에요. 아오이 씨가 살해당한 사건과 관계가 없다고는 못 합니다. 증거가 없어서 추측의 영역이긴 한데, 분명히 예술가artist가『신기루의 방』거울을 떼어낸 뒤쪽에 숨어서 아오이 씨를 기다리고 있었다는 게 류구의 생각입니다."

아오이는 손전등을 들고 어두운 실내를 순찰하고 있었

다.

『신기루의 방』은 넓다. 그러다 보니 벽을 따라 구석구석 살펴보지는 않았을 것이다. 홀 중앙에서 벽면을 비추는 것만으로는 거울 뒤에 숨은 예술가artist를 찾을 수 없었을 것이다.

…… 물론 어디까지나 하나의 가능성에 불과하다. 하지만 실제로 거울이 벗겨진 것을 생각하면 어젯밤 가설과 비슷한 일이 홀에서 벌어진 건 사실이리라.

"거울에서 지문은 나왔나요?"

답은 쉽게 예측할 수 있었지만 류스이는 그렇게 물어야만 했다. 작은 목소리였다. 바로 근처에 예술가artist가 있을 줄은 몰랐던 아오이. 빈틈을 찔려 어둠에 매장되어버린 죽은 친구를 생각하면 가슴이 아팠다.

할 수만 있다면 과거로 돌아가 아오이에게 경고하고 싶었다. 하지만 불가능한 일이다. 류스이가 할 수 있는 것은 바꿀 수 없는 과거의 『사실』을 기록하는 것뿐이다.

안타깝다는 듯 조노스케는 고개를 저었다. 예술가artist가 실마리를 남길 리 없다는 것을 알면서도 류스이는 자신들의 무력함이 원통했다. 사람은 결국 타인을 구할 수 없다는 사실을 통렬히 깨달은 기분이었다.

"사건은…… 정말로 끝난 걸까요?"

제5장 영야파경永夜破鏡의 탄식嘆

류스이는 고개를 숙인 채 가까스로 그 말을 꺼냈다. 조노스케는 말없이 고개를 끄덕였지만 머리를 숙인 류스이가 보지 못했다는 것을 알고 작게 대답했다.

"아마도요."

●

이런 형태로 끝나 안타깝지만 아오이는 죽음으로 환영성 살인사건을 종결시켰다. 모두가 그 점을 고맙게 여긴다…….

알량한 위안임을 알면서도 조노스케는 류스이에게 그런 말을 할 수밖에 없었다. 창작으로 예술가artist와 맞서는 전사는 녹초가 된 듯했다. 연일 계속된 격렬한 집필이 아니라 친구를 잃었기 때문에.

마침내 류스이는 『화몰』을 계속 쓰기 위해 방으로 돌아갔다. 이만 가보겠다며 인사를 건네고 걸어 나가는 뒷모습에서 깊은 애수가 느껴졌다. 그 대신에 등이 울고 있는 것 같았다.

『성스러운 잠에 들기 전, 나는 여덟 개의 제물을 원한다. 모든 것은 화려한 몰락을 위해』

조노스케는 홀로 식당에 남아 첫 살인예고장을 생각했다.

-『여덟 개의 제물』은 갖춰졌어. 예술가artist는 과연

JOKER

성스러운 잠에 들었을까? 화려한 몰락이란 대체······.

아오이 살인사건이 환영성 살인사건의 마지막 비극인 이유는 절대로 『여덟 개의 제물』(8연속 살인)만이 근거는 아니다. 조노스케는 아오이 살인사건으로 교묘히 숨겨진 우의를 알아챘다. 머릿속에 넣어두기는 했지만 너무 어이가 없어서 기각했던 추리는 아오이 살인사건으로 인해 완성되었다. 추리가 정립되었다. 예술가가 환영성 살인사건 이면에 숨긴 궁극의 메시지(사인 or 미스디렉션?), 그 두께와 깊이에 조노스케는 압도되는 기분이었다.

그 추리는 기리카 마이도 생각해봤던 모양이다. 식사 중에 그녀와의 대화에서 느껴진 조심스러운 태도가 그 사실을 은연중에 증명했다.

마이도 알아챘겠지만 그 추리에는 결함이 있다. 치명적인 문제점이다. 신중하게 머리를 굴리지 않았다면 놓쳤을 수도 있는 무섭도록 교묘한 함정이었다······.

예술가artist가 준비한 가짜 해결에 속지 않는 것을 통해 조노스케는 새로운 추리의 발판을 찾은 기분이 들었다. 추리를 더욱 높이 날아오르게 하여 단숨에 진상으로 접근할 수 있겠다는 예감마저 들었다.

- 그런데······ 이 불안함은 뭐지?

제5장 영야파경永夜破鏡의 탄식嘆

 마음속에 떠다니는 허무감. 쓰쿠모 네무의 퍼지추리인 『이 사건의 수수께끼는 절대 풀리지 않는다』는 말과 관련이 있을까?
 "…… 이 세상에 풀리지 않는 수수께끼는 존재하지 않아."
 자기 자신을 격려하듯 검은 옷의 명탐정은 소리 내어 말했다.

●

 류스이는 복도를 걸으면서 『화몰』과 아오이를 생각했다.
 ─ 어젯밤에 아오이에게 무슨 일이 일어났을까. 내가 그걸 알 방법은 없겠지. 전부 다 받아들이고 죽지는 않았겠지만 아오이가 자기 선택을 후회하면서 죽었다고 생각하고 싶진 않아.
 친구의 죽음을 헛된 최후라고 생각하기 싫었다. 그러면 스스로 위험을 무릅쓰고 예술가artist와의 승부에 도전한 아오이의 선택이 어리석은 짓이 되기 때문이다.
 아무도 타인을 구할 수 없다. 하지만 타인이 자기 자신을 구하는 걸 도울 수는 있다.
 『화몰』에 아오이의 최후를 묘사할 것이다. 친구와의 모든 추억을 품고 온 마음을 원고에 쏟아서 작별 인사를 대신할 것이다. …… 그것이 류스이가 아오이에게 바치는 추모의 꽃이자 진혼가requiem다.

- 아오이 겐타로, 난 널 절대 잊지 않을 거야. 내 원고 속에서 영원히 살아있을 네 마지막을, 추하게 표현하지 않겠다고 약속할게. 네 화려한 몰락을 위해, 나는 온 힘을 다해 『화려한 몰락을 위해』를 쓰겠어.

류스이의 몸 안에서 참을 수 없는 창작 충동이 폭발했다. 더는 아무도 막을 수 없다. 물은 고이지 않고 세차게 흐를 것이다. 유수는 멈추지 않고 자연스럽게 흐를 것이다.

…… 어디까지나, 어디까지나.

류스이는 걸으면서 문득 중정을 보았다.

시야 구석에서 날고 있던 검은 새 한 마리가 허공에 녹아드는 것처럼 소멸했다. 환영성에 불길한 그림자를 드리우는 사신의 사자인가?

흉조의 어두운 그림자는 이제 어디에도 존재하지 않는다.

환상의 음영은 흔적도 없이 사라졌다.

제5장 영야파경永夜破鏡의 탄식嘆

69 환영성의 환영

환영성에서 펼쳐지는 이야기……. 지금이 차라리 추리소설이라면 좋겠다는, 이뤄지지 않을 소망을 품은 사람은 니지카와 료뿐만이 아닐 것이다.

이것은 『화사한 꽃처럼, 몰락은 꿈처럼』? 아니면 『화려한 몰락을 위해』?

ㅡ 아니면 꿈? 그 무엇에도 해당하지 않는 꿈 이야기?

답을 알고 있어도 가혹한 현실로부터 눈을 피하고 싶어서 무심코 그런 생각을 하게 된다.

틀림없는 현실인데도.

ㅡ 정말로 그럴까. 그럴……까?

도무지 의심할 수 없는 리얼함 따위는 어디에서도 느껴지지 않는다. 세계는 언제나 낯설고 거짓말 같고 제멋대로다.

『현실』과 『허구』를 바꿔치기한다고 해서 무슨 문제가 일어나는 것은 아니다. 『등장인물』에게는 항상 반역의 기회가 주어지지 않는다. 『허구』를 향해 달리기만 할 뿐. 전부 포기하고 『작자』가 정한 운명scenario에 조종당하는 건 노 땡큐!

JOKER

 이곳이 『허구』의 세계라면 『허구』의 범죄에 걸맞은 범인, 예술가artist의 정체를 폭로할 것이다. 심판은 다른 이에게 맡길지라도 추리의 완성형은 니지카와의 손안에 있다. 범인 고발은 그의 역할이다.

 니지카와의 인생철학은 『만사중용』이다. 그래서 그는 타인이 다다를 수 없던 진실의 땅에 자기만이 올 수 있었다고 생각한다. 『현실』에 근거한 생각밖에 못 하는 상식인이 추리할 수 없는 진상을 알아낸 것은 자신이 『허구』에 가까운 세계에 사는 사람이기 때문이리라고……

 며칠 전에는 아주 작은 의혹의 씨앗밖에 없었다. 이윽고 씨앗은 발아를 거쳐 성장하다가 진실의 꽃을 피워냈다. 이제 망설임은 없다. 길고 격렬한 지적 격투 끝에 니지카와는 마침내 해결에 다다랐을 때의 진한 감동을 맛봤다.

 메구미는 고스기 쇼리, 미야마 가오루와 함께 성 어딘가로 놀러 갔다. 지금 객실에는 그 혼자다. 니지카와는 갑자기 환영성에 찾아온 참극에 따른 혼란으로 요 며칠간 딸을 제대로 돌봐주지 못한 것을 계속 미안하게 생각했다. 메구미는 새로운 놀이 상대를 찾아서 마냥 기뻐했지만 니지카와는 부모의 진심 어린 애정이 필요한 나이의

제5장 영야파경永夜破鏡의 탄식嘆

딸을 돌봐주지 못한 것을 부끄럽게 여기고 반성했다.

하지만 혼자 사색에 잠길 시간을 확보하면서 니지카와는 진상을 찾을 수 있었다. 그런 의미에서 딸과 딸의 놀이 친구 쇼리가 고마웠다. 비극의 막을 내리면 조금이라도 보답이 되지 않을까 생각했다.

사건 초반에는 아무 고민 없이 놀러 다니던 아이들도 요즘에는 살인사건의 독기에 휘말려 기운을 잃고 불안에 떨었다. 밤에는 끝나지 않는 악몽에 시달리는 듯했다. 상상력이 풍부한 아이들이 어른보다 더 리얼하게 느끼는 공포로 망가지기 전에 사건을 해결할 수 있다는 것은 니지카와에게 더할 나위 없는 기쁨이다.

악몽은 곧 끝난다. …… 아니, 끝낼 것이다.

니지카와는 굳센 결의를 품고 용감하게 객실을 나왔다.

●

순식간에 하루가 지나갔다.

조용한 객실. 조수 소야에게 단독수사를 맡기고 조노스케가 혼자 추리하던 그때, 노크 소리가 들렸다.

"예."

생각을 방해받았다는 불쾌감은 없었다. 그보다 조노스케는 강한 노크 소리로 겨우 제정신이 들 만큼 추리에

JOKER

골몰했다는 사실에 놀랐다.

 노크는 두 번뿐이었지만 그 전부터 멀리서 누가 오는 소리가 들린 것 같기는 했다.

 "실례합니다. 주무시고 계셨나요?"

 문을 여니 문간에 니지카와가 조심스러운 태도로 서 있었다. 노크에 대답이 곧장 오지 않아서 조노스케가 잠을 자고 있다고 생각한 모양이다. 조노스케는 재빨리 손을 흔들어 그의 걱정을 날려버렸다.

 "아뇨, 잠깐 생각 좀 하다가요. 죄송합니다. 그보다 니지카와 씨가 웬일이신가요. 무슨 용건이시죠?"

 니지카와는 조금 주저하며 시선을 피하다가 이내 조노스케를 다시 쳐다보고는 명료한 말투로 말했다.

 "류구 씨……. 사건의 수수께끼가 풀렸습니다. 예술가 artist가 누구인지 알 것 같습니다."

 "호오!"

 조노스케의 입에서 약간의 경악이 담긴 감탄의 한숨이 나왔다. 깜짝 놀라서 잠시 눈을 번쩍 떴지만 이해의 안색을 거쳐 마지막에는 기쁜 표정으로 바뀌었다. 입가에는 미소마저 번져 있었다.

 생각지도 못한 곳에서 복병이 나타났다. 솔직히 말해 그런 심정이었다. 하지만 조노스케는 선수를 빼앗긴 원

제5장 영야파경永夜破鏡의 탄식嘆

통함을 느끼지 않았다. 타인이 같은 실마리로부터 조노스케보다 먼저 진상을 추리했다고 해도 그것은 그보다 그 사람의 추리력이 더 뛰어나다는 의미에 불과하다. 그럴 때는 호적수의 출현이 기쁘면서도 다음 사건에서는 본인이 이기겠다는 의욕(투쟁심?)이 환기되니 손해 보는 장사가 아니다.

남을 질투할 시간이 있으면 누구보다도 먼저 진상을 파악하지 못한 자신의 무능함을 부끄럽게 여기고 다음에는 그렇게 되지 않도록 조금이라도 더 공부해야 한다. …… 그런 생각을 하는 사람이 많아서 JDC가 명탐정 조직으로 성공했는지도 모른다. 서로에게 자극을 주고 재능을 갈고닦으면 조직 전체의 수준이 향상된다.

『누구든 조금이라도 빨리 사건을 해결하기만 하면 된다』

그것이 JDC 총재 아지로 소지의 탐정철학이며 JDC 탐정들에게 통용되는 마인드다.

다만 니지카와의 추리가 반드시 진상을 꿰뚫었다고 할 수는 없을 것이다. 환영성 살인사건은 조노스케나 마이를 비롯한 초일류 탐정들이 머리를 맞대고도 추리에 난항을 겪은 사건이다. 상식적으로는 수사 전문가가 아닌 일반인 탐정이 해결할 수 있는 문제가 아니다.

JOKER

조노스케는 니지카와의 눈을 보았다. 그 맑은 눈동자를.

니지카와의 표정은 진지 그 자체였다. 진상을 찾아냈는지 아닌지는 알 수 없지만 본인이 그렇게 믿는 것은 틀림없어 보였다. 적어도 악질적인 농담이 아님은 분명했다.

탐정이나 형사는 아니어도 니지카와는 추리소설가다. 게다가 프로 중의 프로시다. 유연한 사고력으로 범죄자의 심리를 속속들이 파악하여 기발한 추리를 한다는 점에서는 수사진보다 조금 더 나을지도 모른다…….

앨러리 퀸, 노리즈키 린타로라는 전례도 있다. 그도 명탐정 배역을 소화할 만한 실력은 충분히 갖춘 듯하다.

조노스케는 엄숙히 고개를 끄덕이고 깊이 고민하는 표정을 짓는 듯한 니지카와의 어깨에 가볍게 손을 턱 얹었다.

"곧 저녁 식사 시간입니다. 그 자리에서 니지카와 씨의 고견을 들어보죠. 어떤 추리를 들려주실지 기대됩니다."

"류구 씨, 지금 여기서 내 추리를 말씀드려도 될까요?"

탐정이 추리조차 미리 듣지 않고 자신을 신용한 것이 니지카와에게는 놀라웠던 모양이다. 조노스케는 한껏 약은 미소를 지으며 악동처럼 천진하게 말했다.

제5장 영야파경永夜破鏡의 탄식嘆

"말씀드리자면 하나의 도박입니다. 당신의 추리가 진상이라면 사건의 폐막이라고 쳐도 됩니다. 만약 그렇지 않더라도 관계자 사이에 있는 예술가artist를 도발하여 반응을 살필 수 있겠죠. …… 무엇보다도 류구가 처음부터 답을 알고 있으면 추리 해설이 시작하기도 전에 지루해질 수밖에 없을 겁니다."

조노스케와 니지카와는 얼굴을 마주하고 웃음을 터트렸다. 니지카와의 표정에서 긴장된 기색이 사라졌다. 기꺼이 탐정 역을 맡을 마음의 준비가 된 듯했다. 조노스케가 발휘한 〈웃음〉의 힘이 니지카와의 긴장을 풀어주고 『탐정 역할』이 원래는 신경 쓸 필요도 없는 불안(추리가 틀리면 어쩌지)을 날려버렸다.

조노스케가 몸단장을 마치고 나서 탐정과 작가는 어깨를 나란히 하고 식당을…… 해결을 향해 걸어가기 시작했다. 그러는 사이에 조노스케는 가혹한 생각을 했다.

– 이게 추리소설이라면 남은 페이지를 보고 이게 가짜 해결인지 진짜 해결인지 예상할 수 있겠지. 그럼 완결된 『화몰』을 읽는 『독자』는 무슨 생각을 할까. 남은 페이지 수는 얼마나 될까? 이게 진짜 해결일까, 아니면 단순히 가짜 해결에 불과할까?

이 이야기의 『등장인물』인 그들은 반전이 있는지 없는

JOKER

지 모른다. 그렇다는 걸 알아도 그들은 미래를 믿고 걸어갈 수밖에 없다. 『작자』의 손바닥 위, 『독자』가 지켜보는 무대 위에서…….

심야에는 크게 울리는 발소리도 아직 그렇게 크지는 않았다. 조노스케와 니지카와가 이야기를 나누며 걷고 있어서인지 작은 발소리가 살짝 울렸다.

…… 화려한 해결을 축복하는 아름다운 종소리의 음색인지도 모른다.

곧 해결이 시작된다.

종장 홀려버린 폐막

이 만상의 바다만큼 신기한 것은 없다.
누구 하나 근원을 밝혀낸 사람은 없다.
제각기 아무렇게나 말하면서도
아무도 진상을 밝히지 못한다.

JOKER

70 해결편 제1막

사건 닷새째, 10월 29일은 짧은 하루였다. 실제로는 아오이의 시체가 발견된 이른 아침부터 상당한 시간이 흘렀는데도……. 관계자들은 그 일이 과거처럼 느껴졌다.

마음속에 불안이 있으면 시간이 느리게 흐른다. 반대로 안도했을 때는 시간이 빠르게 흐른다. 『도구라 마구라』의 내용 그대로.

여덟 번째 피해자가 나왔으니 이제 사람이 죽을 일은 없다고 모두가 일종의 안심을 느끼기 시작한 것은 사실이다. 아오이의 죽음을 기뻐하는 사람은 없었다. 그러나 슬픔 이면에는 그 덕분에 비극에서 벗어날 수 있었다는 감사의 마음이 있었다.

조노스케는 저녁 식사를 마치고 니지카와가 탐정 역을 맡는다는 것을 설명했다. 사람들은 긴장한 표정으로 자리에서 일어난 일반인 명탐정을 주목했다. 사건이 해결된다는 말을 들으니 일단은 걷혀가던 공포의 안개가 다시 마음속에 묵직하게 드리운 듯 복잡한 심경이었다.

그렇다. 사건은 아직 해결되지 않았다. 살인이 끝났다

종장 홀려버린 폐막

고 해도 사건의 막은 수수께끼가 풀리고 예술가artist의 정체가 밝혀질 때 내려간다. 사람들은 주위를 둘러보며 동요했다. 관계자 중 한 사람이 여덟 명과 두 마리를 죽인 예술가artist다. 잊고 있던 엄연한 사실에 압도되는 기분이었다. 태연한 표정으로 군중 속에 녹아든 범인은 어떤 자인가? 예술가artist를 살인예술로 이끈 짐작조차 할 수 없는 동기란 무엇인가?

니지카와는 식당에 모인 사건의 관계자들을 한 명 한 명씩 보았다……. 마치 그중에 있는 예술가artist를 확인하듯 찬찬히. 청중은 마른침을 삼키며 작가 탐정의 모습을 살폈다.

원고용지 430장 『화몰』의 앞부분도 전부 이 순간을 위해 쓰였다.

마침내 해결편의 막이 열린다.

●

"니지카와 씨. 식당에 모인 관계자 중에 예술가artist가 있습니까?"

류스이가 질문을 꺼냈다. 모두의 시선이 류스이→니지카와로 움직였다. 모두의 눈이 자신에게 집중되는 것을 느끼며 니지카와는 고개를 확실하게 끄덕였다.

"…… 있습니다. 예술가는 이 중 한 사람입니다."

JOKER

각오한 바였지만 그 한마디로 인해 식당은 소란스러워지고 경악에 찬 공기가 파르르 떨렸다.

지금 식당에 있는 사람은 다음과 같다.

▶『간사이 본격 모임』작가 및 가족◀

니지카와 료, 니지카와 메구미, 미야마 가오루, 호시노 다에, 다쿠쇼인 류스이.

▶환영성 관계자◀

히라이 다로, 고스기 간, 고스기 쇼리, 마미야 데루, 나스키 다케히코, 직원 A~K.

▶JDC(일본탐정클럽)◀

류구 조노스케, 기리카 마이, 기리기리스 다로, 쓰쿠모 네무, 아지로 소야.

▶경찰 관계자◀

아유카와 데쓰코, 구로야 다카시, 아리마 미유키, 사도 구토.

종장 홀려버린 폐막

…… 경찰 관계자 상당수가 성을 경비하다 보니 모두 식당에 모이지는 못했다. 그러나 그들은 사건과 관계가 없으며 의심할 필요가 전혀 없음을 「내」가 보증한다.

위의 30명 중 1명이 예술가다.

「당신」은 해결편의 어느 단계에서 진상을 파악할까? 마지막 한 줄, 아니, 그 후에도(?) 방심은 금물이다. 마지막 순간까지 진실은 알 수 없다. 마지막의 마지막의 마지막까지…….

「당신」이 진상을 간파하기를 「나」는 바라마지않는다. 「나」는 그걸 위해 이야기하고 있으니까.

●

"결정적인 실마리는 우의였습니다."

니지카와는 차분한 말투로 추리 해설을 시작했다. 한 마디 한 마디, 딸기를 베어 물 듯 천천히 말을 고르며 설명을 이어갔다. 한 마디도 흘려듣지 않을 기세로 청중은 침묵을 지켰다. 누군가의 기침과 침 삼키는 소리가 괜스레 더 크게 들릴 만큼 엄숙한 고요함이 실내를 가득 채웠다.

"다쿠쇼인이 『화려한 몰락을 위해』에서도 본인도 모르게 복선을 깔아뒀더군요. 이 우의를 알아챈 것도 사실 『화몰』 덕분인데, 살인사건의 이면에 숨은 거대한 우의

JOKER

가 바로 범인 예술가artist의 사인이었습니다."

거기서 니지카와는 『화몰』이 집필되기까지의 경위와 현장에 남은 예술가artist의 메시지에 관해 탐정들의 추리를 설명했다. 미스디렉션 언어유희로 점철된 메시지 중에 범인은 사인을 숨겨두었다. 진위가 어떻든 니지카와와 조노스케의 보충 설명으로 예술가artist가 이상하리만치 『말』에 집착한다는 것은 인정해야 했다. 그리고 절대적인 진실이라고 단정할 순 없으나 정말로 결정적인 메시지가 사건의 이면에 존재한다면 그것이 바로 예술가artist의 사인일 것이다.

환영성 살인사건에는 곧장 진상으로 통하는 뻔한 실마리가 존재하지 않는다. 그러므로 설령 기존의 상식에서 벗어났다 하더라도 『말』의 실마리에서 어떻게든 예술가artist를 추리한 다음, 해당 인물에게 자수를 요구하는 공략법을 쓰는 것도 하나의 계책일 것이라고 니지카와는 말했다. 조노스케를 비롯한 청중들은 수긍했다. 마지막으로 니지카와는 예술가artist를 도발하는 의미로 이렇게 말하는 것도 잊지 않았다.

범인은 『예술가artist』를 자칭하여 여태까지 살인예술에 집착했다. 그러니 사인을 간파당했을 때는 깨끗하게 죄를 인정하고 모든 것을 자백하길 바란다…….

종장 홀려버린 폐막

 그리고 추리 해설은 재개되었다. 경천동지의 클라이맥스를 향해 곧장 전진했다.

 "하나&레이 사건은 본 사건과는 관련이 없다고 보겠습니다. 다음으로 문제가 되는 건 사카키&사토 순사 살인사건입니다. 두 사람은 과연 살해당해야 했기에 살해당했을까요? 이건 내가 마지막까지 고민한 문제인데, 실제로 단정하기는 어렵다고 봅니다."

 니지카와는 일단 말을 끊었다. 그리고는 다시 모두를 둘러보았다. 호흡을 가다듬고, 마음을 가라앉히고, 설명을 계속했다.

 "그 직후에 료쇼 경부가 살해당한 걸 생각하면 사카키&사토 사건도 일련의 연쇄살인과 관계가 있을 가능성도 있었습니다. …… 하지만 난 최종적으로 사카키&사토 살인사건은 주요 살해와 관련 없는 부수 살해라는 결론에 도달했어요. 그렇게 생각하고 나서야 우의가 뚜렷해졌습니다. 충격적인 사실이지만 안타깝게도 사카키 순사와 사토 순사는 단지 예술가의 자유로운 행동을 위해 살해당했습니다."

 "잠깐만요, 니지카와 씨!"

 아지로 소야가 입에 물고 있던 담배를 손가락에 끼우고 손을 들었다. 그 옆에는 조노스케가 팔짱을 끼고 눈을

JOKER

감고 있었다. 검은 옷의 탐정은 마치 잠이라도 자듯 조용히 추리에 귀를 기울였다. 어쩌면 정말 자고 있는지도 모른다.

"아지로 씨, 왜 그러시죠?"

"예술가artist는 첫 살인예고장에 『여덟 개의 제물』이라고 썼습니다. 당신의 설에 따르면 주요 살해 피해자는 아직 여섯 명이란 뜻인데요. …… 그건 살인이 계속된다는 뜻 아닙니까?"

갑자기 실내가 소란스러워졌다. 소야의 지적대로 니지카와의 설은 앞으로 두 사람이 더 죽는다는 뜻이다. 환영성 살인사건은 아직 끝나지 않았는가?

모두의 시선이 한꺼번에 니지카와를 찔렀다. 하지만 작가 탐정은 꿈쩍도 하지 않았다. 지극히 냉정했다.

"그건 하나의 해석에 불과합니다."

"예……?"

얼빠진 표정을 지은 사람은 소야뿐만이 아니었다. 자신의 설에 자신이 있는 듯, 니지카와는 아직도 여유로운 표정이었다.

"예술가artist가 『여덟 개의 제물』이 여덟 명의 피해자를 의미한다고 공표한 건 아닙니다. 우리가 멋대로 그렇게 해석했을 뿐, 예술가artist의 진의는 본인 말고는 아무

종장 홀려버린 폐막

도 모릅니다. 어쩌면 범인은 처음부터 여덟 명의 표적을 정해뒀을 수도 있죠. 하지만 여덟 명을 아무렇게나 골라서 죽이려고 했을 수도 있습니다. 그 살인예고장은 별 의미가 없을 가능성도 있어요. 사건이 진행되면서 범인과 예술가artist가 별개의 인물이라고 생각하기는 어려워졌지만 현장에 남은 쪽지는 사건이 시작되기 전에 작성되었습니다. 범인이 임기응변으로 계획을 바꿨다고도 추리할 수도 있죠. 그러니 그 말에 집착할 필요는 없다고 봅니다만……."

그때까지 조용히 있던 마이가 마침내 입을 열었다.

"그 말이 맞긴 해요. 그런데 니지카와 씨. 그렇다면 연쇄살인 사건이 정말로 막을 내렸는지 아닌지도 단정할 수 없다는 뜻이잖아요?"

꼬투리 잡기가 아니다. 범죄 수사의 전문가로서 탐정들은 니지카와가 도출한 추리의 모순점을 지적하여 그가 추리를 완성하는 것을 도왔다.

"아뇨, 기리카 씨. 사건은 끝났습니다."

"그렇게 딱 잘라 말씀하시는 이유를 꼭 듣고 싶네요."

청중의 시선이 니지카와와 마이를 오갔다. 지적으로 대등한 사람 사이에서 벌어지는 고도의 지능 게임 같았다. 현재로선 조노스케가 참전할 기색은 없었다. 아유카와 데쓰코를 비롯한 경찰 관계자와 다른 탐정들은 신중한 자세로 흐름을 살폈다.

기꺼이 도전해오는 마이를 정면으로 보면서 니지카와는 망설임 없이 논리를 펼쳤다.

"모든 것은 장대한 우의가 가리킵니다. 하나, 레이, 사카키, 사토, 이 네 경우를 제외한 여섯 구의 시체에 남은 우의가 바로 예술가artist의 진짜 메시지 아닐까 합니다. 아오이가 살해당한 여덟 번째 살인을 계기로 우의는 완성되었습니다. 따라서 난 사건이 종결되었다고 생각해요."

"니지카와 씨, 그 우의란 뭔가요?"

네무가 설명을 재촉해도 작가 탐정은 즉답하지 않았다. 먼저 식탁 위의 청량음료수로 목을 축이고 모두를 천천히 둘러본 후, 마지막으로 살며시 고개를 끄덕이며 해답을 발표했다. 예술가artist를 제외한 모두가 숨을 죽이고 추리가 진상을 밝혀낼 순간을 기다렸다. 니지카와 료는 과연 엘러리 퀸, 노리즈키 린타로를 비롯한 작가 명탐정의 뒤를 이을 수 있을 것인가?

"히이라기, 미즈노, 히류, 료쇼, 후몬지, 아오이. 이 여섯 명의 시체 발견 현장 상황을 잘 생각해보세요. 예술가artist의 진짜 표적이 이 여섯 명뿐이라면 문제는

종장 홀려버린 폐막

아주 간단합니다. 히이라기는 어째서 샹들리에에 압살당했는가? 미즈노는 어째서 지면에 목이 매달려 있었는가? 히류는 어째서 검은 천으로 눈이 가려져 있었는가? 후몬지는 어째서 수조에 엎어져 허공에 떠 있는 듯한 상태로 있었는가? 료쇼 경부는 어째서 형광염료로 물들인 옷이 입혀져 『암실』의 어둠 속에서 빛나고 있었는가? 마지막으로, 아오이는 어째서 물 밀실 속에서 목이 매달려 있었는가?"

"아……!"

류스이는 경악에 가까운 비명을 질렀다. 그도 그제야 깨달은 모양이다. 『화몰』초반에 자신이 무의식적으로 중요한 복선을 깔아뒀다는 것을.

그레테는 영광으로 빛나게 죽임을 당할 것.
오토칼은 매달려서 죽임을 당할 것.
가리발다는 거꾸로 매달려 죽임을 당할 것.
올리거는 눈을 가리고 죽임을 당할 것.
하다타로는 허공에 떠올려 죽임을 당할 것.
에키스케는 틈새에 끼어 죽임을 당할 것.

↓ ! ↓

JOKER

> 히이라기는 틈새에 끼어 죽임을 당할 것(샹들리에)
> 미즈노는 거꾸로 매달려 죽임을 당할 것(거꾸로 뒤집혀 교수)
> 히류는 눈을 가리고 죽임을 당할 것(검은 천으로 눈이 가려짐)
> 후몬지는 허공에 떠올려 죽임을 당할 것(투명한 수조)
> 료쇼는 영광으로 빛나게 죽임을 당할 것(형광염료 옷)
> 아오이는 매달려서 죽임을 당할 것(수중교수)

"그렇습니다. 여섯 명의 피해자는 각각 『흑사관 살인사건』의 살인예고에 빗대어 살해당했습니다."

니지카와를 중심으로 나타난 경악의 거대한 소용돌이가 식당에 확대되어 사건 관계자들을 한 명씩 가차 없이 삼키고, 휘젓고, 감각을 파괴했다!

오구리 무시타로가 구축한 강철의 거탑 『흑사관 살인사건』. 예술가artist는 작중에 등장하는 살인예고를 그대로 사용했다. 『화려한 몰락을 위해』 초반에 인용된 『흑사관 살인사건』의 살인예고……. 오구리 무시타로도 자신의 사후 반세기가 지나 본인 작품의 메인 모티프가 이런 형태로 사용될 줄은 꿈에도 생각지 않았을 것이다.

다들 매우 놀란 나머지 말을 잃었다. 아무도 말을

종장 홀려버린 폐막

꺼내지 않았다. 마이는 고개를 숙이고 무언가를 깊이 생각하는 듯했다. …… 조노스케는 여전히 눈을 감고 침묵을 지키고 있었다.

니지카와의 해설은 계속되었다.

"우의는 항상 눈에 띄지 않게끔 교묘히 숨겨져 있었습니다. 히이라기 살인사건 때는 방 입구 폭보다 큰 샹들리에를 『정적의 방』에서 『유혈의 방』으로 옮기는 것으로. 미즈노 살인사건 때는 오렌지라는 암시적인 미스디렉션으로. 이건 여담인데, 엘러리 퀸의 『차이나 오렌지의 비밀』에서는 모든 사건이 거꾸로 된 살인이며 오렌지가 중요한 도구로 나옵니다. 예술가artist는 그걸 의식했는지도 모르죠.

그리고 히류 살인사건은 완벽한 밀실을 창조하는 것으로. 후몬지 살인사건은 벤저민 화분과 목을 바꿔치기하는 것으로. 료쇼 살인사건은 시체 바꿔치기와 냉동고라는 의외의 장소에 목을 숨기는 것으로. 그리고 아오이 살인사건은 물 밀실을 만들어내는 것으로. 각각 진짜 노림수를 수사진의 눈에 들어오지 않게 했습니다."

단숨에 설명하다 보니 지친 것일까. 니지카와는 한숨을 쉬고 청량음료수로 다시 목을 축였다.

여태까지 계속된 길고 힘든 싸움도 드디어 종언의

때를 맞이하는 듯했다. 니지카와에 의해 풀리는 수수께끼의 진상. 작가 탐정의 손은 예술가artist까지 닿을 만큼 길 것인가? 답은 곧 밝혀질 것이다.

식당 구석에서 경찰 관계자들과 나란히 서 있던 데쓰코가 모두를 대표해 가장 궁금한 마지막 질문을 던졌다.

"그래서 니지카와 씨. 환영성 살인사건의 범인, 예술가artist는 대체 누구죠?"

그날 밤 추리 해설의 가장 긴장되는 순간이었다. 순식간에 폭발적으로 팽창한 긴장감이 식당을 채웠다. 여덟 명과 두 마리를 살해한 잔악무도하고 미친 예술가mad artist의 정체는?

"예술가artist는 어째서 『흑사관』에 빗대었는가? 어쩌면 그는 자기 이름과 『흑사관』이 우연의 일치를 이룬다는 걸 깨닫고 우의의 대상으로 사용했을 겁니다. 살인사건에 자신의 이름을 새기는 사인으로……."

니지카와는 「그」라고 말했다. 그렇다면 예술가artist는 남자라는 뜻이다. 여자들이 안도로 가슴을 쓸어내리는 것을 보면서 니지카와는 범인을 고발했다.

"다들 후몬지의 목 없는 시체를 생각해보셨으면 합니다. 그의 시체가 입은 료쇼 경부의 주황색 코트에는 피의 탁점이 찍혀 있었습니다. 『화몰』을 읽어본 바에

종장 홀려버린 폐막

따르면 류구 씨와 기리카 씨는 『후쿠』에 탁점을 붙여 목을 숨긴 장소를 『무구의 방』이라고 추리하셨는데, 그 피의 탁점에는 또 하나의 중요한 의미가 있었던 겁니다!"

"또 이중 함의double meaning……. 너무나도 복잡한 사건이군."

기리기리스는 질렸다는 듯 중얼거리면서 벽 쪽에 있던 히라이 다로 옆의 마미야 데루를 보았다. 데루는 기리기리스의 시선을 알아채고 농밀한 사건에 머리를 싸매는 나이 먹은 탐정을 동정하듯 다정하게 고개를 끄덕였다.

"그 오렌지색 코트는 주황색보다는 노란색에 가까운 미묘한 색조였습니다. 그 피의 탁점이 『노란30)』색에 탁점을 붙이는 것을 가리킨다면? 『흑사관(KOKUSIKAN)』을 알파벳으로 풀어서 배열을 바꾸면 『KOSUKI KAN』, 고스키 간이 됩니다. 『키』에 탁점을 붙이면 『고스기 간』이라는 인명이 도출됩니다."

---

30) 일본어로 노랑은 키ぉ라고 읽는다.

충격의 소용돌이가 모두를 덮쳤다. 누군가가 소리 질렀다! 히라이 다로가 당황한 표정으로 집사를 노려보았다.

"고스기! 네가, 네가…… 모든 걸……. 하나와 레이를 죽인 건 네놈이었나!!"

데루 옆에 서 있던 고스기 집사는 몇 걸음 뒤로 물러나 얼굴을 파랗게 물들이고 양손을 격하게 내저으며 혐의를 부정했다.

집사 옆에 서 있던 고스기 쇼리도 겁에 질린 시선을 띠며 아버지에게서 떨어졌다.

"아빠, 정말이야?! 아빠가, 사람들을……."

"그럴 리가! 아니야! 나는 아무것도 몰라!"

집사가 절규했다. 경악과 분노의 격류가 그를 집어삼켰다. 실내에 있던 모두의 시선이 "용서할 수 없다, 고스기 간!"이라고 말하듯 가차 없이 비난했다. 그가 예술가 artist라면 그 정도의 앙갚음을 받아도 할 말은 없을 테지만…… 진상은 과연? 사건은 이대로 무난하게 막을 내릴 수 있을 것인가?

"여러분, 진정하세요! 조용히 하시고 부디 자리에 앉아 주세요!!"

종장 홀려버린 폐막

 구로야 형사가 필사적인 표정으로 진정할 것을 촉구해도 폭주하는 군중의 분노는 가라앉지 않았다. 흥분의 도가니에 빠져 위험한 상황으로 흘러가던 자리를 진정시킨 것은 다름 아닌 니지카와의 한 마디였다.

 "혼란을 드려 죄송합니다. 여러분. 고스기 씨는 예술가가 아닙니다."

 흥분의 파도가 쓸려나갔다……. 다시 니지카와에게 시선이 쏠리면서 정적이 회복되었다.

 "무슨 소리요, 니지카와 씨. 『흑사관』은 범인의 사인 아니었소?"

 힐문하는 투로 니지카와를 다그치는 히라이 다로. 환영성의 주인은 하나와 레이를 죽인 범인을 얼른 찾아내고 싶어 안달이 난 모양이다. 니지카와는 범인 고발 전에 가벼운 반전을 줄 작정이었으나 초로의 남자는 보드게임의 도착점 직전에 시작점으로 돌아간 것 같은 무력함을 느꼈으리라.

 "조금 전에도 말씀드렸다시피 내 추리는 어디까지나 가설이에요. 예술가artist의 사인으로 보이는 메시지로부터 범인을 추리한 것일 뿐, 증거는 전혀 없다는 것을 잊지 마시길 바랍니다. 내가 이 『흑사관』의 메시지가 바로 예술가artist의 사인이라고 확신한 이유 중 하나는,

교묘한 이중구조의 언어유희이기 때문입니다. 그 심원한 함의를 깨달았을 때, 난 외람되게도 감동마저 느꼈음을 고백하겠습니다. 여러분, 진정하시고 생각해보세요. 범인은 이렇게까지 치밀한 살인사건을 연출한 예술가artist입니다. 가짜 범인, 가짜 사인도 만들지 않고 단순하게 사인을 남겼을 리가 없죠."

니지카와의 의견에는 새겨들을 만한 점이 있었다. 조금 전의 혼란은 가라앉았다. 지금 식당에는 진짜 해결을 향한 호기심이 넘쳐났다.

"『흑사관』→『고스기 간』이라는 메시지는 피의 탁점과 애너그램을 구사하여 만든 사인입니다. 원래는 가짜 해답이라고 생각하기 힘들겠죠. 하지만 『흑사관』 우의에는 더 교묘하게 숨겨진 또 하나의 메시지가 있습니다. 그 치밀한 계산에 기초한 『말』의 마술magic을 찾았을 때, 나는 이것이 바로 가짜의 상위에 숨겨진 진짜 사인이라고 추리했습니다……."

지지리도 애태우는 것을 견딜 수 없었는지, 사도 구토 형사가 계속 빙빙 돌리는 설명을 하는 니지카와에게 해답을 재촉했다.

"그럼 『흑사관』 우의에 또 하나의 사인이 숨겨져 있다는 말인가요? 니지카와 씨, 진짜 예술가artist는 누굽니

종장 홀려버린 폐막

까?"

배경 설명을 이쯤에서 끝내려고 했는지, 니지카와는 조금 지친 표정으로 깊이 고개를 끄덕였다.

"예술가artist의 이름은……."

숨을 삼키는 공간. 대망의 범인 고발이다. 모두가 지켜보는 가운데, 니지카와는 잠시 눈을 감고 자리의 긴장된 분위기를 극한까지 끌어올렸다.

마침내 눈을 번쩍 뜨고, 작가 탐정은 오른손 검지로 어느 인물(예술가artist?)을 가리켰다.

"그가 예술가artist입니다!!"

예상을 뛰어넘은 의외의 해결. 폭발하는 경악과 소란……. 모두가 그때, 자기 눈과 자기 귀를 의심했다.

니지카와 료가 가리킨 끝에 서 있는 사람은……

직원 D다.

JOKER

71 가나이 히데타카

 직원 D가 예술가?
 …… 상식적으로 생각할 수 없는 일이었다. 아니, 아무리 양보해도, 고찰의 범위를 한계까지 넓혀도 그런 답에 다다를 가능성은 한없이 제로에 가까웠다. 청중을 바보로 만든 것 같은 믿기지 않는 결말. 충격 그 자체다.
 직원 D는 가나이 히데타카라는 이름의 장발 청년이다. 류스이의 본명(다메이 히데타카)과 비슷한 데다 분위기도 조금 닮았다. 류스이는 니지카와에게 범인으로 고발당한 청년을 주목하고는 몇 년 전 자신의 그림자를 발견하여 그의 이름에 관해 생각했다.
 자신의 본명과 아주 비슷해서 잘 기억하는 그의 이름, 가나이 히데타카는 다메이 히데타카보다는 오히려 『허무에의 제물』의 작가 나카이 히데오에 가깝지 않을까 하는 생각이 들었다. 가운데 두 글자가 겹치고, 『가나金』는 『나카中』를 뒤집은 것이다. 무엇보다도 가나이 히데타카金井英貴도 나카이 히데오中井英夫도 이름의 각 한자가 대칭을 이룬다는 점에서도 통하는 면이 있다.
 ―『흑사관』 다음은 『허무』인가? 대체 니지카와 씨의

종장 홀려버린 폐막

추리는 어디까지 비약하는 건가…….

고스기 집사가 범인이라면 차라리 삼류 추리소설에 나올 법한, 진부한 결말을 약간 비튼 내용이니 이해할 수 없는 것도 아니다. 평소에는 엄격한 집사가 뒤에서 흉흉한 범행을 저질렀다 해도 거부감은 안 든다. 하지만 가나이는 어떤가. 가나이는 사건 중심의 틀 바깥에 있는 엑스트라에 불과하다. 뒤늦게 갑자기 주목받는 존재감 없는 『등장인물』은 불공정의 극치다. 범인의 의외성을 추구한 나머지 최소한의 약속마저 무시하는 추리소설처럼 그런 해결은 재미가 없다.

반신반의의 표정으로 사람들은 니지카와와 가나이를 번갈아 보았다. 니지카와는 자신의 추리는 어디까지나 가설이라고 했지만 그 이전에 가나이가 범인이 아니라는 것은 누가 보아도 명백했다.

"그럴 수가, 어째서 제가…….'

놀란 표정도 연기일까. 부드러운 표정의 가면 아래에 광기를 숨긴 걸까? 가나이 히데타카가 바로 여덟 명과 두 마리를 죽인 예술가artist인가??

충격은 너무나도 갑작스럽고 거대했다. 모두가 엄청난 결말에 잠시 어안이 벙벙했지만, 마침내 니지카와에게서 튀어나온 뜻밖의 말로 인해 의문은 얼음이 녹듯 녹아내리

JOKER

고 혼돈은 질서에 자리를 양보했다.

"당신, 당신이 아니에요. 거기서 물러나세요."

구조는 단순했다. 중요한 점은 니지카와의 검지와 예술가artist를 잇는 직선상에 가나이 히데타카라는 호들갑스러운 직원이 서 있었을 뿐이다(웃음).

하지만 모두의 (웃음)은 언제까지고 계속되지 않는다. 가나이 히데타카가 옆으로 비키자 뒤에 서 있던 인물이 눈을 동그랗게 뜨고 비명 같은 소리를 지르며 자신을 가리켰다.

"예?! 설마, 제, 제가 예술가artist라는 겁니까?"

그가 진짜 예술가artist여도 아주 의외의 결말이다. 새롭게 범인으로 고발당한 그 인물은…….

"그래요. 예술가는 나스키 주방장입니다."

●

"설명해주실 수 있겠습니까, 니지카와 씨."

기리기리스가 연장자의 관록을 발휘하여 차분한 말투로 물었다. 집사 고스기 간, 직원 가나이 히데타카에 이어 뜻밖의 범인이 고발되면서 흥분으로 자리에서 일어난 청중들은 그 말을 듣고 마음을 가라앉히고 자리에 앉았다. 환영성 살인사건도 마침내 끝난다는, 사건 폐막의 감동이 파동이 되어 모든 『등장인물』을 감쌌다.

종장 홀려버린 폐막

"처음 나스키 씨를 의심한 건 쌍둥이 고양이와 히류 씨의 시체가 발견되었을 땝니다. 쌍둥이 고양이 살해 현장에 남은 달리아 드라이플라워의 꽃말이 『화려』라는 점에서 하나&레이 살해사건과 이 사건의 중요 참고자료인 『화려한 몰락을 위해』의 비유라고 추측했습니다."

하나&레이 살해…… 꽃말 『화려』…… 『화몰』!

이렇게 엮인 세 가지 사실은 예술가artist의 치기라고 할 수 있을 것이다. 여태까지 다른 해석이 발견되지 않은 이상, 어디까지나 단순한 『멋 부림』에 불과하다. 거기에 깊은 의미는 없다.

"…… 그런데 나스키 씨. 당신은 살인예술을 과하게 추구한 나머지, 정보를 너무 많이 엮었습니다. 이미 그건 예술을 벗어난 악랄한 언어유희…… 못된 장난에 불과합니다. 쌍둥이 고양이의 사체가 발견된 후의 식사를 카레로 준비한 건 너무했죠. 『카레』와 『화려31)』를 엮을 생각이었나요? 우연일 수도 있겠지만 어쨌든 내 의혹의 출발점은 거기였습니다."

돌이켜 생각해보니 그날 점심은 카레였다. 이상한 사건의 소용돌이 속에서 아무도 알아채지 못했다. 쌍둥이 고양이, 달리아, 원고에 이어 카레까지. 『화려』가 너무

---

31) '화려'는 일본어로 '카레이かれい'라고 읽는다.

많다. 우연치고는 너무 완벽하다. 설령 죄가 없더라도 의심받을 만하다. 하필 그때 카레를 만들 이유는 없을 테니까…….

"어째서 나스키 주방장은 『흑사관』을 빗댔을까요? 이건 좀처럼 해결하기 어려운 문제였습니다. 다쿠쇼인에게 깊이 감사해야겠군요. 내게 의문을 해결할 계기를 준 것도 『화몰』이니까요.

다쿠쇼인의 원고에서 여러 번 언급된 것처럼 나스키 씨는 네덜란드 요리사입니다. 혹시나 해서 『지식의 방』에서 네덜란드어 사전을 찾아봤죠. …… 예상이 맞더군요. 내 추리가 그대로 나와서 꺼림칙하기까지 했을 정도입니다. 모든 건 있어야 할 곳에 있었고 수수께끼는 풀렸습니다."

니지카와는 아무래도 말을 빙빙 돌리는 재주가 있는 모양이다. 본론에 들어가기까지 서론이 너무 길다. 긴장 상태를 유지하여 경청하던 청중은 도무지 견딜 수가 없었다.

하지만 그것도 곧 끝난다. 니지카와의 해설은 막바지에 접어들었다. 이제 후방에서 예술가artist에게 최후의 일격을 가할 것이다.

"요리사는 네덜란드어로 쿡입니다. KOK이죠. 여기서

종장 홀려버린 폐막

또 한 번 애너그램을 생각해보세요. 『NASUKI』로는 안 되겠지만, 『NASUKI KOK』으로 바꿔보면 『KOKUSIKAN』이 될 겁니다……."

『흑사관 살인사건』에서 도출한 고스기 간과 나스키 다케히코. 여기에도 존재한 이중함의 double meaning. 모두가 탁상에 손가락으로 글씨를 써보거나 머릿속으로 글자를 조합하다가 이내 니지카와의 지적이 진실임을 깨닫고 차례차례 경탄했다.

고스기 간으로 이어지는 코트의 탁점을 이용한 애너그램. 그리고 그 위에 있는 치밀한 애너그램. 『흑사관』의 메시지는 교묘한 이중구조를 지니고 있었다. 그것만으로도 니지카와의 추리에 설득력이 더해졌다. 일단 추리만이 근거일 뿐 증거는 아직 아무것도 없었지만 『흑사관』이 나스키 주방장의 사인일 가능성은 상당히 커 보였다.

더는 『말』이 헤매지 않는다. 질서 있게 나열된 『말』은

JOKER

미궁謎宮의 출구로 이어지는 하나의 길을 가리키고 있다. 하지만 그 길은 한참 남았다. 아득한 저편까지 이어져 있다. 출구에 다다르기도 전에 미궁謎宮이 또 모습을 바꿔 『말』이 헤맬지도 모른다.

그것이 환영성 살인사건의 무서운 점이다. 어중간한 공격으로는 예술가artist가 구축한 수수께끼의 아성을 무너뜨릴 수 없을지도 모른다. 설령 예술가artist가 사라진다고 해도 주인 없는 수수께끼의 성은 난공불락 상태로 남아있을 듯했다.

그래도 예술가artist의 정체가 판명되면서 모든 수수께끼에 돌파구가 생겼다. 모두가 사건 수사가 크게 진전되었음을 느꼈다. 집사 고스기, 직원 가나이에 이어 세 번째 범인 후보자가 나오면서 일일이 놀라기도 피곤해지고 분노도 옅어졌지만, 무엇보다도 범인이 드디어 판명되었다는 것에는 안도할 수 있었다.

그런데 범인으로 고발된 나스키는 요리사 모자를 벗고 격앙하여 끊임없이 자신의 무죄를 호소했다.

"아니야! 난 예술가artist가 아니야. 여러분, 믿어주세요. 이건 오해입니다. 제발 믿어주세요……."

나스키가 범인이라는 결정적인 실마리는 없었지만 그가 무죄라는 증거도 없었다. 길고 힘들었던 격투가

종장 홀려버린 폐막

여기서 막을 내린다는 환희의 감정이 크게 다가왔다. 사건 해결로 이어지는 범인 고발의 여운에 잠겨 있던 청중들은 모두 나스키의 변명에 귀를 기울이려 하지 않았다. 이기적인 생각과 군중심리가 합쳐지면 집단은 한없이 냉혹해질 수 있다.

사람들은 책임을 회피하기 위해 타인에게 더러운 역할을 떠맡기려 하는 자신을 불쌍히 여기다가 마침내 예술가artist가 고발되면서 격무 후의 파티처럼 개방적인 기분에 빠진 듯했다. 아이러니하게도 수수께끼의 혼돈 속에서 질서가 태어날 조짐이 보인 순간, 지금까지 긴장 탓에 집단의 질서를 유지해왔던 이들의 정신은 혼돈의 바다에 잠기기 시작했다.

"…… 그런데 니지카와 씨.『추리소설 구성요소 30항』을 섭렵한다는 예술가artist의 목표는 어떻게 된 겁니까?"

류스이가 손을 들어 모두가 잊고 있던 문제를 지적했다. 혼란은 가까스로 수습되고 해결편다운 엄격한 분위기가 식당에 돌아왔다.

예술가artist는『추리소설 구성요소 30항』을 섭렵할 작정이 아니었던 것인가?

JOKER

　13 ◎ 애너그램
　15 ◎ 의외의 범인
　30 ◎ 결말의 역전극(가짜 범인)

니지카와의 추리로 위의 세 항목이 충족되었다. 또한 향후 수사를 통해 밝혀질 항목도 당연히 있을 것이다. 그러나 살인이 끝났으니『다잉 메시지』등은 영원히 충족되지 못할 것인가.

니지카와도 류스이의 질문을 예상했을 것이다. 그는 미리 답을 준비한 듯 곧장 대답했다.

"그 점은 나도 생각해보긴 했다만. 다쿠쇼인, 그건 그리 중요한 사항이 아니지 않나?"

"무슨 말씀이시죠?"

"나머지『의외의 동기』와『미싱 링크』는 앞으로의 수사에서 밝혀질지도 모르고,『다잉 메시지』나『암호』도 지금까지 이미 존재했는데 우리가 놓쳤을 수도 있어. 하지만 결국 그런 게 무슨 상관이 있나 싶어. 잊지 말아야 할 점은 그게 아오이가 세운 가설에 불과하다는 거야."

"가설⋯⋯. 생각해보니 그렇긴 하네요."

예술가artist가『추리소설 구성요소 30항』을 섭렵하려 한다는 것은 아오이가 세운 가설에 불과하다. 예술가ar-

종장 홀려버린 폐막

tist가 공표한 것이 아니다.

― 가설과 선입견에 묶여서 현실의 본질을 보는 걸 잊고 있었어…….

류스이는 자신이 감정적으로 생각했다는 사실이 부끄러웠다. 니지카와처럼 냉정함을 유지했다면 류스이도 알아챘을 것이다.

재능과 경험의 차이가 아니다. 적어도 이번 사건에서는 류스이가 니지카와보다 개인적으로 더 큰 충격을 받았다. 아오이와 쇼코가 죽지 않았더라면 탐정 역을 맡는 사람은 니지카와가 아닌 류스이였을지도 모른다.

…… 모두가 니지카와의 해설에 귀를 기울였다. 곧 추리의 긴 터널을 빠져나올 수 있다. 그 앞에서 기다리는 것은 영광인가, 감동인가, 진실인가, 현실인가……. 적어도 설국이 아닌 것은 확실하다.

환영성은 끝없는 여름이 아닌 끝없는 겨울의 땅이다. 엄동설한의 허구 세계에는 항상 감정 없는 마른 바람이 불어온다. 하지만 그것도 이제 과거의 이야기가 되려 한다.

해결이 희망을 가져온다. 그리고 봄이 온다.

●

"『밀실의 방』의 물 밀실, 쇠도끼가 버려져 있던 『빛의

JOKER

무대』의 눈밀실, 그리고 『무구의 방』 갑주밀실. 세 밀실의 수수께끼는 아직 풀리지 않았습니다. 일단 일반인 탐정은 여기서 물러나고 그 부분은 JDC와 경찰분들께 맡기고자 합니다. 이상이 내가 생각한 모든 해답이며, 정확하다고 믿고 싶은 추리입니다. 안타깝게도 증거는 없습니다……."

그때 니지카와는 초조함 탓에 고개를 숙인 나스키에게 시선을 돌리고 진부한 드라마의 각본처럼 위선적인 대사로 마지막을 장식했다.

"예술가artist…… 나스키 씨가 모든 것을 자백해주시길 기대합니다. 그래야만 희생자분들의 한이 풀릴 테니까요."

마침내 오랜 시간에 걸친 환영성 살인사건이 끝났다. 밀실의 수수께끼를 비롯한 세세한 문제점은 많이 남았으나 머지않아 자백이나 수사로 해결될 것이다. 실질적으로는 여기서 비극의 막이 내려갔다.

아유카와 데쓰코 수사반장의 지시로 구로야 형사가 용의자 나스키를 향해 성큼성큼 다가갔다. 나스키는 구로야의 손에 수갑이 들린 것을 보고 "히익!" 하고 소리지르면서 인파를 헤쳐 달려 나갔다.

직원들이 하나가 되어 주방장을 붙잡았다. 그중에는

종장 홀려버린 폐막

직원 C 시이노키 하지메와 직원 D 가나이 히데타카도 보였다.

네 남녀에게 양팔을 붙잡혀 옴짝달싹 못 하는 불쌍한 예술가artist의 말로, 나스키 다케히코…….

"나스키 씨, 이제 끝났습니다. 포기하세요!"

주방장이 저항한 탓에 직원들은 그가 예술가artist라는 추리를 더 굳게 믿는 듯했다. 해결극 후의 우스꽝스러운 촌극은 니지카와의 추리에 신빙성을 더했다.

"아니야. 내가 아니라고! 정말이야! 나 아니야! 아니야!!"

울먹이는 목소리로 절절히 호소하는 그의 목소리는 누구의 귀에도 닿지 않았다. 설령 억울한 누명이더라도 용의자에게는 가차 없다. 의심스럽다고 벌을 주는가? 애달픈 인간의 성질.

구로야가 나스키의 손목을 비틀어 수갑을 채우기 직전, 믿음직한 구원의 목소리가 나스키의 청각을 자극했다.

"잠깐만요. 체포하기엔 아직 이릅니다!"

실내에 있던 모두의 시선이 목소리가 난 쪽을 향했다. 일어선 그 남자는 눈을 감은 채로 팔짱을 끼고 이렇게 외쳤다.

"나스키 씨는 예술가가 아닙니다."

다시 실내에 소란이 일었다. 수갑을 채우려던 손을 공중에서 멈춘 채 구로야는 검은 옷의 탐정에게 날카로운 시선을 보냈다.

"류구 씨, 그게 무슨 소리야?"

웅성거림은 조금씩 팽창하다가 마침내 폭발했다. 그 충격파로 사람들은 혼란의 극에 달했다. 무엇을 믿어야 좋을지 알 수 없었다.

자신에게 모인 시선들을 느끼며 조노스케는 천천히 눈을 떴다. 시야 끝에서 니지카와가 당혹스러운 눈빛으로 조노스케를 보았다. 조노스케는 니지카와에게 시선을 던지고는 검은 장갑을 낀 양손으로 손뼉을 쳤다. 소리는 거의 나지 않았다.

"아주 재밌었습니다, 니지카와 씨. 유쾌한 추리극이었어요. 직원분이 고발당했을 때는 솔직히 류구도 놀랐습니다만……."

"류구 씨, 내 추리에 결함이라도 있습니까?"

조노스케는 구로야와 직원들에게 손을 흔들어 나스키를 풀어주게 했다. 탐정이 주방장에게 소년처럼 반짝이는 미소를 보내자 해방된 용의자는 깊이 고개를 숙여 탐정에게 감사의 뜻을 표했다.

종장 홀려버린 폐막

완전히 조용해진 청중들을 둘러보며 조노스케는 해결극 제2막의 막을 올렸다.

"니지카와 씨, 당신은 예술가artist가 준비한 가짜 해결에 그대로 걸려들었군요. 『흑사관 살인사건』의 살인예고 우의는 성립하지 않습니다."

"뭐라고요?!"

자, 주인공 교대시간이다.

JOKER

72 일렁이는 신기루

니지카와의 추리를 가만히 듣고 있던 조노스케가 나스키 범인설을 부정하면서 해결극은 출발점으로 돌아왔다. 청중은 어찌해야 할지 알지 못한 채 지표를 찾고자 JDC 탐정들을 살폈다.

네무와 소야는 의아한 표정인 것을 보아 독자적인 추리를 정립하지 않은 듯했다. 기리기리스는 무표정이라 무슨 생각을 하는지 알 수 없었다. 그런데 조노스케를 빤히 쳐다보는 마이에게는 여유 비슷한 것이 보였다. 그녀는 호적수rival에게 도전적인 시선을 던지고 있었다. 이제 두 명탐정의 추리 싸움이라도 시작하는 걸까?

여전히 남아있는 수수께끼의 산……. 예술가artist가 사실은 누구인지도 아직 모른다. 조노스케와 마이는 과연 답을 얻은 것일까.

조노스케는 불안한 시선에 둘러싸인 것도 아랑곳하지 않고 편안하게 바로 섰다. 경험이 많은 만큼 이런 상황도 익숙한 모양이다.

"류구는 『흑사관 살인사건』을 읽은 적은 없지만 다쿠쇼인 씨의 『화려한 몰락을 위해』라는 귀중한 자료 덕분

종장 홀려버린 폐막

에 『흑사관』을 이용한 예술가artist의 메시지를 알아챘습니다. …… 기리카 양도 알아채지 않았나?"

이동하는 모두의 시선. 조노스케→마이.

"뭐, 그렇지. 나도 『화몰』을 안 읽었다면 평생 몰랐을 거야."

마이의 미소는 자신감 넘치고 믿음직스러웠다. 뛰어난 탐정은 때때로 운까지 자기편으로 만든다. 류스이가 『화몰』을 쓰게 된 것은 우연이지만 두 탐정은 생각을 돕는 원고를 얻어 추리를 발전시켰다.

네무, 소야, 기리기리스는 아무래도 『흑사관』의 메시지를 깨닫지 못한 모양이다. 단순히 『화몰』을 얼마나 깊이 이해했는가의 차이는 아닐 것이다. 조노스케와 마이는 사소한 실마리도 놓치지 않는 세심한 자세와 유연한 사고력을 겸비했다. 그래서 그들의 전문 분야가 아닌 추리소설적 장치도 알아챌 수 있었다. 역시 JDC 제1반이라는 지위는 허투루 얻은 것이 아니다.

조노스케는 모자를 벗고 류스이에게 가볍게 고개를 숙이고는 농담이라도 하듯 연극적인 투로 말했다.

"그런 의미에서 저희는 다쿠쇼인 선생님께 감사를 드려야겠네요. 『흑사관』의 살인예고장을 알게 된 것만으로도 『화몰』을 읽은 보람이 있었어요. 의미 있는 독서

JOKER

체험이었습니다, 다쿠쇼인 씨♪"

류스이는 황송하다는 듯 손을 흔들어 업적에 겸손을 표했다.

"아닙니다……. 다과회 때 얘기가 나온 덕에 『흑사관』을 접했을 뿐이지 순전히 우연입니다. 제가 한 일이 아니죠. 그보다 류구 씨. 대체 니지카와 씨의 논리에서 어디가 이상한 겁니까?"

마이가 그 질문에 대답했다. 탐정은 어디까지나 예의를 잃지 않고 냉정 침착하게, 하지만 신랄하게 말했다.

"사전을 뒤질 필요도 없이 니지카와 씨의 추리는 논리적이라고 할 수 없어요. 노골적으로 말하자면 『꿰맞추기』죠. 조금 전의 설명은 추론의 영역을 벗어나지 않아요."

"에이, 기리카 양. 환영성 살인사건에는 결정적인 실마리가 없잖아. 추리에 『꿰맞추기』 느낌이 나는 것도 당연해. 이게 순수한 논리만으로 해결할 수 있는 보통 사건도 아니고."

조노스케는 마이를 달래듯 말하며 차분히 설명했다.

"여섯 건의 살인은 확실히 『흑사관』의 살인예고에 빗대었다고도 볼 수 있습니다. 하지만 류구는 그것이 보여주기식 비유이며 가짜 해결로 이끄는 메시지라고

종장 홀려버린 폐막

생각합니다. …… 어쩌면 예술가artist는 우의법으로 우리 수사진을 시험하려 했는지도 모르죠. 나스키 범인설로 사건의 막을 내려도 범인은 신경도 안 쓸 테니까요. 게다가 그 정도 문제도 못 푸는 상대는 적수로 보지도 않을 테고요."

마지막 말에는 냉소가 담겨 있었다. 검은 옷의 탐정은 아무래도 아직 해결을 보지 못한 자신의 무능함에 분개한 듯했다. 여전히 예술가artist에게 주도권이 있는 현재 상황에 굴욕을 느끼는 것도 당연하다.

그들이 환영성에 없었더라면 아마도 이 살인사건은 나스키 범인설로 막을 내렸을 것이다. 그런 생각이 들 만큼 예술가artist가 마련한 함정은 완벽했다. 나스키 다케히코가 진범이 아니라는 것은 여기서 큰 문제가 아니다. 수사진의 오인으로 체포되어 억울하게 감옥에 갇히는 비참한 사람들은 과거의 범죄 수사 역사에서 셀 수 없이 많았다. 나스키가 그런 피해자가 될 가능성도 충분히 있었다. 자백에 의지하여 증거 없는 사건을 해결하려는 시도 자체는 어쩔 수 없지만 억지를 부려서는 안 된다. 더군다나 고문이나 다름없는 취조는 당치도 않다. 경찰사회의 병폐, 내부 부패는 최근 수년간 심각해졌다. 물론 모든 경관에게 문제가 있는 것은 아니다.

JOKER

그러나 가짜 범인을 내세운 예술가artist의 시나리오는 그것까지 계산했을 것이다. 정말이지 머리가 비상한 범죄자다.

…… 그만큼 탐정들은 추리가 늦어지는 것에 애를 태웠다. 적이 강하기 때문에 서둘러 사건을 끝내야만 했다. 해결 불가능한 시점에 이르고 나서 후회해봤자 때는 늦을 테니.

함정을 설치한 쪽과 그것을 간파한 쪽의 장렬한 머리싸움이다. 니지카와는 진상을 지키는 방어막의 맨 바깥쪽 껍데기를 돌파한 것에 불과하다. 방어막은 그 앞에도 여러 겹이나 마련되었을 것이다. 논리의 미궁謎宮에서 출구를 찾는 사람은 예술가artist의 모략을 간파할 수 있는 지력의 소유자여야 한다.

"잘 생각해보면 알 수 있듯이 예술가artist는 추리의 함정을 제대로 마련했습니다. 그 우의가 사실은 허구 위에 구축된 환영이며 나스키 범인설이 가짜 해답임을 가리키는 실마리를 말이죠."

"기리카 씨, 그 실마리란 뭔가요?"

모두를 대표하여 아유카와 데쓰코가 질문했다. 다른 사람들은 자신들이 예술가artist의 시나리오에 놀아났다는 충격에서 좀처럼 벗어나지 못하고 가벼운 실어증에

종장 홀려버린 폐막

빠졌다.

마이가 눈으로 신호를 주어 조노스케에게 바통을 넘겼다. 검은 옷의 추리 귀공자는 고개를 끄덕이고 모두를 둘러보았다. 마지막으로 탐정은 니지카와에게 시선을 멈추고 맹점을 지적했다.

"투명한 수조 위에 시체를 얹어서『하늘에 떠 있다』고 치는 것도 생각해보면 억지죠. 그리고 사실 여섯 가지 우의 중에서 처음 발견된 시체에는 우의가 성립하지 않습니다."

음……. 신음의 어두운 합창이 실내에 울려 퍼졌다.

첫 시체의 우의, 미즈노는 거꾸로 뒤집혀 죽임을 당할 것. …… 미즈노 가즈마의 시체는 거꾸로 뒤집혀 바닥에 목을 매단 상태였다. 표면적으로는 이상한 점이 없는 것 같지 않은가?

"그런데 류구 씨. 처음에 발견된 미즈노 가즈마 씨의 시체는 확실히 뒤집혀 있지 않았습니까?"

사도 구토의 말은 질문이라기보다는 확인에 가까웠다. 조노스케는 모자를 다시 쓰고 각도를 고치며 속삭이듯 작은 소리로 웃었다. 감정 없이 건조한 웃음이었다.

"그게 바로 예술가artist의 머리가 잘 돌아간다는 증거죠. 환영성 살인사건에서는 모든 것에 의미가 있습니다.

JOKER

쓸모없는 건 아무것도 없어요. 미즈노 씨의 입에 있던 오렌지에 붙은 스티커까지 의미가 있을지도 모릅니다. 어째서 예술가artist는 그 방을 무대로 선택하고 거기에서 미즈노 씨를 거꾸로 매달았을까요?"

그때 조노스케는 조수를 보았다. 담배를 피우고 있던 소야는 주위의 침묵으로부터 조노스케의 시선을 깨닫고 검은 옷의 탐정이 그에게 답을 요구하고 있음을 알아챘다. 소야도 JDC 제2반에 소속한 명탐정이다. 그는 조노스케의 힌트에서 당연히 답을 얻었다.

"…… 그러니까 이 말이잖아, 류 씨. 『역전의 방』 테마가 바로 범행현장의 의미라고."

조노스케는 소야에게 윙크로 답했다. 역시 그가 조수로 선택한 탐정이다. 이 정도 문제에 힌트를 줘도 풀지 못하는 사람이라면 조노스케는 파트너 관계를 청산했을 것이다. 아버지가 너무나도 위대한 나머지 활약이 눈에 띄지 않았을 뿐, 소야도 뛰어난 소질을 갖췄다.

하지만 머리가 잘 안 돌아가던 청중들은 선문답 같은 탐정 사이의 대화에서 아무것도 깨닫지 못한 듯했다. 그들은 탐정이 아니니 부족한 추리력을 비난할 이유는 없다. 조노스케는 더 쉬운 해설을 시도하기로 했다.

"류구는 실제로 시체를 본 건 아니지만 보고서와 『화

종장 홀려버린 폐막

몰』의 묘사가 옳다면 미즈노 씨의 시체가 거꾸로 뒤집힌 것처럼 보인 건 사실이겠죠. 시체의 역전이라는, 평소에는 체험할 수 없는 기발한 사건을 맞닥뜨린 충격이 너무 컸던 모양인지 『의자에 앉은 성모』라는 원형 회화(톤도)도 그렇고 아무도 역전의 진정한 의미를 깨닫지 못한 건 뜻밖입니다."

조노스케와 마이의 시선이 마주쳤다. 두 사람은 동시에 고개를 끄덕였다.

"그렇지……. 나도 류구 씨에게 그 동그란 그림의 역전을 지적받지 않았다면 『흑사관』 우의법의 모순을 못 알아챘을 거야. 예술가artist는 정말 맹점을 잘 찌르는 천재라니까."

"대체 무슨 말씀들을 하시는 겁니까. 난 전혀 모르겠습니다."

난감해하던 니지카와가 참지 못하고 물었다. 설명을 빙빙 돌린 것을 조금이나마 반성하면서 조노스케는 숨겨진 역전의 진실을 말했다.

"미즈노 씨의 시체가 발견된 곳은 『역전의 방』입니다. 그리고 그 방의 테마는 양의(천지)의 역전……. 모르시겠습니까? 『역전의 방』에서는 가구, 융단, 전등 등, 벽의 그림을 제외한 방을 구성하는 모든 것이 보통 상태와는

JOKER

반대 방향으로 뒤집혀 있었습니다. 목이 매달린 시체도 마찬가지입니다. 상식에 사로잡혀 있다면 이해할 수 없을지도 모르겠지만, 거꾸로 목이 매달린 것 같았던 시체는 사실 그 방의 정방향에 따라 목이 매달린 시체였습니다. 미즈노 씨는 거꾸로 매달린 게 아닙니다. 그건 올바른 방향으로 매달린 시체였습니다."

반대도 또한 진실일지니. 오오!! 실내에서 차례차례 경탄의 한숨이 들려왔다.

"예술가artist가 『역전의 방』을 살인의 무대로 삼은 것은 절대 우연이 아니라 필연입니다. 이것으로 『흑사관』우의는 붕괴합니다. 그리고 나스키 범인설 또한······. 나스키 씨와 고스기 씨를 가리키는 『흑사관』메시지도 결국 불완전한 미스디렉션에 불과했습니다."

오구리 무시타로의 『흑사관 살인사건』우의. 고스기 간이라는 의외의 가짜 범인. 거기에 나스키 다케히코라는 의외의 진범. 이러한 해답이 제시되면 사람들은 치밀하게 짜인 메시지의 깊이에 압도되어 예술가artist의 사인이라고 생각할 것이다.

······ 이것이 바로 예술가artist의 노림수다. 사건은 이렇게 막을 내릴 수도 있었다. 모두가 추리의 맹점을 깨닫지 못하고 틀린 진상을 진실이라고 믿어버리면 진범

종장 홀려버린 폐막

인 예술가artist는 가짜 범인에게 혐의를 뒤집어씌우고 미궁謎宮의 어둠 속으로 모습을 감췄으리라.

무서운 것은 선입견에 조종당해 놓치는 진실, 나아가 진짜 흉악범죄가 가까스로 역사의 이면에 은폐되어 무고한 가짜 범인이 벌을 받는 세계의 부조리다. 인간이 알 수 있는 영역은 얼마나 좁은가. 그것이 최대의 공포다.

"그런데 류구 씨……."

탐정 역을 박탈당한 니지카와가 항변을 시도했다. 그는 아직 자신의 설에 집착하는 듯했다. 물론 조노스케를 비롯한 탐정들의 추리가 틀리고 정말로 니지카와의 설이 옳을 가능성은 항상 존재하므로 그의 반박이 의미 없는 것은 아니다.

추리소설 속 탐정은 『신』이다. 하지만 현실 세계에서는 탐정도 절대 『신』이 아니다. 절대적인 말은 여기에 존재하지 않는다.

"가짜 해답치고는 너무 정교하지 않습니까? 두 가지 애너그램이 들어간 『흑사관』 우의는 너무 완벽해서 단순한 가짜 해답으로 보이지 않습니다. 게다가 미스디렉션이라면 두 사람이나 가리킬 필요가 없을 겁니다. 오도의 대상은 한 사람으로 충분합니다."

조노스케는 잠시 턱에 손을 대고 말없이 생각을 정리했

다. 니지카와는 자신의 추리야말로 해답이라고 확신하는 듯했다. 청중의 반응도 나스키 범인설을 지지하는 니지카와 파와 류구 파로 나뉘었다. 처음에는 2대 8로 조노스케에게 쏠려 있었지만, 니지카와의 열변으로 비율은 3대 7→4대6→끝에는 5대5까지 이르렀다.

조노스케는 니지카와의 눈을 응시하면서 달래는 말투로 해설을 재개했다.

"니지카와 씨 말씀도 지당합니다. 이만큼 응축에 응축을 거듭한 메시지 아닙니까. 단순한 가짜 해답이라고 생각하기 싫으신 것도 이해합니다. 하지만 그게 중요한 포인트입니다. 그래서 류구는 예술가artist가 나스키 범인설을 진상으로 꾸몄다고 생각합니다. …… 가짜 해답을 진상으로 오인하도록 적도 전력을 다해야 했겠죠. 과하게 아름다운 애너그램은 오히려 의심할 이유가 된 겁니다."

그때 뜻밖에도 가만히 추리 싸움을 관찰하던 기리기리스가 끼어들었다.

"아니, 그런데 설득력이 부족하지 않나? 류구답지 않아. 그건 니지카와 씨의 추리와 별반 다를 바 없이 근거 없는 추론 아닌가."

기리기리스는 조노스케의 재능을 누구보다 높이 평가

종장 홀려버린 폐막

한다. 그만큼 그의 엉터리 추리 전개를 두고 볼 수 없었다. 조노스케는 난처한 듯 일단 기리기리스를, 그리고 소야, 네무, 마이를 순서대로 보았다. 그리고는 즐겨 쓰는 모자를 벗고 머리를 긁으며 휴, 한숨을 쉬었다. 실내에 감도는 묵직한 긴장감을 날려버리기 위해 의식적으로 밝은 목소리로, 조노스케는 의외의 사실을 공표했다.

"이건 발표하고 싶지 않았지만…… 솔직하게 고백하자면, 류구는 어느 우연의 일치를 알아챘습니다. 상식적으로는 도무지 생각할 수 없는 무서운 부합을요. 그것 때문에 류구는 『흑사관』우의가 사인이 아니라고 추리한 겁니다. 신의 변덕인지, 악마의 장난인지. 『흑사관』의 메시지는 인위적인 것을 뛰어넘은 우연의 연쇄가 창조한 하나의 기적이었어요!"

조노스케는 괴롭게 말했다. 검은 옷의 탐정의 힘겨운 해설이 걱정되어 기리기리스는 아버지가 아들을 위로하듯 다정한 말로 그를 달랬다.

"류구, 그렇게까지 고민할 건 없어. 『말』의 부합, 우연의 일치는 자주 있는 일 아닌가."

조노스케는 나이 먹은 탐정을 흘긋 보기만 하고 바로 시선을 피했다. 그 눈동자에는 쓸쓸한 그림자가 드리워진 것 같았다.

JOKER

 『말』을 조종하는 언사 탐정인 조노스케가 두려움을 느낀 우연의 일치. 그런 것이 정말로 존재한단 말인가? 우연의 일치는 『흑사관 살인사건』의 중요한 테마 중 하나다. 우연의 일치로 가득 찬 마서魔書가 시간을 뛰어넘어 만들어낸 우연의 일치란 대체…….

 "이 세계가 현실임을 몰랐다면, 만약 류구가 한 명의 독자로서 완성된 『화몰』을 읽었다면 이 이야기는 허구라고 단정했겠죠. 아, 언어유희를 좋아하는 다쿠쇼인 씨라면 알아챘을지도 모르겠네요. 『흑사관』이 암시하는 또 다른 두 사람의 이름을……."

 "뭐라고?! 류구 씨, 그게 정말이야?"

 마이는 몹시 놀라 크게 소리 질렀다. 그녀조차도 면밀하게 계산된 『흑사관』의 두 메시지 이면에 또 다른 두 이름의 암시가 있을 줄은 상상도 하지 않은 모양이다.

 이중의 함의double meaning을 넘어선 사중의 함의 fourth meaning. 조노스케의 말이 거짓이 아니라면 이것은 『해바라기』를 넘어선 『말』의 마술magic이 될 것이다.

 『흑사관』에서 도출된 또 다른 두 인물이란 대체 누구와 누구인가……?

종장 홀려버린 폐막

73 가리키는 것은 두 가지

 "이 우연의 일치는 예술가artist가 의도한 것이 아닙니다. 왜냐하면 『흑사관』이 암시하는 그 두 인물은 수사진 중에 있으니까요."

 조노스케의 말을 듣고 JDC, 경찰 관계자들 사이로 긴장감이 흘렀다! 엄밀히 따지면 성립하지 않는다지만 『흑사관』의 우의는 살인사건 이면의 테마라고도 할 수 있다. 그 『흑사관』과 자신의 이름이 엮여서 기분이 좋을 사람은 없을 것이다.

 "아무리 우연의 일치라지만 그게 말이 돼? 류 씨, 『흑사관』 우의의 피해자는 누구지?"

 소야가 마음을 단단히 먹고 물었다. 수사진은 사건이 일어나고 나서 환영성에 찾아왔다. 누가 지명되든 가짜 범인으로 고발될 가능성은 작을 것이다. 머리로는 그렇게 알고 있어도 마음속 깊은 곳에 도사린 불쾌함은 사라지지 않았다. 『당첨』을 뽑는다면……. 악마가 살인 제비를 뽑는 것을 지켜보는 듯한 심경이었다.

 "『흑사관』이라고 생각하면 절대 이해할 수 없는 겁니다. 그 두 사람이란…… 구로야 씨와 기리기리스 씨입니

JOKER

다!"

 자리가 잠시 얼어붙었다. 누군가가 놀라움의 비명을 지르자 굳어있던 공간에 보이지 않은 균열이 생기면서 사람들의 시선이 두 남자를 순서대로 찔렀다.

 "왜, 나야. 류구 씨."

 꽉 쥔 주먹을 내밀며 구로야가 분개하고,

 "무슨 소리인가, 류구."

 조금 당황한 말투로 기리기리스가 물었다. 모두의 시선이 두 사람에게서 떨어지면서 다시 조노스케에게 모였다.

 조노스케는 청량음료수가 든 컵을 입으로 가져간 후 헛기침하고는 자세를 고쳤다. 딱히 청중을 애태우게 하려는 건 아닐 테지만 배구의 1인 시간차 공격처럼 사람들은 가볍게 뒤통수를 맞았다. 광란은 가라앉고 단순한 혼란으로 변했다.

 식당에 모인 사람들이 마음의 준비를 끝냈을 타이밍에 맞춰 조노스케는 입을 열었다.

 "먼저 구로야 씨 얘기부터 할까요. 구로야 씨, 당신의 이름first name은……?"

 근육질의 형사는 머뭇거리다가 주위의 침묵에 압력을 받고 마지못해 대답했다.

종장 홀려버린 폐막

"다카시야."

"고맙습니다. 그래요, 구로야 씨의 풀네임은 구로야다카시죠.『구로야다카시』…… 알파벳으로 바꾸지 않고 히라가나 그대로 이 이름의 애너그램을 생각해보세요."

마이는 역시나 빠르게 해답에 다다랐다.

"아하, 그렇구나.『구로야다카시』→『구로黑시死야카타館』. 구로야 형사의 이름은『흑사관』의 훈독 애너그램이 되네."

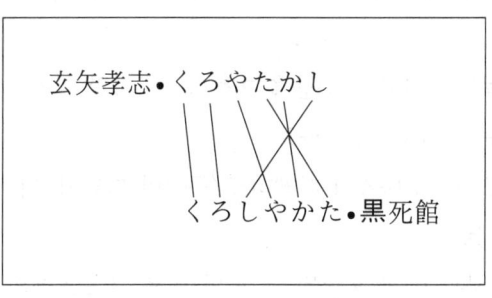

우연의 일치일 테지만 참으로 높은 완성도다. 실내에 조용하게 경악의 파도가 치는 가운데, 조노스케는 설명을 계속했다.

"그리고 기리기리스 씨. 이분도 풀네임을 생각해봐야 합니다. 기리기리스 씨의 풀네임은 기리기리스 다로

JOKER

······."

조노스케의 눈동자에는 수수께끼 풀이를 할 때 보이는 평소의 소년 같은 반짝임이 없었다. 기괴한 우연의 일치 몇 가지에 불쾌함을 느낀 모양이다.

"여러분은 요 며칠간 계속 기리기리스 씨를 뵈었기 때문에 『기리기리스』라는 단어에서 여기에 계신 기리기리스 씨만을 연상하실지도 모릅니다. 하지만 기리기리스는 원래 귀뚜라미…… 벌레의 이름입니다. 기리기리스를 벌레라고 생각한다면, 기리기리스 다로는."

"······무시타로蟲太郎!"

모두의 목소리가 화음을 이뤘다. 『흑사관 살인사건』의 작가는 오구리 무시타로.

고스기 간, 나스키 다케히코, 구로야 다카시, 기리기리스 다로.

『흑사관』에서 도출된 네 명의 이름. 조노스케의 유연한 사고력은 찬사를 받을 만했으나 마치 미리 짠 듯한 우연의 부합은 무시무시하다. 시간을 뛰어넘어 오구리 무시타로의 초월적인 힘이 작용했다는 어이없는 생각마저 들 만큼 괴이한 상황이다.

"기리기리스 씨와 구로야 씨는 조금 전에 말씀드린 대로 수사 관계자이니 두 사람을 암시하는 『흑사관』의

종장 홀려버린 폐막

메시지도 아마 우연의 일치에 불과할 겁니다. 하지만 료쇼 씨가 살해당한 걸 생각하면 두 사람이 사건과 아예 관련이 없다고 단언하고 싶지는 않습니다. 한없이 작은 가능성이라도 이것이 예술가artist의 미스디렉션, 또는 사인일 수 있으니까요."

구로야는 상황적으로 명백하게 사건의 외부자다. 하지만 기리기리스는 살인사건 처음부터 환영성에 체류 중이었다. 객관적이고 공평하게 분석한다면 설령 그가 탐정이어도 완전한 외부자가 아닐 가능성은 존재한다. 미스디렉션이라면 용의자, 사인이라면 기리기리스 다로가 예술가artist라는 뜻이 된다.

자신이 복잡한 상황에 빠졌음을 자각하고 나서 기리기리스는 발치에 나락으로 통하는 어둠이 생긴 듯한 착각을 느꼈다. 기억상실amnesia에 걸리기 전, 과거에 자신은 어디에 있었는가. 자신의 진짜 이름은……. 그걸 알지 못하는 기리기리스는 자신이 환영성 살인사건과 관계가 없다고 딱 잘라 말할 수 없었다.

체내의 허무가 팽창했다. 『기리기리스 다로』라는 아이덴티티를 분명하게 느끼지 않으면 자신이 조각조각 해체될 것 같았다.

시선을 부산스레 이리저리 돌렸다. 마미야 데루의 걱

정스러운 표정을 보니 자기 자신을 향한 기리기리스의 공포는 조금 줄어들었다.

– 지금은 데루 씨가 함께야. 나는 어디까지나 『기리기리스 다로』야. 그 이외의 누구도 아니라고. 나는 단순한 탐정이야. 운이 나빠서 평소처럼 사건에 휘말렸을 뿐이지.

과거의 파트너 아리토 가가미는 기리기리스에게 자주 환영성 휴양을 권했다. 그녀도 파트너가 나중에 이런 참극에 휘말릴 줄은 상상도 못 했으리라.

– 아리토 가가미, 마미야 데루, 기리기리스 가노…….

자신을 지탱해준 여자들을 생각하면 신기하게 기분이 진정되었다.

어느샌가 불안은 사라졌다.

●

"조노스케 씨, 그건 그렇고 예술가artist의 미스디렉션을 향한 집착은 정말 보통이 아니네요."

네무가 툭 내뱉듯 말했다. 퍼지탐정의 예민한 감각은 미스디렉션이 중요하다는 점을 감지한 모양이다.

"그러게, 쓰쿠모 양. 그런데 이 정도로 미스디렉션을 남발한다는 건 그만큼 예술가artist가 『말』에 집착하고 메시지를 중시한다는 증거겠지. 미스디렉션을 산더미처

종장 홀려버린 폐막

럼 쌓아두는 건 그 안에 진짜 사인이 될 메시지를 숨기기 위해서야. …… 여기까지 이야기가 나왔으니 이젠 그걸 부정하는 게 더 힘들어. 예술가artist는 얼마나 자기 사인을 남기고 싶은 걸까. 그렇지 않으면 미스디렉션의 홍수를 설명할 수 없지."

옛 위인도 예부터 무언가를 숨기는 최고의 방법이란 침묵이 아닌 요설에 있다고 했다. 미사여구를 늘어놓아 상대를 진상으로부터 오도하는 기술이 필요하다는 뜻이다.

득의양양한 조노스케의 분석에 끼어들다시피 하여 갑자기 히라이 씨가 질문을 던졌다.

"그런데 류구 씨, 사건은 아직 끝나지 않은 거요? 여태까지 예술가artist의 사인이 발견되지 않았다는 말은 사건이 계속된다는 뜻 아니오?"

"아뇨……. 『흑사관』의 우의가 무너진 시점에서 피해자는 여덟 명입니다. 다시 말해 예고된 『여덟 개의 제물』이 모였으니 사건은 그걸로 끝이죠. 아오이 살인사건으로 가짜이긴 하지만 우의가 완성된 걸 생각해봐도 예술가artist가 사건에 마침표를 찍은 것은 분명합니다. 사인이 발견되지 않은 건, 단순히 저희가 놓쳤을 가능성이 유력합니다. 여태까지 발견된 미스디렉션을 떠올려보면 아시

JOKER

겠지만 메시지가 하나같이 복잡합니다. 지금까지 일어난 사건에도 수십 개는 더 숨겨져 있겠죠. 그것들을 찾아내고 사인을 골라내는 것이 저희의 일입니다. 세 가지 밀실 수수께끼도 아직 미해결 상태입니다. 그것을 수사하는 과정에서 새로운 사실이 밝혀질 겁니다. 진짜 승부는 지금부터 시작입니다!"

조노스케가 힘있게 마무리 짓자 어디선가 박수의 소용돌이가 일었다. 청중 중 한 사람이 예술가artist라고 생각하니 미묘한 심경이었지만 어쨌든 마침내 살인사건이 막을 내린 것은 기쁜 일이다.

예술가artist의 정체는 여전히 알 수 없다. 밀실을 비롯한 수많은 수수께끼는 그대로 방치되었다. 그러나 사건은 이렇게 일단락되었다.

이제부터는 지금까지와는 다른 형태로, 수사를 중심으로 이야기가 진행될 것이다. 환영성 살인사건은 전환점turning point에 접어들어 앞으로 새로운 단계로 비상한다······.

앞에 기다리는 것은 희망? 아니면 절망?

배덕의 가면persona 아래, 예술가artist의 맨얼굴이 드러나는 완전 해결의 때가 도래하길 기원하며 사람들은 해산했다.

종장 홀려버린 폐막

74 독배

 조용한 밤이었다…….
 아마 환영성 살인사건 개막 이래로 가장 조용한 밤이리라. 전대미문의 불가사의한 사건이 끝났음을 느낄 수 있는 신비로운 분위기가 세계를 감쌌다. 밤하늘의 달이 발산하는 빛과 천상을 수놓은 별들의 반짝임이 환영성 주위를 환상적으로 비췄다. 미나호의 수면에 반사된 빛이 흐르는 모습은 실로 아름다웠다.
 사건은 끝났으나 만일을 위해 경비 인원은 오늘 밤에도 성 안팎을 엄중히 경비하고 있다.
 - 정말로 사건이 끝났나?
 모두가 가슴에 불안을 품으면서도 오랜만에 찾아온 차분한 밤을 보내고 있다. 앞으로는 아무도 죽지 않는다. 살해당하지 않는다. 그것이 당연한 일상일 텐데 허구 이야기 속에 너무나 오래 몸담은 탓인지 아직 상식적인 감각이 마비된 상태다. 재활에 오랜 시간이 걸릴 것 같았다. 의심암귀는 언제쯤 완전히 사라질까? …… 계속 살아가는 한, 의심은 마음속 어딘가에 항상 남아있을 것이다. 그러나 『등장인물』들은 당장 사람을 의심하는

JOKER

것을 잊고 싶었다.

현재 『등장인물』 중에 훌륭하게 몸을 숨긴 예술가artist는 아직도 정체를 누구에게도 들키지 않았다. 작가들에게도, 환영성 관계자들에게도, JDC팀에게도, 경찰 수사진에도, 그리고 「당신」에게도?

환영성 살인사건의 진상을 아는 단 한 명의 인물인 예술가artist는 이불 속에서 의기양양하게 웃고 있었다.

아무리 수사진이 하나가 되어도 치명적인 실마리는 어디에서도 찾을 수 없었다. 정체는 현장에 남은 사인에서 찾아야겠지만 아마 그걸 알아챌 사람은 없을 것이다.

조노스케의 추리대로 예술가artist는 이미 현장에 사인을 남겨두었다. 아무도 알아채지 못한 사건의 맹점에 숨긴 지극히 교묘한 사인……. 예술가artist의 이름을 가리키는 그 메시지를 수사진은 놓치고 있다.

예술가artist는 엄연히 『등장인물』 중 한 사람이다. 하지만 그 정체는 아마 아무도 모를 것이다. 지금까지 깨닫지 못했다면 앞으로도 알 수 있을 리 없다.

어둠 속에 울려 퍼지는 예술가artist의 폭소.

어둠이 가장 깊어질 때는 밤이 끝나기 직전이라고 한다. 수수께끼가 깊어지는데도 그것이 전부 풀리는 순간은 아직 요원해 보인다.

종장 홀려버린 폐막

환영성에 진정한 평안은 대체 언제 찾아오는가?

인류의 행위와 상관없이 시간은 무심히 흘러간다. 밤이 지나면 아침이 온다. 광대한 우주의 일각에 있는 지구라는 행성(별)의 회전이 만들어내는 환영. 공전과 자전, 빛과 그림자가 보여주는 아침과 밤이라는 환상의 개념. 그럼에도 불구하고 빛은 모든 희망을 가져온다. 아침은 온갖 가능성이 태어나는 성스러운 시간이다.

달이 지평선 아래로 사라지고 나서 동쪽 하늘이 밝아지기 시작했다. 세계가 희망으로 물들어갔다.

새로운 아침이 밝았다.

●

합숙 엿새째, 10월 30일.

식당에 상쾌한 아침 햇살이 내리쬐었다. 조노스케가 식당으로 들어오니 관계자 전원이 모여 있었다. 조노스케는 밤늦게까지 추리를 정립하다 무너뜨리기를 반복했던 터라 거의 잠을 이루지 못했다. 알람도 켜지 않고 새벽에 잠이 들었다가 어느새 아침 식사 시간이 되었다. 선잠 같은 수면이었지만 REM 수면에 성공해서 피로는 풀렸다.

식당 입구에서 사도 구토 형사와 만난 조노스케는 모두가 그의 안부를 걱정해서 마침 찾으러 가려고 했다는

JOKER

말을 듣고 수줍게 웃고는 모두에게 고개를 숙여 늦잠과 지각을 사과했다. 검은 옷의 탐정이 도착하면서 식당에 있는 사람들은 안도했다. 사건이 막을 내린 것을 다시금 인식했다.

사건 개시 후 처음으로 결원이 없는 아침 식사 자리다.

조노스케가 딱 한 군데 비어있던 자기 자리에 앉으니 옆자리의 네무가 밝은 목소리로 말을 걸었다.

"조노스케 씨, 사건이 끝나긴 했나 보네요. 이 정도로 엄청난 사건이 끝나서 그런지 아무래도 실감이 잘 안 나는데, 이제 아무도 안 죽겠죠."

"응…… 환영성 살인사건은 어제부로 일단락되었어. 이제부턴 수사와 추리에 전념할 수 있겠지."

환영성 살인사건은 막을 내렸다. 하지만 조노스케에게는(그리고 수사관계자에게는) 사건이 해결되었다고 할 수 없다.

조노스케는 결의에 빛나는 눈동자로 네무를 보고는 이렇게 말했다.

"어떻게든 오늘 중으로 사건을 해결하고 싶어."

●

작가들과 환영성 관계자들은 아침 식사를 마치고 해방의 기쁨을 온몸으로 느끼면서 편안하고도 자유로운 시간

종장 홀려버린 폐막

을 보냈다.

아유카와 데쓰코의 조치로 오전 중에는 여태까지 진행했던 사건의 사정 청취도 하지 않았다. 일시적으로 시름을 잊더라도 환영성이라는 상자 속에 갇혀 있는 상황은 변하지 않는다. 한동안 계속될 사건 수사를 받아들이게 하기 위해 감정을 정리할 시간을 확보하여 사건 관계자들에게 여유를 주겠다는 약은 배려다.

데쓰코는 항상 업무에 열심히 임하고 비범한 수완을 지닌 훌륭한 경부지만 인간미를 잊지는 않았다. 현실의 살인사건을 구성하는 것은 2차원 추리소설 속 인물이 아니라 엄연히 피가 흐르고 살아있는 인물이다. 인간관계의 필수 요소인 배려를 소중히 여기는 데쓰코의 자세는 경찰 수사진부터 JDC팀, 그 외 관계자들의 지지를 받고 호감을 샀다.

실제로 오랫동안 사건 후유증으로 괴로워할 관계자들을 억지로 종결사건에 끌고 들어온다면 사태의 혼란은 피할 수 없었을 것이다. 데쓰코는 수사반장에게 필요한 적확한 상황판단력을 갖췄다. 그녀의 노력 덕에 사람들은 비극의 음산한 기억에 시달리지 않고 조금씩 심리적인 재활을 진행할 수 있었다.

하지만 경찰과 JDC팀은 해결까지 쉴 틈이 없다. 그들은

JOKER

제각기 독자적인 수사에 힘써 순조롭게 추리를 진행했다.

수사진은 모두 막연하게나마 해결의 예감을 느꼈다. 더는 살인사건이 일어나지 않는다는 안도감도 그 예감의 일부를 이뤘을 것이다.

아주 작더라도 어떤 계기만 있다면 사건을 덮고 있는 예술가artist의 방어막은 단숨에 산화되어 모든 진상이 밝혀질 것이다.

사건의 도착점은 분명 가까이 있다.

●

오전은 순식간에 지나가고 점심도 아무 문제 없이 끝났다. 모든 것이 순조롭게 흐르는 것 같았다…….

점심을 먹은 후에는 탐정들의 제안으로 기분을 진정케 할 친목의 시간을 갖기로 했다. 용의자들의 모습을 관찰하겠다는 속셈도 있지만 순수하게 수사에서 한숨 돌리기 위해 관계자들과 휴식의 자리를 마련하고 싶다는 마음도 있었다.

물론 강제는 아니다. 조노스케가 취지를 설명하여 시간 여유가 있고 오고 싶은 사람만 참석하기로 했다. 말하자면 해피 환영성 티타임이다.

나스키 주방장, 마미야 데루를 비롯한 직원들이 쟁반

종장 홀려버린 폐막

위에 찻잔을 얹어 가져왔다. 주문에 따라 커피와 홍차가 반반이었다. 취향에 맞추기 위한 레몬(일본산), 우유, 설탕도 작은 접시에 담겨 있었다.

다들 사건을 잊었다. 한순간의 평온이었다.

●

검은 옷의 탐정 조노스케는 블랙을 즐겨 마실 것 같이 생겼으면서 뜻밖에도 커피에 설탕을 듬뿍 넣었다. 소야는 그런 파트너의 모습을 보면서 홍차를 입으로 가져갔다. 돌아가신 어머니가 예전에 당분 과다 섭취에 유의했던 탓인지 그는 단 것을 피하는 편이다. 설탕을 넣지 않고 레몬으로 맛에 악센트를 줄 뿐이다.

소야는 뜨거운 액체를 목 안으로 흘려 넣고는 담소에 끼지 않고 담배를 피우며 나름대로 사건을 돌이켜보았다.

사건 사흘째부터 지금까지 사흘간 조노스케를 비롯한 JDC팀의 동료들과 수사와 추리에 몰두했다. 그는 독자적인 추리법인 이로란보를 발동하기 위해 틈만 나면 성을 돌아다녔다. 상당한 거리를 걷다 보니 다리 근육이 팽팽하게 당겼다. 이만큼 걸어야 했던 사건은 그의 탐정 인생에서 처음이었다.

…… JDC에 들어온 지 3년.『아버지의 후광』을 받는다

JOKER

는 말을 듣지 않도록 남몰래 추리력을 연마하면서 이제야 자신도 어엿한 탐정에 가까워졌다고 자부하자마자 이번 사건을 만났다. 그의 나이(21세)를 생각하면 자신의 재능을 비관하기에는 아직 이르다. 다만 소야는 이번 사건으로 자신의 한계를 깨달은 기분이 들었다.

추리소설에 나옴 직한 세상의 여러 평범한 사건을 수십, 수백 건 해결했다 해도 탐정의 진가를 드러내기엔 역부족이라는 사실을 그는 비로소 깨달았다. 극한상황에 놓일 때의 행동으로 사람의 가치가 결정되는 것과 마찬가지로 탐정의 진짜 역량은 대사건에서 발휘된다. 그 증거로 대사건을 해결하지 않은 명탐정은 없다.

소야뿐만 아니라 환영성 살인사건에서는 JDC팀 모두 적에게 휘둘리기만 했다. 추리를 구축하고 무너뜨리는 무의미한 반복. 소야는 양동이로 바닷물을 길어내는 듯한 허망함을 느꼈다.

그러나 다른 탐정은 이에 굴하지 않고 계속 수수께끼와 격투했다. 기리기리스는 늙은 뇌세포를 채찍질하면서, 부감유고가 안 통한다면 정석적인 추리로 전환하여 시행착오를 거듭했다. 네무는 퍼지추리를 발동하면서 자신이 내놓은 모호한 답의 의미를 탐구하는 것을 게을리하지 않았다. 조노스케와 마이에 이르러서는 추리의 공회전에

종장 홀려버린 폐막

도 굴하지 않고 모든 추리를 차례차례 구축했다. 심지어 추리싸움을 즐기기까지 했다.

이로란보는 정신노동이 아니라 육체노동이다. 그만큼 소야는 지쳐 있었다. 큰 강의 흐름을 바꾸려고 조약돌을 계속 던지는 무지한 소년이 된 심경이었다. 너덜너덜해질 때까지 소모된 그는 쉬고 싶었다. 비겁하게도 도망치고 싶었다. 가혹한 상황에서 초월적인 기교를 부리는 것이 프로페셔널임에도 불구하고 정말 난해한 사건을 만난 자신은 악몽의 참극 속에서 걷기를 힘들어하고……. 관계자들마저 도망갈 곳 없는 상자 속 생활을 감수하는데도 말이다.

네무는 환영성 살인사건이 절대 풀리지 않는 수수께끼가 아닐까 추리했다. 소야도 자세히는 모르지만 과거에 아지로 소지와 쓰쿠모 주쿠를 괴롭힌 사상 최흉의 범죄인 사이몬가 살인사건도 절대 풀리지 않는 수수께끼라는 이야기를 들었다.

소야는 지금 아버지가 과거에 힘겹게 극복해야 했던 것과 비슷한 곤경에 빠져 있다. 그런 극한 상태에 던져지고 나서야 그는 자신이 도전하려 했던 아버지의 거대한 존재감과 자신의 미숙함을 통감했다.

같은 제2반의 기리기리스와 네무마저도 넘어서지 못

JOKER

할 것 같았다. 제1반의 조노스케, 마이와 자신 사이에는 도저히 뛰어넘을 수 없는 거대한 벽이 솟아있는 것 같았다. 제1반 반장 야이바 소마히토, 부반장 쓰쿠모 주쿠, JDC의 보배 시라누이 젠조는 말할 것도 없고, 소야의 최종 목표인 아버지…… JDC 총재 아지로 소지는 그런 강호들의 머리 위에 군림한다.

— 애초부터 나 같은 게 이길 수 있는 상대가 아니었어. 나는 주제도 모르고 꿈을 꾼 거야…….

자조적인 생각이 들었다. 노력하면 꿈은 반드시 이루어진다? 인간은 평등하다? 누구는 되는데 누구는 안 되는 일은 없다? 안이한 농담일 뿐이다. 세상 물정도 모르고 하는 말이다.

그러면 일본인이 올림픽 100미터 달리기에서 금메달을 따보라고 하지!

이루어질 수 없는 꿈은 있다. 재능이라는 개념은 환상이 아니다. 능력의 개인차는 존재한다. 아지로 소지와 똑같이 산다고 해도 모두가 아지로 소지처럼 될 수 있을 리 없다. 유전자의 영향도 조금은 있을 테지만 중요한 것은 그게 아니라 시대의 운과 소질이다.

불행히도 소야는 환영성 살인사건에서 자신의 한계를 깨닫고 말았다. 아니, 한계를 깨달았다는 느낌이었다.

종장 홀려버린 폐막

  - 이대로 탐정 일을 계속해봤자 제1반에 승격조차 못 할지도 몰라. 이 세상은 혹독한 경쟁 사회야. ……그러면 나의 존재의의는 뭐지?『아지로 소지의 아들』? 아니면 어느 대탐정大探偵의 조수로서 역사의 한 페이지에 작게 이름을 남기는 것?

  그런 삶은 싫어! 겨우살이처럼 누군가에게 빌붙어 살아갈 수밖에 없다면 나는…… 나는…….

  살아갈 의미가 있나?

  소야는 홍차를 목구멍으로 단숨에 흘려 넣고 고개를 저었다. 재가 길어진 담배를 재떨이에 비볐다.

  그는 조금 지쳐 있었다. 피로가 바보 같은 생각을 불러일으켜 이성을 휘저었다. 자각은 있었다. 하지만 앞에 있을 인생의 길고 긴 여정을 생각하면 그렇게 생각하지 않기가 힘들었다.

  생각 없이 무위의 삶을 살고 싶지 않았다. 그의 아버지는 인류사에 불멸의 이름을 남길 대탐정. 그는 죽자마자 잊힐 이름 없는 한 떨기 꽃 같은 존재…….

  "오늘 아무 일도 일어나지 않고 무사히 지나간다면 여러분은 일단 귀가하셔도 좋습니다……."

  아유카와 데쓰코가 뭔가 말하고 있다. 그 말에 응해 모두가 뭔가 말하고 있다. 이상하게 사람들의 목소리가

JOKER

멀리서 들려왔다.

- 내가 대체 어떻게 된 거지?

입안에 떠도는 홍차의 깊이 있는 맛은 그가 여태까지 경험한 적 없는 훌륭한 맛이었다. 생애 최고의 홍차인 것 같았다.

"커헉!!"

소야는 홍차를 식탁에 모조리 쏟았다. 자신의 의지가 아니었다. 몸이 움찔움찔! 경련했다. 떨림이 멈추지 않는다……. 떨림이 멈추지 않는다……. 떨림i, an mumcher!

"아드님! 왜 그래?"

옆자리에 있던 마이가 외쳤다. 식당이 순식간에 혼돈에 휩싸였다. 정수리를 중심으로 의식이 빙글빙글 돌았다. 소야는 세탁기 속 빨랫감이 된 듯한 기분을 처음으로 느꼈다.

몸 안에서 뜨거운 것이 밀려 올라왔다!

토혈! 절망! 암흑! …… 죽음!

예술가artist가, 나락에 사는 범죄의 왕이 손짓하고 있었다.

아지로 소야는 의자에서 굴러떨어졌다.

죽음의 순간. 소야는 아버지를 뛰어넘는 탁월한 추리력을 얻었다. 죽음으로 떨어지는 어둠 속에서 그는 예술

종장 홀려버린 폐막

가artist의 정체와 사건의 진상을 깨달았다.

●

기리기리스는 진한 블랙커피를 음미하면서 나름대로 여태까지 살아온 삶을 회상하고 있었다.

우연히도 그는 환영성 살인사건 첫날부터 이 료칸에 묵고 있었다. 운명의 아이러니를 느끼지 않을 수 없었다.

살인 피에로에게 살해당한 옛 파트너의 추천으로 찾아온 환영성. 이곳에서 흉악범죄를 만나고 잃어버린 아내와 똑 닮은 여성을 만났다…….

기리기리스의 내면에는 여태까지의 기억이 모두 거짓이며 자신은 환영성에 갑자기 나타난 인간이라는 기묘한 생각이 있었다. 『화몰』을 읽은 탓인지도 모른다. 이 이야기를 위해 자신이 태어나고 만들어진 것 같은 신기한 느낌이었다.

운명을 조종하는 자는 기리기리스에게 무엇을 요구하는가?

사건 추리를 하면서도 계속 그런 생각이 들었다. 원래 그는 여태까지 살아온 삶, 앞으로의 삶에 답을 찾고자 환영성에 찾아왔다. 살인사건 수사로 늙은 뇌세포를 풀가동하고 집념의 기름을 부으며 녹슬어버린 생각하는 기계Van Dusen[32)]를 계속 움직이고 있었다.

JOKER

사건의 폐막이 하나의 계기가 되어 그는 지금에서야 겨우 해답 비슷한 것을 쥔 듯했다.

환영성 살인사건은 추리소설적인 악몽이다. 예술가 artist는 의도적으로 그런 사건을 연출한 것으로 보인다. 모든 수수께끼를 섭렵한 후의 총결산, 그리고 새로운 영역으로 비상…….

사건의 테마는 그야말로 기리기리스가 원하던 것임이 틀림없다. 여태까지의 인생을 섭렵한 후의 총결산, 그리고 새로운 생활로 비상…….

기리기리스는 수수께끼에 싸인 자신의 인생을 총결산하기 위해 기억을 잃기 전의 자신을 알고 싶었다. 그러기 위해서는 환영성 살인사건을 풀어야만 했다. 불가사의한 사건이 기억의 벽에 돌파구를 제시해주었다. 어째서인지는 알 수 없지만 그런 생각이 들었다.

― 생각해보면 참 먼 길을 걸어왔지.

『기리기리스 다로』로서, 나는 계속 살아올 수 있었어. 『화몰』에서 히라이 씨의 철학으로 소개된 내용처럼 정말로 이름의 라벨링에는 별 의미가 없는지도 몰라. 중요한 건 『나 자신』을 느끼는 거겠지.

---

32) 미국의 추리소설가 잭 푸트렐의 작품에 등장하는 탐정 밴 두젠의 별명이 '생각하는 기계The Thinking Machine'다.

종장 홀려버린 폐막

 기리기리스는 신新옥문도 살인사건에서 두 명의 아지로에게 구출되기 전까지의 모든 기억을 잃었다. 하지만 사람이란 징글징글하게 잊으면서 살아가는 동물이다. 자기 인생과 남의 인생에 큰 차이가 있을 것 같지는 않다. 시간의 흐름은 어차피 속임수일 뿐. 과거는 아무 의미 없다. 중요한 것은 항상 『지금』이라는 순간을 살아가는 것이다. 분명히.

 과거의 자신, 이름도 모르는 남자가 숙박객 명부에 적은 가명에 의지하여 기리기리스는 『기리기리스 다로』로 다시 태어났다.

 비유가 아니라 정말로 과거는 전부 버려졌다. 남들과 다르게 수십 년의 핸디캡을 짊어진 인생의 시작이었지만 『기리기리스 다로』로 살아간 기억은 충만하다. 사랑하는 아내 가노와의 추억으로 가득 찼다. 살인 피에로의 악몽마저 지금은 그리운 과거다.

 열심히 탐정으로 살면서 훌륭한 동료들을 얻었다. 그는 인생의 황혼에 접어들고 삶의 기쁨을 실감했다. 탐정으로 성공하면서 과거의 기억을 잃어버린 것에 대한 부담은 사라졌다.

 세상에는 다양한 꽃이 핀다. 새벽에 아무도 모르는 곳에서 피는 꽃도 있거니와 저녁이 지나서야 활짝 피는

JOKER

꽃도 있다. 조숙한 천재도 있거니와 대기만성 위인도 있다.

이 세상에 마구잡이로 터져 나오는 잡다한 개념을 전부 불혹의 마음으로 받아들일 수 있을지도 모른다. 사건을 수사하는 중에 기리기리스는 깨달음의 경지에 이르렀다.

그의 지인 중에는 자칭 문화단체 『신중의 고리』에 소속된 사람이 몇 명 있다. 그 단체의 모토는 모든 것을 신중히 여기는 『신중의 사고』를 지니며 살아가는 것이다. 그 이야기를 들었을 당시에는 아무런 감명을 느끼지 않았지만 모든 집착을 버린다는 신조는 확실히 훌륭하다는 생각이 들었다.

- 이 사건이 끝나면 『신중의 고리』에 가입해보는 것도 좋겠어. 오랫동안 연락을 안 한 지인(나기나미 마코토라는 사람)과 오랜만에 우정을 다지는 것도 나쁘지 않겠지. 이제 『기리기리스 다로』라는 이름도 필요 없어. 모든 굴레를 벗어던지고 나는 또 다시 새롭게 태어날 거야. 그리고 데루 씨와 함께 미래를 걸어 나가야지.

사건의 끝은 기리기리스의 새로운 인생의 시작으로 이어질 것이다. 60의 습자(習字)[33]로 취미나 장사를 시작하

---

[33] 60살에 무언가를 새로 배운다는 의미로, 참고로 기리기리스는 1934

종장 홀려버린 폐막

는 것도 충실한 노후를 위해 좋을지 모른다…… 그때를 생각하니 나이 먹은 탐정의 표정이 자연스럽게 밝아졌다. 사건 추리, 과거 추리에도 힘이 들어가는 것 같았다.

"오늘 아무 일도 일어나지 않고 무사히 지나간다면 여러분은 일단 귀가하셔도 좋습니다……."

아유카와 데쓰코의 말이 희망을 가져다줬다. 모든 것이 밝고, 즐겁고, 재밌다. 이제 절망은 필요 없다.

기리기리스는 미소 지으며 커피를 단숨에 들이켰다.

"커헉!!"

마침 그때, 기리기리스의 정면에 앉은 소야가 식탁에 홍차를 토했다. 젊은 탐정은 온몸을 떨면서 괴로운 듯 목을 부여잡고 있었다.

"아드님! 왜 그래?"

마이의 외침에 식당은 순식간에 혼돈에 휩싸였.

최악의 재해가 일어난 예감이 공간을 지배했다. 모두가 벌떡 일어나면서 의자가 넘어졌다. 괴로운 표정으로 발버둥 치는 소야에게 시선이 집중되었다.

"아지로 씨! 제길, 독이야. 얼른 토하게 해야 해!"

조노스케가 조수에게 달려갔다. 겁에 질린 표정으로 네무가 외쳤다.

년생으로 추정된다.

JOKER

"도련님, 정신 차려요!"

어째서야. 왜 또 살인이. 사건은 끝난 게 아니었나? 기리기리스의 몸 밑바닥에서 얼음처럼 차가운 오한이 밀려왔다.

- 이 불쾌감은 뭐지. 살인을 목격했을 때의 역겨움? 아니, 달라. 이건……!

소야에게 몰려드는 사람들을 보면서 기리기리스는 자신이 엉뚱한 상황에 놓여있다고 생각했다. 그는 의자를 걷어차고, 두 걸음, 세 걸음 물러났다.

"큭!"

검은 액체를 게워냈다. 그 안에는 피도 섞여 있었다. …… 아직 아무도 나이 먹은 탐정의 이변을 알아채지 못했다.

머릿속에서 무언가가 쿵쿵 울렸다. 몸이 격하게 떨렸다. 위장을 통째로 토할 것 같은 블랙의 기분이 들었다.

"……커흑!!"

한계였다. 기리기리스는 허공을 손으로 휘저으며 천천히 뒤로 쓰러졌다. 가까스로 상황을 깨달은 네무가 그를 가리키며 뭔가 외치는 소리가 들렸다. 바닥에 뒤통수를 세게 부딪혔지만 아프지 않았다.

- 말도 안 돼. 이건 환상이야. 꿈이야. 허구야!

종장 홀려버린 폐막

 나이 먹은 남자의 뺨에 눈물이 흘렀다. 시야에 어슴푸레한 막이 내려오고 의식이 어둠에 잠겼다. 임사체험…… 유체이탈? 아니면 뇌라는 괴물이 인생 마지막에 만들어내는 환각?

 그 순간, 무한한 어둠 속에서 기리기리스 다로는 그동안의 인생을 순식간에 추체험했다. 여태까지 보낸 모든 경험을……. 그중에는 그가 기억을 잃기 전의 경험도 포함되어 있었다.

 죽기 직전, 『기리기리스 다로』는 자신의 진짜 이름과 과거에 있던 일을 깨달았다. 그 기억이란…….

 생각이 가차 없이 끊겼다. 최후의 순간, 그의 뇌리에 기리기리스 가노가 아닌 마미야 데루의 모습이 스쳤다.

JOKER

75 낭보와 흉보

환영성에서 멀리 떨어진 교토시 중심부…….

『일본 범죄 수사의 심장부』인 철근 콘크리트 8층짜리 JDC 본부 빌딩 최상층에서 JDC 총재는 수화기를 들었다.

"오랜만입니다, 아지로 씨."

신비로운 음악 같은 미성이 아지로 소지의 귀에 잔잔히 흘렀다. 반신의 풍모가 느껴지는 맑은 음색. 하늘은 한 인간에게 두 가지를 주지 않는다는 옛말이 거짓임을 나타내는 살아있는 표본이 바로 쓰쿠모 주쿠다.

최고의 예술가가 혼을 담아 창조한 궁극의 아름다움을 지닌 조각상도 능가하는 주쿠의 미모는 그야말로 허구적이다. 현실의 잣대로는 도무지 가늠할 수 없다. 허리까지 기른 유려한 흑발. 극한까지 단정한 얼굴. 이상적인 몸선. 눈동자를 가린 선글라스는 그 용모에 절묘한 악센트를 준다. 수화기를 통해 아지로가 대화하는 상대는 그야말로 움직이는 예술품이다. 『경국지색』은 나라의 운명도 좌우한다지만 주쿠의 위태로울 만큼 아름다운 외모는 세계 그 자체를 거짓말로 만드는 위험을 내포하고 있다. 『경계지색』, 그것이 주쿠라는 존재다.

종장 홀려버린 폐막

"오랜만이다, 쓰쿠모. 마이무한테서 들었어. 로스앤젤레스 사건을 해결했다며?"

『예, 덕분에요. 무대가 로스앤젤레스 전역이라 정보수집에 애를 먹었는데, 히키미야 씨 덕분에 능률적으로 수사를 진행할 수 있었습니다.』

히키미야 유야는 현재 주쿠의 조수로 일하는 JDC 제2반의 탐정이다. 성실한 성격의 유야는 항상 노트북을 휴대하며 막대한 양의 사건 데이터를 관리한다. 컴퓨터 시대의 총아라고도 할 수 있는 어린 탐정은 통계를 능숙하게 다루는 추리를 구사한다는 점에서 통계탐정이라는 별명으로 통한다.

"최근에는 정보가 너무 많은 사건도 늘어나서 히키미야 같은 인재가 소중해."

『로스앤젤레스 연쇄 흡혈 살인사건의 범인은 콘래드 벌칸이라는 소년이었어요. …… 아지로 씨, 신新범죄시대를 구축하는 천재 범죄자들의 나이가 점점 어려지고 있습니다. 범죄가 앞으로 어떻게 변화하고 얼마나 기괴한 생물이 될지……. 몇 년 후를 생각하면 어쩐지 무섭네요.』

입으로는 그렇게 말하면서도 주쿠의 말투에 불안은 느껴지지 않았다. 감정을 초월한 피안에 사는 자, 주쿠는

JOKER

항상 누구보다도 차분했다. 다시 말해 그가 누구에게도 지지 않을 만큼 심지가 굳다는 뜻이다.

쓰쿠모 주쿠가 14년 동안 아지로 소지의 가장 신뢰하는 동료로 있을 수 있었던 것도 그런 점에서 기인한다. 긴 탐정 인생을 통틀어 주쿠만큼 믿음직한 탐정을 아지로는 모른다. 그의 할아버지인 소진이나 아지로의 스승이기도 한 JDC 제1반의 중진 시라누이 젠조, 제1반 반장 야이바 소마히토도 쓰쿠모 주쿠만큼의 안정감을 갖추고 있지 않다.

다만 평정을 유지한다는 것과 쿨한 것은 다르다. 주쿠의 태도에서는 차가움이 느껴지지 않는다. 『용서』와 『깨달음』의 탐정은 한없는 따스함으로 인간을 대하는 태양 같은 존재다.

"범죄는 계속 진화할 거야. 분명히. 세기말을 극복하려면 우리 탐정들도 정신 바짝 차려야 해. 범죄를 만드는 편과 무너뜨리는 편의 전쟁이야. 아마 인류가 절멸할 때까지 투쟁은 계속되겠지. 나도 이젠 젊지 않아. 쓰쿠모, 앞으로도 너희 젊은 세대의 큰 활약을 기대해야겠어."

『무슨 말씀이십니까, 아지로 씨. 아직은 일선에서 활약해주셔야지요..』

주쿠도 그렇게 말은 하지만 아지로의 발언이 농담임을

종장 홀려버린 폐막

잘 안다. 초월자라 해서 농담도 못 알아듣는 것은 아니다.

하지만 주쿠의 말은 진실을 꿰뚫었다. 아지로의 업무에 휴식은 없다. 그가 지금 범죄 수사의 최전선에서 물러나면 탐정의 역사가 50년은 후퇴할 것이다. 지금 일본의 운명까지 좌우하는 메가탐정 아지로 소지의 존재는 그만큼 거대한 것이 현실이다. 아지로를 대신할 사람은 아무도 없다.

주쿠는 수년간 실력이 비약적으로 발전하여 이미 아지로와 대등하거나 버금가는 추리력을 갖추기에 이르렀다. 하지만 통화 중에 순식간에 사건을 해결하는 전화추리에 통달하려면 요령을 파악하기 위한 경험이 무엇보다도 절실하다.

아무리 주쿠가 절세의 걸물이어도 재능만으로는 시간에 뒷받침되는 균형감각을 얻을 수 없다. 정점에 선 아지로가 가장 많은 경험을 쌓은 만큼 그의 뒤를 이을 사람만 곤란하게 되었다.

『아지로 소지』라는 카리스마는 일본의 범죄수사계에서 너무나도 거대한 존재가 되었다. 이미 한 개인이 아닌 몇백만 명의 생활을 좌우하는 메가탐정이 되어버린 지금, 아지로는 함부로 움직일 수 없다. …… 그것이 JDC 총재의 최대 고민이다.

JOKER

 아지로는 자신이 짊어진 운명을 쓸쓸히 여기면서 바다 건너의 동지를 생각했다. 쓰쿠모 주쿠. 그의 힘을 빌려야 환영성 살인사건이 해결되리라는 것을 대탐정의 직관으로 깨달았다.

 "쓰쿠모, 한시라도 빨리 귀국해줬으면 해. 하루도 좋고 이틀도 괜찮으니 전화탐정 일을 대신 해줘야겠어. 진 씨나 시라누이 옹, 그리고 효마 녀석은 아직 출장에서 돌아오려면 한참 멀었어. 믿을 건 이제 너밖에 없어."

 잠깐의 침묵 후, 희미하게 딱딱해진 투로 주쿠가 말했다.

 『그 환영성 살인사건 말씀이시군요……. 그 사건이 그렇게 난해합니까?』

 로스앤젤레스의 주쿠에게도 환영성 살인사건에 관한 FAX를 보냈기 때문에 그도 사건의 개요는 알고 있었다.

 아지로는 총재실의 손님용 소파 위에 방치된 『화려한 몰락을 위해』(환영성에서 보낸 원고 복사본)에 눈길을 주고 한숨을 쉬었다.

 "너한테 말한 『화몰』 원고는 국제우편으로 오늘 중에 도착할 거야. 나는 시간이 없어서 못 읽었는데 참고가 많이 될 거야. 또 사건에 관해 흥미로운 보고가 있어. 네무가 『이 사건의 수수께끼는 절대 풀리지 않는 것

종장 홀려버린 폐막

아닐까』라는 퍼지추리를 했대. 어때? 사이몬가의 참극이 생각나지 않나?"

절대 풀리지 않는 수수께끼. 14년 전의 악몽, 사이몬가 살인사건은 유사 이래 처음 등장한 절대 풀리지 않는 사건이었다. 현실 레벨까지 타협해서 그 사건을 해결한 사람은 바다를 뛰어넘는 전파로 지금 대화를 나누는 두 탐정이다.

『그렇군요. 네무 씨가 그렇게 말씀하셨다니 사실이겠죠. 하지만 아지로 씨. 수수께끼라는 건 존재하지 않아요. 있는 건 논리적인 해결뿐이어야 합니다.』

수수께끼는 존재하지 않아요. 있는 건 논리적인 해결뿐입니다. 주쿠가 사이몬가 사건 이후로 통행증처럼 지니고 다니던 좌우명이다. 범죄혁명이라는 별명까지 붙은 그 사건은 당시 소년이었던 주쿠의 인격 형성에 무시 못 할 영향을 주었다.

아지로는 그가 초월자로 성장한 것도 어린 시절에 장렬한 체험을 했기 때문이라고 생각한다. 의붓동생 네무에게까지 『씨』를 붙여 부르는 주쿠는 속세에서 완전히 벗어난 사람이다.

"쓰쿠모, 너는 그 시절과 달라지지 않았구나. ……그런데 이번에는 둘이서 수사할 수 없을 것 같다. 네가 귀국하면 내가 직접 환영성에 가보려고. 그때 전화탐정 대행 좀 부탁하지."

『저로도 괜찮으시면 최선을 다해보겠는데……. 아지로 씨 업무를 제가 감당할 수 있을까요?』

"겸손 떨지 말고. 너는 이미 나를 뛰어넘었어. 너라면 괜찮아."

자기 자신까지 이해시키는 투로 말하니 아지로는 기분이 조금 편해지는 것 같았다. 주쿠와 대화하면 피로가 풀린다. 마치 그의 말에 치유력이 담긴 것 같았다. 따스한 목소리는 온몸의 근육을 풀어주고 혹사당한 뇌에 휴식을 주고 온갖 심신의 피로를 가시게 하는 듯했다.

『그럼 수속을 마치고 얼른 귀국하겠습니다. 늦어도 내일이면 뵐 수 있겠죠.』

"그래. 그럼 최대한 빨리 귀국할 준비를 해줘. 다시 만날 때를 기대할게."

그 말을 끝으로 아지로는 수화기를 내려놓았다. 주쿠를 생각하면 안도의 한숨이 나왔다. 쓰쿠모 주쿠가 드디어 출장에서 돌아온다. 그리고 아지로는 환영성에 뛰어든다.

아지로도 아버지다. 인외마경에서 악전고투하는 아들이 걱정되었는데 그 불안도 곧 해소될 듯했다. 과거에

종장 홀려버린 폐막

해결되지 않는 사건을 해결했을 때는 주쿠가 옆에 있었다. 이번에는…… 부자가 풀리지 않는 사건에 도전할 것이다.

소야가 『아버지의 후광』이라는 말을 극도로 싫어한다는 것을 아지로도 잘 알기에 지금까지는 함께 수사에 참여한 적이 없다. 하지만 이번 일은 예외다. 처음이자 마지막일 수도 있다. 어쨌든 아지로는 아들에게 탐정 기술을 전수할 기회가 생겨서 기뻤다.

탁상의 전화기가 요란하게 울렸다. 아지로는 별생각 없이 수화기를 들었다. 또 사건인가? 그런 가벼운 기분이었다.

환영성의 기리카 마이에게서 온 전화다. 보고를 재촉하는 아지로의 밝은 목소리에 비해 부하의 목소리는 가라앉아 있었다.

기리기리스의 비보를 듣고 아지로는 말을 잃었다. 하지만 보고는 그뿐만이 아니었다. 운명은 불공평하다. 낭보는 계속되지 않지만 흉보는 어째서인지 항상 한꺼번에 온다.

아들이 죽었다는 소식이었다.

부자가 함께 풀리지 않는 수수께끼에 도전할 기회는 영영 사라졌다. 아지로는 자신도 모르게 수화기를 떨어

JOKER

뜨렸다.

종장 홀려버린 폐막

76 독살자의 장난

마이는 JDC 본부에 보고를 마치고 식당으로 돌아왔다. 감식반 사람들이 분주하게 돌아다니고 있었다.

환영성 살인사건은 끝나지 않은 걸까?

여태까지와는 다르게 한낮의 범행이라는 점, 예술가 artist가 원래 남기던 쪽지를 남기지 않았다는 점에서 사건의 연장선에 있다는 증거는 없다. 그러나 사람이 죽었다는 사실에는 변함이 없다.

…… 그리고 이번 피해자는 기리기리스 다로와 아지로 소야. 둘 다 JDC 탐정이다. 잃어버린 고리missing link는 정말로 있는가? 살인사건은 무차별 살인으로 발전할 것 같은 불온한 기미를 내비쳤다.

●

소야의 시체 옆에서 조노스케는 고개를 푹 숙이고 우두커니 서 있었다.

"류구 씨……."

마이가 말을 걸자 조노스케는 검은 장갑을 낀 왼손을 이마에 대고 작은 목소리로 말했다.

"방심했어. 이럴 가능성을 미리 생각해야 했어. 류구는

JOKER

예술가artist를 과대평가했나 봐. 살인예술이라는 말에 현혹되어 적이 흉악한 살인귀라는 걸 잊고 있었어. …… 아니, 잊으려고 한 건가. 멍청하게도 상대가 페어플레이를 할 거라고 철석같이 믿었어. 어쨌든 아지로 씨와 기리기리스 씨가 살해당한 건 류구의 책임이야. 변명의 여지도 없어."

검은 옷의 탐정은 희미하게 떠는 것 같았다. 마이는 이렇게까지 좌절한 조노스케를 처음 보았다.

"류구 씨 탓이 아니야. 어쩔 도리가 없었던 거야. 우리한테는 저지할 방법이 없었어……. 안타깝지만 예술가artist의 기습을 예상하는 건 불가능해."

그런 말은 위로조차 되지 않는다는 걸 알면서도 자신의 감정을 정리하기 위해 마이는 그렇게 말해야만 했다. 조노스케는 이마에 대고 있던 손으로 식탁을 퍽! 내리치고는 마이를 확 돌아보았다. 너무 갑작스러워서 마이는 반사적으로 상반신을 뒤로 뺐다.

"아니야, 기리카 양!!"

조노스케답지 않은 고함이었다. 자존심을 내던지고 영혼의 밑바닥에서 끌어올린 절규였다. 관계자를 중정으로 옮기고 식당으로 돌아온 아유카와 데쓰코, 사도 구토, 쓰쿠모 네무가 깜짝 놀랄 만큼 큰 소리였다.

종장 홀려버린 폐막

"아니야…… 아니라고. 류구는, 이렇게 될 걸 예상했어. 그런데도 류구는 조수를 어이없이 죽음으로 내몰았어. 누가 명탐정이야! 웃기지도 않은 소리. 류구 조노스케는 단순한 광대야. 최악의 탐정이라고."

조노스케는 모자를 바닥에 내동댕이치고 마이를 노려보았다. 데쓰코, 구토, 네무가 다가갔다. 마이는 꿋꿋하게 조노스케의 시선을 받아들이며 격한 말투로 응전했다.

"당신은 『신』이 아니야. 그들을 구할 수는 없었어. 자기 혼자서 책임질 필요는 없어, 류구 씨. 그건 독선적인 자만이야!"

마이도 상당히 흥분한 상태였다. 동료를 순식간에 둘이나, 심지어 눈앞에서 잃었으니 냉정함을 잃는 것도 어찌 보면 당연하다.

여태까지 JDC팀은 예술가artist의 표적이 아닌 것처럼 여겨졌다. 경찰 관계자가 살해당했을 때도 JDC만 사건과 관계가 없다고 근거도 없이 맹신했다. …… 그만큼 충격은 컸다. JDC 탐정도 이미 외부자가 아니다. 그들도 다른 관계자들과 마찬가지로 예술가artist에게 살해당할 가능성이 있다는 것이 확실하게 밝혀졌다.

사건의 급격한 변화로 인한 당황스러움과 예기치 못한 비극의 슬픔, 그리고 무력한 자신들을 향한 분노 탓에

JOKER

 웬일로 평정심을 잃은 두 탐정 사이로 데쓰코가 조용히 끼어들었다.
 "두 분 다 마음은 이해하는데 제발 진정하세요. 여러분이 혼란에 빠지면 수사 전체에 악영향이 끼쳐요."
 단순한 참견이 아니라 두 사람을 육친처럼 생각하는 말투였다. 그 말은 조노스케와 마이의 신경이 날카로워지는 것을 막았다. 두 사람은 믿음직한 수사반장에게 고마움을 느꼈다.
 "면목 없군. 동료의 죽음으로 제정신을 잃은 것 같아."
 "나도 심하게 말한 건 사과할게. 그런데 류구 씨. 이 사건을 예상했다니, 그게 정말이야?"
 조노스케는 바닥에 던진 모자를 주워 먼지를 털고 다시 썼다. 그리고는 마이, 데쓰코, 구토, 네무를 순서대로 보았다. 의아한 표정을 짓는 사람들. 네무가 뭔가 떠오른 듯 질문했다.
 "조노스케 씨. 혹시 그거, 메시지 아닌가요?"
 "역시 쓰쿠모 양은 날카롭다니까. 알아챘어? 아니면 퍼지추리야?"
 "알아채진 못했어요. 퍼지추리까진 아니지만 직감적으로 그런 느낌이 들었어요."
 조노스케는 이해한 듯 고개를 끄덕였다. 검은 옷의

종장 홀려버린 폐막

탐정이 의미심장한 표정으로 구토를 보자 젊은 형사는 저도 모르게 자세를 고쳤다.

"설탕이야. 예술가artist는 설탕에 독을 넣었어. 류구가 예상한 건 어쩌면 설탕을 이용한 독살 사건이 있을지도 모른다는 거였어. 왜냐하면 적당한 미스디렉션을 만들 수 있으니까. 설탕독살사건은 사도 씨를 가리키는 거야."

마이, 데쓰코, 네무는 한 걸음 물러나 구토를 둘러싼 인간 띠를 만들어 사도 구토 형사를 주시했다. 구토는 어찌해야 할지 몰라 난감한 표정으로 조노스케를 보았다.

"…… 그럴 수가. 류구 씨, 왜 제가!"

"사도 씨의 풀네임. 『사도 구토佐渡九冬』. 이 이름은 『설탕34)』 속에 『독35)』이 들었다는 걸 가리키잖아? 물론 이건 너무 뻔해서 사인 같진 않아. 미스디렉션이겠지."

구토를 둘러싼 세 여자는 거의 동시에 앗! 하고 소리질렀다. 구토 자신도 경악으로 안면이 새파랗게 질렸다. 구토가 부모에게서 받은 이름을 이용해 미스디렉션을 연출하는 예술가artist. 증오보다는 그 발상에 대한 두려

---

34) 일본어로 설탕은 '사토さとう'라고 읽는다.
35) 일본어로 독은 '도쿠どく'라고 읽는다.

JOKER

움 탓에 구토는 전율했다. 『사도 구토』라는 평범한 남자가 환영성 살인사건의 한 챕터에 이런 형태로 이름을 남길 줄은 환영성에 찾아왔을 땐 꿈에도 몰랐다.

갑작스러운 이중독살 사건을 계기로 환영성 살인사건의 새로운 장이 열렸다……. 수사진과 예술가artist의 싸움은 앞으로도 더 격렬해질 듯했다.

●

그로부터 약 15분 후. 간단한 사정 청취를 마친 조노스케, 마이, 네무, 데쓰코, 구토는 복도 일각에 동그랗게 모여 이중독살 사건에 관한 정보를 정리했다.

마이와 네무가 나스키 주방장을 비롯한 직원들에게 들은 바에 따르면, 티타임 때 가져온 설탕은 주방에 상비된 것이라고 한다.

설탕병을 사용할 때는 반드시 설탕의 잔량을 확인한다고 하는데 저번에 확인했을 때는 딱히 이상한 점이 없었다고 한다(사실 독극물이 혼입되었다고 해도 알아채지 못했을 뿐이라는 의견도 있다).

설탕병은 눈에 띄지 않는 주방 구석에 보관하기 때문에 누군가가 몰래 독극물을 넣을 수 있다. 직원이 없을 때를 노리면 조리를 하지 않는 사람이 침입하는 것도 불가능하지는 않다.

종장 홀려버린 폐막

"그러니까 또 실마리가 없다는 거군."

조노스케가 팔짱을 끼고 말했다. 옆에서 데쓰코가 날카로운 의견을 제시했다.

"그런데 거슬리는 점은 독극물을 입수한 경로예요. 아직 독극물의 종류를 알아내지 못했는데, 성에 극약류는 없다고 해요. 범인은 미리 독살을 계획하고 독극물을 들여와 숨긴 거겠죠."

"소지품 검사나 신체검사 때 그런 건 발견되지 않았어요. 교묘하게 은닉할 필요도 없이 환영성은 과하게 넓잖아요. 마음만 먹으면 숨길 장소는 얼마든지 있죠……."

데쓰코에 이어 구토가 보충 설명했다. 그는 『사도 구토佐「渡九」冬』의 미스디렉션 후유증 탓인지 동요를 감추지 못했다.

이어서 잠시 눈썹을 찌푸리고 침묵하던 마이가 냉정하게 범행 당시의 상황을 분석했다.

"그런데 이번 독살사건은 도무지 이해할 수 없는 점이 너무 많아. 매번 있던 그 쪽지도 없는 데다가 설탕에 독극물을 넣는 건 누가 얼마나 죽을지 모르는 무차별 살인이잖아. 여태까지 보여줬던 예술적인 집착이 느껴지지 않는 엉터리 범행이라는 느낌을 지울 수가 없어. …… 그리고 그 티타임 말인데, 우리 JDC가 제안해서

급하게 열린 거잖아. 그러고 보니 네무, 그 설탕은 평소에 사용하지 않았다고 했지?"

"네. 홍차나 커피에 넣는 설탕은 조리에 사용하는 것과는 분리했다고 해요."

"그렇군. 평소에는 누가 굳이 요구하지 않으면 홍차나 커피를 내놓을 일이 없지. 그러면 예술가artist는 류구가 티타임을 제안하고 나서 독극물을 넣은 건가? 시간만 따져보면 불가능하지 않아도 여전히 의문은 남아. 그렇게까지 제한된 시간에 독을 넣을 수 있었던 사람을 특정하는 것도 그리 어렵지 않을 거야. 기리카 양의 특기인 소거추리로 답이 바로 나올 테고……."

조노스케가 장갑 낀 손으로 마이를 가리키자 소거추리의 귀부인은 어깨를 으쓱거렸다.

"그렇게 간단하게 풀릴지 모르겠네. 소거추리는 모든 가능성을 고려해야 한다는 점에서 어려워. ……엄밀히 말해 이번 독살이 일련의 사건과 관계가 없을 가능성도 있잖아."

"그게 무슨 말씀이시죠? 기리카 씨."

데쓰코가 물었다. 거기에 네무가 답했다.

"그러니까 마이 씨가 하신 말씀은 이런 거예요. 환영성 살인사건이 시작하기 전에 누군가가 누군가를 죽일 생각

종장 홀려버린 폐막

으로 독극물을 넣었다. 그런데 한동안 설탕이 사용되지 않은 바람에 이번에 이중독살 사건으로 피해자가 나오고 말았다는 뜻이죠."

"명답이야. 역시 네무라니까. …… 뭐, 일단 설탕이 전에 언제 사용되었는지 자세히 조사할 필요가 있겠어."

이중독살 사건으로 환영성 살인사건은 형태를 바꾼 듯했다. 발각될 위기에 놓인 예술가artist가 맹공에 나선 것일까? 어쨌든 사건이 새로운 국면에 접어들었음은 틀림없다.

"아유카와 양, 사도 씨. 그래서 티타임에 참석한 사람과 설탕을 넣은 사람이 누굽니까?"

조노스케가 질문하자 데쓰코와 구토는 얼굴을 마주하고 어두운 표정을 지었다.

"사실은 말이죠, 류구 씨……."

데쓰코에게 재촉받고 구토가 보고하려던 그때, 식당쪽에서 굵은 목소리가 들려오면서 형사의 말이 가로막혔다.

"류구!"

머리카락이 푸석거리고 작은 몸에 백의를 입은 남자가 달려왔다. 이목구비가 뚜렷한 외모다. 눈썹은 진하고 눈빛은 날카롭다.

JOKER

 모두의 시선이 그쪽으로 쏠렸다. 남자는 감식반의 하자마 구로오狭間黒夫다. 나이 차가 많아서 학창 시절에 마주치지 않았지만 하자마는 조노스케의 고등학교 선배다. 몇 번인가 수사를 함께 하면서 두 사람은 의기투합했다. 지금은 가끔 같이 술을 마시는 허심탄회한 사이다.
 "아, 하자마 씨. 독은 뭔지 알아냈어?"
 하자마는 다섯 사람 사이에 끼더니 숨도 헐떡이지 않고 떨떠름한 목소리로 보고했다.
 "시체의 얼굴이 보라색이었잖아. 그걸 메라타데[36] 반응이라고 하는데, 특정 독극물을 먹은 시체에 나타나는 현상이야. 독은 속효성 있는 디기톡신. 무미무취의 액체야."
 조노스케는 눈을 동그랗게 뜨고 되물었다.
 "액체?! 그렇다는 건……?"
 "안타깝게도 여러분의 추리가 빗나갔다는 뜻이지. 독극물은 설탕에 들어가지 않았어. 아무래도 디기톡신은 컵 바닥에 발린 모양이야."

---

36) 메라타데メラタデ는 데타라메デタラメ('엉터리'라는 의미)를 변형한 조어로 보인다.

종장 홀려버린 폐막

77 예술가artist의 마성

조노스케는 『사도 구토佐「渡九」冬』의 미스디렉션으로부터 기리기리스 다로와 아지로 소야를 떠나보낸 독극물이 설탕에 들어갔다고 추리했다.

물론 음료에 설탕을 넣은 사람은 많다. 두 사람만이 죽은 것은 어쩌다 기리기리스와 소야 두 사람이 치사량을 넘은 설탕을 넣었기 때문으로 여겨졌다. 그래서 조노스케는 독살 사건과 사건을 연출한 예술가artist에게 분개를 금할 수 없었다. 만약 모두가 음료에 설탕을⋯⋯ 독극물을 치사량이 넘을 만큼 넣었다면(실제로 조노스케도 커피에 설탕을 넣은 사람이다. 게다가 듬뿍!).

조노스케 본인이 제안한 즐거운 티타임 때 환영성 살인사건의 관계자 대부분이 목숨을 잃었을 수도 있다.

그것은 이미 살인예술이 아니라 비열한 학살행위다!

여태까지는 예술가artist를 적대하면서도 살인을 향한 범인의 강한 집착을 인식하고 속으로 경의마저 느꼈다. 살인이 증오해야 할 행위라는 『상식』과 『도덕』을 잊고 적의 천부적인 재능을 흠모한 적도 있었다. 『범죄』와 『악』이라는 아지랑이처럼 모호한 잣대가 소멸할 때⋯⋯

JOKER

사건의 이면에서 예술가artist의 열정이 분명하게 느껴졌다.

이중독살 사건에는 아름다움과 예술성을 향한 집착이 없었다. 대량살육이 될 수 있었던 사악한 싸구려 발상이다. 못된 장난 같은 살인에 조수를 빼앗긴 조노스케는 수사를 개시한 이래 처음으로 예술가artist라는 살인경(광)을 증오했다.

진상은 신기루처럼 조노스케에게서 멀어졌다. 검은 옷의 탐정은 탐정 인생에서 처음으로 감정에 휘둘려 자신의 존재를 걸고서라도 사건의 수수께끼를 풀고 싶은 충동에 사로잡혔다.

하지만 조노스케의 추리는 빗나갔다. 하늘로 힘껏 던진 공이 아무리 기다려도 떨어지지 않는 듯한 기분이었다. 어찌할 수 없는 마음은 허공에 던져진 채 어딘가로 사라지고 말았다. 뒤통수를 맞고 메쳐져 흙맛을 본 듯한 굴욕감을 느꼈다.

- 어째서 독이 설탕에 들어가지 않았지? 그럴듯한 미스디렉션이 존재하는데 예술가artist가 그걸 무시한 이유는 뭘까. 단순히 기교적인 문제는 아닐 거야. 범죄의 천재인 예술가artist가 진심으로 계획하면 대량살육으로 이어지지 않는 살인예술을 완성할 수 있었을 텐데…….

종장 홀려버린 폐막

 어쨌든 설탕에 독은 없었다. 독은 컵에 발려 있었다.

●

 백의가 잘 어울리는 미중년 하자마 구로오는 설명을 이어갔다.

 "식탁에 놓인 17개의 컵 중에서 독이 발린 건 피해자 두 사람의 컵뿐이었어."

 "독은 두 탐정의 컵에만 발려 있었군."

 그렇게 중얼거리며 조노스케는 인식을 고쳤다. 예술가 artist는 변하지 않았다. 적의 노림수는 대량학살이 아니라 두 사람만 죽이는 것이었다.

 ─ 컵은 딱히 구별이 안 됐는데. 예술가artist는 처음부터 기리기리스 씨와 아지로 씨를 노린 걸까. 만약 그렇다면……. 동기는 둘째치고 어떻게 특정한 두 사람에게 독이 발린 컵을 건넸을까?

 생각은 구토의 보고로 중단될 수밖에 없었다. 구토는 가슴 주머니에서 수첩을 꺼내 마이에게 건넸다. 조금 전에 데쓰코와 구토는 중정에 모인 사건 관계자들에게 사정 청취를 했다. 그 수첩에는 그가 입수한 정보가 그림으로 정리되어 있었다.

 "조금 전에 다 말씀을 못 드렸는데, 사실 목격자 증언에 따르면 기리기리스 씨와 아지로 씨는 둘 다 음료에 설탕

JOKER

을 넣지 않았어요. 그래서 저와 아유카와 씨는 설탕에 독이 들어가지 않았다는 걸 알았죠. …… 그때 식당에 있던 17명이 각각 무얼 마셨는지, 그리고 누가 설탕을 넣었는지를 그림으로 나타내봤어요. 이걸(↓) 참고하세요."

『10월 30일 티타임 식탁』
T●히라이 다로
C○류구 조노스케   C●아유카와 데쓰코
T○쓰쿠모 네무   T○사도 구토
T●기리카 마이   T●아리마 미유키
T●아지로 소야   C●기리기리스 다로
C○미야마 가오루   T○구로야 다카시
T○니지카와 메구미 C○니지카와 료
T○고스기 쇼리   C○호시노 다에
C●다쿠쇼인 류스이 C●공석空席
○=설탕을 넣은 사람 ●=설탕을 넣지 않은 사람
C=커피를 마신 사람 T=홍차를 마신 사람

종장 홀려버린 폐막

"설탕에 독이 들었을 것으로 생각하고 사도한테 메모를 시켰는데 이 정보는 별 의미가 없어졌어요. 그보다 커피와 홍차의 차이에 뭔가 의미가 있을지도 몰라요."

"경부님이 그렇게 말씀하셔서 수첩에 음료 정보도 메모해뒀어요. 커피를 마신 사람은 9명, 홍차를 마신 사람은 8명. 기리기리스 씨는 커피, 아지로 씨는 홍차를 마셨어요."

마이, 네무, 조노스케는 수첩을 들여다보았다. 마이는 수첩을 네무에게 건네면서 어깨까지 내려오는 긴 머리카락을 뒤로 넘기고 데쓰코와 구토에게 날카로운 시선을 던졌다.

"아유카와 씨, 사도 씨. 커피와 홍차를 컵에 따른 사람이 누군지 아시나요? 그리고 전 기억이 잘 안 나는데, 모두가 쟁반에서 음료를 가져갈 때의 상황은 어땠죠?"

아유카와는 한 걸음 앞으로 나와 용감하게 보고하려는 구토를 손으로 제지하고 질문에 직접 대답했다.

"물론 그것도 확인을 끝냈습니다. …… 하지만 이 정보는 별 도움이 되지 않을 거예요. 쟁반 두 개에 컵을 얹은 직원 두 명과 커피와 홍차를 컵에 따른 직원 두 명은 각각 달라요. 게다가 컵을 집었을 때 상황 말인데, 목격자의 말에 따르면 각자 쟁반 위에서 자기 컵을 골라

JOKER

가져갔대요. 컵에는 표식이 따로 없어서 겉으로 구별할 수 없었을 거예요. 유감스럽게도 기리기리스 씨와 아지로 씨는 어쩌다 보니 독이 발린 컵을 골랐다고 생각할 수밖에 없어요……."

이중독살 사건은 대량 살육이 아니라 두 사람만을 노린 것이었다. 트릭은 알 수 없으나 거기에는 예술가artist의 치밀한 계산과 특정한 두 사람을 죽이겠다는 의지가 느껴졌다.

사건의 성질은 약간 바뀌었어도 예술가artist는 여태까지와 마찬가지였다. 교활하게 모든 것을 조종하고 있다……. 만약 범인이 정말로 두 탐정을 노리고 죽였다고 한다면, 그 방법이란?

"사도 씨, 이건 이상하지 않아? 이 그림엔 오류가 있어."

조노스케는 네무에게서 받은 수첩을 구토에게 보여주었다. 형사는 탐정이 가리키는 그림 왼쪽 아래를 보고 의아한 듯 고개를 갸웃거렸다.

"딱히 이상한 건 없는데요, 류구 씨."

"이 왼쪽 아래 말이야. 아무도 앉지 않은 공석空席에 설탕과 커피라는 표시가 있잖아."

조노스케는 정색하고 수첩의 문제 부분을 지적했다.

종장 홀려버린 폐막

데쓰코와 구토는 픕 웃음을 터트려 오랜만에 배를 잡고 웃었다. 마이와 네무도 수첩을 보았지만 그들도 영문을 알 수 없어 눈썹을 찌푸렸다. 마침내 마이가 주먹으로 손바닥을 퍽 때리며 이해했다는 투로 물었다.

"이 공석空席이라고 쓰인 부분. 그러고 보니 경비를 위해서 순사 한 명이 앉아 있었어. 아유카와 씨, 이건 설마 그런 거였어?"

데쓰코는 깜짝 놀란 검은 옷의 탐정을 위해 해명해야 했다.

"말의 달인인 류구 씨가 알아채지 못하다니 아이러니하네요. 기억 안 나세요? 그저께 『명화의 방』에서 온실까지 저희를 안내해 준 순사 있잖아요. 거기에 있는 건 그의 풀 네임이에요."

성은 『구空』, 이름은 『세키席』……. 『구 세키空席』는 무려 그 순사의 풀네임이었다.

예상 밖의 사실에 언어를 다루는 탐정도 할 말을 잃었다. 다른 네 사람의 (웃음)에 휩싸여 조노스케는 한동안 멍하니 있었다.

구 세키 순사. 이때 그들은 언뜻 보면 농담 같은 그 이름이 나중에 무서운 의미를 지니게 될 것을 알지 못했다…….

JOKER

●

 범죄의 법칙과 미학을 바꾼 예술가artist의 범행은 이제 아무도 예상할 수 없다. 새로운 장에 돌입한 환영성 살인사건은 어떻게 전개되어 어디로 향하는가?
 답을 아는 이는 현재로선 예술가artist 한 명뿐이다.

「제11번째 시체」
10월 30일- Ⅰ

●아지로 소야
쓰는 손=오른손 직업=탐정 성별=남 나이=21

「제12번째 시체」
10월 30일- Ⅱ
●기리기리스 다로(본명 미상)
쓰는 손=오른손 직업=탐정 성별=남 나이=59

시체 발견 현장 ◎ 식당

현장 상황
1 ◎ 두 사람은 직접 독이 발린 컵을 골랐다. 두 사람을 죽음에 이르게 한 것은 디기톡신이라는 속효성 극약이다.
2 ◎ 17개의 컵 중 2개에만 독이 발려 있었다.

종장 홀려버린 폐막

78 다섯 번째 밀실

 고스기 쇼리는 큰 시합에서 패배한 스포츠 선수처럼 성 내부를 터벅터벅 걷다가 뒤에서 자신을 부르는 소리에 뒤를 돌아보았다.
 "쇼리, 메구미 불러서 저랑 같이 놀래요?"
 "스미레 씨?"
 미야마 가오루가 복도에 서 있었다. 쇼리는 인간을 묘사하지 않는 추리소설의 등장인물 같은 분위기의 가오루를 좋아한다.
 어쩌면 자신은 게이일지도 모른다고 생각했다. 이성애자 남자 특유의 동성애 혐오homophobia 때문에 불안을 느낀 적도 있지만 일단 쇼리는 어쩐지 가오루에게 끌렸다.
 가오루는 다분히 중성적이다. 남자의 숨 막히는 답답함과는 인연이 없다. 그런 연상 여자 같은 면에 소년은 매료되었다…….
 처음에 쇼리는 살인사건을 즐겼다. 자신과는 상관없는 환영성의 손님들이 차례차례 살해당해도 천진한 소년에게는 어차피 남의 죽음이었다. 감회도 비애도 공포도

JOKER

없이 그저 호기심만 일었다.

하지만 놀이 친구 메구미가 『살인』이라는 행위의 의미심장함을 예민하게 깨닫고 자신이 살해당할지도 모른다는 공포에 눈뜬 이후로 쇼리에게까지 공포가 전염되었다.

『죽음』이라는 개념을 맞닥뜨리면 아이는 심한 충격을 받는다. 어린 인간만의 막대한 상상력 때문이다…….

자신은 어디에서 왔는가. 이 세계는 무엇인가. 사람은 죽으면 어디로 가는가? 절대 풀리지 않는 수수께끼에 계속 도전해야 하는 인간의 숙명을 깨닫다 보면 상상의 나래가 꺾인다. 생각하지 않게끔. 이치를 향해 손을 뻗다가 미쳐버리지 않게끔.

한 번이라도 몸에 돋아난 공포의 꽃은 순식간에 성장하여 최대화rafflesia보다 거대한 꽃을 피운다. 한없이 오싹하며 불쾌감과 공포심을 자극하는 절망의 꽃. 소년은 생리적 혐오감을 부추기는 벌레가 몸 안을 갉아 먹는 듯한, 어두운 나락의 예감에 몸서리치는 나날을 보냈다. 죽음을 의식하다 보니 잠이 무서워졌다. 수마에 저항하지 못하고 잠들면 꼭 악몽을 꿨다. 수면은 최대의 공포가 되었다. 자기 위해 일어나는 것이 싫었다. 죽기 위해 사는 인생의 상징 같았다.

종장 홀려버린 폐막

　메구미와 놀 때만이 마음이 놓이는 신성한 시간이었다. 하지만 둘이서 시간을 보내는 사이에도 죽음의 그림자는 아이들을 놓아주지 않았다. 소년과 소녀는 성장 과정에서 얻어야 할 왕성한 생명력을 가지기도 전에 삶의 혹독함을 깨달았다. 작은 몸으로 짊어지기에는 너무나도 큰 짐이다. 생각, 고민, 공포에 지친 두 사람은 차라리 지금 죽으면 편해질지도 모른다는 생각까지 하기 시작했다.

　죽음을 생각하기에 너무나도 연약한 아이의 정신은 갈기갈기 찢겼다. 걷기도 점점 지쳐서 본능에 다리를 맡겼다. 그렇게 세계를 터벅터벅 걸으며 방황하던 소년은 연상의 여자 같은 가오루의 권유를 고맙게 여겼다. 중성적이고 투명한 용모에서는 쉽게 예상할 수 없지만 가오루는 전 야구부 투수이며 운동신경 역시 상당한 수준이다. 캐치볼을 하면서 두 사람 사이에 타인 특유의 서먹함은 사라졌다.

　가오루는 메구미도 잘 따르고 쇼리의 인생 선배다. 소년의 눈에는 어른의 세계를 여유롭게 헤쳐 나가는 모습이 눈부셨다. 끊임없이 마주치지는 않는 사이인 탓에 쇼리는 가오루의 단점을 알지 못한 채 아버지 이상으로 그를 존경했다.

JOKER

- 아버지 -

아버지인 고스기 간 집사를 생각하면 쇼리는 몸 안에서 밀려 올라오는 무시무시한 암흑의 관념에 짓눌려 발광할 것 같았다. 예술가의 정체가 고스기 간이라는 고발이 나왔을 때의 충격. 도무지 잊을 수 없었다.

자신과 같은 방에 지내는 아버지가 정말로 여러 생명을 빼앗은 흉악범죄자라면 소년은 더는 이 세계에 머무를 수 없을 것이다. 꼼짝없이 이성을 잃고, 틀림없이 죽음의 어둠으로 풍덩 빠질 것이다…….

다행히 아버지의 혐의는 풀렸다. 하지만 의혹은 여전히 남았다. 상상력이 어설픈 만큼 소년의 의심은 한없이 증폭되어 도무지 사라지지 않았다. 어쩌면 아버지가 예술가artist일지도 모른다. 이 가능성이 제로가 아닌 한, 세계가 반전하는 공포는 여전히 존재한다.

소년은 부정적인 감정에 무너지지 않도록 가오루나 메구미와 지내는 즐거운 시간만을 생각했다. 괴로운 마음을 잊고(잊어버린 척하고) 인생의 즐거움만을 떠올렸다. 살아가기 위해 소년은 필사적으로 발버둥 쳤다.

쇼리에게는 아직 메구미가 있다……. 그리고 가오루도 함께다. 그러니 아직 그는 계속 걸어갈 수 있다.

가오루가 힘차게 고개를 끄덕이자 쇼리는 앞장서서

종장 홀려버린 폐막

걸었다.

"자, 가자, 스미레 씨. 메구미가 있는 곳으로!"

고스기 쇼리勝利에게 패배는 어울리지 않는다. 인생이라는 진검승부에서 지지 않도록 소년은 죽어라 살아간다.

●

『메구미와 같이 있어 줄래?』

조금 전 가오루는 니지카와 료에게 그런 부탁을 받았다. 현재 식당에서는 사건 관계자가 한 명씩 학교의 개인면담처럼 순서대로 사정 청취를 받고 있다. 가오루가 식당을 나와 다음 차례인 니지카와와 엇갈린 순간, 그에게 그런 의뢰를 받았다.

끝났다고 생각했던 환영성 살인사건이 너무나도 충격적인 비극으로 다시 막이 올랐다. 처음으로 일어난 한낮의 범죄. 그것도 수많은 목격자 한가운데서…….

이중독살 사건을 목격한 사람 중에는 고스기 쇼리와 니지카와 메구미…… 살인을 접하기엔 너무 어린 아이도 있었다. 새하얀 눈에 하수도의 구정물을 들이붓는 것이나 마찬가지였다. 소년과 소녀는 탁월한 감성을 지닌 만큼 살인이라는 음침한 소행에서 무시할 수 없는 영향을 받는다. 최악의 경우 인간적인 감각이 파괴될 수도 있다.

JOKER

니지카와는 그것이 두려운 모양이었다. 가오루도 그 걱정을 뼈저리게 이해한다.

　무엇보다 어른이라고 해서 살인사건에 의연하게 대처할 수 있는 것도 아니다. 설령 원고로 살인을 거듭 저지르는 추리소설가라 할지라도 실제로 사람이 죽는 사건을 접할 일은 평생에 한 번 있을까 말까다. 추리소설 중에는 추리소설가가 탐정 역할을 맡는 것도 많다. 그런 이야기 대부분에서는 그들이 우연히 흉악범죄를 자주 접한다. 물론 현실적으로 말이 안 된다. 추리동화에서나 허용되는 이야기다.

　더군다나 환영성 살인사건은 사이몬가 살인사건 이래의 형언불가 대범죄다. 앞으로의 전개에 따라서는 14년 전의 전설적 사건을 능가할지도 모른다. 새로운 범죄혁명의 장에 가오루를 비롯한 사람들이 서 있는 것(세워진 것?)인지도 모른다.

　그렇게 생각하니 가오루는 방에 혼자 틀어박히고 싶지 않았다. 차라리 경찰의 사정 청취를 받는 시간이 더 편했다. 사람과의 접촉에서 구원을 찾을 수 있기에.

　이제 아무도 믿을 수 없다. 하지만 살아가기 위해서는 타인과 어울려야 한다. 끝없는 미궁은 아직도 길게 이어져 있다. …… 정말로 이 사건에 출구가 존재하는가?

종장 홀려버린 폐막

― 미궁 밖으로 나오는 방법은 단 하나, 죽는 것?

객실의 어둠 속에 틀어박혀 있다 보면 이런 위험한 생각까지 떠오른다. 환영성을 둘러싼 광기에 생각을 집중하면 신경은 산산이 조각나고 만다.

이젠 견딜 수 없어…… 이젠 견딜 수 없어…… 저는 이젠 견딜 수 없어요!!

이럴 리가 없었다. 환영성은 그들에게 즐거운 세계여야 했다. 어째서 갑자기 세계가 모습을 바꿔버렸는가. 가오루는 이해할 수 없었다.

그는 친부모가 누구인지 모른다. 아무도 가르쳐주지 않았다. 가오루의 양부모는 둘 다 전업 추리소설가다. 별로 잘 팔리지는 않았지만 두 사람의 수입을 합치면 먹고사는 데에 지장이 없었던 듯했다.

『우리는 정말 좋은 글을 쓰고 있어. 그러니 잘 안 팔려도 돼. 멍청한 일반 대중이 우리 예술을 이해나 하겠어?』

그들의 말버릇은 어린 가오루에게 패배자의 우짖음으로만 들렸다. 예술이란 본래 추상적이라 절대적 평가는 존재하지 않는다. 얼마나 많은 사람이 평가했는가? 이것 하나로 각 작품의 가치가 정해진다.

사후에 평가받아봤자 아무 의미 없다. 동시대 사람이

JOKER

이해할만한 글을 쓰지 못하는 사람이 무능할 뿐이다. 꽁무니 빼고 도망쳐라! 대중님들은 추한 변명을 원하지 않는다…….

가오루도 또한 추리소설가의 꿈을 품었다. 양부모가 넘지 못한 허들을 뛰어넘기 위해.

목표 지점은 생각보다 낮았다. 어린 시절부터 추리소설에 푹 빠진 채 자랐던 탓일까. 미스터리에 순수배양된 가오루는 『진짜배기 소질』을 갖췄다.

감성의 흐름에 몸을 맡기고 쓰고 싶은 대로 썼다. 추리소설이 정말 좋았다. 실적은 자연히 따라왔다…….

베스트셀러 작가가 되었을 즈음,

가치관의 대전환paradigm shift이 일어났다. 언제부턴가 가오루는 자신이 팔리기 위한 소설을 쓴다는 것을 깨달았다. 잘나가는 작가가 되었을 즈음부터 계속 팔리는 글을 쓰는 기술만 향상되었다. 쓰고 싶은 것은 없어졌다. 가오루는 생활을 위해 쓰게 되었다.

야심과 절실함은 점점 마모되었다. 지속적인 성공에도 흥미가 없어지면서 여러 인생의 의미를 상실했다. 남은 것은 인간이 묘사되지 않은 추리소설의 등장인물 같은 투명한 껍데기였다.

그런 가오루에게 남겨진 유일한 오락은 환영성에서

종장 홀려버린 폐막

보내는 행복한 한때다. 양아버지 구노 게이스케久能啓輔와 히라이 다로가 오랜 지기인 덕분에 가오루는 중학생 때 처음으로 환상적인 료칸에 찾아왔다.

인적 없는 땅에 존재하는 비경은 미스터리 애호가에게 그야말로 도원향Shangri-La이다.

환영성에서는 희미해지던 소년의 환상(꿈)을 항상 생각할 수 있다. 그곳에 있을 때만큼은 황혼에서 살아갈 수 있다.

『간사이 본격 모임』은 가오루의 소개로 2년 전부터 환영성 합숙을 진행했다. 그로부터 3년, 옛날과 전혀 달라지지 않은 환영성은 예술가artist에 의해 인외마경으로 바뀌었다. 그가 사랑하던 이상적인 황금향El Dorado은 이미…… 어디에도 없었다.

이젠 견딜 수 없어…… 이젠 견딜 수 없어…… 저는 이젠 견딜 수 없어요!!

가오루는 마지막 아이덴티티를 상실할 위기에 맞서 십자가에 기도를 담고 독자적인 종교관에 매달려 힘겹게 버티고 있었다.

그 와중에 니지카와가 바라마지않는 부탁을 했다. 아이들과 놀 때는 아무 생각을 할 필요가 없다. 환상적이고 감미로운 시간의 흐름에 몸을 맡기기만 하면 된다…….

JOKER

 가오루는 메구미와 쇼리를 좋아한다. 환영성 살인사건이라는 사막 속 오아시스 같은 존재인 아이들에게서 정신의 안식과 삶의 근거를 찾을 수 있기 때문이다.
 환영성 살인사건의 범인일 수가 없는 사람이 있다면 니지카와 메구미와 고스기 쇼리일 것이다. 어린이는 탁월한 구성력과 정교한 계산을 바탕으로 살인예술을 연출할 수 없다. 이것이 추리소설이라면 흑막이 플롯을 짜고 어린이가 앞잡이가 되어 범행에 이르는 수법을 써도 OK지만 현실적으로 그렇게 잘 될 리 없다. 가오루는 범인일 리가 없는 메구미, 쇼리와 천진하게 놀 수 있었다.
 사건의 광기를 접하지 않은 소년과 소녀는 여태까지 유일하게 공포의 전염병 바깥에 있는 마지막 희망이었다. 그런 그들도 결국 두려움을 느끼고 말았다. …… 그렇게 되도록 만든 예술가artist에게 분노를 느끼면서도 어떻게든 해야 한다고 생각한 것도 사실이다.
 쇼리, 메구미와 셋이서 즐겁게 지내자. 괴로움을 잊고 삶의 쾌락을 만끽하자. 필연적으로 이 계획이 떠올랐다.
 그런 생각으로 미야마 가오루는 고스기 쇼리에게 같이 놀자고 했다.
 가오루는 소년의 얼굴에 약간이나마 미소가 돌아와 기쁨을 느꼈다.

종장 홀려버린 폐막

…… 그렇게 두 사람은 경쾌한 발걸음으로 니지카와 부녀의 객실에 갔다.

●

니지카와 부녀의 객실 앞에는 구 순사가 서 있었다. 그는 복도를 순찰하던 중에 사정 청취를 받으러 가는 니지카와에게 부탁받아 가오루와 쇼리가 올 때까지 여기에서 기다리고 있던 모양이다.

가오루는 순사에게 인사했다. 그 자리를 떠나는 구의 뒷모습을 곁눈질로 보면서 객실 문을 노크했다.

한 번, 두 번…….

답은 없었다. 잠들었나? 가오루가 식당에서 니지카와를 만나고 나서 여기에 올 때까지 2분밖에 지나지 않았다(니지카와 부녀의 객실과 식당은 가깝다. 가오루는 가는 길에 쇼리와 우연히 마주쳤다). 니지카와가 방을 나간 후로 약 3분이 지났다는 뜻이다. 그렇게 짧은 시간 안에 잠들 수 있는가? …… 아예 말이 안 되지는 않지만 왠지 가오루는 안 좋은 예감이 들었다.

"야, 메구미! 스미레 씨랑 같이 놀러 왔어!"

쿵쿵, 소년이 문을 세게 두드려도 답은 없었다. 아무리 자고 있다고 해도 깊이 잠들지만 않았다면 당연히 일어나야 하는데…….

그 소리를 듣고 구 순사가 돌아와 "왜 그러시죠?"라고 말했다. 문이 잠겨 있어 문을 열지도 못했다. 세 사람은 나란히 서서 니지카와가 돌아오기를 기다리기로 했다.

●

『……세키야. 세키야…….』

복도에 우두커니 서서 니지카와가 돌아오기를 기다리던 구 세키 순사의 귀에 십여 년 전에 죽은 어머니의 목소리가 들려왔다.

아무 맥락도 없는 갑작스러운 환청. 초상현상mystery? 오한을 느끼고 몸을 부르르 떨었다.

『……세키야. 얼른 문을 열렴. 지금 열지 않으면…….』

이어서 눈앞의 복도 이미지와 구 세키가 현재 사귀는 약혼자의 모습이 겹쳤다. 그녀는 가만히 구 세키를 보고 있었다. 마치 걱정이라도 하듯 눈동자가 젖어 있었다.

환청, 게다가 백일몽.

무슨 의미인지 알 수 없었다. 구 세키는 자신이 누군가에게 조종당하는 듯한 기분 나쁜 예감을 느꼈다.

듣게 되었다? 보게 되었다? …… 서술되고 있다?

그때 니지카와가 돌아오면서 생각은 중단되었다.

●

5분 정도 지났을 즈음, 복도 너머에 니지카와의 모습이

종장 홀려버린 폐막

보였다. 모퉁이를 돌아 객실 앞에 서 있는 세 남자를 발견한 니지카와는 창백한 안색을 띠고 달려왔다!

"무슨 일이야, 가오루. 고스기까지. 구 씨, 이게 어떻게 된 일이죠?"

어깨를 으쓱거리는 구 순사 옆에서 가오루가 설명했다.

"메구미가 자는 것 같은데, 문을 두드려도 답이 없어요."

"뭐라고?! 메구미는 글씨 연습을 하고 있었어. 자고 있을 리가 없는데……."

모두의 낯빛이 순식간에 새파래졌다. 미친 듯이 문을 쾅쾅 두드리는 소년의 어깨를 두드리며 니지카와가 문앞으로 성큼 다가갔다.

슬랙스 왼쪽 주머니에서 재빨리 열쇠를 꺼내고 열쇠 구멍에 꽂았다. 초조한 탓인지 동작이 서툴렀다.

금속과 금속이 입 맞추는 소리가 네 사람의 귀에 실감 나게 들려왔다.

……찰칵……

문이 열렸다. 새로운 비극의 문이, 열렸다.

"메구미!"

실내에 뛰어 들어온 니지카와의 등 너머로 가오루는

JOKER

보았다.
"……메구미!!"
 고스기 쇼리는 무릎을 꿇고 주저앉았다. 구 세키 순사는 악마의 폭소를 들은 것 같았다. 독기가 서려 있는 밀실 안에서 환영성 살인사건의 희생자가 또 한 명.
 니지카와 메구미는 선혈의 새빨간 웅덩이에 엎드려 있었다.

종장 홀려버린 폐막

79 소네트/무제의 살시殺死♪

교차하는 플래시 빛, 떠오르는 시체.
짙은 빨간색 샘에 잠든 한 소녀.
꽃병이 시체 옆에 굴러다녀. 꺄하하.
어안이 벙벙한 가오루, 울부짖는 쇼리.
*

다음은 누가 죽을까. 그건 저일지도 몰라요.
끝없는 공포가 성을 덮어버렸어. 꺄하하.
진실을 아는 사람은 단 한 명, 예술가artist뿐.
*

사실을 말하자면 탐정은 아무것도 알아내지 못했지.
알아낸 것은 허구의 그림 두루마리 글.
그저 암담한 미래만이 펼쳐져 있어. 꺄하하.
*

형언할 수 없는 기발한 착상.
손이 *뭔가를* 쓰고 있네. 저건 *뭘까?*
무슨 말인지 모르겠어. 꺄하하.
루루루……

- 머리는 신경 쓰지 마세요♪

JOKER

80 혈서를 읽다

니지카와 메구미는 객실 구석의 작은 서랍장 옆에서 죽어있었다. 앞머리에도 맞은 듯한 멍이 있으나 직접적인 사인은 후두부에 가해진 타격인 듯했다. 날카롭게 찢어진 상처에서는 아직도 조금씩 피가 흘러나오고 있었다. 카펫의 넓은 범위에 흐른 피가 스며들었다. 그 샘의 한가운데서 소녀는 영원한 잠에 빠졌다.

충격적인 이중독살로부터 몇 시간도 지나지 않았다. 새로운 피해자는 구타로 살해되었다······. 예술가artist는 아직도 살인 방법에 집착하고 있는가? 이번에도 현장에 쪽지는 없었다.

피가 묻어있는 것을 보니 시체 옆에 놓인 꽃병이 틀림없는 흉기다.

실내에서 바깥으로 출입이 가능한 곳은 복도로 통하는 문과 중정으로 통하는 유리창이다.

니지카와가 문을 잠그고 나서 사정 청취를 하러 간 다음 돌아와서 문을 열 때까지의 시간은 고작 8분 남짓. 복도 쪽 문에는 계속 구 순사와 미야마 가오루, 고스기 쇼리가 있었으며 아무도 출입하지 않았다.

종장 홀려버린 폐막

　유리창은 슬라이드식이고 크리센트 잠금쇠가 달렸으며 방 안쪽에서 단단히 잠겨 있었다. 게다가 중정을 순찰하던 경관 두 명은 계속 이곳을 주시하지는 않았으나 객실 창에서 나온 사람은 아무도 없었다고 증언했다.
　하자마 구로오를 비롯한 수사관들이 실내를 분주히 돌아다녔다. 류구 조노스케, 기리카 마이, 쓰쿠모 네무는 니지카와 부녀의 객실 벽 근처에 나란히 서서 최신 살인사건을 조사하고 있었다. …… 아유카와 데쓰코, 사도 구토는 최초발견자들을 데리고 중정 쪽에 가 있다. 근육질의 구로야 형사가 방 가운데에서 수사를 지휘하고 있었다.
　"또 SR(sealed room/밀실)인가. 예술가artist 자식, 고집스러운 건 여전하다니까."
　『심판의 방』의 완전밀실, 『빛의 무대』의 눈밀실, 『무구의 방』의 갑주밀실, 『밀실의 방』의 물 밀실에 이어 니지카와 부녀의 객실인 다섯 번째 밀실은 오소독스하지만 빈틈없고 순수한 밀실이다.
　마이는 조노스케의 말에 쓴웃음을 지으며 시체를 흘긋 보다가 덧붙여 말했다.
　"게다가…… 드디어 DMdying message이 나왔네."
　메구미의 시체 오른손은 융단에 다음과 같은 혈서를

JOKER

남겼다.

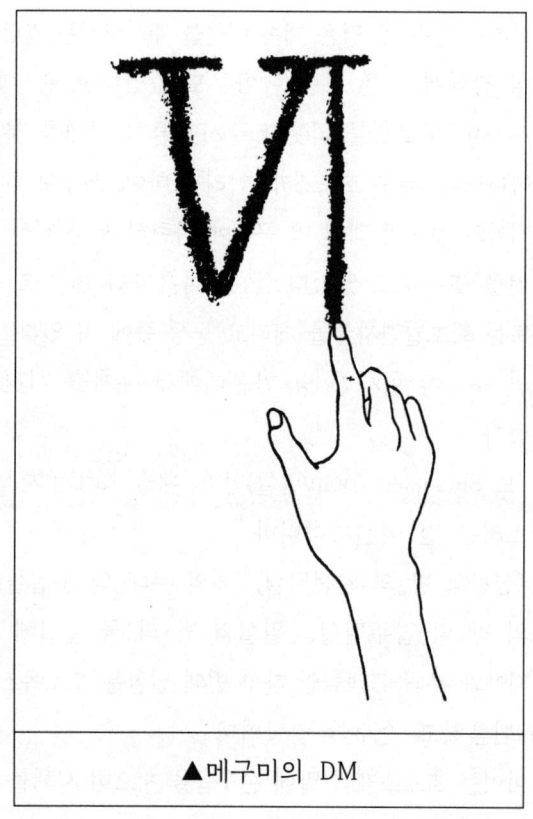

▲메구미의 DM

"저건, 『VI(브이아이)』인가?"

종장 홀려버린 폐막

"글쎄, 아직 뭐라 말은 못 하겠어, 기리카 양. 그런데 일단 『VI』라고 부르는 게 낫겠군. 어차피 추리를 전개할 땐 호칭이 필요하잖아. …… 명사의 중요성을 통감하게 되네. 이름이란 사고를 할 때 꼭 필요한 『말』이니까."

20 ◎ 다잉 메시지

죽을 때의 전언, 다잉 메시지는 추리소설에서 인기 있는 요소이며 가능성은 거의 무한하다 할 수 있다. 다만 엄밀히 추리하기에는 취급이 어렵다. 어떻게 요리하느냐에 따라 작가의 실력을 알 수 있는 소재라고도 할 수 있다. 현실 사건에서는 거의 볼 수 없지만(수사진이 놓치는 경우도 많다) JDC가 관여하는 난해한 사건 중에는 다잉 메시지가 중요한 열쇠가 되는 케이스도 가끔 있다.

그런데 범인이 극도로 교활한 범죄자(예술가artist?)일 경우, 다잉 메시지는 죽은 자의 유지가 아닐 수도 있다. 실마리 위조……. 범인이 자신의 혐의를 벗기 위해 고의로 가짜 메시지(살해 시의 거짓말murdering message)를 현장에 남겨둘 가능성도 항상 존재하기 때문이다.

또한 완벽한 추리란 있을 수 없지만 죽은 사람이 자신

JOKER

의 유지로 현장에 메시지를 남겼다고 단정할 수 있다(그렇게 믿는다)고 쳐도 유언의 진의를 완벽히 이해하기란 쉽지 않다. 탐정의 역량까지 시험하는 소재. 그것이 다잉 메시지다.

"전 메구미의 머리카락이 신경 쓰여요. 평소에는 어깨까지 늘어뜨리는데 지금은 포니테일을 하고 있잖아요? 밀실 트릭과 관련 있는 것 같지는 않아도 어떤 중요한 암시가 있는 것 같아서……. 단순한 메시지가 아니라 더 큰 의미가 있을 것 같은 예감이 들어요."

자신이 포니테일을 하고 다녀서인지 네루무는 메구미의 머리 스타일 변화가 마음에 걸렸다. 볼품없는 마끈이 머리를 묶은 상태다. 머리를 묶은 끈은 좌우와 위에 작은 고리가 만들어져 있고 두 갈래 끝이 아래로 늘어진 이상한 방식이다. 스스로 묶은 것 같지 않아 보였다. 예술가artist의 특정한 메시지일까.

객실의 작은 책상 위에는 글씨 연습장이 펼쳐져 있었다. 연습장에는 볼펜이 놓여 있었다. 의미심장하게도 메구미는 『他殺타살』이라는 한자 쓰기를 연습하고 있던 참이었다. 책상 위에는 그 물건들 외에 니지카와 료의 책 한 권이 아무렇게나 놓여 있었다. 고단샤 노벨즈에서 나온 『승리의 여신을 죽인 평범한 남자』라는 제목의

종장 홀려버린 폐막

책이었다…….

『Ⅵ』라는 혈서. 기묘하게 묶인 머리. 책상 위의 연습장과 책……. 밀실 안에 있는 어떤 것이 실마리이며 어떤 것이 실마리가 아닌가. 그것을 판단하기 위해 세 탐정은 눈을 크게 뜨고 실내를 꼼꼼히 살펴보았다. 예술가가 보낸 새로운 도전장은 어제까지 일어난 사건과도 통하는 도발적인 밀실의 수수께끼다.

추리력을 극한까지 끌어올리면 수수께끼 몇 가지는 해체할 수 있을 것이다. 환영성 살인사건이라는 전무前無의 범죄(후무後無라는 보장은 없지만)는 그만큼 만만치 않았다. 어떤 과장된 표현도 없이 탐정들은 생각했다.

예술가artist는 틀림없이 여태까지 만난 범죄자 중 최대의 적이라고…….

「제13번째 시체」
10월 30일 - Ⅲ

● 니지카와 메구미
쓰는 손=왼손 직업=초등학생 성별=여 나이=11
시체 발견 현장 ◎ 니지카와 부녀의 객실(「객실Ⅲ」)

JOKER

현장 상황

1 ◎ 피해자는 밀실에서 둔기에 맞아 살해당했다. 흉기는 현장에 놓여 있던 꽃병으로 추정된다.
2 ◎ 피해자의 오른손은 「VI」라는 메시지를 남겼다.
3 ◎ 피해자는 왼쪽 손목에 염좌가 있던 상태였다.

종장 홀려버린 폐막

81 시해자regiciders의 가시관

시체&현장 촬영, 현장 검증 등이 종료된 후, 아유카와 데쓰코 수사반장, 사도 구토, 아리마 미유키, 현장 수사를 지휘하던 구로야 다카시까지 니지카와 부녀의 객실에 찾아왔다. 탐정들을 비롯한 수사진은 앞으로의 수사 방침에 관해 이야기를 나눴다.

몇 분에 걸친 의견 교환 끝에 면밀한 수사 프로그램이 완성되었다. 경찰 관계자는 제각기 업무에 복귀하기 위해 객실 앞에 현장 보존을 위한 순사 몇 명을 남겨두고 모두 자기 객실로 돌아갔다. 시체가 옮겨진 현장에 남은 세 탐정은 한숨 돌리고 다시 상황을 확인했다.

마이는 중정으로 통하는 창으로 다가가 크리센트 잠금쇠를 열었다. 객실로 신선한 공기가 불어왔다. 중정을 걷는 순사와 눈이 마주친 마이가 윙크를 하자 젊은 경관은 수줍은 듯 고개를 숙이고 잰걸음으로 멀어졌다. 중정에는 조금씩 안개가 끼기 시작했다. 유백색의 막이 시야를 깎으며 헤엄치고 있었다.

조노스케는 허리에 손을 얹은 채 고개를 숙이고 침묵을 지켰다. 검은 망토가 시원한 바람을 받고 펄럭였다. 검은

JOKER

옷의 탐정은 즐겨 쓰는 모자챙을 들어 올리고 두 여자 탐정을 보았다.

"다잉 메시지보다 먼저 생각해야 할 건 범인이 이 객실에 출입한 방법이야. 시간의 경과를 한번 따져보자."

네무가 청바지 주머니에서 작은 메모장을 꺼내 시간표 time table를 작성했다. 이는 다음과 같다 ↓

0 ↓	니지카와 료, 방문을 잠금. 사정 청취를 위해 식당으로 감. 구 세키 순사가 문밖을 경비
약 1분 후	니지카와 료, 식당에서 미야마 가오루에게 니지카와 메구미를 돌봐달라고 부탁. 미야마 가오루, 고스기 쇼리를 데리고 니지카와 부녀의 방으로 감.
약 3분 후	미야마 가오루와 고스기 쇼리, 니지카와 부녀의 방에 도착. 구 세키 순사, 식당으로 돌아가려다가 상황이 이상하여 그곳에 머무름.
약 8분 후	니지카와 료, 방으로 복귀. 니지카와 메구미의 시체 발견.

종장 홀려버린 폐막

마이는 네무의 메모를 살펴보고 조노스케에게 넘기며 의견을 펼쳤다.

"니지카와 씨가 방을 나가고 나서 미야마 씨, 고스기가 올 때까지는 딱 3분밖에 없었어. 그 사이에 복도 쪽 문은 계속 구 순사가 지키고 있었고. 범인은 아마 중정 창문을 통해서 침입했을 거야. 그 중정에도 경비가 있기는 했지만."

"구 씨가 위증했다면 그가 범인인 걸로 끝나겠지만 일이 그렇게 풀리진 않겠지. 마침 누군가가 지나갔을 수 있으니까. 게다가 니지카와 씨가 언제 돌아올지 모르는 상황이었어. 틈을 보고 어떤 수단으로든 문을 열어 단시간에 범행을 저지르는 건 너무 위험해."

가오루와 쇼리가 방에 도착했을 때, 구는 분명히 복도를 보고 있었다고 했다. 그 사이의 시간은 고작 3분. 살인은 라면 끓이기와는 차원이 다르다. 잠금쇠를 잠그고 푸는 시간도 생각하면 거의 스피드 살인을 넘어선 신기神技의 살인이다.

─ 가오루와 쇼리까지 한패일 가능성도 없지는 않지만 구 세키가 단독 범인일 경우와 똑같은 문제가 남고 3분이 8분으로 연장될 뿐이야. 실행은 한없이 불가능에 가까워.

"그래도 예술가artist가 8분 사이에 밀실에 출입한 건 사실이죠? 짧은 시간 안에 『심판의 방』처럼 벽을 떼고 옆방에서 출입할 수도 없고, 창틀을 통째로 떼어낼 수도 없었을 테고……. 꽤 어렵네요."

"범인은 밀실에 출입하기만 한 것도 아니야. 쓰쿠모 양. 살인까지 저질렀어."

조노스케가 강한 어조로 덧붙여 말했다. 마이는 밀실 상황을 계속 분석했다.

"가장 가능성이 큰 건 범인이 중정 창문으로 출입하는 거야. 그런데 유리창의 크리센트 잠금쇠는 단단히 잠겨 있었어. 바늘과 실이나 자석 같은 걸 사용하는 트릭은 너무 번거롭고 중정 경관들이 목격할 위험성도 커."

마이의 어조가 점점 약해지면서 마지막은 네무가 마무리 지었다.

"정말 사방팔방이 다 막혔네요. 단순한 밀실인데도."

"심플 이즈 베스트라는 말은 진리라니까.

뭐, 밀실은 설명을 못 할 것도 없어. 이건 기리카 양의 전문 분야이긴 한데 다른 가능성을 소거해보면 마지막으로 남는 건 두 가지 해석뿐이니까."

조노스케의 말에는 여유마저 느껴졌다. 낮에 일어난 독살과는 달리, 이 밀실살인은 예술가artist다운 범행이다. 검은 옷의 탐정은 적과의 머리싸움을 즐기는 것

종장 훌려버린 폐막

같았다.

 동료의 죽음이 슬프더라도 탄식만 해서는 수사가 진행되지 않는다. 추리에 적극적으로 임하는 것도 나쁘지는 않을 것이다. 마이는 믿음직한 동료를 보고 웃으며 도전적인 말투로 물었다.

 "하나는 당연히 니지카와 씨가 위증범일 가능성이야. 류구 씨, 또 하나는?"

 조노스케는 풋, 희미하게 웃음을 띠고 창문 쪽으로 성큼성큼 걸어갔다. 그리고는 창문을 닫고 크리센트 잠금쇠를 잠갔다. 방은 밀실 상황으로 돌아갔다.

 "크리센트 잠금쇠는 안쪽에서 잠겨 있었어. 그러니까 창문을 잠근 건 니지카와 양 본인이라는 해석이야. 다시 말해 예술가artist가 도망친 후에 아직 숨이 붙어 있던 니지카와 양은 아주 자연스러운 방어본능에 따라 창문을 잠그고 숨졌다는 거지. 충분히 있을 법한 일이야."

 "그렇기는 한데…… 조노스케 씨, 만약 메구미가 스스로 밀실을 만들었다면 이 살인은 예술가artist의 범행치고는 너무 진부하지 않나요? 아무 특색 없는 둔기 살인이 되는데요?"

 "네 말이 맞아. 게다가 예술가artist가 『추리소설 구성요소 30항』을 섭렵할 생각이면 다잉 메시지는 범인

JOKER

이 위조했을 공산이 커. 우연히 메구미가 창문을 잠그고 밀실 상황을 만들어서 어쩌다 보니 다잉 메시지를 남겼다고 생각하는 것보다는 예술가artist가 평소처럼 밀실을 창조하고 메시지를 위조했다고 생각하는 게 나아."

"뭐, 그렇게 서둘러 결론을 내릴 필요는 없어. 류구의 밀실 해석은 현시점에서는 아까 말한 두 가지인 걸로 해두자고. 자, 이제 다잉 메시지 말인데……."

세 탐정은 각각 진지한 표정으로 얼굴을 맞댔다. 실내에 긴박감이 증폭했다.

환영성 살인사건에서 예술가artist는 과도하게 『말』에 집착했다. 대부분은 완곡한 메시지였으나 이번에는 정면에서 승부를 걸어오는 순전한 메시지다. 추리하는 쪽은 싫든 좋든 기합이 들어갈 수밖에 없다.

"일단 처음으로 생각해야 할 점은 이걸 누가 썼는가야."

그렇게 말하고 조노스케는 도발적인 시선으로 마이를 보았다. 마이는 고혹적인 윙크로 우문을 피했다.

"그건 뻔하지. 류구 씨답지 않게 빙빙 돌리네."

역시 JDC 제1반 명탐정이다. 그들은 고찰의 과정을 뛰어넘어 일찌감치 진실을 파악한 모양이다. 당장 네무는 그들의 수준을 따라잡으려고 생각을 정리하느라 자신

종장 홀려버린 폐막

의 추리를 정립할 틈이 없었다.

조노스케는 장갑을 낀 왼손으로 긴 앞머리를 좌우로 나누고 유쾌하게 웃었다.

"너무하다, 기리카 양. 정성스럽게 모순 없는 추리를 구축하는 것도 중요하잖아. 특히 다잉 메시지처럼 섬세한 문제는 말이야. 이 소재는 취급에 주의해야 해."

"그건 알아. 그런데 내가 하고 싶은 말은 이거야. 평소에는 머릿속에서 다 정리됐을 생각을 왜 이번에는 줄줄이 설명하지? 왠지 다쿠쇼인 씨가 『화물』을 쓰다가 『독자』를 의식하고 당신을 달변가로 만들어놓은 것 같아."

"그럼 류구의 존재가 허구라는 소리야?"

네무는 두 사람에게 들키지 않도록 소리 죽여 웃었다. 연애 감정이 없다는 걸 알지만 조노스케와 마이는 의외로 좋은 콤비인지도 모른다. 그렇게 생각한 적은 이번이 처음도 아니다.

그러다가 웃음을 참고 태연한 척 말했다.

"둘 다 그쯤 하시고 추리로 복귀하세요."

의표를 찔린 두 탐정은 어안이 벙벙한 채로 포니테일 소녀탐정을 보았다.

부부의 사랑싸움을 제삼자가 중재한 듯한 부끄러움을 느꼈는지, 마이는 웃으면서 딴청 피우고 조노스케는 일

JOKER

부러 헛기침을 하고 해설을 재개했다.

"조금 전 추리의 연장선인데 니지카와 씨가 예술가artist일 경우는 다잉 메시지가 뭘 뜻하든 고려할 가치가 없어. 범인을 알면 위조된 실마리를 주목할 필요가 없지. …… 문제는 범인이 창문으로 도망친 후에 니지카와 양이 스스로 문을 잠가 밀실을 만들어냈을 경우야. 이때 실내에는 니지카와 양밖에 없었을 테니까 당연히 다잉 메시지도 그녀가 남겼다는 뜻이지."

네무는 말없이 고개를 끄덕였다. 마이는 고개를 갸웃거리면서 조노스케의 말을 재촉했다.

마이도 독자적인 추리 몇 가지를 속으로 검토하고 있었으나 이 사건은 기발한 『말』의 추리에 정평이 난 조노스케에게 주도권을 양보하는 것이 상책이라고 생각했다. 조노스케의 추리를 듣고 허점이 있으면 그 부분을 그녀의 추리로 메꾸면 될 것이다.

조노스케는 즐겨 쓰는 모자의 각도를 고치고 왼손 검지를 세워서 추리를 설명하기 시작했다. 오른손을 왼쪽 팔꿈치에 대고는 눈동자로 빛을 발했다.

"그래. 일단 이 『VI(브이아이)』는 무엇을 가리킬까. 로마 숫자나 알파벳으로 범위를 한정해도 되겠지. 배배 꼬인 메시지는 처음부터 남길 이유가 없으니까. 니지카

종장 홀려버린 폐막

와 양은 아직 열한 살이야. 짧은 시간에 복잡한 생각을 하기에는 너무 어려. 그러니 류구는 고찰의 폭을 넓힐 필요가 없다고 생각해."

마이와 네무는 잠자코 추리를 들었다. 문제점이 생겼을 때만 입을 열 생각인 듯했다. 침묵은 긍정의 의사표시였다.

"다음 문제는 니지카와 양이 메시지를 다 쓰고 죽었는가야. 『Ⅵ』가 끝일지도 모르고, 그 뒤로 더 쓸 생각이었는지도 모르지. 어쩌면 『Ⅴ』만 쓰려고 했는데 경련 탓에 손가락이 돌아오면서 『Ⅰ』 모양으로 피가 흘렀을지도 몰라. 『Ⅴ』는 깨끗한 형태니까 고인의 의지일 테지만 『Ⅰ』는 모호해. 그러니까 이 메시지는 네 가지 해석이 성립해."

조노스케가 제시한 해석은 다음 네 가지다.

(1) 다잉 메시지는 『Ⅵ』+α
(2) 다잉 메시지는 『Ⅵ』
(3) 다잉 메시지는 『Ⅴ』+α
(4) 다잉 메시지는 『Ⅴ』

"로마숫자일 경우부터 따져보자고. 로마숫자라면 생

JOKER

각해볼 수 있는 건 『VI』와 『V』뿐이지. …… 당연히 객실 번호일 거야. 쓰쿠모 양. 『객실V』와 『객실VI』가 누구 방이지?"

네무가 재빨리 메모장을 뒤적였다. 답을 기억하고 있으나 만일을 위한 확인 작업이다.

"『객실V』는 다쿠쇼인 류스이 씨. 『객실VI』는 호시노 다에 씨예요."

이 보고를 듣고 조노스케는 잠시 침묵했다. …… 아이러니하게도 둘 다 조노스케가 관계자 중에서 가장 많이 의식하는 남녀다. 류스이는 사건을 통해 친해졌다. 다에는 과거의 맞선 상대다. 누가 범인이든 검은 옷의 탐정에게는 마음 아픈 결말이다.

조노스케는 내면의 동요를 억누르고 계속 말했다.

"다음으로 알파벳일 경우를 생각해보자. 이건 『화몰』에 쓰인 실마리인데, 니지카와 양은 영어를 잘 모르는데 예전에 독일에 살아서 독일어는 어느 정도 쓸 줄 안다고 (『19 프로이라인 메구미』 참조) 했잖아. 그 말인즉슨 메시지가 독일어라는 뜻이지. 두 사람, 독일어 할 줄 알아?"

마이와 네무는 아쉬운 듯 동시에 고개를 저었다.

"전 영어밖에 못해요. 마이 씨는 프랑스어도 할 수

종장 홀려버린 폐막

있지 않았던가요?"

"응. 영어에 프랑스어, 그리고 스페인어를 좀 아는 수준이지."

언사탐정 조노스케는 일본어 외의 『말』 탐구에도 정력적이라 외국어 학습이 취미다. 영어, 독일어, 프랑스어, 러시아어, 중국어, 스페인어부터 우르두어까지, 58개 국어의 기초를 마스터했다고 하니 놀라울 따름이다. 그가 말하길 언어의 뿌리에는 근원언어라는 개념이 존재해서 요령만 알면 빠르게 체득할 수 있다고 하는데, 『말』에 어지간히 흥미가 없다면 도무지 따라 할 수 없는 짓이다. 무적의 어학력은 다른 탐정의 언어 능력과 선을 긋는 조노스케의 강력한 무기다.

"두 사람 다 비관할 필요 없어. 일본어 하나 제대로 못 쓰는 애들도 늘어나는 시대잖아. 외교관이 될 것도 아닌데 외국어 공부에 기를 쓸 필요는 없지. 어차피 교과서로 배우는 안이한 공부로는 대화도 제대로 못 해. 차라리 모국어 어휘vocabulary를 늘려서 표현력을 기르는 게 낫지."

"맞아. 『간사이 본격 모임』 선생님들도 그 얘기를 하더라. 요즘에는 독자의 어휘력이 빈곤해져서 쉬운 말로 소설을 써야 하니 버겁다고. 더 많은 사람이 책을 읽어줬으면 한다는데."

"그런데 많은 독자를 생각하지 않고 난해한 말만 늘어놓으면서 으스대는 작가도 있잖아요. 저는 그런 건 싫어요."

"배려를 모르는 거지. 말하자면 머리가 나쁜 거야. 원래 어려운 말로 얼버무리는 것보다 쉬운 말로 복잡한 내용을 설명하는 게 더 힘들잖아. 『말』 이야기로 빠졌네. 본론으로 돌아가자. 독일어는 류구가 추리할 테니까 쓰쿠모 양은 나중에 확인만 해줘."

네무는 메모장을 펼쳐 메모 준비를 하고 고개를 끄덕였다. 마이는 팔짱을 끼고 동료를 주목했다. 조노스케는 언사탐정의 진짜 실력을 발휘했다.

"이게 독일어 알파벳이라면 메시지는 『VI』+α거나 『V』+α겠지. 사건 관계자 중에서 이 말로 표현되는 사람은 두 명이야. 한 명은 니지카와 씨. 니지카와 양한테 그는 『파터(VATER)』, 즉, 『아빠』지. 또 한 사람은 니지카와 양이 『스미레 씨』라고 부르던 미야마 가오루 씨야. 독일어로 『스미레』는 『피오레(VIOLE)』니까."

"잠깐, 류구 씨. 미야마 씨는……."

조노스케는 손을 들어 항변을 시도하는 마이를 제지했다.

종장 홀려버린 폐막

"기리카 양이 무슨 말을 하고 싶은지는 알아. 그렇지. 미야마 씨와 고스기 쇼리는 물리적으로는 절대 범인이 될 수 없어. 하지만 여기선 문제가 안 돼."

"조노스케 씨, 그게 무슨 말씀이시죠?"

"류구가 지금 추리하는 건 다잉 메시지가 가리키는 인물이야. 용의자가 아니라고. 다잉 메시지란 『죽을 때의 전언』이지 반드시 『죽은 자가 남기는 범인 고발』이라고 할 수 없으니까. 니지카와 양은 어려. 죽을 때가 오면 공포에 떨면서 범인의 이름만이라도 쓰려고 하기보다는 애절한 마음으로 가장 좋아하는 사람의 이름을 쓰려고 하는 게 더 말이 되지 않아?"

조노스케의 말을 듣고 마이와 네무는 감동했다. 누가 정하지도 않았는데 그들은 『다잉 메시지=죽은 자의 범인 고발』이라는 치우친 생각을 했다. 괴이한 사건의 한가운데에서 추리소설적인 상식에만 매달렸다.

두 탐정은 솔직하게 극한상황에서도 평소처럼 유연한 사고를 하는 조노스케를 높이 평가했다. 훌륭한 동료가 자랑스러웠다.

또한 마이는 이렇게도 생각했다. 평범한 추리로는 조노스케와 대적할 자가 있더라도 『말』에 관한 추리는 검은 옷의 추리 귀공자를 따라올 자가 없다고…….

JOKER

조노스케는 두 탐정이 보내는 경외의 시선을 예기치 못한 칭찬으로 받아들이고 한층 더 즐겁게 추리를 전개했다.

"니지카와 양에게 『파터(아버지)』인 니지카와 씨와 『피오레(스미레)』인 미야마 씨는 모두 사랑하는 사람이야. 소녀가 마지막에 남길 이름으로 선택할 법하지. 그리고 같은 이유에서 추리되는 인물이 또 한 명 있어. 니지카와 양이 가장 좋아할지도 모르는 고스기 쇼리야."

고스기小杉, 작은 삼나무를 가리키는 독일어는 무엇일까. 추리를 들으면서 두 탐정은 막연히 그런 생각을 했다. 그런데 조노스케가 제시한 답에 의표를 찔렸다.

"고스기 쇼리를 가리킨다면 이 경우에만 메시지가 영어일 가능성도 있어. 최근에는 영어가 일본문화에 깊숙이 침투했잖아. 니지카와 양도 이 말 정도는 알았을 거야. …… 만약 몰랐더라도 영어를 배운 중학교 1학년 쇼리가 자신과 관련 있는 단어를 가르쳐줬을지도 모르지. 여태까지 한 말을 생각하면 바로 떠오를 거야. 『VICTORY』, 바로 『쇼리勝利』지."

거기서 다잉 메시지 추리는 일단락되었다. 메구미가 메시지를 남겼다고 한다면 그 의미는? 범인을 고발한 것일까, 사랑하는 사람의 이름을 쓴 것일까?

종장 홀려버린 폐막

 네무가 의문을 제기한 것을 계기로 조노스케의 추리는 객실 책상 위에 놓인 한 권의 책(니지카와 료 저 『승리의 여신을 죽인 평범한 남자』 고단샤 노벨즈)으로 향했다.

 데쓰코를 비롯한 경찰 관계자가 니지카와 료의 사정 청취를 통해 얻은 정보에 따르면, 그 책은 니지카와가 가져왔다고 한다. 그런데 니지카와는 여행가방 안에 책을 넣었다고 말했으나 시체가 발견된 순간에 그것은 책상 위로 나와 있었다.

 책 또한 예술가의 메시지이거나 메구미의 유지(다잉 메시지?)일 가능성이 있다. 조노스케는 간단한 추리로 책에서 세 명의 이름을 도출했다.

 가장 단순한 해석은 책의 저자인 니지카와를 가리킨다는 것. 이어서 포니테일로 묶인 머리카락에서 나올 수 있는 추리로는 여자의 머리카락→여자 카미[37]→여신[38]이라는 식으로 머리카락을 『승리의 여신』과 연결 지어 고스키 쇼리를 가리킨다는 것. 마지막은 『승리의 여신』을 죽인 『평범한 남자』에서 나오는 추리로, 존재감이 옅은 미야마 가오루를 가리킨다는 것이다.

 우연인지 필연인지는 몰라도 『Ⅵ』와 책에서 니지카

---

37) 일본어로 머리카락髮은 '카미かみ'라고 읽는다.
38) 일본어로 신神은 '카미かみ'라고 읽는다.

JOKER

와, 가오루, 쇼리가 도출되었다. 과연 단순히 메구미가 좋아하는 사람을 가리킨 것뿐일까? 가오루와 쇼리는 절대로 범인이 될 수 없다지만 완벽한 부재증명alibi을 가진 사람이 오히려 의심스럽다.

세 사람을 가리키는 메시지는 미스디렉션인가, 아니면 사인인가? 다쿠쇼인 류스이와 호시노 다에를 가리키는 메시지는 미스디렉션인가, 아니면 사인인가?

니지카와 료, 미야마 가오루, 고스기 쇼리, 다쿠쇼인 류스이, 호시노 다에. 다잉 메시지로 제시된 다섯 사람이 용의자 후보로 올라왔다…….

탐정들은 추리가 크게 발전한 것을 느꼈다. 해결은 머지않았다. 예측이 아닌 확신이었다.

안개가 짙어졌다. 세계에 황혼이 드리울 즈음, 환영성은 신비로운 저녁 안개에 휩싸였다. 그 안개로 환영성이라는 공간이 떨어져 나와 이공간으로 옮겨진 것 같았다.

상자 속의 이야기는 환마작용(도구라 마구라)을 잃고 세계는 암흑 속 죽음의 저택에서 어지러운 허무의 저편으로 비상한다!

곧 막이 내린다.

사건의 도착점은 바로 앞에 있다.

종장 홀려버린 폐막

82 『화물』의 끝

 밤이 끝나면 아침이 온다. 아침은 낮으로 이어지고 저녁을 거쳐 밤으로 돌아온다. 밤은 또 아침으로 흐른다. 이것이 계속 반복된다. 이 세계에서 휴먼이란 종족이 등장하기 훨씬 전부터 계속, 계속, 계속…….

 무한한 우주를 생각한다. 끝없는 공간과 유구한 시간을 느낀다. 『점』보다 작은, 없는 것과 진배없는 존재(우리)는 지금도 세계의 모든 것을 생각한다.

 우주가 수축한다. 그 속의 점 같은 넓이를 차지하는 태양계에 주목한다. 그곳의 세 번째 행성, 지구라는 푸른 별 위. 있는지 없는지도 모르는 작은 섬나라 일본. 거기서 범위를 더 좁혀서…… 교토부…… 오시다시…… 몬조마치…… 오네미산…… 미나호…… 환영성……. 그 안에서 보잘것없는 인간들이 뭐라뭐라 떠들고 있다. 환영성 살인사건? 우주는 전혀 모르는 일이다. 시간의 흐름은 전혀 변하지 않는다.

 그럼에도 불구하고 그들은 필사적으로 살아간다.
 모든 시공을 느끼고 우주를 생각하기 위해…….
 태양이 소멸하면 낮은 사라진다.

JOKER

다만 어둠은 우주와 항상 함께다.
- 세계의 근원은 어둠이다 -
어둠이 환영성을 감싼다.
또 밤이 찾아왔다.
어둠을 사랑한다.
그저 생각한다.
「나」♪
목숨♡
↓
●

오후의 다잉 메시지 추리는 조노스케를 특정한 장소로 유도했다. 추리의 지표를 얻으면서 해결의 때가 단숨에 가까워졌다. 그는 수사의 여신이 귓가에 속삭이는 달콤한 소리를 들었다.

조노스케는 방에서 혼자『화몰』을 탐독하고 있었다. 왜인지는 알 수 없으나『화몰』이 사건의 수수께끼를 풀 최후의 열쇠가 되리라는 기분이 들었다.

독서는 몇 시간 동안 이어졌다.

…… 그때, 갑자기 조노스케의 손이 멈췄다. 시선이 머무른『화몰』의 어떤 부분이 그의 손을 멈추게 했다.

『46 심야의 명탐정』. 마침 조노소케가 혼자 등장하는

종장 홀려버린 폐막

장면이다. 조노스케는 그 페이지를 몇 번이고 다시 읽으면서 무엇이 자신의 의식을 자극했는지 추리했다.

검은 옷의 탐정은 천천히 『화몰』을 덮어 객실 전등을 끄고는 눈을 감고 생각에 집중했다.

탐정을 부드럽게 포옹하는…… 어둠.

그는 『여덟 개의 제물』이라는 말에 주목했다. 피해자가 11명과 2마리가 되면서 의미가 없어진 것 같은 그 말이 조노스케의 추리를 부추겼다.

해답은 이미 그의 손에 있다. 진상은 아주 가깝다.

조노스케는 추리에 정신을 집중했다. 여태까지의 인생 전부를 총결산하는 각오로 자아를 죽이고 사고만으로 세계를 돌아다녔다.

어둠이 손짓했다. 예술가artist는 그곳에 있다.

마침내…….

탐정은 『진실』을 붙잡았다.

●

아유카와 데쓰코 수사반장은 세찬 노크 소리를 듣고 몸을 일으켰다. 미니 욕조에서 씻고 유카타로 갈아입었을 때였다. 머리카락이 젖어서 걸을 때마다 물방울이 뚝뚝 떨어졌다. 둥근 무테안경을 쓰고 데쓰코는 문 앞에 섰다.

JOKER

"누구시죠?"

"류구입니다. 수사 건으로 말씀드릴 게……."

문을 여니 밝은 표정의 조노스케가 있었다.

"조노스케 씨, 어쩐 일이시죠?"

"아유카와 양. 오늘 밤 경비 말입니다만."

"그건 아까……."

조노스케가 데쓰코의 말을 가로막고 말했다.

"아, 알아요. 그런데 오늘 밤에는 중정과 성 외부 이외의 경비원을 총동원해서 니지카와 씨에게 새로 배정된 방 주변 경계를 강화해주세요. 복도 쪽 문과 중정 창문 밖도!"

데쓰코는 그 말의 의미를 머릿속으로 검토했다. 답은 하나뿐이다.

"그건…… 설마, 그런 뜻인가요?"

"당신이 지금 생각하신 그겁니다. 맞아요, 희대의 천재 범죄자 예술가artist의 정체는 니지카와 료입니다!"

데쓰코의 표정이 갑작스럽게 긴장의 빛을 띠었다. 결단력이 뛰어난 경부는 고개를 끄덕이고 곧바로 그러겠다고 약속했다.

"기리카 양에게도 말했습니다. 밤을 새우게 될지도 모르지만 오늘 밤이 관건이에요. 환영성 살인사건은 곧

종장 홀려버린 폐막

막을 내릴 겁니다."

마지막 클라이맥스를 향해 사건은 폭주한다.

폐막curtainfall은…… 얼마 남지 않았다.

●

수사진에 연락을 마친 조노스케는 마지막으로 류스이에게 찾아가 사건이 곧 해결될 것이라고 전했다. 15분 정도의 짧은 대화였지만 탐정과 용의자의 벽을 넘어 마음이 통하는 두 남자에게는 그 정도로 충분했다.

류스이는 조노스케가 일부러 자신을 방문해준 것을 보고 그의 우정을 느꼈다. 또한 마침내 환영성 살인사건이 막을 내린다는 것에 감동했다.

"당신의 집필도 곧 끝난다는 말이죠."

조노스케는 방을 떠나면서 그렇게 말했다. 탐정이 왼손을 내밀자 류스이는 악수에 응했다.

"류구 씨가 사건을 해결하시는 순간을 『화몰』에 쓰는 게 기대되네요."

두 사람은 생애 최고의 미소로 서로를 격려하고 헤어졌다.

다시 만날 것을 믿고…….

●

막대한 양의 원고를 써왔다.

JOKER

 그것도 전부 오늘 밤의 해결을 위해서였다. 양어깨 위에 얹은 짐pressure은 어딘가로 사라졌다. 류스이는 편안하게 글을 쓸 수 있었다.

 요 며칠간 오로지『화려한 몰락을 위해』를 위해 귀중한 시간을 써왔다. 그 작업도 머지않아 끝난다.

 모든 것이 끝나는 성스러운 순간이 도래할 예감에 류스이는 전율했다. 여태까지 해온 고생이 사건의 해결로 전부 보상받는 기분이었다.

『화려한 몰락을 위해』는 류스이의 화려한 몰락을 위해?

 역사적인 자리에서 자신이『화몰』을 쓰고 있다는 기적에 감사하며 창작가로 살아온 것에 무한한 행복을 느꼈다.

『화몰』은 더없이 순조롭게 쓰이고 있다. 이제 초조할 일은 없다. 여태까지 일어난 사건, 피해자들, 사라져간 친구들을 생각하니 뭐라 할 수 없는 격한 감정에 휩싸였다.

 아무 의미도 없이, 그저 순수하게 창조하고 싶었다.

 4세 때 처음으로 창작의 기쁨을 느꼈을 때와 비슷한 감각이었다. 다른 무엇도 필요 없다. 그저 창작만 있으면 된다…….

종장 홀려버린 폐막

 창작 충동은 점점 부풀어 올랐다. 더는 아무도 말릴 수 없었다. 류스이는 벌거벗은 마음으로 자유로운 창작에 몰두했다.
 생각할 필요는 없었다.
 작품은 저절로 찾아왔다.

●

『당신~1/2「이야기」(꽃&죽음)』[39]

 …… 촛불이 흔들린다, 흔들린다.
 암흑 속, 작은 불꽃이 미친 듯이 춤춘다. 불꽃은 점점 커지면서 이윽고 -
 「훅」하고……
 갑자기 흔적도 없이 사라졌다.
 단말마의 비명 같은 한 줄기 흰 연기는 잠시 허공을 맴돌다가 어둠 속에 빨려들어 사라졌다.
 그 후에는 아무것도 남지 않았다.
 멋지게도, 아무것도…….

---

39) '이야기'는 일본어로 하나시はなし라고 읽는데, 일본어로 '꽃'은 하나はな로 '죽음'은 시し로 읽는다.

JOKER

■

뒤척일 수조차 없었다.

저항할 수 없는 힘으로 이불이 당신을 짓누르고 있다.

이렇게까지 이불이 무겁게 느껴진 적은 없었다. 생명의 등불이 당장에라도 꺼지려고 하는 것을 당신은 알고 있었다.

이미 정해진 일이다. 아무도 이 숙명으로부터 도망칠 수 없다.

어둠에 지배당한 일본식 방에는 당신 말고는 아무도 없다. 다다미 위에 누운 당신 말고는 아무도 없다. 조금 전까지는 방구석 촛대에서 촛불이 일렁이고 있었으나 이젠 그것도 없다.

지금. 이곳에 있는 것은 당신을 제외하면 어둠뿐이다.

…… 가만히. 당신은 어둠을 바라보았다.

사라지기 직전 격렬하게 타오른 불꽃. 하얀 연기는 공간에서 지워지듯 어둠에 녹아들었다.

당신도 곧 그렇게 될 것이다……. 모두 사라질 것이다.

각오는 했다. 아니, 각오가 아니다. 어쩔 도리가 없다는 체념이다.

눈꺼풀이 무거워진다. 조금씩, 조금씩, 무거워지고…… 눈이 감긴다…… 시야가 좁아진다…… 점점 어둠

종장 홀려버린 폐막

에 싸여……

- 영원의 암흑 -

모든 것이 닫히고 모든 것이 무로 돌아간다. 당신이라는 존재는 연기처럼 사라진다.

당신은 평안히 숨을 거뒀다.

■

말하기는커녕 움직일 수조차 없었다. 하지만 「볼」 수는 있었다.

당신은 꽃이 되었다. 깊숙한 산속 아무도 지나가지 않는 오솔길에 핀 이름 없는 꽃이다.

당혹스럽지는 않았다. 당신은 자신이 꽃이라는 사실을 순순히 받아들일 수 있었다. 당신은 이미 꽃이 되었기 때문에. 인정할 수밖에 없었기 때문에.

아무것도 하지 않았다. 당신은 그저 피어났다.

바람이 불어도 비가 내려도 당신은 여전히 그곳에 피어 있었다.

……얼마나……시간이……흘렀……을까?

주위는 시시각각 변화했다. 하지만 당신은 언제까지나 그 자리에 피어 있었다. 감정 없이 당신은 확실하게 그곳에 있었다. 설령 주위 세계를 관찰하기만 하는 존재여도 당신은 계속 피어 있었다.

JOKER

그리고 꽃이 질 때가 왔다. 절대 저항할 수 없는 운명. 모든 꽃은 진다, 반드시.
당신의 마음은 꽃의 마음. 이미 미련은 없다.
한 장~한 장~꽃잎이~하늘에서~춤춘다~춤추고 있다.
과거 꽃이었던 것의 잔해를 한 마리 짐승이 즈려밟고 아무 일도 없었던 것처럼 달려갔다…….
꽃은 졌다. 당신은 이제 없다.
하지만 세계는 아직도 돈다.
그것을 보는 당신은 누구지?
정체는 누구여도 상관없다.
당신이 누구든 상관없다.
나여도 된다.

■

꽃은 아무것도 할 수 없다.
꽃은 자란다. 자라기 싫어도 꽃은 자란다.
어떤 것은 우연히 꺾이고, 어떤 것은 즈려밟히고, 어떤 것은 천수를 누리다…… 시들어서 땅으로 돌아간다. 단 하나의 예외도 존재하지 않는다. 사람도 꽃도, 전혀 다르지 않다.
- 만물유전 -
…… 모든 것이 흐르듯이 변화한다.

종장 홀려버린 폐막

…… 세계에서 소실되기 직전까지.
…… 마지막의 그 순간까지.
…… 계속 변해간다.
…… 변화한다.

■

꽃은 지기 전에 꽃가루를 날렸다.

꽃가루는 바람을 타고 저 멀리 다른 땅까지 날아간다. 여행한다.

씨앗은 땅과 부드럽게 입 맞추고 어머니 대지의 포옹을 받는다.

축복의 비…… 희망의 빛…….

이윽고 땅속에서 싹을 틔운 꽃은 봉오리를 맺는다. 쑥쑥 자란다.

변한다, 세상은 변한다. 계속 변한다.

당신은 새로운 땅에서 흐드러지게 피어나는 꽃이 된다.

언젠가 시들 것을 아는지 모르는지 꽃은 피어난다. 마지막 순간이 찾아올 그때까지.

■

어딘가의 이름 모를 동네. 어느 집의 아이 방.

폭신한 침대 속에서 무한한 빛에 싸여 당신은 눈을

JOKER

뜬다. 노인과 꽃의 꿈을 꾼 것을 당신은 기억하지 못한다. 기억에 담아두기에 당신은 너무 어리다.

가까스로 담아둔 막연한 꿈의 윤곽도 의식의 강 너머로 흘러가 흔적도 없이 사라진다.

어린 당신은 과거에 아무것도 가지지 못했다.

그리고 미래로 이어지는 길을 걷기 시작한다.

언제까지고 흐른다.

당신의 여행에 종착역은 없다.

■

─────흐름流─────흐름流…………흐름流!

■

당신은 새 양초처럼 새하얀 마음으로 인생을 보낸다.

누군가가 당신에게 불을 붙였다.

불이 붙은 초는 활기차게 빛을 내뿜는다.

끝없는 어둠 속에서 불꽃이 미친 듯이 춤춘다.

촛불이 흔들린다, 흔들린다.

보아라, 당신은 타오른다.

그리고 세계는 무한히 순환한다↑

──────────────────────

●

류스이는 『당신~1/2 「이야기」(꽃&죽음)』을 단숨에

종장 홀려버린 폐막

써내고 『화려한 몰락을 위해』 집필로 복귀했다. 스트레스도 피로도, 미련도 슬픔도 분노도 기쁨도 없이 물은 흐른다. 창작은 자연스럽고 힘차게 진행되었다.

그리고…… 시간이 흘렀다.

현실보다 약간 늦게 시작한 『화몰』은 그 시점에 드디어 실제 시간을 따라잡았다. 물론 정확히 말하자면 시간은 계속 흐르고 있으므로 절대로 따라잡을 수 없다. 어쨌든 류스이는 원고의 노를 저어 현재의 자신을 묘사하는 부분까지 다다랐다.

류스이는 전우인 워드프로세서 화면을 보면서 감회에 사로잡혔다. 길고 괴로웠던 싸움도 드디어 종언의 때가 찾아올 것이다.

류스이…… 아니, 타인처럼 서술하는 건 그만두자. 사건은 곧 해결된다. 『화려한 몰락을 위해』가 자료일 필요는 없어졌다. 앞으로는 나라는 일인칭을 쓰겠다.

…… 내 시점에서 이 이야기의 폐막을 지켜보자!

이제 삼인칭으로 실마리를 기록할 일은 없다. 결말은 일인칭으로 실감나게 전해야겠다.

사건은 거의 막을 내렸다. 류구 씨는 내일 추리 해설을 할 생각인 모양이다. 그는 드디어 진상에 도달해주었다!

진상이 밝혀지고 사건의 전모가 드러나는 순간. 그때

JOKER

가 되어야 비로소 이 『화려한 몰락을 위해』라는 기록물은 막을 내리게 될 것이다.

요 엿새간 힘든 일이 많았다. 그런 와중에 『화몰』을 계속 집필하는 것은 고된 작업이었지만 마지막의 마지막까지 사건을 따라잡아 실시간으로 결말을 맞이할 수 있어서 생각보다 더 기쁘다.

환영성 살인사건이 시작한 이래로 드디어 나는 진정으로 편안한 밤을 맞이할 수 있다. 내일 이맘때쯤의 해결편을 쓸 수 있도록 오늘 밤은 푹 자서 피로에 지친 몸을 쉬게 하자.

사건이 계속되는 사이에는 얼른 이 음산한 사건이 끝나길 바랐다. 그런데 막상 끝난다고 하니 묘하게도 기분이 복잡하다.

이제 아무도 죽지 않는다지만 오늘 밤은 흥분 탓에 잠을 잘 수 없을 것 같다. 잠을 자야 한다고 생각하면 신경이 곤두서서 좀처럼 잠들지 못하는 때도 왕왕 있지 않은가. 소풍 전날의 초등학생처럼.

그건 그렇고 사건은 앞으로 하루 남았다. 내일이면 모든 것이 끝난다. 하루 정도만 더 깨어 있어도 괜찮을 것 같다.

어쨌든 이제 모든 것이 끝난다. 나도 나의 모든 것을

종장 홀려버린 폐막

연소하여 마지막 순간을 맞이하고 싶다. ……『결실』 많은 나날에 감사를!

잘지 안 잘지는 모르겠지만 내일의 해결편에 대비하여 너무 무리하지는 말자.

오늘 밤은 이쯤에서 워드프로세서 자판을 두드리는 손가락에 휴식을 주겠다.

~~~~~~

10월 31일 『화려한 몰락을 위해』

미완

●

…… 이것은 화려한 『화려한 몰락을 위해』 원고의 거짓 폐막인지도 모른다.

●재서再序의 시●

「말하는 자가 아닌, 말해지는 이야기야말로」
 - 누군가가 말했다
「중요한 것은 말해진 이야기이지 누가 말했느냐가
아니다」
 - 다른 누군가가 말했다

「나」는 사라진다 흔적도 없이 사라진다
…… 그러나 말해지는 이야기와 말해지는 자는 남는다
「당신」은 아직 거기에 있다
그리고 이야기의 행방을 마지막까지 지켜본다

「나」는 이제 없다
하지만 「당신」은 분명히 그곳에 있다

「당신」의 화려한 몰락을 위해 「나」는 계속 말한다
이 존재가 없어져도 이야기는 계속 말해진다

……그리고……

「당신」은 이야기를 계속 듣는다
더 화려한 몰락을 위해 -

재서장 훤히 드러난 범인

--- 그렇다면 이야기를 재개하자.
「나」는 신경 쓸 필요 없다.
잊어줘도 상관없다.
「당신」은 귀만 기울여도 된다.
이야기가 들려온다……「당신」에게……

재서再序장 훤히 드러난 범인

어리석은 자들이 지혜의 결정체를 찾고자
하늘을 돌고 돌며 온갖 주장을 펼쳤다.
허나 우주의 수수께끼에 도달하지 못하고,
허튼소리를 하다가 마침내 깊이 잠들었다!

JOKER

83 흔들리는 성

어둠이 주변 일대를 지배했다.

밤이 깊어지면서 안개가 걷혔다. 지금은 아름다운 밤하늘을 한눈에 볼 수 있다. 천공의 구석에 누운 뚱뚱한 달이 푸른빛의 샤워로 땅을 어렴풋이 비추고 있다.

조용하다……. 높은 설산의 밀림보다도, 깊은 해구의 바닥보다도, 아무것도 없는 우주 공간보다도 차분한 세계다.

농밀하고 무거운 정적 속. 류구 조노스케, 기리카 마이, 쓰쿠모 네무는 중정의 우거진 수풀에서 환영성의 객실 하나를 들여다보고 있다.

다른 객실과는 멀리 떨어진 료칸의 남서쪽 구역에 있는 방……. 니지카와 료에게 새로 배정한 객실의 창유리 너머로 어스름한 빛이 새어 나왔다. 실내는 난방을 돌리는 모양이다. 창유리에 김이 서린 탓에 실내 상황까지 알 수는 없었다. 다만 때때로 창에 비치는 빛 속을 검은 그림자가 가로지르는 모습을 보아 니지카와가 방 안에 있다는 것을 알 수 있었다.

객실의 복도 쪽 출구는 아유카와 데쓰코 수사반장을

재서장 훤히 드러난 범인

비롯한 몇 명이 기둥 뒤에서 수많은 눈으로 경계하고 있다. 현재 객실에 있는 사람은 니지카와뿐이다.

중정. 탐정들 주변에는 구 세키 순사를 비롯해 경찰 수사진 몇몇이 대기하여 만일의 사태에 대비하고 있다.

- 예술가artist(?) 니지카와 료는 오늘 밤에도 행동에 나설 것인가? 대체 범인은 앞으로 몇 명을 죽일 작정인가?

니지카와가 범인이라는 것을 제외하고 아무도 조노스케에게서 진상을 듣지 못했다. 반신반의하며 모두 경계를 계속하고 있다.

무한한 긴박감……. 마치 공간 전체가 숨을 삼킨 듯한 답답한 분위기는 극도로 긴장한 수사진을 짓누르는 듯했다.

어두운 황야를 방황하는 끝없는 정적.

변화가 거의 없는 세계에서 그저 시간만이 꾸준히 흘러갔다.

■

조노스케는 왼손에 든 손전등으로 금 회중시계를 비췄다.

- 오전 3시 정각 -

만약 정말로 니지카와가 예술가artist이며 오늘 밤에

JOKER

도 범행을 저지를 작정이라면 슬슬 움직일 때다. 초조함을 느끼기 시작한 모두의 귀에, 어딘가에서 여우 우짖는 소리가 들려왔다. 슬픈 울음소리는 메아리가 되어 여러 겹으로 울렸다.

…… 그때 그것이 덮쳐왔다.

쿠쿵…… 쿵…… 쿠쿠쿵…… 쿠쿵…… 쾅!!

쿵轟! 쿠쿵轟轟! 쿵轟!!

굉음에…… 이어서…… 찾아온…… 것은, 맹렬…… 한…… 흔들림……이었다.

지진……이다.

잠복…… 중이라…… 비명을…… 지를…… 수는 없……었다……. 하지만…… 수사……진은 동요……했다. 속삭이는 듯한…… 불안의 목소리가 여기저기서…… 새어 나왔다.

환영성이…… 흔들리고…… 있다. 마치 붉은 성의 통곡…… 같았다. 슬프고, 격렬한 혼의 고동…… 같았다.

지진은 수십 초간 이어지다가 점점 가라앉았다.

한동안 꼼짝없이 진동에 몸을 맡기던 사람들의 혼란도

재서장 훤히 드러난 범인

파문처럼 퍼지다가 마침내 물거품처럼 소멸했다.
 그 후에는 전보다 더 깊어진 죽음 같은 침묵이 다시 세계를 덮었다.
 수사진 주위에는 아무 이변도 일어나지 않았다.
 하지만 환영성 살인사건의 마지막 참극은 이때 이미 막을 열었다……。

JOKER

84 푸른 갈까마귀의 성

비극적 종막catastrophe의 파동이 환영성에 밀려왔다.

매우 거대한 무형의 파도였다. 그 자리에 있던 모든 사람을 남김없이 삼켜 엄청난 힘으로 절망의 심해 밑바닥까지 끌고 들어왔다.

오전 5시 30분이 지난 시각. 그런데 아직 아무 일도 일어나지 않았다. 모두가 뭔가 이상함을 느끼기 시작했다. 누군가가 그 말을 하기를 기다리면서 아무도 말을 하지 않았다.

대대적 체포 작전의 제안자인 검은 옷의 탐정이 행동에 나서기를 기다렸다. 조노스케도 그걸 알았다. 알기 때문에 그는 더더욱 움직일 수 없었다.

초조함이 족쇄가 되고 당혹스러움이 지면에 발을 박았다. 한 걸음이라도 움직이면 세계는 붕괴한다……. 그런 근거도 없는 공포가 탐정을 옭아맸다. 그곳에서 꼼짝도 못 하게 했다.

또 수십 분이 지나갔다.

아무런 계기도 없이 조노스케의 안에서 무언가가 뚝

재서장 훤히 드러난 범인

끊겼다. 그렇게 주박이 풀리면서 탐정은 튕겨 나가듯 중정으로 달려갔다.

"류구 씨! 잠시만!!"

마이가 저도 모르게 소리 지르며 뒤를 쫓아갔다. 네무가 뒤를 따르고, 구 세키를 비롯한 경찰 관계자도 일제히 자리를 벗어나 달려갔다.

조노스케는 니지카와의 객실 창문을 건드렸다. 하지만 안쪽에서 단단히 잠긴 듯 꿈쩍도 하지 않았다.

얼굴을 가까이 댔다. 유리에 김이 서려서 실내 상황을 볼 수 없었다. 탐정은 잠시 머뭇거리다가 창유리를 마구 두들겼다. 유리가 깨지지 않을 만큼, 하지만 실내에 있는 사람이 알아챌 만큼 세게. 하지만 안쪽에서 답은 없었다. …… 니지카와가 있을 텐데도 응답은 없었다.

갑작스러운 탐정의 기행에 그를 둘러싼 수사진은 말을 잃고 멍하니 그의 행동을 지켜보았다. 마이와 네무마저도 말을 걸지 못했다.

"당했다……."

조노스케는 땅바닥의 흙을 걷어차면서 씁쓸하게 중얼거렸다. 다음 순간, 검은 옷의 탐정은 날카롭게 망토를 휘두르며 성으로 통하는 출입구 쪽으로 다시 달려갔다.

"조노스케 씨, 잠깐만요……. 아."

JOKER

 달려가는 탐정의 등에 손을 뻗는 네무와 얼굴을 맞대고 마이는 전에 없이 심각한 표정을 지었다.
 "네무, 설마……."
 마이는 최악의 가능성을 말하려다가 가까스로 자제했다. 입에 담으면 안 좋은 예감이 현실이 된다는 미신이 갑자기 떠올랐기 때문이다.
 모든 것이 이상했다. 무엇 하나 이해할 수 없었다.
 중정에서 대기하던 경관들은 말없이 두 탐정의 지시를 기다렸다. 마이가 재촉하자 네무는 고개를 끄덕이고 성으로…… 조노스케의 뒤를 따라갔다. 우스꽝스러운 심야의 조깅처럼 수사진 무리가 중정을 달렸다.
 그 앞에 해답이 있다고 믿고 오직 달렸다.
 ■
 오전 6시. 조노스케는 험악한 표정으로 복도를 달렸다.
 기둥 뒤에 모여 있던 경관들이 웅성거리기 시작했다. 아유카와 데쓰코 경부가 복도 중앙에서 조노스케를 기다리고, 부하들은 그 뒤를 따랐다.
 조노스케는 데쓰코와 부딪히기 직전에 재빨리 미끄러지듯 발을 멈췄다. 그리고는 숨을 헐떡이며 수사 관계자들을 둘러보고 마지막으로 데쓰코에게 시선을 멈췄다. 탐정의 얼굴은 계속 달려서 붉어야 했는데 창백했다

재서장 훤히 드러난 범인

…….

"왜 그러세요, 류구 씨. 중정 쪽에 무슨 일이 있었나요?"

데쓰코의 말에 민감하게 반응한 조노스케는 충혈된 눈을 부릅뜨고 수라의 표정으로 경부를 보았다. 데쓰코가 처음 보는 조노스케의 표정이었다. 소년 같은 순수함은 온데간데없이 상실감과 절망감이 드러나 있었다.

"아유카와 양. 설마, 니지카와 씨는 밖으로 한 번도 안 나온 겁니까?"

복도의 소음을 듣고 니지카와의 객실 양옆의 빈방에서도 여러 명의 경관이 나왔다. 데쓰코가 그들을 불러 조노스케의 질문을 그대로 건네자 경관들은 하나같이 고개를 저었다.

"니지카와 씨는 밤새도록 객실을 나오지 않았습니다. 한 걸음도요. …… 류구 씨, 무슨 일이 있었죠? 설마 사건인가요?"

수사진은 니지카와가 포위망을 눈치채고 어떤 방법으로 방에서 탈출하려 할 때를 대비해 문과 중정 창문을 엄중히 감시했다. 게다가 양옆의 빈방에도 인원을 배치하고 지붕에서 밖으로 나왔을 때를 대비해 성벽 위도 감시했다. 하룻밤 사이에 바닥을 파는 것도 불가능하다.

JOKER

니지카와는 전방위로 포위된 완벽한 밀실 속에서 밤새도록 한 번도 밖에 나오지 않았다…….

"니지카와 씨가 방을 안 나왔다고요?! 그럴 수가……."

그의 고함은 데쓰코를 비롯한 경찰들이 아닌 자기 자신을 향한 분노의 표현처럼 느껴졌다. 그는 토하는 주정뱅이처럼 앞으로 기울어진 자세로 숨을 헉헉 몰아쉬었다. 탐정의 안색이 나쁜 이유는 전력 질주를 한 탓만이 아닌 듯했다.

복도 너머에서 마이와 네무, 중정을 지키고 있던 수사 관계자들이 달려오는 모습이 보였다.

조노스케는 다가오는 동료들을 흘긋 보기만 하고는 니지카와의 객실 문을 날카롭게 쳐다보았다. 그러다가 천천히 자세를 고친 다음, 지친 표정 그대로 조용히 눈을 감고, 조노스케는 데쓰코에게 왼손 손바닥을 내밀었다.

"아유카와 양. 열쇠를…… 주지 않으시겠습니까?"

벌레가 우는 듯한 작은 목소리였다. 데쓰코는 환영성 살인사건보다도 조노스케가 더 걱정되기 시작했다. 평소에는 해맑은 만큼 그가 침울해지면 주변 사람들까지 기분이 가라앉는다.

재서장 훤히 드러난 범인

 사건의 실질적인 수사 리더이자 여태까지 분위기 메이커 노릇을 해왔던 검은 옷의 추리 귀공자는 앞으로 있을 끔찍한 참극을 예감케 하는 상태였다. 모두의 간담이 서늘해졌다.

 데쓰코가 히라이 씨에게 받은 마스터키 다발을 탐정의 손바닥에 얹었다. 조노스케는 문 쪽으로 걸어가 문을 열었다.

 콰당!

 문이 힘차게 열렸다. 그 소리가 이른 아침의 성에 상쾌하게 울려 퍼졌다.

 조노스케가 실내에 들어갔다. 데쓰코를 비롯한 복도 잠복 인원, 그리고 마이와 네무가 뒤를 따라 우르르 몰려 들어갔다.

 "이건…… 어떻게 된 일이죠?"

 데쓰코가 거대한 놀라움에 벌어진 입을 막으면서 말했다. 바로 옆에서 사도 구토도 진저리가 난 듯 짜증 섞인 소리를 질렀다.

 "이건 말도 안 돼. 이 사건은 미쳤어. 이제 뭐가 뭔지 모르겠다고!"

 니지카와 료는 의자에 앉아 있었다. 하지만 그는 이미 이 세상 사람이 아니었다.

JOKER

 침묵에 빠진 모두를 도발하듯 난방(에어컨)이 숨을 불어넣고 있었다. 실내는 더웠다. 무덥기까지 한 수준이라 잠깐만 서 있어도 땀이 나올 것 같았다.
 …… 니지카와의 왼팔은 책상 위에 똑바로 얹어져 있었다. 손목에 흐르는 피가 책상 위를 붉게 물들이고 카펫까지 떨어졌다. 죽은 지 얼마 되지 않은 모양이다. 피는 검붉게 응고되기 시작했다.
 그는 축 늘어뜨린 오른손에 면도기를 꽉 쥐고 있었다. 그 상황이 가리키는 바는…….
 "자살, 인가요……?"
 네무가 수사진 모두의 의문을 대변했다. 그들은 답을 듣고자 검은 옷의 탐정을 주시했다. 마이도 도무지 상황을 파악할 수 있는 상태가 아니었다.
 예술가artist의 속셈을 알고 있을 조노스케의 설명을, 모두가 간절히 바랐다.
 조노스케는 가볍게 어깨를 떨구고 두세 번 고개를 저었다. 그리고 뒤를 돌아 군중 속을 터벅터벅 걸어 나갔다. 모두가 조노스케에게 길을 양보하고 뒤를 따랐다.
 "류구 씨, 이건 어떻게 된 일이지? 니지카와가 범인이 아니었던 건가?"

재서장 훤히 드러난 범인

　조개처럼 입을 꾹 다문 조노스케에게 속이 끓은 나머지 마이가 따져 물었다. 그녀에게 눈을 돌린 조노스케의 표정은 공허했다.

　"기리카 양. 우리의 완패야. 아무리 사건의 수수께끼를 풀어도 이미 우리에게 승리는 오지 않아. 예술가artist는 우리의 손이 닿지 않는 곳으로 떠나버렸어."

　조노스케는 주위를 둘러싼 수사진을 둘러보며 고개를 흔들어 모두를 재촉하고는 복도를 걷기 시작했다.

　"『얼음 늪』으로 가보자."

　작은 목소리였다.

JOKER

85 희유곡divertimento(궁극)

히누마가 살인사건the hinuma murder case을 통해 세계를 묘사한 『허무에의 제물』. 환영성의 『얼음 늪』은 히누마 저택의 방 하나를 모델로 설계된 방이다.

방에 걸린 액자에 있는 나카이 히데오의 사진은 무엇을 이야기하는가? …… 거기에는 시체가 또 하나.

심야의 지진 탓일까. 방구석 선반 위에 있던 것이 『얼음 늪』의 남색 카펫 위에 흩뿌려져 있었다. 옆으로 쓰러진 의자. 근처에는 천장에 매달린 시체가…….

미야마 가오루의 목매단 시체였다.

"또 자살인가요, 류구 씨. 이건 대체……. 당신은 어떻게 여기에 미야마 씨가 죽어있다는 걸 알았죠?"

수사 관계자들이 당황의 소용돌이에 빠진 사이에 데쓰코가 조노스케에게 물었다. 검은 옷의 탐정은 뭐라고 말을 하려다가 생각을 고쳤는지 입을 다문 채 시체에 가까이 갔다.

종막에 기다리고 있던 대파국……. 카타스트로피의 파상공격! 이미 여기에는 『현실』도 『허구』도 없다. 이것은 『환영(언령?)』의 이야기다.

재서장 훤히 드러난 범인

 목매단 시체 특유의 배설물 악취를 참으면서 조노스케는 시체의 한 곳, 바지를 응시했다. 바지 뒷주머니에 튀어나온…… 가느다랗고 작은 쪽지.

 예술가artist의 메시지가 아니었다. 아무래도 유서 같았다. 신경질적인 연필 글자가 나열되어 있었다.

 다음과 같은 내용이었다.

> **나는 이제 견딜 수 없다**

■

 "구로야 씨, 아리마 양. 여러분은 다쿠쇼인 씨의 방을 살펴보세요. 뭔가 실마리를 남겼을지도 모릅니다……."

 마스터키 다발을 근육질 형사에게 던지는 조노스케의 목소리는 철야를 끝낸 신문기자처럼 무기력했다. 두 형사는 순순히 고개를 끄덕이고 류스이의 객실 쪽으로 달려갔다.

 "류구 씨. 진짜 예술가는 니지카와 씨가 아니라 다쿠쇼인 씨인가요?"

 구토가 이해력이 부족한 학생이 선생에게 가르침을

JOKER

구하는 말투로 물었다. 그의 말투에도 탈력감이 있었다. 다들 지친 모양이었다.

"아니야, 사도 씨. 명백한 진범이 따로 있는 이상, 다쿠쇼인 씨는 범인이 아니야."

쓸쓸한 눈빛이었다. 조노스케는 아무래도 모든 답을 얻은 듯했다. 표정을 보아하니 그들을 기다리는 것은 슬픈 결말인가······?

"사건의 마지막을 지켜보자. 우리에겐 그럴 의무가 있어. 다들 따라와 주세요."

걸어가는 동료의 뒤에 대고 네무가 질문을 던졌다.

"조노스케 씨. 이번엔 어디로요?"

조노스케는 뒤돌아보지 않고 목소리만을 들려주었다.

"종언의 땅, 『신기루의 방』이야. 류구의 추리가 옳다면 그 홀에서 마지막 비극이 완성되었을 거야······."

■

철야의 피로보다 불가사의한 사건 탓에 몰려오는 현기증이 더 컸다. 소모된 육체보다 정신이 더 고달파진 사람들은 힘없는 발걸음으로 사건의 도착점을 향해 걸어갔다.

저벅 저벅 저벅 저벅
    저벅 저벅 저벅 저벅

재서장 훤히 드러난 범인

저벅 저벅 저벅 저벅

복도에 울려 퍼지는 발소리의 합주는 십자가를 짊어진 지옥의 죄인 행진 같이 끔찍하고 불쾌한 소리였다.

이곳에 『환영』의 이공간이 나타났다. 지금까지 겪은 체험은 의미가 없다. 미지의 길을, 그들은 걷고 있다.

어스름한 복도 너머에 어둠이 있다. 이것은 황천으로 가는 길인가. 그 끝에 펼쳐진 것은…… 나락으로 통하는 마경인가. 나락의 옥좌에 자리 잡은 예술가artist의 정체는 정녕 드러날 것인가? 사악한 가면 아래의 인간적인 맨얼굴을 확인할 수 있을 것인가?

중정 창 너머가 조금씩 밝아지기 시작했다. 어디선가 새된 새소리가 들려왔다. 이른 새벽부터 뇌수를 꽉 죄는 그 소리는 예술가artist를 가장한 악마의 폭소처럼 들렸다.

예술가artist- 악마- 나락으로 통하는 환영의 주인-

바닥을 보면서 조노스케의 바로 뒤를 걷던 네무는 연상을 하다가 『신기루의 방』의 경덕귀 조각을 떠올렸다. 두 개의 미인상 사이에 있는 부정함. 조각에 서린 흉흉한 오라…….

어째서 그런 조각이 그 자리에 고정되어 있는가. 벽면을 직사각형 유리로 빼곡하게 채운 원형 홀 중심에 어째

JOKER

서 경덕귀가 있는가?

절대 풀리지 않는 수수께끼. 네무는 환영성 살인사건의 진상을 퍼지추리로 포착했다. 그 추리의 의미를 그녀는 그제야 깨달아가는 기분이 들었다.

악마를 소환하는 유명한 방법 중에 『거울 맞댐』이 있다. 거울과 거울을 마주 보게 놓아두면 자정에 거울→거울로 악마가 이동한다는 것이다. 『신기루의 방』의 모든 거울은 홀 중심의 경덕귀상을 향해 놓여 있다. 자정이 될 때 거울의 초점이 집중되는 경덕귀 조각에 악마가 빙의하여 범행을 저지른다면 이미 미스터리가 아니다. 판타지이자 호러이자 괴담이다……

환영성 살인사건의 진범은 경덕귀인가? 만약 악마가 범인(범마?)이라면 밀실의 수수께끼도 단숨에 풀릴 것이다. 초자연 현상인 마력을 쓰면 될 테니까.

차라리 그렇게 말도 안 되게 해결된다면 얼마나 좋을까. 하지만 현실적으로 그럴 수 없다. 이 세상에는 논리와 과학으로 설명할 수 없는 것이 아주 많다. 그럼에도 불구하고 합리적인 해답을 추구하는 것이 탐정의 사명이다.

조노스케가 발을 멈췄다. 네무의 생각도 멈췄다. 사람들은 종막의 자리에 도착했다.

재서장 훤히 드러난 범인

■

『신기루의 방』은 환상적이고 옅은 어둠에 싸여 있었다.

조노스케를 선두로 사람들은 홀 중앙의 경덕귀상, 선려상, 선루상으로 향했다. 어두운 탓에 시야가 제한되어 홀 안이 흐릿하게 보였다. 어스름한 어둠 속에 무엇이 있는가? 불안 탓에 심장이 빠르게 뛰고 발걸음도 빨라졌다.

세 조각상 주변의 돌바닥은 왜인지 물에 젖어 있었다. 넓은 범위에 물을 흘린 흔적이 있었다. 마른 정도를 보건대 돌바닥이 물에 젖은 것은 1시간쯤 전이다.

경덕귀 조각에서 조금 떨어진 곳에 서서, 조노스케는 손전등의 동그란 빛을 무시무시한 조각상에 비췄다.

- !

스포트라이트를 받은 듯이 부각된 경덕귀의 악마적 그림자. 사악한 표정의 생생한 조각상이 손에 든 자수정 amethyst을 천칭의 지주로 삼은 듯한 형태로, 위를 향해 활처럼 몸을 젖힌 채 한 남자가 그곳에서 영원히 잠들어 있었다.

왼쪽 가슴에 자수정amethyst이 깊이 꽂혀 있었다. 조각상 주변에는 상처에서 튄 것으로 보이는 응고된 혈흔이 보였다. 마치 허무한 것들에 바치는 제물처럼

JOKER

 그곳에는 조화롭고도 종말적인 풍경이 있었다. 세 조각상…… 시체…… 너무나도 요사스럽고 아름다운…….
 환영성 살인사건의 마지막 시체는 다쿠쇼인 류스이의 시체였다.

■

 니지카와 료와 미야마 가오루는 자살로 보이는 상황에서, 다쿠쇼인 류스이는 명백하게 타살로 보이는 상황에서 시체로 발견되었다.
 대부분의 수사진이 니지카와의 객실에 꼼짝하지 않고 대기한 어젯밤에 대체 무슨 일이 일어났는가? 경덕귀 조각상에서 죽은 류스이의 시체가 의미하는 것은……. 조노스케는『신기루의 방』이 마지막 비극의 무대임을 어떻게 간파했는가?
 그 의문점이 수수께끼를 돌파하는 중요 포인트가 될 듯했다. 데쓰코는『얼음 늪』과『신기루의 방』의 상황을 되짚어보고 잠자코 추리했다.
 니지카와의 방→『얼음 늪』→『신기루의 방』…….
 검은 옷의 탐정을 이끈 길잡이는 어디에 숨겨져 있었을까? 데쓰코만이 아니라 수사관계자 모두가 의아하게 여기는 문제였다.
 "어? 이건…… 이런 게 있네."

재서장 훤히 드러난 범인

마이가 돌바닥에 떨어진 두 장의 새하얀 수건을 주웠다. 환영성이라는 글자logo와 료칸의 그림illustration이 들어간 것이다. 살인 현장과는 어울리지 않는 물건이다.

물기가 조금씩 마르기 시작한 바닥에 방치되어 있던 탓인지 수건은 흠뻑 젖어 있었다. 얼핏 보면 사건과 관련이 없는 것 같아도 여기에 남겨져 있다는 것은 어떤 의미가 있다는 뜻이다. 현시점의 혼란스러운 머리로 정리하기는 쉽지 않아도 일단 실마리를 얻었다.

복도에서 이쪽으로 달려오는 두 발소리가 들렸다. 홀에 있던 모두의 시선이 그쪽으로 모였다.

구로야 다카시와 아리마 미유키다.

구로야는 작은 직사각형 쪽지를, 미유키는 큰 종이를 들고 있었다. 손을 흔들어 노고를 위로하는 조노스케에게 두 형사가 보고했다.

"류구 씨. 다쿠쇼인 씨는 객실에 안 계셨어요. 방은 안 잠겨 있었고 책상 위에 이런 쪽지와 출력된 『화몰』 원고가 남겨져 있었어요."

이미 류스이의 죽음을 아는 사람들에게 그가 방에 없었다는 말은 때늦은 소식이었다. 자리의 분위기를 보고 경덕귀 조각상으로 시선을 돌린 미유키는 갑작스러운 기습을 받고 휘청거렸다.

JOKER

"앗, 이건! …… 다쿠쇼인 씨인가요?"

미유키를 따라 구로야도 소리를 질렀다. 『화몰』의 최종 원고와 수수께끼의 쪽지를 받은 조노스케는 난처한 눈빛으로 동료 탐정 둘과 얼굴을 마주했다.

조노스케는 데쓰코에게 『화몰』 원고를 맡기고 손바닥에 쏙 들어오는 작은 쪽지를 주시했다. 옆에서 마이와 네무가 그의 손을 들여다보았다.

직사각형 종이에는 볼펜 글씨가 꽉 채워져 있었다. 가로로 9줄, 세로로 11줄, 합계 99개의 숫자였다. 왼쪽 아래의 『1』이라는 숫자의 오른쪽에는 낫표가 있었다.

```
5 13 8  1  1 24 9   1  1
8  1 8  2  1  2 1   1  1
4  4 6  1  1  3 1   4  5
7  5 9  1  1 10 3   4  1
1  1 4  6  3  1 3   2  2
1 10 5  3  6  5 6   1  6
2  9 4  2  3  3 1   5  1
2  9 5  9  1  2 1   2  1
1  2 5  8  3  1 1   4  1
1」 4 3  1  4  4 9   3  1
5 14 7 11  5  2 9  11 19
```

재서장 훤히 드러난 범인

"이건 암호일까요?"

99개의 숫자……. 설마 쓰쿠모九十九 네무와 관계가 있지는 않겠지만 네무의 목소리는 불안했다. 아무리 미스디렉션이 많은 사건이라고 해도 이름이 넌지시 제시되면 기분이 좋을 리가 없다.

"류구 씨. 예술가artist는 니지카와 씨가 아니었어?"

마이가 힐문하듯 강한 어조로 따졌다. 마이뿐만이 아니었다. 네무도, 데쓰코도, 구토도, 구로야도, 미유키도, 구 세키도, 그 외의 다른 사람들도 전부 답을 요구하는 시선으로 조노스케를 보았다.

종막 직전에 나타난 세 구의 시체, 그리고 수수께끼의 산. 사건의 진상은 이대로 어둠 속에 묻히는가?

단 한 사람. 예술가artist의 의도를 알아챈 듯한 조노스케만이 수사진의 희망이었다. 진상에 가장 가까이 있는 조노스케가 수수께끼를 풀지 못하면 아마 이 사건을 해결할 수 있는 사람은 아무도 없을 것이다……. 적어도 이 환영성 안에는.

조노스케는 류스이가 남긴(?) 암호표 같은 쪽지를 네무에게 넘기고 체념한 듯 후련한 표정으로 말했다.

"사건은 끝났어요. 모든 걸 말하겠습니다. 다만……."

검은 옷의 탐정은 검은 장갑을 낀 손으로 데쓰코의

JOKER

손에 있는 원고를 가리켰다.

"…… 『화려한 몰락을 위해』를 다 읽고 나서요."

화려한 몰락을 위해 류구 조노스케는 환영성 살인사건의 마지막 수수께끼에 도전한다.

환영성에 종막의 볼레로가 흐르기 시작했다.

재서장 훤히 드러난 범인

86 육몽40)을 꾸기 전

시체가 발견된 순서는 니지카와→미야마→다쿠쇼인이지만 사망 추정 시각에 따르면 죽은 순서는 미야마→다쿠쇼인→니지카와다.

사망 추정 시각은 각각 다음과 같다.

> 미야마 가오루…… 오전 3시 전후
> 다쿠쇼인 류스이…… 오전 4시 전후
> 니지카와 료…… 오전 5시 전후

■

「제14번째 시체」
10월 31일- l

●니지카와 료(본명=니지카와 료)

---

40) 여섯 가지의 꿈. 정몽正夢은 안락한 꿈, 악몽愕夢은 놀라는 꿈, 사몽思夢은 생각하는 꿈, 오몽寤夢은 현실의 꿈, 희몽喜夢은 즐거워하는 꿈, 구몽懼夢은 두려워하는 꿈을 일컬음.

JOKER

쓰는 손=왼손 직업=작가 성별=남 나이=43
시체 발견 현장 ◎ 니지카와 료의 방

현장 상황
1 ◎ 현장은 하룻밤 내내 전방위로 경찰의 감시를 받고 있었다. 니지카와는 한 걸음도 바깥에 나가지 않았으며 아무도 방에 들어간 사람은 없다.
2 ◎ 시체는 왼쪽 손목이 베여 죽었다. 오른손의 면도칼에서는 니지카와가 아닌 다른 사람의 지문은 검출되지 않았다.
3 ◎ 현장 상황으로 보아 니지카와의 자살로 판단된다. 다만 손목의 상처는 하나이며 자살자 특유의 여러 번 자해를 시도한 상처는 없다.

■

『제15번째 시체』
10월 31일 - Ⅱ

●미야마 가오루(본명=구노 가오루)
쓰는 손=왼손 직업=작가 성별=여 나이=22
시체 발견 현장 ◎ 『얼음 늪』

재서장 훤히 드러난 범인

현장 상황
1 ◎ 미야마는 천장에 목을 매 죽었다.
2 ◎ 미야마의 바지 뒷주머니에는 「나는 이제 견딜 수 없다」라는 유서로 보이는 쪽지가 있었다.
3 ◎ 현장 상황으로 보아 자살로 판단된다.

■

「제16번째 · 마지막 시체」
10월 31일- Ⅲ

●다쿠쇼인 류스이(본명=다메이 히데타카)
쓰는 손=오른손 직업=작가 성별=남 나이=24
시체 발견 현장 ◎ 「신기루의 방」

현장 상황
1 ◎ 피해자는 경덕귀 조각의 손에 들린 자수정amethyst에 왼쪽 가슴을 꿰뚫려 살해당했다.
2 ◎ 자수정amethyst은 조각에 고정되어 있으며 분리가 불가능하다.
3 ◎ 「신기루의 방」의 돌바닥은 물에 젖어 있었으며 하얀 수건 두 개가 떨어져 있었다.

JOKER

■

10월 31일에 일어난 세 사건에서도 결정적인 실마리는 얻을 수 없었다. …… 다만 시체를 조사하는 과정에서 의외의 사실이 판명되었다. 『화려한 몰락을 위해』에서도 남자로 묘사되고 사건 관계자들 모두가 남자라고 생각했던 미야마 가오루는 사실 여자였다.

가오루는 남자로 태어났고 호적에도 『남자』로 기록되어 있다. 그런데 아무래도 그녀는 수년 전 몰래 성전환 수술을 받은 모양이다.

『화몰』원고에는 사실 남자인 가오루를 여자로 오인케 하는 성별 트릭이 사용되었는데, 아이러니하게도 가오루는 정말로 여자였다. 그녀의 중성적인 분위기도 지금으로선 이유가 명백했다. 미야마 가오루는 남자와 여자, 두 가지 성을 경험했기 때문이다. 성별 트릭에 그녀를 사용한 류스이는 이 사실을 알고 있었을까? 그것도 지금은 수수께끼다. 영원히…….

■

20년 전…… 1973년 10월 31일. 쓰쿠모 주쿠는 이 세상에 태어났다. 쇼와 48년 10월 31일, 나는 천재[41].

---

41) 일본어로 4를 요ょ라고 읽고 8을 하치はち라고 읽는다. 10은 ten으로 읽는다. 일본어로 3을 산さん이라고 읽고 1을 이치いち라고 읽는다. 각 일본어 숫자의 앞 글자를 따와 순서대로 읽으면 요와텐사이ょはテ天才,

재서장 훤히 드러난 범인

나중에 『천재의 날』이 되는 주쿠의 생일은 불세출의 탐정과 잘 어울렸다.

인간 아기는 일반적으로 10개월 10일만에 탄생한다. 주쿠의 생일에 10개월 10일을 더하면 쇼와 49년 8월 9일(사고팔고四苦八苦의 날)이 된다. JDC 창설일과 일치하는 것도 의미심장하다.

사이몬가의 당주 사이몬 류스이彩紋流水는 아버지인 주조十蔵와 아내 미쿠美九의 이름을 하나씩 따와서 『주쿠』라는 이름을 지었다. 이름은 사람을 나타낸다는 말처럼 주쿠는 그 후로 중고重苦42)의 연속인 인생을 살게 된다…….

물론 어린 시절에 그는 사이몬 주쿠였다.

1979~1980년. 6세 때, 주쿠는 과거에 없던 유형의 신범죄를 경험했다. 마술 도구를 사용한 불가능 범죄의 살인 마술murder magic. 과거에도 미래에도 없을, 타의 추종을 불허하는 사이몬가 살인사건은 쇼와의 10대 범죄 중에서도 가장 이채로운 독창적이고 자극적인 사건이었다.

감정을 조금도 가지고 있지 않은 듯 범인 『시로야샤』

즉 나는 천재가 된다.
42) 중고重苦는 일본어로 주쿠じゅうく라고 읽는다.

JOKER

는 매월 한 명씩 사람을 죽였다. 전대미문의 사건은 19개월 동안 계속되었다. 악몽으로 가득 찬 연쇄살인의 소용돌이 속에서 주쿠는 아지로 소지를 만나 탐정의 재능을 조금씩 깨우쳤다.

매월 19일이 오면 사건 관계자 중 한 사람이 반드시 죽었다. 어디로 도망치든, 어떤 대책을 세우든, 한 명은 반드시 살해당했다. 언제 끝날지도 모른 채 사건은 계속되었다. …… 상상력이 있는 사람이라면 그 엄청난 공포를 안다고 생각할지도 모른다. 물론 당사자들의 절망은 제삼자가 예상하는 수준을 아득히 초월한, 감정이 파괴되는 위기마저 내포한 것이었지만…….

경찰도 탐정도 어찌하지 못한 채 사건은 계속되었다. 어른들마저도 이성을 상실하고 발광하기 직전까지 겁먹은 와중에 주쿠는 차분하게 자신의 가혹한 운명에 맞서 싸웠다. 아지로를 도와 적극적으로 수사에 협력했다.

절대 풀리지 않는 수수께끼. 시대를 대표하는 대탐정 아지로 소진이 그렇게 표현한 궁극의 범죄는 수사진을 조롱하듯 페이스를 잃지 않고 꾸준히 이어졌다. 1년 7개월간 다양한 드라마와 비극이 반복되었다. 조부를 잃은 아지로 소지마저 마침내 해결을 포기하고 시로야샤에게 굴복하기 직전에 이르렀다. …… 그때 주쿠가 『신통이기

재서장 훤히 드러난 범인

神通理氣』라는 능력을 발현하여 전무후무한 참극에 막을 내리지 않았다면 그 사건은 어떤 결말을 맞이했을까?

답은 아무도 모른다. 아지로의 엄호사격을 등에 업은 주쿠가 겨우 6세의 나이에 절대 풀리지 않는 수수께끼를 해결했기 때문이다.

괴이한 극한상황에서 주쿠는 메타탐정으로 각성했다. 범죄의 창조자를 『작자』라고 정의한다면 메타탐정은 『작자』의 의도를 파악한 자가 된다. 통상적인 사고방식으로는 손댈 수 없는 초월적인 차원meta level의 해답……. 메타탐정이란 『작자』에게 해답을 알 권리를 부여받은 사람이다.

현실 세계를 추리소설에 비유한다면 주쿠만큼 탐정다운 탐정 역도 따로 없을 것이다. 추리소설을 읽을 때 우리는 『탐정』이 『작자』의 대변자에 불과하다는 것을 안다. 생각하고 고민하는 척해봤자 어차피 그들은 2차원 세계에서 『작자』에게 이용당하는 장기짝에 불과하다. 『작자』가 준비한 실마리를 작위적으로 발견하고 조종당하는 것도 모른 채 때로는 자신이 타인보다 뛰어난 추리력을 가졌다고 착각하여 위세 부리는 우스꽝스러운 피에로들. 아무리 인간적으로 묘사하더라도 『탐정』은 단순한 『등장인물』에 불과하며 『작자』의 장난감이다. 그러므로

JOKER

『독자』는 허풍임을 인지하고 추리소설을 읽는다.

주쿠는 그것을 이 현실세계에서 해버리니 어이없는 노릇이다. 세계의 법칙을 거스른『작자』의 대변자, 메타탐정. 게다가 능력도 아직 완전히 개화하지 않았다.

DOLL(국제입법탐정기구)에 등록된 세계 최고의 S탐정 중에는 사건이 일어나기 전에 막는 리버스추리를 구사하는 무시무시한 메타탐정도 있으나 쓰쿠모는 아직 그 영역까지 도달하지는 못했다.

메타탐정은 앞으로 어디까지 진화할 것인가? 세계(이야기) 그 자체를 해체할 위험마저 내포한 메타탐정들은 앞으로 어떤 길을 걸을 것인가……. 그것을 아는 사람은 현재로선『작자』뿐일 것이다. 참고로 지금까지 일본에서 확인된 메타탐정은 JDC에 속한 세 탐정, 즉 제1반 부반장인 쓰쿠모 주쿠를 필두로 같은 제1반의 아마기 효마, 제3반의 피라미드 미즈노뿐이다.

신통이기.『이기理氣』란 중국 송나라 시대의 유학에서 나온 말로 우주를 생성하는 이치를 의미한다. 아무것도 존재하지 않는 우주의 무한한 원시 상태『무극(태극)』에 현상인『기』가 생긴 것을 가리킨다.

메타탐정 주쿠의 수사는 추리라기보다는 깨달음에 가깝다. 사건을 접하고 필요한 데이터가 모이면 순식간

재서장 훤히 드러난 범인

에 진상을 깨닫는 것이다. 다시 말해 사건이라는 『무극』에 추리라는 『기』를 만들어내는 신(『작자』)으로 통하는 이기. 신통이기다.

이 특수능력 덕분에 주쿠의 수사법은 다른 탐정들과 전혀 다르다. 필요한 데이터가 모이기만 하면(구성plot대로 해결편에 이르면) 그 순간 주쿠는 신통이기로 진상을 깨닫는다. 주쿠에게 수사란 필요한 데이터를 수집하는 행위다.

…… 어쩌면 완성되었을 때 어떤 그림인지 모르는 직소퍼즐을 맞추는 일이라고 할 수 있다. 주쿠에게는 최소한의 필요조각이 모이면 숨겨진 「그림(답)」이 보인다.

그래서 주쿠의 활약을 추리소설화하기란 대단히 어렵다. 주쿠가 처음부터 등장하면 그 추리소설은 1페이지(범인 고발 한 줄?)로 끝나버리기 때문이다. 주쿠가 수사를 진행하면서도 해결되지 않는 사건이 존재한다면 그것은 절대로 풀리지 않는 수수께끼를 지닌 사이몬가 살인사건과 동급의 범죄일 수밖에 없다.

신범죄 원년으로 정의되는 그 참극의 해로부터 14년. 그 사이에 그 사건을 뛰어넘는 사건은 나타나지 않았다. 나락의 어둠에서 태어난 듯한 최흉의 수수께끼……. 그

JOKER

것을 내포한 사건이 마침내 완전히 부활하는 때가 도래했다. 악몽은 바로 지금 다시 반복되려 한다.

이름하여 환영성 살인사건·······.

역사적 사건을 해결하기 위해 쓰쿠모 주쿠는 바다를 건너 비상한다. 해외 출장에서 귀국한 그를 기다리는 운명은······ 과연?

■

지평선과 어깨를 나란히 한 산맥의 한 점에서 아침 해가 반짝☆ 고개를 내밀었다. 처음에는 아주 작은 빛의 점에 불과했지만, 어둠을 찢는 칼날이 방사형으로 퍼지면서 이윽고 동쪽 하늘 전체가 밝아졌다······. 하늘은 남색에서 파란색을 거쳐 청량한 물색으로 물들었다.

10월 31일은 쾌청했다.

교토부 교토시. JDC 본부 빌딩의 넓은 옥상에 홀로 서서 시가를 피우는 총재 아지로 소지.

- 아침 해가 이렇게 눈부셨던가?

신성한 빛의 샤워를 온몸으로 받으니 찬란하고도 성스러운 시간을 만끽할 수 있었다. 겨울날 이른 아침의 마른 바람과 아직은 약한 햇빛의 밸런스가 알맞게 느껴졌다.

차분한 무아의 경지에서 아지로는 지금에 이르기까지

재서장 훤히 드러난 범인

의 여로를, 탐정 인생의 추억을 돌이켜보았다.

할아버지 소진과 함께였던 사립탐정 시절, 기리기리스 다로와 만난 신옥문도 살인사건에서 악전고투했던 나날, 소진의 파트너인 시라누이 젠조를 사사하여 집중고의 추리법을 완성하고 JDC를 창설한 시절……. 사이몬가 살인사건에서 처음으로 고배를 마실 위기에 놓였을 때, 사이몬 주쿠의 도움을 받아 새로운 탐정 인생을 걷기 시작한 것…….

범죄혁명이라고까지 하는 전설의 사건 이래로 흉악범죄는 진화의 계단을 오르며 신범죄시대의 문을 열었다. 사건수사를 통해 아지로도 백지상태로 돌아가 제로에서부터 다시 시작할 수 있었다. 덕분에 여태까지 계속 방심하지 않고 끊임없이 간절한 마음가짐으로 범죄와 맞설 수 있었다.

14년간, 아지로는 JDC에 흔들림 없는 초석을 세워 단단한 조직으로 만들었다. 처음 만났을 때는 6세 신동이었던 주쿠는 양부 쓰쿠모 란마의 성을 물려받고 쓰쿠모 주쿠가 되어 천재성을 연마하면서 20세를 맞이하는 현재, 일본 굴지의 메타탐정이 되었다.

자신이 걸어온 길을 생각하니 옛날이 그리웠다. 조직을 고려할 필요 없이 한 명의 사립탐정으로서 순수하게

JOKER

수수께끼와 마주할 수 있었던 젊은 시절이…….

 탐정으로 성공하면서 아지로는 중요한 것을 잃었다. 초대형 스타, 초대형 탐정으로 칭송받게 되면서 『아지로 소지』는 실체 없이 텅 빈 존재가 되고 말았다. 하나의 브랜드가 되고 말았다.

 손에 넣기 전까지는 간절히 원하던 것도 실제로 손에 넣으면 그리 대단치도 않다는 것은 세상의 진리다.

 시야가 좁았던 사립탐정 시절, 아지로는 일본의 흉악 범죄와 격투하기를 꿈꿨다. 하지만 전화탐정 업무로 정보의 홍수에서 헤엄치고 밤낮으로 수십, 수백 건의 사건을 다루다 보면 자신이 있는 곳이 어딘지 분간이 안 된다. 사건을 하나하나 꼼꼼하게 다루고 싶은 마음이 간절하다.

 사회의 구석구석까지 뻗친 정보라는 마물은 그것을 조종하는 아지로마저도 때로는 공포를 느낄 만큼 기분 나쁜 생물이다. 정보는 세계를 지배한다. 커뮤니케이션은 컴퓨터. 개인이 없는 무기질적인 세계……. 앞으로는 정보가 인류의 미래를 크게 좌우할 것이다. 사람들 사이의 소문도 패닉의 원천이 될 것이다. 정보를 잘 쓰면 세계를 대혼란에 빠뜨릴 수 있을 것이다. 그 점을 아주 잘 알기 때문에 아지로는 무서웠다. 인류의 진화 단계에

재서장 훤히 드러난 범인

기다리고 있을지 모르는 나락의 깊은 어둠이…….

아지로의 불안은 그로부터 고작 3년 후에 실현된다. 『빌리언 킬러(10억 명을 죽이는 자)』를 자칭하는 범인이 인터넷 정보를 교묘히 다뤄 지구 전체를 절망의 색으로 물들인다. 전세계를 무대로 펼쳐지는 단 한 번의 세기말 최악의 범죄, 인류의 총결산, 약육강식의 장렬한 서바이벌 게임. 범죄올림픽 사건은 조금 나중의 이야기다.

- 잃어버린 나를 되찾기 위해서가 아니야. 어차피 사람은 계속 변하잖아. 옛날로 돌아가고 싶은 건 아니야.

그럼에도 불구하고 14년의 세월을 넘어 부활한 절대 풀리지 않는 수수께끼, 환영성 살인사건은 아지로를 끌어당겼다.

이제 아지로는 그 시절의 미숙한 탐정이 아니다. 여태까지 쌓은 경험과 실적이 불혹의 자신감을 키웠다. JDC 총재라는 간판을 짊어진 초대형 탐정은 흉악범죄를 박멸하는 사명을 가졌다. 사이몬가 살인사건이 신범죄시대의 문을 연 것처럼 환영성 살인사건으로 범죄가 진화하는 것은 막아야 한다.

- 이제 범죄혁명이 일어나게 두지 않겠어.

그렇게 자신을 다그치며 아지로는 길어진 담뱃재를 털었다. …… 그때 갑자기 뒤에서 인기척을 느낀 그는

JOKER

뒤를 돌아보았다. 쓰쿠모 주쿠가 그곳에 서 있었다.

"많이 기다리셨지요, 아지로 씨."

선글라스를 쓴 아름다운 탐정의 장발이 바람에 화려하게 휘날렸다. 주쿠는 패션모델처럼 부자연스러운 움직임이 아니라 자연스럽고도 한없이 우아한 발걸음으로 아지로에게 다가갔다. 옥상에서 마주한 두 사람.

"수고했다, 쓰쿠모. …… 오래 기다렸어. 이제 나는 부담 없이 환영성으로 갈 수 있겠군. 전화탐정 일 잘 부탁한다."

"아지로 씨…… 그 일 말인데, 환영성에는 제가 갈 수 없나요?"

아지로는 놀라서 나이 어린 친구를 보았다. 주쿠가 그런 부탁을 하는 것은 처음이었다.

"그건…… 왜지?"

주쿠는 가볍게 고개를 숙이고는 미안한 듯 말했다.

"전 비행기 안에서 『화몰』을 읽었습니다. …… 그리고 진상을 깨닫고 말았어요. 환영성 살인사건의 1000년에 걸친 동기를. 그 사건은 어떤 의미에서는 사이먼가 살인사건 이상으로 섬세하다고 봅니다. 세계가 붕괴하기 전에 저는 그 참극의 막을 내리고 싶습니다."

아지로는 잠시 말없이 시가를 피웠다. 두 사람 사이에

재서장 훤히 드러난 범인

긴장감이 흘렀다. 마침내…… JDC 총재는 주쿠의 어깨를 두드리고 아래층으로 통하는 계단으로 걸어가기 시작했다.

"아지로 씨?"

주쿠에게 등을 돌린 채, 아지로는 멈춰서 대답했다.

"나는 계속 미련을 느꼈어. 환영성 살인사건이 의미하는 바가 뭔지 알고 싶었지. 아들이 죽어서인지도 몰라. 할아버지를 잃은 옛 사건 때와 똑같아. 나 자신에게 변명해서 JDC 총재의 지위를 버리고 그 사건을 해결하는 것만 생각했어. 미련은 아무것도 낳지 않는데도……."

아지로는 거기까지 말하고는 뒤를 돌아보았다. 표정에 미련은 없었다. 후련한 미소가 있었다.

"쓰쿠모……. 다시 한번…… 네 신세를 져야겠다. 절대로 풀리지 않는 수수께끼에 막을 내려줘. 아들(그 녀석)을 위해서라도."

"감사합니다. 항상 폐만 끼치는군요."

"무슨 소리야, 섭섭하게. …… 얼른 가. 오늘 밤에는 최고의 와인 general de gaulle을 준비해두지. 축배를 들자고. 네가 말하는 1000년의 수수께끼에 매듭을 짓고."

아지로는 주쿠에게 손을 흔들고 옥상을 떠났다.

넓은 공간에 홀로 남겨진 주쿠는 천공을 올려다보며

JOKER

환영성 살인사건의 범인을 생각했다…….

모든 막이 내려갈 시간이 다가온다……. .

범인은 한정된 『등장인물』 중 한 사람. 「당신」은 이미 답을 알아냈을까?

최종장 육몽 후 종막

왔다가 떠나기만 하면 무슨 보람이 있는가?
이 생명의 끝은 대체 어디 있는가?
죄도 없이 윤회의 굴레에 갇혀
몸을 태워 재가 되는 연기는 어디 있는가?

87 환영성 살인사건 종막

 또 3명의 추리소설가가 살해당했다는 소식을 들은 사건 관계자들의 반응은 제각각이었다. 생기를 상실한 표정으로 허공을 바라보는 사람, 말을 잃고 멍하니 서 있는 사람……. 처음에는 10명이었던 『간사이 본격 모임』 멤버 중 홀로 남은 호시노 다에는 슬퍼해야 하는지 분노해야 하는지조차 알지 못한 채, 인형처럼 기운 빠진 모습으로 말을 꺼내지도 움직이지도 못했다. 희로애락의 감정 기복은 그녀의 내면에서 붕괴했다. 폐인으로 변한 그녀가 회복하려면 상당한 시간이 필요할 듯했다.

 정몽正夢, 악몽愕夢, 사몽思夢, 오몽寤夢, 희몽喜夢, 구몽懼夢…….

 마치 육몽 속에서 방황한 듯한 전대미문의 일주일이었다. 다양한 이야기를 낳은 환영성 살인사건. 위대한 사기꾼이 연출한 살육의 일주일도 마침내 종막의 때가 오려 한다.

 곧 모든 것이 끝난다.

 모든 것이……

 종막the end.

최종장 육몽 후 종막

■

1	미즈노 가즈마	교살	
2	히이라기 쓰카사	압살	
3	히라이 하나	참살	
4	히라이 레이	참살	
5	히류 쇼코	감전사	★완전밀실
6	사카키 이치로	사살	
7	사토 이치로	사살	
8	료쇼 다쿠지	참살	★눈&얼음밀실
9	후몬지 고세이	참살	★눈&갑주밀실
10	아오이 겐타로	익사	★물 밀실
11	아지로 소야	독살	
12	기리기리스 다로	독살	
13	니지카와 메구미	타박사	★순수 밀실
14	니지카와 료	자살?	
15	미야마 가오루	자살?	★궁극밀실
16	다쿠쇼인 류스이	사살	

JOKER

■

사건 일주일째(마지막 날), 10월 31일.

기리카 마이는 묵직한 공기가 흐르는 식당에서 아침식사를 마치고 천천히 일어났다. 옆자리에서 그 모습을 지켜보던 류구 조노스케와 쓰쿠모 네무에게 가볍게 인사하고 마이는 식당에서 만난 사건 관계자 전원에게 머리를 숙이고 진정한 해답을 발표하겠다는 뜻을 전했다.

…… 엊그제 밤, 가짜 해답을 내놓은 작가 탐정 니지카와 료도 이제 이 세상 사람이 아니다. 그리고 지금 진짜 명탐정들의 최종해답이 발표되려 한다.

심해의 고요함을 연상케 하는 농밀한 공기가 자리를 지배했다. 다들 잠자코 탐정을 주목했다. 제각기 이 사건을 대하는 마음을 청산하기 위해서라도 진상을 놓치지 않으려는 듯했다.

"류구 씨가 예술가artist의 정체를 밝히기 전에 남겨진 밀실 수수께끼를 먼저 해명하겠습니다. …… 사실 저희는 이미 밀실 트릭을 간파한 상태입니다. 다만 트릭 실행에 난점이 있어서 공표를 미뤘습니다만……. 순수한 소거추리를 토대로 다른 가능성이 부정되었으므로 이 자리를 빌려 진상을 발표하고자 합니다. 류구 씨 추리의

최종장 육몽 후 종막

막간극이라고 생각하시고 가볍게 들어주세요."

마이의 실없는 농담에 조노스케가 날카롭게 반응했다.

"막간극은 아니지. 밀실 수수께끼도 중요한 문제야. 환영성 살인사건의 막을 완전히 내리기 위해서도 의문점을 남김없이 해결해야 하잖아."

"…… 그래. 그럼 먼저 눈 밀실 문제부터."

사건 사흘째. 료쇼 다쿠지와 후몬지 고세이는 함께 목을 베여 살해당했다. 두 사람의 목과 몸통이 발견된 장소는 다음과 같다.

료쇼 다쿠지 (목)주방 냉동고/(몸통)온실
후몬지 고세이 (목)『무구의 방』/(몸통)『암실』

목과 몸통이 발견된 현장 네 곳에는 혈흔이 별로 없었다. 그래서 수사진은 범행 현장이 다른 장소라고 생각했으며 중정의 『빛의 무대』에서 엄청난 혈흔을 발견했다.

료쇼&후몬지의 사망 추정 시각(직접적인 사인은 목을 베인 것이므로 목 절단 추정 시각)은 오전 5시 전후다. 그런데 기상청의 관측 결과에 따르면 오시다시(교토부 북부)에는 약 2시간 전에 눈이 그쳤다. …… 눈으로 완전히 덮여 있던 중정에는 발자국이 전혀 없었다. 그리고

JOKER

혈흔이 있던 곳은 『빛의 무대』 돌바닥뿐.

예술가artist는 어떻게 발자국을 남기지 않고 두 사람을 『빛의 무대』까지 옮겼는가? 그리고 어떻게 목을 절단한 후 피를 한 방울도 흘리지 않고 목과 몸통을 옮겼으며 어떻게 발자국을 남기지 않고 성으로 돌아왔는가?

식당에 있는 사건 관계자는 수십 명. 마이는 일어나 있는 본인에게 주의가 집중된 것을 보고 수업을 진행하는 선생님의 심경을 느꼈다.

한 템포 쉬어서 모두가 눈 밀실 상황을 머릿속으로 회상하는 시간을 확보한 후 마이는 해설을 재개했다.

"『빛의 무대』의 눈 밀실은 사실 단순했어요. 어째서 예술가artist는 그렇게 해야 했을까요. 범인의 행동에서 이유를 찾아보면 답은 저절로 나옵니다. …… 중정에서 두 피해자를 살해하고 성으로 시체를 옮겼을 텐데 왜 눈 위에는 피가 한 방울도 없었는가. 그리고 어째서 범행 현장은 『빛의 무대』여야 했는가?"

침묵. 다들 머리를 굴렸다.

모두가 답을 내기를 기다릴 수는 없으므로 마이는 적당한 타이밍에 기다리는 시간을 끝내고 시원하게 답을 발표했다. 해결편은 이제 막 시작되었다. 초반에는 빠르게 진행할 생각이었다.

최종장 육몽 후 종막

"역전의 발상이죠. 통상적인 사고를 180도 전환하면 답은 명백합니다. 다시 말해 『빛의 무대』는 범행 현장이 아니었다는 거죠."

"아니, 그런데 기리카 씨. 분명히 혈흔이 거기 있었잖아요."

이의를 제기하는 구로야 다카시. 마이는 근육질 형사에게 가볍게 고개를 끄덕이고는 계속 설명했다.

"거기서 또 하나의 실마리가 필요합니다. 『빛의 무대』의 혈흔에서 항응고제가 검출되었다는 사실이 밝혀졌죠. 어째서 범인은 혈액에 항응고제를 섞었을까요? 그 이유를 생각하면 해답은 일목요연합니다. 피가 응고되는 것을 막기 위해. 여기서 실마리가 전부 연결되어서 예술가 artist가 피를 얼린 다음 성에서 『빛의 무대』로 던졌다는 것을 알 수 있습니다.

아마 나스키 씨가 얼음 그릇을 만드는 데 썼을 『거푸집』을 이용했겠죠. 피를 얼릴 때 항응고제를 넣은 이유는 『빛의 무대』에서 피가 녹는 중에 굳는 것을 막기 위해서입니다. 마무리로 피 묻은 쇠도끼를 던져두면 허구의 범행 현장이 완성되죠. …… 진짜 범행 현장은 앞으로 성을 더 샅샅이 조사하면 알아낼 수도 있고 영영 모를 수도 있습니다. 사실 그건 그리 중요한 문제가 아니죠.

JOKER

중요한 건 눈 밀실은 사실 선입견이 만들어낸 환상의 산물이라는 겁니다."

"기리카 씨, 좀 이상하지 않습니까? 『빛의 무대』 주변의 눈이 녹지 않았는데 피만 녹는다는 건……."

데쓰코가 곧장 지적하자 마이는 경부에게 윙크를 날리고 밝은 목소리로 의문에 답했다.

"좋은 질문이에요, 아유카와 씨. 그렇죠. 그게 바로 위장 범행 현장으로 『빛의 무대』가 선택된 이유입니다. 『화몰』에도 쓰인 중요한 실마리를 떠올려보세요, 여러분. 이른 아침과 저녁에 한 번씩 동서남북의 탑 조각상이 반사하는 햇빛이 모이는 위치, 그것이 『빛의 무대』입니다. 예술가artist는 피를 녹이기 위해 그곳을 살해무대로 삼은 겁니다."

오오! 감탄의 한숨에 이어 박수의 파도가 마이를 감쌌다. 순순히 감탄하는 청중 중 단 한 사람, 데쓰코만은 마이의 추리에 께름칙함을 느꼈다. 그러나 왜인지는 정확히 알 수 없어서 일단 손뼉을 치고 가만히 듣기로 했다.

밀실 첫 번째 문제 해결. 이어서 밀실 두 번째 문제…….

"이어서 아오이 씨가 살해당한 물 밀실 수수께끼입니다."

최종장 육몽 후 종막

사건 나흘째. 『물 밀실』에 채워진 물속에서 아오이는 천장에 매달린 채 익사했다. 그 인상적인 밀실 살인은 환영성 살인사건 전체를 통틀어 상당히 충격적인 사건이었다. 조노스케가 문을 연 순간에 문 전면에서 흘러나온 대량의 물……. 예술가artist는 어떤 마술을 써서 밀폐된 방 안에 물을 채웠는가?

수사진과 사건 관계자는 너무나도 비현실적인 밀실에 두 손 두 발 다 들고 논리적인 사고로 추리를 시도하는 것을 반쯤 포기했으나 JDC팀 탐정들은 의외로 물 밀실의 수수께끼를 일찌감치 간파한 모양이다.

수수께끼를 풀었으면서도 공표하지 않은(할 수 없었던?) 것은 따로 이유가 있으리라.

"『밀실의 방』물 밀실도 생각해볼 만한 것을 순서대로 소거하면 저절로 답이 밝혀지더군요."

그때 마이는 나스키 주방장을 흘긋 보았다. 나스키는 저도 모르게 흠칫 몸을 뺐다. 마이는 주방장의 반응이 우스웠는지 쓰게 웃으면서 시선을 돌리고 추리를 전개했다.

"문을 연 채로 실내에 물을 넣으면 물은 곧바로 흘러나옵니다. 그런데 문을 닫으면 실내에 물을 절대로 넣을 수 없죠. 그렇다면 문을 연 채로 실내에 물을 채우려면

JOKER

어떻게 해야 할까요?

 거기까지 생각이 도달하면 답이 보일 겁니다. 다시 말해 문 안쪽에 칸막이를 세워두면 됩니다. 방을 즉석 벽으로 구획하면 실외에서 실내로 칸막이 위에서 물을 부어 넣을 수 있습니다. 물은 양동이에 넣든지 해서 칸막이를 만들기 전에 『밀실의 방』에 옮겨뒀겠죠."

 그때 사도 구토가 손을 들고 소박한 의문을 제기했다.

 "그러면 그 벽은 어떡하죠? 기리카 씨. 시체가 발견됐을 때는 그런 벽이 없었잖아요. 『밀실의 방』 문을 닫기 전에 칸막이를 제거해야 할 텐데, 그러면 문을 닫기 전에 물이 터져 나오지 않습니까?"

 "맞아, 사도. 거기서 여러분이 생각해보셔야 하는 건 작은 얼음 밀실에 들어가 있던 료쇼 경부의 목입니다."

 주방 냉동고에서 발견된 료쇼 다쿠지 수사반장의 머리는 투명한 얼음 상자에 들어가 있었다. 밀실까지는 아닐 수 있으나 얼음 상자에는 뚜껑이 없었다. 어떻게 머리를 상자 안에 넣었느냐 하는 작은 수수께끼가 있었다.

 그 수수께끼는 단순했다. 수사진은 상자가 환영성 주방에서 사용하는 직육면체 얼음막대를 조립한 것임을 금방 간파했다.

 마이도 잠시 텀을 두고 료쇼의 최후 모습을 회상하면서

최종장 육몽 후 종막

설명했다.

"얼음상자는 얼음막대를 조립해서 만들어진 것이었습니다. 그것과 원리는 같아요. 예술가artist는 작은 직육면체 얼음막대를 여러 개 쌓아서 실내에 얼음 칸막이를 만든 것입니다. …… 시간이 지나면 얼음은 녹아버립니다. 증거는 남지 않습니다."

웅성거림은 급속도로 확산했다. 마술magic과 마찬가지로 설명을 듣고 나면 대단치도 않은 밀실 트릭이다. 하지만 이것은 모두 엔터테인먼트의 공통적인 방법론으로 연출만 잘하면 경악(에 따른 감동)을 극한까지 일으킬 수 있다. …… 실제로 JDC 탐정을 제외한 사람들은 그 진상에 다다르지 못했다.

추리소설의 『독자』 중에는 진상을 막연하게 예감했을 뿐이면서 본인이 트릭을 간파했다! 고 어수룩하게 착각하는 분들이 많이 계시는데 식당에 모인 청중들도 비슷했다.

탐정의 추리를 듣는 사람 중에는 자기가 생각했던 진상이 맞았다면서 주제도 모르고 우쭐해진 사람들도 몇몇 있었다.

어쩐지 그렇다고 예감한 것과 분명하게 아는 것 사이에는 백만 광년 이상의 거리가 있음을 그들은 모를 것이다.

JOKER

그것도 모르고 자기 능력을 과신하는 것은 무지를 넘어 죄악에 가깝다. …… 범인과 『작자』에게 실례다.

마이는 청중의 흥분이 가라앉기를 기다리다가 마지막으로 약간의 보충 설명을 했다.

"다만 이 추리에도 문제점이 있습니다. 물 밀실이 발견되었을 때 물속에 얼음은 전혀 없었습니다. 과연 칸막이를 만들 정도로 많은 얼음이 한정된 시간에 완전히 녹을 수 있는가? …… 어쩌면 이 밀실에 다른 해석이 존재할 수도 있겠지만 해답과 직결되는 문제는 아니니 양해해주시기 바랍니다.

이것으로 남은 밀실은 세 개. 『무구의 방』 갑주 밀실과 니지카와 부녀의 밀실입니다. 이 밀실 트릭은 사건의 해결과 밀접한 관계가 있다고 하니 류구 씨에게 맡기고자 합니다."

마이가 고개를 숙이고 자리에 앉았다. 큰 박수가 탐정을 칭송했다. 마이가 옆에 앉은 검은 옷의 탐정에게 눈짓하자 그는 고개를 끄덕이고 조용히 일어났다.

파도가 빠져나가듯 박수 소리가 잦아들었다……. 이윽고 식당에 침묵이 돌아왔다.

사람들은 조노스케가 요 며칠간 몰라볼 만큼 듬직해졌다고 생각했다. 어쩌면 모두가 그를 수사진의 리더라고

최종장 육몽 후 종막

인식했기 때문인지도 모른다. 오늘 조노스케는 전에 없이 진중한 표정을 짓고 있었다. 믿음직스러웠다.

평소의 (웃음)이 느껴지는 표정은 없었다. 진지하게 수수께끼에 맞서겠다는 열정이 보이는 얼굴이었다.

환영성 살인사건의 막을 내리는 사람은 검은 옷의 추리 귀공자 류구 조노스케다.

■

조노스케는 펠트 모자를 벗어 고개를 숙인 다음 모두를 둘러보았다. 환영성에 도착했을 당시의 여유로운 표정은 전혀 없었다. 반드시 수수께끼를 풀겠다는 절박한 심정이 역력했다.

"기리카 양의 말씀처럼 남은 밀실은 세 개입니다. 먼저 갑주 밀실로 말할 것 같으면, 사실 이 밀실의 수수께끼는 아직 풀리지 않았습니다."

의외라는 듯한 안타까운 탄식이 몇 번 들렸다.

"대단히 죄송합니다. 언젠가 반드시 해명해야겠지만 그 갑주 밀실은 단순하면서도 궁극의 완벽함을 갖춘 것이라 현시점에서는 단념해야 하는 이번 사건 최대의 난제라고 할 수 있습니다. 다행해 예술가artist를 도출하는 것과는 관계가 없으므로 그대로 이야기를 진행하고자 합니다."

JOKER

후몬지의 목이 숨겨져 있던 갑주 밀실. 심플하지만 확실히 공략이 어렵다. 조노스케마저도 공략할 수 없는 난공불락의 수수께끼가 해명되는 때가 과연 올 것인가?

"니지카와 메구미 양과 니지카와 료 씨 부녀. ……이 두 개의 밀실은 진상과 직결되므로 범인을 고발하고 나서 트릭을 설명하겠습니다. 먼저 예술가artist의 정체부터 발표하고자 합니다."

조노스케의 한 마디로 갑주 밀실의 수수께끼가 풀리지 않았다는 실망감도 불식되었다. 실내의 긴장감은 단숨에 치솟았다.

예술가artist의 정체가 드디어 밝혀진다. 관계자 전원(범인을 제외)이 기다려마지않던 순간이 마침내 찾아온다…….

"키 포인트는 『여덟 개의 제물』이라는 말이었습니다."

조노스케는 뜸 들이지 않고 천천히 말하기 시작했다.

- 성스러운 잠에 들기 전, 나는 여덟 개의 제물을 원한다.

사건 초반에는 이 말의 해석이 중요했다. 하지만 시체의 수가 9, 10, 11구…… 점점 늘어나면서 관계자들의 머릿속에서 잊힌 상태였다.

최종장 육몽 후 종막

환영성 살인사건에서는 14명과 2마리가 살해당했다. 8이라는 숫자는 없다.

"어젯밤에 『화몰』을 다시 읽는 와중에 류구는 그동안 알아채지 못했던 한 가지 가능성을 마침내 깨달았습니다. 『화몰』을 가진 분은 원고를 살펴봐 주시기 바랍니다."

조노스케는 탁상에 놓인 『화몰』에서 문제의 부분을 찾아 모두에게 보여주었다. 복사 원고를 가진 사람들은 그 페이지를 펼치고 주변 사람들은 그들의 손에 있는 것을 들여다보았다.

"이 부분은 류구가 다쿠쇼인 씨에게 말씀드린 이야기를 토대로 쓰인 것인데, 『46 심야의 명탐정』 부분입니다……. 여기서 류구는 『여덟 개의 제물』에서 네 가지 해석을 도출했습니다(『46 심야의 명탐정』 참조).

주목할 것은 여기의 해석 ①입니다.

해석① 『여덟 개의 제물』은 여덟 명의 추리소설가를 가리킨다.

진상은 바로 이것이었습니다. 그래요……. 주요 살해 표적은 『간사이 본격 모임』 소속 여덟 명의 작가였습니다."

"그럴 수가…… 조노스케 씨!"

네무가 깜짝 놀라 곧장 소리를 질렀다. 그녀뿐만이 아니다. 마이도, 다른 사람들도 의외라는 표정을 짓고 있었다.

주요살해가 여덟 명의 작가뿐이라면 나머지 여섯은 부수살해?

"류구도 처음에는 완전히 부정하던 추리였습니다만…… 지금은 이것이 바로 진상이라고 확신합니다."

"류구 씨. 증거는 있어?"

마이가 날카롭게 따졌다. 조노스케는 살짝 고개를 끄덕이고 충격적인 사실을 발표했다.

"작가 여덟 명의 죽음의 풍경 여덟 건을 잘 떠올려보면 기리카 양도 알 거야. 그건 그렇고 어젯밤 시점에는 다섯 건이었는데 여덟 건의 살인을 다시 살펴보고 이걸 깨달았을 때는 솔직히 놀랐어. 전율을 금할 수 없었지. 적도 보통내기가 아니야. 설마 또 하나의 우의가 존재했을 줄이야……."

차분한 경악의 목소리였다. 그러나 그 『말』은 무형의 폭탄이 되어 식당의 중심에서 폭발하고 모두의 이성을 날려버렸다.

최종장 육몽 후 종막

"또 하나의 우의?"

모두의 목소리가 겹쳤다. 조노스케는 슬픈 눈빛으로 청중을 하나하나 살펴보고는 마지막에 고개를 깊이 끄덕였다.

"그렇습니다. 우의는 『흑사관 살인사건』뿐만이 아니었어요."

■

『말』은 마물이다. 인간을 지배하는 마물이다.

조노스케가 꺼낸 『말』은 모두를 경악의 밑바닥에 떨어뜨렸다. 사람들의 몸을 보이지 않는 사슬로 동여매고 꼼짝도 못 하게 했다. 아무도 말을 할 수도, 움직일 수도 없었다. 그저 탐정의 해설이 귀에 흘러들어올 뿐이었다.

"우의라는 말은 정확한 표현이 아닐 수 있습니다. 말하자면 살해 테마. 여덟 명의 작가 살인사건은 살해 테마에 기초한 살인 예술murder art였습니다.

어째서 미즈노 씨의 입에 오렌지가 있었는가? 어째서 히이라기 씨는 『유혈의 방』에서 살해당했는가? 어째서 후몬지 씨의 목이 있어야 할 곳에 벤저민 화분이 놓였는가? 어째서 아오이 씨는 물 밀실에서 살해당했는가? 그리고⋯⋯ 오늘 아침에 어째서 미야마 씨는 『얼음 늪』에서 죽었는가? 어째서 다쿠쇼인 씨는 경덕귀 조각상에

JOKER

가슴을 찔렸는가?"

???????

아직 아무도 조노스케가 암시하는 답을 알아채지 못한 모양이다. 검은 옷의 탐정은 진상을 전하기 전에 더 쉬운 힌트를 꺼내기로 했다.

"어째서 아오이 씨를 물 밀실에서 살해했는가? …… 이것이 살해 테마를 암시하는 최대의 힌트입니다."

"아! 세상에…… 이렇게 간단한 걸 눈치도 못 챘다니!!"

마이가 소리쳤다. 다른 사람들은 아직 의아한 표정을 짓고 있다.

"어쩔 수 없지, 기리카 양. 모두가 『흑사관』 우의의 의외성에 주의를 빼앗겨서 그 이면의 진짜 살해 테마까지 알아채지 못했으니까."

"류구 씨, 살해 테마는 색상이었던 거지?"

역시 마이의 추리력은 날카롭다. 그녀의 정확성을 믿음직하게 여기며 조노스케는 만족스럽게 고개를 끄덕였다.

"맞아. 중요한 건 오브제가 아니라 컬러였어. 아오이葵 씨가 살해당한 시점에 우리는 깨달았어야 했어. 그 파란[43] 밀실을……. 히이라기 씨 사건부터 마지막의 다쿠

최종장 육몽 후 종막

쇼인 씨 사건까지 되짚어보죠. 각각의 살인에 숨겨진 색은…….

 히이라기 살인사건-----『유혈의 방』의 빨간색.
 미즈노 살인사건------ 오렌지의 주황색.
 히류 살인사건--------『심판의 방』의 노란색.
 후몬지 살인사건------ 온실과 화분의 초록색.
 아오이 살인사건------ 물 밀실의 파란색.
 미야마 살인사건(?)-----『얼음 늪』의 남색.
 다쿠쇼인 살인사건------ 자수정의 보라색."

모두가 경악하며 눈을 번쩍 떴다. 하지만 조노스케의 표정에 의기양양한 기색은 없었다. 그보다 지금까지 진상을 알아채지 못했다는 패배감이 짙게 드리워져 있었다.

"탁월하지 않습니까. 설마『흑사관 살인사건』의 그림자에 이런 살해 테마가 숨겨져 있을 줄은…….『유혈의 방』, 오렌지,『심판의 방』, 온실과 벤저민, 밀실의 물,『얼음 늪』의 남색 카펫. 거기에 경덕귀의 자수정. 빨, 주, 노, 초, 파, 남 보."

---

43) '파랗다'는 일본어로 아오이青い다.

JOKER

"살해 테마는 무지개를 구성하는 색이었군요?"
"맞습니다. 그래서 이 악마적으로 교활한 살인예술 murder art이 바로 예술가artist의 사인이었던 겁니다. 예술가artist, 『니지虹[44]』카와 료 씨의……."

[44) 니지にじ는 일본어로 '무지개'를 뜻한다.

최종장 육몽 후 종막

88 예술가artist의 성스러운 잠

"…… 그럼 류구 씨. 역시 자살한 니지카와가 범인이었던 거요?"

히라이 다로가 조노스케에게 마지막으로 확인받으려 했다. 어떤 의미로 이 사건 최대의 피해자라고 할 수 있는 환영성 주인의 눈동자에는 격렬한 분노의 빛이 보였다. 마경이 된 료칸, 무엇보다도 하나와 레이를 잃은 것에 대한 분노.「씨」라는 호칭을 떼고 니지카와를 그냥 부르는 점에서 그의 강한 분노가 드러나 있었다.

조노스케가 말없이 고개를 끄덕이자 이번에는 아리마 미유키가 청중을 대표하여 질문했다.

"그런데 류구 씨,『여덟 개의 제물』이라는 말은 어떻게 된 거죠? 니지카와를 제외하면 표적은 일곱 명이잖아요. 게다가 예술가artist가 위장 자살로 우의를 표현한다고 보기는 어려운데, 미야마 씨는 역시 자살한 게 아닌가요?"

"아마도…… 미야마 씨는 특정한 계기로 어젯밤에 니지카와의 범행을 깨달았을 겁니다. 그래서 그, 아니, 실례. 그녀는 예술가artist, 니지카와의 우의에 맞춰『얼음 늪』에서 목을 맸다고 봅니다. 단순한 자살이면 굳이 『얼음 늪』일 필요는 없을 테니 장소는 분명한 그녀의 메시지입니다. 우연치고는 너무 완벽해요. 무지개색이라는 살해 테마를 간파했기 때문에 미야마 양은 『얼음 늪』에서 스스로 목숨을 끊었습니다. 이 환영성에서 남색 하면 맨 먼저 떠오르는 것이 『얼음 늪』의 그 인상적인 카펫이죠."

지금 생각해보면 니지카와 료의 시체를 발견한 후에 조노스케가 곧바로 『얼음 늪』으로 가자고 제안한 것도 겨우 수긍이 갔다. 탐정은 다음으로 남색이 쓰이리라는 것을 알고 있었다. …… 말하자면 그런 것이다.

큰 타격을 입은 모두를 위해 조노스케는 더 정중하게 해설했다.

"『나는 이제 견딜 수 없다』라는 유서는 경애하는 니지카와 료가 살인이라는 무거운 죄를 거듭 저지른 것을 견딜 수 없다는 의미일지도 모릅니다. 자기 목숨을 희생해서까지 그녀는 니지카와의 범행을 막으려 했죠. 단언은 못 하더라도 그렇게까지 고민한 걸 보아 두 사람은 연인 관계였다는 생각이 듭니다. 미야마 양은 니지카와를 사랑했고, 그래서 몸을 바쳐서까지 그의 만행을 막으려고 했다고도 생각할 수 있습니다.

최종장 육몽 후 종막

『여덟 개의 제물』…… 이 말에서 추측건대 니지카와의 표적에는 자기 자신도 포함되었을 겁니다. 동기는 알 수 없으나 니지카와는 자살이라는 수단으로 자신을 심판하여 성스러운 잠에 든 겁니다."

『성스러운 잠』. 예술가artist 니지카와 료의 자살은 아마도 그 살인예고 때부터 정해진 일이다. 사건의 마지막에 살인의 죄업을 짊어진 자신을 심판하는 것. 그것이 바로 화려한 몰락을 위한 신성한 행위였는지도 모른다.

"하지만 그 추리에는 치명적인 모순이 있지 않나요? 어젯밤 니지카와는 자기 방에서 한 발짝도 나가지 않았어요. 미야마 씨는 둘째치고 다쿠쇼인 씨는 어떻게 죽인 거죠?"

데쓰코가 조노스케가 설명한 추리의 최대 문제점을 지적했다. 니지카와는 어젯밤 경찰에게 전방위로 포위당한 밀실 안에 갇혀 있었다.

사건 후에 현장이 밀실임을 확인한 케이스는 얼마든지 밀실 트릭을 만들 수 있다. 하지만…… 니지카와의 방은 실시간으로 감시되던 상황이었다. 이때는 밀실 출입 방법만이 문제가 아니다. 밀실 바깥에도 수사진의 벽(인간 밀실)이 있었다. 범인은 그들의 눈을 어떻게 피했는가?

어떤 의미로는 갑주 밀실보다 불가사의하다……. 이

JOKER

이상의 난제는 없다는 생각까지 든다. 그야말로 궁극의 밀실이다.

하지만 조노스케는 꿈쩍도 하지 않았다. 어디까지나 담담했다. 그는 조용히, 엄숙히, 밀실의 비밀을 추리했다.

"그 방은 궁극의 밀실이긴 합니다. 그런데 니지카와가 범인이라면 생각해볼 가능성이 딱 하나 있습니다……."

엄숙한 침묵. 궁극의 밀실을 붕괴시킬 조노스케의 말에 모두가 주목했다.

"니지카와는, 문으로 당당하게 출입한 겁니다."

"뭐라고?"

"그건 말도 안 돼!"

마이와 구로야가 무심코 큰 소리로 반응했다. 식당은 당혹의 난기류에 그대로 휩쓸렸다.

"중정 창문으로 나갔다면 이렇게는 안 됐겠죠. 하지만 그는 문을 통해 당당히 출입했습니다. 아유카와 양, 여러분은 니지카와가 방에서 몰래 나올 거라고 예상했을 겁니다. 게다가 의식은 대낮만큼 또렷하지 않았죠. 니지카와가 너무나도 자연스럽게 움직였기 때문에 오히려 여러분께선 놓친 겁니다. 꿈이라고 생각했을지도 모릅니다."

그때까지 감정 없는 표정으로 해설을 흘려듣던 호시노

최종장 육몽 후 종막

다에가 아무에게도 들리지 않을 만큼 작은 목소리로 이렇게 중얼거렸다.

"……차트릭……."

기존의 상식을 비웃는 통렬한 역설의 트릭을 양산한 것으로 알려진 G.K. 체스터턴이라는 유명한 작가가 있다. 『간사이 본격 모임』에서는 그가 브라운 신부 시리즈에서 고안한 트릭을 『차[45]트릭』이라고 불렀다.

독서가인 다에는 조노스케의 추리가 브라운 신부의 모 단편과 아주 비슷하다는 것을 알아챈 모양이다. 엘러리 퀸도 사용하는 인간의 맹점을 찌르는 심리 트릭을…….

추리소설에서나 가능한 기발한 트릭이 현실 공간에 재현되었다. 아무도 입 밖으로 말을 내지 못하고 형언할 수 없는 경악을 맛보고 있다. 데쓰코는 동요하는 사람들 사이에서 가까스로 확인의 의미로 질문할 수 있었다.

"그렇게 많은 사람이 잠복한 상태였는데. 류구 씨, 그게 진실입니까?"

"그렇습니다. 잘 생각해보세요. 니지카와는 우의의 일부이며 사건의 중요한 부품입니다. 만약 그가 범인이 아니라면 살해당한 게 되겠죠. …… 하지만 그 궁극의

---

[45] 일본어로 갈색을 차ちゃ라고 읽는다.

JOKER

밀실은 반대인 상황에서도 궁극이라는 점을 잊지 마세요. 범인은 그 방에 절대로 출입할 수 없었습니다. 여러분이 눈치채지 못할 리가 없죠. 따라서 예술가artist는 니지카와 료입니다."

연설이 길어진 바람에 조노스케는 탁상의 청량음료수로 목을 축이고 마지막 해설에 들어갔다.

"니지카와 메구미 양 살인사건도 니지카와가 범인이라 하면 그 방은 밀실도 뭣도 아닙니다. 니지카와는 친딸을 살해하고 아무렇지도 않게 객실을 잠근 다음, 구 세키 순사에게 경비를 부탁하고 사정 청취에 들어간 겁니다. 자기 자식을 처치한 이유는, 아마도 이 사건의 흉흉함으로부터 해방해 주기 위해, 그리고 자신이 죽은 후에 남겨질 딸이 혼자 괴로워하는 걸 두고 보지 않기 위해서겠죠. 그리고 어제의 이중독살사건도 설명하겠습니다……."

조노스케의 표정이 괴롭게 일그러지고 말도 느려졌다. 자신의 방심 탓에 조수를 잃은 독살 사건은 그에게 환영성 살인사건에서 가장 쓰라린 경험이었다.

마지막으로 남은 컵의 수수께끼. 그때 17개의 컵 중 2개에만 독이 발려 있었다. 그런데 니지카와도 컵을 받았다. 예술가artist가 자신도 독살될 가능성이 있는 위험한

최종장 육몽 후 종막

도박을 할까? 확률이 17분의 2라고는 하지만 자신이 죽을 가능성이 아예 없지는 않다.

"예술가artist 니지카와의 지략에는 감복했습니다. 2개의 컵에 독을 바르는 것……. 그게 바로 이중독살사건의 트릭입니다."

"그건 무슨 말씀이죠?"

가만히 경청하던 다에가 타이밍 좋게 질문했다. 그녀의 눈동자는 오랜 고투에 지친 탐정을 위로하듯 촉촉해진 것 같았다. 조노스케는 힘을 나눠 받은 듯한 기분이 들어 조금 기운을 차렸다.

"1개가 아닌 2개의 컵. 그건 바로 만약 자기에게 독이 든 컵이 왔다고 해도 바로 마시지만 않으면 된다는 뜻입니다. 독이 든 컵은 또 하나 있을 테니 기다리기만 하면 누군가가 죽겠죠. 디기톡신은 속효성 독극물이니까요. …… 그렇게 되면 소동이 펼쳐지고 느긋하게 커피나 홍차를 마실 상황이 아니게 됩니다. 게다가 만약 그의 컵에서도 독이 발견되면 누구도 그가 범행을 저질렀다고 생각하지 않을 테니 혐의를 벗을 수 있을 겁니다.

자신이 독이 든 컵을 집지 않았으면 두 사람이 죽는 걸 확인하고 혐의를 받지 않기 위해 그때 음료를 마시면 되는 일입니다. 완벽하죠. 아주 치밀합니다!"

JOKER

 조노스케는 분한 듯 날카로운 목소리로 해설을 마무리했다. 청중은 예술가artist의 악마적인 교활함을 갑작스럽게 믿기는 힘든 모양이었다. 조노스케의 해설이 진실임을 받아들이려면 시간이 조금 더 필요한지도 모른다…….

 "이상이 류구가 제시하는 모든 추리입니다. 아쉽게도 갑주 밀실의 수수께끼만은 해명하지 못했습니다. 니지카와는 현행범으로 잡아서 자수를 받을 생각이었는데……. 그걸 못 해서 분합니다. 저희 수사진의 완패입니다. 사건의 주도권은 항상 적에게 있었습니다. 그래도 드디어 예술가artist의 정체가 판명되었으니 좋은 점수는 못 받았더라도 낙제점은 아니겠죠."

 마지막으로 다시 고개를 숙인 다음, 조노스케는 모자를 쓰고 자리에 앉았다. 환영성 살인사건의, 의외에 의외의 해답. 마치 앙코르를 요구하듯 한동안 식당에서 박수 소리가 울려 퍼졌다.

■

 자리에 앉은 조노스케에게 마이는 궁금한 점을 물었다.

 "류구 씨, 그런데 다쿠쇼인 씨의 방에 있던 그 암호표 같은 메모 수수께끼는 풀었어?"

최종장 육몽 후 종막

마이는 99개의 숫자가 적힌 쪽지가 계속 마음에 걸렸다. 예술가artist가 위조한 실마리라기에는 이해할 수 없는 점이 많았다. 다쿠쇼인 류스이가 특정한 의도로 남긴 중요한 메시지 아닌가? …… 그녀는 줄곧 그렇게 생각했다.

하지만 조노스케의 답은 깔끔했다.

"아니, 그건 아무 의미 없어."

"의미가 없다고? 그럴 수가……."

"이건 류구가 항상 하는 말인데, 암호 해독은 반드시 37개의 기본 패턴이 통하게 되어있어. 그 쪽지는 아무것도 해당하지 않았어. …… 기리카 양, 이건 추리소설이 아니야. 실마리는 실마리를 위한 실마리가 아니야. 우리는 항상 실마리를 취사선택해야만 해. 만약 그 쪽지에 깊은 의미가 있었다면 그건 전대미문의 암호가 될 테고, 류구는 건드릴 엄두가 안 났을 거야. 그때는 미안하다고 할 수밖에."

"그래…… 그렇구나. 게게 이 이야기의 해답이구나."

마이는 슬픈 듯 중얼거리며 눈을 감고 조용히 고개를 끄덕였다. 갑주 밀실뿐만이 아니다. 『신기루의 방』의 젖은 바닥, 떨어져 있던 두 장의 수건……. 니지카와는 어째서 류스이를 살해한 현장에 수건을 떨어뜨린 걸까?

JOKER

 아직도 미해결 수수께끼가 많다. 파고들면 파고들수록 이 사건의 어둠에는 끝이 없을 것 같다.
 마이는 로스앤젤레스로 출장 간 쓰쿠모 주쿠를 생각했다. 생명의 은인이자 살아갈 지표를 준 『구세주』 메타탐정을……
 - 만약 쓰쿠모가 여기 있었다면 그는 이 사건에 어떤 결말을 줄까.
 이뤄지지 않을 일임을 알아도 그런 생각이 들었다. 네무가 복잡한 표정을 짓는 자신을 걱정스러운 시선으로 보는 것을 깨닫고 마이는 가까스로 웃었다.
 환영성 살인사건은 막을 내렸다.
 일단은 이 정도 결말로 타협할 수밖에 없다…….
 『독자』가 받아들이지 않더라도 추리소설은 끝난다. 이야기는 『작자』가 끝내고 싶은 부분에서 강제로 막이 내려간다.

■

 무엇이 니지카와 료를 이렇게 파괴적이며 어딘지 모르게 신성한 광기로 내몰았는가? 심원한 동기가 있었는가, 아니면…… 단순한 정신착란인가? 어쩌면 환영성의 독기를 머금은 자의 슬픈 말로였는지도 모른다…….
 답은 영원히 나오지 않는다. 모든 진상은 어둠 속의

최종장 육몽 후 종막

수수께끼로 남아 언제까지나 미궁에 그림자를 남길 것이다.

하지만 우리는 절대 니지카와 료를 패륜광moral insanity이라 부르지 않을 것이다. 그도 또한 브라우닝이 말하는 운명의 아이child of destiny. 이 사건은 살아있는 한 인간의 시……임이 틀림없다.

꽃다운 시? 아니면 꽃답지 않은 시?[46]

…… 판단은 언제나 『독자』에게 달려 있다.

■

차라투스트라가 말하길……

"나도 그대처럼 몰락해야만 한다. 내가 지금 내려가고자 하는 사람들이 말하는 몰락을 이뤄야만 한다."

화려한 몰락을 위해, 예술가artist는 천공신uranos에게 여덟 개의 제물을 바쳤다.

그것은 예술가artist에게, 허무에의 제물offrande au néant.

그리고 지금……

환영성이라는 관 속에서 그는 마침내 성스러운 잠에 들었다.

---

[46] '꽃'은 일본어로 하나はな라고 읽으며 '시詩'는 시し라고 읽는다. 그리고 '이야기'는 일본어로 하나시はなし라고 읽는다.

JOKER

······CURTAIN FALL(폐막)

최종장 육몽 후 종막

89 쓰쿠모 주쿠의 신통이기(최후의 도전)

　모든 것이 끝난…… 다음 행부터 또 하나의 이야기에 막이 올랐다.

■

　류구 조노스케는 탁상의 『화몰』을 팔락팔락 넘겨 읽다가 심호흡을 한 번 하고 일어났다. 사건이 끝난 지금은 탐정이 이 환영성에 머무를 이유도 없다. 객실의 짐을 정리하고 이 료칸과 함께 있는 안 좋은 추억으로부터 얼른 도망치고 싶었다. 갑주 밀실은 나중에 재조사를 하든 자료를 검토하든 간에 어떻게든 될 것이다. 일단 조노스케는 이 저주받은 붉은 성을 떠나고 싶은 마음이 간절했다.

　사건 종막에 동반되는 정적으로 식당에도 차분한 분위기가 감돌기 시작했다.

　곧 아유카와 데쓰코 수사반장이 앞으로의 수사 방침을 설명할 것이며 사건 관계자들은 마침내 해방된다. 모든 것이 정말로 완결될 때가 코앞이다.

　아유카와 데쓰코, 사도 구토, 구로야 다카시, 아리마 미유키는 JDC의 세 탐정과 간단한 회의를 마치고 각자

JOKER

수사관계자들에게 지시를 내렸다.

식당을 이동하면서 조노스케는 잠시 다에에게 주의를 빼앗겨 마이와 부딪혔다.『화몰』원고와 함께 그가 갖고 있던 류스이의 메모가 탐정의 손에서 떨어졌다……. 펄럭~ 펄럭~ 날리며 작은 쪽지는 허공을 가르고 미끄러지듯 바닥에 떨어졌다.

…… 언제부터 거기에 있었을까?

식당 문 뒤에 서 있던 인물이 바닥 한 곳에 멈춘 쪽지를 우아하게 주웠다.

그곳에는 두 인물이 서 있었다. 한 사람은 이상적인 체구의 장발 남자. 완벽하게 단정한 얼굴에 선글라스를 쓰고 있다. 다른 사람은 선글라스를 쓴 남자보다 약간 키가 작은 젊은 청년이다. 오른손에 노트북을 든 청년은 조노스케와 눈이 마주치자 미소 지으며 고개를 숙였다.

검은 옷의 탐정은 깜짝 놀라 눈을 크게 떴다.

"쓰쿠모 씨! 게다가 히키미야 씨! 언제 환영성에 ……?"

조노스케의 목소리에 식당 전체의 시선이 입구로 쏠렸다. 대부분이 새로운『등장인물』의 출현에 놀랐다. 마이와 네무는 몹시도 기쁜 표정으로 그들에게 재빨리 다가갔다.

최종장 육몽 후 종막

날렵한 검지와 중지 사이에 쪽지를 끼우고 얼굴 앞에 내민 선글라스 탐정, 쓰쿠모 주쿠는 미美소 지었다.

"멋진 추리였습니다, 류구 씨."

듣는 이를 황홀경에 빠뜨리는 편안한 음악 같은 미성이었다. JDC 제1반 부반장 쓰쿠모 주쿠. 그의 조수이자 제2반 소속 히키미야 유야. 류구 조노스케, 기리카 마이, 쓰쿠모 네무는 너무나도 늦게 도착한 동료와 재회의 인사를 마치고 사건 관계자들에게 그들을 소개했다.

사건 해결 후에 갑자기 모습을 나타낸 두 탐정을 보고 다들 당황스러운 기색을 감추지 못했다. 히라이 씨가 사람들 사이에서 걸어 나와 엄숙한 표정으로 물었다.

"류구 씨, 이게 어떻게 된 거요? 사건은 끝나지 않았소?"

"히라이 씨. 걱정하지 마세요. 환영성 살인사건은 해결했습니다. 쓰쿠모 씨와 히키미야 씨는 수사의 마무리를 도와주려고 온 겁니다."

조노스케의 말에는 별로 설득력이 없었다. 수사를 마무리 짓기 위해 굳이 JDC 제1반 부반장이 출두하지는 않을 것이다.

탐정들의 표정은 비애의 빛이 옅어지고 희망으로 물들었다. 쓰쿠모 주쿠. 이 남자가 여기에 있는 것만으로

JOKER

자리의 분위기가 누그러지는 듯했다. 처음에는 수상하게 여겼던 사람들도 선글라스 탐정의 존재감에 압도되어 조금씩 그를 받아들였다.

아유카와 데쓰코 수사반장과 악수하고 형사들에게 인사하는 주쿠와 유야에게 마이가 밝은 목소리로 물었다.

"쓰쿠모, 히키미야. …… 그런데 언제부터 있었어? 해설에 집중하다가 온 것도 몰랐잖아."

"저희는 로스앤젤레스 사건에서 해방되고 나서 오늘 아침에 막 귀국했습니다. 환영성에는 방금 도착했어요."

얼음만이 들어간 잔을 손가락으로 튕긴 듯 맑은 음률의 목소리였다. 통계탐정으로 알려진 유야는 무스로 머리를 깔끔하게 뒤로 넘기고 몇 가닥을 이마로 내렸다.

그는 검은색에 노란색 체크무늬 스웨터를 입고 손가락이 뚫린 장갑driver glove을 끼고 있었다. 젊은 사람답게 거리에서 자주 볼 법한 유행 패션을 자기 나름대로 바꿨는데 『탐정』이라는 이미지와는 동떨어진 화려한 차림이었다.

유야에 이어서 주쿠도 형사들과 인사를 다 나누고 우아한 발걸음으로 탐정들에게 걸어갔다.

"8페이지 정도 전부터 여기 있었습니다. 류구 씨의

최종장 육몽 후 종막

추리도 아주 잘 들었어요. 그런데……."

주쿠는 일단 말을 끊고 선글라스 너머로 식당에 있는 사건 관계자들을 둘러보고는 슬픈 듯한 미성으로 의외의 사실을 말했다.

"마음을 놓으신 여러분께는 대단히 죄송하지만, 류구 씨의 추리는 아직 완벽하지 않습니다. 니치카와 씨는 예술가가 아니에요."

잇따라 경악의 목소리가 들려왔다. 『등장인물』들은 서로 얼굴을 마주하고 허를 찔린 표정으로 선글라스로 미모를 가린 탐정을 주목했다.

히라이 씨가 주쿠에게 접근하여 신중하게 물었다.

"쓰쿠모 씨라고 하셨소? 그러면 진범이 따로 있다는 말이오?"

초로의 남자가 보내는 날카로운 시선은 주쿠의 선글라스에 빨려 들어갔다. 블랙홀 같은 흡인력을 갖춘 신비로운 선글라스다. 다른 사람이 썼다면 아마 그렇게 느껴지지 않았을 것이다. 주쿠에게 감도는 신성한 분위기가 보는 이로 하여금 그런 착각에 빠뜨린다.

품격 있는 환영성의 주인과 정면으로 맞서면서도 주쿠는 미동조차 하지 않았다. 그러다가 죄송하다는 듯 아름답게 고개를 끄덕였다.

JOKER

"류구 씨가 추리 끝에 얻은 해답은 진정한 진상이 아닙니다. 그야말로 진정한 가짜 해답입니다……."

예술가artist의 시나리오를 간파한 듯했던 류구 조노스케도 결국 진정한 흑막의 손에 놀아난 피에로에 불과했다……. 그 사실은 관계자 모두를 실망의 어둠 속에 빠뜨렸다.

터무니없는 두께와 깊이를 갖춘 방어진. 예술가artist가 준비한 포진은 과거에 아무도 경험한 적 없을 만큼 두껍고 빽빽했다. 현시점에서 사람들은 환영성 살인사건은 틀림없이 역사에 불멸의 이름을 남길 대범죄임을 확신했다. 이 미증유의 사건은 얼마나 속이 깊은 걸까? 그리고 궁극적으로 『등장인물』들을 어떤 종착역에 데려다줄까?

만약 온갖 일이 복잡하게 얽혀 극단적으로 난해해진 세기말 최흉의 범죄를 해결할 수 있는 사람이 있다면…… 조노스케가 패배했음을 아는 쓰쿠모 주쿠 단 한 명이다.

반전의 연속, 연속, 연속에 감동마저 느끼면서 사건 관계자들은 주쿠를 경외에 찬 시선으로 보았다.

모두를 대표하여 데쓰코가 주쿠에게 말했다.

"그럼 쓰쿠모 씨. 당신도 앞으로 진정한 진상을 밝히기 위해 노력해주시는 거죠?"

최종장 육몽 후 종막

 식당 전체의 시선이 늦게 온 탐정에게 집중되었다. 주쿠가 고개를 젓고 데쓰코의 말을 부정하자 희망은 사라지고 절망이 자리를 뒤덮……은 것처럼 보였지만, 곧바로 나온 주쿠의 말로 식당에 감동의 물결이 밀려왔다.
 "안타깝게도 수사를 할 수 없습니다, 아유카와 씨. 저는 이미 사건을 해결했습니다. 몇 가지 사실을 확인할 시간만 주신다면 당장에라도 진정한 진상을 발표하겠습니다."
 명탐정, 경찰 수사진, 추리소설가가 머리를 맞대도 해결하지 못했던 난해한 사건을 쓰쿠모 주쿠라는 탐정은 환영성에 도착한 시점에 해결했다?!
 오오!! 가식 없는 탄성이 일면서 세기말을 대표하는 천재탐정을 축복했다.
 "쓰쿠모 씨. 그런데 방금 여기 오지 않았어?"
 조노스케의 말로 흥분의 파도가 겨우 가라앉았다……. 검은 옷의 탐정이 품은 의문은 당연했다. 자신의 추리가 부정당한 것에 대한 분노, 타인이 사건을 해결하는 질투는 조노스케와는 인연이 없다. 그러나 주쿠의 초인적인 해결 예고에 그는 그렇게 물을 수밖에 없었다.
 개인적으로 쓰쿠모 남매와 친한 조노스케도 그가 천재

JOKER

성을 이렇게까지 유감없이 발휘한 케이스는 본 적이 없다. …… 정말로 뛰어난 인물은 큰 무대에서 굉장한 역량을 보여준다는 예시인가?

사건을 접하기 전에 해결하는 것. 냉정하게 생각하면 이상한 일이지만 그러면 불가능하지 않을지도 모른다. 주쿠는 사람들이 그렇게 생각할만한 면모를 갖추고 있었다. 카리스마라고 바꿔 말해도 된다. 그것은 넘치는 따스함과…… 한없는 희망.

"류구 씨, 저는 비행기에서 다쿠쇼인 씨가 쓰신 『화려한 몰락을 위해』 복사본을 읽었습니다. 그 원고 덕분에 진상에 다다를 수 있었지요."

『화몰』을 통한 사건 해결……. 어젯밤의 최종 원고를 아직 보지 않았으므로 주쿠는 「당신」보다 부족한 정보만으로 궁극의 진실에 도달했다는 뜻이다.

무시무시한 메타 탐정의 신통이기. 역시 『신』에 가장 가까운 힘을 지닌 탐정, 쓰쿠모 주쿠다. 이야기의 『신』은 어디까지나 『작자』일 테지만 주쿠는 사건 전체를 뒤에서 지배하는 듯이 초월적이었다. …… 피안의 탐정은 어떤 의미로 『작자』 이상의 존재라고도 할 수 있는 초월자다. 『신』에 가장 가까운 탐정의 마지막 해답이 곧 밝혀진다.

■

최종장 육몽 후 종막

주쿠는 『화몰』의 최종 원고를 완독하고 최신 범행현장 (어젯밤 세 건의 사건)을 하나씩 검증했다. …… 그 사이 통계탐정 히키미야 유야는 주쿠의 의뢰로 『지식의 방』에 콕 박혀 『화몰』 페이지를 넘기며 원고 안의 무언가를 열심히 세고 있었다.

한참 현장에서 현장을 이동하던 사이, 주쿠는 구 세키 순사를 가까이 불러서 젊은 순사의 약혼자 이름이 『세미코瀨美子』라는 이야기를 들었다. 사건과 관계없는 잡담 같아도 주쿠의 행동에는 모두 의미가 있어 보이니 신기한 노릇이다.

어젯밤 사건 현장을 다 확인한 다음, 주쿠는 마지막으로 네무와 둘이서 『명화의 방』을 찾아가 아유카와 데쓰코 수사반장에게 조사를 마쳤다는 뜻을 전했다.

사건 관계자들이 다시 식당에 소집되었다.

진정한 최후의 해답이 발표된다.

네무는 식당으로 걸어가면서 의붓오빠에게 물었다.

"주쿠 오라버니, 정말로 이 사건의 수수께끼가 풀리나요?"

주변에 사람은 없었다. 사이몬가 살인사건에서 대부분의 혈연을 잃은 의붓남매는 둘만의 세계에 있었다.

"네무 씨, 당신의 추리는 이 사건이 절대 풀리지 않는

JOKER

수수께끼를 지녔다는 것이었지요? …… 정말로 진실을 꿰뚫은 말입니다. 하지만…… 절대 풀리지 않는 수수께끼도 푸는 법은 있어요. 저는 그것을 사이몬가 사건에서 배웠습니다. 이제부터 증명하겠습니다."

주쿠는 허튼 약속을 하지 않는 남자다. 그가 그렇게 말했으니 환영성 살인사건은 반드시 해결된다. 이제 반전은 없다.

네무가 경애하는 의붓오빠에게 미소로 답하자 주쿠는 해결을 선언하듯 말했다.

"수수께끼 같은 건 없습니다. 있는 것은 항상 논리적인 해결뿐이에요."

스스로 다짐하는 듯한 말투였다.

■

> 『독자』에게 보내는 마지막 도전

…… 곧 최후의 해답이 발표된다.

그 전에 「나」는 선인의 예를 따라 지금까지 이야기에 귀를 기울여준 「당신」에게 마지막으로 도전을 하고자 한다.

환영성 살인사건 궁극의 진범, 예술가의 정체는 누구인가. 「당신」은 이 난제에 대답할 수 있는가?

최종장 육몽 후 종막

   논리적인 사고가 추리의 모든 것은 아니므로 감에 의존해도 좋다.

   만일을 위해 다시 말한다. 예술가artist는 『등장인물』 중 한 명이며 공범은 없다.

   비겁한 수단을 쓰면 한없이 뜻밖인 범인을 꾸며낼 수 있겠지만 「나」는 굳이 공평하게 「당신」에게 도전한다. 그리고 「당신」이 진상을 알아채기를 바라나 아마 어려울 것이다.

   여태까지 죽은 것으로 여겨진 인물이나 이미 한 번 범인이 아니라는 언급이 있던 인물이 범인일 가능성도 있다. 얼핏 진상과는 관계가 없어 보이는 인물이 범인일지도 모르고 반전의 반전으로 과하게 수상한 사람이 범인일지도 모른다.

   어쨌든 예술가artist가 『등장인물』 중 한 명인 것은 확실하므로 등장인물표를 뚫어지게 보면서 진범 추리를 즐겨주길 바란다. 불공정한 짓은 안 했으므로 『등장인물』을 전부 의심하다 보면 그중에 반드시 범인이 있다.

   그럼에도 모든 결말에서 「당신」은 반드시 놀랄 것이라고 「나」는 확신한다.

   마지막 한 줄을 다 읽을 때까지는 어떤 역전극이 벌어질지 아무도 모른다. 마지막의 마지막의 마지막까지,

JOKER

부디 방심하지 말기를…….

「당신」의 건투를 빈다.

그러면 이야기를 시작하겠다.

「나」의 정체?

그런 건 알 필요 없다.

■

 머리 위에 청량한 하늘이 펼쳐져 있다. 구름 한 점 없이 맑은 초겨울 파란 하늘이다. 태양 빛을 받고 미나호가 반짝거린다. 호수에 반사된 황금빛에 싸인 환영성은 음산한 사건이 끝나면서 그야말로 축제의 때가 찾아오려는 듯하다.

 주쿠의 등장으로부터 수 시간 후. 사건 관계자가 식당에 한데 모였다. 그들은 하나같이 주쿠에게 기대의 눈길을 보내고 있다. 선글라스를 쓴 탐정이라면 틀림없이 이 악몽에 매듭을 지어줄 것이다. 모두의 눈에는 주쿠를 향한 신뢰가 보였다.

 주쿠는 한없이 아름다운 몸짓으로 인사하며 관계자들을 둘러보고는 과하게 아름다운 목소리로 마지막 해결편의 막을 올렸다.

 "범인 예술가artist의 정체를 파헤칠 때 우리가 주목해야 할 점은 아지로, 기리기리스 이중독살 사건입니다.

최종장 육몽 후 종막

이 살인이 바로 진범을 가리키는 길잡이merkmal이자 최대의 실마리입니다."

환영성 살인사건의 종막에 걸맞은 BGM. 주쿠의 미성은 어떤 음악도 들려줄 수 없는, 이 자리에 어울리는 완벽한 멜로디다.

"『화몰』에 따르면 류구 씨는 아지로 씨와 기리기리스 씨가 살해된 직후에 사도 구토 씨의 이름으로부터 설탕에 독이 들어가 있다고 추리하신 모양인데……."

주쿠는 선글라스 너머로 검은 옷의 탐정에게 시선을 보냈다. 조노스케는 조용히 고개를 끄덕여 긍정의 뜻을 전했다.

사도 구토- 사「도구」토. 이 이름을 미스디렉션으로 사용할 수 있다는 점에 착안하여 조노스케는 설탕에 독극물을 넣었다고 추리했다.

"결과만 보면 컵에 독이 발린 것이고 설탕에는 들어있지 않았는데……. 류구 씨의 추리는 진상을 스쳤습니다.

예술가artist의 살인 경향에서 판단하건대, 그 상황에서는 설탕에 독을 넣었을 것입니다. 머리 좋은 범인이 사도 구토 씨를 가리키는 미스디렉션을 놓칠 리 없으니까요.

그렇다면 어째서 예술가는 설탕이 아니라 컵을 선택한

JOKER

걸까요? 거기에는 이유가 따로 있다고 생각할 수밖에 없습니다."

설탕에 독을 넣지 않은 이유?!

이때 갑자기 마이의 머릿속에 어떤 무시무시한 생각이 떠올랐다. 그 추리가 가리키는 상상을 초월하는 진상에 그녀는 정신의 균형을 잃어버릴 뻔했다.

마이는 조노스케를 보았다 웬만한 일로는 감정을 드러내지 않는 검은 옷의 탐정이 겁먹은 표정을 지었음을 알 수 있었다. 두 탐정의 시선이 마주쳤다. 안면이 창백해진 두 사람은 떨면서 고개를 끄덕였다.

인지를 초월한, 궁극의 공포를 일깨우는 진상.

조노스케와 마이는 자신들이 발광하지 않은 것을 신기하게 여겼다. 그만큼 진범은 의외의 인물이었다.

"주쿠 오라버니, 설마……!!"

그렇게 외치며 네무가 의붓오빠에게 불안한 시선을 보냈다. 그녀도 답에 다다르고 만 모양이다.

주쿠는 의붓동생에게 아름답게 고개를 끄덕이고는 진상을 전했다.

"그렇습니다. 믿기 어렵겠지만 그것이 진상입니다, 네무 씨. 설탕에 독을 넣지 않은 이유는, 진범이 그것이 예술가의 사인이라고 추리되는 것을 두려워했기 때문입

최종장 육몽 후 종막

니다. 진짜 예술가artist의 정체는……."

다들 침을 꿀꺽 삼켰다.

"설탕에 독을 넣으면 의심받는 인물. 사도 구토 씨가 아니라 사토 이치로 순사입니다."

JOKER

90 악마demon의 연출·비극적 종막catastrophe

"그럴 리가! 말도 안 돼." …… 다들 제각기 경악했다……. "그는 죽었을 텐데. 그럴 일이……." …… 당연하다. 『명화의 방』에서 살해당한(?) 두 순사 중 한 명이 진짜 예술가artist라는 것을 누가 예상할 수 있겠는가……. "그런가, 정말로." …… 사토 이치로 순사는 죽었을 텐데, 만약 살아있다면 지금까지 어디에 잠복해 있던 걸까……. "내 귀가 안 좋아졌나?" …… 궁극적인 충격이 폭발하면서 식당은 혼돈의 바람이 들이닥친 무법지대로 변했다……. "그 녀석이 예술가artist라니!!"

이것을 마지막 진상이라고 단정할 순 없다. 그런데 「당신」은 이 답을 예측했는가?

죽었다고 여겨진 인물이 진범으로 부활. 엘러리 퀸의 특기다. 퀸 연구가 프랜시스 네빈스 Jr.가 이름 붙인 이 트릭을 『벌스톤 갬빗』이라고 한다.

마지막의 마지막에 기다리고 있던 두려운 비극적 종막 catastrophe.

"설명하자면 깁니다. 점심 후에 모든 것을 말씀드리겠습니다."

최종장 육몽 후 종막

 주쿠는 과연 정말로 그 진상을 논리적으로 설명할 수 있을까?

■

 점심시간. 사건 관계자들은 내내 마음이 딴 곳에 간 듯했다. 사토 순사가 진짜 예술가artist라는 말을 들었으니 그도 그럴 것이다.

 마침내 점심시간이 끝나고 우아하게 기립한 주쿠는 마지막 해결편을 재개했다. 주쿠는 살며시 몸을 기울여 조심스러운 미성을 꺼냈다.

 "먼저 여러분께 사과드리고자 합니다."

 마침내 궁극의 진상을 들은 충격에서 완전히 벗어나지 못한 청중에게 주쿠는 추격타가 될 사실을 전했다. 역전에 이은 역전. 반전은 대체 어디까지 계속되는가.

 "이것밖에 수단이 없었다고는 하나 고인의 명예를 훼손하는 말씀을 드리게 되어 부끄럽기 그지없습니다. …… 사실 사토 순사는 예술가가 아닙니다. 조금 전의 추리는 거짓 진상이었습니다."

 "그건 거짓말이었나요!"

 누군가가 외쳤다. 사토 순사가 범인이라고 고발당했을 때보다 더 큰 경악이 모두를 덮치면서 신경을 거세게 공격했다!!

JOKER

"쓰쿠모 씨, 어떻게 된 건가요?"

자기 자리에 노트북을 두고 주쿠가 말하는 해답의 요점을 기록하던 유야가 바로 옆자리에 선 파트너를 올려다보며 물었다. 그도 조금 전까지 주쿠가 도출한 해답에 놀란 사람이었다. 주쿠에게서 아무 이야기도 듣지 못한 것을 보니 연기가 아닌 모양이다.

유야뿐만 아니라 JDC 탐정들은 모두 주쿠가 이유도 없이 사람을 상처 입히는 거짓말을 하는 남자가 아니라는 것을 잘 안다. 주쿠는 특정한 이유에 근거하여 허위 진상을 제시했다.

주쿠는 진심으로 죄송하다는 듯 고개를 저으며 변명 없이 사과하는 투로(어디까지나 아름답게) 거짓 추리의 이유를 밝혔다.

"저는 사실 추리를 완벽하게 만들고자 연극을 했습니다. 짐짓 당연하다는 듯이 여러분을 오도하여 식사 도중 관계자분들의 반응을 살피려고 했지요······."

현실 사건이 아닌 추리소설의 탐정 이야기인데, 미국 추리소설계를 「하룻밤 사이에 어른으로 만든」 공로자, S.S. 밴 다인의 두 번째 작품 『카나리아 살인사건』에서 탐정 파일로 밴스는 기발한 추리법을 사용했다. 밴스는 용의자들과 포커를 치며 각자의 심리 상태를 살피고

최종장 육몽 후 종막

범인을 추리했다.

이번 주쿠의 추리도 말하자면 그것과 비슷한 방식이다. …… 물증에 의존한 논리적 추리에는 반드시 한계가 있다. 탐정은 심리적 수사법을 중시해야 한다. 이것은 에도가와 란포의 말인데, 주쿠는 바로 그 말을 실행에 옮겼다. 상황에 따라 평소에는 선택하지 않을 추리법으로 공략하는 것. 본능적으로 그 일을 저지른다는 점이 주쿠가 초일류로 인정받는 이유다.

"제가 제시한 가짜 해답은 엉뚱해야 했습니다. 또한 날조임을 곧장 눈치챌 만한 것이 아니라 어쩌면 있을 수 있는 일……. 그런 절묘한 밸런스가 있는 가짜 추리여야 했습니다. 그 조건을 만족한 것이 사토 씨 범인설일 뿐입니다. 그렇게 저는 사토 씨에게 협력을 받았습니다.

범인이 아닌 분은 터무니없는 해답에 당황하겠지요. 그리고 범인은 추리의 겨냥에서 벗어났으니 안도할 수밖에 없을 것입니다. 아무리 철면피여도 거대한 심리의 흔들림을 표정에서 숨길 수는 없습니다.

식사 중에 관찰한 결과, 저는 제 추리를 뒷받침할 답을 얻었습니다……."

그때 다시 한번 실내의 긴장감이 정점에 달했다. 주쿠는 관계자들을 관찰하고 추리 그대로의 답을 얻었다고

JOKER

했다. 진범이 자기들 사이에 섞여 태연한 표정을 짓고 있다고 생각하는 것은 형언할 수 없는 공포를 환기했다.

"범행 현장이 환영성이라는 점에서 지리적 이점이 있는 료칸 관계자분들의 혐의가 짙다고 생각하실 텐데…… 환영성 관계자 중에 범인은 없습니다. 이번에는 거짓말이 아닙니다."

안도의 한숨. 일단 많은 사람이 범인 후보 리스트에서 소거되었다. 그렇다면 남은 사람은…… 경찰 관계자나 JDC 탐정이라고는 생각할 수 없으므로 호시노 다에뿐이다.

사건 탓에 정신이 피폐해진 모습도 연기였을까? 순수하고 얌전하며 박복한 공주가 예술가artist? 상식적으로 생각하면 있을 수 없는 일이지만 셜록 홈스의 말을 빌리자면 「있을 수 없는 것을 제거하고 남은 것은 아무리 있을 수 없는 일이더라도 반드시 진실」이다. 이 세상에는 범인일 리 없는 인간 따위 없다. 모든 사람은 평등하기에 환경과 조건만 갖춰지면 모두 흉악 범죄자가 될 수 있다.

모두의 시선이 모이는 가운데, 과하게 아름다운 탐정은 미려한 목소리로 진상에 다가갔다.

"진짜 예술가artist는 『간사이 본격 모임』 관계자 중 유일한 생존자인 호시노 다에 씨……가 아닙니다. 그리

최종장 육몽 후 종막

고 물론 경찰 관계자도, JDC 탐정도 아닙니다."

오들오들 떨고 있던 다에는 물론, 식당에 있는 모두가 가슴을 쓸어내렸다. 이리하여 현재 이 자리에 모인 관계자 중에는 범인이 없다.

외부범이 아니면서 범인은 어디까지나 『등장인물』 중 한 사람. 그렇다면 진범은…… 이미 죽은 사람 중에 있다!

다시 벌스톤 갬빗Birlstone Gambit!!

그것을 깨달은 사람들은 전율했다. 14명과 2마리, 아니, 13명과 2마리를 죽인 예술가artist가 이미 이 세상 사람이 아니라고 생각하면 소름이 돋을 수밖에 없다.

마침내 궁극 진범의 이름을 밝히려고 하는 주쿠를 저지하고 조노스케가 손을 들어 발언했다.

"쓰쿠모 씨, 진범이 고발되기 전에 확인해둘까 하는데, 갑주 밀실의 수수께끼를 풀었어?"

조노스케의 말로 해결편의 완급이 절묘하게 조절되었다. 이대로 증폭하는 긴장감에 몸을 맡기면 정신이 나가버릴지도 모른다. 아주 높은 산을 오르려면 때로는 휴식이 필요하다. 단거리 달리기와 장거리 달리기의 페이스 조절법이 다른 것과 마찬가지다.

검은 옷의 탐정이 뜻한 바를 깨닫고 주쿠는 요염한

미소를 지었다.

"예, 물론입니다. …… 그래요. 진범 고발은 설명이 좀 길어질 듯합니다. 먼저 이 수수께끼부터 풀도록 하지요."

슬쩍 샛길로 빠진 덕분에 청중은 편안한 마음으로 추리를 경청할 수 있을 듯했다.

■

『무구의 방』의 서양식 갑주는 철투구와 갑옷이 볼트로 고정되고 녹이 슬어서 떨어지지 않았다. X선 검사에서도 철투구와 갑옷은 오랫동안 분리되지 않은 것이 판명되었다. 철투구의 틈새는 눈 부분의 구멍뿐이다. 물론 그것은 후몬지의 머리가 들어갈 만큼 크지 않다.

『화몰』에서 류스이는 『상자 속의 실락』에 언급된 불확정성 원리의 터널 효과를 인용하여 입자가 벽을 통과할 가능성에 관해 논했다. 과연 진상은…….

"본론과는 상관이 없으니 간단히 말씀드리겠습니다. 아이러니하게도 그 밀실은 과학이 뒷받침된 초자연적 밀실이라 할 수 있겠습니다. 과학적인 수사 결과, 목을 갑주 안에 넣는 것은 절대로 불가능하다고 판명되었습니다. 이 조건에서 여러분은 어떻게 범인이 갑주 밀실 속에 머리를 봉해두었는가를 추리하신 모양인데, 그렇게

최종장 육몽 후 종막

까지 복잡하게 생각하실 것은 아니었습니다."

"'쓰쿠모, 그게 무슨 말이야?"

마이가 흥미로운 듯 물었다. 그녀의 『구세주』라고도 할 수 있는 탐정은 항상 피안에 서서 속세 사람들과는 다른 세계를 본다. …… 그 점이 믿음직하다.

"그 밀실은 풀 필요가 없는 밀실, 풀리지 않는 밀실입니다. 그것이 진상입니다. 기적이 일어났거나 터널 효과로 목이 갑주를 통과한 것입니다. …… 어쩌면 다른 이야기에서 수수께끼가 풀릴 수도 있겠지만 당장 제시할 수 있는 설명은 이것입니다."

모두 황당함에 말을 잃었다. 사람을 바보 취급하는 추리지만 아무도 반박할 수 없었다. 확실히 다른 가능성이 전부 부정되었으니 그 설이 해답이라고 할 수 있을 것이다. 갑주 밀실. 그것 또한 절대 풀리지 않는 수수께끼였다. 관계자들은 언젠가 다른 기회에 다른 이야기에서 그 수수께끼가 풀리기를 믿을 수밖에 없었다.

억지 설명이라는 느낌을 지울 수 없다. 그런데 존 딕슨 카는 탐정 기드온 펠 박사의 입을 빌려 이렇게 말했다.

「우리가 탐정소설을 좋아하는 이유도 있을 수 없는 것에 대한 기호에 기원이 있다. 의외성을 바라면서 리얼

JOKER

리티까지 원하는 것은 어불성설이다」라고.

다소 비약된 논리는 묵인해도 좋을 것이다. 언젠가 수수께끼가 풀릴 날이 올지도 모르니…….

최종장 육몽 후 종막

91 더 화려한 몰락을 위해

"그럼 이야기의 본론으로 돌아가겠습니다. 진범 이야기를 할까 하는데, 류구 씨, 당신은 어째서 어젯밤 니지카와 씨의 방을 감시하라고 진언하셨나요?"

그 말에 모두의 시선이 주쿠→조노스케로 이동했다. 조노스케는 마치 자신이 범인이라고 고발당한 것처럼 형언할 수 없는 꺼림칙함을 느끼면서 변명하듯 말했다.

"범인은 한 명(니지카와 료)이고 표적은 두 사람(미야마 가오루&다쿠쇼인 류스이)이니 당연한 거 아닌가. 니지카와 씨가 둘 중 누구에게 갈지 알 수 없었으니까. 적이 두 사람 중 누구를 먼저 노릴지 찍어서 맞출 수는 없고……. 목숨이 걸린 문제였잖아."

"그렇군요……."

주쿠는 아쉽다는 듯 고개를 숙였다. 미성은 비애의 멜로디를 내면서 조노스케의 귀를 아프게 찔렀다. 주쿠는 약간의 아쉬움이 느껴지는 말투로 의외의 사실을 밝혔다.

"그렇다면 역시 당신은 살인예고장의 진짜 의미를 깨닫지 못하신 거군요?"

JOKER

조노스케는 즐겨 쓰는 모자를 벗고 새파랗게 질린 얼굴로 몸을 앞으로 내밀었다.

"살인예고장?! 처음에 『역전의 방』 문에 붙어있던 그 쪽지 말이야?"

> 성스러운 잠에 들기 전, 나는 여덟 개의 제물을 원한다. 모든 것은 (화려한 몰락을 위해).
>
> **예술가**artist

"…… 그렇습니다. 그 예고장은 살인을 예고할 뿐만 아니라 표적을 죽일 순서도 예고했습니다."

"뭐라고요?!"

모두의 목소리가 아름답게 화음을 이뤘다. 밀려드는 경외와 감동. 그것은 예술가artist를 향한 것인가, 아니면 주쿠에게 바치는 것인가. 이제는 아무도 알 수 없다.

경악의 연타는 청중을 도무지 편히 두지 않았다.

"류구 씨가 지적하신 것처럼 살인사건의 이면에는 무지개를 구성하는 색이라는 살해 테마가 숨겨져 있었습니다. 그 테마는 여덟 명의 추리소설가를 암시했습니다.

최종장 육몽 후 종막

그런데 조금 전 류구 씨께서는 『아오이 씨는 파란 밀실에서 살해당했다』고 말씀하셨는데, 그것은 순전히 우연입니다. 파란 밀실이 있어서 아오이 씨가 살해당한 것이 아닙니다. 그는 다섯 번째로 살해당할 예정이었습니다."

표적을 죽이는 순서도 예고되어 있었다……. 그 추리가 진짜라면 예술가artist는 실로 대담무쌍한 범죄자다. 수사진이 간파하지 못하리라는 자신감이 있었던 걸까, 아니면 간파당해도 살인을 완수할 수 있다고 계산한 걸까? 지금은 그것도 수수께끼다.

"여덟 명의 추리소설가와 그들의 본명을 생각해봅시다. 먼저 시체가 발견된 순서로."

① 첫 번째 시체 미즈노 가즈마(=레이시 가즈야)
② 두 번째 시체 히이라기 쓰카사(=가지 요스케)
③ 다섯 번째 시체 히류 쇼코(=나루세 쇼코)
④ 아홉 번째 시체 후몬지 고세이(=호시노 겐지)
⑤ 열 번째 시체 아오이 겐타로(=쓰라라기 신지)
⑥ 열네 번째 시체 니지카와 료(=니지카와 료)
⑦ 열다섯 번째 시체 미야마 가오루(=구노 가오루)
⑧ 열여섯 번째 시체 다쿠쇼인 류스이(=다메이 히데타카)

"지금 생각해보면 수사진을 혼란에 빠뜨리기 위해

JOKER

미즈노 씨와 히이라기 씨를 죽인 순서를 오인케 하려던 이유도 일목요연하게 드러납니다. 어째서『화사한 꽃처럼, 몰락은 꿈처럼』이 아니라『화려한 몰락을 위해』일까요? 그 답이 여기에 있습니다. 사망 추정 시각이 빠른 순서대로 작가를 나열하고 본명의 첫 글자에 주목해주세요."

① 히이라기 쓰카사……가지 요스케
② 미즈노 가즈마……레이시 가즈야
③ 히류 쇼코……나루세 쇼코
④ 후몬지 고세이……호시노 겐지
⑤ 아오이 겐타로……쓰라라기 신지
⑥ 미야마 가오루……구노 가오루
⑦ 다쿠쇼인 류스이……다메이 히데타카
⑧ 니지카와 료……니지카와 료

"가지 요스케 씨의『카』, 레이시 가즈야 씨의『레이』, 나루세 쇼코 씨의『나루』, 호시노 겐지 씨의『호』, 쓰라라기 신지 씨의『쓰라』, 구노 가오루 씨의『쿠노』, 다메이 히데타카 씨의『타메』, 니지카와 료 씨의『니』. 그렇습니다.『화려한 몰락을 위해』[47]라는 말은 살인의 순서였던

최종장 육몽 후 종막

것입니다."

주쿠를 중심으로 경악이 무한대로 팽창되었다……. 다쿠쇼인 류스이의 『화몰』을 가리킨 것이 아니었다. 『화려한 몰락을 위해』는 바로 이 연쇄살인 사건의 길잡이 merkmal였다.

만약 어젯밤에라도 누군가가 이 메시지를 알아챘다면 어느 시점에서 참극을 막을 수 있었을지도 모른다. …… 그만큼 수사진은 자신들의 능력 부족을 저주했다. 아무리 분하게 여겨도 모자랐다. 특히 조수를 잃은 조노스케는 모자를 식탁에 던져 분노의 감정을 노골적으로 드러냈다. 다른 누구에게도 아닌 자기 자신에게.

하지만 주쿠의 추리 공격은 아직 끝나지 않았다. 더 뜻밖의 진상이 드러났다.

"물론 이것만으로는 완전하지 않습니다. 『카레이나루 호쓰라쿠노 타메니』가 되니까요. 하지만 여러분, 생각해 보세요. 『호』를 나타내는 호시노 겐지 씨의 목 없는 시체에는 료쇼 경부의 코트가 입혀져 있었습니다."

앗!! 식당 어딘가에서 누군가가 소리쳤다!

"…… 그 코트에는 피의 탁점이 찍혀 있었습니다.

---

47) '화려한 몰락을 위해'는 일본어로 '카레이나루 보쓰라쿠노 타메니'라고 읽는다.

JOKER

그 탁점은 다쿠쇼인 씨를 가리키는 미스디렉션이자 『무구의 방』을 가리키는 메시지였으며 『흑사관』의 애너그램에 탁점을 찍어 고스기 간 씨를 가리키는 것이었고, 그리고 『카레이나루 호쓰라쿠노 타메니』의 『호』에 탁점을 찍어 『화려한 몰락을 위해』를 완성하는 사중의 함의 fourth meaning이었던 것입니다."

더는 아무도 놀라지 않았다.

아니, 놀랄 수 없었다.

정상적인 감각이 마비되었다.

이렇게까지 『말』이 『헤매는』 『수수께끼』 이야기는 아마 과거에도 미래에도 없을 것이다. 모두에게 생에 한 번뿐인 장렬한 체험……. 그것이 이 환영성 살인사건이다.

최종장 육몽 후 종막

92 경악의 종막surprise ending으로 다이빙

마침내 사건은 절정에 돌입했다.

조노스케는 모처럼 다시 쓴 모자를 벗고 주쿠의 추리에 경의를 표하며 모두가 가장 궁금하게 여기는 질문을 던졌다.

"쓰쿠모 씨, 그런데 이 식당에 있는 사람 중에 범인이 없으면 역시 예술가artist는 니지카와 씨 아닌가? 살인예고에서도 마지막이잖아. 니지카와 씨가 범인이어서 마지막으로 자살했다고 추리할 수밖에 없지 않아?"

"아니요, 니지카와 씨는 범인이 아닙니다. 결정적인 이유는 두 가지입니다."

혼이 나가 있던 사람들도 이 말을 듣고 다시 긴장으로 몸을 굳혔다. 드디어 해결편도 막바지에 이르렀다. 다들 마지막 추리를 놓치지 않고자 주쿠의 말에 열심히 귀를 기울였다.

"먼저 첫 번째로, 니지카와 씨의 자살은 위장자살이었습니다."

『말』의 충격파가 식당의 질서를 파괴했다!

"위장자살……이요?"

JOKER

　수사반장이자 어젯밤 직접 니지카와의 객실 앞에서 잠복했던 데쓰코가 말했다. 니지카와의 죽음이 위장자살이라면 그도 진짜 예술가artist에게 살해당했다는 뜻이다. 하지만 그 방은 궁극의 밀실이었다. 범인은 어떻게 밀실 안의 니지카와에게 위장 자살을 시켰는가?
　"먼저 이것을 봐주시기를 바랍니다."
　주쿠가 매끈한 손으로 탁자 위에 놓여있던 환영성 북매치(뿌리 부분이 하나로 이어진 종이 성냥)를 들고 청중에게 보여주었다.
　"그건……?"
　히라이 씨가 당혹스러운 표정으로 조심스레 물었다. 주쿠는 모두가 성냥을 보았음을 확인한 후, 고개를 끄덕이고 설명했다.
　"니지카와 씨의 첫 객실(니지카와 부녀의 방)에 있던 환영성 북매치입니다. 『화몰』에 니지카와 씨가 이것을 써서 담배에 불을 붙이는 장면이 있어서(『36 바서만의 그림』 참조) 조사해보니 제 예상이 옳았습니다. 이 성냥은 왼쪽부터 찢어져 있습니다. …… 수사 파일에도 쓰여있듯 니지카와 씨는 왼손잡이입니다. 증거가 성냥뿐이면 부족하지만 『화몰』에도 그가 왼손잡이임을 나타내는 복선(서술)이 곳곳에 보입니다. 니지카와 씨가 오른쪽

최종장 육몽 후 종막

손목의 손목시계를 보는 장면이나, 열쇠를 슬랙스 왼쪽 주머니에서 꺼내는 장면이 그렇지요. 제가 확인할 수 있던 것은 이것뿐이지만 또 다른 것도 있을 수 있습니다."

"주쿠 오라버니, 그랬던 건가요?"

네무가 모든 것을 깨달은 말투로 물었다. 조노스케와 마이도 놀란 표정이었다. 두 사람은 사실 자체보다도 오히려 사건의 급전개에 휩쓸려 중요한 실마리를 알아채지 못한 자신이 놀랍다고 생각하는 듯했다.

주쿠의 추리는 진상을 향해 돌진했다. 더는 아무도 막을 수 없다.

"니지카와 씨가 왼손잡이임은 다들 아시겠지요. 그런데 거기서 문제가 되는 것이, 니지카와 씨의 시체 상황입니다. 어째서 니지카와 씨는 왼손잡이면서 오른손에 면도칼을 들고 죽음을 맞이했을까요? 자살자 특유의 여러 번 시도한 상처가 손목에 없는 것까지 보면 그의 죽음은 위장자살이었다고 단정할 수 있습니다."

사람들은 명쾌한 해설을 듣고 니지카와의 죽음이 위장자살임을 인정해야 했다. 하지만 그가 자살을 가장해 살해당했다면 궁극의 밀실을 공략해야만 한다. 주쿠는 과연 그 답을 가지고 있는가. 그것을 불안하게 생각하는 사람도 적잖이 존재했다.

JOKER

"이상이 니지카와 씨가 범인이 아닌 첫 번째 이유입니다. 그리고 또 한 가지, 이것이 니지카와 료 범인설을 부정하는 결정적 실마리인데……."

모두가 숨죽여 주쿠를 바라보았다.

"니지카와 씨는 색맹이었습니다."

논리가 과하게 비약한 탓에 다들 순간적으로 말뜻을 이해하지 못한 모양이다. 하지만 점차 주쿠의 발언을 이해하게 되면서 식당에 서서히 거대한 경악이 퍼져나갔다…….

"실마리는 『명화의 방』에 전시된 바서만의 『샤텐부르크』라는 그림이었습니다. 제게 화가 친구가 있어서 아는데, 히라이 씨, 혹시 숨겨진 그림이라는 것을 아십니까?"

"숨겨진 그림?! …… 트릭아트 말이오?"

트릭아트(착시화)는 인간의 착시를 이용한 회화다. 한 장의 그림에 두 가지 해석이 성립하는 것으로 마주본 두 얼굴의 실루엣이 꽃병처럼 보이는 『FACE TO FACE』, 영원히 올라가야 하는 계단, 계속 떨어지는 용 등이 유명하다.

"아니요, 트릭아트가 아닙니다. 숨겨진 그림입니다. 숨겨진 그림 중에서 가장 유명한 것은 다 빈치의 『모나리자』입니다. 말하자면 그림 속에 또 하나의 그림을 숨긴

최종장 육몽 후 종막

것이지요. 바리에이션 중 하나로 『색맹의 숨겨진 그림』이 있다는 이야기를 들은 적이 있습니다. …… 그것은 바로 색맹 인물이 밑그림을 그리고 다른 화가가 채색한 그림입니다. 그런 그림에는 색맹에게만 보이는 숨겨진 그림이 존재한다고 합니다. 남편이 색맹이고 아내가 정상색각자인 바서만 부부는 숨겨진 그림을 그릴 수 있었습니다. 바로 『샤텐부르크』입니다."

주쿠의 예측대로 그림의 소유자 히라이 씨는 강하게 반발했다.

"그런…… 그런 말도 안 되는 이야기는 한 번도 못 들어봤소! 아니, 쓰쿠모 씨. 그 그림은 진짜가 아니라 레플리카요!"

"그렇다면 복제를 그린 사람도 색맹과 정상색각자 콤비였겠지요. 어쩌면 복잡한 배경(다른 사건?)이 있을 수 있습니다. 히라이 씨께서는 그 그림을 어떻게 보셨습니까?"

"그냥 녹색 숲에 둘러싸인 붉은 성 그림 아니오."

주쿠는 미美소 지으며 만족스럽게 고개를 끄덕였다.

환영성을 방불케 하는 붉은 성, 『그림자의 성(샤텐부르크)』.

"그것이 평범한 감상이겠지요. 정상색각자인 저도 조

JOKER

금 전에 『샤텐부르크』를 그렇게 보았습니다."

그때 주쿠는 네무를 흘긋 보고 말했다.

"그런데 그것은 맨눈으로 보았을 경우입니다. …… 선글라스를 통해서 보면 세계는 완전히 바뀝니다. 그 그림에는 붉은 성을 덮은 거대한 악령 같은 그림자가 그려져 있습니다.

『화몰』을 읽으신 분은 기억하실지도 모르겠군요. 니지카와 메구미 씨는 그 그림 속에 평범한 사람은 알 수 없는 괴물을 보았습니다. X선으로 확인하면 과학적으로 판명할 수 있겠지요. 그리고 니지카와 가문을 조사하면 바로 판명될 것입니다……. 이제 아시겠지요? 그렇습니다. 니지카와 메구미 씨는 색맹이었습니다. …… 그리고 멘델의 유전법칙에 따르면 여자가 색맹일 경우 아버지는 반드시 색맹입니다. 다시 말해 니지카와 씨도 색맹이며, 이 사실에 따라 그가 예술가artist일 가능성을 부정할 수 있습니다. 색맹 인물은 무지개 우의를 사용할 수 없습니다."

여태까지 여기저기 흩어져 있던 여러 가지 사실이 하나로 정리되어 진실의 큰 꽃을 피워냈다.

니지카와 료가 색맹이라면 그가 예술가artist일 리 없다. 무지개 우의도 완전히 불가능하지는 않지만 색맹

최종장 욕몽 후 종막

이라면 임기응변은 힘들다. 경비망을 돌파한다는 어려운 조건을 만족하기도 어려우리라. 거기서 억지를 부리면 단순한 말꼬리 잡기가 된다.

"거기까지는 알겠어, 쓰쿠모 씨. 문제없어. OK야. 그런데 니지카와 씨가 위장자살로 살해당했다면 마지막 궁극의 밀실은 어떻게 되는 거야? 그 밀실은 류구의 추리가 옳은 건가?"

주쿠는 탁자에 있던 대학노트 비슷한 것을 조노스케에게 건넸다.

"류구 씨의 질문에는 나중에 답하겠습니다. 그보다 먼저 여러분께서 아셔야 할 것은 이 노트의 존재입니다. 류구 씨, 죄송하지만 그걸 읽어주실 수 있나요?"

"쓰쿠모, 그 노트는 뭐야?"

주쿠는 노트를 흘긋 보고 마이에게 미美소 지었다.

"니지카와 씨의 유서입니다. 호시노 다에 씨의 방에 교묘히 숨겨져 있던 것을 조금 전에 발견했습니다."

"니지카와 씨의 유서?"

그런 것이 존재한다는 사실 자체가 놀라웠다. 그런데 호시노 다에의 방에서 발견되었다는 점이 더욱 경악스러웠다.

조노스케가 페이지를 펼치자 『유서』라는 익숙한 필체

JOKER

가 눈에 들어왔다. 연한 연필로 쓴, 붓글씨체 활자를 연상케 하는 신경질적인 글자가 나열되어 있었다.

조노스케는 헛기침을 하고 낭독을 시작했다.

최종장 육몽 후 종막

93 유(일하게 남은 것은 속이는 위)서

유서

이걸 발견한 분은 진상을 깨닫길 바란다. 나는 보이지 않는 『독자』에게 말해야만 한다. 여기에 내가 저지른 죄업을 고백한다.

아마 이 유서가 타인에게 발견되었을 때는 사건이 끝났을 텐데, 과연 언제 발견될까? 사건이 끝난 직후일까, 아니면 몇 년이 지난 후일까……. 어쩌면 영원히 발견되지 않을지도 모른다.

만일을 위해 언제 발견되어도 괜찮도록 미리 써두겠다. 이것은 1993년 10월 25일부터 이 환영성에서 일어난 일련의 살인사건에 관한 고백이다.

나는 오늘(10월 31일)까지 이미 10명과 2마리의 목숨을 빼앗았다. 그리고 또 한 명, 앞으로 죽일 계획인 인물도 있다.

JOKER

10월 26일에는 두 사람을 죽였다.

나와 똑같이 『간사이 본격 모임』에 소속된 추리소설가인 히이라기 쓰카사와 미즈노 가즈마다.

히이라기는 『유혈의 방』에서 샹들리에를 사용해 압살했다. 이때 진부한 알리바이 공작을 쓴 것은 역전의 발상으로 확실한 알리바이를 지닌 사람들이 의심받게끔 하기 위해서였다.

미즈노는 『역전의 방』에서 교살하고 입에 오렌지를 넣어 거꾸로 매달았다.

…… 첫날 밤에는 아무도 경계심을 품지 않아서 일이 순조롭게 진행되었다.

10월 27일에는 한 사람과 두 고양이를 죽였다.

고양이는 원래 죽일 생각이 없었지만 괜히 달라붙고 울어서 어쩔 수 없이 죽였다. 고양이의 방해를 받을 수는 없었다.

히류 씨는 『심판의 방』에서 전기의자로 죽였다.

…… 경찰은 사건이 연쇄살인으로 발전하리라고 생각하지 않아서 이날 밤도 그렇게 고생하지는 않았다.

10월 28일에는 네 사람이나 죽이고 말았다.

최종장 육몽 후 종막

 두 경관을 죽일 필요는 전혀 없었다. 그러나 행동의 자유를 얻기 위해서는 어쩔 수 없었다.
 호소 경부를 죽인 것은 카무플라주를 위해서다. 나의 진짜 표적이 추리소설가임을 들키지 않기 위해, 그리고 가짜 해답의 복선을 깔기 위해 누군가를 죽여야만 했다. 어쩌다 보니 그를 선택하게 되었다. 지금 생각하면 그에게 정말 미안한 짓을 했다.
 …… 그리고 후론지도 죽였다.

 10월 29일.
 경비가 강화될 것을 각오했는데 운 좋게 아오이가 단독으로 순찰에 나섰다. 마침 아오이를 죽일 예정이어서 잘된 일이었다. 그야말로 행운이었다.
 …… 운은 나의 편이었다. 이 사건에서는 계속.
 나는 심야에 때를 살펴 『신기루의 방』으로 가서 거울을 떼고 그 뒤에 숨어 아오이를 기다렸다. 틈을 엿봐 그를 기절시키고 『밀실의 방』에서 살해했다.

 이 시점에서 사건을 끝낼 수도 있었다. 추리소설가를 다섯 명이나 죽였으니 충분했다. 범행을 계속 저지르다 보면 생각지도 못한 빈틈이 생길 수도 있다. 나는 꼭 그 시점에서 사건을 끝내고 싶었다.

JOKER

　진상을 알아낸 체하여 스스로 탐정 역할을 자처한 것도 이런 이유다.
　하지만 류구 씨와 기리카 씨에게 『흑사관』우의의 불완전함을 지적받고 희생양으로 내가 고발한 가짜 범인, 나스키 씨의 혐의도 (일단) 풀리고 말았다.
　…… 가짜 범인이 없어지면서 나는 범행을 계속하기로 했다. 누구도 자신의 숙명을 거역할 수 없다. 이것도 운명이라고 생각했다.

　10월 30일.
　전날 밤 컵에 발라둔 독으로 JDC 사람 둘이 죽었다. 미야마나 다쿠소인 중 누군가를 죽일 생각으로 바른 독이었는데 결과적으로 무의미한 살인이 되고 말았다.
　그리고 메구미……
　메구미는 내가 죽이지 않았다. 내가 사정 청취를 마치고 방에 돌아왔을 때, 메구미는 이미 그런 모습으로 숨이 끊어져 있었다.
　천벌을 받았다고 생각했다.
　누군가가 아이를 죽였다. 이 사건의 범인인 내가 아닌 사람, 예술가artist가 아닌 또 한 명의 『범인』이 나의 사랑하는 딸을 죽였다.
　정체는 알 수 없지만 내 범행의 경고 같은 것은

최종장 육몽 후 종막

아닌 모양이었다. 나는 『범인』이 인간이라는 생각이 들지 않았다. 어떤 초월적인 존재(『작자』?)가 아이를 죽였다고 생각해야 납득이 될 것 같았다.

나는 이 사건에서 처음으로 눈물을 흘렸다.

목숨의 무게를 통렬히 느꼈다.

메구미가 일본어 말고 쓸 수 있는 언어는 독일어뿐이다. 다잉 메시지 『VI』가 무엇을 나타내는지는 명확했다.

메구미는 『파터(VATER, 아버지)』가 아니라 『피오레(VIOLE, 제비꽃)』라고 쓰려고 했다. 나는 아버지로서 신뢰를 상실했다. 아이는 예민하다. 어쩌면 메구미는 내가 살인을 저질렀음을 언뜻 알고 있었는지도 모른다.

나는 고스기와 미야마에게 딸과 놀아달라고 부탁하고 추리하는 척 객실에 콕 박혀 심야 활동 탓에 극단적으로 부족해진 수면을 보충했다. ······그것을 딸이 눈치챈 것도 이상하지 않다.

죽기 전에 메구미가 내가 아닌 미야마를 쓰려고 했던 것은 틀림없는 사실이다. 메구미가 미야마에게 품은, 오빠를 동경하는 듯한 감정은 어느샌가 연모의 정까지 발전한 것인가. 아버지인 나는 딸에 대해 무엇 하나 알지 못하고 딸은 아버지가 아닌 연상의 친구를 선택했다 ······. 슬프다. 하지만 돌이킬 수 없다.

JOKER

　범죄의 늪에는 바닥이 없다. 한번 발을 들이면 절대 탈출할 수 없다.

　그 다잉 메시지를 보기 전까지 나는 미야마도 죽일 생각이었다. 하지만 지금은 그를 죽이지 않으려고 한다. 메구미가 최후까지 사랑하던 미야마까지 죽이면 딸에게 면목이 없다.
　내 사인인 무지개 우의도 무의미해지지만 어쩔 수 없다.

　다쿠쇼인이 만든 『추리소설 구성요소 30항』을 섭렵할 생각은, 내겐 털끝만큼도 없었다.
　다만 본능적으로 살인에 취향을 쏟아붓는 추리소설가의 습성이 구성요소를 섭렵하려는 것처럼 보이는 살인을 연출했으리라······.

　조사를 통해서는 영원히 알 수 없을 동기도 써보고자 한다.

　나의 아버지도······ 추리소설가였다.
　그 아버지는 내가 어렸을 때 어머니를 죽였다.

최종장 육몽 후 종막

추리소설가라는 직업 탓에 아버지는 글로 여러 명을 죽였다. …… 그런 나머지 언제부턴가 그는 인간 생명의 존엄성을 잊어버린 모양이다. 직접 겪은 사람이 아니라면 이해하지 못할 테지만 식사 자리에서까지 살인 이야기를 하는 모습은 아이의 눈에도 이상하게 보였다.

그날, 취한 채 밤늦게 집에 온 아버지는 어떤 원인으로(분명 사소한 일이었을 것이다) 어머니와 말다툼했다.

아버지와 어머니의 말다툼은 처음이 아니었다. 하지만 어머니는 추리소설가에게는 금지어인 그 말을 꺼내고 말았다.

"사람 죽여서 돈 벌어 먹고사니까 정신이 나갔지!"

아버지는 피가 거꾸로 솟았다. 어머니를 때리고, 차고, 질질 끌고, 마지막에는 목매달아 죽였다……

나는 장지문 뒤에서 다리를 바들바들 떨면서 아버지가 어머니를 죽이는 광경을 계속 지켜보았다. 도망치고 싶었다. 하지만 공포로 다리에 힘이 풀려 한 발짝도 움직일 수 없었다.

…… 마침내 아버지는 자신을 바라보는 아들을 발견했다.

"야, 거기서 뭐 해! 봤지! 봤구나?! 이리 와!!"

JOKER

 아버지의 목소리가 아닌 살인귀의 목소리였다. 내가 아는 아버지는 이제 어디에도 없었다.
 아버지가 장지문을 열자 내 안의 무언가가 터졌다.
 공포를 뛰어넘는 살고 싶다!는 의지가 몸을 움직였다. 나는 필사적으로 도망쳤다. 하지만 숨을 헐떡이며 계단을 올라가려고 할 때, 아버지의 손에 어깨를 잡혔다!!
 "료, 이리 와라! …… 아빠랑 얘기 좀 하자."
 고함치고 나서 달래는 목소리가 불쾌했다.
 이 인간은 완전범죄로 꾸미려고 나를 죽일 생각이다. 어린 마음에 그런 예감이 들었다.
 "이거 놔…… 이거 놔! 넌 아빠가 아니야!!"
 나는 발버둥 쳤다. 정신없이 아버지를 떨쳐냈다.
 살인귀는 몸의 균형이 무너지고 인간의 것이라고는 생각할 수 없는 엄청난 비명을 지르며 계단에서 굴러떨어졌다.

 아버지의 죽음은 사고로 수습되었다…….

 그날부터다. 내가 추리소설을 저주하게 된 것은.
 아버지의 인격을 지배한 추리소설이 아버지와 어머니를 죽였다……. 그렇게라도 생각하지 않으면 당시의 내 형언할 수 없는 마음을 가라앉힐 수 없었다.
 추리소설을 증오하는 나는 성장하면서 추리소설가까지

최종장 육몽 후 종막

증오하게 되었다. 그리고 증오의 감정이 살의로 발전하는 데는 그리 오랜 시간이 걸리지 않았다.

내겐 모든 추리소설가가 학살의 대상이었다.

많은 추리소설가와 알고 지내기 위해 나는 고생해서 작가가 되었다. 어떻게든 작가가 될 수 있었다. 언젠가 그들을 죽일 것을 꿈꾸며 나는 추리소설계에서 신뢰를 키워나갔다.

2년 전, 미야마의 소개로 환영성에 처음 방문했다. 소문만 들었는데 실제로 와보니 이곳은 그야말로 내 계획을 이룰 최적의 장소였다. 나는 때가 왔음을 깨달았다.

두 번의 합숙 때 환영성 내부를 철저하게 조사하고 추리소설가들을 죽일 면밀한 계획을 짰다. 내 전부를 건 최고 걸작이 완성되었다. 내 필생의 대작이라는 『샤오쉬안트의 살의』와는 비교도 안 될 만큼 훌륭한 완성도였다.

자신은 있었다.

추리소설가들을 죽일 생각을 하면 여태까지 살아온 보람을 실감했다. 준비에 쏟아부은 3년이라는 시간은 순식간에 지나갔다.

때가 오고, 나는 계획을 실행에 옮겼다.

JOKER

사실은 모든 추리소설가를 죽이고 싶었지만 불가능한 일이다. 나는 『간사이 본격 모임』 소속 작가를 죽여 소소한 만족을 얻기로 했다.

그런데 실제로 사람의 목숨을 빼앗고 실감했다. 이것은 도무지 용서받을 수 없는 죄업이다. 목숨을 잃은 시체를 볼 때마다 터무니없는 짓을 저지른 것은 아닌가 후회하는 마음이 솟구쳤다. 이러면 어머니를 죽인 아버지와 마찬가지라고 자신을 질책한 적도 여러 번이었다.

죄의 무게를 생각하면 공포로 몸이 찢어질 것 같을 때도 있었다. 하지만 범행을 그만둘 수는 없었다. 탐정의 추리가 나를 겨눌까 두려웠다. 따라잡히지 않도록 계속 달려야만 했다.

나를 쫓던 것은 나 자신의 광기일지도 모른다고 생각했다. 사건을 한창 저지를 때뿐만이 아니다. 여태까지 살아오면서 아버지에게 물려받은 광기에 사로잡혀있던 것 같은 기분이 들었다.

이것이 피의 주박일까. 유전자에 조종당하는 것이 아니라 할지라도 나는 아버지와 무엇 하나 다르지 않았다. 같은 잘못을 반복하고 말았다.

변명하고 발뺌할 생각은 없다. 나는 내가 저지른 죄의 무게를 아주 잘 안다. 다쿠소인을 죽이면 나는 스스로 목숨을 끊는다.

최종장 육몽 후 종막

　이제 아무것도 필요 없다. 그저 잠이 필요하다. 영원히 이어지는 잠이.

　계속 방황만 하던 인생이었다······.
　결국 인간이란 무엇인가? 나는 모르겠다. 내가 죽인 사람들의 생명이 끝난 살덩어리들을 보면서 죽음의 허무함을 통렬히 깨달았다. 걷기도 싫어졌다. 지금은 죽는 것만을 생각한다. 영원하고 안온한 시공에 잠들기를 바라며 나는 나를 심판한다.
　사람의 길을 벗어난 자에게 책임을 물릴 방법은 이것뿐이다.
　이제 붓을 들 일도 없다.
　나의 마지막 작품인 이 유서를 읽어주신 당신에게 감사하며.
　나는 영원히 붓을 놓는다.

　　　　　　　　　　　　　　　　1993년 10월 31일

　　　　　　　　　　　　　　　　니지카와 론 경백

JOKER

94 궁극 진범의 정체는?

 조노스케가 유서를 낭독하는 사이, 청중은 니지카와 료라는 인물과 환영성 살인사건을 겹쳐서 회상했다. 니지카와라는 차분한 분위기의 호중년 nice middle……. 동료 작가들의 존경을 받으며 그들을 잘 챙겨주던 사람 좋은 남자. 그가 피의 주박에 조종당해 일련의 사건을 일으킨 범인이라는 내용은 실로 의외의 진상이었다.

 하지만 더 의외인 점은 니지카와 료가 진범이 아니라는 주쿠의 추리다. 여태까지 주쿠는 설득력 있는 추리를 전개하여 꾸준히 관계자들의 신뢰를 얻었지만…… 사람들은 모든 상황이 니지카와 범인설을 지지한다고 생각했다.

 조노스케는 노트를 팍 닫고 옆자리의 마이에게 넘겨주었다. 검은 옷의 탐정은 청량음료수로 목을 축이고 곧장 주쿠에게 질문 공세를 했다.

 "니지카와 씨의 유서는 이게 끝이야. 쓰쿠모 씨, 이건 니지카와 씨가 예술가 artist라는 절대적인 증거 아니야? 이 꼼꼼한 글자는 미야마 양의 『나는 이제 견딜 수 없다』라는 유서 필적과 닮은 것 같은 느낌마저 들어. 그녀의

최종장 육몽 후 종막

유서는 니지카와 씨가 위조한 게 아닌가? 게다가 이해가 안 가는 점은……."

조노스케는 다에를 곁눈질을 보면서 따지는 투로 동료를 재촉했다.

"어째서 니지카와 씨의 유서가 호시노 양의 방에서 나온 거지? 게다가…… 유서 안에서 가장 이해가 안 되는 건 니지카와 메구미 사건이야. 니지카와 씨는 자기가 예술가artist인 걸 인정하면서도 딸은 본인이 죽이지 않았다고 썼어. …… 니지카와 메구미 양을 죽인 건 누구지? 따로 또 범인이 있는 건가?"

"진정해, 류구 씨. 그렇게 한꺼번에 물어보면 쓰쿠모도 대답을 못 하잖아. 응?"

마이가 거들어주어 주쿠는 공손히 고개를 숙였다. 화려한 흑발이 아름답게 흔들리며 보는 이를 매료했다.

"하나씩 순서대로 대답하겠습니다. 먼저 유서부터 말씀드리지요. 이 유서는 니지카와 씨가 쓴 것이 아닙니다. 조금 전에 말씀드린 이유에 따라 니지카와 씨는 예술가 artist가 될 수 없으니까요. 근거는 또 있습니다. 니지카와 씨는 어젯밤 방에서 한 걸음도 나가지 않았으므로 호시노 씨의 방에 유서를 숨길 수 있을 리가 없습니다."

"쓰쿠모 씨, 저희에게도 가르쳐주실 수 있습니까? 대

JOKER

체 진범은 누구입니까?"

주쿠는 조용히, 하지만 한없이 아름답게 고개를 끄덕였다.

진범의 이름이 드디어 밝혀지는가?

"좋습니다. 추리 설명을 편하게 하기 위해서도 이쯤에서 범인을 고발하도록 하지요."

순식간에 식당의 공기가 얼어붙었다. 기다리고 기다리던 성스러운 시간이 드디어 찾아왔다.

"진범, 진짜 예술가artist는 밀감으로 지목된 후몬지 씨도 아니고, 성모 그림으로 지목된 아리마 씨도 아니고, 꽃으로 지목된 기리카 씨도 아니고, 탁점으로 지목된 다쿠쇼인 씨도 아니고, 『해바라기』그림으로 지목된 아오이 씨도 아니고, 경관으로 지목된 료쇼 경부도 아니고, 『흑사관 살인사건』의 우의로 지목된 고스기 씨, 나스키 씨, 구로야 씨, 기리기리스 씨도 아니고, 실수로 고발될 뻔한 가나이 씨도 아니고, 독이 든 설탕으로 지목된 사도 씨도, 더군다나 사토 씨도 아니고, 무지개 우의와 유서로 지목된 니지카와 씨도 아닙니다.

…… 그렇습니다. 예술가artist는 자신의 사인을 한 번도 남기지 않고 유서로 자신의 무죄와 도망칠 여지를 확립한 인물, 미야마 가오루 씨입니다."

최종장 욕몽 후 종막

■

길고 긴 고투 끝의 진실.

"그럴 수가……."

충격의 연속에 견딜 수 없었던 모양인지 마미야 데루가 주저앉았다. 히라이 다로에게 부축받은 여자의 오열이 식당에 울려 퍼졌다.

"아니, 그런데. 미야마 씨는 마지막 두 건의 살인 때 이미 죽어있지 않았나요……?"

구토가 의문을 제기했다. 주쿠는 히라이 씨의 품에서 울고 있는 데루를 보면서 마지막 해설을 시작했다.

"미야마 씨의 목매단 시체를 보고 바로 알아챘어야 했는지도 모릅니다……."

주쿠는 탁상의 『화몰』을 모두에게 보여주면서 안타깝다는 듯한 말투로 말했다.

"『화몰』 원고에는 미야마 씨는 독실한 크리스천이었다고 여러 번 언급되었습니다. 자살을 엄히 금지한 크리스천이 과연 목을 맬까요?"

"하지만 그 정도 이유로는……."

데루의 머리에 부드럽게 손을 얹은 히라이 씨는 어째서인지 받아들이지 못한 모양이다. 예술가의 정체를 누구보다도 간절히 알고 싶어 했던 노인이 범인 고발에 부정

JOKER

적인 자세를 보인 것은 이번이 처음이었다. 그만큼 미야마 범인설이 의외였던 걸까?

"일인칭입니다. 히라이 씨."

"일인칭……?!"

몇 사람이 주쿠의 말을 따라 했다.

"10월 31일 시점에 살아계셨던 세 추리소설가 분의 일인칭을 생각해보십시오."

일인칭 비교	손윗사람	동등함	손아랫사람
미야마 가오루	저	저	저
다쿠쇼인 류스이	저	나	나
니지카와 료	나	나	나

"일인칭뿐만 아니라 호칭도 중요합니다. 부르는 법 하나로도 누구의 대화인지 알아낼 수 있으니까요."

다쿠쇼인 류스이의 예를 들면, 호칭은 다음과 같다.

『다쿠쇼인 류스이의 호칭표』
류스이…… 아오이 겐타로
류스이 씨…… 호시노 다에

최종장 육몽 후 종막

```
다메이…… 히류 쇼코
다쿠쇼인 씨…… 일반인
다쿠쇼인…… 류스이의 선배 작가
다쿠쇼인 씨…… 류구 조노스케
```

"일인칭은 개성을 나타낸다고 하는데 이번에도 중요한 실마리가 되었습니다. 미야마 씨의 일인칭은 『저』로 통일되어 있었습니다. 하지만…… 그녀의 주머니에 있던 유서는 『나는 이제 견딜 수 없다』였습니다."

경악…… 암전…… 혼돈…….

잠깐의 틈을 두고 주쿠는 계속 말했다.

"그것은 미야마 씨의 유서가 아니었습니다. 미야마 씨는 『얼음 늪』에서 죽었어야 했던 것이 아니었습니다."

"쓰쿠모 씨. 그러면 어째서 미야마 씨는 목을 매달고 죽은 거죠?"

아리마 미유키가 물었다. 주쿠는 곧장 대답했다.

"불의의 사고입니다."

"사고라니……."

데루가 부은 눈으로 주쿠를 보았다. 주쿠는 그녀와 얼굴을 마주하고 계속 말했다. 선글라스 탓에 표정을

JOKER

전혀 읽을 수 없었다.

"다쿠쇼인 씨가 『신기루의 방』에서 살해당한 것을 생각하면 미야마 씨는 그 『얼음 늪』에서 니지카와 씨를 자살로 가장하고 죽이려고 했겠죠. 니지카와 씨의 일인칭은 『나』로 통일되어 있습니다. 그리고 조금 전에 류구 씨가 지적하신 것처럼 두 유서는 필체가 비슷합니다. 그것도 하나의 증거가 되겠죠. 『나는 이제 견딜 수 없다』라는 유서도 미야마 씨가 니지카와 씨를 위해 준비한 것이라고 하면 아귀가 맞습니다. 물론 노트 유서도 미야마 씨가 위조한 것입니다. 니지카와 씨의 유서는 두 개였습니다."

조노스케의 지적은 옳았다. 두 개의 유서는 동일인물의 손으로 쓰였다. 다만 아이러니하게도 니지카와가 미야마의 유서를 위조한 것이 아니라 완전히 반대였다.

"그런데 주쿠 오라버니. 불의의 사고는 무슨 뜻이죠?"

웬일로 네무가 질문했다. 상당히 의아했던 모양이다. 하지만 그녀의 의붓오빠는 문제없이 평소처럼 깔끔하게 수수께끼를 해체했다.

"미야마 씨의 사망 추정 시각은 오전 3시……. 네무 씨, 잊으셨나요? 어제 오전 3시에는……."

구 세키 순사가 절규했다!

최종장 육몽 후 종막

"지진!"

"그렇습니다. 지진이 있었지요. 아마 그때 미야마 씨는 니지카와 씨의 목을 매달기 위한 로프를 달고 있었을 겁니다. 그런데 지진이 일어나면서 올라갔던 의자가 흔들려 그녀는 균형을 잃고…… 의자에서 헛디뎠을 때 불행하게도 로프 안에 자기 목을 넣어 그대로 목을 매달게 된 것입니다."

무시무시한 이야기다. 살인 준비를 하던 사이에 자신이 만든 위장자살 도구로 숨을 거둔 것이다. 어젯밤 지진 때, 미야마 가오루가 그런 식으로 목을 매달았다고 누가 예상할 수 있었겠는가.

마경의 신비를 덮은 안개 속에서 지금, 숨겨진 사실이 조금씩 밝혀지려 한다…….

JOKER

95 작자에게 사랑받은 등장인물

"쓰쿠모. 그럼 다쿠쇼인 씨와 니지카와 씨의 죽음은 어떻게 설명할 거야? 게다가…… 메구미가 살해당한 사건 때 미야마 씨는 알리바이 때문에 절대로 범인이 아닐 텐데, 역시 그 사건만 따로 『범인』이 있는 거야?"

이번에는 마이가 조금 전의 조노스케처럼 한꺼번에 질문했다. 주쿠는 언제나 질문에 대한 답을 준비하고 있었다. …… 대답할 수 없는 것이 없어서 무엇이든 물어보고 싶었다. 그리고 모든 수수께끼를 풀어주었으면 했다.

어젯밤 죽은 세 사람의 사망 추정 시각은, 미야마 가오루…… 오전 3시 전후, 다쿠쇼인 류스이…… 오전 4시 전후, 니지카와 료…… 오전 5시 전후다. 예술가artist가 정말로 미야마 가오루라면, 그녀는 어떻게 자신의 사후에 두 인물을 살해했는가?

"미야마 씨는 사고사했을 때, 니지카와 씨를 죽일 준비를 하고 있었습니다. 순서대로 말하자면 다쿠쇼인 씨를 먼저 죽이려고 했겠지요. 그 시점에 이미 다쿠쇼인 씨는 사실상 죽은 상태였다고 생각해야 합니다."

최종장 육몽 후 종막

주쿠는 미묘한 표정을 지었다. 이번엔 구로야 다카시가 눈썹을 찌푸리고 질문했다.

"사실상 죽었다니, 그건 무슨 뜻입니까?"

"원격살인입니다."

"…… 원격살인?!"

몇 명의 목소리가 겹치며 경악의 하모니를 자아냈다.

"마지막 알리바이 공작을 위해서인지, 아니면 무언가 다른 의도가 있었는지는 알 수 없습니다만, 그때 다쿠쇼인 씨를 죽이기 위한 장치는 이미 완성되었다고 보아야 합니다. 돌바닥을 적셨던 물이 바로 그것입니다."

수건과 물과 『신기루의 방』이 한데 엮이면서 청중의 머릿속에 진실의 풍경을 그려냈다.

"다시 말해 예술가artist는 나스키 씨가 요리에 쓰는 얼음그릇을 사용했습니다. 경덕귀 조각상 양옆에는 등을 맞대고 선 두 미인상이 있지요. 그 미인상은 완전히 같은 디자인이며 머리 위에 물병을 받치고 있습니다. 게다가 조각의 간격은 사람 한 명이 들어가는 정도입니다.

미인상의 물병 안에 얼음 그릇을 조금 기울여서 세운 다음, 몸의 균형이 무너지지 않게, 곧장 자수정amethyst 위에 떨어지게 각도를 조정하고 얼음 표면에 수건을 놓고 그 위에 다쿠쇼인 씨를 눕힌 것입니다."

그림으로 나타내면 다음과 같다.

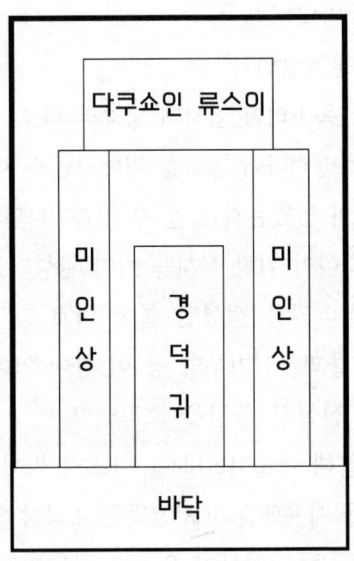

"아직 검시 결과를 기다리는 중입니다만, 아마 다쿠쇼인 씨도 히이라기 씨가 그랬듯 강력한 수면제로 잠들었을 것으로 보입니다. 이 장치를 완성하고 나서 오전 3시에 미야마 씨는 『얼음 늪』에서 다음 살인을 준비하고 있었 겠지요.

최종장 육몽 후 종막

 마침내 얼음이 녹으면서 다쿠쇼인 씨는 만유인력의 법칙에 따라 경덕귀가 손에 쥔 자수정amethyst으로 낙하했습니다. 얼음 그릇과 수건도 이때 바닥에 떨어졌겠지요. 현장에 실마리가 그대로 남아있던 것도 예술가artist가 이미 죽은 인물인 증거라고 할 수 있습니다. ……아이러니하게도 다쿠쇼인 씨는 이렇게 자신을 죽인 자가 죽었을 때보다 1시간 늦게, 영원한 잠을 이루었습니다."

 죽은 자가 남긴 장치에 살해된 남자……. 슬픈 이야기다.

 하지만 이렇게 사건의 수수께끼 중 9할은 해명되었다. 남은 것은 니지카와 부녀의 죽음과 밀실의 수수께끼다.

 주쿠의 조수 히키미야 유야가 워드프로세서 자판을 두드리던 손을 멈추고 새로운 의문을 제기했다.

 "쓰쿠모 씨, 그러면 니지카와 료 씨의 죽음은 어떻게 된 거죠? 니지카와 씨를 죽일 준비를 하던 중에 미야마 씨가 죽었으니까 아무도 죽일 수 없었던 거잖아요."

 "히키미야 씨의 말씀이 맞습니다. 미야마 씨는 궁극의 밀실에 있는 니지카와 씨를 죽일 수 없었습니다. 그런데 어렵게 생각하실 필요는 없습니다. 순수한 소거추리로 답은 간단히 도출할 수 있습니다. 즉, 니지카와 씨의 죽음은 바로 자살이었습니다."

JOKER

 주쿠답지 않게 모순된 추리였다. 조금 전 니지카와 위장 자살설과 명백하게 어긋난다.
 주쿠의 해설을 경청하던 조노스케도 그 점을 지적해야 했다.
 "쓰쿠모 씨는 니지카와 씨의 죽음이 위장자살이라고 하지 않았어?"
 "예. 분명히 저는 니지카와 씨의 죽음이 위장자살이라고 말씀드렸습니다. 하지만 자살이 아니라고는 말씀드리지 않았지요. 그 죽음은 위장자살을 가장한 자살이었습니다."
 그 설명에 모두가 고개를 갸웃거렸다. 불가사의에 극에 달한 이야기였다. 그런 일이 과연 가능한가?
 "그 방은 밀실조차 아닙니다. 그날 밤 니지카와 씨가 한 발짝도 밖에 나가지 않았을 뿐입니다. 따님께서 그렇게 되어 살아갈 의지를 잃었는지……. 니지카와 씨는 자살을 택했습니다."
 "그런데 쓰쿠모. 그러면 왜 자살을 위장해야 했던 거지?"
 선글라스를 쓴 미모의 탐정이 제시한 추리의 아름다운 연쇄에 매혹되면서도 마이는 탐정으로서의 본능 때문인지 어느새 그런 질문을 꺼냈다.

최종장 육몽 후 종막

"니지카와 씨는 예술가artist가 누구인지 몰랐습니다. 그는 자살을 결의했지만 자신의 명예를 위해서라도, 메구미 씨의 명예를 위해서라도, 자신이 예술가로 착각당해서는 안 됐습니다. 그 상황에서 자살하면 수사진은 아마 니지카와 씨가 바로 예술가artist라고 단정할 테니까요……. 그 우려는 현실이 되어 그는 예술가artist의 오명을 썼습니다."

조노스케와 데쓰코를 비롯해 여태까지 수사를 지휘하던 사람들은 씁쓸한 표정을 지었다. 딱히 규탄받은 것은 아니었으나 주쿠의 말이 아프게 들렸다.

"니지카와 씨는 자살하고 싶었지만 혐의를 뒤집어쓸 수는 없었습니다. 그래서 그는 자신이 예술가artist에게 죽은 것처럼 보이기 위해 자살을 위장 자살로 연출했습니다. 유서를 남기지 않은 것도 아마 그런 이유라고 봅니다. …… 수사진이 자신의 방 주변을 포위하고 궁극의 밀실 상황을 만든 것도 모르고 그는 평안히 영원한 잠에 빠졌습니다."

놀라운 진상!

보는 각도를 바꾸기만 해도 사건은 전과는 판이한 얼굴을 보여준다. 환영성 살인사건이 기적적인 중층구조를 이루었기 때문에 성립하는, 눈 돌아가는 역전극의

JOKER

연속이었다.

…… 게다가 이걸로 모든 게 끝이라고 할 수 없으니 깊이가 무시무시하다고 할 수 있다.

"환영성 살인사건은 마지막의 마지막에야 예술가artist의 손에서 벗어나 독자적인 해결에 다다랐습니다. 몇 가지 우연 덕분에 사건은 저절로 진상과는 다른 해답으로 저희를 유도했습니다.

생각해보세요. 니지카와 메구미 씨가 죽지 않았더라면 니지카와 료 씨의 방은 그대로 다른 작가들의 방과 나란히 있었을 것이며, 심야에 엄중한 경비 체제에 들어간 수사진이 미야마 씨를 체포하고 승리를 거머쥐었겠지요.

마지막 순간에야 우연으로 운명을 관장하는 자가 죽음을 부과했지만 미야마 씨는 죽기 직전까지 운을 자기편 삼은 것입니다."

엘러리 퀸의 아버지는 자신의 글에 이렇게 썼다.「완전범죄인은 운명의 총아여야만 한다」라고…….

마지막 순간까지, 아니, 죽음을 맞이한 후에도 미야마 가오루는 운명의 총아였다. 사건은 그의 손을 떠난 후에도 가짜 해답을 향해 멋대로 걸어갔다.

최종장 육몽 후 종막

예술가artist의 시나리오	현실 사건
①다쿠쇼인 류스이를 죽일 장치를 설치 ↓ ②니지카와 료를 자살로 가장할 준비 ↓ ③다쿠쇼인 류스이가 죽음 ↓ ④니지카오 료를 자살로 가장하여 죽임	①다쿠쇼인 류스이를 죽일 장치를 설치 ↓ ②미야마 가오루가 지진으로 사고사 ↓ ③다쿠쇼인 류스이가 죽음 ↓ ④니지카와 료가 자살

  미야마 가오루 사후에도 다소의 변형이 있었으나 사건은 (예술가artist에 의해) 완벽하게 전개되었다.
  …… 미야마 가오루에게 유일하게, 하지만 결정적으로 운이 없었던 점은 수사하는 측에 운명 따위를 초월한 존재인 쓰쿠모 주쿠가 있던 것이다. 미야마 가오루가 모든 지혜를 결집하여 창조한 거대한 살인예술도 주쿠 앞에서는 덧없이 무너져버렸다.
  "『의자에 앉은 성모』 그림이 뒤집혀 있던 이유……. 어쩌면 본인이 의도하지는 않았더라도 그것이 바로 예술가artist의 사인이었는지도 모르겠군요. 여기서 말하는

JOKER

성모란 마리아가 아닙니다. 다만 미야마 씨도 분명히 류구 씨를 비롯한 분들이 오해하셨던 것처럼 제목만 보고 성모 마리아의 그림이라고 착각했겠지요.

『역전의 방』. 아무리 그 방의 법칙에 따르기 위함이라고 하나 크리스천인 미야마 씨는 거꾸로 뒤집힌 성모화를 직시하기 힘들었을 것입니다. 미야마 씨는 말하자면 본능적으로 거꾸로…… 원래 방향으로 되돌려버렸습니다."

아리마(마리아의 반대) 미유키 형사를 가리키는 미스디렉션이 아니었다. 거꾸로 된 성모화는 예술가artist가 크리스천이라는 상징이었다.

"그리고 유서 이야기를 하지요. 『나는 이제 견딜 수 없다』는 유서는 예술가artist의 시나리오에 의하면 니지카와 씨의 유서로 발견되어야 했었습니다. 어째서 그 유서에는 『견딜 수 없다』의 『견딜』이 가타카나*タエ*로[48] 되어 있을까요? 바로 예술가artist가 위조한 니지카와 씨의 유서를 숨긴 곳을 노골적으로 가리키는 메시지였기 때문입니다. 『타에[49]』……라고 하면 누구든 호시노 『다에』 씨를 연상하겠지요. 제가 유서 노트를 발견할 수

---
48) 본서에서는 가타카나를 이탤릭체로 표기했다.
49) 일본어에서 '타에루*たえる*'는 '견디다'라는 뜻이다.

최종장 육몽 후 종막

있었던 것도 이 이유 때문입니다.

미야마 씨는 아마 어젯밤 전, 그저께라도 틈을 보고 그녀의 방에 노트를 숨겼겠지요."

"쓰쿠모 씨. 그래서 니지카와 메구미 양을 죽인 『범인』의 수수께끼와 밀실 트릭은 해명되었어?"

조노스케가 주쿠에게 마지막 난제를 제시했다. 하지만 미형의 탐정은 여유로웠다. 동요하지 않고 미美소 지으며 고개를 끄덕이고 마지막 설명에 들어갔다.

"그 수수께끼도 다른 각도에서 바라보면 답은 의외로 단순하다는 것을 알 수 있습니다. 범인은 굳이 말하자면 『신』…… 운명이지요. 그것 또한 살인이 아닌 니지카와 메구미 씨의 자살이었습니다."

지금까지 고개를 숙이고 추리를 경청하던 사람도 역시나 그 말에는 고개를 들 수밖에 없었다.

니지카와 메구미는 화병에 머리를 맞았다. 자살이라기에는 너무 어이없다.

"자살이란 표현은 정확하지 않군요. 제가 그렇게 말씀드린 것도 이유가 있습니다만, 그건 나중에 설명해 드리고……. 사고사라고 바꿔 말해야겠습니다. 현장 상황을 잘 생각해보세요(『80 혈서를 읽다』 참조). 니지카와 메구미 씨는 방의 선반 근처에서 죽어있었고 후두부뿐만

JOKER

아니라 전두부에도 타박상이 있었습니다.

 수사 파일에 따르면 그녀는 왼손잡이였습니다. 하지만 현장 사진을 보면 메구미 씨는 오른손으로 다잉 메시지를 남겼습니다."

 그때 마이가 날카롭게 반응했다.

 "그건 나도 류구 씨도 네무도 알고 있어, 쓰쿠모. 그래서 처음엔 두 순사가 사살된 사건과 마찬가지로 예술가 artist가 메구미가 쓰는 손을 모르고 다잉 메시지를 위조했다고 추리했지. …… 그런데 그만큼 명민한 범인이 두 번이나 같은 실수를 저지를 것 같지는 않았어. 게다가 시체를 잘 보니까 메구미가 왼손 손목을 삐었다는 걸 알 수 있었어(파일 참조). 그래서 그녀가 오른손을 써도 이상하지 않다고 추리한 거지."

 "기리카 씨, 그건 압니다. 하지만 범인이 저항할 때 염좌가 생기던가요? 아예 불가능한 일은 아니지만 그렇다면 손목뿐만 아니라 몸의 다른 부분에도 타박상이 있었겠지요. 제가 그녀의 죽음을 자살(사고사)이라고 확신한 이유도 나중에 자세히 설명하겠습니다마 그것은 사고였습니다.

 니지카와 메구미 씨는 어쩌다 보니 카펫에 발이 걸려 넘어지고 왼쪽 손목을 삐어서 앞머리를 세게 박았습니

최종장 육몽 후 종막

다. 그때 선반 위에서 화병이 떨어져서…… 후두부에 일격을 가했습니다. 니지카와 메구미 씨의 머리가 묶여 있던 이유는 초자연적인 추측을 배제한다면 그녀가 직접 마음대로 묶었다고 해석할 수밖에 없어요. 그 부분은 나중에 또 설명해 드리겠습니다."

조노스케는 주쿠가 빙빙 돌려가며 말하는 투가 어쩐지 신경 쓰였다. 어쩌다 보니…… 혹시 고스기 쇼리가 소녀를 부르기 위해 방문을 세게 두드렸을 때 깜짝 놀라서……?

소년을 슬프게 하지 않기 위한 동료의 배려를 깨닫고 조노스케는 모자챙을 내려 고개를 숙이고 아무에게도 보이지 않게 미소 지었다.

조노스케는 동료의 그런 점을 좋아했다.

주쿠는 쓸데없이 자신의 업적을 자랑하지 않는 남자다.

다양한 경악을 낳은 마지막 해결편도 겨우 일단락된 느낌이었다.

…… 하지만 진짜 종막은 아직이다.

쓰쿠모 주쿠의 신통이기가 제 실력을 발휘하는 것은 이제부터다. 주쿠의 추리는 곧 1000년의 어둠을 찢고 환영성 살인사건의 장대한 배경을 폭로할 것이다!!

JOKER

96 범죄신을 매장하는 주술의 언어

 사건은 해결되었다. 하지만 주쿠는 아직 자리에 앉지 않았다. 그에게는 메타탐정으로서 해명해야 할 것이 아직 남아있다.
 비창한 음악을 연상케 하는 멋진 미성으로 주쿠는 식당에 더 큰 경악을 불러일으켰다.
 "이상으로 살인사건에 관한 문제는 해명되었다고 봅니다. 이렇게 환영성 살인사건 해설을 마치도록 하겠습니다……. 다만 참으로 아쉬운 것은 다쿠쇼인 류스이 씨가 진상을 알고 있었으면서도 잠자코 계셨다는 점입니다."
 자기 객실에서 발견된 유서에 언급되어도 침묵을 지키던 다에까지 무심코 입을 열었다.
 "류스이 씨가 진상을 알고 있었다고요……?"
 여태까지 환영성 살인사건은 예술가artist라는 초월자가 인외마경에 만들어낸 허구적 이야기라며 체념 비슷한 복잡한 심경을 가진 사람도 많았다. 이 사건은 범죄의 천재가 만들어 낸, 자신들(인간)은 어쩌지 못할 천재지변 같은 것이라고…….

최종장 육몽 후 종막

하지만 그런 사람들도 주쿠가 초월적 추리로 불가능 범죄에서 『불』을 빼고 초월적인 수수께끼도 현실 레벨에서 해체하면서 조금씩 생각을 바꾸기 시작했다.

이것은 예술가artist의 살인예술 따위가 아니다. 인생의 길을 잘못 든 자가 저지른 무거운 범죄다……. 그렇게 인식을 고치고 있었다.

다에도 그중 한 사람이었다. 불가사의한 초월적 사건은 사실 단순히 불쾌한 사건이었다. 그렇게 자신을 타일러 잃어가던 『자신』을 조금씩 느낄 수 있었다.

인간다운 감정을 되찾으려 하자마자 카타르시스……. 그것 때문에 또 우울한 기분에 젖을 수는 없었다. 그러나 경악은 너무나도 거대했다. 사건의 진상 이상으로 놀라운 일이었다.

다에와 후몬지는 류스이와 개인적으로 잘 알고 지냈다. 그녀는 환상적인 분위기를 지닌 그 작가를 잘 안다고 생각했다.

다쿠쇼인 류스이는 모든 것을 알고 있었다? 그리고 그것을 묵인했다?

믿기지 않았다. 어째서 류스이는 진상을 간파했다면서 미야마 가오루에게 살해당했는가? …… 다에뿐만 아니라 주쿠를 제외한 모두가 그 점을 의문시했다.

JOKER

 청중은 충격을 받고 목에 걸린 질문을 입으로 꺼낼 수조차 없는 모양이었다.

 "다쿠쇼인 씨는 모든 것을 알고 있었습니다. 이 사건의 모든 것을. 『화몰』을 읽으면 명백하지요. 그 기록물에는 미야마 씨가 범인임을 나타내는 여러 실마리가 존재합니다. 예를 들어 『빛의 무대』의 눈 밀실을 생각해보도록 하지요. 그 밀실은 기리카 씨가 추리하신 바가 맞습니다. …… 하지만 그 밀실에는 더 중요한 의미가 있었습니다. 범인의 특징을 나타내는 의미지요. 기리카 씨, 당신은 그 밀실 추리에 위화감을 느끼신 모양인데, 어느 부분입니까?"

 "눈 밀실 트릭은 예술가가 실제로는 『빛의 무대』로 가지 않았다. 즉, 진짜 범행 현장은 그곳이 아니다 라는 점이야. 범인은 피해자들의 피를 얼린 것과 쇠도끼를 『빛의 무대』로 던졌어……."

 "그거야, 기리카 양!"

 조노스케가 마이의 말을 가로막고 날카로운 목소리로 외쳤다. 검은 옷의 탐정은 주쿠에게 시선을 던졌다. 선글라스를 쓴 아름다운 탐정은 미소 짓고 고개를 끄덕여 조노스케의 생각이 옳음을 나타냈다.

 "류구 씨는 알아채셨나 보군요. 그렇습니다. 그 밀실을

최종장 육몽 후 종막

만들려면 상당한 컨트롤…… 투구 실력이 필요합니다. 왜냐하면 환영성에서 『빛의 무대』까지 거리는 수십 미터입니다. 게다가 범인은 피의 그릇과 쇠도끼를 한정된 공간 안에 완벽하게 던져넣어야만 합니다. 『빛의 무대』에서 물건들이 벗어나면 의미가 없지요.

『화몰』의 독자 여러분, 생각해보시죠. 그 원고의 『59 장엄하고 화려한 공간』에는 미야마 씨가 캐치볼을 하는 장면이 있었습니다. 그리고 미야마 씨는 중학교, 고등학교에서 야구부 투수였다고 쓰여 있었습니다.

그 기록물에는 환영성 살인사건의 모든 장면이 묘사되지는 않았습니다. 서술자인 다쿠쇼인 씨의 판단으로 취사선택되어 중요하다고 여겨진 장면만이 쓰였지요. 대강 읽었을 때 의미가 없어 보이는 장면은 미야마 씨가 범인임을 암시하기 위해 의도적으로 묘사된 장면입니다."

설마 그 캐치볼에 의미가 있었을 줄이야……. 『독자』이자 『등장인물』들은 이미 아무 말도 할 수 없었다.

"그뿐만이 아닙니다. 전부 확인하지는 않았지만 개중에는 더 대담한 복선도 있습니다. 예를 들어……."

주쿠는 탁상의 『화몰』을 들고 체크한 부분을 펼쳐 미성으로 낭독했다.

JOKER

> "만약 내가 예술가artist면 어쩌려고?"
> "전 애가 아니에요. 그리고 니지카와 씨가 예술가 artist가 아니라는 건 제가 가장 잘 알아요."

"…… 이건 『42 데포르마시옹』에서 인용한 겁니다. 데포르메라고도 하는 데포르마시옹이란 다시 말해 왜곡입니다. 이 소제목이 가리키는 것처럼 이 부분은 실제로 있던 대화를 왜곡하여 범인을 노골적으로 드러낸 픽션이었습니다.

니지카와 씨가 예술가artist가 아니라는 걸 가장 잘 안다……. 이 말은 미야마 씨 자신이 예술가artist이기 때문에 나온 말입니다."

"그럼 주쿠 오라버니. 만약 다쿠쇼인 씨가 진실을 알았다면 어째서 묵인한 거죠? 어째서 범인에게 살해당한 건가요?"

네무는 주쿠의 추리를 아무리 경애하는 오빠의 추리라고 해도 그대로 받아들이지 않았다. 감정적인 수사만으로는 JDC의 출세 경쟁을 헤쳐나오지 못한다. JDC 상위반 탐정이라면 모두가 아는 사실이다. 스스로 생각하고 확

최종장 육몽 후 종막

인하는 것이 중요하다.

"어디까지나 가설입니다만, 다쿠쇼인 씨는 동료의 죄업을 차마 폭로할 수 없었던 것 같습니다. 여러 겹으로 깔린 복선을 보면 알 수 있는데, 그가 자신이 아는 진상을 누구라도 깨닫길 바랐던 것은 확실합니다.

『화몰』의 마지막 장면인『82「화몰」의 끝』에는 이런 서술이 있습니다."

원고를 가지고 있던 사람은 주쿠가 가리킨 부분을 찾았다. 원고를 넘기고 주쿠는 다시 낭독했다.

> 류구 씨는 드디어 진상에 도달해주었다!

조노스케가 혀를 찼다. 분노가 아니라 분통이었다. 다쿠쇼인이 그에게 진상을 말하지 않고 어이없이 살해당한 것. 그리고 자신이 그의 기대에 부응하지 못하고 가짜 진상을 보았다는 것이 몹시도 분했다.

"…… 이것은 다쿠쇼인 씨의 거짓 없는 심경이었겠지요. 그는 반드시 진상을 누군가에게 전하기 위해『화몰』이라는 기록물을 이용해 때로는 암시적으로, 때로는 노골적으로, 미야마 씨를 계속 고발했습니다. 류구 씨, 당신

JOKER

은 『79 소네트 무제의 살시』를 어떻게 해석하셨나요?"

"소네트……?! 아, 그 짧은 시. 다쿠쇼인 씨는 이상한 사건 한복판에서 잘 시간을 쪼개기까지 하는 극한상황에서 계속 글을 썼잖아. 그건 잠깐 쉬는 걸로 봤는데."

사건이 아닌 『화몰』이라는 원고에 최대의 미스터리가 있다면 그 단시sonnet일 것이다. 도무지 해독할 수 없는 불가사의한 글이라 대부분의 『독자』는 그대로 보고 넘겼다.

"나는 유체 이탈한 니지카와 메구미의 유령 시점(?)에서 그녀 자신이 살해당한 현장을 냉정하게 관찰했다는 초현실적인 장면을 묘사한 것으로 생각했어. 시에는 『꺄하하』라는 웃음소리가 여러 번 나오잖아. 『화몰』의 다른 부분에 메구미의 웃음소리가 『꺄하하』인 부분이 있었으니까. …… 아마 메구미랑 고스기가 온실에서 호시노 씨를 만났던 장면인 걸로 아는데."

마이가 자신의 견해를 말하자 데쓰코가 냉정함이 결여된 투로 물었다.

"설마…… 쓰쿠모 씨, 그 시에도 깊은 의미가 있었나요?"

광인이 쓴 듯한 파탄의 소네트에 의미가 있다면 그 또한 예술일지도 모른다…….

최종장 육몽 후 종막

"아유카와 씨, 조금 전에 말씀드린 대로 『화몰』은 전부 선택된 장면으로 구성되었습니다. 쓸데없는 장면은 하나도 없어요. 물론 소네트도 마찬가지입니다.

짧게 말씀드리자면 소네트는 근세 유럽의 서정시 중 한 가지 형식으로, 일반적으로 4행의 절 2개와 3행 절 2개로 이루어진 14행 단시입니다. 주목해야 할 점은 그 시 마지막에 덧붙여진 문장, 『머리는 신경 쓰지 마세요』라는 메시지입니다. …… 이것이 바로 사건의 중요한 실마리인 삼중의 함의triple meaning입니다."

『머리는 신경 쓰지 마세요』.『이 시의 내용은 돌아버렸지만 제 머리는 정상입니다. 부디 걱정하지 마시길』이라고도 해석할 수 있는 내용인데, 진짜 의미는…….

"다쿠쇼인 씨는 일부러 역설적 표현을 써서 주의를 환기하려고 했겠지요. …… 다만 안타깝게도 그 시도는 큰 소득 없이 끝났습니다. 다시 말해 『머리에 주목하라』는 뜻입니다. 살인예고장의 『화려한 몰락을 위해』라는 메시지가 일단 첫 번째 함의……. 다쿠쇼인 씨는 그 살인순서 예고를 알고 있었습니다. 그리도 두 번째 함의는…… 소네트의 숨겨진 메시지입니다.

시 마지막 행의 『루루루』도, 의미를 알 수 없는 추상적인 말입니다. 그 말 자체에 의미가 있지는 않더라도

JOKER

중요한 건 그『소리』가 아닐까? 저는 그렇게 생각하여 소네트의 각 행 머리글자를 모아봤습니다."

교차하는 플래시 빛, 떠오르는 시체. 交錯するフラッシュの光、浮かび上がる屍体。

짙은 빨간색 샘에 잠든 한 소녀. 濃紅色の泉に眠る一人の少女。

꽃병이 시체 옆에 굴러다녀. 꺄하하. 花瓶が屍体の横に転がっているよ。キャハハ

어안이 벙벙한 가오루, 울부짖는 쇼리. 呆然とする薫、泣き崩れる勝利。

*

다음은 누가 죽을까. 그건 저일지도 몰라요. 次は誰が殺されるのか、それは私かもしれない。

끝없는 공포가 성을 덮어버렸어. 꺄하하. はてしない恐怖が城ヲ包んでいるよ。キャハハ

진실을 아는 사람은 단 한 명, 예술가뿐. 真実を知るのはただ一人、芸術家ダケ。

*

사실 탐정은 아무것도 알아내지 못했지. 実をいうと探偵は何もつかんでいナイ。

최종장 육몽 후 종막

알아낸 것은 허구의 두루마리 글. つかみ得たのは虚構の絵詞。

그저 암담한 미래만이 펼쳐져 있어. 꺄하하. ただ暗澹たる未来が広がっているよ。キャハハ

*

형언할 수 없는 기발한 착상. えもいわれぬ奇想。

손이 뭔가를 쓰고 있네. 저건 뭘까? 手がナニかヲ書いている。あれはナアニ?

무슨 말인지 모르겠어. 꺄하하. 意味がわからないよ。キャハハ

루루루…… ルルル……

"『이 화몰은 진실을 전하고 있습니다50)』. 이것이 바로 다쿠쇼인 씨의 숨겨진 고백이었습니다. 이 시로 그는 자신이 진실을 알고 있으며『화몰』이라는 매체를 통해 전하려고 했다는 의도를 누군가가 알아주길 바랐습니다."

다쿠쇼인 류스이는 기록물『화려한 몰락을 위해』를 통해 항상 진실을 호소했다…….

아무리 동료라지만 그가 미야마를 감싸고 가슴 속에

---

50) 원문 행의 앞 글자를 합하면 このかぼつは真実をつたえている가 된다.

JOKER

진상을 숨기고 있었다는 점은 이해할 수 없었다. 다만 이렇게까지 뚜렷한 메시지(류스이의 뜻)가 사실로 드러났다는 것은 인정할 수밖에 없었다.

"그리고…….『화몰』의 내용으로 진실을 어필하고자 복선을 뿌린 것은 물론,『독자』가 좀처럼 진상에 도달하지 못해 애를 태운 그는 최종적으로 범인고발까지 결심한 듯합니다. 범인의 이름을 노골적으로 드러내는 대담한 메시지로요. …… 그것이 세 번째 함의입니다.

다쿠쇼인 씨는 원고에서 가장 눈에 띄는 곳에 메시지를 숨겼습니다. 이야기에서 맨 처음에 주목하게 되는 장의 제목이 바로 그 장소입니다.

서장부터 사실상의 종장인 6장까지『화몰』각 장의『머리』를 모아보면……."

서장 번잡한 서막　はんざつなるじょまく
제1장 임무지는 환영성　にんちはげんえいじょう
제2장 야상곡의 멜로디　のくた-んのしらべ
제3장 수수께끼의 탐정　なぞめいたたんてい
제4장 마경의 사중살해　まきょうのよんじゅうさつ
제5장 영야파경의 탄식　えいやはきょうのたん
제6장(종장) 홀려버린 폐막　はかされたへいまく

최종장 육몽 후 종막

"『はんにんのなまえは』 - 『범인의 이름은……』. 다쿠쇼인 씨가 살해당하면서 『화몰』이 미완성으로 끝났기 때문에 문장은 중간에 끝났습니다. 하지만 이 장 제목의 머리글자가 그의 메시지임은 확실하지요? 아니, 『범인의 이름』이라고 잘라서 읽을 수도 있겠습니다. 제6장, 홀려버린 폐막의 『홀리다魅せる』는 『미야마魅山』의 『미魅』이기도 합니다. 최종장의 제목을 『산山』으로 시작해서 『범인의 이름·미야마』라고 하려고 했을 가능성도 있습니다. …… 어쨌든 다쿠쇼인 씨가 진상을 알아챘다는 사실은 이 부분에서도 볼 수 있습니다."

다쿠쇼인 류스이는 『화몰』 원고로, 믿기 힘들게도 서두 첫 행의 장 제목에서부터 범인을 고발했다……. 사각死角이 너무 커서 완전한 맹점이 되었다. 그래서 누구도 메시지의 존재를 알아채지 못했다. 단 한 명의 예외, 『작자』의 의도를 아는 메타탐정을 제외하고.

경악이 꿰뚫고 지나간 후의 감동에 사로잡혀 움직이지조차 못하는 사람들을 천천히 둘러보며 주쿠는 마지막으로 유야에게 시선을 돌렸다.

주쿠의 조수로 일하는 통계탐정은 워드프로세서 자판을 두드리던 양손을 멈추고 메타탐정에게 고개를 끄덕이

JOKER

며 워드프로세서 옆에 놓아둔 한 장의 쪽지를 건넸다.
99개의 숫자가 나열된 직사각형 종이…….

5	13	8	1	1	24	9	1	1
8	1	8	2	1	2	1	1	1
4	4	6	1	1	3	1	4	5
7	5	9	1	1	10	3	4	1
1	1	4	6	3	1	3	2	2
1	10	5	3	6	5	6	1	6
2	9	4	2	3	3	1	5	1
2	9	5	9	1	2	1	2	1
1	2	5	8	3	1	1	4	1
1」	4	3	1	4	4	9	3	1
5	14	7	11	5	2	9	11	19

다쿠쇼인 류스이의 방에 남겨져 있던 그 쪽지다. 조노스케는 의미가 없다고 판단했는데, 메타탐정은 과연 여기에서 어떤 유지遺志를 읽어낼 것인가?

"쓰쿠모 씨, 그 종이에는 역시 의미가 있었나요?"

대답을 쉽게 예상할 수 있는 질문이었다. 쓰쿠모 주쿠가 언급하면 반드시 의미가 있다. 그 사실을 알면서도

최종장 육몽 후 종막

너무 놀라운 나머지 구토는 물어보아야만 했다.

『말』을 조종하는 탐정, 암호 해독의 천재 류구 조노스케를 뛰어넘는 주쿠······. 역시 그는 『작자』의 의지를 전하는 자다. 이 세계에서는 아무도 메타탐정을 이길 수 없다.

"이 암호표는 범인의 이름과 동기를 나타낸 것입니다."

놀라기도 지친 청중들은 막연하게 예상하던 답을 아득히 뛰어넘은 주쿠의 말에 경탄하지 않을 수 없었다.

드디어 『의외의 동기』가 밝혀질 때가 왔다!

JOKER

97 나락의 업풍業風은 천 년의 어둠

 선글라스 아래에 숨겨진 맨얼굴은 대체 얼마나 아름다울까? 쓰쿠모 주쿠는 질릴 만큼 아름다운 얼굴로 끄덕이고 마지막 해설을 시작했다.

 "류구 씨는 암호 해독에서는 당대 최고의 탐정입니다. 유연한 사고로 복잡한 암호를 분해하고 기존의 패턴 37개를 조합하여 공략하는 실력은 따라올 자가 없습니다. 하지만……."

 주쿠는 조노스케를 보고 자못 아쉽다는 듯 말했다.

 "이 왼쪽 아래의 낫표를 놓치신 실책은 당신답지 않았습니다."

 "놓친 게 아니야, 쓰쿠모 씨. 중요시하지 않았을 뿐이지. 전체 의미도 전혀 독해할 수가 없는데 낫표만 주목해서 뭘 어쩌겠어."

 주쿠는 슬픈 듯한, 동정하는 듯한 미성으로 의외의 사실을 전했다.

 "그렇지 않아요, 류구 씨. 이 낫표가 이 암호표의 수수께끼를 풀 실마리입니다."

 조노스케의 팔짱이 풀렸다. 검은 옷의 탐정은 동요의

최종장 육몽 후 종막

기색을 숨길 수 없었다.

"뭐?! 이럴 수가. 그게…… 진짜야?"

조노스케의 번뜩이는 발상도 주쿠의 신통이기 앞에서는 아이의 추리처럼 유치하게 느껴졌다. 추리싸움은 성립하지 않는다. 그토록 뛰어난 추리 귀공자도 메타탐정 앞에서는 불리할 뿐이다. 상대는 이 세계의 『신』과 가장 가까운 탐정이기 때문에.

"이 낫표는 어째서 『1』이라는 숫자의 오른쪽에 붙어있을까요? 바로 이 암호표가 왼쪽 위에서 오른쪽으로 읽는 것이기 때문입니다."

주쿠에게 지적받고 보니 맞는 말이었다. 하지만 암호표 전체의 불가사의함에 주의를 빼앗긴 사람들은 맹점이 된 그 실마리의 의미를 깨닫지 못했다.

"이 암호표는 가로 9행, 세로 11행으로 전부 99개의 숫자가 있습니다. 낫표가 달린 것은 왼쪽 위부터 세서 9 곱하기 9 더하기 1, 82번째 숫자입니다. 다쿠쇼인 씨와 관계가 있는 숫자면서 『82』라 하면 연상되는 것은 하나밖에 없지요."

탁상의 『화몰』에 주쿠의 아름다운 손가락이 놓였다. 그 모습을 본 누군가가 불쑥 중얼거렸다.

"『화려한 몰락을 위해』……."

"그렇습니다. 『화려한 몰락을 위해』는 82개의 이야기로 끝납니다. 이 메모의 82번째 숫자에 낫표가 찍힌 것은 82번째 이야기까지 나아갔다는 표시일 겁니다."

"그렇다면 왜 숫자가 99개나 있는 거죠?"

굳이 물어볼 것까지는 아니었으나 네무는 대화를 원활히 이어가기 위해 질문을 던졌다.

"『화려한 몰락을 위해』, 『화몰』의 소목차 수에 주목해보면…… 서장이 4개인 걸 제외하고, 다음 장부터는 전부 장 하나당 소목차가 13개씩 있습니다. 아마 모든 것을 아는 다쿠쇼인 씨는 다음 두 장으로 『화몰』을 완결 낼 생각이었겠죠. 소목차가 4개인 장과 13개인 장을 하나씩 쓰면 소목차의 합계는 딱 99개입니다. 다만 실제로는 82번째에서 끝났습니다."

암호가 해체되어간다……. 주쿠의 추리가 나열된 숫자로부터 죽은 자의 메시지를 드러내려 한다. 쓰쿠모 주쿠와 다쿠쇼인 류스이. 환영성 살인사건의 진상을 간파한 탐정의 합동 공연으로 사건의 막이 내려가려 한다.

두 천재가 모든 수수께끼mystery에 종지부를 찍는다!!

"조금 전에 말씀드린 『머리』의 삼중 함의triple meaning를 보면 알 수 있듯 이 암호도 숨겨진 문자에 의한

최종장 육몽 후 종막

메시지임을 쉽게 추측할 수 있습니다. 암호표의 왼쪽 위부터 순서대로 읽어나가면 5, 13, 8, 1, 1, 24, 9, 1, 1, 8이지요……. 먼저 생각해볼 수 있는 것은 소제목에서 몇 글자째가 숨겨진 문자인지 나타낸다는 것입니다. 그런데 『24』라고 쓰인 『6 추리소설 구성요소 30항 돌려보기』는 24자가 되지 못합니다.

이렇게 되면 답으로 예상할 수 있는 것은 한 가지입니다. 즉, 소제목을 히라가나로 푼 다음에 몇 글자째(몇 음절째인지)가 숨겨진 글자인지를 나타내는 숫자라는 겁니다. 저는 첫 소제목부터 마지막 82번째 소제목까지 전부 열거하여 예상대로 숨겨진 메시지를 발견했습니다."

소제목	암호표 숫자	숨겨진 글자
1 화려한 환영성 かれいなるげんえいじょう	5	루
2 다쿠쇼인 류스이와 아오이 겐타로 だくしょいんりゅうすいとあおいげんたろう	13	아
3 기리기리스와의 만남 きりぎりすとのであい	8	데
4 울적한 두 작가 うつくつしたふたりのさっか	1	우

JOKER

5 녹스와 밴 다인 ノックスとヴァン·ダイン	1	노
6 추리소설 구성요소 30항 돌려보기 すいりしょうせつこうせいようそさんじゅうこうのかいらん	24	카
7 감탄 · 반박 · 개언 かんたん·はんろん·がいげん	9	가
8 까마귀의 밤 · 첫 번째 피해자 うや·だいいちのひがいしゃ	1	우
9 크고 작은 조각상 こさいのちょうぞう	1	코
10 공석은 두 개 くうせきはふたつ	8	쓰
11 인외마경 · 첫 번째 시체 じんがいまきょう·だいいちのしたい	1	지
12 탐정클럽 제2반 탐정 たんていくらぶだいにはんのたんてい	8	니
13 연쇄살인의 예감 れんぞくさつじんのよかん	2	은
14 무대 위의 패자 · 예술가artist ぶたいじょうのはしゃ·ア-ティスト	1	부
15 수사반장 · 료쇼 경부 そうさしゅにん·りょうしょうけいぶ	2	우
16 유현의 수수께끼 ゆげんなるなぞ	1	유
17 조건반사적 제비꽃	1	지

최종장 육몽 후 종막

じょうけんはんしゃとしてのすみれ		
18 막연한 예감 ばくぜんとしたよかん	1	바
19 프로이라인 메구미 ふろいらいん・めぐみ	4	라
20 새로운 수수께끼 あらたなるなぞ	4	나
21 참극의 여명기 さんげきのれいめいき	6	레
22 화려한 쌍둥이 자매 かれいなるふたごしまい	1	카
23 8명의 피해자 はちにんのひがいしゃ	1	하
24 뇌우의 밤 らいうのよる	3	우
25 광채육리의 미 こうさいりくりたるび	1	코
26 후몬지의 우울 ふうもんじのゆううつ	4	은
27 공석은 한 개 くうせきはひとつ	5	하
28 쌍둥이 자매의 시체 ふたごしまいのしたい	7	노
29 닫힌 문 とざされたとびら	5	타
30 첫 번째 밀실 だいいちのみつしつ	9	쓰
31 삼성송(상투스) サンクトゥス	1	사
32 자이나의 가르침 ジャイナのおしえ	1	지
33 그 식물의 이름은…… そのしょくぶつの名は……	10	하
34 암실의 어둠 あんしつのやみ	3	시
35 두 사람의 약속 ふたりのやくそく	4	노
36 바서만의 그림 ワッセルマンのえ	1	와
37 해결에 이르는 길 かいけつにいたるみち	1	카
38 시차 트릭 じかんさのトリック	1	지

JOKER

39 우의에 주목하기 みたてにちゅうもくする	4	니
40 완전한 밀실 かんぜんなるみっしつ	6	루
41 아량 있는 정경 しいあるじょうけい	3	아
42 데포르마시옹 デフォルマシオン	1	데
43 벽 너머 かべのむこうがわ	3	노
44 두 순사 ふたりのじゅんさ	2	타
45 꿈의 부교 ゆめのうきはし	2	메
46 심야의 명탐정 しんやのめいたんてい	1	시
47 비극은 『명화의 방』에서 ひげきは『びがのへや』から	10	라
48 두 구의 시체 ふたつのしたい	5	시
49 수수께끼는 수수께끼를 부른다 なぞはなぞをよぶ	3	하
50 예술가 artist의 이름 アーティストのなまえ	6	토
51 절망으로의 낙하 ぜつぼうへのらっか	5	헤
52 피의 탁점 ちのだくてん	6	은
53 지크프리트의 그림자 ジークフリートのかげ	1	지
54 아유카와 데쓰코 등장 あゆかわてつことうじょう	4	쓰
55 조촐한 미경 ささやかなびけい	2	사
56 『화려한 몰락을 위해』 『かれいなるぼつらくのために』	9	쿠
57 비극 연장 상연 ひげきぞくえん	4	조
58 하늘의 계시 てんのけいじ	2	은
59 장엄하고 화려한 공간 そうれいなるくうかん	3	레
60 예술가 artist를 향한 도전	3	테

최종장 육몽 후 종막

ア-ティストへのちょうせん		
61 저승길에서의 여행 저승길にでのたび	1	시
62 생환을 맹세하다 せいかんをちかう	5	오
63 진혼가(레퀴엠) レクイエム	1	레
64 마하불가사의 まかふしぎ	2	카
65 물 밀실과 거울의 수수께끼 みずとかがみのなぞ	9	가
66 애수 어린 환영성 あいしゅうただようげんえいじょう	5	우
67 해결로의 비상 かいけつへのひしょう	9	요
68 사라지는 그림자 きえさるかげ	1	키
69 환영성의 환영 げんえいじょうのげんえい	2	은
70 해결편 · 제1막 かいけつへん・だいいちまく	1	카
71 가나이 히데타카 カナイ・ヒデタカ	2	나
72 일렁이는 신기루 ゆらめくしんきろう	1	유
73 나타내는 것은 두 가지 しめすものはふたつ	1	시
74 독배 どくのさかずき	2	쿠
75 길보와 흉보 きっぽうときょうほう	5	토
76 독살자의 애도 どくさつしゃのたわむれ	8	타
77 예술가artist의 마성 ア-ティストのましょう	3	테
78 다섯 번째 밀실 だいごのみっしつ	1	다
79 소네트 · 무제의 살시 ソネット・むだいのころし	1	소
80 혈서를 읽다 ちもじをよぶ	4	오
81 시해자(레지사이더스)의 가시관 レジサイデスのけいかん	1	레
82 『화몰』의 끝 『かぼつ』のおわり	1	카

JOKER

 "…… 정말로 탁월합니다. 다쿠쇼인 씨는 모든 것을 계산하고 『화몰』을 집필했습니다.

 첫 번째부터 82번째까지 소제목을 순서대로 읽으면 의미 있는 글이 되지 않습니다. 하지만 82번째부터 첫 번째로 반대로 읽으면 사건의 진상을 나타내는 문장이 됩니다. 『그를 기른 특수한 환경이 그로 하여금 연쇄살인에 이르게 했다. 니지카와의 죽음은 자살. 다른 범행은 그라면 충분히 실행 가능하다[51]』라고요.

 여기서 『니지카와』란 물론 니지카와 메구미 씨를 가리킵니다. 니지카와 료 씨는 다쿠쇼인 씨가 돌아가신 이후에 돌아가셨지요. 니지카와 료 씨도 자살했으니 결과적으로 『니지카와의 죽음은 자살』이라는 말은 이중의 함의 double meaning가 되고 말았군요.

 다쿠쇼인 씨는 메구미 씨의 죽음이 자살(사고사)임을 알아채셨습니다. 미야마 씨에게 불가능한 범죄는 메구미 씨 사건뿐이었습니다. 그것이 사고사라면 다쿠쇼인 씨가 쓰신 대로 다른 범행은 그녀라면 충분히 가능했습니다.

 다쿠쇼인 씨는 미야마 씨가 여자임을 몰랐을 테니 『그녀』가 아닌 『그』여도 문제는 없습니다."

---

51) 즉 일본어로 かれをそだてたとくしゅなかんきょうがかれをしてれんぞくさつじんへとはしらしめたのであるにじかわのしはじさつたのはんこうはかれならばじゅうぶんにじっこうがかのうである라고 읽을 수 있다.

최종장 육몽 후 종막

열린 창에서 불어오는 저녁 미풍에 식당의 겨자색 커튼이 조용히 펄럭였다. 주쿠의 미성은 시원한 바람을 타고 모두에게 감동을 전했다.

"이제는 환상의 존재가 되었지만 83번째부터 99번째까지, 17개 소제목에서 다쿠쇼인 씨는 진범 미야마 가오루의 이름을 밝힐 생각이었겠지요. 동기는 여기에 쓰인 것처럼 특수한 성장 환경에 의한 살인 취미였습니다. 『화몰』에 『가오루는 특수한 환경에서 자랐다』는 서술이 있는 것도 다쿠쇼인 씨께서 미야마 가오루가 범인임을 간파했다는 증거 중 하나라고 할 수 있습니다."

길고 음산한 연쇄살인의 뿌리에 있던 동기는 뜻밖에도 단순한 『살인 취미』였다. 적어도 현재로선 그런 결론에 다다를 듯했다…….

- 하지만 -

"기록물 속에 많은 복선이 깔린 것을 보아 다쿠쇼인 씨가 진범의 정체를 간파하신 것은 확실하지만 그의 추리도 완벽하지는 않았습니다. 이 사건은 역사적으로 타의 추종을 불허하는 복잡한 범죄입니다. 장대한 사건의 동기는 더 심오하다고 추리할 수 있습니다. 제 신통이기는 이렇게 가르쳐주었습니다. 1000년에 걸친 인연이 바로 환영성 살인사건을 그림자처럼 조종한 광기가 아닌

JOKER

가 하고······."

"1000년의 인연!!"

모두가 귀를 의심했다. 하지만 주쿠는 분명히 그렇게 말했다······.

1993년 10월, 환영성 살인사건.

그 뿌리는 1000년 전 과거?

사건은 종막 직전에 혼돈의 극에 달했다. 조금씩 보이던 미궁의 출구는 다시 멀어졌다.

■

"어쩌다 보니 부합하게 된 것을 우연의 일치라고 하는데······ 이건 우연을 뛰어넘은 기적의 부합입니다. 먼 옛날, 1000년 전에 이 사건의 발단이 있었다고도 할 수 있습니다. 기적의 일치라고 부를까요. 어떤 의미에서는 이 사건의 궁극 진범은 미야마 가오루 씨가 아니라 헤이안 시대에 살았던 한 명의 이름 없는 여성입니다."

1000년의 세월을 뛰어넘어 환영성 살인사건을 조종한 여성. 너무나도 터무니없는 이야기다. 과하게 뜻밖이라 더 놀랄 수도 없었다.

"쓰쿠모 씨, 그게 누구요?"

작은 소리로 히라이 씨가 물었다. 믿을 수는 없을지라도 그들은 답을 알고 싶었다. 어떻게든 메타탐정에게서

최종장 육몽 후 종막

역사적으로 일어난 기적의 일치를 알아내고 싶었다.

"이 사건을 조종한 흑막은 『겐지 이야기源氏物語』의 저자이자 무라사키 시키부紫式部로 알려진 여성입니다."

무라사키 시키부가 예술가artist?

그 순간, 현실과 허구의 모든 것이 소멸했다. 환영성은 허무한 역사의 어둠 너머, 환영의 이공간으로 비상했다…….

"헤이안 시대에 여성은 이름을 갖지 못했으며 호칭은 관직이었습니다. 시키부란 궁인의 호칭이지요. 『무라사키』는 별명인데 『겐지 이야기』에 등장하는 『와카무라사키』라는 여성에게서 유래했습니다.

이것이 추리소설이었다면 이렇게 거짓말 같은 부합도 『작자』가 의도적으로 창조한 것이라고 단언할 수 있겠지만…… 무시무시한 점은 우리가 현실 세계에 사는 사람이라는 것입니다.

조금 전에 살펴본 소제목의 숨겨진 메시지를 보면 알 수 있듯 다쿠쇼인 씨의 추리는 범인의 동기가 특수한 환경에서 자란 것에 의한 살인 취미였습니다. 다시 말해 그가 기적의 일치를 알아채지 못했다는 증거입니다.

물론…… 설령 다쿠쇼인 류스이 씨가 그것을 알아챘다 하더라도 지명이나 실명 등, 실재하는 명칭은 바꿀 수

JOKER

없으니 이 기적의 일치가 그의 의도만으로 구축되지는 않았다는 점은 명백합니다."

"쓰쿠모, 대체 무슨 소리야? 그 기적의 일치는 뭔데?"

잠시 틈이 생겼다. 주쿠는 웬일로 주저하는 듯했다. 자신이 그것을 실제로 말하면 이 세계가 붕괴하고 허구의 시공으로 빨려들지 않을까 하여······.

결심이 섰는지, 주쿠는 아름다운 입술을 꼭 깨물고 깊이 고개를 끄덕였다.

그리고, 고백했다.

"환영성 살인사건도, 『화려한 몰락을 위해』도, 전부 『겐지 이야기』의 53개 이야기에 조종당했습니다. 저는 히키미야 씨에게 협력을 요청하여 이 사건과 이야기의 곳곳에서 『겐지 이야기』의 권 제목이 우연히도 전부 포함된 사실을 발견했습니다."

주쿠 옆에서 워드프로세서 자판을 두드리던 유야는 책상 위의 쪽지를 메타탐정에게 건넸다.

"쓰쿠모 씨의 의뢰를 받고 저는 『지식의 방』에서 계속 『화몰』을 분석했어요. 『겐지 이야기』에 나온 기적의 일치를 전부 찾는 건 상당히 힘든 일이었는데 유의미한 작업이었어요. 발견의 기쁨이 있었으니까요. ····· 그런데 저는 『겐지 이야기』에 어떤 의미가 있는지 아직 몰라

최종장 육몽 후 종막

요."

주쿠는 조사 내용이 항목별로 쓰인 종이를 받고 조수에게 고개를 숙였다.

"감사합니다. 고생하셨어요, 히키미야 씨. 큰 도움이 되었습니다.

그러면 여러분, 하나씩 확인해보지요. 1000년 전에 짜인 꿈 이야기와 이 사건과의 접점을……

- 『제1권 기리쓰보切壺』 -

『32 자이나의 가르침』……. 샐러드드레싱이 담긴 미노 항아리는 작은 것이었습니다. 작은 미노 항아리를 기리쓰보라고 하지요.

- 『제2권 하하키기箒木』 -

『22 화려한 쌍둥이 자매』……. 아오이 씨와 복도에서 마주친 직원 C씨는 빗자루를 들고 계셨습니다. 하하키기箒木에는 빗자루라는 뜻이 있습니다.

- 『제3권 매미 허물空蟬』 -

『78 다섯 번째 밀실』……. 구 세키 순사에게 약혼자가 있다고 쓰여 있습니다. 제가 조금 전에 확인했는데, 구 세키 씨의 약혼자 성함이 세미코라 하더군요. 두 분이 결혼하시면 부인의 성함은 구 세미코空瀨美子. 여기에 매

JOKER

미 허물空蟬이 포함됩니다.

- 『제4권 밤나팔꽃夕顔』 -

『74 독배』……. 저녁에 피는 꽃. 그것은 바로 밤나팔꽃입니다.

- 『제5권 잇꽃末摘花』 -

『32 자이나의 가르침』……. 기리쓰보에 담긴 드레싱에서 홍화유가 특히 맛있었다고 하시더군요. 홍화는 잇꽃의 한자어입니다.

- 『제6권 단풍놀이紅葉賀』 -

『44 두 순사』……. 『단풍이 아려雅麗한 계절』이라는 서술이 있습니다.

- 『제7권 꽃의 연회花の宴』 -

『33 그 식물의 이름은……』……. 온실에서 호시노 씨가 꽃의 연회를 생각하는 장면이 있었습니다.

- 『제8권 접시꽃葵』 -

아오이 겐타로 씨죠.

- 『제9권 비쭈기나무賢木』 -

『명화의 방』에서 살해된 순사 중 한 명은 사카키[52] 이치로 씨였습니다.

- 『제10권 꽃 지는 고을花散里』 -

---

52) 일본어로 비쭈기나무를 사카키さかき라고 읽는다.

1100

최종장 육몽 후 종막

『51 절망으로의 낙하』……. 료쇼 경부의 것으로 바꿔치기 당한 후몬지 씨의 목 없는 시체가 발견되면서 온실은 꽃 지는 고을이 되었습니다.

- 『제11권 스마須磨』 -

『22 화려한 쌍둥이 자매』…….『악주의 방』에서 마미야 데루 씨가 퉁기던 것은 현이 하나인 일현금이었습니다. 일현금은 다른 이름으로 스마거문고라고 하더군요.

- 『제12권 아카시明石』-

『11 인외마경 · 첫 번째 시체』……. 미즈노 가즈마는 입에 오렌지를 물고 있었습니다. 그리고 그 오렌지에는 『이사카』라는 제조원 스티커가 붙어있었죠. 현장은『역전의 방』이었습니다.『이사카ISAKA』를 알파벳으로 바꾸고 거꾸로 하면『아카시AKASI』가 됩니다.

- 『제13권 수로 말뚝53)』 -

『30 첫 번째 밀실』…….『미오쓰쿠시테身を尽くして 한 몸 다 바쳐)』라는 서술이 있습니다.

- 『제14권 무성한 쑥蓬生』 -

『1 화려한 환영성』……. 산길은 그야말로 쑥대밭이었습니다.

- 『제15권 관문54)』 -

---

53) 미오쓰쿠시澪標라고 읽는다.

JOKER

『78 다섯 번째 밀실』……. 구 세키 순사의 환청입니다. 그는 돌아가신 어머님이 부르는 소리를 들었습니다.『세키야, 세키야.』하고요.

- 『제16권 그림 겨루기絵合』 -

『36 바서만의 그림』…….『명화의 방』에서 미야마 씨는 몇 가지 그림을 평가합니다.

- 『제17권 솔바람松風』 -

『2 다쿠쇼인 류스이와 아오이 겐타로』……. 두 작가가『정적의 방』에서 먹고 있던 화과자는『솔바람』이었습니다.

- 『제18권 실구름薄雲』 -

『25 광채육리의 미』……. 하늘에는 옅게 드리운 구름이 있었습니다.

- 『제19권 나팔꽃槿』 -

『10 공석은 두 개』……. 다쿠쇼인 씨는 졸린 아침 얼굴[55]로 식당에 들어왔습니다.

- 『제20권 아가씨乙女』 -

『47 비극은「명화의 방」에서』……. 호시노 다에 씨가『아가씨』라고 표기되어 있습니다.『소녀少女』라고 쓰고

---

54) 세키야関屋라고 읽는다.
55) 일본어로 나팔꽃은 아사가오あさがお라고 읽는데, 아침 얼굴과 발음이 같다.

최종장 육몽 후 종막

『아가씨』라고 부르는 경우는 니지카와 메구미 씨가 해당합니다.

- 『제21권 머리 장식玉かずら』 -

『25 광채육리의 미』……. 고스기 쇼리 씨가 니지카와 메구미 씨에게 건네준 것은 틀림없이 머리 장식입니다.

- 『제22권 첫 새 울음56)』 -

마미야 데루 씨의 본명은 하쓰네였죠.

- 『제23권 호접胡蝶』 -

『39 우의에 주목하기』……. 장자의 『호접지몽』 고사가 인용됩니다.

- 『제24권 반딧불57)』 -

아오이 씨가 고등학생 시절에 교제한 여성은 사라시나 게이코更級蛍子 씨……. 별명은 『호타루螢』였습니다.

- 『제25권 끝없는 여름常夏』 -

『71 가나이 히데타카』……. 글에 『끝없는 여름』이 등장합니다.

- 『제26권 화톳불篝火』 -

『62 생환을 맹세하다』……. 심야 경비 중인 중정에는 화톳불이 놓여 있었습니다.

---

56) 하쓰네初音라고 읽는다.
57) 호타루螢라고 읽는다.

JOKER

- 『제27권 태풍野分』 -

『59 장엄하고 화려한 공간』……. 『태풍』이 언급됩니다.

- 『제28권 행차[58)]』-

아리마 형사의 성함은 미유키입니다.

- 『제29권 등골나물藤袴』-

등골나물 가을의 칠초七草 중 하나로, 국화과의 다년초입니다. 등골나물의 옛 이름은 난蘭. 네덜란드 요리가 여러 번 나오는데, 네덜란드의 다른 말은 화란입니다.

- 『제30권 노송나무 기둥真木柱』 -

『42 데포르마시옹』……. 『도노이즈미湯の泉』는 화강암과 노송나무로 멋지게 꾸며진 욕탕이었습니다.

- 『제31권 매화나무 가지梅ケ枝』 -

마미야 데루 씨가 기리기리스 다로 씨에게 들려주신 거문고 곡은 『매화나무 가지』였습니다.

- 『제32권 등나무 어린 잎[59)]』-

『명화의 방』에 걸린 그림 중 하나, 로버트 설리번 히무로의 그림은 『장미의 봉인된 시간薔薇の封時』이었습니다. 그림의 제목은 『후지노우라바』의 애너그램입니다.

---

58) 미유키行幸라고 읽는다.
59) 후지노우라바藤裏葉라고 읽는다.

최종장 육몽 후 종막

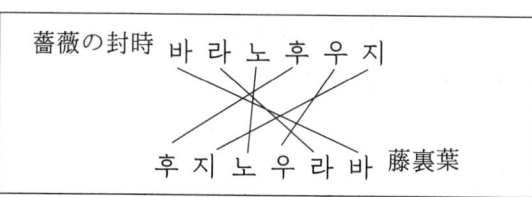

- 『제33권 봄나물若菜[60](상)』 -

- 『제34권 봄나물(하)』 -

『41 아량 있는 정경』……. 호시노 다에 씨는 후몬지 씨의 방에서 시마자키 도손의 와카나슈若菜集를 읽고 계셨습니다.

- 『제35권 떡갈나무[61]』 -

JDC 제1반 반장 야이바 소마히토 씨의 옛 이름은 『가시와기 소마히토』였습니다.

- 『제36권 젓대橫笛』 -

『33 그 식물의 이름은……』……. 고스기 쇼리 씨가 온실에서 대금을 불고 계셨습니다.

- 『제37권 방울벌레鈴虫』 -

---

[60] 와카나若菜라고 읽는다.
[61] 가시와기柏木라고 읽는다.

JOKER

 방울벌레는 귀뚜라미과의 곤충. 그리고 종사螽斯62)는 메뚜기나 귀뚜라미의 총칭입니다.

 -『제38권 저녁 안개夕霧』-

『81 시해자의 가시관』……. 환영성에 저녁 안개가 꼈습니다.

 -『제39권 법회63)』-

『82「화몰」의 끝』……. 다쿠쇼인 류스이 씨에게『화몰』집필은,『결실64)』이었을 겁니다.

 -『제40권 환상幻』-

 환영성에는 다양한 환상이 존재했습니다.

 -『제41권 구름 저 너머로雲隱』-

『겐지 이야기』에서 이 권은 제목만 있으며 이야기는 없습니다. 이 방식으로 무라사키 시키부는 겐지의 죽음을 암시했는데,『화몰』에서『구름 저 너머로』만은 존재하지 않습니다. 이건 우연이 아니라 물론 기적의 일치 일부라고 생각하시는 게 좋겠습니다.

 -『제42권 향내 나는 분65)』-

『45 꿈의 부교夢の浮雲』……. 다쿠쇼인 씨의 선배인

---

62) 기리기리스螽斯라고 읽는다.
63) 미노리御法라고 읽는다.
64) 미노리実リ라고 읽는다.
65) 니오우노미야匂宮라고 읽는다.

최종장 육몽 후 종막

나나무라라는 인물이 등장합니다. 작중인물이 방언으로 말하지 않는 것은 다쿠쇼인 씨의 일관된 창작 방침인 듯한데, 나나무라 씨만큼은 간사이 사투리로 말씀하고 계십니다. 처음에 『화몰』을 읽었을 때, 저는 현실과 꿈을 구별하는 테크닉이 아닌가 추측했는데 이 또한 기적의 일치로 의미가 부여되고 말았죠. 나나무라 씨의 대사에 주목해주세요.

「한심함의 악취가 난다 아이가[66]」……. 니오우노미야가 포함되어 있습니다.

- 『제43권 홍매紅梅』 -

경덕귀의 받침대는 홍매색이었습니다.

- 『제44권 다케 강[67]』 -

『22 화려한 쌍둥이 자매』……. 아오이 씨가 좋아하는 작가를 묻는 직원 C씨는 다케카와 세이 씨를 언급하셨습니다.

- 『제45권 하시히메橋姫』 -

『1 화려한 환영성』……. 다리를 수호하는 다마히메玉姫란 하시히메[68]를 가리킵니다.

- 『제46권 메밀잣밤나무[69]』 -

---

66) 니오우노미야카라におうのみやからく라고 읽는다.
67) 다케카와竹河라고 읽는다.
68) 일본의 다리를 지키는 여신.

JOKER

『25 광채육리의 미』……. 직원 C씨의 본명은 시이노키 하지메 씨입니다. 『하지메』는 『일一』이라는 한자로 쓸 수 있는데 이것을 『목木』과 겹치면 『시이노모토椎野本』. 『노野』를 생략해서 『시이가모토椎本』가 됩니다.

- 『제47권 갈래머리総角』 -

『80 혈서를 읽다』……. 니지카와 메구미 씨는 머리를 마끈으로 묶었습니다. 이 기묘한 묶는 법의 명칭을 알아보니 갈래머리 묶음이었습니다.

- 『제48권 햇고사리[70]』 -

『44 두 순사』……. 두 순사가 근무한 곳은 도시마서洞島署. 도시마서는 사와라비마치早蕨町에 있었습니다.

- 『제49권 겨우살이宿木』 -

아지로 소야 씨는 겨우살이처럼 살아가는 것을 싫어하셨던 모양입니다.

- 『제50권 정자東屋』 -

환영성에는 『빛의 무대』라는 정자가 있죠.

- 『제51권 떠다니는 배浮舟』 -

『45 꿈의 부교』……. 꿈속에서 다쿠쇼인 씨는 호수에 뜬 배 위를 뛰어다녔습니다.

---

69) 시이가모토椎本라고 읽는다.
70) 사와라비早蕨라고 읽는다.

최종장 육몽 후 종막

- 『제52권 하루살이[71]』 -

『77 예술가의 마성』……. 『아지랑이[72]』가 글 안에 있습니다. 또한 전기스토브에 불꽃陽炎이 있습니다.

- 『제53권 습자手習』-

『74 독배』……. 『60의 습자』라고 본문에 있습니다.

- 『제54권 꿈의 부교夢の浮橋』-

…… 이미 알아채셨겠지요. 『45 꿈의 부교』가 그대로 권명입니다.

이상이 전부입니다. 아주 무서운 기적의 일치입니다. 다쿠쇼엔 씨의 의지만으로 이뤄낼 수 없는, 우연을 넘어선 세계의 기적이에요."

아무도, 아무 말도 하지 않았다. 엉뚱한 추리에 어이가 없어진 것이 아니다. 아무 말도 할 수 없었다. 1000년의 세월을 뛰어넘어 재현된 『겐지 이야기』. 그것은 대체 무엇을 위해 존재하는가? 그리고 대체 무엇을 암시하는가?

주쿠는 마침내 세계의 신비가 가리키는 환영성 살인사건의 궁극적 진실에 추리의 조준을 맞췄다.

"…… 여기서부터는 저도 추리에 확신이 있지 않습니

---

71) 가게로蜉蝣라고 읽는다.
72) 가게로陽炎라고 읽는다.

다. 하지만 『겐지 이야기』 기적의 일치를 발견한 것은 『작자』라는 거대한 초월적 존재가 제게 진상을 전해주셨기 때문이라는 기분이 들었습니다.

설령 추측에 불과하더라도 저는 이 추리에 자신이 있습니다. 『겐지 이야기』가 가리키는 이 사건의 동기야말로 궁극의 진실이라고 믿습니다."

주쿠는 그 순간 청중 한 명에게 선글라스 너머로 날카로운 시선을 던졌다. 시선 끝에는 히라이 다로의 옆에 선 마미야 데루가 있었다.

"마미야 씨. 예술가 미야마 가오루 씨는 당신과 기리기리스 다로 씨의 아드님 아닙니까? ……미야마 씨는 성전환을 하셔서 지금은 따님이라고 해야겠지요."

주쿠가 던진 말은 경악의 폭풍이 되어 식당에 있는 모두의 감각 중추를 파괴했다! 그야말로 세계의 종말 때 일어날 법한 나락의 업풍業風이었다.

말도 안 되는 일이었다. 마미야 데루와 기리기리스 다로는 이번 사건 때 처음 만나 마음이 통하는 친구를 얻었다. 두 사람의 나이를 생각하면 육체관계를 맺는 것은 상상하기 어려운데……. 미야마 가오루가 두 사람의 아들(딸)이라는 이야기는 광기 그 자체였다.

"무슨…… 무슨 말을 하는 거요, 쓰쿠모 씨. 실례 아니

최종장 육몽 후 종막

오."

 히라이 다로가 마미야 데루의 어깨를 안은 채 격앙하여 한 걸음 앞으로 나왔다. 하지만 주쿠는 미동조차 하지 않고 바람이 나부끼는 호수의 수면처럼 조용하고 차분한 미성으로 말했다.

 "당신은 언제 알게 되셨습니까……. 기리기리스 다로 씨가 히라이 겐지 씨라는 것을?"

 의외의 진상에 익숙할 탐정들마저도 주쿠의 그 말에는 할 말을 잃었다. 하물며 다른 청중들은…….

 마미야 데루에게 시선이 집중되었다! 과거의 죄를 짊어지고 살아가는 나이든 여인은 계속 고개만 숙이고 있다가 얼굴을 들고 선글라스 너머로 주쿠를 마주 보았다. 표정은 왠지 모르게 후련한 느낌이었다.

 눈빛이 말했다. …… 메타탐정의 말이 진실임을.

 "한눈에 알았습니다. 히라이 님을 비롯해 옛날부터 환영성에 계셨던 분들은 아무도 그분이 겐지 씨라는 걸 모르셨던 모양입니다. 어찌 보면 당연하죠. …… 수십 년 사이에 그의 인상은 크게 변했습니다. 겐지 씨와 영원한 사랑을 맹세한 저 말고는 누구도 알아채지 못했다 해도 어쩔 수 없습니다.

 운명의 분기점에서 저와 헤어진 후로 다른 인생을

JOKER

살아온 그의 이야기를 듣고 저는 아무 말도 할 수 없었습니다. 기억을 잃은 그에게 진실을 말해줄 수 없었습니다……."

기리기리스 다로는 59세. 히라이 다로는 71세. 그리고 히라이 겐지는 형과 딱 12세 차이가 나므로 59세. 계산이 맞아떨어진다.

"…… 그래도 그분이 선택한 부인이 저와 닮았다는 걸 알았을 때는 너무나 기뻐서 눈물이 나왔습니다. 설령 기억을 잃어도 겐지 씨는 마음으로 저를 생각해주셨다고 좋을 대로 해석했죠. 저는 기리기리스 씨에게 과거를 밝혔습니다. 제가 직접 말하지 않고 그분이 스스로 기억을 되찾기를 바라고. …… 이제 기회는 영영 없어졌지만요."

마미야 데루는 점점 목소리를 낮추면서 술회하다가 끝내 히라이 다로의 가슴에 얼굴을 묻고 다시 울기 시작했다.

그녀의 고백으로부터 청중은 형언할 수 없는 충격을 받았다. 당혹의 흐름 속에서 다에는 『화몰』에서 얻은 기리기리스 다로의 정보가 머릿속에서 아름답게 반전하는 카타르시스에 몸을 맡겼다.

기리기리스는 가노를 사랑했다. 그리고 가노와 똑 닮

최종장 육몽 후 종막

은 용모를 지닌 마미야 데루에게 끌렸다. 기억을 잃은 그는 그렇게 생각했다. 하지만 사실을 아는 사람에게는 그 반대가 진실이었다.

기리기리스 다로, 히라이 겐지는 마미야 데루를 사랑했다. 그리고 잠재의식에 있는 그녀를 향한 사랑에 조종당해 데루와 닮은 용모를 지닌 가노를 아내로 선택했다. 데루가 가노를 닮은 것이 아니다. 가노가 데루를 닮은 것이다!

- 그러면 애정이란 대체 뭐지? 인간은 결국 다양한 감정의 흐름에, 생각의 홍수에 희롱당하는 것뿐이야……? 의식의 거대한 강에 빠져 자기 자신을 잃은 채 지푸라기라도 잡는 심정으로 당장의 감각에 의존하는 것뿐이야?

그렇게 생각하니 『사랑』과 『죽음』이라는, 긍정과 부정의 극단에 있는 개념마저 대단치 않고 우스꽝스럽다는 생각이 들었다. 물론 극단적인 생각이지만 다에는 도무지 냉정한 생각을 할 수 없었다. 그저 휴식이 필요했다. 영원토록 이어지는 시공과 무한한 행복보다 성스러운 잠만이 필요했. …… 정말로 그녀는 녹초가 되었다.

눈을 감으니 세계가 멀어졌다. 잠들지는 않았지만 의식은 어딘가의 어둠을 떠돌고 있었다. 무언가를 말하는

JOKER

쓰쿠모 주쿠의 미성이 아득한 저편에서 작게 들려왔다.
"이건 하나의 도박이었습니다. 마미야 씨에게 직접 여쭤보지 않으면 확인할 방법이 없었습니다. 제 추리가 틀렸다면 사과드릴 수밖에 없습니다.

하지만 『겐지 이야기』와 이루는 기적의 일치는 진실이 조금만 손을 뻗으면 닿을 곳에 존재한다는 것을 제게 강력히 호소했습니다. 신통이기가 내놓은 답을 저는 믿었습니다. 추측은 틀리지 않았습니다.

환영성 살인사건과 『화려한 몰락을 위해』를 뒷받침하던 것은 『겐지 이야기』입니다. 하지만 이 이야기에는 주역이 없었습니다. 주인공인 겐지 씨가 없었습니다. 사건 관계자분들 중에 겐지 씨 역할을 맡은 사람이 있다면 바로 히라이 겐지 씨겠죠.

히라이 겐지 씨는 이 환영성에 없어서는 안 됩니다. 그리고 실제로 기리기리스 다로 씨로서 그는 여기에 왔습니다."

『화려한 몰락을 위해』는 조연의 등장으로 시작하지 않았다. 기리기리스 다로, 히라이 겐지……. 주인공이 환영성에 돌아오면서 모든 준비가 끝나고 환영성 살인사건이 막을 연 것이다.

"가장 큰 기적의 일치가 답을 가리킵니다. 히라이 겐지

최종장 육몽 후 종막

와 구노 가오루(미야마의 본명). 『겐지 이야기』를 아는 사람이라면 누구나 알겠지요. 1000년 전 이야기의 후반부인 우지 십첩宇治十帖의 주인공 가오루의 아버지는 겐지입니다.

 마미야 씨, 당신과 겐지 씨의 아드님이 미야마 가오루 씨지요?"

데루는 울면서 가까스로 고개를 끄덕였다. 마침내 사건의 진짜 동기가 보이기 시작했다.

1000년의 세월을 거쳐 무라사키 시키부가 이뤄낸 예술의 노을빛이 환영성 살인사건의 어둠을 마침내 밝혀내려 한다…….

"어떤 계기로 미야마 씨는 깨달았습니다. 자신을 버린 진짜 부모의 정체를. 미야마, 마미야……. 우연이라 하기에는 너무나도 완벽한 우연이지요.

조금 전에 제가 미야마 씨가 범인이라고 고발했을 때, 마미야 씨는 과잉된 반응을 보이셨습니다. 그때 저는 제 추리에 도박을 걸어보기로 했습니다. 그 모습은 어머니의 반응이었습니다.

미야마 씨는 어머니의 존재를 알게 되고 성을 비틀어 필명을 붙였습니다. 그리고 자신을 버린 이들과 그들이 사는 환영성을 증오하게 되었습니다…….

JOKER

 아마 진상은 이럴 것입니다. 미야마 씨를 낳고 히라이 겐지 씨와 마미야 데루 씨는 사랑의 도피를 했습니다. 아이는 환영성에 남아있었습니다. 미혼의 몸으로 아이를 맡은 히라이 다로 씨는 어쩔 수 없이 그 아이, 미야마 씨를 친구인 구노 게이스케 씨에게 맡기셨겠죠.
 이 사건의 진짜 동기는 살인취미 같은 얄팍한 것이 아니라 미야마 가오루 씨의 생애를 건 환영성에 대한 복수였습니다."
 이미 아무 말도 할 수 없는 데루를 대신해 히라이 다로가 모든 것을 인정했다.
 "두 손 두 발 다 들었소, 쓰쿠모 씨. 정말로 가오루는 겐지와 데루의 자식이오. 경찰의 경비로 사건이 겐지(외부범)일 가능성은 없다는 것을 깨닫고 난 가족의 불명예스러운 과거를 숨겼소. 면목 없을 따름이오. …… 그런데 설마 기리기리스 씨가 겐지였을 줄이야! 난 전혀 몰랐다오."
 흡사 모든 종막의 인사 같았다. 모든 수수께끼는 형체도 없이 사라지고 의외의 『사실』이 진짜 모습을 드러냈다.
 환영성에서 태어나 환영성에서 죽다.
 무시무시한 장기전이 된 환영성 살인사건은 22년 전에

최종장 육몽 후 종막

이 성에서 생명을 얻은 한 사람이 이룬 대예술이었다.

미야마 가오루……. 정말로 그녀는 광기에 지배당했는지도 모른다. 하지만 그런 그녀도 예술을 사랑한 진정한 예술가artist였다.

오래도록 이어진 해결편도 마침내 끝났다. 저녁놀로 서쪽 하늘이 붉게 물들기 시작했다.

선명한 황혼 속에서 환영성 살인사건은 막을 내렸다.

■

"생각할 점이 많은 사건이었어요……."

쓰쿠모 주쿠는 감회에 잠겨 그렇게 말했다.

창을 통해 들어오는 석양이 식당을 황혼의 황금빛으로 부드럽게 감쌌다. 사건 관계자들은 이미 해산했다. 현재 실내에 있는 이들은 JDC 탐정 다섯 명뿐이다.

"미야마 씨, 예술가artist는 『추리소설 구성요소 30항』을 섭렵할 생각은 없었다고 위조한 유서에 고백하셨습니다. …… 일부러 그런 언급을 했으니 그 말이 맞겠지요. 다만 다른 관점으로 보면 이 사건에서는 『구성요소』가 전부 섭렵되었다고 할 수 있습니다."

주쿠는 유야에게서 『추리소설 구성요소 30항』을 받아 가볍게 인사하고는 내용을 분석했다. 여전히 아름다운 목소리였으나 누가 들으랄 것도 없는 혼잣말이었다.

JOKER

"『1 ◎ 불가사의한 수수께끼(기발한 발상)』- 전반적으로 존재했습니다.

『2 ◎ 연쇄살인』- 14명과 2마리가 살해당한 이 사건은 틀림없는 연쇄살인 사건입니다.

『3 ◎ 원격살인』-『유혈의 방』알리바이 공작 트릭과 얼음 그릇을 이용한『신기루의 방』미인상의 살인 장치를 들 수 있습니다.

『4 ◎ 밀실』-『심판의 방』,『주방』,『빛의 무대』,『무구의 방』, 그리고 니지카와 부녀의 방 한 곳씩. 표면적인 밀실 상황은 7건이었습니다.

『5 ◎ 암호』- 살인예고장의『화려한 몰락을 위해』라는 메시지, 그리고 다쿠쇼인 씨가 남긴 암호표, 그리고『화몰』원고에 암호가 많았습니다.

『6 ◎ 수기』- 니지카와 씨의 위조된 유서입니다.

『7 ◎ 우의법』-『흑사관 살인사건』의 우의와 무지개색 살해 테마가 여기에 해당합니다.

『8 ◎ 참수』- 쌍둥이 고양이인 하나&레이와 료쇼 경부, 후몬지 씨가 목이 잘려 살해당했습니다.

『9 ◎ 작중작』-『화몰』의『63 진혼가』, 그리고『82「화몰」의 끝』단편입니다.

『10 ◎ 부재증명(알리바이 공작)』- 조금 전에 언급한

최종장 육몽 후 종막

『유혈의 방』원격살인은 단순하고도 명확한 알리바이 공작이었습니다.

『11 ◎ 시체장식』- 모든 사건에 넘치도록 나왔습니다.

『12 ◎ 시체교환』- 후몬지 씨와 료쇼 경부의 목 없는 시체가 교환되었습니다.

『13 ◎ 애너그램』- 이것도 많이 있었습니다.

『14 ◎ 살인예고장』- 첫 사건 때 『역전의 방』 문에 붙어있던 것이지요.

『15 ◎ 의외의 범인』- 범인 고발 시점에 이미 죽은 인물이자 사후에 두 사람을 죽게 한 미야마 가오루 씨입니다.

『16 ◎ 의외의 동기』- 22년 전에 자신을 버린 부모를 향한 증오입니다.

『17 ◎ 의외의 인간관계』- 미야마 씨가 히라이 겐지 씨와 마미야 데루 씨의 아들이었다는 것. 또한 기리기리스 씨가 히라이 겐지 씨였다는 사실입니다.

『18 ◎ 미싱 링크』- 얼핏 보면 살해된 공통의 이유가 없는 피해자분들께도 살해당한 이유가 된 공통의 조건을 발견할 수 있습니다. 다시 말해 이 환영성이라는 마경에 있었다는 것이지요. 어쩌다 보니 미야마 씨의 계획에 선택되었다고 할 수 있습니다. 억지로 보면 이런 이유도

JOKER

생각해볼 수 있다는 것이라서 꿰맞춘 느낌도 없지 않아 있네요.

『19 ◎ 미스디렉션』- 굳이 언급할 필요도 없겠지요.

『20 ◎ 다잉 메시지』- 니지카와 메구미 씨의 『VI』라는 메시지입니다.

『21 ◎ 특수 트릭』- 얼음 트릭은 눈 밀실과 미인상 살인 장치가 있습니다. 거울 트릭은 『신기루의 방』에서 아오이 씨를 기습할 때 사용되었습니다. 처음에는 류구 씨의 증거 없는 추측이었으나 위조 유서로 범인이 스스로 인정했습니다.

『22 ◎ 물리 트릭』-『유혈의 방』에서 로프와 전기스토 브를 이용하는 진부한 트릭이 있었습니다.

『23 ◎ 서술 트릭』-『화몰』 안에서 몇 가지 서술 테크닉이 구사된 부분이 있습니다. 성별 트릭과 겹치는 부분도 있습니다.

『24 ◎ 인물 트릭』- 다중 인물 트릭은 기리기리스 다로 씨가 히라이 겐지 씨였다는 1인 2역. …… 그리고 조금 전에 호시노 씨께서 말씀하시길 『45 꿈의 부교』에 등장한 나나무라 히사 씨는 사실 쌍둥이라 하더군요. 번역가&평론가인 오빠 나나무라 히사오 씨, 작가인 나나무라 히사코 씨를 다쿠쇼인 씨는 한 명의 인간으로 묘사

최종장 육몽 후 종막

하셨습니다. 이것은 2인 1역이 되겠네요. 성별 트릭은 먼저 미야마 씨의 성별을 오인케 한 부분인데 그녀가 성전환을 했다는 사실로 성별이 다시 반전되었습니다.

『25 ◎ 동물 트릭』- 쌍둥이 고양이를 인간이라고 오인케 하는 서술 트릭만이 확인되는데, 저희가 동물을 이용한 몇 가지 동물 트릭을 놓쳤을 가능성도 있습니다. 그 부분은 『화몰』을 다시 읽어서 천천히 연구해보고 싶군요.

『26 ◎ 명탐정』- JDC 여러분, 그리고 경찰 수사진, 추리소설가분들도 추리를 많이 제시해주셨다고 하더군요.

『27 ◎ 호칭 있는 범인』-『예술가artist』로군요.

『28 ◎ 쌍둥이』- 검은 고양이 하나와 레이. …… 다쿠쇼인 씨에게도 미나세 나기사라는 쌍둥이 여동생이 계십니다. 또 아까 언급한 나나무라 씨도 쌍둥이입니다.

『29 ◎ 색맹 인물』- 화가 바서만, 그리고 니지카와 부녀입니다.

『30 ◎ 결말의 역전극(가짜 범인)』- 니지카와 료 범인설은 잘 짜인 가짜 진상이었습니다."

설령 범인이 의도하지 않았더라도『추리소설 구성요소 30항』은 완전히 공략되었다.

JOKER

다쿠쇼인 류스이가 꿈에 그리던 환상의 대작 『화사한 꽃처럼, 몰락은 꿈처럼』을 현실 공간에 재현한 악몽의 참극, 환영성 살인사건. 『흑사관 살인사건』~『도구라 마구라』~『허무에의 제물』~『상자 속의 실락』~. 옛 추리소설에 흐르는 어둠의 수맥에 조종당해 깊은 나락의 어둠을 낳은 수수께끼 이야기가 드디어 완성되었다. 안티미스터리, 메타미스터리, 의미 없는 정의定義를 무너뜨리는 파이널 미스터리는 세계를 무너뜨릴 위험마저 풍기면서도 의외로 무난한 종착역에 다다랐다. 기존의 이야기를 조금 비튼 흔해 빠진 결말에 안착했다.

이야기는 끝났다……. 정말로? 끝난 것인가?

이 세계는 과연 꿈인가, 현실인가? 『화사한 꽃처럼, 몰락은 꿈처럼』인가, 아니면 『화려한 몰락을 위해』인가?

지금 여기에 있지 않고 원고를 읽기만 하는 『독자』는 그것을 판별할 방법이 없다. 하지만 언제든 그것을 정하는 이는 「내」가 아니다.

이야기를 판단하는 이는 항상 「당신」이다.

■

조노스케는 식당 의자에 앉아 창밖을 바라보고 있었다. 변함없이 보이면서도 끊임없이 변하는 모호한 세계.

최종장 육몽 후 종막

그 속에서 자기 자신을 잃어버릴 위기에 놓여도 사람들은 걷는다. 언제까지나.

"요 며칠간 정말로 많은 일이 있었어. 얻은 건 그럭저럭 있었는데 잃어버린 것도 있었어. 아니, 너무 많았지."

검은 옷을 입은 탐정의 눈동자에는 지울 수 없는 상실감이 서려 있었다.

만약 조노스케에게 주쿠에 필적하는 능력이 있었더라면……. 그런 가정은 무의미함을 알면서도 그런 생각이 들 수밖에 없었다. 자신에게 힘이 있었다면 아지로 소야, 기리기리스 다로를 비롯한 피해자가 죽음을 면할 수 있지 않았을까 하고…….

조노스케뿐만이 아니다. 마이와 네무도 반성의 마음을 품고 있었다. 탐정 일을 계속하는 한, 그들은 벗어날 수 없는 업karma 같은 감정을 짊어지고 나아간다. 하지만 탐정들은 절대로 과거에 집착하지 않는다. 자신들의 실수로 목숨을 잃은 자들의 죽음을 헛되이 하지 않기 위해서라도 시체의 산을 넘어가는 단호한 결의가 필요하다. 과거보다 미래에 무게를 두어야 한다.

탐정들은 그 점을 아주 잘 알고 있다. 그래서 슬픔에 잠겨 『자아』라는 불안한 존재를 잃는 일은 없다.

…… 하지만. 탐정은 『신』이 아니다. 피가 흐르는 인간

JOKER

이다. 그리고 사람이기 이전에 동물이다.

슬플 때는 슬프다. 아무리 오기를 부려도 슬픔은 마음속에서 사라지지 않는다. 절대로.

조노스케는 즐겨 쓰는 모자를 천천히 들어 올리고 매끄러운 손으로 눈을 덮은 앞머리를 양옆으로 넘겼다. 긴 앞머리의 커튼 너머로 식당 창의 겨자색 커튼이 보였다.

창에서 들어오는 석양이 눈부시다.

번쩍이는 황금빛 속에서 다리를 꼰 무릎 위에 양손으로 깍지를 끼고, 조노스케는 지금 살아있다는 기적에 감사했다.

환영성에 마지막 환영이 나타났다.

조노스케는 순간 헛것을 보았다.

『류 씨. 사건이 끝났네요.』

햇빛에 시각이 둔해지면서 창가에 서 있는 히키미야 유야의 모습이 잠시 기억 속 아지로 소야의 잔상과 겹쳤다.

"아지로 씨……?!"

갈라진 목소리로 작게 중얼거렸다. 눈을 비비니 아지로 소야의 환영은 사라졌다. 히키미야 유야가 그곳에 서 있었다.

최종장 육몽 후 종막

"류구 씨, 왜요?"

"아니…… 아무것도 아니야."

─『작자』가 준 작은 선물이야.

"히키미야 씨, 이제 그 커튼 좀 쳐줘."

막을 내리기에 적당한 때였다.

"그래요. 이제 곧 밤이 오니까요."

이제 환마작용(도구라 마구라)은 형체도 없다. 어두운 죽음의 저택으로 변한 환영성이라는 상자 속…….

허무에의 제물offrande au néant은 바쳐졌다.

유야가 커튼 끈을 당겼다.

붉은색에서 주황색으로 변하다가 옅어진 저녁놀이 커튼 위를 정처 없이 떠돌았다. 그러다가 겨자색 커튼이 살며시 흔들렸다. 작은 경련 같은 움직임이 빠르게 지나가고는 천천히 몸을 뒤집듯 느릿하게 파도치면서 조금씩 좌우에서 닫혀가고, 우두커니 선 검은 그림자를, 지금, 완전히 가려…… 끝났다.

JOKER

98 꽃다운 시 ◎ 영원의 윤회

택시 전조등이 굽이진 언덕길을 내려온다…….
심야, 10월 31일.
태양은 이미 지평선의 산맥 너머로 모습을 감췄다. 천상에서는 부드럽고도 어슴푸레한, 그믐에 가까운 달빛과 별빛들이 지상을 비췄다. 미나호는 곳곳에서 빛을 반사하면서도 어둠 탓에 짙은 남색으로 보였다. 일렁이는 수면은 오싹하게도 하나의 거대한 생명체처럼 느껴졌다. 꿈틀대는 어둠은 물이 인간을 덮치려고 넘실대는 듯한 착각을 일으켰다. 끝없는 공포가 느껴지는 불쾌한 풍경이었다.

- 여기 혼자 있으면 나는 걷지도 못하겠지. 몸이 움츠러들었을 거야…….

호시노 다에는 기리카 마이와 고제대교를 나란히 걸으며 그런 생각을 했다.

여태까지 다에는 부모와 오빠의 보호를 받으며 살았다. 자기 힘으로 살아가는 법을 몰랐다. 그러나 환영성 살인사건을 통해 인생의 가혹함, 그리고 쉬워 보이면서도 사실은 어려운, 죽지 않고 계속 걷는 법을 배웠다.

최종장 육몽 후 종막

    운명은 때로 장난을 즐긴다. 죄도 없는 사람을 상상을 뛰어넘는 극한 상태에 내던지고 삶의 재능을 시험한다.
    살인사건이 시작될 당시에도 다에는 오빠에게 응석을 부릴 수 있었다. 오빠를 빼앗겨도 류스이와 아오이처럼 자신을 지켜주는 사람들이 있었기 때문에 자기 자신을 잃지 않고 걸을 수 있었다. …… 아오이와 류스이를 빼앗겨 세계에 홀로 남겨지고 나서야 비로소 그녀는 진정으로 살아야만 한다고 생각했다. 살고 싶다가 아니라, 살아야만 한다는 강렬한 감정을 느꼈다.
    사는 것은 죽는 것보다 몇 배는 더 힘들다. 그럼에도 불구하고 살아있으면 기쁨을 발견할 수 있다. 언젠가 자신에게 찾아올 축복을 믿으면 희망을 품을 수 있다.
    죽으면 시간은 멈춘다. 매일 많은 사람이 죽고 무수한 꿈이 스러진다. 살아있는 사람은 죽어가는 사람들의 생명과 마음을 짊어지고 계속 걸어야만 한다.
    다에의 사고방식은 그렇게 바뀌었다.
    운명은 때로 축복을 즐긴다. 계속 걸어온 사람에게 뜻밖의 선물을 주고 여태까지 살아온 것을 치하한다.
    평탄한 길은 어디에도 없다. 산이 있으면 계곡이 있고 절망이 있으면 희망이 있다. 오늘이라는 날을 잊지 않고 걷는다면 언젠가 반드시 환영성의 경험이 도움이 될

JOKER

날이 오리라.

다에는 그렇게 믿고 혼자 살아갈 결의를 굳혔다. 이제 절대 헤매지 않을 것이다. 설령 당장은 어둠에 싸인 인생길을 혼자 걸어야만 한대도 언젠가 반드시…… 누구의 도움도 없이 걸을 것이다.

휴가를 받은 료칸 직원들과 대부분의 경찰 관계자는 이미 환영성을 떠났다. 아직 남은 사람은 JDC의 탐정들, 경찰 야근팀, 환영성에 사는 사람들뿐이다.

마중 나온 택시가 다리 건너편에서 정차했다.

다에는 다릿목에서 걸음을 멈추고 길을 바래다준 탐정에게 정중히 고개를 숙였다.

"그럼 저는 이만 가볼게요. 기리카 씨, 감사했습니다."

마이는 모호하게 고개를 끄덕였다. 그러다가 계속 잠자코 있던 다에가 걱정스러웠는지 큰맘 먹고 그 말을 꺼냈다.

시간의 강을 역류시켜 세상을 떠난 모든 이에게 생명을 불어넣고, 어쩌면 세계 그 자체를 무너뜨릴 위험을 내포한 금단의 주문을 마지막으로 외웠다.

"호시노 씨…… 이건 미스터리야."

수수께끼? 초자연 현상? 아니면, 추리 이야기?

다에는 그 말을 어떻게 받아들였을까. 어쨌든 세계는

최종장 육몽 후 종막

무너지지 않았다. 다에도, 마이도, 고제대교도, 미나호도, 환영성도 모두 그대로였다.

무엇 하나 변하지 않았다.

배드 엔드는 해피 엔드가 되었는가? …… 모르는 일이다. 다만 다에는 마이가 전하고 싶었던 것을 잘 받아들인 모양이다.

망설이는 듯한 침묵 후, 다에는 미소 지으며 고개를 끄덕였다.

일주일 사이에 보여준 것 중 최고의 미소였다.

마이는 다리로 돌아갔다. 탐정들은 한동안 환영성 사건 사후처리와 사건 재검토에 들어가는 모양이다.

움직이는 택시의 뒷좌석에서 작아지는 탐정의 뒷모습을 바라보다가, 다에는 환영성 탑 위에서 콩알처럼 작게 보이는 사람이 택시를 보고 있다는 것을 깨달았다.

처음에는 눈의 착각이라고 생각했다. 하지만 그는 확실히 그곳에 있었다. 세계의 어둠을 두르고 암흑에 녹아들었어도 이쪽을 보고 있다는 것을 그녀는 알 수 있었다.

택시가 산길을 오른다. 환영성이 점점 사라진다.

- 류구 씨…….

옆 마을에 도착하기까지 수십 분, 다에는 계속 검은 옷의 탐정을 생각했다.

JOKER

■

　……호시노 다에는 환영성을 떠났다.
　……기리카 마이는 환영성으로 돌아갔다.
　……류구 조노스케는 차taxi를 배웅하고 탑을 내려갔다.
　- 그리고 아무도 없었다 -

■

■

■

■

■

　그때까지 그는 이렇게 짙은 안개를 본 적이 없었다. 주위의 모든 것이 두꺼운 우유색에 갇혀 심해의 광경처럼 흐릿하게 가라앉는 이런 안개를…….
　지나갈 때까지는 아직도 남아있다고 착각했던 시간도 막상 지나고 보면 마치 순간처럼 느껴진다. 그것이 바로 시간의 흐름이 가진 성가시면서도 불가사의하고 매력적인 면이다.
　음산한 사건으로부터 금세 두 달이 지나 1993년도 곧 끝나갈 무렵…….
　두 달 사이에 다양한 일이 있었다. 환영성 살인사건을

최종장 육몽 후 종막

통해 탐정들도 알게 된 추리소설가 나카이 히데오가 12월 10일에 별세했다. 그날은 기이하게도 『허무에의 제물』 이야기가 시작되는 날이다. 오빠의 지인인 편집자에게서 그 이야기를 들은 호시노 다에는 우연의 일치에 몹시 놀란 듯했다.

그녀의 연락을 받은 탐정들은 전설적인 작가의 명복을 진심으로 빌었다. 류구 조노스케가 JDC를 대표하여 장례식에 참석했다.

그로부터 2주 후인 12월 24일. 크리스마스 이브…….
일본에서는 그해 인기 폭발break로 국민락밴드가 된 『WIN(윈)』이라는 그룹이 신곡new single 『WINTER☆WINDOW』를 발표하고 사상 최초로 발매 당일에 예약만으로 밀리언셀러를 달성하여 거룩한 밤에 밝은 화제와 편안한 멜로디를 제공했다. 같은 날 영국에서는 엄청난 참극이 발발하여 전 세계의 이목이 모였다.

1888년에 일어난 잭 더 리퍼 사건의 성격을 계승하면서 규모를 수십 배 확대한 미증유의 대참극이 시작한 것이다.

원조 잭 더 리퍼 사건에서 피해자는 작부뿐이었다. 그러나 이번 사건에서는 남녀노소, 온갖 계층의 사람들이 살해당했다. 게다가 런던뿐만이 아니라 영국 각지에

JOKER

서……. 그 수는 하루에 반드시 4명. 매일 끊임없이 시체의 산이 쌓여갔다. 4명, 8명, 12명, 16명, 20명, 24명……. 사건 개시로부터 일주일 만에 벌써 28명이 살해당했다.

피해자의 상황은 전부 똑같았다. 전신이 갈가리 찢겨 있었고 현장에 쌓인 몸의 각 부위 맨 위에 피해자의 머리가 덩그러니 얹어져 있었다. 게다가 피해자의 이마에는 아라비아 숫자로 피해자의 번호가 피로 쓰여 있었다. 잭 더 리퍼라는 범인의 사인도 피로 쓰여 있었으며 혈서의 피는 전부 피해자의 것이었다.

영국 정부의 요청에 따라 ICPO(국제형사경찰기구)와 DOLL(국제입법탐정기구)도 전력을 다해 수사에 임했지만 현재까지 실마리 비슷한 것은 전혀 발견되지 않고 유력한 추리도 제시되지 않았다…….

영국의 사건 해결이 늦어지는 것도 환영성 살인사건과 상통하는 점이 있었다. 고도로 진화된 정보사회에 속박된 S탐정들이 세계 각국에서 발이 묶인 쓸쓸한 상황이 그 원인이었다.

전 세계에 6명만 존재하는 S탐정들은 아무도 영국 연쇄 토막살인사건을 수사할 수 없었다. 가까스로 시간을 낼 수 있는 사람은 『범인 맞추기 마술사whodunit magician』의 칭호를 가진 세계 최고의 논리적 추리 구사

최종장 육몽 후 종막

자 론리 퀸 단 한 명이었기 때문에 사태의 악화를 피할 수 없었다. A탐정을 아득히 초월한 추리력을 지닌 S탐정들은 아지로 소지처럼 많은 사건을 추리하는데 바빠 도무지 대사건 지휘를 할 수가 없었다.

마침내 궁지에 몰린 DOLL은 환영성 살인사건의 영웅 쓰쿠모 주쿠를 특별 선발했다. 1994년 1월 1일을 기점으로 미모의 메타탐정을 일곱 번째 S탐정으로 인정한다고 발표했다.

주쿠는 아직 20세. 『밀실의 여제』 피란 메일네시아의 기록을 한 살 갱신한 사상 최연소 S탐정의 탄생에 세계 탐정계는 기대를 가득 품으면서도 새로운 S탐정의 실력을 보겠다며 날카로운 눈으로 주쿠의 언동에 주목했다.

1994년이 시작되는 날. 일본인 중 아지로 소지에 이어 두 번째 S탐정이 된 쓰쿠모 주쿠는 연쇄토막살인사건을 수사하기 위해 영국으로 떠났다.

하지만 주쿠에게는 그 전에 끝내야만 하는 일이 있었다.

■

1993년 12월 31일. 참극으로부터 정확히 두 달이 지난 그날. 쓰쿠모 주쿠는 오시다시^{押田市} 몬조마치^{門城町}의 공동묘지에 찾아갔다. 새로운 대사건과 격투하기 전에 마

JOKER

음을 가다듬기 위해.

 그 묘지는 대부분의 환영성 살인사건 피해자가 잠든 성지였다(물론 종교적인 이유로 다른 곳에 묻힌 사람도 몇 명 있다).

 주쿠는 짙디짙은 안개 속을 아름다운 발걸음으로 나아가면서 피해자들의 묘가 나란히 있는 묘지 한 곳을 향했다. 섣달그믐날 저녁이라서인지 사람은 별로 없었다. 잔뜩 낀 안개 탓에 세계로부터 홀로 고립된 듯한 착각을 느끼며 주쿠는 걸어갔다.

 목적지에 가까워지면서 안개 너머로 흐릿한 사람 실루엣이 보였다. 사건 관계자 중 한 명인가 싶었는데 뜻밖에도 그 사람은 그의 동료였다.

 "어째서, 당신이 여기에 있나요……? 야이바 씨."

 남자는 JDC 제1반 반장인 야이바 소마히토다.

 34세인 야이바는 탐정이라기보다는 학자의 분위기를 갖췄다. 골똘히 독서하는 모습이 어울릴 법한 애교 있는 외모에 코끝까지 내려온 금테 사각 안경이 잘 어울리는 인물이다. 동안이어서 그런지 20대 후반으로 보인다. 키는 크기도 작지도 않으며 뱃살은 없고 적당히 날씬하다.

 제1반 반장이라는 직함치고는 위엄이 조금도 느껴지

최종장 육몽 후 종막

지 않는 용모지만 타인에게 호감을 사기 쉬운 생김새임은 틀림없다. 야이바 소마히토에게는 그야말로 선인처럼 세속을 초월한 면이 있다.

"네가 영국으로 출장 가기 전에 꼭 확인하고 싶은 게 있어서 말이야. 총재님께 네 일정을 물어보고 여기서 기다리고 있었어."

타인의 마음을 가라앉히는 부드러운 목소리였다. 주쿠는 들고 있던 꽃다발을 묘에 바치고 선글라스 너머로 동료를 보았다. 야이바의 따스한 눈동자에는 수수께끼를 대하는 타협 없는 탐정의 진지한 빛이 깃들어 있다는 것을 메타탐정은 알고 있었다.

"…… 야이바 씨는 어제 출장에서 돌아오셨지요? 그 북극권 연쇄 이누이트 살인사건이었던가요? 노고가 많으셨겠어요. 수고하셨습니다."

JDC 탐정들은 다들 야이바를 『진 씨』라는 별명으로 부른다. 주쿠는 그를 『야이바』라고 부르는 몇 안 되는 사람이다.

야이바는 일요일의 아버지 같은 미소를 지으며 주쿠의 말에 대답했다.

"이야. 그 사건도 생각보다 스케일이 커서 시간이 오래 걸렸는데, 진짜 적은 수수께끼보다는 추위였어. 난 추위

JOKER

를 많이 탄단 말이야.

그보다 쓰쿠모. 내일 S탐정이 된다면서. 축하해. 드디어 너도 세계를 무대로 날아가겠구나."

"감사합니다. 그런데 제가 감당할 수 있을지……. 영국 사건은 만만치 않아 보여요. 어쩌면……."

"환영성 사건 이상으로?"

주쿠가 하려던 말을 야이바가 이어 말했다. 그 순간, 두 사람 사이에 긴장감이 감돌고 공기가 얼어붙었다!

묘지에는 두 사람밖에 없다. 안개에 싸인 두 사람만의 세계. 목소리는 두 사람 외에는 아무도 없는 공간에 빨려들어 갔다…….

주쿠는 유려한 긴 머리를 쓸어 넘기며 야이바를 마주보고는 진지하게 물었다.

"야이바 씨, 진실을 가르쳐주시지요. 당신은 왜 여기에 계십니까?"

"하하……. 역시 네 눈은 속일 수 없구나. 아니, 사실은 말이지. 환영성 살인사건 파일을 읽어봤거든. 몇 가지 걸리는 게 있어서 조금 전에 실제로 환영성을 보고 오는 길이야.『화몰』도 대강 훑어봤는데……. 맞다, 다쿠쇼인이라는 작가는 위암이었다고 하네."

사건 종료 후 부검이 진행된 다쿠쇼인 류스이의 위장에

최종장 육몽 후 종막

서 수면제와 모르핀이 검출되었다. 수면제는 예술가ar-tist가 먹인 것일 테지만 모르핀은 그가 진통제로 사용한 것으로 추측되었다. 부검 때, 류스이는 말기 위암에 몸이 잠식된 것이 발견되었다.

"암 전이 상황을 보면 남은 수명이 한 달 정도였다고 합니다. 저도 『화몰』을 읽으면서 어딘가 이상하다고 느끼긴 했는데, 설마 암이었을 줄은 몰랐습니다. 다쿠쇼인 씨가 『화몰』에 모든 것을 건 열정도 그가 마지막 작업임을 받아들이고 각오를 굳혔기 때문이라고 보면 수긍이 갑니다. 단기간에 그 정도로 막대한 양의 원고를 쓰는 것은 초인적인 위업입니다. 그는 아마 기록물 집필로 생명을 전부 연소하려 했겠지요. 24년 인생에 후회를 남기지 않기 위해…….

야이바 씨가 확인하셨는지는 모르겠는데 『화몰』에는 밤중에 다쿠쇼인 씨가 객실 벽을 발로 차는 장면이 있습니다(『43 벽 너머』). 지금 생각해보면 암의 고통을 견디고 있다는 것을 나타내는 복선이었는지도 모르겠어요. 진상을 알고 나서 원고를 다시 읽어보니 더 노골적인 복선이 있었습니다.

『역전의 방』에서 미즈노 가즈마 씨의 시체가 발견되고 관계자들이 방을 나갈 때, 다쿠쇼인 씨는 『……나기

JOKER

사…….』라고 중얼거립니다. 그의 쌍둥이 여동생분의 성함이 나기사 씨이니 큰 의미가 없는 것 같았는데 역시 거기에도 깊은 의미가 있었습니다."

"호오, 난 원고를 훌렁훌렁 읽긴 했는데 그게 묘하게 신경 쓰이더라고. 어떤 의미가 있었지?"

"일단 『나기사』를 『나기, 사』라고 나눕니다. 그리고 『나기(NAGI)』를 알파벳으로 바꾸고 뒤집어서 읽으면 『위암胃ガンIGAN, 이야ㅎSA』가 됩니다. 『사SA』도 알파벳으로 풀고 뒤집을 수 있습니다. 이때는 『AS IGAN위암으로』라는 의미가 됩니다.

이것도 훌륭한 『말』의 마술magic이지요. 그는 목숨이 얼마 남지 않았음을 알았습니다. 아마 다쿠쇼인 류스이 씨도 그 사건으로 화려한 몰락을 이루려고 했던 사람이겠지요……."

주쿠는 슬프게 의견을 말했다. 야이바는 동료를 격려하듯 따스한 말투로 말했다.

"화려한 몰락이라. 그런데 쓰쿠모. 『화몰』은 그걸로 완성된 게 아닐까. 그래서 그는 진상을 알면서도 범인에게 살해당한 거겠지?"

"『화몰』의 완성?! …… 무슨 말씀이신가요?"

"『화려한 몰락을 위해』는 미완으로 끝났어야 했어.

최종장 육몽 후 종막

필자 자신이 헛된 죽음을 이뤄 집필이 중단되는 식으로……. 그러면 그 기록물은 화려한 몰락을 연출하기가 더 쉬워지니까.

쓰쿠모, 말하자면 이런 거지. 그 미완으로 끝난『화몰』이 바로 진짜 작중작이었던 거야. 살짝 조사해보고 알아낸 게 있는데, 넌『영원의 윤회』라는 다쿠쇼인 씨의 대표작이 존재하지 않는다는 걸 알아?"

주쿠의 입가에 경악의 빛이 번뜩였다☆

"뭐라고요? 그건 몰랐습니다……."

추리소설가 사이에서는 공공연한 사실이라고 한다.『영원의 윤회』는 다쿠쇼인 류스이가 언젠가 쓸 예정인 환상의 대작으로 널리 알려졌다. 호시노 다에를 비롯한 이들도 물론 알고 있었지만 주쿠는 해결 후에 그 사건과 접할 기회가 없었기 때문에 그 사실을 오늘까지 모르고 있었다.

『화사한 꽃처럼, 몰락은 꿈처럼』뿐만이 아니다…….『영원의 윤회』도 또한 존재하지 않는 대작이다.

"『화사한 꽃처럼, 몰락은 꿈처럼』이『영원의 윤회』가 될 작품이었는지도 모르지. 그런데 그 시점에 현실에서 살인사건이 일어나서 그는 계획을 바꿨어. 그의 생각으로는『영원의 윤회』가 바로『화려한 몰락을 위해』……

JOKER

아니, 『화려한 몰락을 위해』를 『영원의 윤회』 일부로 구상한 것 아닐까? 그는 언젠가 『화려한 몰락을 위해』가 발표되면 그의 유지를 잇는 사람이 나타나리라고 예상했겠지. 『화몰』을 작중작으로 삼아서 그의 사후 사건까지 묘사될 소설. 누군가가 쓸 그 작품이 바로 『영원의 윤회』가 될 거야……."

"어째서 스스로 완성하시지 않았나요?"

"아마 화려한 몰락을 위해서겠지. 다쿠쇼인 류스이는 위암 같은 걸로 죽어선 안 됐어. 그는 미완의 원고를 남기고 헛되이 죽음에 이르러서는 안 됐어. 『화몰』에 나온 『의자에 앉은 성모』 이야기 기억해? 그림 속 여자는 회화에 자기 모습을 가둬서 영원한 생명을 얻었지. 그의 진짜 목표도 그런 거였다고 봐.

누군가가 쓴 『영원의 윤회』라는 작품이 『화몰』 후에 완성되는 거지. 그런데 『화몰』 속에는 『영원의 윤회』가 1년 전에 완성되었다고 쓰여 있었어. 여기에서 패러독스가 생겨서 이야기의 결말과 서두가 연쇄하는 장대한 윤회의 굴레가 완성되는 거야. 게다가 진짜 『작자』는 누구고 작품의 진짜 제목이 무엇인지는 아무도 몰라.

영원히 이어지는 수수께끼와 이야기의 윤회 속에서 그는 성스러운 잠에 들어 영겁의 생명을 얻으려 했다고

최종장 육몽 후 종막

생각해볼 수도 있어."

"다쿠쇼인 씨는 영원의 윤회 속에 자신을 묻었다는 건가요?"

"그렇겠지. 사실 그의 에이전트한테 연락해서 더 확인해봤어. 『화몰』을 작중작으로 삼는 작품이 발표될 예정이었다나 봐. …… 출판사가 고단샤라서 그쪽에도 전화해봤는데, 담당 편집자가 상당히 친절하신 분이었어. 스즈키 씨라고 하는데 이것저것 많이 가르쳐주셨지. 그 작품의 제목은 『꽃다운 시』. 작자는 무려 조금 전에 이야기가 나온 그의 쌍둥이 동생 미나세 나기사 씨라고 하더군."

잠시 침묵이 흘렀다. 주쿠는 경악을 곱씹다가 되물었다. 매끄러운 말투로도 난처함을 숨길 수 없었다.

"『영원의 윤회』가 제목이 아니라고요? 게다가 작자는 미나세 나기사 씨?"

"응, 다쿠쇼인 씨는 『영원의 윤회』라는 개념에는 집착했는데 제목에는 무게를 안 둔 모양이야. …… 오히려 그걸 그대로 작품 제목으로 쓰는 걸 피하고 싶었던 것 같아. 미나세 씨가 말씀하시길 그는 한 번쯤 『이야기』라는 이름의 이야기를 쓰고 싶다고 누누이 말씀하셨다고 하더라고. 순수하게 이야기로서 재미있는 이야기를 만들고 싶다는 의미로. 그래서 그녀는 제목으로 그걸 골랐어."

"『꽃다운 시』. 줄이면 『하나시(이야기)』군요……. 아하."

"재미있는 장치가 또 하나 있어. 이것도 스즈키 씨가 가르쳐주신 건데, 필명은 『다쿠쇼인 류스이』도 『미나세 나기사』도 아닌, 『세이료인 류스이』라고 하네. 미나세 씨가 순수한 이야기에 작자는 필요 없다는 죽은 오빠의 유지를 받아들여서 그렇게 제안했다고 해. 대문자大文字인 작자를 죽이기 위해서라고는 하는데, 말하자면 작자의 정체를 숨기기 위해 완전히 작자를 지워버리는 장치겠지."

"세이료인 류스이淸凉院流水는 다쿠쇼인 류스이濁暑院溜水의 반대네요. 그렇군요……. 환영성 살인사건은 겉으로 드러나는 역사에서 말살된 L범죄이니 그 작품이 발표되면 모두가 현실인지 허구인지 판단할 수 없겠죠."

이 이야기는?

…… 『화사한 꽃처럼, 몰락은 꿈처럼』?

…… 『화려한 몰락을 위해』?

…… 『영원의 윤회』?

…… 『꽃다운 시』?

그리고 작자는?

최종장 육몽 후 종막

- 다쿠쇼인 류스이?
- 미나세 나기사?
- 세이료인 류스이?
- 아니면…… 또 다른 누군가?

■

잠시 침묵이 흘렀다. 누가 먼저 무슨 말을 꺼내야 할지 망설이는 듯했다. 마침내 먼저 입을 연 쪽은 연장자였다.

……아무도 없는 섣달그믐날의 묘지……

야이바 소마히토가 쓰쿠모 주쿠에게 마지막 도발을 건넸다.

"쓰쿠모. 그런데 왜 너는 미야미 가오루를 예술가artist로 꾸며낸 거야?"

JOKER

99 완결 세기말 구약탐정신화

쓰쿠모 주쿠의 표정은 변하지 않았다……. 꾹 다물린 입술은 꿈쩍도 하지 않았다. 선글라스에 가려진 탓에 눈동자에 동요의 기색이 서렸는지 아닌지 야이바는 알 수 없었다.

"야이바 씨, 당신은 무슨 말씀을 하시는 건가요?"

차분한 목소리였다. 감정을 죽인 기계적인 음색이었다. 여전히 아름다운 그 목소리에는 평소의 다정함이 없었다.

야이바는 코끝의 안경을 올리고 다음 날 사상 최연소 S탐정이 되는 동료에게 날카로운 시선을 보냈다.

"미야마 가오루는 예술가artist가 아니야. 네가 말하는 『겐지 이야기』 기적의 일치는 그를 고발하는 게 아니지."

야이바는 엄숙하게 말하며 주쿠에게 봉투 하나를 내밀었다. 주쿠는 잠시 머뭇거렸으나 야이바가 그 자세 그대로 미동조차 하지 않아 매끄러운 손가락으로 받을 수밖에 없었다.

보낸 이는 쓰여있지 않다. 받는 이는 야이바 소마히토의 옛 이름인 『가시와기 소마히토 님』이라고 쓰여 있다.

최종장 육몽 후 종막

"야이바 씨…… 이건 뭐지요?"

"환영성 살인사건이 한창 벌어질 때 그 료칸에서 JDC에 보낸 거야. 경찰 경비가 삼엄해지기 전에, 아마 사건 첫날에 보낸 거겠지. 읽어볼래?"

그의 말에 따라 주쿠는 봉투 안에서 가늘고 긴 쪽지를 꺼냈다. 거기에는 유려한 붓글씨로 이렇게 쓰여 있었다.

도와주세요. TEL

"이게 환영성에서 왔다니 어떻게 된 일인가요? 보낸 이는 없고 문장은 이것뿐입니까? 설마…… 이 TEL은!"

"그래, 그건 마미야 데루 씨의 사인이야. 그녀는 내게 도움을 청했어. 내가 해외 출장을 간 것도 모르고 JDC에 보낸 거지. 난 어제서야 그걸 개봉했어."

"마미야 씨와 아는 사이셨나요?"

야이바는 과거 이야기를 별로 하지 않는다. 아무래도 어린 시절부터 매우 비참한 인생을 살아온 듯했다. 주쿠는 그가 평소에 밝게 행동하는 이유도 정신외상trauma에 지지 않기 위한 노력이라는 이야기를 들은 적이 있었다.

타인의 과거만큼 신비로운 것은 없다. 무슨 삽화SOWA가 숨겨져 있어도 이상하지 않기 때문에…….

야이바는 슬프게 고개를 끄덕이고는 주쿠의 추리를

JOKER

무너뜨릴 경악스러운 진실을 고백했다.

"미야마 가오루는 나와 마미야 씨의 자식이야."

그 찰나 공간이 얼어붙었다. 마치 시간이 흐르기를 관둔 듯했다.

"22년 전에 우리 가족은 환영성에서 일했어. 내 아버지는 고스기 간 씨의 전임 집사였지. 당시에 12세였던 나는 마미야 씨에게 성적 괴롭힘을 당했어······. 마미야 씨는 몰랐겠지만 나는 히라이 겐지 씨에게서 직접 들어서 알고 있었어. 그가 무정자증이라는 걸. 다시 말해 미야마 가오루의 아버지일 리가 없다는 거야. 그 시절에 마미야 씨가 관계를 맺은 사람은 둘뿐이야. 순수한 소거추리에 따라서 미야마 가오루의 아버지는 나밖에 없어."

"그럴 수가······ 그건, 정말······인가요?"

주쿠의 철벽 방어도 맥없이 무너졌다. 야이바가 말한 과거는 의외성을 꿰뚫었다. 지어낸 이야기가 지니지 못할 박력과 진실성을 띠고 있었다.

"쓰쿠모, 네가 말한 것처럼 이 무서운 기적의 일치는 완벽했어. 『겐지 이야기』에서는 가오루의 아버지는 히카루 겐지라고 쓰여 있었지. 하지만 그 1000년 전 이야기 속에서도 진상은 달랐어. 가오루의 친아버지는 가시와기였어."

최종장 육몽 후 종막

"그래서 당신은 『가시와기』란 성을 버리셨군요. 그런데 믿을 수가 없네요. 전……."

"나도 설마 기리기리스 씨가 겐지 씨일 줄은 꿈에도 몰랐어. 운명의 장난이 이런 걸까. 환영성 살인사건은 1000년 전 이야기의 완벽한 재현이었어. 그리고 그 구상 속에는 나도 포함되어 있었지……. 미야마 가오루의 아버지는 나야. 그…… 아니, 지금은 그녀군. 그녀가 설령 진상을 알았다고 해도 네가 추리한 동기는 성립하지 않아. 그래도 네 신통이기가 역사의 어둠에 패배한 건 아니야. 넌 진상을 알면서도 청중을 거짓 해결로 유도했어. 왜 그랬는지, 나는 그게 알고 싶어. 그래서 여기에 온 거지. 너와 둘이서만 이야기하려고.

…… 감싸주는 거야? 쓰쿠모. 진범인 그 인물을……."

주쿠는 고개를 숙이고 야이바에게서 시선을 돌렸다. 그는 노골적으로 대답을 꺼렸지만 야이바는 말을 재촉했다.

"네 신통이기는 『겐지 이야기』 기적의 일치를 간파하고 진짜 동기가 과거에 있다고 추리했어. 하지만 그건 너도 말했다시피 하나의 가능성에 불과해. 다른 범인이 있을 가능성은 존재했어. 그리고 너는 산 자의 세계에서 심리적 탐정법을 이용했어. 가짜 해결법을 밝혀내서 안

JOKER

도하는 진범을 찾기 위해. 쓰쿠모, 넌 그 사건 마지막 날 점심 자리에서 뭘 봤지? 너는 탐정이 가짜 해답에 다다라서 안심한 진범의 모습을 확인하지 않았나? 그를 감싸기 위해 넌 일부러 미야마 가오루 범인설을 택했어. 하지만 미야마 가오루는 범인이 아니야, 쓰쿠모. 그렇게 되면 네가 확인한 그가 바로 진범이라고 생각할 수밖에 없겠지."

"⋯⋯⋯⋯⋯"

주쿠는 가지런히 늘어선 묘들을 보면서 침묵을 지켰다. 야이바는 어쩔 수 없이 자기 입으로 궁극의 진범을 고발했다.

"미야마 가오루가 범인일 리가 없다면 생각할 수 있는 인물은 한 명이야. 예술가artist이기 위한 중요한 조건은 눈 밀실을 만들만한 투구 실력을 갖춘 사람이지. 그걸 만족하는 사람은 미야마 가오루와 캐치볼을 하던 고스기 쇼리야!"

| 재서장 훤히 드러난 범인 |
| 최종장 육몽 후 종막 |

| 재서장 | しょうげんしたはんにん |
| 최종장 | りくむのちしゅうまく |

73)

---

73) 재서장 훤히 드러난 범인(しょうげんしたはんにん), 최종장 육몽 후 종말

최종장 육몽 후 종막

 "생각해보면 그 사건은 교묘함 이면에 항상 유치함이 있었어. 『말』장난에 이상하게 집착한 점도 그렇고, 트릭 하나하나에 진부하다고 할 수 있는 유치함이 보였지. 후몬지의 시체 머리를 벤저민 화분으로 바꿔치기한 게 그 상징이야. 그 사건 전날, 우연히 벤저민에 관심을 가진 고스기 쇼리는 장난으로 화분을 사용했어. 거기에 이유는 없어. 예술가artist는 항상 소년의 순진함이 있어야 한다고 하잖아. 환영성 살인사건의 예술가artist가 바로 소년이었던 거야……."

■

 얼마나 시간이 흘렀을까. 그 자세 그대로 소리 없이 시간이 지나갔다. 야이바는 이번엔 직접 발언할 생각이 없었다. 주쿠가 모든 것을 인정하기를 계속 기다릴 작정이었다.

 마침내 주쿠가 단념한 듯 입을 열었다. 아름다운 목소리는 슬프게 들렸으나 그의 말은 막힘 없이 공간에 흘렀다. 주쿠는 마지막 설명을 시작했다.

 "당신이 미야마 씨의 진짜 아버지가 아니라면 분명 아무도 몰랐을 테지만 운명의 우연이란 참 아이러니하군

(りくむのちしゅうまく)의 첫 부분을 일본어로 읽으면, 'しょう', 'リリ'라는 이름이 나온다.

JOKER

요. 이 미스터리의 『작자』는 아무래도 평범한 해결을 용납하지 않는 모양입니다.

당신의 추리대로 그 사건의 진범은 고스기 쇼리 씨입니다. 틀림없어요. 그런데 그건 진상이 아닙니다."

긍정과 부정이 공존하는 발언이었다. 이번에는 야이바가 당황할 차례였다.

"…… 그건 무슨 말이지?"

주쿠는 그제야 야이바를 마주 보았다. 선글라스를 사이에 두고 두 탐정의 시선이 충돌했다.

더는 돌이킬 수 없음을 알았는지 주쿠의 목소리는 강하고도 단단하게 변했다.

"고스기 쇼리 씨는 실행범에 불과합니다. 야이바 씨, 당신도 그건 아시겠지요. 아무리 유치하다지만 환영성 살인사건은 틀림없이 정교한 대범죄입니다. 13세 소년 혼자서 계획을 짰다고 보기엔 무리가 있습니다. 설령 그가 범죄의 천재라고 해도……."

"흑막이 있다는 말이군. 그건 나도 생각해봤는데 답을 낼 방법이 없었어. 쓰쿠모, 넌 신통이기로 진상을 얻지 않았나? 그래서 그때 청중을 유도한 거겠지. 대체 진짜 흑막은 누구야?"

"네무 씨는 그 사건을 절대 풀리지 않을 수수께끼라는

최종장 육몽 후 종막

퍼지추리를 했습니다. 그야말로 진실을 관통한 추리지요. …… 환영성 살인사건은 모든 세계, 이야기, 수수께끼 mystery의 뿌리에 있는 신리神理,『신의 이치』를 암시하는 것이었습니다.

다쿠쇼인 씨도 그걸 막연히 알고 계셨던 모양입니다. 그래서 그는 미야마 범인설을 진상이라고 추리하면서도『화몰』로 또 하나의 가설을 제시하셨습니다."

"또 하나의 가설?! 그 원고에 아직도 메시지가 숨겨져 있었어?"

"예. 하나는『45 꿈의 부교』에서 다쿠쇼인 씨가 꿈속으로 들어가는 장면입니다. 그 장면에서는 워드프로세서와 융합한 다쿠쇼인 씨의 사고가 디지털로 전환되면서 숫자와 알파벳이 제시되었죠.

AB·10101011·AB·10101011·AB·10101011AB·10101011AB·10101011············.

디지털적 사고라는 점에서 그것은 컴퓨터 프로그램을 구성하는 2진법과 15진법임을 추리할 수 있습니다.『AB』라는 16진법을 10진법으로 고치면『171』.『10101011』이라는 2진법도 또한 10진법으로『171』입니다.

이어서『82「화몰」의 끝』에 등장하는 단편입니다. 그 작품의 제목은『당신~1/2「이야기」(꽃&죽음)』이었지요……."

뭔가 떠오른 듯 야이바가 맞장구쳤다.

"아, 그 단편. 나도 분석을 시도해봤는데 제목 뜻도 모르겠고 내용도 뭔가 암시하는 것 같지는 않았더라고……."

"『171』이라는 메시지를 알면 제목 해독도 쉽습니다. 『171』이라는 숫자를 일본어로 바꾸면 그대로 『이나이(없음)』가 되는데, 이것만으로는 의미가 성립하지 않습니다. 이걸 파악하고 나서 단편 제목을 두 개로 나눠보지요. 앞쪽은 『당신~1/2』. 당신을 인간이라고 생각하면, 1/2의 사람은 『반인(한닌)』……. 『범인』입니다.[74] 후반은 『「이야기」(꽃&죽음)』……. 이것을 나열하면 됩니다. 소괄호 속의 (꽃&죽음)은, 낫표 속의 「이야기」를 읽는 법을 나타냅니다. 다시 말해서 『하나시』가 됩니다. 이 두 가지를 합치면 『범인은 없음(犯人ハナシ한닌와나시)』이 되고 『이나이』도 범인이 없음을 암시한다는 것을 알 수 있습니다."

"범인이 없다고?! 그건 있을 수 없는 일이야. 아무리 그래도 그건 이상하잖아. 그렇게 사람이 많이 죽었는데 아무도 범인이 아니라니……."

---

[74] 반인半人과 범인犯人은 둘 다 '한닌'이라고 읽는다.

최종장 육몽 후 종막

 야이바의 난감함도 당연했다. 만약 그 사건에 범인이 없다면 환영성 살인사건은 대체 뭐란 말인가?『허구』는 커녕 『환영』조차도 아니다.

 "그 말씀이 맞습니다. 살인사건이 존재하는 한 범인이 없을 리가 없습니다. 다쿠쇼인 씨의 추리는 극단론의 영역입니다.

 하지만…… 그의 추리는 진상을 스쳤습니다. 무시무시한 천재의 직관입니다. 그는 추리로 궁극의 진상에 다가갔으며 마지막 단편『당신~1/2「이야기」(꽃&죽음)』에서 무의식적으로 신리, 『신의 이치』를 드러냈습니다."

 그때 주쿠는 다시 시선을 떨어뜨렸다. 환영성 살인사건에서 스러져간 이들이 잠든 묘들을 둘러보고는 마지막으로 하늘에 시선을 멈췄다.

 주쿠와 야이바는 안개 속에 움푹 묻혔다. 돔 모양으로 두 사람을 감싸는 우윳빛 증기의 흐름은 시야를 극단적으로 제한했다. 하얀 막의 천장 일각에 동그란 빛 구멍이 뚫려 있었다. 저녁 햇빛은 신비의 안개를 관통하여 두 사람만의 세계를 비췄다.

 "쓰쿠모, 가르쳐주지 않겠어? 마지막 신리를."

 "당신의 과거는 저만 가슴 속에 묻어두겠습니다. -그러니- 『신의 이치』의 비밀도 아무에게도 발설하시지 않길 바랍니다. 그 약속을 지켜주신다면…… 가르쳐드리겠습니다. 환영성 살인사건의 마지막 해답을."

주쿠는 야이바를 곁눈질로 보았다. 야이바의 눈에 선글라스 틈새로 살며시 주쿠의 눈동자가 보인 것 같았다. 항상 진실을 쳐다보는 『신』의 눈동자…….

야이바는 고개를 끄덕였다. 모든 것이 나락의 어둠에 싸인 사건의 궁극 진상, 『신의 이치』를 알 수 있다면 악마와도 거래하고 싶은 심정이었다. 환영성은 야이바 소마히토라는 탐정의 근간이라고도 할 수 있는 비경이다. 그런 만큼 그는 모든 것을 알아두고 싶었다.

주쿠는 악마가 아니다. 오히려 이 세상에서 『신』과 가장 가까운 탐정이다. 탐정의 프라이드에 관심이 없어 진상을 아는 동료에게 가르침을 주는 것을 아까워하지 않는다. 야이바는 그저…… 진상만 들으면 족했다.

주쿠는 야이바의 표정에서 그의 말에 거짓이 없음을 확인하고는 미美소 지으며 진정한 마지막 해설을 시작했다.

"환영성 살인사건. 그 범죄의 성격을 파헤쳐보면 답도 명백합니다. 왜 예술가artist는 미스디렉션을 그렇게나 남발했는가? 왜 그렇게나 반전이 이어지는 교묘한 플롯을 준비했는가? 모든 것은 『신의 이치』의 암시였습니다.

최종장 육몽 후 종막

 저도 처음부터 답을 알았던 건 아닙니다. 그 사건이 끝나고 저는 히키미야 씨에게 부탁해서 그에게 마지막 통계를 내달라고 했어요."

 "마지막 통계?! 그게 뭐지?"

 "『화몰』 등장인물들의 통계입니다. 실은 히키미야 씨가 느끼셨던 위화감이 발단이었습니다. …… 추리소설 애호가인 히키미야 씨는 다쿠쇼인 류스이 씨의 팬이기도 합니다. 그런 그가 『화몰』의 등장인물 이름 표기가 이상하다고 말씀하신 겁니다. 풀 네임 표기, 이름 표기, 성 표기가 혼재한다는 겁니다. 마치 어떤 의도가 있는 것처럼요. 그래서 저는 그에게 그걸 전부 통계로 내달라고 부탁했습니다."

 "다쿠쇼인 씨는 그 극한상황에서 거기까지 계산하고 글을 쓴 거야? 등장인물의 이름표기까지 집착해서……."

 "아뇨, 그건 아닐 겁니다. 이것도 또한 그의 천재적 직관이 잠재의식에서 초월적으로 작용하여 나타난 기적의 일치입니다. 등장인물 중에서도 특히 중요한 추리소설가들의 풀 네임 등장 회수는 『신의 이치』를 나타내는 것이었습니다."

JOKER

히이라기 쓰카사 37회	아오이 겐타로 37회
미즈노 가즈마 37회	미야마 가오루 37회
히류 쇼코 37회	다쿠쇼인 류스이 37회
후몬지 고세이 37회	니지카와 료 37회

"모든 회수가 같다고? 이건……."

야이바도 조금씩 결말이 보이는 것 같은 느낌이 들었다. 하지만 여전히 진상은 신비의 안개 너머에 있다.

"37이라는 숫자 그 자체에는 의미가 없습니다. 중요한 건 모든 수가 일치한다는 것이지요. 모두 똑같다[75]는 겁니다.

환영성 살인사건의 출연진 중에서는 인간의 이름을 지닌 고양이가 있었습니다. 자기도 모르게 두 이름을 가진 사람이 있었습니다. 모두가 남자라고 생각했던 여자가 있었습니다. 야이바 씨, 이 세계의 모든 『차별』은 무의미합니다. 이름, 나이, 성별, 종족까지……. 결국 모두가 남에 대해 무엇 하나 알지 못합니다. 그리고 이 세계가 기록물인 이상, 지문地文의 진위 또한 모호합니다. 다시 말해 누가 누구든 상관없다는 거지요. 다들

---

75) 37은 일본어로 '미나みな'라고 읽을 수 있다. みな는 모두를 뜻한다.

최종장 육몽 후 종막

똑같으니까요.

 이 점을 파악하고 나서 다쿠쇼인 씨가 마지막으로 남긴 『당신~1/2「이야기」(꽃&죽음)』을 다시 읽어보시기 바랍니다. 작품 속의 한 문장을 통해 진상이 너무나 노골적으로 드러난 것을 확인할 수 있습니다. 암호표의 나머지 17개 숫자로 나타났을지도 모르는 『신의 이치』를 아실 수 있을 겁니다.

 제가 말씀드릴 수 있는 것은 여기까지입니다."

 설령 그것이 『신』의 논리라 해도 그것이 『말』로 표현되는 한, 평면2D의 사고, 탁상공론을 넘어서지 않는다. 얼마든지 꼬투리를 잡을 수 있는 불완전한 것이다. …… 어차피 『종이』의 영역을 벗어나지 못한다.

 궁극의 진실, 『신의 이치』는 『말』을 봉인하고 난 후에 존재한다. 입체3D적인 『최후의 진상』은 『독자』가 깨달을 수밖에 없다.

 …… 어느샌가 조금씩 안개가 걷히면서 시야가 환해졌다. 주변이 어둠에 물들면서 하늘에서는 눈이 내리기 시작했다.

 탐정들은 묘지를 떠났다……. 이야기를 떠났다.

 시간이 흐르고, 1993년이 끝날 때가 다가온다. 긴 이야기가 끝날 때가 다가온다.

JOKER

■
■
■
■
■

1994년 1월 1일, 헤이안 신궁.

참배객 인파 속에서 군중에 녹아든 호시노 다에는 새로운 결의를 품고 흥분으로 얼굴을 빛냈다. 모든 끝은 모든 시작으로 통한다. 연말은 새해로, 한 이야기의 종막은 다른 이야기의 개막으로 이어진다.

그녀는 걷기 시작했다.

……PPPPPP……

어딘가에서 손목시계 알람 소리가 났다.

헤이안 신궁에 비명이 터졌다.

범죄는 항상 갑작스럽게 일상생활의 문을 노크한다.

이러고 있는 순간에도 새로운 사건이 차례차례 탄생한다…….

일본의 환영성 살인사건, 영국의 연쇄토막 살인사건. 앞으로 성가신 사건이 늘어날 것이다…….

■

세기말의 소란스러운 미래가 「우리」를 기다리고 있

최종장 육몽 후 종막

다. 고난의 시대를 뛰어넘어 수십 년 후에 웃을 수 있다면, 그때 또 「나」와 「당신」은 이야기를 나누자……. 그때까지 건투를 빈다.

　이렇게 「나」는 모든 것을 말했다…….
　곧 이야기가 끝난다.
　「당신」은 지금 환영의 성을 나왔다.
　……구불구불한 산길을 「당신」은 걸어간다.
　어디까지나 걸어간다.
　어딘가에 숨겨진 답을 찾는다.
　지도는 양손 안에 분명히 존재한다.
　……TO BE CONTINUED→"COSMIC"☆

==

1994년 1월 1일 오전 0시 1분,
언론사, 경찰청,
일본탐정클럽에
다음과 같은 FAX가
전송되었다.

「범죄예고장」

올해, 1200개의 밀실에서
1200명이 살해당한다
누구도 막을 수 없다.

밀실경 密室卿

이 FAX를 보낸 곳은
도쿄 모처의 비디오 대여점
아르바이트 점원은 FAX를 이용한
인물을
기억하지 못한다.

JOKER

환영장 유수流水살해사건

주저하는 우리를 태우고 도는 우주는,
이를테면 환상의 주마등이다.
해의 등불을 중심으로 도는 하늘의 받침,
우리는 그 위를 달리는 그림자다.

0 정화의 꽃·석가의 손가락은
우상파괴iconoclasm

이렇게 이야기는 일단 막을 내렸다.
 …… 하지만 진정한 이야기는 끝나지 않았다. 원래 이야기란 끝없는 불연속적 존재. 끝과 시작은 환영일 뿐이다. 언제까지나 이야기는 이어진다. 계속 이야기된다…….
 서장 전에는 이야기되지 못한 이야기가 있다. 『독자』는 그것을 상상할 수 있다. 최종장 후에는 이야기되지 못한 이야기가 있다. 그 또한 『독자』는 상상할 수 있다.
 훌륭한 상상의 나래를 얻었을 때 비로소 이야기가

환영장 유수살해사건

완성된다. 기원도 종말도 없이, 앞도 뒤도 없이, 영원히 이어지는 이야기를 『독자』는 느낄 수 있다.

□

이미 이야기된 이야기에는 다양한 국면이 있었다. 역전에 이은 역전, 범인은 이제 누구여도 상관없다는 생각이 들 만큼 반전은 연달아 일어났다.

진범으로 내세워진 가짜 범인. 가짜 범인 뒤에 존재하는 가짜 진범. 거기에는 진짜 가짜 범인, 진짜 진범…….

이야기는 『독자』의 양손 안에 있다. 비밀의 수수께끼가 쓰인 지도를 읽는 법은 『독자』 자신이 결정할 수 있다.

굳이 마지막까지 페이지를 넘길 필요는 없다. 이야기가 지루한 게 짜증나서 책을 덮어버리면 그 『독자』에게 진범은 다른 존재가 된다.

또한 다 읽은 후에 마음에 안 드는 부분만 망각의 검으로 베어버리면 이야기는 또 다른 얼굴을 보여준다. 그리고 그 『독자』에게 진범은 또 다른 존재가 된다.

『신』인 탐정이 내린 최후의 답은 절대적이지 않다. 절대는 어디에도 없다. 그것을 알고 있으면 『독자』는 스스로 판단하고 해석할 수 있다(예를 들어 모든 오도 misdirection가 서명sign이라면?).

JOKER

 모든 손오공은 이 밀실처럼 구획된 작은 세계 속에서 근두운(돈과 운?)만을 의지하여 여행을 다닌다.

 어떤 이는 자신이 부처님 손바닥 안에서 놀아나고 있다는 것을 잘 안다. 또 어떤 이는 세계의 끝에 부처님 손가락이 있다는 것을 안다. 거기에 금단의 문구가 쓰여 있다는 것을 안다.

 세계의 맨 끝에서 모든 『독자』는 무엇을 읽는가?
 …… 그것은 그야말로 금구taboo다.

 처음으로 그것을 읽은 사람은 세계가 붕괴하는 것을 깨닫는다. 이미 이야기가 아무런 의미가 없다는 것을 깨닫는다. 그리고 이미 그것을 아는 자들이 여태까지 그래왔듯 하늘 끝에서 망각의 어둠으로, 싫은 것을 여의봉으로 밀어낸다. 그래도 된다. 『끝』을 알고 있으면 길을 잘못들 일은 없을 테니까.

진범인은 (???????)다.
83 흔들리는 성 **4 루** ふるえるしろ
84 푸른 갈까마귀의 성 **3 아** そうあのしろ
85 희유곡divertimento(궁극) **1 데** ディベルティメント
86 육몽을 꾸기 전 **4 ?** りくむのまえ
87 환영성 살인사건 종막 **4 ?** げんえいじょうさつじんしけんのしゅうまく

환영장 유수살해사건

88 예술가artist의 성스러운 잠 9 ?　アーティストのせいなるねむり
89 쓰쿠모 주쿠의 신통이기 3 ?　つくもじゅうくのじんつうりき
90 악마demon의 연출·비극적 종막catastrophe 1 ?
　デモンの演出·カタストロフィ
91 더 화려한 몰락을 위해 5 ?　さらにかれいなるぼつらくのために
92 경악의 종막surprise ending으로 다이빙 14 ?
　サプライズエンディングへのダイヴィング
93 유(일하게 남은 것은 속이는 위)서 7 와
　のこ(されたのははかしのぎ)しょ
94 궁극 진범의 정체는? 11 은
　きゅうきょくのしんはんにんのしょうたいは?
95 작자에게 사랑받는 등장인물 5 니
　さくしゃにあいされたとうじょうじんぶつ
96 범죄신을 매장하는 주술의 언어 2 은
　はんざいしんをほうむるじゅごんのことば
97 나락의 업풍은 천세의 어둠 9 하　ならくのごうふうはちとせのやみ
98 꽃다운 시 ◎ 영원의 윤회 11 은　はなあるうた ◎ とわのりんね
99 완결 세기말 구약탐정신화 19 시
　かんけつせいきまつきゅうやくたんていしんわ*76)

---

76) 이를 조합하면 しんはんにんはだれでもいいのである가 된다. 즉 '진범인은

JOKER

이 세계에 금지된, 마지막 『말』······.

□

그 후, 『작자』의 머릿속에서 제목이 바뀌었다. 『꽃다운 시』→『이야기』라는 아이디어는 고^故 다쿠쇼인 류스이의 유지를 이어받았는지도 모른다······. 하지만 너무 직접적이다.

이 세계가 전부 추상적이라면 추상적인 제목이 모든 것을 설명하기도 편하지 않은가?

모든 것은 끝없이 이어진다. 그것은 제목의 사고착오 하나만 봐도 알 수 있다.

『작자』는 『꽃다운 시』라는 제목을 버렸다. 그러자 바로 『깨끗한 꽃^{淨めの華}』이라는 새로운 제목이 떠올랐다.

이전 제목의 뜻을 포함하면서도 더욱 추상적인 이 제목은 이 작품에 딱 맞는 것 같았다.

그런데 아직 뭔가 아니라는 생각이 든다. 여전히 가슴 속에는 응어리가 있다.

더 막연한 말이 좋겠다. 추상적인 이미지를 전달하기 위해서는 『말』을 더 부숴야만 한다!

누구여도 상관없다'가 된다.

환영장 유수살해사건

마침내 한 가지 그럴듯한 답이 『작자』에게 내려왔다. 『깨끗한 꽃淨めの華』을 줄이기만 하면 된다. 그런 단순한 행위만으로 『말』은 전혀 다른 얼굴을 보여준다.

이것은 작자에게…… 환영성 아래에서 일어난 정화淨化의 정화淨火. 또는 정화情火를 위한 정가情歌(꽃다운 시?).

『깨끗한 꽃』을 줄이면, 『淨華じょうか조커』.

□

아무도 모르는 그 참극으로부터 3년이라는 시간이 흘렀다.

1997년 1월 5일.

질풍노도Sturm und Drang의 시대는 곧 끝난다. 금세기도 4년밖에 남지 않은 그해 초. 전국의 서점에 한 권이 책이 놓인다.

다쿠쇼인 류스이의 이름은 이미 과거의 것이었다. 그런 남자는 이제 아무도 기억하지 않는다. 만물유전…….

한 명의 무명 창작가(남자? 여자?)의 이름을 새긴 책은 세계의 어둠 한구석에서 적적히 있었다. 자신의 존재를 사리듯 겸허하게. 하지만 그 깨끗한 꽃은 한없이 가련하게 피어났다.

환영성이라는 암흑 속 죽음의 저택에서 벌어진 허무적인 사건의 기억. 환마작용(도구라 마구라)의 몇몇을 진공

JOKER

으로 포장한…… 금단의 마서necronomicon.

독자(당신)는 그때 아무 생각 없이 그 책을 집었다.

도시락처럼 두껍다. 안을 팔랑팔랑 넘기며 살펴보니 신서판으로 1500페이지였다.[77]

이것은 이미 책이 아니다. …… 그 정체는 망량을 키우는 우리? 아니면 우로보로스의 상자?

잠시 고민한 끝에 독자(당신)는 계산대로 갔다. 손에는 한 권의 책이 꼭 쥐여 있었다.

고단샤 노벨즈의 최신간. 작자는 『세이료인 류스이』. 제목은…….

『코즈믹·조커 세기말 구약탐정신화』

……였다.

□

하늘의 계시가 내린 연회가 계속되는 곳은 고인 물溜水 안의 DARK SHOW.

세이료인 류스이는 죽었는가? 살해당했는가? 둘 다 아니다. 『세이료인 류스이』는 허상이다. 처음부터 그런

---

[77] 신서판은 일본도서의 판형 중 하나(105×173mm)로, 출판사와 시리즈에 따라 약간의 차이가 있다. 『코즈믹』과 『조커』는 고단샤에서 발행하는 신서판 형태의 〈고단샤 노벨즈〉 시리즈로 출간되었는데, 두 권 모두 2단 조판으로 『코즈믹』의 경우 710페이지, 『조커』의 경우 778페이지, 합쳐서 대략 1,500페이지가 된다. 참고로 문고판의 경우 『코즈믹』 2권 『조커』 2권으로 나뉘어 총 4권으로 출간되었다.

환영장 유수살해사건

인간은 없었다. 『세이료인 류스이 살인사건』은 어차피 환영의 이야기다.

…… 그러나 여기에는 확실하게 이야기가 있다.

이야기되고 쓰인 이야기는 확실하게 「당신」의 양손 안에 존재한다. 이 이야기의 정체는 무엇인가?

- 「나」는 누구인가 WHO AM I- ?

깨끗한 꽃을 세계에 바치기 위해 「나」는 마지막 시를 읊는다.

마술magic은 장치trick를 알아채지 못하는 관중의 환상이 만들어낸다. 인간이 사라질 리가 없다? 맞는 말이다. 하지만…… 사라졌다고 「착각」할 수는 있다. 그래서 엔터테인먼트를 즐길 수 있다.

인류에게 주어진 최대의 무기 「상상력」을 사용하여 『독자』가 『작자』와 악수할 때, 비로소 초월 이야기meta fiction의 함정은 망가지고 진실된 영원의 윤회가 완성된다.

환상(꿈)을 생각하는 「당신」의 힘에, 덧없는 「나」라는 존재는 기대하고 기도한다. 그리고 종언을 맞이한 세계에 조용히 최후의 시를 바친다.

여기에 있는 것은 『말』, 유언(唯言)(遺言)뿐.

보아라, 마지막 『말』이 흘러온다…….

JOKER

□

도망치는 시간을 따른다, 따라간다, 계속 따라간다.
마침내 독자(당신)는 지금.
현실의 시간을 따라잡아……
이 책을 다 읽었다.
- 완독

●최후의 시●

끊임없이 변하는 세계를 방황하는 시간의 나그네
이야기가 끝나면 「당신」은 다시 여행을 떠난다
「나」도 「나」의 이야기도 더는 여기에 없다
하지만 「당신」 안에서 「나」의 이야기는 계속 이야기된다
「당신」은 「당신」의 이야기를 언제까지나 잊지 않는다
그러니 「나」의 이야기도 영원히 「당신」에게 이야기된다

…… 「당신」은 「내」가 된다
「내」가 된 「당신」은 지금 다른 「당신」을 찾는다
자 「나」의 이야기를 들려주어라
자 「당신」의 이야기에 귀를 기울여주어라

새로운 여행이 시작되면 「당신」도 떠난다
「세계」가 닫힌 흔적에 남겨진 것은
덧없는 꿈 이야기를 봉인한 한 권의 책

……하지만……
떠도는 「당신」은 때때로 멈추어 선다
그리고 언제까지고 잊지 않는 「당신」의 이야기를 떠올린다
- 사람은 영원한 수수께끼 이야기 -

출구

수고하셨습니다.
조심히 돌아가세요……

1996년 6월 3일 - 1996년 8월 31일(집필 58일)

(*…… 이 작품의 원형이 된 중편 『화려한 몰락을 위해』는 1993년 동인지에 발표되었습니다.
세이료인 류스이 백)

「눈물」에서 태어난 이야기는 저절로 물로 돌아간다

 긴 여행 끝에 이곳에 다다랐는가? 아니면 미궁의 입구를 발견하기 전에 여기에 와버렸는가? 어쨌든 당신은 이 사막을 찾아왔다.

 뒤에는 끝없는 미궁의 벽. 아무리 둘러봐도 돌벽만 죽 이어져 있다. 그리고 앞에는 무한히 펼쳐진 듯한 모래의 바다, 사막이 있다.

 이제 당신은 어떻게 할 것인가?

 미궁의 벽을 따라 계속 걸을까? 있는지 없는지도 모르는 입구(출구?)를 찾아 여행을 시작할까?

 아니면······.

 한없이 이어지는 이 모래의 바다에 발을 들일까? 언제 끝날지도 모르는 새로운 여행을 다시 시작할까?

 건조한 바람에 모래가 섞여 있다. 당신은 조금씩 모래의 흐름에 잠긴다.

 자, 어떻게 할까? 나아갈 것인가······ 아니면 돌아설 것인가?

JOKER

~~~~~~~~~~~~~~~~~~~~~~~~~~~~~~~~~~~~~~

화려한 몰락을 위한 집필 후기 『뱀蛇의 발足』

완벽한 인간(쓰쿠모 주쿠?)이 3차원 세계에는 존재할 수 없는 것과 마찬가지로 누구나가 극찬하는 작품은 있을 수 없습니다. 작품에 따라 비율은 저절로 달라지겠지만 한 작품이 있으면 반드시 찬반양론이 있습니다. 가치관은 사람마다 제각각이니 당연한 일입니다.

전작 『코즈믹 세기말 탐정 신화』도 예외가 아닙니다. 요 몇 달간, 어느 때는 직접적으로, 또 어느 때는 간접적으로 제 귀에 독자 여러분의 목소리가 들려왔습니다. 정말로 다양한 감상이 있었습니다. 저의 정보망은 보잘것없어서 모든 내용을 확인할 수 없었지만……. 그 작품은 칭찬도 비판도 최대급의 말로 표현된 듯하여 작자로서 솔직히 기쁩니다.

설령 『순진무구한 악귀邪鬼』라 불릴지라도 좋은 의미로 『악동』은 졸업했으니 요괴가 되는 것도, 하물며 수라가 되는 것도 아닌, 어디까지나 자연체인 『유수流水』로서 귀를 기울였습니다.

긴 후기

　긍정적인 내용이든, 물론 부정적인 내용이든 보내주신 편지와 앙케트 엽서부터 신문과 잡지의 서평, 동인지, 그리고 인터넷 홈페이지까지……. 제 작품을 언급해주신 여러분, 대단히 감사합니다.

　칭찬에 우쭐해지지도 않으며 비판에 귀를 닫지도 않고 독자분들의 감사한 의견을 진지하게 받아들이겠습니다. 앞으로도 작품을 만들어갈 때 꼭 참고하고자 하니 뭔가 깨달으신 바나 원하는 바가 있으시면 고단샤 문예도서 제3출판부 앞으로 보내주시기 바랍니다(앙케트 엽서에 간단한 의견을 적어주시기만 해도 대단히 감사합니다).

　□

　처음에는 이 집필 후기로 전작 관련 질문 중 아마 작품을 읽기만 해서는 알 수 없는 것(저의 『미스터리』나 『유수대설』의 정의 등)을 답변하고자 했으나 아무래도 변명 비슷하게 쓸 것 같고, 여러 번 고쳐 써도 수십 페이지가 되어버려서 결국 단념할 수밖에 없었습니다.

　……『집필 후기』 자체를 완전히 지울까 생각도 해봤지만 전작의 집필 후기가 호평받기도 했고 편집부 측에서도 JDC 시리즈에 관해 설명을 요구하셔서 간단히 말씀드리고자 워드프로세서 자판을 두드리고 있습니다.

　『코즈믹』→『조커』라는 JDC 시리즈에 다양한 질문을

JOKER

받았습니다. 여기서 몇 가지에 대답하겠습니다.

현재 구상 중인 작품과 이미 원형이 완성된 작품은 다섯 개입니다.

밀실 연쇄살인(전작 『코즈믹』)&환영성 살인사건(본작)을 포함한 『4대 비극』의 나머지 두 사건(그중 하나는 사이몬가 살인사건입니다). 그리고 이 책에도 언급된 범죄 올림픽 사건, 인류 최후의 사건과 신인류 최초의 사건이 있습니다.

하지만 이대로 매너리즘에 빠지면 재미가 없으니 다음 작품 이후에는 일단 JDC 시리즈를 떠날 생각입니다.

물론…… JDC와는 별개의 이야기에서도 『유수대설』 정신은 유지할 것이니 『조커』와 『코즈믹』을 즐겨주신 분들이 만족하실 수 있는 내용이 되지 않을까 합니다. 또한 다음 시리즈에서는 마니악한 부분을 최대한 배제하여 JDC 시리즈에 거부반응을 보이신 분들도 즐기실 수 있지 않을까 하는 생각도 합니다.

독자 여러분께서 절대 저렴하지만은 않은 돈을 내고 사주셨으니 독선적인 작품이나 어중간한 작품을 쓰지 않을 것입니다. 『조커』도 『코즈믹』도 몇 가지 수수께끼를 남기면서도 어디까지나 그 안에서 완결된 작품입니다. …… 하지만 언젠가 운 좋게 기회가 주어진다면

긴 후기

모든 수수께끼를 해명할 수 있는 날이 올지도 모릅니다. 그때도 생각해서 시리즈 전체에 복선도 많이 깔아두었는데, 모든 것은 독자 여러분의 희망에 달려 있으므로 반드시 쓰겠다고 약속드릴 수는 없습니다.

편집자와의 미팅에서 각각의 탐정이 주인공이 되어 사건을 해결하는 『탐정 1인 1화』 단편집 시리즈를 내는 기획도 나오기는 했는데, JDC라는 설정 자체가(자위적이라고도 할 수 있는) 상당히 마니악합니다. 제게도 역시 한 명이라도 많은 분이 즐기실 수 있는 작품을 쓰고 싶다는 간절한 마음이 있으므로 앞일은 아무것도 약속할 수 없습니다. 그런 의미에서도 독자 여러분께서 솔직한 의견을 말씀해주시면 대단히 감사하겠습니다.

…… 또한 전작에서 「탐정이 너무 많아서 추리와 인물 관계를 파악할 수 없다」라는 지당한 지적을 해주셨습니다. 깊이 반성하면서 사과의 의미를 담아 집필 후기 마지막에 탐정들의 정보를 정리한 표를 첨부하였으니 조금이라도 참고해주시면 감사하겠습니다(『조커』에서도 많이 나오죠…… 죄송).

□

스태프롤이냐는 말씀까지 들었었죠. 전작에서 이름을 빌려주셔서 감사드린 분들께 이번 『조커』라는 작품을

JOKER

만들면서도 신세를 졌습니다. 그 외에 이 작품을 만들기까지 다양한 형태로 도움을 주신 여러분께 감사의 뜻을 표하고자 합니다.

아비코 다케마루我孫子武丸 님. 가족 같은 마음으로 여러 적절한 조언을 주셔서.

나카무라 다이조中村泰三 님, 야마모토 나라요시山本楢宜 님. 뜨거운 성원을 주셔서.

기타하라 루미北原ルミ 님, 모리 다로森太郎 님. 스텝업의 계기를 주셔서.

게이토쿠 진慶德仁 님, 로쿠탄다 료헤이六反田良平 님. 본격 미스터리 독자로서 많은 시사점을 주셔서.

이토 신지伊藤慎二 님. 많은 사건이 있었던 그 여름, 창작에 몰두하는 나날을 공유할 수 있어서.

가와네 고키川根公樹 님. 막무가내 창작 인생을 보내는 악우를 다양한 형태로 도와주어서.

안도 미사安藤美佐 님. 이래저래 돌봐주셔서, 많은 도움을 주셔서.

오에 겐大江元님. 인생길을 걸을 때 빼놓을 수 없는 중요한 것을 주셔서.

고다 마코토合田真 님. 무한하다고 생각했던 순간의 시간에 꿈을 이야기해주시고 악몽으로부터 구제해주셔

긴 후기

서.

후쿠다 쇼고福田正吾 님. 폐를 끼친 데다가 걱정까지 끼쳐드려서.

가마다 쇼이치鎌田昌一 님. 본작의 원형에 과분한 칭찬을 주시고 격려의 말+만능악encore을 제공해주셔서.

오타 다로太田太郎 님. 항상 즐겁게 해주시는 그 순수한 인품에.

다케이리 아키미쓰竹入詔三 님. 항상 즐겁게 해주시는 그 유쾌한 인품에.

야마오카 스에지山岡末治 님. 『세이료인印』을 만들어주셔서.

스기모토 다쿠마杉本琢磨 님. 오랫동안 뒤에서 많이 도와주셔서.

오야마 세이이치로大山誠一郎 님. 정신 바짝 차리고 달릴 수 있도록 따스한 말로 채찍질해주셔서.

사토 세이이치로佐藤誠一郎 님. 전작을 집필할 직접적인 계기를 만들어주셔서.

고이시자와 마사히로小石沢昌広 님, 구마가이 히로토熊谷博人 님. 이야기를 밀실 속에 가둬주셔서.

고모리 겐타로小森健太郎 님. 유수대설에 미스터리의 새로운 가능성을 발견해주셔서.

JOKER

다쓰미 시로^{辰巳四郎} 님. 임기응변, 변환자재, 현란호화. 감복하게 해주신, 그 초절정 장인의 예술에.

시마다 소지^{島田荘司} 님. 창작을 향한「마음」을 확실하게 받아들이고 던져주셔서.

야마구치 마사야^{山口雅也} 님. 과거, 악동kid의 잠재의식에 보이지 않는 쐐기를 박은 『열세 명째 명탐정』에.

니시자와 야스히코^{西澤保彦} 님. 전작에 친절하고 정중한 의견을 주시고 따스한 말로 격려해주셔서.

교고쿠 나쓰히코^{京極夏彦} 님. 요괴를 자유자재로 다루어 비옥한 토양으로 통하는 길을 개척해주셔서.

오모리 노조미^{大森望} 님. 다양한 형태의 귀중한 마음씀씀이에.

모리 히로시^{森博嗣} 님. 앞서 달리며 감동을 주시는 창작을 향한 열정에.

독자 여러분. 서적의 홍수에서 손을 뻗어 이 책을 잡아주신 기적에.

AND

전작에서 이름을 주신 여러분, 물이 흐르는 길을 확보해주셔서…….

부족한 제가 흐르는 물이 고인 물이 되지 않도록 노력할 수 있는 것도 여러분 덕택입니다.

긴 후기

감히 감사 말씀 올립니다. 대단히 감사합니다☆☆☆
□

3년 전. 막 열아홉이 된 한 풋내기가 시도한 것은 미스터리 쿠데타도, 하물며 미스터리 아마겟돈도 아닌, 이야기라는 형식을 이용해 미스터리에 사랑을 고백하는 단순한 일이었습니다. 진심으로…….

최근에는 영상이나 만화를 통해 시각적으로 강하게 소구하는 미스터리의 세력이 거셉니다. 이에 도전하는 의미로도 『코즈믹』에는 소설(같은 대설)에서만 가능한 미스터리적 장치를 사용했습니다(활자의 세계에만 존재하는 2차원 세계에 사는 자, 『등장인물』을 의식적으로 많이 이용하는 것도 이 때문입니다). 그리고 이 시도는 『조커』에서도 공통된 테마입니다.

『코즈믹』과 『조커』는 시리즈지만 쌍방향으로 복선을 깔았으므로 아무거나 먼저 읽으셔도 좋습니다. 또한 읽으신 순서에 따라 놀라는 부분도 달라지게 설계했으니 그런 점에 집중해서 읽어주시면 작자로서 더할 나위 없이 기쁠 겁니다.

이 책이 이렇게(일단) 최종적인 형태로 결실을 이루기까지 3년 동안 몇 가지 이미지는 완전히 풍화되고 말았습니다. 또한 이 작품의 핵심 아이디어(범인 맞추기 whodu-

JOKER

nit 너머에 있는 것)는 최근에 존경하는 몇몇 선배분들이 이미 도전하신 테마입니다(물론 제각각 다르게 어레인지 했습니다……. 외람되게도 저 또한 그렇습니다).

그것을 알면서도 저는 굳이 지금, 조심스럽게 『조커』를 내놓습니다.

『작자(저희)』들을 미스터리의 범인으로 정의한다면 바로 『독자』여러분이 탐정입니다. 각각의 탐정(여러분)은 어떤 진상을 도출하여 어떤 독자적인 해결로 이끌까요?

□

작자가 작품 뒤에서 얼굴을 내밀면 볼썽사납다고 질타받을 수도 있겠지만 집필 후기는 얼굴이 보이지 않는 『작자』와 『독자』의 유일한 커뮤니케이션의 장이므로 저는 소중히 지키고자 합니다.

그건 그렇고 이번 후기는…… 고쳐 쓰기를 여러 번. 어떤 의미로 작품보다 더 에너지를 쏟아붓지는 않았나 합니다. 제가 생각하기에도 놀랍습니다. 이 길이를 보고도 넘어가 주신 분께는 그저 고개만 숙일 뿐입니다. 거슬리셨던 독자 여러분. 정말 죄송합니다.

다만 사실 저도 이런 집필 후기는 어찌 되든 상관없습니다. 제가 소중하게 여기는 것은 단 하나, 어떻게 독자

긴 후기

여러분을 즐겁게 해드릴까? …… 여러분이 『작자』 등을 지우고 이야기를 순수히 즐겨주시기만을 바랍니다. 후기란 뱀 그림에 그려진 존재할 리 없는 발 같은 것이니.

□

목적지는 아득한 저편. 끝없이 이어진 사막 속에서 물은 고이지 않고 흐를 수 있는가?

모래 너머에 얼핏 보이는 것이 신기루(장대한 숨겨진 그림cosmic joker)가 아니기를 빌면서…… 여기서 워드프로세서 자판을 두드리는 손가락을 쉬게 하고자 합니다.

…… 운 좋게 기회가 된다면 다음 오아시스에서 또 만납시다 ♪

1996년 12월 11일 일본에서
세이료인 류스이 백

~~~~~~~~~~~~~~~~~~~~~~~~~~~~~~~~

바람이 뺨을 스치면서 당신은 정신을 차렸다.

무한한 듯 찰나의 시간에 꿈을 꾼 듯했다. 신기루는 흘러갔다.

주변에는 온통 어둠■, 어둠■, 어둠■…… ■■■■

■■■■■■■■■■■■■■■■■■■.

 사막은 완전히 밤이 되었다. 낮의 열기가 거짓말이었던 것처럼 세계에 냉기가 내려왔다. 추위에 떨면서 당신은 우주를 생각한다. 원래 우주는 어둠에 싸인 존재. 그곳에는 열기 따위 없다.

 벌써 오랫동안 수분을 섭취하지 못했다. 어느새 몸이 건조해지고 목이 말라왔다.

 물이 필요해. 그 이외에는 아무것도 필요 없다. 그저 물이 필요하다.

 하지만 이곳은 사막이다. 물도 없거니와 당신을 도와줄 자비로운 사람도 없다. 이것은 오아시스 없는 사막의 삽화……. 세계의 거대함과 삶의 가혹함에 생각이 닿으면서 당신은 고독감에 짓눌릴 것 같았다.

 무언가가 뺨을 적신다. 손가락으로 만져보니 눈물이었다. 인간이 물에서 태어난 이야기임을 상기하게 하는 생명의 기적이었다. 보배로운 돌寶石에도 진짜 구슬眞珠에도 없는 아름다운 빛을 뿜어냈다. 당신은 울고 있었다.

 시작도 끝도 없다. 이야기는 다시 물로 돌아가 새로운 이야기가 시작된다. 그것이 영원히 이어진다. 끝없이, 끝없이…….

 읽기에 지친 당신은 새로운 여행을 떠나기로 한다.

긴 후기

세계를 완전히 닫고 자기 자신을 백지로 환원하여 『창조하는』 여행을 떠나기로 한다. 당신 앞에는 아무것도 없는 사막이 펼쳐져 있다. 가능성은 무한히 널려있다.

마음을 새로이 먹고 걷기 시작한 당신의 뺨에, 누군가가 입맞춤KISS했다. 이번에는…… 당신의 눈물이 아니다.

하늘을 올려다보았다. 어둠에 싸인 세계에 떨어지는 것이 있었다.

당신의 여행을 축복하는 하늘의 눈물.

…… 바로 비였다.

끝

> 자신은 자신이 아닌 자신이 되어가는 도중의 자신이다
>
> 하니야 유타카埴谷雄高

◎ 각 장의 시작 부분 사행시는 모두 오마르 하이얌의 『루바이야트』에서 인용했습니다. 대단히 감사드립니다.

◎ 작중에 언급된 4대 미스터리 없이 이 작품은 존재하지 않았을 겁니다. 다시 한번 네 분의 위대한 작가께 감사의 마음을 바칩니다.

◎ 이 이야기에 등장하는 개인, 단체 등은 전부 가공이며 실재하는 것과 전혀 관계가 없습니다.

●JDFC(일본탐정팬클럽)본부 자료실●

1	아지로 소지 〈JDC 총재〉	1948/04/05 출생. 179cm, 69kg, A형, 왼손잡이 집중고의……사건의 요점에 집중하여 초월적 추리
2	야이바 소마히토 〈제1반 반장〉	1958/08/18 출생. 176cm, 66kg, A형, 오른손잡이 진ジン추리……변증법적 사고로 추리 전개
3	쓰쿠모 주쿠 〈제1반 부반장〉	1973/10/31 출생. 180cm, 59kg, AB형, 오른손잡이 신통이기……필요한 DATA가 모이면 진상을 깨달음
4	시라누이 젠조 〈제1반〉	1925/05/24 출생. 173cm, 64kg, B형, 왼손잡이 회의추리……회의를 관철하여 추리를 반복
5	류구 조노스케 〈제1반〉	1968/07/07 출생. 172cm, 56kg, O형, 왼손잡이 경기추리(傾奇推理)……상식에서 벗어나 재월을 발휘
6	기리카 마이 〈제1반〉	1969 출생(추정). 169cm, ?kg, AB형, 오른손잡이 소거추리……가능성이 없는 것을 소거해 진상에 접근
7	아마기 효마 〈제1반〉	1970/09/29 출생. 182cm, 72kg, O형, 오른손잡이 잠탐추리……잠재의식 탐색으로 진상을 발견
8	아마기리 후유카 〈제2반 반장〉	1969/06/09 출생. 167cm, ?kg, AB형, 왼손잡이 오리몽중(悟理夢中)……잠에 빠져 사고능력 향상
9	기리기리스 다로 〈제2반 부반장〉	1934 출생(추정). 164cm, 68kg, B형, 오른손잡이 부감유고……사건을 부감하여 자연스럽게 사고
10	히키미야 유야 〈제2반〉	1972/01/01 출생. 177cm, 64kg, B형, 오른손잡이 통계추리……온갖 DATA로 사건을 분석
11	쓰쿠모 네무 〈제2반〉	1974/11/15 출생. 160cm, ?kg, A형, 양손잡이 퍼지추리……여자의 감으로 막연한 진상을 감지
12	아지로 소야 〈제2반〉	1972/02/29 출생. 166cm, 58kg, A형, 오른손잡이 이로란보……걸으면서 우뇌를 자극하여 발상 획득
13	피라미드 미즈노 〈제3반〉	1965/12/25 출생. 184cm, 70kg, AB형, 왼손잡이 초미추리(超迷推理)……막연한 추리로 어긋난 진상 발견

검은 바탕 숫자는 메타탐정을 가리킴.

(세이료인 주…… DATA는 전부 1993년 12월 31일 현재 기준입니다.)

| 해제 |

노이즈와 유머
미스터리의 해부 2

조영일

JOKER

*

 『조커』는 세이료인 류스이의 두 번째 작품으로, 1997년 1월에 출간되었다. 일본 미스터리계에 커다란 충격을 안겨준 데뷔작 『코즈믹』이 1996년 9월에 나온 것을 고려하면 이례적으로 빠른 속도라 하겠다. 대작 『코즈믹』을 능가하는 방대한 분량까지 확인하면 다소 기괴하기까지 하다. 물론 두 작품 간 지나치게 짧은 간격에는 나름 이유가 있다.

 결론부터 말하면 『조커』는 『코즈믹』이 출간되기 전에 이미 준비되어 있었다. 아니 『코즈믹』은 아직 세상에 모습을 드러내지 않은 『조커』에 기반을 둔 작품이라고 해도 과언이 아니다. 『조커』를 읽고 『코즈믹』을 다시 읽는다면 그것이 과장이 아님을 쉽게 알 수 있다. 실제 『코즈믹』은 이미 여러 대목에서 『조커』를 직간접적으로 언급하고 있다. 대표적인 한 부분을 들면 다음과 같다.

해제

    히라이 다로는 환영성 살인사건을 또렷하게 기억했다. 약 두 달 전에 그가 경영하는 료칸『환영성』에서 벌어진 끔찍한 참극을 잊을 수 있을 리 없었다.

●

    히라이 다로라는 이름은 추리mystery작가인 에도가와 란포의 본명과 같다. 그래서인지 그는 란포의 작품을 좋아했다. 줄곧 현세의 꿈과 밤꿈의 진실을 교묘하게 바꿔버리는 환상적인 필치가 크나큰 쾌감을 준다고 생각했다. 그는 란포를 통해 수수께끼와 기이함이 소용돌이치는 추리소설의 세계에 발을 들였다. 끝없는 늪에 머리부터 풍덩 빠졌다. 부모에게서 물려받은 재산으로 동서고금의 추리소설을 수집하고 란포가 사랑한『환영성』이라는 환상의 공간을 실제로 구축했다. …… 이윽고 세월이 지나 육체는 노쇠해졌다. 하지만 세상의 환영을 사랑하는 정신은 변하지 않았다.

    히라이 다로의 컬렉션을 모은 환영성의 대도서관은 언제부턴가 추리소설가들 사이에서 호평을 받았다. 최근 들어 료칸답지 않은 환영성의 비경은 추리소설가, 평론가, 추리 마니아들에게 컬트적인 인기를 모았다.

●

JOKER

 환영을 사랑하는 이들의 도원향shangri-La이 파괴된 것은 지금으로부터 약 두 달 전, 1993년 10월 25일이었다.

 당시 환영성에는 『간사이 본격(추리소설가) 모임』이라는 단체에 속한 작가들이 합숙을 하러 와 있었다. 니자카와 료, 후몬지 고세이, 아오이 겐타로, 다쿠쇼인 류스이 등, 베스트셀러 작가들이 모인 『간사이 본격추리소설가 모임』의 연례행사인 가을 합숙. …… 안식을 위한 합숙이 피투성이 참극으로 변한 것은 10월 25일 밤이었다.

 하룻밤 사이에 추리소설가 두 명이 살해당했다. 범인은 자신을 『예술가artist』라고 소개하며 이름에 걸맞게 예술적인 연출을 가미한 살인을 거듭했다. 한 명, 또 한 명……. 날이 갈수록 희생자는 늘어났.

 예술가artist는 추리소설가 중 한 명인 다쿠쇼인 류스이가 쓴 『추리소설의 구성요소 30항』을 전부 섭렵하기 위해 정력적으로 범행을 이어갔다. 환영성에서는 추리소설적인 악몽이 계속되었다.

 JDC, 경찰, 끝내는 환영성 사용인들까지 휘말리면서 사건은 열네 명을 죽일 때까지 이어졌다.

 10월 31일, 출장지인 LA(Los Angeles)에서 급히 귀국한 JDC 제1반 탐정 쓰쿠모 주쿠의 쾌도난마와 같은 추리를 통해 진상이 밝혀지면서 헤이세이 최대의 참극(당시)은

해제

막을 내린…… 것처럼 보였다.

●

하지만 환영성 살인사건 탓에 비경은 마경으로 변해버렸다. 히라이 다로의 세상은 뒤집혔다. 그 사건을 기점으로.

- 사건은 끝나지 않았어. 전혀…….

늘그막에 평온히 쉴 틈도 없었다. 해가 바뀌고 나서는 『밀실경』이라는 범죄자가 등장하여 일본을 무대로 악몽을 퍼트려댔다.

세계는 변해버렸다.[1]

사실상 『조커』의 시놉시스라 할 수 있는 이 부분을 보면, 세이료인 류스이의 출세작 『코즈믹』이 『조커』를 통해 비로소 '하나의 작품'으로 완성된다고 말할 수 있다. 실제 저자는 이후 문고본을 내면서 두 작품을 마치 '하나의 작품'처럼 재배치(『코즈믹』안에 『조커』를 집어넣는 방식으로)하고 있다.[2] 일찍이 본 적이 없는 이런 레고와 같은 소설 쓰기[3]가 가능한 것은 『코즈믹』 이전에 『조커』

---

1) 세이료인 류스이, 『코즈믹』, 이미나 옮김, 비고, 2021, 428-430쪽.
2) 문고본은 총 4권으로 『코즈믹 流』, 『조커 淸』, 『조커 涼』, 『코즈믹 水』 순서로 되어 있다. 이는 '세이료 in 류스이'라는 언어유희를 포함하고 있다.

JOKER

가 완성되어 있었기 때문이다.

JDC가 탄생한 것은 1993년으로, 세이료인이 막 교토대학에 입학한 시기였다. 그에 따르면[4] JDC의 첫 작품은 추리소설연구회에서 발표한 단편「흑묘간黑猫閒의 범죄」였는데, 나름 호평을 받았고 이에 힘입어 매월 JDC 관련 단편을 한 편씩 발표하게 된다. 다만 이때는 아직 JDC라는 명칭이나 설정은 존재하지 않았다. 막연히 많은 등장인물이 등장하는 미스터리판『은하영웅전설』을 쓰고 싶다는 생각만 가지고 있었다.

그러던 중 아이돌 그룹(그는 5인조인 SMAP을 언급하고 있다)의 상업전략[5]에 주목하여 탐정의 수를 점점 늘려가게 된다. 그리고 1993년 가을 만 19세가 되었을 때 드디어 700매(200자 원고지로는 1,400매)에 달하는『꽃이 있는 시華ある詩』를 완성한다.[6] 이 작품은『조커』의

---

3) 배치 외에 큰 수정이 없는『코즈믹』·『조커』문고본과 다르게『카니발』3부작의 경우 작품 자체를 완전히 해체하고 재구성하여 사실상 다른 작품(5권의 문고본)처럼 만들었다.
4) 이하 내용은 문고본『카니발』첫 권에 밀봉형태로 삽입된 권말특별부록「JDC 극비 에피소드집」에 근거한다.
5) 다양한 수요에 맞추어 여러 가지 타입을 묶어서 판매하는 전략으로, 그룹이 인기를 얻으면 개별 판매를 유도하고, 멤버 각각에게 팬이 생기면 그것을 그룹 전체의 인기로 이어지게 한다.
6) 이 작품을 쓸 때 염두에 둔 작품은 나가이 히데오의『허무에의 제물』과 다케모토 겐지의『상자 속의 실락』이었다.

해제

원형격인 작품으로 우리가 아는 JDC라는 조직과 이에 속한 350명의 탐정들이라는 설정이 거의 완성되어 있었다.

참고로 『코즈믹』 출간 이듬해인 1997년은 이후 일본 아이돌 문화(산업)의 향배를 가늠할 수 있는 모닝구 무스메가 데뷔한 해이기도 하다. 5인조로 시작했지만 이후 입학과 졸업 시스템을 통해 점점 늘어나 16명에 이르기도 한다(현재는 12명). 세기가 바뀌자 이를 이어받아 일종의 사회현상이 된 그룹인 AKB48이 등장한다. JDC 시리즈의 마지막 작품으로 남은 『사이몬가 사건』(2004)이 발간되고 약 2년 후다. 첫 싱글앨범 기준 20명으로 데뷔한 이 그룹은 극장공연 중심으로 활동을 벌이면서 2023년 기준 멤버가 약 80명에 이르고 있다(내부적으로 5팀으로 나뉘어 활동하기도 한다). 그런데 이에 만족하지 않고 일본 7대 도시에 자매그룹을 별도로 만들어 운영했는데, 이를 포함하면 흥미롭게도 전체 멤버가 무려 350명에 달한다고 한다(2018년 기준으로).[7]

---

7) 2011년부터는 해외 자매그룹 프로젝트를 전개하여 인도네시아, 중국, 태국, 필리핀, 대만, 베트남, 인도에서도 운영하고 있다. 일부는 현재 해체되었다. 2018년에는 CJ엔터와의 합작으로 한국에서도 〈프로듀스 48〉 프로젝트를 시도했는데, AKB48의 멤버 39명이 참가하였다. 여하튼 현 멤버 외에 졸업, 드래프트, 이적, 겸임, 기간 한정 등 여러 방식을 통해 거쳐 간 멤버(해외 멤버 포함)를 모두 합치면 약 1,200명에 달한다는

JOKER

*

세이료인 류스이는 『조커』를 JDC 시리즈의 원점으로 강조하면서 창작 의도가 '모든 미스터리의 총결산'에 있음을 밝히고 있다. 『조커』를 읽으면 무슨 말인지 쉽게 알 수 있는데[8], 하지만 그는 이 작품으로 데뷔를 하지 않는다. 그 경위는 다음과 같다. 먼저 그가 대학에 입학 후 맞이하는 새해인 1994년은 '헤이안쿄平安京[9] 창건 1200주년'이 되던 해로 교토의 거리는 축제 분위기로 가득했다. 이때 그는 '1200년간 아무도 풀지 못한 밀실트릭'이라는 아이디어를 떠올리게 되고, 곧바로 『코즈믹』의 원형격인 『1200년 밀실전설』을 쓰기 시작하는데 처음엔 피해자가 12명에 불과했다고 한다. 그런데 납득이 가지 않는 부분이 있어서 도중에 그만둔다. 하지만 이듬해 '메피스토상' 모집공고를 보고 그렇게 쓰다 만 『1200년 밀실전설』을 완성하여 투고하기로 마음을 먹는다.

그렇다면 왜 이미 완성되어 있는 『꽃이 있는 시』가 아니라 도중에 포기한 『1200년 밀실전설』이었을까? 여기에는 작가 세이료인 류스이의 인생관을 바꿔놓은 사건

계산도 있다. 단 최근 뉴스에 이런 팀 제도가 폐지된다는 말이 있다.
8) 참고로 그는 어린 시절에 읽었던 야마구치 마사야山口雅也의 『열 세 번째 탐정사探偵士』의 영향도 있었음을 나중에 인정한다.
9) 교토의 옛 명칭.

해제

이 놓여있다. 그것은 바로 1995년 1월 17일에 일어난 고베 대지진이다. 사망자 6,434명·실종자 3명·부상자 43,792명을 낳은 이 재난은 작가의 본가를 파괴했을 뿐만 아니라 그가 자라난 거리도 잿더미로 만들었다. 메피스토상 모집공고는 이 재난으로부터 약 반년 후에 나왔다(『소설현대』 8월 증간호).

대지진을 경험한 그가 자신의 데뷔작으로 『1200년 밀실전설』를 선택한 이유는 간단했다. 『조커』의 경우 대지진 이전에 이미 완성된 작품이었지만, 『1200년 밀실전설』의 경우 미완의, 더구나 이야기가 본격적으로 진행되기 전의 작품이었기에 대지진의 경험을 담기에 적합하다고 판단했을 것이다. 이런 사실을 예리하게 간파한 이는 오쓰카 에이지였다. 그는 『코즈믹』의 창작 동기를 고베 대지진에서 죽은 수천 명에 달하는 사람들에 대한 '애도작업'으로 보았는데, 세이료인은 이후 『코즈믹』의 '사건 해결의 날'이 1월 17일임을 애써 강조하여 그런 해석을 뒷받침했다.

*

세이료인 류스이는 호불호가 극단적으로 나뉘는 작가다. 이는 그가 등장한 20세기 말은 물론 21세기가 된

JOKER

지금도 마찬가지다. 이는 일본독자나 한국독자나 크게 다르지 않은 것 같다. 그렇다면 무엇이 그토록 서로 다른 평가를 내리게 하는 것일까? 먼저 불만을 표출하는 측의 입장을 들어 보면 충분히 납득이 간다. 왜냐하면 그의 소설은 그들이 기대하는 바를 철저히 배반하고 있을 뿐만 아니라 심지어 미스터리라는 장르에 대하여 깽판을 부리고 있다는 인상마저 주기 때문이다.

기상천외한 캐릭터의 등장, 감당할 수 없을 정도로 많은 수의 피해자와 탐정, 어처구니없는 전개와 말도 안 되는 트릭 제시, 그리고 독자를 허탈하게 만드는 결말까지(물론 디즈니 드라마 〈카지노〉만큼은 아니지만). 이 모든 것은 미스터리 팬들을 분노케 하기에 충분했다. 그리고 이들의 분노는 작가에게 그에 합당한 결과를 선사했다. 즉 세이료인의 작품은 유명세에 비해 판매에서는 고전을 면치 못했다. JDC 시리즈를 포함하여 상당수의 작품이 현재 절판인 것도 그 때문이다. 『코즈믹』과 『조커』의 경우 이북으로나마 구입이 가능하지만 『카니발』 3부작의 경우 이북으로도 나와 있지 않다.

덕분에 한국어 출판을 위해 『코즈믹』과 『조커』의 저작권 계약을 하면서 다소 황당한 경험을 하게 된다. 책이 없기 때문에 작업본(보통 2-3권 정도를 받는다)을 보내

해제

주지 못하겠다는 연락을 원출판사(고단샤)로부터 받은 것이다. "그렇다면 번역작업은 어떻게 하느냐"고 묻자 돌아온 대답이 "알아서 헌책이라도 구하라"는 것이었다. 책을 소장하고 있었기에 망정이지 그렇지 않았다면 매우 곤란할 뻔 했다.

이런 상황이니 우리는 세이료인의 작품에 불만을 드러내는 사람이 아니라 도리어 이런 식의 푸대접을 받는 작가의 작품에 매료되는 사람들에 주목할 필요가 있다. 흥미롭게도 그들은 일단 골수 미스터리 독자들이 아니다. 오히려 20세기에 가장 번성한 장르인 미스터리에 의문을 가지는 사람들이 많다. 세이료인 류스이의 등장을 환영한 이들은 크게 두 부류로 나눌 수 있다. 첫 번째 부류는 동료작가들이다. 한국에도 소개된 마이조 오타로, 니시오 이신 등이 대표적인데, 이들은 고작 20대 작가를 위해 트리뷰트 작품을 쓰기도 했다.

그런데 역설적이게도 이들은 이후 세이료인 류스이보다 더 많은 주목을 받고 더 영향력이 있는 작가가 된다. 마이조 오타로는 순문학계의 신성으로, 니시오 이신은 라이트노벨계의 황태자로. 이 두 작가는 세이료인의 영향을 철저히 자기화하여 보다 세련된 형태의 작품으로 독자들에게 어필하고 있다. 즉 거칠고 날것 그대로인

JOKER

부분(아즈마 히로키의 표현으로는 '노이즈')을 깔끔하게 만들어 독자들의 부담을 최소화했다. 그런데 정작 원류인 세이료인은 언제부터인가 활동이 뜸해지기 시작한다.

두 번째 부류는 소위 창작 경험을 가진 비평가들이다. 일본에서 소위 서브컬처 평단을 주도하여 한국에도 잘 알려진 오쓰카 에이지와 아즈마 히로키가 그들인데, 그렇다면 이들은 왜 세이료인 류스이에게 매료된 것일까? 먼저 오쓰카 에이지가 세이료인의 작품에 주목한 것은 크게 두 가지다. 첫째는 탐정소설적 리얼리즘10)의 극단적 과잉이고, 둘째는 대량사大量死다. 오쓰카는 이런 특징의 원인으로 고베 대지진을 지목한다.

나는 류스이가 탐정소설을 쓰는 직접적인 동기에 '고베'가 있었는지 없었는지 아무런 정보도 가지고 있지 않다. 하지만 『코즈믹』은 '고베' 이듬해 메피스토상을 수상했다. 한편 그가 효고현 출신이라는 것은 중요하지 않다. 그런 출신지의 특권성과 무관하게 '고베'는 일본어

---

10) 오쓰카는 문학을 '자연주의적 리얼리즘'과 '만화 애니메이션적 리얼리즘'으로 구분한다. 여기서 '자연주의적 리얼리즘'이란 근대 일본어에 근거하여 사실적으로 묘사하는 문학(우리가 통상 근대문학이나 순문학으로 부르는 것)을 가리키며, '만화 애니메이션적 리얼리즘'이란 그런 사실이 아닌 허구를 묘사하는 '캐릭터 중심의 서브컬처 문학'을 말한다. 여기서 탐정소설적 리얼리즘이란 후자와 관련이 있다.

해제

에 의해 부여된 리얼리즘의 쇠퇴를 마지못해 소설 전반에 환기시키는 사건이었다. 이후 소설은 리얼리즘을 어떻게 회복시킬까 하는 시련에 노출되었고, 같은 '고베'에서 일어난 초등학생 살해범의 '14세'에 강하게 링크함으로써 리얼리즘의 근거를 찾으려는 '문학'이 속출했다. 그런데 류스이는 여기서 탐정소설을 단독적인 형태로 재구축함으로써 '고베'에 저항하려고 했던 것은 아닐까? 즉 의도적으로 '일본어'의 리얼리즘으로부터 괴리되어 세계를 탐정소설적 리얼리즘으로 가득 채움으로써 새로운 소설의 모습을 보여주려고 한 것으로 보인다. (문고판 『조커』 해설 중에서)

1995년은 고베 대지진의 해이지만 옴진리교에 의한 도쿄지하철 사린사건(3월 20일)이 일어난 해이기도 하다. 그리고 이듬해에는 '고베아동연속살인사건', 소위 '사카키바라 사건'[11]이 일어난다. 이런 사건의 연속 가운데 문학계에서는 '리얼리즘의 회복'과 '현실과의 링크'를 외치는 분위기가 형성되었다(더불어 서브컬처에 대한

---

11) 아즈마 신이치로가 아동을 상대로 벌인 연쇄살인사건으로, 피해자의 머리를 잘라 학교 정문에 걸어놓고 언론사에 범행성명문을 보내 경찰을 조롱하는 등 잔악하고 대담한 행위로 일본사회에 큰 충격을 주었다. 당시 범인은 미성년자였기 때문에 형사처벌 대신에 7년간의 소년원 수감 후 사회에 복귀했다. '소년A'라고도 불렸다.

비판적 이야기도 등장했다).

실제 이 즈음 위 사건의 영향을 노골적으로 드러낸 작품들이 나와 주목을 받았다. 예컨대 고베 대지진를 리얼하게 묘사한 고다마 겐지児玉健二의 미스터리 『미명의 악몽』(1997)이나 사카키바라 사건을 연상시키는 재일동포 작가 유미리의 『골드러시』(1998) 등이 그런 작품이다. 그런데 오쓰카는 역으로 이런 시류를 못마땅하게 생각하면서 완전히 대척점에 있는 세이료인의 작품에 주목한다. 그리고 새로운 표현의 길을 본다.

> 캐릭터화, 즉 과도한 개성화는 역으로 고유성을 상실시키는 장치다. 그것은 밀실에 대해서도 마찬가지인데, 대량으로 반복됨으로써 '밀실'이라는 특별한 죽음이 특별하지 않게 된다.
>
> 즉 나는 류스이가 수천 명이라는 '고베'의 사자死者에 대해 '1200개의 밀실'을 할당함으로써 이것을 기술하려고 했다고 생각한다. 탐정소설이 '죽음'을 그렇게밖에 묘사할 수 없다면, 더 이상 근대 일본어가 가져온 리얼리즘과 어중간하게 타협하지 않겠다. '고베지진'을 지나치게 과잉된 수의 밀실을 나열하는 것으로밖에 묘사할 수 없는 장르라면, 근원적인 리얼리즘 작법으로 묘사할 수밖에

해제

없다. 류스이가 취한 방식이 내게는 그렇게 생각된다. 그러므로 류스이는 근대소설 리얼리즘의 분수령 건너편으로 마지못해 발을 내딛었다. 가버린 것이다.

그러므로 그것은 결코 '현실'로부터의 도피가 아니다. 『코즈믹』처럼만 묘사할 수 있는 '현실'의 등장에 오히려 류스이가 매우 솔직히 반응했다고 말할 수 있다. 탐정도 밀실도 특권을 박탈당하고 '숫자'로 이루어진 전체의 부분으로서 회수된다. 그런 '전체'의 윤곽이야말로 세이료인 류스이라는 '고베' 이후의 소설가가 필사적으로 보여주려고 한 새로운 '현실' 기술의 작법이다. 그러므로 나는 분수령의 이쪽에서 선망을 가지고 그의 소설이 가는 길을 지켜보고자 한다.(위의 글)

경외의 감정까지 느껴지는 이 글에는 한편으로 '자연주의적 리얼리즘'의 귀환에 대한 불만이, 다른 한편으로 '만화 애니메이션적 리얼리즘'에 대한 방어가 포함되어 있다. 이는 서브컬처적 상상력을 현실로부터의 단순한 도피나 회피가 아니라 근대일본어에 기반을 둔 문학과 학문이 가진 허구성에 대한 반발로, 그리고 새로운 길을 개척하는 동력으로 생각하기 때문이다. 이런 맥락에서 세이료인의 소설들은 가도노 고헤이의 소설과 함께 라이

트노벨의 초기 형태로 간주되기도 한다.[12]

하지만 정작 세이료인 류스이는 자신의 작품이 라이트노벨은 물론 미스터리(탐정소설)와도 거리가 멀다고 말한다. 그렇다면 자신의 소설을 장르적으로 어떻게 규정하고 있을까? '장르' 문제와 관련하여 그는 특정 장르의 룰을 따라 소설을 쓰는 작가를 '장르작가'로, 독자를 불편하게 하는 리스크를 알면서도 복수의 장르를 믹스시키는 작품들을 '작가장르'로 부른다. 이는 그가 자신의 작품을 미스터리나 기존 장르명 대신 굳이 '대설大說'이라고 명명하는 이유이기도 하다. 즉 '류스이 대설'이란 '작가장르'(장르에 구속되지 않는 장르)를 구축하려는 시도를 가리킨다고 할 수 있다.[13]

*

오쓰카 에이지와 더불어 세이료인 류스이의 소설에 강하게 반응한 이는 아즈마 히로키다. 그는 기본적으로

---

[12] 물론 '기원'을 운운하자면, 훨씬 그 이전으로 거슬러 올라갈 수 있지만, 라이트노벨이 하나의 장르로서 본격적으로 시동을 건 것이 1990년대 후반이라는 사실에는 대체로 동의하는 것 같다.

[13] 그는 자신의 작품을 '현대판타지'라고 이야기하기도 하는데, 여기서 말하는 '현대판타지'란 공상에 기반을 둔 '이세계 이야기'와는 달리 '현대와 접점을 가지고 있는 판타지'를 가리킨다.

해제

오쓰카 에이지의 입장을 확인하면서 몇 가지 흥미로운 지적을 하고 있다. 먼저 그는 세이료인의 소설에서 어떤 '병=광기'를 발견한다. 그리고 무엇보다 그것이 언어적 수준에서 전개되고 있다는 점에 주목하고, 이는 그동안 어떤 작품에서도 보지 못한 것이라고 말한다.

사실 세이료인은 자신의 상상력을 언어나 기호의 세계에 철저히 가두고 있다고 해도 과언이 아니다. 『코즈믹』은 물론 『조커』 역시 언어 트릭을 벗어나서는 '해결'이 되지 않는다. 이 때문에 아즈마는 JDC 시리즈가 표면적인 인상과 달리 만화나 영상으로 만들어지는 데 본질적으로 적합하지 않은(즉 시대착오적인) 작품으로 본다. 실제 이 시리즈는 애니메이션으로 만들어진 적이 없으며, 만화가 몇 권 나오긴 했지만 철저히 실패했다.[14]

따라서 세이료인의 작품은 '만화 애니메이션적 리얼리즘'이나 '서브컬처적 상상력'과는 다른 차원에 존재한다고 말할 수 있다. 더구나 이것들은 '자연주의적 리얼리즘'보다 훨씬 언어에 집착하고 있다. 아즈마가 말하는 '병=광기'는 이런 과잉(극단화)을 말한다.

---

14) 이는 세이료인의 작품이 해외에 번역되지 않는 이유이기도 하다. 그런데 이는 세계화가 이야기되는 시기에 일본(어)이라는 공간을 하나의 거대한 '밀실'로 만들었다고 해석할 수도 있다. 즉 일본의 '갈라파고스화'란 장르적으로는 일종의 '밀실화'로 볼 수 있다.

JOKER

 90년대 후반은 여러 충격적 사건 때문에 현실을 묘사하는 문학의 귀환이 이야기되는 시기였지만, 전체적으로 보았을 때 순문학은 눈에 띄게 쇠락하고 있었고 라이트노벨로 수렴되는 서브컬처 서사물이 빠르게 영향력을 확대하고 있었다. 그리고 오늘날 그것들은 주류의 위치에까지 올라왔다. 이것을 상징적으로 보여주는 이가 바로 〈너의 이름은〉과 〈스즈메의 문단속〉으로 유명한 신카이 마코토다.

 신카이의 데뷔작인 단편 애니메이션 〈별의 목소리〉(2002)는 개봉 당시 서브컬처 평단의 큰 주목을 받았고 소위 '세카이계'의 대표작 중 하나로 평가된다. 아즈마 역시 일찍부터 이 작품에 주목하는데 그가 여기서 발견한 것은 '순수함'과 '단순함'이었다.

> 자연주의의 족쇄로부터 해방되어 흔한 정경묘사나 인물설정의 필요성을 느끼지 않는 젊은 작가 대다수는 독자에 대한 자극을 최대한, 그리고 가장 빠르게 만들기 위해 서브컬처적인 기호를 가능한 한 효율적으로 배치하기 시작했다. 요컨대 알기 쉬운 특징을 갖춘 인상적인 캐릭터와 마찬가지로 알기 쉬운 전개를 갖춘 전형적인 이야기를 조합하고, 거기에다 어떻게 디테일을 쌓아 올려 독자의

해제

마음을 움직일지에 관심이 있었다.15)

신카이의 애니메이션, 마에다 준의 노벨게임 〈에어〉, 그리고 라이트노벨 등 소위 '만화 애니메이션적 리얼리즘'은 근대소설에서 익히 보아온 설정(주인공이 어떻게 자라났는지, 전쟁은 누가 수행하는지)이나 정보가 예리하게 삭제되어 있다. 아즈마는 이런 설정을 '제로 설정'이라고 부르며 이들 작품에서 가장 중요한 것은 등장인물 간의 커뮤니케이션과 디스커뮤니케이션뿐이라고 말한다.

자연주의의 상상력이 언어와 현실이라는 축으로 펼쳐진다면, 새로운 '만화 애니메이션적' 상상력은 기호와 정동情動의 관계를 축으로 삼아 펼쳐진다. 언어와 현실 사이에 들어간 노이즈를 신중하게 배제하고 언어가 현실을 충실히 반영하고 있는 것처럼 보이는 소설이 자연주의에서 걸작이라고 불린다면, 〈에어〉와 〈별의 목소리〉의 이야기는 기호와 정동 사이에 들어간 노이즈를 신중히 배제하고 기호가 곧장 정동으로 연결되고 있는 것 같은

---

15) 이 글은 문고본 『카니발』(2003)의 해설 중 하나로 쓰여진 글인데, 『게임적 리얼리즘의 탄생』(장이지 옮김, 현실문화연구)에 재수록된다.

JOKER

세계를 만들었다는 점에서 새로운 리얼리즘이 지향해야 할 방향을 확실히 보여준다. (위의 글)

일견 '자연주의적 리얼리즘'과 '만화 애니메이션적 리얼리즘'은 완전히 상반되는 것처럼 보인다. 하지만 두 가지 모두 노이즈 제거 위에 성립하고 있다는 점에서 크게 다르지 않다. 이는 다른 말로 '자연주의적 리얼리즘'(소위 근대적 문학)이 언어와 현실 사이의 노이즈를 제거함으로써 성립한 것이라면 '만화 애니메이션적 리얼리즘'(소위 포스트모던적 문학)은 '언어와 현실이라는 축'을 '기호와 정동이라는 축'으로 대체함으로써 성립한 것이라 할 수 있다. 어느 쪽이든 노이즈의 배제와 두 축의 정밀한 연결을 목표로 삼는다.

하지만 세이료인의 소설, 즉 '류스이 대설'은 이 두 가지 모두와 정반대에 있다. 과도한 언어유희, 방대한 캐릭터, 황당무계한 전개, 엄청난 분량과 정보의 지나친 과잉, 이는 언어와 현실 사이만이 아니라 기호와 정동 사이의 연결을 끊임없이 방해한다. 즉 JDC는 '설정 무한대'의 세계이기 때문에 필연적으로 노이즈로 가득할 수밖에 없다. 이런 불순함과 난잡함 속에서 언어와 현실의 일치, 기호와 정동의 일치, 탐정과 범인의 일치는 불가능

해제

하다. 아니 이들을 뒷받침하는 장르의 규칙을 마치 지진처럼 붕괴시킨다.

아즈마가 세이료인의 소설 앞에서 당황한 표정을 지으며 어찌할 바를 모르는 것은 이 때문이다. 왜냐하면 그것은 서브컬처 평단의 기본전제인 '자연주의적 리얼리즘 VS 서브컬처적 리얼리즘(게임적 리얼리즘)'을 한순간에 무너뜨리고 있기 때문이다.

> 마에다 준이나 신카이 마코토가 대표적으로 하나의 이상을 제시하여 보여준 '순수'한 세계에 대한 지향은 작가나 독자가 그것을 의식하고 있는지와는 상관없이 넓게 보면 초기 가도노 고헤이의 단정한 창작 기법을 계승하고 있다고 말할 수 있다. 그러나 세이료인 류스이의 황당무계함이나 불순함이나 난잡함이 어디의 누구에 의해 계승될 것인지 그 행방은 좀처럼 알 수 없다. 공부가 부족한 탓인지는 모르겠지만, 적어도 필자는 『코즈믹』이나 『카니발』과 비슷한 작품을 어디에서도 읽은 적이 없다. (위의 글)

아즈마의 주장대로 JDC 시리즈는 확실히 난감한 작품이 아닐 수 없다. 사람들은 흔히 이런 작품을 '괴작'으로

JOKER

분류하곤 한다. 일본 미스터리에는 흔히 4대 괴작(또는 기서)으로 불리는 작품이 있다(이에 대해서는 『조커』에서도 자세히 언급하고 있다). 유메노 규사쿠의 『도구라 마구라』, 오구리 무시타로의 『흑사관 살인사건』, 나카이 히데오의 『허무에의 제물』, 다케모토 겐지의 『상자 속의 실락』 등이 그것들인데, 그래도 이 작품들은 아슬아슬하게나마 '미스터리'라는 장르 안에 포함되어 있다. 하지만 JDC 시리즈는 이것을 훌쩍 넘어서 있다.

*

하지만 시야를 조금 넓혀 세계문학사의 관점에서 보면, 세이료인 류스이의 대설이 보여주고 있는 것들(과도한 언어유희, 이야기 전개의 난잡함, 불필요한 지식의 과잉, 내면이 없는 캐릭터, 엄청난 스케일 등)이 완전히 낯선 것은 아니다. 어떤 의미에서 이런 것들은 꽤나 유구한 역사를 가지고 있다. 그것은 노드롭 프라이가 '아나토미'라고 부른 것이자 바흐친이 '카니발적 상상력', 가라타니 고진이 '르네상스적인 것'이라고 부르는 것이다. 쉽게 말하면 JDC 시리즈는 미스터리나 라이트노벨이 아니라 라블레의 소설과 비교되어야 한다.

이것은 우리에게 두 가지 점에 주목하게 한다. 첫째는

해제

 JDC 서사에서 우리가 발견해야 하는 것은 '광기=병'이 아니라 '유머'라는 점이다. 화자의 장광설은 대놓고 장르의 규칙을 배반하기 때문에 독자들에게 불쾌감을 주고 거부감을 불러일으킨다. 하지만 그 방식이 역설적이게도 장르의 규칙(녹스와 밴 다인의 규칙 등)을 완벽하게(진지하게) 수행함으로써 이루어진다는 사실에 주의할 필요가 있다 하겠다.

 즉 세이료인은 『조커』를 통해 '탐정소설적 리얼리즘'이 기껏해야 노이즈 제거라는 장르적 합의에 서있는 것에 불과하다는 점을 보여준다. 이는 JDC 시리즈가 독자에게 주는 쾌감이 미스터리의 그것(가상의 두뇌트레이닝)이나 라이트노벨(순수감정의 해소) 등이 주는 그것과 전혀 다르다는 것을 의미한다.

 둘째는 이런 작품이 왜 90년대 후반에 갑자기 등장했는가 하는 것이다. 우리는 이에 대한 답변을 오쓰카 에이지에게서 손쉽게 가져올 수도 있다. 즉 고베 대지진 운운하면서 말이다. 하지만 『코즈믹』과 『조커』는 무라카미 하루키가 쓰고 출판한 『신의 아이들은 모두 춤춘다』나 『언더그라운드』와는 성격이 많이 다르다. 시야를 『카니발』 시리즈까지 넓혀보면 '세기말적 감각'과 관련이 있지 않나 하는 추측을 해볼 뿐이다. 『코즈믹』과 『조커』의

JOKER

경우 확실히 신본격 미스터리에 대한 대항적인 성격이 엿보인다. 하지만 JDC 사가를 전체적으로 놓고 보았을 때 그런 것은 지엽적인 문제에 지나지 않는다. 더구나 신본격은 여전히 건재하다.

*

『코즈믹』이 출간된 지도 사반세기가 지났지만 JDC 사가는 여전히 미완성이다. JDC 시리즈의 마지막 작품인 『사이몬가 사건』이 출간된 지도 거의 20년이 되었지만 감감 무소식이다. JDC 월드는 '4대 사건'(작가는 '4대 비극'으로 부른다)으로 구성되었는데, 대미를 장식할 '쌍둥이연속소거사건'은 여전히 미완인 채로 남아있다. 9년이라는 짧은 기간에 엄청난 속도와 분량으로 쌓아올린 JDC 월드를, 작가는 왜 이토록 오랫동안 내버려두고 있는 것일까? 여러 가지 해석이 가능하겠지만, 어쩌면 이런 빈공간이 JDC 월드의 특징일 수 있다. 물론 언젠가 기존에 발간한 JDC 사가를 완전히 분해, 재조립한 후 차기작을 낼 가능성을 배제할 수 없다.

세이료인 류스이와 관련하여 한 가지 흥미로운 사실은 언제부터인가 작가로서의 활동 대신에 영어교재 저술가이자 e-book 사업가이자 일영번역가로서의 활동이 두드

해제

러진다는 점이다. 이런 변신을 의아하게 생각하는 사람들이 적지 않다. 물론 그가 소설가이기를 완전히 그만둔 것은 아니다. 꾸준히 작품을 선보였고 몇 년 전에는 역사소설도 집필했다. 그리고 최근에는 성서 관련 에세이집도 출간했다. 그렇다. 그는 독실한 가톨릭 신자다. 하지만 JDC 독자들이 기대하는 작가의 모습이란 이런 활동들과 거리가 있을 것이다.

그렇다면 이제 그는 대설가이기를 그만둔 것일까? 만약 그렇다면 그것은 작가 개인의 문제일까? 아니면 JDC 월드 자체의 문제일까? 이는 매우 늦게 도착한 JDC 월드를 대하는 한국독자들이라면 필연적으로 가지게 되는 질문이 아닐 수 없다. 그런데 혹시 아는가? 한국을 배경으로 JDC가 화려하게 부활할지도.[16]

---

[16] 마지막으로 『조커』의 교정 과정에서 고정수 씨로부터 많은 도움을 받았다는 점을 덧붙이고 싶다.

JOKER

| 옮긴이의 말 |

『뱀蛇의 발가락足指』

이번에도 읽어주셔서 대단히 감사합니다.

코즈믹에 이어 조커라는 유수流水에 휩쓸려도 꿋꿋하게 흘러가고자 하는 이미나입니다.

이번『조커』에서는 한국인에게 청산별곡이나 허생전처럼, 일본인이라면 한번쯤은 접할 수밖에 없는 고전문학이 꽤 뜬금없이 등장합니다. 일본인 독자라면 사뭇 놀라워하며 감탄했을 수도 있겠지만, 한국인 독자라면 저처럼 운 좋게 일본의 고전을 공부할 기회를 얻었던 사람이 보더라도 머릿속의 물음표를 지우기가 힘들었을 것입니다. 이 또한 번역 불가능성을 말해주는 것이겠죠. 이 감동을 온전히 전달해드리지 못했다는 점이 번역자로서는 항상 아쉬운 부분입니다. 다만 이외에도 수많은 장벽과 끊임없는 물음표를 주는 작품이니 그것을 위안으

옮긴이의 말

로 삼아야 할까요.

그러고 보니 『코즈믹』도 일본의 고전문학이 꼭 나오는군요. 작가는 미스터리의 틀을 무너뜨리면서도 중근세의 문학을 소재로 삼는 것에는 주저하지 않습니다. 마치 맨틀을 흔들어 지각변동을 일으키면서 내핵에 무한한 존경을 보내는 것 같습니다. 하여간 흑막은 항상 뿌리에 있군요. 이 또한 최대급의 찬사겠지요.

세이료인 류스이라는 거대한 강을 만난 이후로는 항상 아득한 유수를 바라보며 뚝딱뚝딱 나룻배를 짓는 마음가짐으로 작품을 꾸려냅니다. 유수의 나루터가 되어주시는 조영일 님께는 항상 감사한 마음뿐입니다. 저보다 먼저 배짓기를 업으로 삼아 가장 가까운 곳에서 조언과 격려와 뒷바라지를 아끼지 않는 W에게도 고맙다는 말을 전하고 싶습니다. 마지막으로 이 책을 용기 있게 선택해주신 독자 여러분, 정말 감사합니다. 여러분도 노를 저어 때로는 급류에 휩쓸리고 돌부리에 부딪히더라도 함께 바다에서 만날 수 있기를 바랍니다.

조커

세이료인 류스이

이미나 옮김

초판 1쇄 펴낸날 2023년 7월 3일

펴낸곳   비고
주   소   경기도 광명시 광오로 17번길 9-1 201호
출판등록 2019년 5월 3일 제2019-000008호

팩스   050-7533-4398
블로그 vigobooks.tistory.com
이메일 vigobooks@naver.com

ISBN 979-11-972242-6-3 03830

값 30,000원

한국어판   비고, 2023, Printed in Korea.